KB268118

세계 속의 한국문학

―통일 한국문학의 진로와 세계화 방안―

설성경 · 최유찬 · 김영민 · 양문규 · 심원섭 공저

새미

세계 속의 한국문학

서 언

　　그간 문학의 연구는 연구자들의 시각 확대에 따라 늘 새로운 지평을 열어왔다. 지금의 상황은 21세기 문학연구의 초입이라는 일반적 상황과 통일에 대한 논의가 구체화되어가고 있다는 특수한 상황이 우리 문학 연구의 일정한 방향성을 지시해주고 있다.

　　분단의 상황 속에서 남북의 학자들은 각각 상이한 이념과 문학 해석 방법을 통하여 분단 이전의 작품을 해석하였고, 분단 이후에 창작된 작품들의 미학과 문학사적 의의를 분석해왔다. 그러나 이제는 냉전시대와 다른 공존 모색 시기의 문학 해석의 길을 남북의 학자들이 각각의 위치에서 탐색하고 제시해볼 때가 왔다고 본다. 남한의 학자들은 남한의 학자대로, 북한의 학자들은 북한의 학자대로 통일시대를 대비한 통일문학사를 내놓을 수 있는 방안들을 제시해야 할 시기에 이르렀다. 이러한 각각의 위치에서 얻어진 성과를 토대로 하여 앞으로는 남북의 학자들이 더불어 <통일시대를 대비한 문학사> 집필의 이론 제시와 실천적 집필 작업에 들어가는 길이 열려야 할 것이다.

　　이와 더불어, 지금은 한국문학이 세계문학 속의 한국문학으로 발돋움하여야 할 때가 되었다. 물론, 세계문학 속에는 한국문학이 당연히 포함되어야 하는 것이지만, 이제는 우리 스스로 세계문학의 의미 있는 한 부분이 한국문학이란 점을 자신 있게 세계문학 속에 내놓아야 할 때가 되었다. 그러기 위해서는 우리 문학의 본질과 문학적 전통과 세계 속의 한국문학이 놓인 현주소를 파악해보는 것이 선결 문제라고 생각한다. 그래서 우리 필자들은 "21세기 한국문학은 어디로 가고 있는가?" 지금의 한국문학이 분단시대의 문학에서 통일시대의 문학으로 가고 있다면, 남북한의 문학 연구자들은 통일시대 한국문학의 진로를 어떻게 설정해야 할 것인가에 대한 학문적 궁금증을 가지게 되었다.

　이러한 이유 때문에, 한국문학의 사상적 배경과 특질을 비롯하여 한국문학의 현황과 창작의 방향성, 분단시대 한국문학 해석상의 문제점. 한국문학의 해외 소개 현황, 재외동포의 모국어 문학 예술의 현황과 창작 방향을 주요 주제로 다루게 되었다.

　이 저술은 한국학술진흥재단의 연구 지원과 연세대 국학연구원의 후원 속에서 5인의 연구자들이 3년간에 걸쳐서 이룬 성과이다. 그래서 연구 지원을 받은 기획 연구요, 공동연구라는 연구 방식의 속성 때문에 이 저술은 연구자 개개인의 개성보다는 공동연구로서의 효율성을 높이는 데에 더 관심을 기울였다는 장점과 단점이 공존하고 있다.

　앞으로 이 저술의 출간이 계기가 되어, 통일 시대를 대비한 문학 연구와, 세계 속의 한국문학의 위상을 높일 수 있는 연구가 국내외의 학계에서 더욱 활기를 띠게 되기를 우리 공동 연구자들은 기원한다.

2002년 1월 설성경

차 례

I. 서 론

근대화운동이 진행된 지난 한 세기 동안 우리 민족은 갖은 우여곡절과 파란을 겪어 왔다. 자주권을 잃고 다른 민족의 예속 아래서 근 반세기를 지내야 했으며, 해방된 조국을 근대적 국민국가로 일으켜 세우지 못하고 남북으로 나뉘어 민족상잔의 처참한 전쟁을 치르기도 했다. 그 이후에도 남북으로 나뉜 분단상황은 민족의 자주적 역량과 기개를 한없는 소모전 속에서 낭비하게끔 만들었다. 개인과 집단, 민족과 국가들 사이에서 치열한 경쟁이 벌어지는 현대사회에서, 또한 사회의 근대화가 미숙한 처지에서 그러한 낭비가 우리 민족으로 하여금 가외의 노력과 희생을 치르게 하였음은 익히 잘 알려져 있는 사실이다. 이제 그와 같은 격동의 한 세기를 보내고 새로운 세기, 새로운 천년대를 맞이하여야 할 우리 앞에는 크게 두 개의 과제가 놓여 있다. 하나는 민족과 국토의 분단상태를 극복해 통일을 이루어 내는 일이며, 다른 하나는 전 지구가 하나의 세계가 되는 개방체제 아래서 우리가 국제사회의 일원으로서 당당하게 역할할 수 있는 주체적 역량과 위상을 확보해야 하는 일이다. 이 두 가지 과제는 기본적으로 자유와 평화의 이념을 실현하는 민족공동체의 건설로 귀결되는 사업이다. 따라서 이 사업은 정치·경제·사회·문화 어느 분야이건간에 민족 성원 개개인의 삶에 대해서 강력한 규정력을 지닌다고 할 수 있다. 한국문학의 연구자가 거기에서 예외가 아님은 말할 것도 없다. 부문과 분야에 따라서 사업의 내용이나 각각의 과제가 지니는 의미는 다를지라도 문학부문에서도 분단을 극복하고 세계화에 능동적, 주체적으로 대처하는 방안이 마련되어야 하는 것이다.

분단극복의 과제를 해결하는 데서 문학 및 문학연구가 맡아야 할 역할은 매우 크고 중요하다. 그 이유는 기본적으로 남북이 서로 다른 정치이념을 내세우는 체제라는 데 있다. 사회의 가치체계가 다를 뿐 아니라 생활의 형태가 현저하게 달라짐으로써 남북한 사회에서는 민족을 하나의 공동체로 결속시켜 온 문화 자체가 동질성을 상실해가고 있는 것이 현실정이다. 따라서 남북 문화의 동질성과 차이를 명확하게 분별하고 그 양상에 따라서 주체적인 해결책을 마련하는 일이 필요한 것이다. 이 일에서 문학이 특히 중요성을 지니는 것은 문학의 본질이 인간생활의 전체를 대상으로 한다는 점 때문이다. 그러므로 문학연구는 문학작품을 통해, 또는 그와 연관된 사회사적 연구를 통해 남북한의 생활이 어떤 대비점을 지니며 그 원인이 무엇인지를 파악하는 데 유력한 수단이 될 수 있다. 즉 남북한의 사회문화적 양상을 문학을 매개로 하여 총체적으로 정리, 비교하고 조감하는 속에 남북한에서 새롭게 나타난 변화를 정확하게 이해하는 것이다.

한편 다국적기업의 활동이 종래의 국경을 무력화하고, 각국의 재정에 대한 국제통화기금의 영향력이 강력하게 행사되고 있는 현재의 개방체제에 대처해서 우리 문화를 어떻게 유지, 발전시키고 세계문화에 기여할 수 있는 것으로 고양할 수 있겠는가 하는 문제도 현시점에서 절실한 사안으로 대두되고 있다. 이는 단순히 문화수지의 역조현상에 대한 소극적인 반응에 그치는 것이 아니다. 조기영어교육에서 단적으로 드러나듯이, 우리의 의식 심층부에까지 외국문화가 침투해 들어오는 것이 사실이고 우리의 문화 경쟁력이 현재의 시점에서는 선진제국에 뒤떨어진 것이 사실이지만, 그에 대해 국수주의적인 태도로 대처하는 것이 개방시대에 대한 우리의 유일한 대응방법일 수는 없다. 그보다는 우리 문화가 지니고 있는 고유성이 세계문화를 풍요하게 하고 우리 문화의 자주적 발전이 세계문화를 생명력 있는 것으로 만든다는 능동적이고 적극적인 입장에서의 발상이 요구되는 것이다. 여기서는 우리 문화와 선진문화 사이의 이원적 대립보다는 세계 각지역의 고유한 문화와 우리 문화의 관계라는 다차원적인 관계망의 형성을 위해 우리 문화전통의 생명력에 대한 재인식과 미래의 문화에 대한 전망을 확보하는 일이 필요하게 된다. 문학부문에서 이 작업은 당연히 우리 고전문학의 성격에 대한 파악 뿐 아니라 현재 이루어지고 있는 남북한의 문학과 세계문학의 관계에 대한 점검을 필요로 한다.

앞에서 개관한 두 과제를 충실히 이행하기 위해서는 방대한 작업이 요구된다. 우선 한국문학의 기본성격에 대한 파악이 필요하며 세계문학 속에서 한국문학이 차지하는 위상을 확인하는 일도 요구된다. 즉 한국문학의 특성을 구조적으로 파악하는 동시에 역사적으로 파악하여 그것이 세계문학과 어떻게 연관되고 있는 지 설명할 필요가 있다. 두 번째로 해방 이후 분화되기 시작한 남북한문학의 현황과 창작방향을 확인하는 외에 재외동포의 문학에 대해서도 관심을 기울일 필요가 있다. 이러한 작업과 함께 남북한의 문학이 왜 그와 같이 분화되고 있는가 하는 데 대한 심층적인 원인규명으로서 우리 문학에 대한 남북한의 해석이 어떻게 다른가를 고찰하는 일도 의의를 지니게 된다. 세 번째로 한국문학이 세계문학과 맺는 관계를 파악하는 일이 필요하다. 우리 문학이 세계에 소개되는 현황에 대한 파악에 기초해서 21세기에 한국문학이 국제사회에서 차지할 위상을 짚어보는 외에 우리 문학의 주체적 발전을 위한 방안, 세계화의 구체적 방안 등을 고찰하는 일이 요청된다.

이상의 작업은 규모의 방대성 때문에 3년의 연구기간을 정해 순차적으로 진행된다. 연구를 진행하는 순서는 대체로 논문의 전개 순서와 일치하지만 세부적으로는 어긋날 수도 있다. 그 이유는 공동연구인 만큼 연구의 효율을 위해서 각 연구자가 전담하는 영역을 설정하여 작업을 진행함으로써 연구의 진행과 논문 순서 사이에 약간의 차이가 생길 수 있기 때문이다. 뿐만 아니라 연구방법에서도 각각의 과제가 지닌 성격에 따라 융통성을 갖는 일이 필요했다. 역사주의, 주제사의 방법, 사회사적 방법, 해석학적 방법, 비교문학적 방법 등이 주로 원용되었지만 필요에 따라서는 여타의 다른 방법을 동원하기도 했다. 특히 북한문학의 경우 작품의 생산, 유통, 소비가 특이한 형태로 이루어지고 문학과 정치가 밀접한 관계를 맺기 때문에 연구대상의 성격을 고려해 방법의 적용에 유연성을 갖추는 일이 필요했다.

II. 한국문학의 사상적 배경과 특질

1. 상대 천신의식의 역사적 변모

한국문학 형성의 토대를 이루어온 사회 문화적 배경은 작품의 직접적인 요소로 작용하지는 않았지만, 사상적 배경은 작품의 소재는 물론 주제에도 직접적인 영향력을 끼쳐 왔다. 그 중에서도 우리 민족 나름의 공동체(共同體) 문화를 이룩했던 고조선(古朝鮮)에서 삼한(三韓)에 이르는 여러 부족국가들의 제천의식은 우리 민족공동체(民族共同體)가 만들고 가꾸어온 초기 신앙과 문화형태를 보여준다. 이러한 초기 신앙이나 문화와 관련이 깊은 천신신앙(天神信仰)을 중심으로 한 몇몇 양상들은 민족 특유의 개성을 부분적으로 드러내주고 있다. 그러므로 이런 초기 제천의식(祭天儀式)에 관한 기록에서 발견되는 몇몇 요소들이 우리 사상의 저류(底流)로 어떻게 흘러오면서 우리 문화의 독자성 추구에 기여하는가를 밝혀보고자 한다.

이러한 의도를 실현시키기 위하여 우선 최치원(崔致遠)의 풍류도(風流道)사상과 원효(元曉)의 원융(圓融), 화쟁사상(和諍思想)이 우리 문화 사상사의 저류(底流)로 도도히 흘러오다가 조선조 문학에 전통이란 이름으로 그 모습을 어떻게 드러내는가를 구체적인 문학 해석 작업을 통해 실험해보고자 하였다.

이러한 작업의 일환으로 여기에서는 18세기 말에 창작된 지성소설(知性小說) 구운몽(九雲夢)에 나타난 최치원의 풍류도적(風流道的)이면서도, 원효의 화쟁사상(和諍思想)에 근접한 우리 산문정신의 특질을 밝혀보기로 하겠다. 이런 고전에 대한 접근은 앞으로 이어질 작업에서 대상 작품을 더욱 확대할 것이고, 우리 문학의 미적(美的) 특질(特質)로 더욱 다양한 측면에서 제시될 것이다. 특히, 분단시대에서 통일시대(統一時代)로 나아가는 현시점에서 통일을 향한 민족문학사의 서술의 방향을 설정함에는 보다 개방적이고 상호 포용적인 풍류도(風流道) 정신과 원융적(圓融的) 화쟁사상(和諍思想)이 절실이 요구된다. 그러므로, 우리문학의 사상적 배경을 탐색하여 얻어지는 사상적인 전통과 그 전통을 계승하고 있는 고전문학의 생산적인 의미는 조상들이 물려준 문화적 전통과 지혜로운 삶의 길잡이로서 우리의 현실 속에서 실천되어야 할 것이다.

1) 상대 제천의식과 우리 문화의 모태

한국인의 전통적인 제천의식(祭天儀式)에 관한 자료는 중국인에 의해 기록된 『삼국지』「위지(魏志) 동이전(東夷傳)」 기록이 유일하다. 중국인의 눈에 비친 한민족의 부족국가별 민족축제(民族祝祭)는 부여, 고구려, 동예(東穢) 등이 각각의 독특한 개성을 지니고 있는 것으로 서술되고 있다. 그러나, 천신을 향한 집단의례인 제천의식(祭天儀式)에는 여러 부족국가들의 의례에 공통점이 더 많이 나타난다. 물론, 그들의 기록이 제천의식(祭天儀式)의 실제적인 관찰에 근거한 것인지, 우리 역사서를 옮겨적은 것인지, 제보자의 구술을 기술한 것인지는 검증할 수 없지만, 정치 사회 문제 등의 여타의 기술 내용으로 보아 상당히 정확한 기록으로 평가할만하다.

영고(迎鼓)로 명명된 부여의 제천의식(祭天儀式)의 내용을 살펴보면, 천신(天神)에게 제사를 하는 시기는 은(殷)정월[1]이라고 하였다. 이 때에는 각기 흩어져 살던 부족민들이 이 성스런 연례적(年例的)인 민족축제에 참가하기 위

---

1) 殷나라 月曆을 기준으로 한 정월의 뜻으로, 12월에 해당됨.

하여 전국에서 모여들었던 것으로 보인다. 이러한 대규모의 부족국가 단위의 이름 그대로 대회(大會)이기 때문에, 공동체의 개개인은 각지에서 어렵게 모인만큼 엄숙하고 성대한 규식적(規式的)인 의식을 끝내는 것으로 만족할 수 없었다. 그들은 제정일치(祭政一致)적인 원시문화 상황하에서, 공식적이고 규범적인 천신(天神)을 위한 행사에 이어서 국가적 차원의 정치 문제를 비롯한 사회 제반 현안들을 이 자리를 빌어 결정하는 대회로 이 모임을 최대한 이용하였던 것으로 추정된다. 물론 이 대회의 바탕이요 중심이 되는 것은 이 기간 동안 국가의 전 국민을 위해 강림한 자기 국가의 수호신(守護神)인 각각의 천신(天神)을 즐겁게 하려고 신에게 바치는 헌신적(獻神的) 차원의 성가무(聖歌舞)와 자신들의 삶의 애환을 달래는 세속적인 가무를 중심으로한 축제판이 복합적이고도 연속적으로 어우러졌을 것이다. 이런 종합적인 성격의 기능을 지녔을 제천의식의 제반 행사에서는 부족 최고통치자를 중심으로한 부족국가 구성원간의 공동체 의식을 높일 수 있는 사회적 유대 강화 차원의 놀이판이 큰 몫을 담당했던 것으로 판단된다. 특히, 한 해의 새로운 시작을 맞이하는 위치에서 생활의 안녕을 위해서는 필수적이었을 자연적인 재앙을 피하며 물질적 생산의 풍요(豊饒)를 얻고, 질병으로부터 벗어나 개별 구성원의 건강을 유지하고, 이웃 부족의 군사적인 침공에 대한 방어 등의 국가와 개인의 제반 소망에 대한 기원이 이루어지기를 바라는 축제로서의 가무와 놀이가 주축을 이루는 축제판이 한바탕 벌어졌을 것이다.

이런 상황들을 놓고, 앞의 『삼국지』의 「위지 동이전(東夷傳)」의 역사 기술에서는 "며칠씩 술을 마시고 노래와 춤을 계속하였다"고 한 것으로 해석할 수 있다. 이처럼 규식적(規式的)인 제의(祭儀)를 비롯한 거대한 가무(歌舞)가 진행되던 축제기간에는 그 의식에 참가한 다수 앞에서 미결된 옥사(獄事)들을 처리하기도 하고, 특히 천신(天神)의 이름으로 '죄수들을 석방'하는 은전(恩典)을 베풀어 공동체 구성원간의 갈등을 화해로 이끌고, 악행을 용서하고 새로운 삶을 살아가도록 길을 열어주는 형옥(刑獄)의 문제까지 다루었던 것은 이 의식이 단순한 종교행사만이 아니라 제정일치 시대의 복합적인 기능을 실질적으로 수행하고 있었음을 보여주는 대목이다. 특히, 전쟁이 있을 때에는 하늘에 제사를 지내고, 희생(犧牲)으로 사용한 소를 잡아 그 발톱을 보고 길흉을 판단하는 점을 치기도 하였다[2])는 것이 이런 해석의 신빙성을 높여준다.

고구려의 제천의식(祭天儀式)도 부여에서 행한 영고(迎鼓)와 대체적으로 유사한 형식을 보인다. 그러면서도 구체적인 내용에서는 부분적으로 달리 기술되고 있어 두 지역의 제천의식의 실제적인 진행 방식에는 일정 부분의 차별성을 지니고 있었던 것으로 판단된다. 예를 들면, 우선 고구려에서는 이 행사에 대한 이름 자체를 동맹(東盟)으로 명명하였고, 천신에 제사를 지내는 시기 또한 10월에 행한 것으로 기록하고 있다. 이 행사 때에는 천신의 성격도 추상화시키지 않고, 구체적인 수신(隧神)으로 천신의 성격을 제한하여 그 신의 상징적인 신상을 모시는 쪽으로 나아간 모습을 보여주고 있다. 즉, 수신(隧神)을 높은 곳에 모시고 제사했을 뿐만 아니라, 이 신이 좌정하는 자리에는 나무로 된 신의 형상인 목수(木隧)를 특별히 모시었다[3])고 기록하고 있다. 한편 동예(東穢)에서는 천신에게 드리는 이 의식을 무천(舞天)이라 명명하며, 그 시기는 고구려와 동일한 10월에 개최하였다 한다. 그 때에는 부여의 동맹(東盟)에서처럼 밤낮을 헤아리지 아니하고 술을 마시고 노래하고 춤을 춘다는 사실을 이 기록에서는 강조하고 있다. 특히, 이 나라에서는 산신(山神)의 기능을 했을 법한 호랑이를 신으로 모시고 제사를 한다[4])고 하여 보편적인 천신(天神)과 구체적인 지상의 산신인 호랑이로 상징되는 구체적인 형상의 신을 모신 것으로 해석할 수 있다. 이와 더불어 부여에서는 희생으로 소를 쓰고 점복(占卜)을 하는 것과 같은 행사는 없었던 것으로 보인다.

부여, 고구려, 동예에서는 이 제천의식에 고유의 이름이 있었음에 반하여 특별한 명칭을 부여하고 있지 않는 것으로 보이는 삼한(三韓)의 제천의식은 그 시기부터 판이하였다. 5월에 파종(播種)을 마치면서 귀신에게 제사한다고 하였다. 이 때에도 군중이 모여 노래하고 춤추며 밤낮을 헤아리지 아니하였

---

2) "以殷正月祭天國中大會連日飮食歌舞名曰迎鼓於是時斷刑獄解囚徒 …… 중략 …… 祭天殺牛觀蹄以占吉凶蹄解者爲凶合者爲吉"
3) "十月祭天國中大會名曰東盟其公會衣服皆錦繡 …… 중략 …… 其國東有大穴名隧穴十月國中大會迎隧神還於國東上祭之置木隧於神坐"
4) 十月節祭天晝夜飮酒歌舞之爲舞天又祭虎以爲神 …… 중략 …… .

으며, 춤을 출 때에는 수십인이 함께 일어서서 서로 따르면서 땅을 디디며 손발을 낮추었다 높였다 하며, 서로 장단을 맞추는 탁무(鐸舞)와 비슷한 춤을 춘다고 하였다. 그 뿐만 아니라, 여기에서는 다른 부족국가와 달리 10월에도 농사가 끝나면 또 이러한 제천의식을 반복하여 연중 두 차례 제천의식을 진행하고 있다고 하였다. 또 제천의식을 주관할 제주(祭主)를 그때그때 마다 별도로 한 사람씩 뽑아 천군(天君)이라 이름하고, 천신(天神)에게 드리는 제사를 주관하게 한 점도 특이하다. 이러한 기록은 이들 나라에서는 천제를 주관하는 종교적인 지도자와 정치지도자가 분명히 구분되고 있음을 보여주며, 농사의 시작 때 드리는 풍요를 기원하는 행사와, 천신(天神)의 가호로 풍성한 수확을 얻은 고마움에 대한 감사제란 농경사회 생활을 반영하는 보다 성숙된 농경문화(農耕文化)를 반영하고 있다고 할 수 있다. 또, 별읍(別邑)5)을 두어 솟대신앙으로 신성성을 보다 구체적인 일상생활 속으로 끌어들이기도 하였다.

그 이후의 우리 역사 기록에도 제천의식에 관한 기록을 하고 있지 않아, 그 전승적 변이의 양식을 통시적으로 파악할 수는 없지만, 당시의 제천의식(祭天儀式)의 형태는 몽골에 남아있는 산 정상에 세워진 규모있는 신성제단이나 천제의식에서 어느 정도 유추할 수 있다. 뿐만 아니라, 국내에서도 비록 변이의 정도는 인정한다 하더라도 은진별신굿, 동해안 별신굿, 하회별신굿 등은 이런 제천의식의 후대 전승 양상으로 추정할 수 있다.

비록 개괄적이긴 하지만, 「위지 동이전(東夷傳)」 기록을 통해 유추해 볼 수 있는 사실은 우리 민족의 다양한 제천의식들이, 당시의 우리 민족의 현실적인 삶의 가장 중심에 놓여 있는 종교적 행위였다는 것이다. 그 한 예로, 소도(蘇塗)는 천신제를 진행하는 신성 공간으로서, 큰 나무를 세워 그 신성성을 드러내었고, 일반 공간과 구분되는 이 성소(聖所)에는 죄인이 들어가 숨어도, 그를 체포할 수 없었던 절대적 신성공간으로 여겨졌음이 그 사례이다. 진한(辰韓)에서는 큰 장대에 북과 방울을 달아세우고 이 곳을 통해 천신이 지니고

---

5) 五月下種訖祭天鬼神群聚歌舞飮酒晝夜無休其舞數十人 …… 중략 …… 事鬼神諸亡逃至其中皆不還

있는 신성성이 지상으로 내려온다고 믿었다.6) 이런 제천의식은 단순한 현실 생활 속에서의 제화구복(除禍求福)만이 아니라, 천신의 의도, 즉 천의(天意)에 따라 통치자들이 정치를 이끌어가려고 하는 자연순응(自然順應)의 천명관(天命觀)으로 이어질 토대를 보여준다.

또, 제천의식(祭天儀式)이라는 보편적인 이름으로 인식되고 있는 이 천신신앙은 부족 국가를 구성하는 공동체의 통치자에게만이 아니라, 구성원 개개인에게도 몇일간 계속되는 집단적인 가무 행위를 통해 집단적인 영성(靈性)의 체험, 내지는 망아(忘我)의 체험을 겪게 됨으로써 순간적인 신인합일(神人合一)에 해당되는 특수한 영적(靈的)인 경험을 하게 된다. 이는 순간적인 입신경(入神境)이라 할 수 있는 신비경을 체험하여 그들이 추구하는 그야말로 '공동의 환상체험'으로서 공동체의 결속력 강화는 물론 삶에 대한 새로운 활력을 얻는 계기가 된다. 이 점이 규식적(規式的)인 제천의식에서 겪게 되는 경외의 대상으로서의 천신의 신성(神聖)과의 일정한 거리감을 제거하고, 제천의식에 동참한 모든 공동체 구성원이 하나가 되는 신성의 거대한 수평적인 감응(感應)의 순간이요, 동시에 천신(天神)과 개체적인 자아 하나하나가 천신의 분신(分身)이 되는 나아가서는 천신 그 자체와 융합되는 거대한 수직적 신성(神性) 감응의 축제판으로 전환되는 것이다. 이런 제천의식의 절차로서는 제2부, 제3부에 해당될 수 있는 '홍청거림'으로서의 대규모 축제가 당대의 제천의식이 지닌 진정한 의의로 해석할 수 있다. 이런 축제편에 해당되는 그들의 외연적인 행위를 놓고 「위지(魏志) 동이전(東夷傳)」의 서술자는 '국가적 대집단(大集團)의 연일(連日) 음주가무(飮酒歌舞)'란 표현으로 기술하면서, 우리 민족의 신성축제문화요, 놀이문화를 개성적 행위로 지적하는 데 그쳤던 것이다.

이러한 시각에서 당시의 제천의식(祭天儀式)이 지녔던 기능과 의의를 생각한다면, 이런 형태의 제천의식인 가무중심형 민족 대축제는 동북아시아에 뿌리를 둔 몽골계 부족들의 공통적인 관습으로 이해할 수 있다. 특히, 몽골계 부족들이 시베리아에 원천을 둔 무교문화(巫敎文化)와의 습속에서 지켜오던

------

6) 「魏志 東夷傳」에는 "信鬼神, 國邑各立一人, 主祭天神, 名之天君, 又諸國各有別邑, 名之爲 蘇塗, 立大木縣鈴鼓, 事鬼神, 諸亡桃至其中"

샤마니즘적 종교적 행위가 보다 한민족적 양식으로 전환하며, 토착화하는 양상을 보여주고 있다는 해석이 가능하다. 이는 동북아시아의 비교문화적 측면 내지 비교종교학적 측면에서의 보다 심화된 논의를 통해 우리 사회문화적 뿌리 찾기 작업이 더욱 심화됨으로써 객관성을 확보하게 되겠지만, 이런 축제문화가 집단적 흥을 일구고, 사회적 신명을 쌓아가는 데 크게 기여한 것만은 분명하다. 이런 과정을 통해, 천신과 통치자, 나아가서는 일반 백성이 혼연일체가 되고, 천신의 축복 속에 일정한 신성성을 물려받아 일상적 소원의 성취를 통한 행복한 삶을 만들어갈 수 있다고 믿었던 당대의 민족 구성원에게는 천인융합(天人融合)을 지향하는 공동적 축제판의 신비적 체험이 우리 초기 사회문화나 사상체계를 형성하는 원천으로 작용하고 있었다고 할만하다.

또, 이를 부연해본다면, 제천의식으로 표현되는 각 부족국가들의 축제의식, 즉 천신을 모시는 민속축제는 광명신앙7)과 기복적 신앙이 강하였다. 특히, 천(天)으로 표현된 절대신에 대한 천신신앙(天神信仰)이 기저에 깔린 제천의식에는 천신을 맞고, 천신과 함께 즐기고, 천신을 하늘로 송별하는 의식의 구체적인 모습은 표현하고 있지는 않지만, 현재까지 전승되고 있는 무교의례의 '영신(迎神)'에서 시작하여 '오신(娛神)'의 과정을 거쳐, '송신(送神)'의 과정에 이르는 제의의 기본적인 구조8)는 이미 당시에 골격을 갖추고 있었을 것이다. 그들은 특히, 신들을 즐겁게 해주는 오신(娛神) 대목에서 오랜만에 하강한 천신(天神) 내지 조상신(祖上神)과 부족국가 공동체의 전체 구성원이 함께 즐길 수 있는 축제판을 만든다. 이 축제판은 신명이나 흥이 지닌 신성성을 국가적 차원에서 회복하게 되는 계기로 작용하였을 것이다. 이때 개인은 신적 영험의 자기 내적 영입을 이루고, 그 기운이나 믿음을 이 축제 이후의 한 해 동안 천신(天神)의 가호 속에 살아가는 원동력으로 삼았을 것이다. 동시에 천신은 천신대로 자신이 인간에게 내려준 축복을 천손(天孫)인 인간들이 고마워하는 모습을 보고 즐거워하는 오신(娛神)의 기능을 지니리라고 그들은 판단했을 것이다. 이런 양면성이 국가적 차원의 이 천신축제가 지닌 총체적인 기능이

---

7) 柳東植, 『風流道와 한국의 종교사상』, 연세대학교출판부, 1988, 40~41쪽
8) 조홍윤, 『한국의 무교』, 정음사, 28쪽

었을 것으로 추정된다. 여기에서 며칠간 지속되는 음주가무의 발랄한 영적(靈的)인 감응이란 집단체험은 강신체험(降神體驗)에서 얻어지는 황홀경에로의 몰입은 '작은 자아'의 죽음을 통한 자연과 신과 인간이 '크나큰 하나'로의 부활이란 삶의 무한 확장을 일시적이나마 체득하게 됨으로써 인생의 화복을 주관하는 천신과의 사귐의 완성을, 크나큰 하나됨을 실현하는 위대한 축제기능을 단적으로 보여준다.9)

제천의식의 이런 문화구조나 구성원의 심리적 전환의 틀은 이 제천의식의 근원에는 원래의 천신신앙과 동아시아의 무교문화(巫敎文化)의 본질이 용해되어 가무형(歌舞形) 축제 중심의 제천의식(祭天儀式)의 형식을 우리 조상들이 이미 갖추고 있었음을 보여준다. 이는 제천의식의 주관자와 이에 참여한 구성원들의 천신과의 집단적 만남이며, '거대한 하나됨'이다. 이러한 종교적인 엄숙성을 통한 절대자와의 경건한 만남과, 신명을 주축으로한 격의 없고 흥겨운 만남이란 이중성은 세속적 인간에게 부여되는 일시적 신성성의 직접적이고 감동적인 체험으로 작용하였을 것이다.

2) 단군신화를 통해 본 천신사상

우리 조상들은 전통적으로 하늘은 인간의 생사화복을 주관하는 초월적 존재인 천신이 머무르는 곳이요, 세상만물을 주재하는 인격적 실재라고 믿었다. 그래서 하늘에 대한 믿음은 하늘이 단순한 우주적인 천공(天空)이 아니라 외경(畏敬)의 대상으로 신앙하는 천신관(天神觀)을 낳게 되어, 하늘을 주재하는 가시적 신격으로 태양과 달을 신앙하는 광명신앙(光明信仰)10)으로 나타났다. 이런 전통적 천신신앙(天神信仰)은 민족 시조신화인 단군신화에서 구체적인 서사 형태로 드러나게 되었다. 그 결과, 단군신화의 천신의식을 비롯한 신화적 사유(思惟)는 우리 민족 집단적 사유나 초기 신앙형식의 한 원형으로 이해

---

9) 柳東植, 앞의 책, 41쪽.
10) 최남선은 「불함문화론」에서, '붉'사상이 태양을 상징하는 하느님 신상인 천신신앙으로 보았다.

될 수 있다.

이런 시각에서 본다면, 단군신화는 천손신화(天孫神話)의 전형적인 모습을 아주 직설적으로 제공하고 있다. 여기에서는 환웅을 통한 천신강림(天神降臨) 화소(話素)와 더불어 지모신(地母神)에 비의되는 곰의 변신 화소(話素), 단군의 출생 화소(話素)가 지닌 천지융합(天地融合)에 의한 지상계에서의 개국을 신화체계의 핵심으로 삼고 있다.11) 물론 단군신화에는 일연(一然)이 승려였기 때문에 작용할 수 있었을 불교적인 의도가 부분적으로 첨가될 개연성이 있지만, 신화의 큰 골격은 신화시대부터 전승되던 민족 발생신화로 보아 무방할 것이다.

단군신화에서 환인(桓因)은 '제석'(帝釋)으로 제시되고 있다. 제석은 천부(天符)와 같이 불교 경전에서 나온 말이다. 제석은 33천(天)의 중심 신격으로서, 천신 중 최고의 신12)이다. 불경에서는 이 신이 생사화복(生死禍福)을 주관하는 초월적 존재요, 인류의 대역사를 주관하는 신으로 등장하고 있다. 단군신화에서의 제1세대인 환인의 '환'은 '광명한 하늘의 신'을 가리키며, 이는 고조선의 천신신앙의 '환인'을 제석이란 불교적 용어로 표현13)란 것으로 보기도 한다.

단군신화 중에서 환인의 아들 환웅(桓雄)이 지상계로 내려와서 홍익인간(弘益人間)에 뜻을 두고 지상의 국정을 주재하는 부분은 천신이 환인의 아들을 통해 인간 역사에 개입하고 있음을 시사해준다. 천신으로 상정될 수 있는 환인은 천자(天子) 환웅을 통해 질병의 치료와 농사일을 주관하게 함으로써, 천손(天孫)의 위치에 있는 단군이 백성들을 보호하고 통치한다는 내용을 지니고 있다. 또, 바람의 신과 비의 신과, 구름의 신을 거느리고 태백산에 내려오는 환웅의 이동은 환웅의 농경신(農耕神)으로서의 기능과 천자의 하강이란 두 가지 의미를 함께 보여준다. 환웅이 태백산 신단수(神壇樹) 밑으로 하강하

---

11) 단군신화는『삼국유사』이외에도, 이승휴의『제왕운기』(帝王韻記),『세종실록 지리지』(世宗實錄地理志) 등에 전한다.

12) 柳東植, 韓國巫教의 構造와 歷史, 연세대출판부, 30쪽

13) 李丙燾,『韓國史 ― 古代篇』(震檀學會編; 乙酉文化社, 1959), 74쪽; 柳東植, 같은 책, 30쪽 참조

는 것은 그가 내려온 신성공간인 신시(神市)가 바로 천손들이 살아가는 나라임을 강조함과 동시에, 그가 내려온 신목(神木)은 우주세계의 중심이며, 천상계와 지상계가 교류되는 접점으로서 우주산(宇宙山) 속의 '우주목'(宇宙木)으로 상정되고 있음14)을 뜻한다. 이러한 신화의 핵심적 상징이 보여주는 천신신앙, 신목신앙(神木信仰)은 고대인들의 깊숙한 마음에 자리하며, 후대의 산신목, 서낭목 신앙으로 자리하여 왔다.

또, 이 단군신화는 환웅의 아내로 단군을 낳는 웅녀(熊女)를 통해 고귀한 천자와 비천한 지상 존재의 이류결합(異類結合)을 상징적으로 제시하고 있다. 물론, 그 과정에는 곰이 여인으로 변신한다는 상징성이 주요한 기능을 하고 있다. 곰이 쑥과 마늘을 복용한다는 것은 지모신을 상징하는 웅녀가 햇빛을 못 본 채 동굴 속에 삼칠일을 머문 끝에 인간으로 재생(再生)15)하는 데 요구되는 제2의 조건이었다. 야생동물인 곰16)의 빛 없는 동굴 속의 생활은 움직임의 거부에 동반되는 사색적(思索的) 생으로 동물적 일상성을 차단한 속에서 비일상적 음식을 먹으며 질적 변화의 과정을 통해 새로운 탄생을 하게 됨을 뜻한다. 이는 공간의 하강을 통해 신성 공간을 버리고 세속 공간으로 강림하여 세속 공간 속에서 살아가는 인간들에게 행복한 삶을 제공하겠다는 천자의 의지와, 지상의 동물이 인간들과 수평적인 공간에서 살아가면서도 존재의 질을 높이겠다는 욕구가 결합된 것으로 보인다. 이는 다른 측면에서 본다면, 웅녀인 곰이 겪어낸 시련의 자발적인 선택과 그 인고(忍苦)의 의지가 천손으로 자부하기 위한 인간들에게 선행되어야 한다는 선민적(選民的) 존재로서의 의무도 동반하고 있다.

이처럼 단군신화의 천신사상은 『삼국지』의 「위지(魏志) 동이전(東夷傳)」 등에 나오는 제천의식(祭天儀式)에 관한 기록에서 확인할 수 있듯이, 우리 민족이 간직해왔던 전통적인 천신관념(天神觀念)을 근거로 하면서, 우리의 통치자

---

14) 李恩奉, 앞의 책, 99∼148쪽; 柳東植, 앞의 책, 31쪽; 金烈圭, 앞의 글, 54쪽이하 참조.

15) 柳東植, 韓國巫敎의 歷史와 構造, 연세대출판부, 1975, 32쪽

16) 물론 곰은 시베리아 여러 부족들 사이에서는 아직도 신성시 되고 있고, 경우에 따라서는 곰축제라는 전통적 의식까지 하고 있는 곰토템 관습과도 연관된다.

가 천상의 신이었다는 지배자에 대한 신격화 과정과 그들의 통치권 속에서 보호받고 살아가는 백성들이 천신의 후예라 자부(自負)라는 의미가 함께 내포되어 있다. 이와 더불어, 천신의 일상적 삶은 인간의 생활과 멀리 떨어져 있는 것이 아니라, 연례적인 천신축제를 통해 그들과 함께 살아가고 있다는 사실을 주기적으로 반복 확인하고 있다. 이는 산악의 정상에 천제단을 쌓고 단군신을 모시는 제천의식의 정치 사회적인 의미이며, 동시에 각 마을 단위로는 동신제(洞神祭)라는 별신제를 조선조말까지 지내왔던 유가적(儒家的) 축제판과 무교적(巫敎的) 축제판이 융합된 전통축제의 뿌리로 작용해온 것이다. 다만 제천의식의 기능과 규모가 국가 권력 중심에서는 천제단(天祭壇)에서 국가의 안녕을 기원하고, 마을 단위에서는 동신제로서 마을과 가정의 행복을 기원하는 것으로 그 역할을 달리 해왔을 뿐이다. 이로 보면, 그 두 가지 제천의식은 여전히 원초적인 천신제가 지닌 기능을 유지하고 있었다.

3) 유불선 삼교사상의 수용에 따른 천신사상의 변모

고조선 이래의 천신사상은 삼국시대, 통일신라시대를 거쳐 고려조에 이르러 유교와 불교, 도교 사상과, 특히 민간에 인기가 높았던 음양설(陰陽說), 참위설(讖緯說), 풍수지리설(風水地理說) 등과 습합되면서 인간의 운명을 주재하며 생사화복을 주관하는 일상 생활 속의 민간신앙으로 스며들었다. 또한 신라의 '풍류도'를 계승한 '팔관회'(八關會) 등을 통하여 상층문화에 자리를 잡아 '천령'(天靈) 및 오악(五嶽)을 대표로 하는 명산대천(名山大川)의 산신이나 용신을 섬기는 천제, 호국용신 신앙으로 그 뿌리를 내리게 되었다. 추수기가 끝나는 11월에 팔관회를 베풀어 천신을 위시한 산천의 여러 신을 숭앙하였고, 최고 천신인 '천령'(天靈)을 숭배하면서 나라를 수호하는 사직신(社稷神), 가족의 수명을 주관하는 제석신(帝釋神) 등과 같은 국가수호신, 가정 수호신으로 분화하여 숭배하게 되었다. 그처럼 국가에는 왕이 있고, 그를 보필하는 여러 신격이 있고, 그 아래 백성(百姓)이 있듯이, 천상의 신들의 세계에서도 최고신인 천신이 유일한 존재로 있고, 그 밑에 몇몇 신격이 있고, 또 그 아래에 다수의 잡귀(雜鬼)들이 있다고 믿었다. 이러한 종교적 인식의 변모는 '종법사상'(宗法思想)을 만들어 내어 개개인이 지닌 생명의 원천은 결국 조상, 다시 조상의 조상격에 해당하는 시조, 또 다시 그 시조의 원류인 천신인 상제(上帝)로 이어지는 자기 뿌리에 대한 믿음의 원천을 가지게 되었다. 그래서 나라의 신인 사직신(社稷神)은 국가의 안녕은 물론 백성들이 일상의 생활을 안전하게 누릴 수 있도록 보호해주는 신격으로 국가가 중심이 되어 숭상하는 신이 되었다.

전통적 천신관념은 공자의 주재적이며 운명적인 성격이 강한 천(天)사상과, 맹자의 의리적인 측면이 강조되는 천사상, 동중서(董仲舒)의 음양오행적인 성격이 짙은 천, 정자(程子)나 주자(朱子)의 원리적인 천사상 등이 융합되어 있다. 특히, 태조는 천신의 명령인 천명(天命)에 따라 혁명을 하여 왕은 천신을 대리하여 국가를 통치한다는 점을 내세우게 되었다. 천신으로 상징되는 하늘을 공경하듯이 조상신을 따르고 백성을 사랑하며 친족간의 관계를 돈독(敦篤)히 함을 중요시하였다. 그래서 위로는 신들을 모시고 아래로는 이웃과의 파쟁을 조화시키며 검소한 생활을 할 것을 강조하였다. 또, 천신은 인군(人君)을 사랑하고, 임금은 재난을 당하면 늘 수기반성(修己反省)으로써 정성을 다하면 천재지변도 면한다고 생각했다. 또한 사람의 마음은 하늘과 상통한다는 천인일리(天人一理) 사상에 따라 인간이 악한 마음을 가지면 천신이 화를 내리고, 선한 마음을 품으면 천신이 복을 내린다고 믿었다. 이는 더 이후에도 인간의 인성(人性)을 형성하고 있다는 천신, 즉 하느님 관념으로 발전하였다.[17]

이러한 전통적 천신관은 유일신적 신앙을 보이면서도 다른 한편으로는 다신론적 태도도 함께 지니고 있는 점이 특징이다. 이는 여러 종교나 사상들을 혼합적으로 수용하려는 우리 천신관이나 사상의 한 흐름에 해당된다. 예를 들면, 유교의 천(天), 불교의 천제석(天帝釋), 도교의 옥황상제(玉皇上帝)는 공존하면서 하나로 인식되기도 하였다. 그러면서도 우리의 천신 관념 속에는

---

17) 박종천, 단군신화의 相生理念에 대한 신학적 해석 (II), 108~124쪽

수많은 신들간에 일정한 위계가 있었다.[18] 이는 다신교적 현상과 유일신적인 최고신의 실재를 조화롭게 공존시키는 우리 나름의 의식체계라 할 수 있다.

이처럼 우리 민족의 전통적 천신관념은 그 전개 과정에서 유입된 유교, 불교, 도교 등의 종교들의 신관과는 반드시 일치하지는 않는다. 물론 유가적 사상의 수용이라는 측면에서 볼 때, 천신신앙이 근본에 대한 은혜를 잊지 않고, 원천을 생각하여 감사하려는 보본반시(報本反始)의 정신에 그 맥을 두는 쪽으로 변모된 것은 사실이지만, 전통적인 천신관의 기본 뼈대는 유지해왔다. 다만 천신을 우주만물의 최고 주재자요 지배자로서 삼라만상 안에 존재하는 귀신이나 신령들과 분명히 구별되는 존재로 여기는 것은 민간의 관습적 차원에서 그대로 유지되었다. 그래서 천신은 단군신화의 환인처럼 인격적 존재로서 가까운 혈연의 관계로 인식되기도 하였다. 그래서 아들 환웅을 지상에 보내어 인간의 복된 삶을 계도한다고 믿으면서도, 다양한 여러 신들과의 관계도 인정하여 가정, 마을, 산을 비롯하여 곳곳에 신을 모시고 섬기기도 하였던 것이다. 그 결과 마을 산신에게 제사하는 동신제(洞神祭)에서부터 가정에서 제사하는 성조제(成造祭)에 이르기까지 크고 작은 다양한 신들의 세계가 조화로운 공존의 세계를 유지하면서 신앙의 기능을 감당해왔다. .

2. 조선조 유가문학의 한 흐름

1) 조선중기 유가문학의 일반적 성격

유교사상은 우리 민족의 정신적 틀을 이루는 데 지대한 영향을 끼쳐왔다. 유교는 불교와 더불어 우리 민족의 사상적 지주로서의 한 축을 담당했다. 유교는 여타의 사상이나 종교보다 정제된 윤리체계와 학문으로서 우리의 생활은 물론 학문과 문화 특히 문학에 강력한 힘을 미쳤다. 유교윤리가 지닌 기본 덕목인 효제(孝悌)와 충서(忠恕)는 문학의 주요한 주제로 자리하고 있었다. 전

---

18) 金泰坤, 『韓國巫俗硏究』, 集文堂, 1981, 288쪽.

자는 친애(親愛), 즉, 효도와 존경의 원리로, 후자는 진실, 즉 성실과 이해의 원리로 투영되었다. 만행의 근본이라고 본 효사상은 경애와 자애과 우애의 뿌리로서, 종적으로는 어버이에 대한 경애로부터 멀리는 조상에까지 보본추원(報本追遠)으로 서사문학의 주제로 자리하였다. 효는 횡적으로는 부모와 자녀에 대한 애휼에서부터 타인의 부모와 자녀에까지 확대되어갔다. 그래서 부모형제와의 관계를 기본으로 하면서도 사해동포(四海同胞)에까지 추급하였다. 또, 충서(忠恕)는 공자의 '주충신(主忠信)'에서처럼 거짓없는 성실과 믿음으로, 남의 처지와 심경을 나의 것으로 환원시켜 헤아리는 마음인 '서(恕)'로 나아갔다.

또, 제가(齊家)·치국(治國)·평천하(平天下)를 내세운 『대학(大學)』의 가르침은 가정과 사회국가의 윤리가 되어, 효는 사군(事君)의 도(道), 제(悌)는 사장(事長)의 도(道), 자(慈)는 사중(使衆)의 도(道)가 되었다. 가정윤리는 곧 사회국가의 윤리로 연결되는 바탕으로 삼았다. 『중용(中庸)』에서는 인간적 가치의 궁극적 근원을 인간의 본성에 두었으며, 인성(人性)은 천명(天命)에서 유래한다는 형이상학적(形而上學的) 원리를 제시하였다. 지(知)와 행(行)을 연결하여, 양자가 과불급(過不及)이 없는 중용(中庸)의 상태를 내세우고, 그 실질적 기반으로 성(誠)을 내세우며, 인(仁)으로써 도덕을 일관하는 최고 이념을 삼았다. 그리하여 수신(修身)·제가(齊家)·치국(治國)·평천하(平天下)를 이룩하려는 윤리학, 정치학의 길을 열었다. 이러한 유교원리를 적극 수용하는 우리 문학은 충과 효를 중요한 주제로 삼게 되었다.

조선시대 신유학은 중국 정주학(程朱學)에 뿌리를 두고 있지만, 심성(心性)과 이기(理氣)에 대하여 조선시대 학자들은 기본원리를 중심으로 하면서도 일정한 방향 전환을 모색하였고, 그 결과 심성(心性)에 대한 논의는 진일보하기에 이르렀다. 이런 조선조의 신유학에 대한 학문적 심화는 주자학(朱子學)이란 학문에서 뿐만 아니라, 정치적 영역에서도 크게 힘을 발휘하였다. 문학에서도 일반 유학은 물론 신유학(新儒學)의 성리학적 기반을 담은 작품들이 창작되어, 독자들이 문학을 통해 유가사상을 이해하고 유가적 문화를 향유하는 데 크나 큰 작용을 하게 되었다. 특히, 조선조 사대부들의 문학관 자체가 유가(儒家)의 도(道)를 담는 데 주력한 중국의 정통적 문학관을 수용하였기 때문에 평서민의 문학보다는 사대부 층에 속하는 상층 지식인들의 문학관에서 이러한 현상은 더욱 현저히 나타났다.

> 글이 道를 싣는 바는 수레가 물건을 싣는 바와 같다. 그러므로 수레를 만드는 자는 반드시 그 바퀴와 끌채를 꾸미는 것이고, 글짓는 자는 반드시 그 말을 착하게 하는 것이다. 모두 사람이 아껴서 쓰기를 바라기 위함이다. 그런데 나는 꾸미더라도 남이 쓰지 않는다면 헛된 꾸밈이 되어서 實에 도움이 없다. 하물며 물건을 싣지 않은 수레와 道를 싣지 않은 글은 비록 그 꾸밈을 아름답게 할지라도 또한 무슨 소용이 있겠는가.[19]

이런 '재도론적(載道論的) 문학관' 자체가 이미 주돈이(周敦頤)의 문이재도론(文以載道論)에 뿌리를 두고 있다. 이런 문학관은 문장과 도덕의 관계를 문장을 이루는 두 가지 요소인 文辭와 도덕을 함께 고려하여, 실(實)하고도 예(藝)한 것을 돈독히 하는 자가 쓰는 문장이 아름답다는 견해이다. 이는 글을 짓는 이는 도덕에 힘 쓸 줄 알아서 예(藝)로만 흐르지 말 것을 경계한 것으로, 문예 그 자체를 부정한 것이 아니다.[20] 문장에 있어서의 도(道)를 보여주는 것만으로 도성덕립(道成德立)할 수 있는 것은 아니므로, 문장이 유자(儒者)의 학문에 필요한 것이지만 문장학만으로 유자학이 될 수 없으며, 유자학은 문장학 이상이어야 한다고 생각했다.[21] 이런 사상을 물려받은 조선조의 유자들, 특히 도학자들은 재도론적(載道論的) 측면에서의 성학지도(聖學之道) 사상에 근거하여 문장, 구체적으로는 문장의 도(道)를 강조하는 문학론을 내세우며, 이런 문학관을 실제 창작을 통해 실현하고자 했다.

그래서 이런 문학사상을 '시는 바로 도(道)'라는 시조로, 성리학의 '진리'를

---

19) 文所以載道猶車所以載物 故爲車者必飾其輪轅 爲文者必善其詞說 皆欲人之愛而用之 然我飾之而人不用則猶爲虛飾 而無益於實 況不載物之車 不載道之文 雖美飾 亦何爲乎.

20) 鄭堯一, 漢文學批評論, 集文堂, 1990, 179쪽.

21) 鄭堯一, 앞의 책, 188쪽.

문학화하여 제시하기도 한다.

> 古人도 날 몯 보고 나도 古人 몯 뵈
> 古人을 몯 봐도 녀던 길 알퓌 잇니
> 녀던 길 알퓌 잇거든 아니 녀고 엇덜고

　성리학(性理學)의 대가 퇴계(退溪) 이황(李滉)의 「도산십이곡(陶山十二曲)」 중의 한 수인 이 시조는 성현(聖賢)이 행하던 바를 이어받아 행하고자 하는 의지를 굳게 다짐하는 작가의 태도를 수식없이 드러내고 있다. 작가가 가고 자 했던 '길'이 바로 유교에서 말하는 '도(道)'의 실천이다. 특히, 여기에서는 학문을 하는 즐거움 속에서도, 성현(聖賢)의 도(道)를 따르기 어려운 데서 생 기는 근심과, 그러한 근심 속에서도 끊임없이 성현(聖賢)의 도를 따르고자 하 는 학문의 즐거움을 감흥을 높일 수 있는 시가로 제시한다.[22] 유학자(儒學者) 들에게 일관된 목표였던 도(道)의 추구는 문학에 있어서도 예외는 아니었다.
　그래서 삼강오상(三綱五常)의 구체적인 덕목을 주제로 삼은 작품이 유가문 학의 주류를 이룰 수밖에 없었다.

> 聖恩이 기픈 아리 五倫을 발켜스라
> 敎訓生聚 ㅣ라 절로 아니 닐어가랴
> 天運循環을 아옵게다 하느님아
> 佑我邦國ㅎ샤 萬歲無彊 늘리소셔
> 唐虞天地에 三代日月 비최소셔
> 於萬斯年에 兵革을 그치소셔
> 耕田鑿井에 擊壤歌를 블니소셔
> 우리도 聖主를 뫼옵고 同樂太平 ㅎ오리다

---

22) 퇴계는 「陶山十二曲跋」에서 '우리 동방의 가곡은 대체로 음란하여 족히 말할 것이 못된다. …… 중략 …… 본디 음률을 알지 못하나, 오히려 세 속의 음악을 듣기 싫 어할 줄은 알아서 한가히 지내며 병을 고치는 여가에 무릇 性情에 감동된 것이 있으 면 매양 시로 표현해 내지만, 그러나 지금의 시는 옛날의 시와는 달라서 가히 읊을 수는 있어도 노래할 수는 없다.'

박인로의 가사인 「태평사(太平詞)」의 마지막 대목이다. 여기서도 서정적 자아는 최고의 이상사회가 재현되어 전란이 없고 근심이 없는 시절이 이루어지기를 간절히 바라고 있다. 시대가 전란이 끝난 후이니 당연한 착상일 수도 있겠지만, 중국 요순시대의 이상사회(理想社會)를 추구함 그 자체가 정통적 유가사상의 반영으로 볼 수 있다. 이러한 표현은 지나칠 정도로 중국형 유교이념을 반영하고 있기 때문에 우리나름의 이상사회(理想社會)를 구축한 이상향(理想鄕)으로 삼기는 어렵다. 이는 민족적 주체성을 통한 유가사상의 문학적 형상에까지는 미치지 못했던 평범한 유학자들의 발상이겠지만, 때로는 유교사상을 질적으로 심화시키려는 작가도 나타나고, 소재로 대두되었다. 그 예가 심성론(心性論)을 대상으로 한 경우이다. 심성론의 문학적 형상화가 가장 직접적으로 나타난 작품은 심성가전(心性假傳)이다. 천군계(天君系)의 작품으로 분류되는 심성가전(心性假傳)은 유가적 관점에서 볼 때 바른 도리가 무너지고 세속 사회에만 관심을 가지는 일상인들에 대한 깨우침을 주제로 다루고 있다. 이런 작품은 중국의 가전(假傳) 작품에는 없었던 새로운 소재를 개발하여 유가적 주제를 제시한 경우에 해당된다. 물론 작가의 의도중에는 흥미거리를 끌어들여 파탈(擺脫)을 해보자는 속셈[23]도 있었겠지만, 인간본성 그 자체를 향한 관심과, 이의 대사회적(對社會的) 문제 제기나 계몽(啓蒙)도 있었을 것이다.

2) 유불사상의 창의적 묘합과 [구운몽]

(1) 최치원의 풍류도

최치원은 '도(道)라 함은 억지로 이름을 붙인 것이기에, 탁마(琢磨)의 도리가 끊어진 자리'[24]라 하였다. 이는 온전한 진리의 세계란 그만큼 근접하기 어려움을 지적한 것이다. 그러면서도 '나는 현경(玄經)을 고찰하고서 도(道)란

---

23) 조동일, 앞의 책, 469쪽.
24) 「崔文昌侯全集」, 성균관대 대도문화연구원, 1972, 137쪽,

중생에 자뢰함을 보았고, 성전(聖典)을 상고하고서 신(神)이란 지성에 감응함을 알았다'25)고 하여, 도의 필요성을 역설하며, 부지런히 정진하면 반드시 이룰 수 있다고 하였다. 다만, 그 도는 어느 한 종파의 종지(宗旨)에서 추구하는 편협한 도가 아니어야 함을 강조하였다.26) 이는 그가 지향하는 이상적인 도(道)는 삼교를 통괄하는 상위의 개념이고, 그 도가 한국적 도(道)의 지향점이 된다고 보았다.

그는 유교, 불교, 도교의 제 종교사상의 핵심을 포용하여 '풍류도'(風流道)란 사상체계를 제시하였다. 「삼국사기」에 실린 난랑비서(鸞郎碑序)가 그 '풍류도'(風流道)의 실체를 단적으로 보여주고 있다.

> "우리 나라에는 현묘(玄妙)한 도가 있으니, 이를 풍류(風流)라 한다. 이 교의 근원은 선사(仙史)에 자세히 실려 있으며, 실로 이는 삼교(三敎)를 포함하여 중생(衆生)을 교화한다. 그리하여 집에 들어오면 효도하고 나아가면 나라에 충성한다 …… 중략 …… 또 모든 일을 거리낌없이 처리하고 말을 하지 않으면서도 일을 실행한다. …… 중략 …… 모든 악한 일을 하지 않고 착한 일만을 받들어 행한다"27)

이 내용이 지닌 핵심어의 하나인 현묘지도(玄妙之道)는 유교의 정대지도(正大之道) 중정지도(中正之道), 불교의 원묘지도(圓妙之道) 대각지도(大覺之道), 도교나 선도의 현허지도(玄虛之道), 청허지도(淸虛之道)와 다른 현묘(玄妙)28)만의 의미를 지니고 있다. 이 현묘(玄妙)로 표현되는 풍류도(風流道)의 고유한 성격은 '실내포함삼교(實乃包含三敎)'의 포함이란 두 자에서 찾아진다. 그것은 바로 삼교의 조화(調和), 집성(集成), 절충(折衷), 통일(統一), 통합(統合)과는 의미가 판이한 것으로, 본래 고유의 정신이 삼교의 성격을 이미 다 포함하고

---

25) 위의 책, 369쪽

26) 金重烈, 『韓國文學思想史』, 「崔致遠의 문학사상」, 계명문화사, 1991, 161쪽

27) 「三國史記」, 卷四 眞興王紀 三七年條 "國有玄妙之道 曰風流 設敎之源 備詳仙史 實內 包含三敎 接化群生 且如入則孝於家 出則忠於國 …… 處無爲之事 行不言之敎 …… 諸惡莫作諸善奉行 …… "

28) 위의 책 108쪽.

있었다는 의미로 해석한다. 즉, 풍류도(風流道)는 이미 유불선(儒佛仙) 그 이전의 고유정신으로 유불선적(儒佛仙的) 성격의 각면을 내포한 동시에, 그보다도 유불선이 소유하지 않은 오직 풍류도(風流道)만이 지닌 고유한 특색까지 있다는 뜻으로 보기도 한다.29) 이 외에도, 한국인의 특성을 설명하는 측면에서 볼 때, 풍류도(風流道)는 한국인의 정신 속에 흐르는 원시성(原始性)이요, 고대성(古代性)으로, 풍월도(風月道), 고신도(古神道)라고 불러왔는데, 이를 신라시대에 일어났던 화랑도(花郞道)와 다른 정신으로 보거나,, 풍류도의 원류를 국조단군(國祖檀君)의 홍익인간(弘益人間) 이념에 근거한 것으로 보거나, 태양숭배(太陽光明), 원시공동체(原始共同體) 사회의 두레, 또는 부족국가의 정치를 집행하던 장소요 제천장(祭天場)이었던 소도(蘇塗)30)로 보기도 한다.

또, 풍류(風流)를 신(神)의 흐름으로 보는 새로운 견해, 즉 최치원은 삼교(三教)가 들어오기 이전의 고유한 신앙체계가 현묘지도(玄妙之道)요, 혹은 풍류(風流)로 보고, 일상적 감관경험으로 파악되지 않은 현묘(玄妙)한 자연의 영력(靈力)을 풍류(風流)라고 표현하기도 한다. 이는 언어학을 활용하여 바람이라는 말과 풍(風)이라는 말의 관계를 풀이하여 바람은 신(神)을 가리키는 것31)

---

29) 같은 책, 109쪽.

30) 韓國哲學會 編,『韓國哲學史 (上卷)』, 東明社, 1987, 154쪽.

31) 김용옥은 「나는 불교를 본다」(통나무, 1989, 137~139쪽)에서, 바람이라는 말과 風이라는 말의 관계를 단음절인 풍[pung]과 두음절인 바람[pa-lam]의 경우 동일한[p-]라는 성모로 시작되고 있다는 사실과, 풍의 운모의 운미(韻尾)인 [-ng]나 바람의 운미(韻尾)인 [-m]이 모두 동일한 비음계열이라는 사실을 주목하여, 단지[-ng]와 [-m]의 관계는 구강의 작용이라는 부위가 다를 뿐 같은 비음이라고 했다. 즉, [pa-lam]이 [pung]으로 변하는 현상은 음성학적으로 異化作用(dissimilation)이라고 하는데 [pa-lam]과 같이 최초[p-]와 최후[-m]이 모두 같은 순음일 경우 그 같은 순음들은 같이 붙어 있기를 싫어하여 異化作用을 일으킨다. 그러므로 우리는 바람이 풍의 우리말이 아니라, 바람이야말로 풍의 중국 상고음 체계를 반영하는 고화석이 우리말에 남아있는 형태라는 것이다. 風의 오늘 중국어발음은 휑[feng]으로, 순음인[p-]가 순치음인[f-]로 변한 것은 대개 唐末期의 변화로 보았다. [pung]이 [feng]으로, 그 [u]가 [e]로 변한 것도 [p]라는 脣音과 [u]라는 脣音 사이에서 일어나는 異化現象이듯이, 風이라는 동일한 글자의 발음은 바람(상고음)－풍(중고음)－휑(현대음)의 변천을 거쳤다고 볼 수 있고, 이 3단계 중에서 상고음과 중고음의 두 단계가 우리말에 보존되고 있다고 보았다.

으로 보는 견해이다. 풍류(風流)는 바람의 흐름이며 그것은 현묘(玄妙)한 신(神)의 길로 보았다. 그것은 흐름이며 길이기 때문에 정체(停滯)되지 않는 그 무엇이며, 잡히지 않는 그 무엇이며, 아니가지 않는 곳이 없는 그 무엇으로 해석된다.[32]

또, 풍류(風流)는 한국인의 영성(靈性)[33]을 통찰하고, 풍류도를 우리의 고유한 도(道), 곧 민족적 영성을 풍류라고 해석하는 견해도 있다. 이러한 시각에서 풍류도(風流道)를 어떤 고대 종교에 대한 명칭이 아니라 각종 종교를 형성케하고 외래 종교를 받아들이며, 이것을 전개시키는 종교문화의 장이며, 정신적 원리가 되는 영성(靈性)이며 민족의 얼로 해석하였다. 특히, 우리 고유한 영성인 풍류(風流)를 '부루'라는 고대어에 대한 이두식 표현으로 보아, '풍류(風流)'의 의미를 우리말의 '멋'으로 규정하였다. 이 멋이란 세속을 초월한 종교적 자유와 삶에 뿌리를 내린 생동감과의 조화에서 나오는 아름다움에 대한 의식으로, 유불선(儒佛仙) 삼교를 다 포함하고 있는 풍류도는 우리말의 한으로 해석을 한다. 그 결과 중생(衆生)에 접해서는 그들을 교화(敎化)하여 사람다운 사람이 되게 한다는 풍류도의 효율성을 총괄할 수 있는 우리말은 삶이며, 풍류도가 뜻하는 삶은 사람다운 삶을 이룩하는 인간의 그것이란 결론을 내려 우리의 영성인 풍류도(風流道)를 '멋진 한 삶', 또는 '한 멋진 삶'을 자아내는 창조적 얼[34]로 평가하고 있다. 이는 풍류(風流)라는 교(敎)의 근원은 선사(仙史)에 자세히 실려 있다고 했으므로, 선사(仙史)는 일반 도가사상과는 구별되는 한국적인 '선(仙)인 경천애인(敬天愛人), 홍익인간(弘益人間) 사상의 역사를 다룬 기록으로 추정되므로, 이 풍류도는 중생을 교화하여 사람다운 사람이 되게 하는 길을 제시한 세 종교 사상의 이상적인 조화는 물론 이를 뛰어넘는 하늘과 땅과 인간이 하나로 융합된 삼태극적(三太極的)인 관계에서 비롯되는 멋이라는 해석이 가능하다. 즉, 세속을 초월한 자유와 삶에 뿌리를 내린 생동감과의 조화에서 생겨나는 아름다움에 대한 의식[35]으로 해석할 수 있다.

---

32) 金容沃, 같은 책, 143쪽.
33) 종교문화의 내용과 형태를 규제하는 것.
34) 柳東植, 『風流道와 한국의 종교사상』, 연세대학교 출판부, 1997, 61~63쪽 참조.

그러므로 최치원의 풍류도(風流道) 사상은 삼교를 수용하면서도, 그 삼교를 뛰어넘는 사상이다.36) 그 결과, 풍류도(風流道)는 제반 외래사상을 적극적으로 포용하면서도 그 한계에 머물지 않고, 이들을 한 차원 높은 위치로 끌어올린 또 하나의 원리로서의 도(道)라 할 수 있다. 이처럼, 최치원은 탁월한 혜안(慧眼)으로 전통적 천신사상 위에 외래적 사상을 포괄하고 승화시켜 풍류도라는 또 하나의 발전적인 사상체계로 이끌어 올리는 데 공헌하였다.

(2) 원효의 원융사상

원효가 제시한 불교사상의 특징은 석가세존이 제시한 깨달음의 원리를 본각(本覺)과 시각(始覺)으로 논리의 토대를 삼은 화쟁론(和諍論)에 있다. 깨달음에 이르는 길을 무명(無明)의 불각(不覺)에서 깨어나기 시작해서 시각(始覺)이 원만진 다음에 일심(一心)의 근원으로 돌아가면 본각(本覺)의 상태가 된다. 그렇다고는 하지만 실은 원래 시각(始覺)과 본각(本覺)은 평등무이(平等無二)한 것이었다는 것이다. 그래서 번뇌와 미망 속에 헤메는 중생들이 불각(不覺)을 물리치고 진여(眞如)로 나아가려면 물러남이 없는 성불(成佛)을 향한 원력(願力)을 세워서 수행을 한다면 시각(始覺)의 상태를 얻게 된다. 그러나 여기에서 만족하지 않고 더 수행을 한다면 다음 단계에서는 시각과 본각의 분별마저 없어지는 단계로 나아가게 된다. 또 여기에서 머물지 않고 더 나아간다면 각(覺)이란 이름까지 없어지고 오직 진여(眞如)만이 남는 단계로 나아가게 된다. 그러함에도, 이러한 각 단계의 불각, 시각, 본각은 체(體) 자체가 다른 것이 아니라, 오직 일심(唯一心)인 동시에 중생심(衆生心)인 것을 그렇게 인식한 결과일 뿐이다. 그러므로 시각과 본각은 불일불이(不一不二)하다는 것이 원효가 강조하는 화쟁론(和諍論)의 핵심이다.37)

이런 논리를 토대로 원효는 불도(佛道)는 넓고 커서 무애무방(無碍無方)하

---

35) 柳東植, 「한국의 종교문화와 기독교」, 『기독교와 한국역사』, 연세대학교 출판부, 1996,

36) 金重烈, 「崔致遠의 문학사상」, 『韓國文學思想史』, 계명문화사, 1991, 163쪽.

37) 양광석, 「원효의 문학사상」, 『한국문학사상사』, 계명문화사, 1991, 136쪽

며, 길이 의지할 바가 없어 해당되지 않음이 없다. 그러므로 일체의 타의가 모두 불의(佛義)인 것이고, 백가(百家)의 설이 옳지 않은 것이 없기에 팔만법문(八萬法門)이 모두 이치에 어긋남이 없다고 한다. 그러므로 모든 경전의 부분을 종합하면 만류(萬類)가 일미(一味)로 돌아가며, 불의(佛意)의 지공무사(至公無私)함을 전개하면 백가의 이쟁(異諍)을 그대로 살려 화합할 수 있다. 그러므로 동(同)과 이(異), 유(有)와 무(無), 진(眞)과 속(俗), 유무(有無)와 무위(無爲), 연(然)과 불연(不然), 공(空)과 불공(不空), 아(我)와 무아(無我), 비공(非空)과 비불공(非不空), 비아(非我)와 비무아(非無我) 등이 일심(一心)에서 보면, 다 옳은 것이다. 그러기에 무리(無理)의 지리(至理), 불연(不然)의 대연(大然)이므로 상쟁(相爭)하던 백가의 이쟁(異諍)을 섭취하면서도 지양 귀일시켰다.[38]

원효는 「대승기신론소(大乘起信論疏)」를 집필하면서, 마명의 『대승기신론』에 대한 여타 논사(論師)의 말을 이끌어와서 '부처에 의거하여 말한다면 무음(無音)으로 하나이지만, 중생의 근기를 가지지고 논한다면, 중음(衆音)으로 하나가 아니다. 그런데, 무슨 뜻으로 일음(一音)이니 원음(圓音)이니 하는가. 진실로 한 때 같은 모임에서 다른 중생들이 똑같이 이해하기를 그 근성에 따르는 것으로, 각각 일음(一音)을 얻고 다른 소리를 듣지 못하여 착란되지 않고, 이 음이 기특함을 드러내기 때문에 일음(一音)이라 이름하고, 음이 시방(十方)에 두루하여 근기가 성숙함에 따라 듣지 못함이 없기 때문에 원음(圓音)이라 이름한다.' 고 하였다. 이를 근거로 석가세존이 자신에 있어서는 무음(無音)으로 하나이지만, 그 음성을 듣는 중생의 근기의 수준에서 본다면 이는 중음(衆音)으로서 하나가 아니라 하였다. 또, 무음(無音)은 중생이 근기에 따라 각각 일음(一音)을 얻고 다른 소리를 듣지 못하여 일음(一音)이라 한 것이기 때문에, 중음(衆音)은 석가세존이 중생이 자신의 설법을 알아들을 수 있는 근기에 따라 설법하므로 두루하여 이해되지 못하는 것이 없다. 그렇기 때문에 원음(圓音)이라 한다고 하였다. 그러므로, '불음(佛音)은 장애가 없어서 하나가 곧 일체이고, 일체가 곧 하나이며, 일체가 곧 하나이기 때문에 일음(一音)이라 이

---

38) 양광석, 위의 글, 137쪽

름하고, 하나가 곧 일체이기 때문에 원음(圓音)이라고 한다.' 고 하였다. 이렇게 일음(一音)이 원음(圓音)이고, 원음(圓音)이 일음(一音)이라는 점을 강조하였다. 즉, 이런 논리로 그는 세존의 가르침을 풀어놓은 마명의 저술인『대승기신론(大乘起信論)』을 다시 나름대로 재해석해내고 있다. 그러나 원효는 이런 원음(圓音)을 표기하는 것만으로는 참된 도리를 설명하기에는 부족하므로, 절언(絶言)의 법이라는 논법에 의해 무음(無音)이 곧 불음(佛音)임을 풀이하기 위하였다. 그는『십문화쟁론(十門和諍論)』에서 '네가 취한 것과 같은 것은 오직 명언(名言)뿐이므로, 나는 언설에 의해 절언지법(絶言之法)을 제시한다며, 이것은 마치 손가락에 의해 손가락을 떠난 달을 가리키는 것과 같다고 하였다. 지금 너가 곧바로 말 그대로 뜻을 취하여 비유로 말한 것을 인용한다면 어법을 떠나기 어렵고, 다만 손가락 끝만 보고 그것이 달이 아님을 책할 뿐이라고 하였다. 그러므로 어려움을 책하는 것이 정밀할수록 진여(眞如)를 잃어버림이 더욱 클 것이다고 하여, 자신의 방법은 언설에 부치어 절언의 법을 제시하는 것이라 하였다. 그러므로, 절언지법(絶言之法)에 의해 원음(圓音)을 떠나 말 밖에서 도리를 증득해야 하며, 만약 진리의 법을 적절하게 전달하기 위한 방편으로 비유법을 빌어 말한 것을 모르고 그 비유된 말에만 집착하면 할수록 지극히 오묘한 진리인 진여(眞如)를 깨칠 수 없다는 논리이다.39)

또, 원효는「금강삼매경(金剛三昧經)」의 요체를 제시하기를, '무릇 일심(一心)의 근원은 유와 무를 떠나 홀로 청정하고, 삼공(三空)의 바다는 진과 속을 원융(圓融)하여 넉넉하고 담연(湛然)하다, 담연함으로 둘을 융합하였으나 하나가 아니요, 홀로 청정함으로 양극을 떠났으나 중간에도 집착하지 않는다.40)'고 하였다.41) 또, 원효는 '유식계(有識界)의 일심(一心)과 반야계의 삼공(三空)42)의 세계를 하나로 융합하여 마치 태극도와도 같이 둘이면서 하나를 이루고 있다'고 하였다. 또, '일심지원(一心之源)은 근원적인 샘이요, 삼공지해

---

39) 양광석, 같은 글, 138~139쪽
40) 一心之源 離有無而獨淨 三空之海 融眞俗而湛然 湛然 融二而不一 獨淨離邊而非中.
41) 柳東植,『風流道와 한국의 종교』, 연세대학교출판부, 1977, 95쪽.
42) 我와 法과 一切의 空.

(三空之海)는 그 샘이 흘러 만든 것이므로 일심이 체(體)라면 삼공은 용(用)이다.'고 하였다. 이처럼 원효는 일심의 근원인 '한'의 자리를 잡고 있었는데, 이 한마음(一心)은 '한'의 마음이다. 그러므로 '한'은 일체를 초월하고, 일체의 존재의 근거가 되며, 일체를 포용한 포괄하면서도 초월하는 마음이므로 이는 만인의 마음 속에 있는 불성(佛性)이요, 여래장(如來藏)이요, 법신(法身)이다'라고 하였다. 또, 그는 '한'마음의 원천이란 원천적인 '한'마음이라는 뜻도 되지만, '한'마음이 있게 한 원천이란 뜻도 되므로 불경은 이 '한'님을 가리키는 손가락이고, 그러기에 부처님이 하신 말씀이 '나의 설법이 뗏목과 같은 것임을 안다면 법도 오히려 버려야 하겠거늘 하물며 법 아닌 것에 있어서랴'[43]라 하였다. 한마음의 근원인 한님은 실로 만유 위에 있고, 만유를 통해 있고, 만유 안에 있는 초월적 실제이므로, 있고 없음이나, 거룩과 속됨에 구애됨이 없이 홀로 청정하듯이, 한의 자리가 포함삼교(包含三敎)하는 풍류도의 자리로 보았다. 그러므로 풍류도란 실로 한님과 하나가 된 영성이기 때문에 풍류도를 지닌 원효의 근본사상은 이 한님으로 돌아가는 데[44] 있었다[45]는 해석을 유동식박사는 하고 있다.

또, 유동식박사는 석가세존의 공관(空觀)에 의한 화쟁(和諍)에 대한 부연 설명에서, "'공(空)은 연기법에서 본 현상계(色)의 실태요 존재양식이기 때문에 인연으로 인해 서로 의존하여 존재할 뿐이고, 그 자체가 영원한 실체는 아니다. 연기적인 측면에서 인연을 맺게 하고 존재를 가능하게 하는 이는 '한'님이다. 그러므로, '한'님의 자리에서 볼 때 우주는 삼공의 바다이다. 나와 이 세상과 하늘 곧 천지인(天地人) 삼재의 세계가 온통 공(空)의 바다를 이루고 있다. 그 바다 안에 진과 속이, 색과 공이 하나로 어우러져 있는 것이다. 색(色)과 공(空), 유(有)와 무(無), 진(眞)과 속(俗)은 이원론적 존재가 아니다. 색은 공에 즉(卽)하여 있고, 공은 색에 즉(卽)하여 있다. 그렇기 때문에 색은 있는 그대로 공(空)이요, 공(空)은 그대로 색(色)이다[46]는 삼공(三空)의 바다에서는 모든 것

---

43) 『금강반야바라밀다경』.
44) 歸一心之源.
45) 柳東植, 『風流道와 한국의 종교』, 연세대학교출판부, 1977, 96쪽.

이 제각기 자기의 자리를 차지함으로 넉넉하고 고요하다. 여기에 무한 포용과 자비의 세계가 전개된다. 화엄경의 가르침으로 본 화엄삼매(華嚴三昧)는 색(色)이 현실계 곧 사(事)의 세계요, 공(空)이 영성계 곧 이(理)의 세계라고 한다면, 금강삼매(金剛三昧)의 세계는 이사무애(理事無碍)의 세계요, 한걸음 더 나아가서는 사사무애(事事無碍)의 세계이다. 개체와 개체가 서로 얽히고 서로 걸림이 없는[47] 하나의 원융세계(圓融世界)인 것이다. 거기에서는 파(破)하는 바도 없고 파(破)하지 않는 바도 없으며, 세우는 바도 없고 세우지 않는 바도 없다. 이는 실로 논리를 초월한 불가사의의 무분별지(無分別智)의 세계이다. 원효의 화쟁사상(和諍思想)의 뿌리는 바로 이곳에 있다.[48]”고 하여, 명쾌한 풀이를 하였다.

원효는 자신의 화쟁론적 시각을 구체적으로 제시한 「십문화쟁론(十門和諍論)」 서문에서, ‘여래 재세시에는 중생들이 한결같이 그의 원음(圓音)을 따라 이해하였다. 그러나 이제는 공허한 이론들이 뒤섞이어 혹은 자기가 옳고 남은 그르다고 말하는 이론만이 횡행하고 있어, 드디어는 건너기 어려운 큰 강이 되고 말았다.’ 라 하였다. 그리고 ‘얼음과 물이 그 원천을 같이하는 것과 같다고 함은 공유성상(空有性相)의 이론이 천만 갈래로 갈라지지만, 그 본래의 원천은 하나인 것이다.’라 하였다. 이런 논지에 따라 일심(一心)의 근원과 삼공(三空)의 바다에서 볼 때 불도는 넓고 무애무방(無碍無方)한 것이어서 일체의 뜻이 모두 부처님의 것이요, 백가의 설이 옳지 않음이 없고, 팔만법문(八萬法門)이 모두 이치에 맞는 것이라는 것이다. 그래서 일반 중생들처럼 스스로 들은 것이 적은 사람들은 자기의 좁은 소견을 가지고 자기의 견해와 달리 하는 자는 그르다고 하니, 이것은 마치 갈대 구멍으로 하늘을 본 자(葦管窺天)가 그 갈대 구멍으로 보지 않은 사람들은 모두 하늘을 보지 못한 자라고 함과 같다.’고 보았다.[49]

---

46) 般若心經의 ‘色不異空 空不異色, 色卽是空 空卽是色’.

47) 相卽相入.

48) 柳東植,『風流道와 한국의 종교』, 연세대학교출판부, 1977, 96～97쪽.

49) 柳東植, 위의 책, 97～98쪽.

이처럼 원효는 여러 불경에 나타난 사상들을 통합하면 결국 하나로 돌아가는 것이요, 석가세존의 지공무사한 뜻을 전개하면 백가의 다른 주장들이 그대로 화합할 수 있다는 것이다. 그러하기에 불교의 진리는 열면 무량무변의 뜻으로 전개되지만, 이를 합치면 하나로 융합된다고 풀이하고 있다. 이를 종(宗)과 요(要)라 하고, 이를 이문일심지법(二門一心之法)이라[50].고 하였다. 그렇기 때문에 개합(開合)이 자유롭고, 입파(立破)가 무애하며, 전개한다고 번거로운 것도 아니요, 합친다고 감소하는 것도 아니라는 것을 깨우쳐야 함을 강조하였다.

의상과 신라 불교 발전에 쌍벽을 이루었던 원효는 정토불교를 통해 대중속에 파고드는 성속을 구애하지 않는 대중불교로서도 당대 사회에 기여하였다. 또 다른 한 편으로는 이론적인 측면을 통하여 자기 나름대로 석가세존이 전한 진리를 해석해내려고 노력하였다. 이런 성과가 한마음의 뿌리로 돌아가 개합(開合)으로써 종요(宗要)를 밝히는 화쟁론(和諍論)이다.[51] 그의 원융지향(圓融志向)의 화쟁론을 주축으로한 불교사상은 불교의 진리를 밝히는 데에 크게 기여하였다.

3) 풍류도와 원융사상이 수용된 「구운몽」의 작품세계

17세기말 서포 김만중이 창작한 소설 구운몽은 지성소설(知性小說)[52]이라 평가될만큼 동양의 여러 사상과 철학이 작품의 기반이 된 작품이다. 이 작품은 특히, 당대까지 이루어졌던 역사, 철학, 문학의 제 요소가 최치원의 풍류도(風流道)나, 원효의 화쟁론(和諍論)의 차원에서 이해될 수 있는 철학사상이 용해되어 있다. 이는 작가가, 당시에 주류를 이루고 있던 군담계 영웅소설과는 달리 소재와 중심적인 사상을 동양 최고의 철학사상에까지 끌어 올려 우리 소설사의 새로운 영역을 개척하는 결과를 낳게 되었다.

---

50) 元曉, 『大乘起信論疏』, '開則無量無邊之義爲宗, 合則二門一心之法爲要'.

51). 柳東植, 앞의 책, 98쪽.

52) 필자는 삼대고전 소설작품을, 춘향전은 感性小說, 홍길동전은 野性小說, 구운몽은 知性小說로 나누어, 구운몽은 유불의 사상철학이 기저를 이루는 작품으로 규정했다.

구운몽의 미시적 체계를 구성하고 있는 소재의 원천들을 분석해보면, 구운몽의 서두는 당대의 여타 소설작품의 분위기나 시공간 설정과는 판이하다는 사실이 드러난다. 그 서두를 보면, 신화적 공간으로 적절할 천하의 명산대천(名山大川)을 제시함에서 시작한다. 이런 자연에 대한 외경(畏敬)을 느낄 만한 신비로운 산악공간이 제시된 다음에, 비로소 인물의 등장이 이루어진다. 그 인물들은 우왕(禹王)을 필두로 하여 위부인(魏夫人), 육관대사(六觀大師), 성진, 용왕, 팔선녀의 순서로 등장한다. 그런데, 이들 중 앞에 등장하는 세 인물들은 각기 역사적 인물, 신화적 인물, 허구적 인물이라는 상이한 성격을 지니고 있다. 즉, 첫번째 등장하는 우왕은 역사적 사실을 밑바탕에 깔고 있고, 두번째 등장하는 위부인(魏夫人)은 신화적 사실을 배경으로 하고 있다. 그러면서도 두 인물이 활동하고 있는 시공간적인 상황은 모두 일치한다. 그러나, 세번째로 등장하는 육관대사(六觀大師)는 허구적 사실에 근거한 비역사적(非歷史的) 인물이다. 그 대신 중국 역사 속에서는 육관대사(六觀大師)와 유사한 성격을 지녔던 인물인 달마대사 등의 고승이 있어서, 인도에서 중국으로 건너와 불교를 전한 유명한 사례는 있어 왔다.

이처럼, 구운몽에 등장하는 인물들을 작가가 애초에 구성 단계에서 역사적 인물이나, 허구적 인물만으로 세 인물을 일치시키지 않은 것은, 어떤 의도를 가지고 인물들을 설정한 결과임을 뜻한다. 그 의도에는, 우왕(禹王)처럼 역사적 실재 인물이면서 성스러운 왕으로 독자들에게 알려진 인물을 먼저 내세워, 우왕(禹王)의 실제적인 사적이 있는 역사적 공간배경을 설정함으로써 독자에게 사건의 실재성이란 인식을 높여주고자 한 것이다. 또, 위부인(魏夫人)이란 신화적 인물을 배정한 것은 우왕(禹王)만큼은 인지도(認知度)가 높은 것은 아니지만, 열선전(列仙傳) 등에서 접한 독자에게는 종교적 인물, 신화적 인물로 알려진 인기있는 여선(女仙)을 내세움으로써 역시 신비적인 분위기를 드러내면서도 준역사적(準歷史的) 사실을 보여주고자 한 것이다. 이러한 역사적, 준역사적 남녀 두 인물을 설정하고, 그 다음에 비역사적 인물을 내세운 것은 허구적 인물의 기능을 다양하게 펼치고자 한 의도로 보인다.

구운몽의 인물 설정과 제시는 이처럼 철저히 의도적 관계 속에서 이루어

지고 있다. 작품의 전반적인 서사체계로 본다면, 이들 중에서 육관대사(六觀
大師)가 주역에 해당된다. 그리고 비록 구체적인 활동은 적지만, 육관대사(六
觀大師)의 짝으로 기능을 하는 인물은 팔선녀를 거느리고 있는 위부인(魏夫
人)이다. 육관대사는 허구적 인물이지만, 그가 보여주는 구체적 행위는 이미
천축과 중국의 역사적 사건 속에서 실재로 있어왔던 인물들의 전법행위(傳
法行爲)를 벗어나는 것이 아니다. 중국의 불교사에서는 보리달마(菩提達摩)
와 같은 위대한 선승(禪僧)이 육관대사가 보여준 것과 흡사한 중국 전교(傳
敎)사업을 하여왔다. 그러므로, 세 인물 중에서 가장 중요한 기능을 하는 육
관대사(六觀大師)를 허구적 인물로 설정한 것은, 작가의 이러한 창작 구도가
깊이 개입된 결과로 판단된다. 그런데, 육관대사는 달마가 인도에서 중국에
와서 선법(禪法)을 전한 것은 결과적으로 중국에서 선종(禪宗)을 일으키는 계
기가 되었다는 사실을 은연중에 반영하듯이, 선가(禪家)에서 귀하게 여기는
금강경(金剛經)만을 들고 인도에서 중국으로 들어온다. 이는 육관대사의 행
적이 달마대사와 일정 부분은 유사성을 지니지만, 육관대사가 금강경 단 한
권만 가지고 중국에 들어온다는 사실은 구운몽에서 육관대사의 특성을 보다
구체화시켜 소설만의 허구적 세계를 확보하려는 작가의 태도를 반영하고 있
는 것이다.

　구운몽의 구(九)는 유가(儒家)의 역철학(易哲學)을 이론적인 토대로 삼고 있
고, 몽(夢)은 불가(佛家)의 선사상(禪思想)을 이론적인 토대로 삼고 있어 상호
대응의 성격을 보여준다. 그러면서도 이 둘을 연결하며 표제 석 자의 중간에
위치한 구운몽의 운(雲)은 이들과는 또 다른 기능을 하고 있다. 이와 더불어,
세 음절로 구성되는 구운몽이라는 표제는 전반적인 성격에서 풍류도의 원리,
원융(圓融)이나 화쟁(和諍)의 이치에 해당되는 서사내용과 표제화의 독특한
형상화 방법을 지니고 있다. 특히, 풍류도(風流道)의 정신과 상당 부분 통하는
묘합과 초월의 원리가 기저에 깔려 있다.

　표제의 의미체계를 분석해 보면, 구운몽이란 표제는 구운(九雲)과 운몽(雲
夢)으로 이분화되면서 구운몽이란 하나의 표제명으로 통합되어 있다. 이런
구분은 또 동시에 '구(九)', '운(雲)', '몽(夢)'이 각각의 의미로 독립할 수 있는

삼분화가 이루어질 수 있도록 설정된 것부터 표제의 의미 형상에서 독창성[53]
이 드러난다.

표제를 구성하는 삼음절 중에서 첫번째 음절인 구(九)의 의미를 분석해보
면, '구(九)', 즉 아홉이란 말은 단순한 수를 드러내는 기호 이상의 상징적인
의미도 지니고 있다. 그 상징성의 뿌리에는 역철학(易哲學)이란 사상체계가
뒷받침되고 있다. 그 근거는 홍길동전, 소대성전과 같은 당대의 일인전기형
(一人傳記形)의 전(傳)의 형식과는 달리, 이 작품은 복수 주인공을 내세우고
있는 점에서도 알 수 있다. 즉 성진과 팔선녀, 또는 양소유와 진채봉, 계섬월,
정경패를 비롯한 여덟 명의 양소유의 처첩들은 모두 아홉 사람으로 구성되어
있다. 이들이 펼치는 활동을 분석해 보면, 작가는 아홉 사람을 단순히 복수로
내세운 것만이 아니며, 복수 주인공으로 설정한 아홉 사람의 관계상이 상당
한 수준 이상의 철학적 함축미를 가지고 있다. 남성 주역 한 사람인 성진과
여성 주역 여덟인 선녀들의 관계에서보다는 양소유와 여덟 처첩의 한평생을
통해 전개되는 갖가지 관계 속에서 그 숨겨진 의미가 구체화되고 있다. 이러
한 상황은 내용의 분석을 통해서 보면, 결국 단순한 남녀간의 사랑 이야기이
나 애정의 삼각관계 차원의 복수 애정 관계와는 구분되는 철학적 의미의 상
징성이 찾아진다. 역리철학에서 얻어올 수 있는 아홉이라는 수는 음양 배합
에 의한 단순 이분법적인 수평적 분화에 의거하고 있다. 그러나 작가가 부여
한 구운몽의 아홉의 상징성은 수직적인 배합에 의한 아홉의 음양배합이요 나
눔이다.[54] 이런 층위간의 나눔과 통합의 의미에 따라, 특수한 아홉 사람간의
관계상에서 양(陽)을 상징하는 남성 주역 성진은 통합의 이치를 상징하는 '하
나'로 드러내고, 음(陰)을 상징하는 여성 주역 팔선녀는 분리의 이치를 상징하

---

53) 일반적으로 당시의 소설 표제는 상투적인 題字法에 의해, 인물명 뒤에 '傳'을, 핵심
   사건 뒤에 '錄'이나 '記' 등을 붙이는 형식을 취하고 있었다. 물론, 설화나 단편적
   敍事物의 수준에서는 '몽(夢)'이란 題字가 있기는 했지만, 九雲夢의 경우에서처럼 사
   상성이나 철학성이 가미된 경우는 없었다.
54) 일반적 易의 陰陽論은 태극이 陰陽으로, 다시 四象으로, 八卦로 분화되는 길을 水平
   的 분화라고 한다면, 서포는 太極과 八卦의 통합과 분리라는 인식 하에서, 음과 양
   을 垂直的 대응으로 이분화하여 파악하는 새로운 발상을 한 것이다.

는 '여덟'로 드러내어, 성별에 따른 상대적 관계상을 제시하고 있다. 그 결과, 한 남성과 여덟 여성의 관계를 통해 표면적으로는 일부다처(一夫多妻)라는 남성중심적인 소설 일반적 차원의 축첩(蓄妾) 비판을 하고, 내면적으로는 음양의 조화처럼 양(陽)의 속성을 지닌 하나의 남성과, 음(陰)의 속성을 지닌 여덟의 여성 사이에 일어나는 대화합의 상징적인 의미를 형상해내는 창의적인 방법을 활용하고 있다. 이렇게 하여 아홉남녀의 만남과 이별의 의미를 겉으로는 당시에 양반들 사이에서 볼 수 있었던 축첩(蓄妾)을 통한 남성적 욕망이 지향하는 당대 사회적 병폐를 지적하면서도, 다른 한편에서는 이와는 상이한 아홉 사람간에 전혀 갈등을 느끼지 않는 대조화(大調和)의 세계를 드러내고 있다. 이런 논리의 기본은 우주적 이치를 역리철학에 담았다고 하는『태극도설(太極圖說)』의 이치에 따라 남성의 길인 양(陽)이나 건(乾)의 길과, 여성의 길인 음(陰)이나 곤(坤)의 길은 서로 각자의 직분에 맞는 길을 걸음으로써 총체적인 조화를 이룰 수 있다는 뜻이 담겨 있다. 그래서 양(陽)을 뜻하는 남성이 성진이나 양소유이며, 음(陰)을 뜻하는 여성이 팔선녀나 진채봉 등의 여덟 처첩으로 나타나게 된다. 이러한 이치에서 본다면, 한 남성과 한 여성의 결합이 보여주는 단순성에 의한 남녀간의 조화로운 만남과는 차원을 달리하는 새로운 음양조화법(陰陽調和法)이라는 이치를 작품의 서사의 주제와 표제의 상징성으로 활용하고 있다. 즉, 남성적인 속성을 '하나'라는 기호로, 여성적인 속성을 '여덟'이라는 기호로 설정하여 음양상징화를 시켜 '하나'와 '여덟'이 만나는 철학적 차원의 조화를 만남의 기저 구조에 깔아 남녀인물의 만남의 과정이 지닌 심층적인 의미로 형상해내고, 이를 표제에서부터 드러내고 있다.

또, 여덟 여인을 축으로 본다면, 구운몽은 외형상으로는 단순한 '남편 구하기'를 다루고 있는 작품이다. 그러나 그들 집단 사이에서 일어나는 '질서(秩序)'와 '균형'은 여덟 여인간의 갈등의 문제를 해결하는 이상적인 방법을 제시함에 있다. 그래서 여덟 여인은 각자의 위치에서 갈등이 될 수 있는 요소나, 이미 이루어진 갈 등을 지혜롭게 풀어가는 다양한 행동을 보여주게 된다. 즉, 이상적이고 행복한 가정의 구축은 한 명의 가장(家長)을 중심으로 한 여덟 여인의 이합(離合) 속에서 우주적 도(道)를 상징하는 가정 생활을 통해 실현되는 모습이 형상된다. 그래서 팔선녀의 적강(謫降)은 단순한 천상 생활에 대한 징벌이 아니라, 천상에서의 꿈을 실현하는 것으로, 또 천상으로 귀환하고 재통합할 수 있는 세속에서의 조건을 구비하는 이야기로 해석할 수도 있다. 이런 서사적 전개의 논리적 바탕은 태극이 분화하여 팔괘(八卦)를 이루듯, 하나의 집단이던 여덟 선녀가 사방, 상하와 귀천을 달리하는 개체적 인물로 나누어져 활동을 하지만, 끝내는 양소유를 중심으로한 하나의 가정으로 복귀하게 된다. 이처럼 그들은 천상적 존재의 하강(下降)이라는 설정에 따라, 천상적 미덕을 잃지 아니하고 한 가정에서 처첩간이나 조화를 이루고, 특히 결의형제(結義兄弟)한 우의를 이루며 유가적 윤리의 이상을 실현한다.

또, 기호화를 내세운 주역에 근거한 '구(九)'의 상징성은 작품의 대부분을 차지하는 성진의 선몽(禪夢)상의 존재인 양소유(楊少游)에 의해서도 구체화된다. 양소유의 삶은 유가적 덕목(德目)을 중심으로 한 행복한 가정 꾸며나가기에 초점이 주어지고 있다. 그래서 양소유와 여덟 처첩의 관계에서는 갈등의 상황이 거의 배제되고, 여성 집단간의 조화에 의한 유가적 차원의 행복한 대가족적 생활 만들기 과정이 집중적으로 다루어진다. 그래서 양소유와 여덟 여인은, 각각 '남성의 길'과 '여성의 길'에서 철저한 조화를 이루며 살아간다. 조화로운 부부간, 또는 처첩간의 생활의 논리적인 이면에는 '동정(動靜)의 도(道)'로서 형상되는 '양의(兩儀)'의 길이 지향해야 할 삶의 진지한 모습이 반영되어 있다. 그 길이 바로 남녀의 외적인 '음양(陰陽)의 만남', 여성간의 내적인 '팔괘(八卦)의 조화'로운 묘합의 길임을 보여준다. 여덟 부인은 연애를 하고, 시집을 가는 출가(出嫁)의 모습, 혼인의 양상에서 일상적인 여성과는 구분되는 특이한 성격을 지닌 여성의 길을 걷게 된다. 그래서 작품의 주제 설정도 동양고전이 지향하는 이상적(理想的) 세계를 불교사상과 유가윤리의 묘합으로 드러난다. 주제면에서는 성진의 삶과, 양소유의 삶을 두 상대적인 축으로 삼으면서, 두 사상, 철학의 가장 근원적인 문제를 제시하고 있다. 즉, 불교적인 깨달음의 지향을 보여주기 위해 온전하고, 원리적인 것으로 되돌아가고자 하는 치열한 의지와 그 실현을 보여준다. 특히, 외화(外話)에서는 스승 육관대사는 온전하지만 제자 성진은 아직 깨달음에 이르지 못한 미숙함의 상태에 머무르고 있기 때문에 스승이 미성숙한 제자에게 온전한 깨달음으로 나아가게 해주는 불교의 수련과 그 결과로서의 대오(大悟)가 중심 이야기가 되고 있다. 또, 내화(內話)에서는 '성숙함'으로 표현될 수 있는 유가이념을 실현하고 있는 신하 양소유가 유가적 정치윤리를 잘못 실현하고 있는 '미성숙'으로 표현될 수 있는 황상(皇上)을 윤리적 차원의 '깨달음'에 비유될 수 있는 이상적인 정치윤리으로 나아가게 하는 이야기가 중심이 되고 있다. 이러한 양소유의 일생이기는 해도 만년에 가서는 외화(外話)와의 서사적인 관계55)에 의하여 결국 성불(成佛)을 위한 불법귀의(佛法歸依)를 꿈꾸게 된다. 이처럼 구운몽의 인물들은 깨달음의 경지로 나아가는 이야기가 내외화(內外話)를 통해 반복되고 있다. 그러면서도 한편으로는 선몽(禪夢) 속의 양소유의 가정꾸미기를 통해 복수여성(複數女性)간에, 또 그 여성들과 남성의 이상적인 관계상을 그려내는 사건을 중심축으로 삼고 있다.

또, 표제의 '구(九)'가 지닌 상징의 체계와는 달리, 표제 중의 '몽(夢)'은 불교의 공철학(空哲學)56)을 이론적 토대로 삼고 있다. 표제의 '몽(夢)'이 상징하는 의미망의 철학적 원천은 참선(參禪)에 있다. 이를 뒷받침 할 수 있는 근거로는 구운몽의 대표적인 공간 배경은 남악 형산 연화봉이다. 그 중에서도 육관대사가 불법을 전하고 있는 연화도량이다. 연화도량 중에서는 성진의 선방(禪房)이 주축이 되고 있다. 즉, 성진의 몽(夢)으로 표현될 수 있는 '몽(夢)'이 일상인의 일반적인 몽(夢)과는 차이를 보일 수 있는 것은, 그의 몽(夢)은 우선 출세간의 산사(山寺)에서 진행되는 몽이며, 불가에서 종교적인 삶을 지향하는

---

55) 性眞의 삶이라는 축과, 성진의 禪遊 속의 楊少游의 삶이라는 차원의 두 축이 총체적인 서사의 관계상을 형성하고 있다. 그로 인하여, 양소유의 일생은 출생은 독자에게 성진의 輪廻還生으로 제시되지만, 만년의 종말에서는 실은 그의 존재가 성진의 輪廻還生이 아니라, 禪夢이라는 것을 독자와 작중 인물에게 제공해주는 형식을 취하고 있다. 이론 인해, 구운몽의 온전한 서사체계를 이해하려면, 이 가지 相異한 서사축의 이해가 전제되어야 한다.

56) 구운몽과 空思想과의 관게는 연구사로 볼 때, 李在秀의 九雲夢考, 丁奎福의 九雲夢研究, 金龍德의 九雲夢의 思想的背景研究 등에서 주제와 관련을 지어 논의되어왔다. 그러나 '夢'과의 관계에서는 '夢'을 幻夢, 夢遊로 보고있었기 때문에 직접적인 연관을 짓지 못하였다.

구도자의 몽(夢)이란 점에 있다. 성진이 펼치는 구도(求道)로서의 깨달음에 대한 열정으로서 수도생활의 한 부분으로 나타난 것이 몽(夢)이란 점이다. 이성진의 몽(夢)이 독특한 위치를 지니고 있는 점은 백팔염주를 목에 걸고 참선을 시작한 승려의 윤회환생이 그 환생을 끝내고보니 실은 환생이 아닌 한순간의 몽(夢)이었다는 점이다. 게다가 그 몽(夢)은 알고보니 일상적인 꿈과는 구분될 수 있는 선(禪)의 한 부분에 해당된다는 것이다.57) 물론 윤회의 축으로는 환생 적강한 양소유가 유가적인 관인의 길을 걷고, 8처첩을 거느리지만 양소유의 몽유(夢遊) 속에서는 다시 산사에서 만난 승려 앞에서 불가에 귀의(歸依)할 것을 표현한다. 이처럼 성진의 불가적 삶 속에 일시적으로 자리한 양소유의 유가적인 삶, 그 양소유의 유가적인 삶 속에 나타나는 한순간의 몽유(夢遊) 속에서는 다시 불가의 길을 추구하는 것으로 설정한 작가의 의도는 참선(參禪)의 심리적인 노정을 사건화한 것으로 판단된다. 그러나, '시간성(時間性) 이중부정(二重否定)'에 해당되는 공관(空觀)을 깨치는 선(禪)의 문제가 평범한 독자에게는 일반적인 몽(夢)으로도 비칠 수 있는 서사적 장치하에서 작품이 진행된다. 성진이란 철저한 구도자의 의식의 깊은 층위속에서 진행되는 선(禪)의 세계를 윤회하는 인간의 외적인 활동으로 보여준 다음에 실은 이 것은 불교의 선이 보여주는 깨달음의 길임을 제시하는 것이다.

물론 작품에서는 표제에서 드러나듯이, '구(九)'와 '몽(夢)'이 호응관계를 이루고 있고, 실제 작품 세계 안에서도 아홉명의 몽(夢)으로 진행된다. 이 경우, 형산 연화봉에 자리한 성진은 참선을 하고 있지만, 형산의 다른 한 쪽에 자리잡은 위부인의 선가(仙家)도량에서는 팔선녀가 꿈을 꾸고 있다. 그러므로 일상의 논리로 보자면, 성진의 참선 속의 무의식 활동과 팔선녀의 꿈 속의 무의식 활동이 포괄되는 통칭이 이들 아홉 사람이 진행하는 구몽(九夢)에 해당된다. 이러한 상황을 놓고, 그냥 꿈이라 해버린다면, 작가가 애써 창안한 이들의 집다적 몽(夢)의 의미가 소멸되거나 약화되어버린다. 이런 관점에서, 주축으로 설정된 성진의 몽(夢)을 기준하여 이 몽은 선몽(禪夢)으로 평가하게 되는 것이다.

---

57) 설성경은 이러한 점에 착안하여, 성진의 夢은 禪이란 심리적 수련을 진행하는 동안
에 나타난 夢이기 때문에, 禪夢이라고 하고, 이 작품을 禪夢小說이라 칭하였다.

구운몽에서만 발견되는 이처럼 독특하면서도 창의성이 뛰어난 서사구조는
이 작품이 그 당시까지 서사체로 흔히 사용되던 기법인 일반 몽유형(夢遊形)
의 변형의 질적인 변혁 추구에서 비롯된다. 구운몽의 이 특이한 서사체는 몽
유형을 토대로 하면서도 대승불교의 공관(空觀), 특히, 선(禪)의 형식을 원용
한 새로운 차원의 몽유형이요, 몽자형(夢字形)에 해당된다. 일반적인 몽유형
은 중국의 몽유전기(夢遊傳奇)에서 그 원천을 찾을 수 있지만, 구운몽에서 구
현되고 있는 특수한 몽유양식, 몽자형식은 그런 설화적 차원이나 단편적 서
사물 차원과는 전혀 판이한 몽(夢)이다. 단형의 몽유전기(夢遊傳奇)와는 확연
히 구분되는 철학적 함의를 담고 있는 몽(夢)58)이다.

또, 구운몽의 형식적 면을 통해 드러나는 작가의 의도는, 성진의 이야기를
중심으로 한 외화(外話)와, 양소유의 이야기를 중심으로 한 내화(內話)에서 이
원화와 그 통합화, 그리고 그 초극화에 이르는 독특한 구조를 서사체계로 형
상함에 있다. 이는 불교의 공관(空觀)와 유교의 역리철학(易理哲學)이 뒷받침
에 의해 가능한 것이다. 일반적인 군담계 영웅소설의 서사형식은 지상계와
천상계의 이원화(二元化)된 서사체계를 통해 내용과 주제를 드러냄에 그치고
있다. 그러나 구운몽의 작가가 제시하는 의도는 앞의 표제 분석에서 확인되
었듯이, 단순한 이원성(二元性)이나 이중성(二重性)의 제시에 있는 것이 아니
라, 이러한 성격들의 근본 원인을 찾아내어 분리 이상에 있는 융합의 수준으
로까지 나아감에 최종적인 의도가 있다. 그러한 차원 높은 구성에 의거한 철
학적 함의가 있는 주제를 형상해내기 위하여 유교와 불교철학의 오묘한 세계
를 소설의 원리로 이끌어오게 된 것이다. 이런 의도에서 이루어지는 구운몽
의 최상위 수준의 주제는 결국 현실적으로 일어나고 있는 제반 정치와 사회
문제의 모순(矛盾)에 대한 풍자와 더불어, 그 문제의 근본 원인과 해결에 대
한 이념적인 방안을 제시함에 있다.

이런 수준에서 구운몽의 작가의 소설 창작 동인은 당시의 신하들이 공심

---

58) 一般夢遊는 外話에서 內話로 들어갔다가, 夢遊가 끝나면 外話로 나오는 1차적 夢遊
로만 진행된다면, 구운몽의 夢遊는 外夢遊의 진행 중에 內夢遊가 내포된다. 그리고
外夢遊가 종결될 때는 두 層位의 夢遊 자체가 否定되고 無化된다.

(公心)으로서가 아닌 사의(私意)로서 편당짓기를 예사로 함에 있다. 물론 유배나 창작의 직접적인 동기는 왕과의 갈등관계, 즉 왕이 신하의 공의로운 언로를 탄압하고 막는 데[59]에 있었다. 또 이러한 갈등도 크게는 당시대의 예송논쟁(禮訟論爭)에서 보이듯 강상(綱常)의 윤기(倫紀)가 흔들리는 중세질서의 위기와 그 뿌리가 있었다. 이러한 현실적 갈등에 보다 근원적인 해답은 이 작품의 주제에서 드러나는 것과 같은 활연한 대승적(大乘的) 깨달음과 같은 차원의 해결책이다.[60] 이는 문제의 해결이라기 보다는 오히려 문제 그 자체의 해체라 할 수 있는 수준의 초월적인 해소요 무화(無化)이다. 이 작품은 바로 작가의 이러한 문제와 해답 모색의 철학적 여정에 대한 소설문학을 통한 발언이기도 하다. 그 물론 그 동기나 발단은 작가의 억울한 유배, 즉 작품의 핵심으로 감싸둔 왕의 혼례(婚禮) 문제처럼, 윤기(倫紀)의 근본인 부부지례(夫婦之禮)를 벗어난 왕에 실덕에 있었다. 그는 이러한 현실 문제에서 야기된 왕과 자신과의 갈등을, 또는 다수 국민들의 차마 표현하지 못하는 실망과 분노를 소설로 조화로운 왕가(王家)이야기로 승화시킬 수 있는 대작가, 지성인다운 여유를 보여주고 있다. 이런 격조 높은 수준에서 작가 김만중은 자신의 문제요, 왕을 비롯한 국가의 문제를 성정(性情)의 논리, 성리의 논리로 풀고 있다 이런 철학적 차원의 이(理)의 원리를 통해 왕부터 원래 가지고 있던 품성(稟性)인 이(理)를 깨닫자고 하는 것이고, 또는 그러한 질서의 회복을 염원하는 기도이기도 하다. 이 점을 성진의 깨달음으로 드러내는 우회적인 방법으로 형상한 것으로 볼 수 있다. 이러한 깨달음의 촉구는 어떤 측면에서는 왕의 실례(失禮)에 대한 신하들의 올바른 보필이 제대로 수행되지 못한, 당대 정치 역사의 질곡 속에서의 작가의 참회적 자세이기도 하다.

---

59) 작가는 肅宗의 經筵에 나가서 인사문제의 잘못을 비판했다가 宣川으로 流配를 가게 되었고, 그 流配地에서 구운몽을 창작하게 되는 것도, 이러한 창작 의도를 품게 되는 배경이 된다.

60) 작가는 『西浦漫筆』에서 '眞空妙有'는 '無極而太極'과 相似하다는 주장을 했듯이, 儒家의 倫理와 佛家의 깨달음을 함께 아우르는 圓融의 원리를 추구하고 있다. 그러므로 어느 일방적인 사상이나 주제를 드러내기 위하여 相對的인 사상을 援用했다고만 해석하기 어렵다.

'나'를 바라보는 자아의 각성과 거듭남의 체험이 전체 주제망(主題網)을 완성하고 있다. 그래서 작품의 서두에서도, 한중간인 '꿈의 꿈'에서도, 또 결미에서도, 표현의 형식은 상이하지만 이러한 화(和)의 주제를 드러내는 다양한 방식들이 동원되고 있다. 이로 본다면, 이 작품이 지향하는 이상세계는 작가가 겪는 현실 공간의 갈등이나 부조화(不調和)와는 작품세계를 통한 '화(和)세계'를 제시함에 있다. 이러한 화(和)의 세계는 천상계에서 깨달음을 추구하던 구도자 성진의 정신세계가 양소유의 지상세계로 이어지고, 이것은 양소유의 갈등과 비조화를 해결하는 원동력이 된다.

군담계 영웅소설의 적강구조(謫降構造)와 유사한 서사구조를 구운몽도 성진의 천상계와 양소유의 지상계를 통해 보여주고 있다. 물론 구운몽의 경우는, 작품의 윤회적인 축의 진행 중에는 이런 이원적 시공간 구조를 지니지만, 실상론적 측면을 보여주는 성진의 선몽(禪夢)이 끝난 다음에는 이것이 성진의 심리적 체험 속에 있었던 사건으로 처리된다. 하지만, 이런 특수한 이원적 시공간구조는 단군신화의 하강구조와 맥을 같이 하고 있다. 그러면서도 구운몽에서는 환웅의 경우와 달리 성진의 적강(謫降)이 홍익인간(弘益人間)의 이념을 실현하고 있지 못하는 당대적 현실에 대한 비판이요, 풍자적인 의미로 나타난다. 또, 이런 적강구조를 서사적 장치로 구체화하는 방식에 있어서는 최치원의 풍류도(風流道)에서 보여준 것과 같은 유불선이란 세 종교 사상을 축으로 하고 있다. 특히, 유가와 불가 사상을 양대 축으로 삼고 있다, 이는 작가 나름의 삼교사상(三敎思想)의 포용과 초극으로 통할 수 있어, 문학으로 표현한 풍류도(風流道)의 구현이기도 하다. 또, 성진과 양소유의 삶을 통한 불가적 깨달음과 극락왕생 사상과 유가적 현실주의의 관계 설정은 특히 원효가 내세운 화쟁(和諍)의 논리와 상통하는 바가 많다. 성진과 양소유의 삶이 지향하는 두 상반된 삶을 인정하면서도, 한편으로는 그 양자를 뛰어넘는 제3의 세계를 제시함이 바로 그것이다.

구운몽이 춘향전과 쌍벽을 이루는 고전소설로 자리하게 된 근저에는 이런 고도의 철학성, 사상성을 그 상징과 은유로 표현해내는 점에 있다. 이는 작가 김만중의 문학적 발상에 이미 앞 선 시기의 우리 사상 문화적 전통인 최치원의 풍류도(風流道)에서 보여준 '포괄과 초월의 도(道)'가 하나의 전통으로 작용하고 있음을 보여준다. 이러한 사실은 육관대사와 성진을 에워싼 불교의 이야기와, 위부인과 팔선녀를 에워싼 선가의 이야기와, 양소유와 팔여인의 일생을 통한 유가의 이야기가 소재의 차원과 주제의 차원에서 각기 포괄과 초극을 이루고 있음에서도 확인된다. 또, 이러한 논지는 앞서의 분석에서 보았듯이, 구운몽에서는 '구(九)'를 통해 상징화되고 있는 역(易)의 원리에 의한 음도(陰道)로서의 유가적이고 여성 중심적의 길과, 몽(夢)을 통해 상징화되는 선(禪)의 원리에 의한 양도(陽道)로서의 불가적이고 남성 중심의 길이, 어느 한편에 치우침이 없이 형상되고 있다는 점은 이 작품이 원효의 원융(圓融), 화쟁사상(和諍思想)의 전통을 계승하고 있음을 보여준다.

지금까지 분석하여 보았듯이, 고전문학 작품을 통해 우리 사상과 철학, 그리고 문학의 생산적인 만남을 밝히는 일은 우리 고전작품이 지닌 미적 세계를 찾는 첩경이다. 그 뿐만 아니라, 이러한 작업은 우리의 주체적 사상과 철학이 문화 속에 스며들어 민족문화의 전통을 이루고 있음을 확인하는 길이다. 구운몽의 서사체계나 주체 형상의 토대가 된 작가 김만중의 문학사상이 우리 전통 철학사상에 뿌리를 두었다는 사실, 특히 우리 지성사에 기여한 최치원과 원효의 사상적 특성을 지녔다는 사실의 확인은 우리 고전문학에 대한 자존심을 일깨워주는 일이며, 통일문학사를 위한 문학전통 확인의 길이기도 하다.

3. 근대 문학의 특질

1) 근대전환기 한국문학사의 특질

(1) 소설사의 전개와 그 특질

한국문학사에서 근대적 면모를 갖춘 서사는 독립된 서사 양식으로 나타나는 것이 아니라 먼저 논설의 한 양식으로 나타난다. 한말 개화기에 발간된 신문들은 발행인이나 편집인의 생각을 널리 퍼뜨리기 위한 방편으로 교훈적 우화 등 단형의 이야기를 창작해 싣기 시작했다. 이러한 창작 우화는 논설 난에 주로 실렸는데, 이렇게 우화 등 서사를 활용한 논설의 등장이 한국 근대 서사 문학 발생의 씨앗이 된다.

한말 개화기라는 시대적 현실과 연관된 허구적 서사 양식의 논설 활용은 『매일신문』과 『독립신문』 등에서 본격적으로 나타난다. 1890년대 후반 『매일신문』 논설 난에 실린 글의 상당수는 일상적인 논설이라기보다는 서사 문학의 형식을 취하고 있다. 『매일신문』 1898년 4월 20일자 논설은 서사의 형식을 취한 대표적 초기 논설 가운데 하나이다. 이러한 유형의 글을 우리는 <서사적 논설(敍事的 論說)>이라 부를 수 있다. <서사적 논설>은 사건에 대한 단순 서술뿐만 아니라 대화체나 문답체의 형식을 띠기도 한다.

창작적 서사를 활용한 논설이나 기사는, 비현실적 이야기 문학의 틀을 이용한 현실적 고민 표출의 한 방식이다. <서사적 논설>은 논설 난과 잡보 난에 실려 있다. 여기서 잡보 난에 실린 글은 당시 신문들이 외형상 사건 기사로 처리하고 있으나 실제로는 <서사적 논설>에 포함시킬 수 있는 글들이 적지 않다. <서사적 논설>은 『그리스도신문』이나 『매일신문』 및 『독립신문』 외에 『제국신문』 등 다른 신문 자료에서도 어렵지 않게 발견할 수 있다. <서사적 논설>에서 발견되는 특색을 요약 정리하면 다음과 같다.

첫째, <서사적 논설>은 모두 지은이가 밝혀져 있지 않다. 둘째, <서사적 논설>의 이야기 소재는 우화적 성격이 강하고 비현실적이지만, 비현실적 소재를 다루는 가운데 현실성 높은 이야기를 하고 있다. 셋째, <서사적 논설>의 문장은 운문체가 아닌 산문체이다. 아울러 이 산문들은 언문일치가 이루어지지 않는 문어체이다. 넷째, <서사적 논설>에는 꿈을 이용하여 사건을 액자 속에 집어넣는 기법이 적지 않게 사용되었다. 다섯째, <서사적 논설>이나 기사에 들어가는 서사적 부분은 서술문에 의존하는 경우가 대부분이지만, 일부 논설이나 기사에서는 대화체나 토론체 혹은 문답체 서사를 활용하기도 했다. 여섯째, <서사적 논설>은 초기에는 제목이 없는 경우가 대부분이었으나, 점차 제목이 붙기 시작하면서 독립된 서사문학으로서의 모습을 갖추기 시작한다.

일곱째, 초기에 나오는 <서사적 논설>들은 길이가 매우 짧다. 하지만 <서사적 논설>은 점차 그 길이가 길어지면서 그것을 연재 형식으로 발표하게 된다. 여덟째, <서사적 논설>에는 서사가 시작되기 전이나 후에 편집자 주 혹은 편집자적 해설이 붙거나 서술자의 교훈적 견해가 직접 노출되는 경우가 적지 않다.

　이러한 특색을 지닌 한말 개화기의 <서사적 논설>은 뿌리없이 갑자기 생겨난 것이 아니라, 우리문학사의 전통을 면면히 이어오는 조선후기 서사문학 양식의 시대적 변용물이라고 할 수 있다. 한말 개화기 신문에서 발견할 수 있는 이러한 <서사적 논설>은 특히 조선 후기 야담과 연장 선상에서 파악할 수 있는 요소들이 많다. <서사적 논설>은 기본적으로 조선 후기 사회상의 변화를 담아내던 야담의 정신과 표현법을 취하고 있다. 전통적인 야담 장르 위에 새로운 세계의 정신과 새로운 표현법을 새로운 매체에 맞추어 변형시킨 것이 한국 근대 서사문학의 출발점이 되는 <서사적 논설>이다. 새로운 세계의 정신이란 곧 문명개화 시대의 정신이며 새로운 표현법이란 신문이라는 근대적 매체에 맞춘 표현법이다. 이 표현법은 한글의 사용과 언문일치의 지향 등 여러 가지 요소를 포함한다.

　한국 근대 서사문학의 초기 형태인 <서사적 논설>은 시간이 흐르면서 점차 독립된 서사 장르로서의 외형을 갖추기 시작한다. 글에 제목이 붙는다거나, 길이가 길어지면서 연재 형식으로 발표를 한다거나 하는 점이 그것이다. 그러나 <서사적 논설>은 편집자적 목소리를 직접 노출시킨다는 점에서, 아직은 독립된 서사문학 장르로 보기가 어렵다. <서사적 논설>이 독립된 서사로 가는 첫 단계는 바로 이 편집자적 목소리의 직접적이고 의도적인 노출이 사라지는 것이다. 여기에 근대적 서사문학이 되기 위한 또 다른 조건으로, 한글 문장으로 쓴 작품이어야 하며 고전 소설의 축약이나 일부 변용 혹은 고전적 관념이나 인습의 세계를 다룬 작품이 아닌 당 시대적 정신이 반영된 작품이어야 한다는 점 등을 들 수 있다. 물론, 이 조건들 가운데 일부는 앞에서 다룬 <서사적 논설>의 단계에서 이미 성취된 것들이다.

　이러한 조건의 전부를 충족시키는 독립된 서사문학 양식의 단계를 우리 소

설사에서는 <논설적 서사(論說的 敍事)>의 단계라 할 수 있다. <논설적 서사>
는 <서사적 논설>과는 달리 외형상 편집자의 목소리가 숨어버린 독립된 서사
양식이다. 하지만 <논설적 서사>는 그것이 독립된 서사 양식임에도 불구하고
실질적으로는 서사가 전개되는 과정 속에 아직은 상당한 논설적 요소가 남아
있는 양식이다. 그런 점에서 <논설적 서사>는 외형상 최초의 독립된 근대적
서사 양식이면서 내용상 아직은 논설의 요소가 강하게 남아있는 전환기적 문
학양식이다.

 <서사적 논설>이란 그것이 표방하는 형식은 논설이지만 내면은 서사로 이
루어진 글이다. 반대로 <논설적 서사>란 그것이 표방하는 형식은 독립된 서
사이지만 내면에는 많은 직설적인 주장을 담고 있는 글이다. 「향객담화」나 「
소경과 안즘방이 문답」 등이 이러한 <논설적 서사>의 구체적 예가 된다.

 <서사적 논설>과 견줄 때 <논설적 서사>에서 발견할 수 있는 특질은 다음
과 같다.

 첫째, <서사적 논설>에서 발견되던 편집자 주(註)혹은 편집자적 해설이 사
라지면서 독립된 서사 양식인 <논설적 서사>가 시작된다. 둘째, <서사적 논
설>이란 그것이 표방하는 형식은 논설이지만 내용은 서사로 이루어진 글이
다. 반대로 <논설적 서사>란 그것이 표방하는 형식은 독립된 소설이지만 내
면에는 서사적 요소와 함께 많은 직설적인 주장이나 견해를 담고 있는 글이
다. 셋째, <서사적 논설>은 서사체 논설, 서사체 기사, 토론체 논설 및 토론체
기사, 문답체 일화 등 다양한 양식의 글을 포괄하는 개념이었다. 넷째, <논설
적 서사> 역시 <서사적 논설>과 마찬가지로 글쓴이의 의도는 개화의 성취를
위한 계몽에 있다. 다섯째, <논설적 서사>에는 글의 내용상 개요를 알 수 있
는 제목이 달려 있다. 여섯째, <논설적 서사>의 단계에서는 서명과 무서명 소
설이 함께 공존한다. 단 서명의 경우도 실명이라기보다는 모두 필명이라고
볼 수 있다. 따라서 이 시기 소설사적 특색을 드러내는 용어로는 비실명소설
이 적합하다. 일곱째, <논설적 서사>인 비실명 소설들은 한말 애국계몽운동
의 일환으로 나타난 소설들이다. 여덟째, <논설적 서사>는 모두 연재형식으
로 발표된 소설이다. 그런데, 작가는 작품의 연재를 시작하면서, 작품의 구조

에 대해서 완결된 생각을 지니고 있지 않았다. 아홉째, <논설적 서사>의 지은이는 신문의 발행에 깊이 관여하고 있는 논객들이었다. 열째, 「소경과 안즘방이 문답」, 「향로 방문 의생이라」, 「거부오해」, 「시사문답」은 모두 유사한 작품 구조를 지니고 있다. 이들은 소설의 전개 방식이나 그 내용의 유사성으로 볼 때 거의 동일한 작가에 의한 연작의 성격을 지닌다.

홍미위주의 전통적 서사 양식과 당시대적 근대성 및 현실성을 띤 문화 양식의 만남이 <서사적 논설>로 귀결되었던 것이고, 이 <서사적 논설>에서 외형상 서사가 강조된 문학 양식이 <논설적 서사>이다. <논설적 서사>를 근대소설 양식의 출발로 볼 수 있는 것은 그것이 근대 문화의 대표적 산물인 신문의 발간과 함께 성장한 소설 양식이며, 우리 민족의 문자인 한글을 사용하여 당시대의 현실적 문제들을 작품화하였기 때문이다.

시간이 흐르면 <논설적 서사>는 점차 논설보다 서사가 중요해지는 단계로 접어들게 된다. 논설의 기능은 약화되고 서사의 기능이 강화되는 것이다. 그리하여 창작의 관심사가 논설에서 서사로 옮겨가고, 창작의 주체가 집단에서 개인으로 변화하는 과정을 겪게 된다. 이러한 변화 과정은 한국 근대소설 발전사의 중요한 한 줄기를 형성한다. 이렇게 해서 접어드는 단계가 신소설(新小說)의 단계이다.

<신소설>이 지니는 특질은 다음과 같다.

첫째, 구소설의 인물 유형이 선인(善人) 아니면 악인(惡人)으로 대별되던 것에 비해 다양한 개성을 가진 인물들이 등장한다. 주인공의 경우도 구소설의 주인공이 이른바 재자가인(才子佳人) 류 내지 영웅적 특성을 지닌 주인공이 주류를 이룬다면 <신소설>은 평범한 여인을 주인공으로 내세우는 등 다양한 변화를 보인다. 이는 인물의 실재성이라는 측면으로도 이어진다. 둘째, 구소설이 이른바 권징주의(勸懲主義) 소설로서 그 주제가 권선징악(勸善懲惡)적이었던 것에 반해 <신소설>의 경우는 인간의 다양한 정서를 드러낸다. 셋째, <신소설>은 언문일치의 새로운 문체를 보여준다. 한문투와 국한문 혼용투가 주류를 이루던 당시로서는 <신소설>의 한글 중심의 새로운 문체는 혁신적인 것이었다. 고대소설의 문장과 대비할 때 운문성을 탈피한 것은 물론 한문직

역체의 서술문에서도 탈피하였고, 대화 문장과 묘사 문장이 두드러진다. 대화 문장의 경우는 작중 인물에게 현실적 생동감을 부여하는 기능을 수행한다. 묘사문장의 경우 사건이나 배경 등 외형적 사실에 대한 객관적 묘사뿐만 아니라 인물의 성격 묘사 및 심리 묘사에 이르기까지 다양한 기능을 담당한다. 특히 인물의 내면적 심리 묘사는 구소설과 대비하여 <신소설>이 지니는 중요한 특색이 된다. 넷째, <신소설>은 그 소재를 갑오경장 당시의 사회에서 구하여 그 실상을 여실히 보여준다. <신소설> 소재의 이러한 당시대성은 신화나 전설적 소재를 생각하게 하던 구소설과 큰 거리가 있다. 이러한 소재의 당시대성은 사건의 실재성이라는 측면과도 깊은 연관을 지닌다. 다섯째, 인물과 소재의 실재성이나 문체의 변화 및 묘사 문장의 활성화 등은 결국 객관적 상황 묘사와 함께 <신소설>의 성격적 특색을 앞 시기 문학에 비해 상대적으로 사실적이라 규정짓게 된다. <신소설>의 사실성은 <신소설>이 지닌 적지 않은 한계에도 불구하고 구소설과 <신소설>을 구별짓는 가장 중요한 특색이 된다. 여섯째, 제목이 구소설처럼 틀에 박힌 것이 아니라 다양한 방식으로 나타난다. 특히 고전소설의 전(傳)류를 벗어난 것이 한 특징이 된다. 또한 문학을 희롱의 도구로 생각하지 않고 진지한 인생문제 접촉을 위한 매개물로 사용한 것 역시 구소설과 구별되는 특색이 된다.

이러한 <신소설>은 크게 두 가지 계열로 나눌 수 있다. 하나는 '서사 중심 <신소설>'이고 다른 하나는 '논설 중심 <신소설>'이다. '논설 중심 <신소설>'이란 <논설적 서사>에서 논설 부분을 계속 이어가는 문학 양식이고, '서사 중심 <신소설>'이란 거기에서 특히 서사 부분을 확대시킨 문학 양식이다. 이 둘 가운데 우리 근대소설사에서 주류를 이루게 되는 것은 '서사 중심 <신소설>'이다. 소설이라는 문학 장르가 지니는 가장 중요한 속성이 논설이 아니라 서사라는 점을 생각한다면, 한국 근대소설사에서 '서사 중심 <신소설>'이 주류를 이루게 되는 것은 당연한 현상이다.

하지만 '서사 중심 <신소설>'에서 아무리 서사적 요소가 중요해진다 하더라도, <신소설>은 그 자체가 <서사적 논설>이나 <논설적 서사>처럼 계몽성을 매우 중요한 특질로 삼는 근대적 문학 양식이다. 따라서 '서사 중심 <신소

설’에도 계몽을 목적으로 하는 논설적 요소가 적지 않게 포함되어 있음은 물론이다.

‘서사 중심 <신소설>’은 이인직의 「혈의루」에서부터 시작된다. 「혈의루」이외에도 「귀의성」·「은세계」·「모란봉」 등 이인직의 작품들은 모두 ‘서사 중심 <신소설>’로서의 특색을 잘 보여준다. ‘서사 중심 <신소설>’이 거둔 소설적 측면의 성과는 무엇보다 구성과 문체의 측면에서 두드러진다. 구성의 측면에서는 실제 일어난 사건의 순서와 관계 없이, 그 사건들을 소설 내에 재배치하는 방식을 도입했다. 이러한 새로운 구성의 방식은, ‘서사 중심 <신소설>’이 지향하는 중요한 목표 가운데 하나였던 대중적 흥미를 높이는 일에 매우 중요한 요소로 작용했다. 앞 시기 소설에서 상투적으로 집어 넣던 불필요한 도입부를 삭제하는 등, 필요한 내용을 적절한 자리에 배치함으로써 작품의 내적 긴밀감을 크게 높일 수 있었던 것이다. 문체의 변화 역시 매우 두드러진 것이었다. 문체는 문어체 문장에서 언문일치를 지향하는 구어체로 변해갔을 뿐만 아니라, 설명문을 벗어나 묘사문을 지향하는 쪽으로 나아갔다. 특히 묘사문들은 사건이나 사물에 대한 외면 묘사 뿐만 아니라, 인물의 심리 묘사까지도 병행함으로써 새로운 근대소설의 세계를 여는 일에 기여했다. 이인직이 보여주었던 이러한 인물의 내면 심리에 대한 관심은, 뒤에서 다룰 10년대 단편소설의 성과로 이어진다.

‘논설 중심 <신소설>’은 앞 시기에 나온 <논설적 서사>를 적극적으로 이어받은 문학 양식이다. ‘서사 중심 <신소설>’이 <논설적 서사>에서 출발했지만 논설보다는 서사의 확장에 주력했던 문학 양식이었던 것에 반해, ‘논설 중심 <신소설>’은 그 내용과 형식에서 <논설적 서사>와 유사한 측면이 매우 많다. ‘서사 중심 <신소설>’은 논설과 계몽의 의지를 지니고 있으면서, 그 논설과 계몽의 의지가 개화와 친일로 이어지는 경우가 대부분이었다. 하지만 ‘논설 중심 <신소설>’은 논설과 계몽의 의지가 <서사적 논설>이나 <논설적 서사>에서와 같이 민족의 주체성을 강조하는 측면으로 이어진다. 그러므로 ‘서사 중심 <신소설>’이 비자주적 개화 지향의 논설을 담아내던 <신소설>이라면 ‘논설 중심 <신소설>’은 자주적 개화 지향의 논설을 담아내던 <신소설>이라

고 할 수 있다. '논설 중심 <신소설>'은 안국선의 「금수회의록」을 그 시초로
볼 수 있다. 안국선의 「금수회의록」 이외에도 김필수의 「경세종」이나 이해조
의 「자유종」 등이 '논설 중심 <신소설>'에 속한다. '논설 중심 <신소설>'은,
'서사 중심 <신소설>'에 비해 작품 수도 그렇게 많지 않으며 또 그 명맥이 오
래 가지도 못했다. 그 가장 큰 이유는 정치적인 데에 있었다. 한일합방을 전
후해서 '논설 중심 <신소설>'은 이른바 치안을 어지럽히는 소설로 분류되었
고, 따라서 이 계열의 소설들은 곧 금서 처분을 받게 된다. 이들 작품은 모두
구체적 교훈을 담고 있는 계몽적 소설이면서 또한 토론체 형식을 취하고 있
다. 논설과 계몽의 의지를, 「금수회의록」에서나 「경세종」에서는 동물의 발언
을 통해 전달하고, 「자유종」에서는 네 명의 여성 화자를 통해 전달한다.

  '논설 중심 <신소설>'에서는 작가가 작품을 쓰는 일차적 목적이 허구적 서
사의 완성이 아니라 작가의 논설적 의지를 효과적으로 드러내는 일이다. '논
설 중심 <신소설>' 작가들은 논설과 계몽의 의도를 드러내는 가장 효과적인
방법을 토론체로 보았다. 작가가 작중 인물의 행동이나 사건을 통해 ,창작 의
도를 드러내는 일에는 여러 가지 서사적 장치가 필요하다. 여러 가지 서사적
장치가 필요하다는 것은 그만큼 허구적 서사에 많은 지면을 할애해야만 한다
는 사실을 의미한다. '논설 중심 <신소설>'의 작가들은 누구보다 한말 <서사
적 논설>과 <논설적 서사>의 전통에 바탕을 두고 소설을 집필한 사람들이다.
당시 그들은 허구적 서사를 크게 배려할만한 여건과 여유를 갖지 못했다. 그
들은 허구적 서사를 길게 끌어 가면서 그 속에 약간의 논설과 계몽 의지를
반영하는 일보다는 그 반대의 경우를 선택했다. 그들은 최소한의 허구적 요
소를 만들고, 그 속에 많은 양의 논설과 계몽의 의지를 담아낼 수 있는 문학
양식을 원했던 것이다. 작가들의 그러한 창작 의도를 가장 효과적으로 반영
할 수 있는 문학 양식이 바로 개화기 토론체 소설이었다. <서사적 논설>에서
<논설적 서사>를 거쳐 <신소설>에 이르기까지 한국 근대 서사 문학의 초석
을 놓은 사람들은 해외 유학생들이 아니라, 전통적인 한학 교육을 받은 개화
기의 선각자들이었다. 그들은 대부분 계몽적 민족주의자였다. 그들은 한문
수업을 통해 학문적 교양을 쌓았지만, 새로운 세계에서 중요한 문자는 한문

이 아니라 한글이라는 사실을 남보다 먼저 깨달은 이들이기도 했다. 그들이 전통적 한학 교육을 통해 익혔던 글쓰기 방식을 근대적 문화 매체인 신문의 논설과 접합시키면서 한국 근대문학은 싹트기 시작한다. 그들이 지닌 새로운 문자의식은 새로운 시대의 새로운 문학을 탄생시키는 획기적인 계기로 작용했던 것이다.[61]

(2) 시사의 전개와 그 특질

근대전환기 시가는 1896년 독립신문에 수록된 가사로부터 시작된다. 인쇄술의 발달에 힘입어 나타난 신문의 문학란에서 출발한 근대전환기 시가의 창작은, 이후 신문과 잡지를 통해 활발히 전개되었다. 신문과 잡지는 문학의 대중화 운동에 큰 몫을 담당하면서, 대부분 어려운 필사나 구두로 유전되면서 청각에 의지하던 전통 시가들을 시각에 의지하는 시가의 모습으로 변화시키는데 크게 이바지 한다. 그러므로 근대 전환기 시가는 결국 그 신문과 잡지가 어떤 성격을 지녔는가에 따라 그 생성과 소멸의 성격이 결정되기도 하였다.

근대전환기 시가는 우선 크게 신문과 잡지의 시가로 분리되는 특성을 보여준다. 신문과 잡지는 당시 언론 통제가 극심한 상황 속에서 정치적 대응 방식이 서로 달랐다.

근대전환기 잡지의 출발은 1906년 『대한자강회보』, 『태극학보』, 『소년한반도』 등의 발간에서 비롯된다. 그러므로 근대전환기 시가는 잡지 수록 시가가 나타나는 1906년부터 그 흐름이 분화된다. 이 시기 이후부터는 잡지가 치열한 문학적 실험성을 보이는 시가를 주류적으로 담당해 간다.

당시 신문에 관여하고 있던 언론인들은 대개 상당한 학식의 소유자로서, 위기에 처한 국가와 민족의 자립을 추구하는 애국계몽운동가이기도 했다. 이들은 근대전환기의 핵심적 과제인 반봉건 사상과 반제국 사상의 실천을 우선 과제로 인식하면서 그의 현실적 실천을 위한 수단으로 문학을 활용하고자 했다. 그 결과 근대전환기 시가들은 반봉건과 반제국이라는 애국계몽 사상을

---

61) 김영민, 『한국근대소설사』, 솔출판사, 1997 참조.

주제로 선택하게 되는 것이다.

여기에서 신문에 발표된 시가들은 대개 대중에게 친숙한 전통적 시가 장르를 전승 활용하면서도 그것을 조금씩 변용해 가는 양상을 보여주게 된다. 이때 문체는 대중에게 쉽게 접근할 수 있는 한글을 사용한다. 애국계몽사상의 효과적 전달이라는 측면에서 대중과의 친화력이 우선적으로 요구되었고, 이를 충족시키기 위해서는 전통 장르를 활용해 한글로 전달할 수밖에 없었던 것이다.

한편 이러한 시가가 등장하기 이전에 찬송가라는 장르가 유입 확산되는 과정이 있었다. 이 찬송가는 자수율로 볼 때에는 매우 이질적인 기본 율격을 보이면서도, 행과 연의 구분이 이루어진 시가형을 최초로 제시했다는 점에서 근대전환기 시가의 발전에 상당한 충격을 주게 된다. 이 충격의 영향과 함께, 성리학적 세계관에 대한 비판을 위주로 하는 계몽주의 사상에 부응하는 새로운 형식의 발견이라는 의미에서 전통 시가의 변형이 이루어지게 된다.

이렇게 하여 이루어지는 것이 '전통시가 변용형'인데, 그 한 종류인 가사체에서는 '구'와 '행'에 대한 인식이 생기는 변화가 일어난다. 이로써 시가의 행을 시각화 하고 의미의 매듭을 강화하는 효과와 더불어, 전통시가의 유장함에서 속도감이 있는 새로운 시가 쪽으로의 변화가 진행되는 것이다. 이어서 행들의 내용이 자연적으로 분리되는가 하면, 동일 구절이 반복되면서 연의 구분이 이루어지는 시도가 나타난다. 연의 구분은 처음에는 다양하면서도 상이한 내용이 병렬적으로 열거되는 특징을 보이다가, 점차 하나의 제재를 다각적으로 규명하는 방식으로 발전하게 된다. 즉 주제의식의 심화를 성취하는 방향으로 나아가는 것이다. 이는 시가의 내용적 측면에서 일원론적이고 관념적인 애국계몽사상의 주장으로부터, 그 주장과 상반되거나 갈등 관계에 있는 다양한 관점들을 고려하는 주제의식의 표출 쪽으로 시가의 운동 방향이 진행해 갔다는 것을 의미한다. 『대한매일신보』의 시사평론 가사가 그러한 예이다.

시사평론 가사는 그날 그날의 핵심 뉴스를 선택하여 대중에게 시사적 사건을 가사를 통해 사실적으로 제시·논평하여 현실 사건에 기반을 둔 애국계몽사상을 주창한다. 특히 시사적 사건을 객관적으로 논평하면서도 때로 주관적 감정을 이입시켜 주정적 토로가 개입된 부분을 첨가하는 등, 보다 높은 감동을 이끌어 낼 수 있는 다양한 실험 양상을 보여준다. 그리하여 시사평론 가사는 당시 가사체 변용형 중에서 매일 발생하는 현실적 사건에 접근하는 현실주의와 이를 가장 효과적으로 논평하기 위한 형식을 발견해 보여준다. 이러한 점에서, 시사평론 가사는 다양한 기법의 모색과 실험을 중단하지 않았던 민족문학으로서의 깊이 있는 수준을 유지한다.

이러한 모색과 실험은 민요체, 한시체, 시조체에서도 유사하게 전개되는데 그 중에서도 시조체가 가장 적극적인 모습을 보인다. 이리하여 근대전환기 시조는 사설시조의 실험으로까지 나아간다. 계속해서 이는 조선 후기에 나타나던 관념과 괴리된 현실의 표면을 기술하는 소재주의적인 것에서, 애국계몽주의의 이념이 요청되는 현실주의의 성취 지점에까지 이르게 될 뿐만 아니라, 자유시의 모형에 접근하는 특성까지 보여준다. 그러나 이것은 어디까지나 노래체 안에서의 변화라는 점에서 자유시의 그것과는 근본적인 차이가 있다. 말하자면 의미와 리듬의 자체적인 통일성을 기반으로 한 것이 아니라, 외부에서 강제적으로 규정된 율격을 바탕으로 하여 존재하던 시가가 이 당시의 노래체 가사이기 때문이다. 그러므로 표면적으로는 자유시와 유사한 모습을 보일지라도 궁극적으로는 이러한 토대가 작용하면서 시조의 성격을 벗어나지 못하는 것이다. 그러므로 이러한 인식이 전제됨 없이 사설시조와 자유시를 단선적으로 비교하는 것은 시가의 표면적인 이해에 그치는 것으로 판단된다.

한시와 민요의 변형은 한시의 수준 높은 형상력과 민요의 역동적인 율격 원리에 대한 깊은 이해를 바탕으로 이루어진 것이 아니고, 형식의 표층적인 수준에서만 이루어졌다. 이를테면 한시의 변용은 5언이나 7자로 이루어지는 자수의 형식을 국문으로 차용하는 선에서 변용이 이루어지고, 민요는 민요 이전의 내용이 이상적이고 유락적인 것이라는 인식에서 현실적이고 진취적인 내용으로 변화하는 현상이 일어난다. 민요 변용체는 전승되는 민요 본래의 역동적 율격에다 격동기인 근대전환기에 대응하는 현실적 내용을 담아냄으로써 현실주의의 시가적 성취를 어느정도 실현하지만, 이러한 실험 역시 노래체를 벗어나는 것은 아니다.

　이러한 전개 속에서 1908년 잡지『소년』이 발간되면서부터는 적극적으로 새 형식을 모색하는 실험이 다각적으로 이루어진다. 전통시가의 일반적 자수 규범인 3·4조 또는 4·4조를 5·7, 6·5, 7·5, 8·6 등으로 다양하게 변화시키는 시가가 나타나기 시작한다. 동시에 행의 배열상에서의 변형을 시도한다. 시의 행배열 형태를 들쭉날쭉하게 배치하는 시각적 효과를 노리면서, 시각적 시가로 이행시키려는 노력을 보여주는 것이다. 이러한 상황이 어느정도 진행된 다음에는 다시 여러 행 중의 한 행이 규정된 자수 규범에서 이탈하는 모습을 보여주기도 한다. 이것은 강제로 외부에서 규정되는 자수적 제한을 더 이상 지켜내지 못하는 한계 상황의 노정이기도 하다. 또 규칙적으로 반복되는 행 리듬의 질서에 변화를 주는 효과를 고려하는 실험이기도 하다.

　이렇게 보다 복잡한 사상과 감정을 표현해 내려고 애를 쓰고 있었던 당대 상황에서, 종래의 자수 규범은 상당한 장애가 될 수밖에 없었다. 그러므로 이러한 제약에서 벗어나고자 하는 시도가 곳곳에서 이루어지면서 행의 대응 형태를 이탈하는 변형태가 나타난다. 곧 한 연 안에서 각 행의 율격은 자유롭게 성취되지만, 각 연 끼리는 서로 대응되는 조직을 보이는 시가가 나타나게 되는 것이다. 그때까지도 우리 시가는 연 대응 정형의식을 완전히 벗어나지 못했다. 하지만 각 연의 행간에서 자유율을 구현하는 시가의 성취에 이르게 된다는 점은 커다란 발전이 아닐 수 없다.

　잡지에 발표된 이러한 시가와 더불어 전통시가 변용형 역시도 지속적으로 모색과 실험을 병행하고 있었다. 그러나 을사보호조약 등을 거쳐 일본의 침탈은 결국 한일합방으로 이어지고, 이로 인하여 애국계몽사상의 대중화를 위한 수단으로써 대중에게 친숙한 전통시가 장르를 원용하면서 변화를 시도하던 시가의 실험은 중단될 수밖에 없었다. 이러한 외부적 요인과 함께 새로운 시대에 부응하는 사상과 감정을 표현할 새로운 시가 형식에 대한 기대 심리가 작용하게 된다. 이러한 과정 속에서 차츰 전통시가 변용형과는 근본적으로 다른 리듬 형태를 구현하는 시가를 모색하는 방향으로 우리 시가의 운동 방향이 바뀌게 된다. 이러한 운동은 주로 잡지를 통해서 전개되는데, 잡지는 본래 출발기부터 반제국 사상을 우회적이고도 온건한 관점에서 표현하는 입장에 서 있었기 때문에 한일합방이라는 상황 변화의 영향을 적게 받을 수 있었다. 이러한 점도 당시 새로운 시가 양식을 실험하는 운동이 잡지를 주된 근거지로 삼게 된 하나의 원인이 된다.

이러한 과정 속에서 1908년부터 잡지에서는 틈틈이 번역시를 게재하게 되는데, 이 번역시들이 근대전환기 시가에서 근대시로의 전환에 강력한 영향을 끼치게 된다. 노래체에서 시체로의 전환이 이루어지면서, 직접적 '진술'에서 간접적 '형상' 쪽으로 시의 창작 방법이 움직여 가며, 이러한 번역시들이 결국 그 전까지 유지되던 연 대응 정형시를 해체하면서 자유시와 산문시로 나아가는 데 크게 이바지 하게 된다.

근대전환기 시가는 그 내용에 부합하는 형식을 발견하는 과정으로 진전된다. 조선후기부터 표면화되었던 경험주의와 현실주의는 실학사상을 경유하면서 더욱 주자학적 세계관에 비판을 가하게 된다. 이러한 역사적 축적은 근대전환기에 이르러서는 서구의 침탈전략에 대응하는 애국계몽 사상과 개화사상을 변환 표출하기에 이른다. 그러기에 근대전환기 시가는 시대적 과제인 중세주의의 청산을 내세우는 반봉건과, 침략해 오는 외세에 대응하는 반제국주의 사상을 담는 시가가 될 수밖에 없었던 것이다.[62]

2) 식민지 시대 한국문학사의 특질

(1) 소설사의 전개와 그 특질

식민지 시대 소설사는 1910년대에 새롭게 등장한 신지식층 <단편소설>에서부터 시작된다. 1910년대 <단편소설>의 중요한 줄기는 계몽성을 가장 큰 목적으로 삼았던 앞 시기 소설사의 연장선상에 있다. <신소설>의 단계가 그러했던 것처럼 1910년대 <단편소설>은 작품에 따라 서사적 요소를 중시하며 창작된 경우도 있고 논설적 요소를 중시하며 창작된 경우도 있으나, 크게 보면 1910년대 <단편소설>은 1900년대 한국 소설사의 맥락을 벗어나 있지 않

---

62) 설성경·김교봉, 『근대전환기 시가연구』, 국학자료원, 1996 참조.

다. 하지만 1910년대의 신지식층 계몽소설은 통속화된 후기 <신소설>과 같이 구시대의 답습에 머무르는 소설이 아니라 시대의 변화를 반영하는 소설이다. 1910년대 소설은 계몽의 방식이 앞 시기 소설만큼 직설적이지 않다. 한국 근대 소설사의 발전 모습 가운데 하나는 바로 이러한 계몽의 의도가 점차 서사 속으로 스며들어가 간접화된다는 점이다.

1910년대에 들어 새롭게 나타나는 가장 중요한 소설적 요소는 바로 인간의 내면 심리에 대한 관심이다. 그런데 1910년대 소설에서 등장하는 인간 심리에 대한 관심과 표현은 현실 조건에 대한 결핍감에서 오는 경우가 대부분이다. 이때 결핍의 대상을 무엇으로 보는가 하는 것은 작가와 작품에 따라 다양한 모습으로 나타난다.

1910년대 <단편소설>은 그 발생 과정에서 <신소설>의 축약형태로 나타난다. 이는 당시의 작가들이 <단편소설>에 대한 뚜렷한 장르 의식을 가지고 이러한 유형의 문학 작품을 창작한 것이 아니라, 발표 지면의 형편에 맞추어 작품을 창작한 것에 원인이 있다. 이 단계에서 출현하는 소설이 ‘축약형 <단편소설>’이다. 이광수의 단편 「무정」이나 「헌신자」, 그리고 현상윤의 「박명」 등이 여기에 속한다.

그러나 시간이 지나면서 작가들은 <단편소설>에는 <단편소설>만이 필요로 하는 어떤 요소들이 있다는 사실을 깨닫게 된다. 즉, <단편소설>을 통해 거둘 수 있는 효과가 무엇인가에 대한 인식을 새롭게 하게 되는 것이다. 그들은 <단편소설>이 간결하면서도 현실감 있는 묘사를 통한 생의 강렬한 이미지 전달이라는 요소를 필요로 한다는 사실을 깨닫기 시작했고, 그러한 요소들을 차츰 작품 속에 넣기 시작했다. 하지만 이들은 아직도 소설이란 이야기 줄거리 전달을 중심으로 하는 문학이라는 생각이 강했다. 그렇기 때문에, 현실 묘사 뒤에는 꼭 그러한 장면이 나오게 되는 이유를 설명적으로 덧붙이곤 했다. 따라서 이 단계의 소설에서는 <단편소설>의 본질을 드러내는 묘사 부분과 <신소설> 축약적인 성격을 드러내는 설명부분이 혼합되어 나타난다. 이러한 유형의 소설이 ‘복합형 <단편소설>’이다. 현상윤의 「한의 일생」이나 「청류벽」 등이 여기에 속한다.

그런 한편 작가들은, 생동감 있는 현실 묘사 혹은 그런 현실을 사는 개성있
는 인물들의 고민이 꼭 설명으로 전달될 필요가 없다는 사실을 인식하게 된
다. 이 단계에서는 주인공의 행위의 근원에 대한 설명이 **빠져버리고**, 행동 자
체 혹은 행위에 따르는 심리적 고뇌 자체만을 드러내는 작품이 나오게 된다.
이러한 유형의 소설들은 대개 특정 장면을 설정하고 그 장면을 중심으로 작
가가 하고 싶은 이야기를 작품화하는 방식으로 전개된다. 이런 유형의 단편
은 단일 장면이 중심이 되는 단편이기 때문에 줄거리 서술형 단편인 <신소설
> 요약형 단편과는 매우 대조적인 성격을 지닌다. 이러한 단편을 '일화형 <단
편소설>'이라고 부를 수 있다. 백대진의 「절교의 서한」, 유종석의 「냉면 한
그릇」 등이 여기에 속한다. 이러한 일화형 단편들은 인상적인 장면에 대한 강
렬한 묘사 혹은 인상적 장면에서 등장인물의 독특한 심리 드러내기 등이 중
심을 이룬다. 경우에 따라서는 작가가 특정 장면에 이르기 위한 보조적 설명
을 덧붙이기도 한다. 1910년대 일화형 단편의 가장 큰 특색은 설명, 묘사, 대
화 등 여러 가지 문장 형식을 통한 등장인물의 심리 표현이다. 일화형 단편이
심리 표현에 중심을 두게 된 것은, 줄거리 서술을 벗어난 작품이 취할 수 있
는 방향의 하나가 인물의 심리 묘사라는 점과도 연관된다. 아울러 소설 창작
이 단순히 이야기 줄거리를 만들어 내고 그것을 전달하는 일이 아니라, 개성
있는 인물을 창조하고 그 성격을 글로 표현하는 일이라는 작가적 자각 역시
연관이 있다. 이러한 작품 속 인물의 개성에 대한 자각은, 현실에서 점차 개
인의 삶이 중요하게 인식되어 가는 근대 사회의 변화와도 연관된 것이다.

이러한 내면적 심리 탐구를 위주로 한 소설의 탄생은 논설과 서사가 완전
히 분리된 소설의 등장이라는 점에서 중요한 소설사적 의미를 지닌다. 그런
점에서 심리 탐구를 위주로 한 단편의 출현은 곧 근대소설사를 완성해 가는
새로운 성향의 단편의 출현이자 현대 단편의 출발을 알리는 예비적 징후이기
도 하다.

축약형이나 복합형 및 일화형 단편들에 대한 창작 체험을 바탕으로 우리
소설사는 '근대완성형 <단편소설>'의 길을 가게 된다. 1910년대 근대완성형
단편들에서는 개성있는 등장 인물의 내면세계가 드러나고, 서사와 논설이 거

의 완전하게 분리된다. 아울러 이들은, 설명을 통해 주제를 논설적으로 보여주던 기존의 작품들과는 달리 주제를 간접적으로 암시한다. 주제의 간접적 암시는, 논설적 방식이 아닌 소설적 주제 전달 방식이라는 점에서 중요한 문학사적 의미를 지닌다. 현상윤의 「핍박」, 양건식의 「슬픈 모순」 등을 이러한 '근대 완성형 단편'이라 부를 수 있다.

신채호의 1910년대 소설 「꿈하늘」은 개화기에 <논설적 서사>의 한 형태로 존재했던 <역사·전기소설>의 맥락을 그대로 이어받고 있는 소설이다. 「꿈하늘」과 같은 작품은 한국 근대소설사의 흐름 속에서 매우 특이한 자리를 차지한다. 그런데, 이 작품은 분명히 우리 소설사의 중요한 한 줄기를 이어가고 있는 소설이지만, 이는 <신소설>로 분류하기도 또 신소설의 창작 체험을 바탕으로 성장한 1910년대 단편소설로 분류하기도 어렵다. 1910년대 이후 신채호의 소설들은 우리 소설사 속에서 다른 작가들과 어울려 일정한 계열을 형성한다기보다는, 그만의 독특한 소설세계를 구축한다. 단재 신채호가 소설을 구상하고 문자화시키는 방식은, 동시대 작가들의 그것과는 달랐다. 단재는 자신의 견해를 가장 효과적으로 전달할 수 있는 방식을 찾고자 했고, 그것은 바로 「꿈하늘」이나 「용과 용의 대격전」에서처럼 기존의 소설과는 매우 다른 방식으로 나타났다. 단재는 새로운 방식의 소설을 통해, 주제의식을 선명하게 드러냈다. 경우에 따라 이러한 주제의식은 매우 직설적으로 표현되었다. <서사적 논설>과 <논설적 서사>, 그리고 <역사·전기소설>로 연결되는 문학사의 전통 속에서 글을 쓰고 있는 단재가, 주제의식을 직설적으로 드러내는 것은 어쩌면 당연한 결과이기도 하다. 단재가 <신소설>과는 일정한 거리를 두면서 <역사·전기소설>에 바로 이어지는 「꿈하늘」과 같은 소설을 쓸 수 있었던 이유 가운데 하나는 그가 한일합방 이후 중국으로 망명해 거기서 소설 창작을 했다는 데에 있다. 또한 단재가 소설을 쓴 이유가 예술성에 대한 관심보다는 사회운동의 촉발에 있었다는 사실도 이와 깊은 연관을 갖는다.

1910년대 후반에는 한국 소설사의 새로운 획을 긋는 장편소설 「무정」이 발표된다. 이광수는 한문학의 글쓰기 체험을 바탕으로 한 전통적인 논설 중심 계열의 소설사적 흐름을 이어받고, 거기에 서구문학의 체험을 접목시킨 작가이다. 이광수가 소설을 쓴 주된 이유는 논설적 의도를 드러내기 위한 것이었다. 그 점에서 근대소설가 이광수가 글을 쓰는 목적은 한말 <서사적 논설> 작가나 <논설적 서사> 작가들이 글을 쓰던 목적과 일치한다. 이광수는 논설을 활용하는 전통적 글쓰기 방식에다가, 허구적 서사를 더욱 적극적으로 활용하는 방식으로 나아간다. 그렇게 해서 탄생하는 작품이 장편 「무정」이다.

1910년대 <장편소설> 탄생의 가장 중요한 요인 역시 <단편소설>의 탄생처럼 작가가 아니라 매체에 있었다. 「무정」이라는 <장편소설>의 탄생은 이광수라는 작가 개인의 역량에 의한 것이라기보다는 그의 역량을 활용하려는 매체가 존재했기 때문에 가능했다. 「무정」의 탄생은 『매일신보』라는 매체에 의해 기획된 결과이다. 그가 쓴 <서사적 논설> 형식의 작품인 「농촌계발」의 연재를 통해, 논설 형식과 서사 형식의 결합이 가져오는 대중적 효과를 확인한 『매일신보』의 당국자들은 더욱 대중성을 높이면서도 논설적 의도를 관철시킬 수 있는 글을 원했고, 그렇게 해서 탄생된 작품이 「무정」이었다. 따라서 소설 「무정」은 그 탄생에서부터 논설을 담아야 하는 운명을 지니고 있었다. 「무정」은 「농촌계발」과는 달리, 더 큰 대중적 흥미를 끌기 위해 논설의 요소를 허구적 서사 속에서 간접적으로 드러내는 방식을 택했다. 그러나, 논설이 간접화된다고 해서 계몽의 효과가 꼭 줄어드는 것은 아니다. 소설 「무정」을 통한 계몽의 효과는 다른 어떤 계몽적 논설들 못지 않게 큰 것이었다. 대중적 흥미를 끌기 위해 허구적 서사의 측면을 극대화 시키면서도, 가장 커다란 논설적 효과를 얻어낼 수 있었던 소설이 바로 「무정」이었다. 그 점에서 「무정」은 한국 근대소설사의 가장 중요한 속성인 계몽을 성공적으로 드러내면서, 근대소설의 정점에 올라선 작품이었다고 할 수 있다. 「무정」은 계몽적 의지의 소설적 형상화가 가장 잘 실현된 작품이다.

1919년 동인지 『창조』의 발간은 우리 근대문학사의 방향을 새롭게 한 사건으로 꼽힌다. 이를 통해 육당과 춘원에 의한 문단 독점이 극복되고, 계몽 일변도의 문학 흐름이 자아와 개성을 추구하는 흐름으로 바뀌게 되기 때문이다. 김동인 등의 『창조』파가 일으킨 신문학 운동 가운데 중요한 요소는 새로운 문장운동이다. 이러한 문장은 이미 육당과 춘원에 의해 개척된 것이었으나, 김동인에 와서 굳건히 정착되었다.

김동인은 문학 자체의 독자성을 중시하면서, 도덕적·윤리적 가치보다는 심미적 가치를 중시했다. 그는 사실주의를 비롯한 다양한 근대 문예사조를 실험적으로 도입했으며, 자신이 쓴 「조선 근대소설고」를 통해 소설창작에 대한 스스로의 기여를 다음과 같이 정리했다. 첫째, 불완전한 구어체에서 완전한 구어체로 전환. 둘째, 대명사 및 형용사와 명사 등 새로운 어휘의 개발. 셋째, 주체와 객체의 구별을 불명료하게 하는 '-한다' 식의 현재사를 버리고 '-했다'와 같은 과거사의 사용.

현진건은 1920년대의 대표적인 사실주의 작가 가운데 한 사람으로, 김동인과 더불어 한국 단편소설의 선구적 개척자로 꼽히는 작가이다. 그는 작품 속에 사회의식을 절절히 융화시킨 작가로, 아울러 반어적 수법을 적절히 사용한 작가로도 이름이 높다. 그는 신변체험류 소설에서부터 사회소설, 역사소설 등 다양한 범주의 소설을 창작했다.

식민지 시대 한국의 문예사조는 일정한 근대 사조가 단독으로 주류를 이룬 것이 아니라 한꺼번에 여러 개의 사조적인 것이 들어와서 혼류를 이루었다. 예를 들면 자연주의적인 것, 상징주의적인 것 내지 낭만주의적인 것이 함께 들어왔다.

1920년대 초기 염상섭은 「표본실의 청개구리」를 갖고 등장했는데, 당시 현실에서 표본이 될만한 인물을 택하여 그 생활과 심리를 자연과학적 태도로 써나갔다. 이 작품을 자연주의 작품으로 볼 수 있는 또 하나의 이유는 현실의 어두운 면을 택해 그려가면서 일종의 현실폭로적 태도를 취했다는 점에 있다. 염상섭은 한국 사실주의 문학의 대표적 작가이면서, 아울러 장편소설의 개척자라고 할 수 있다. 그는 민족의식을 근간으로 하면서 식민지적 현실을 다룬 작품들을 썼는데, 「삼대」와 「만세전」의 경우가 거기에 해당한다.

나도향의 전기 작품들은 모두 감상주의 작품으로 볼 수 있다. 그는 한국 낭만주의 문학의 대표적 작가로 꼽히기도 하는데, 감상적이면서 우수적 분위기의 작품을 남겼다는 평가를 받는다. 그런 한편 궁핍한 삶과 더불어 애욕의 문제를 다루기도 했고, 상실의 현실과 욕망 충족의 꿈, 그리고 좌절이라는 비극을 다루기도 했다. 그런 연유로 인해 나도향은 초기에는 낭만주의로 출발했지만 점차 사실주의적으로 성향이 바뀌었다는 평가를 받기도 한다.

1920년대 중반에 이르면 한국 문학계에는 신경향파 문학이 등장한다. 신경향파 초기에 누구보다 맹렬히 활동한 사람은 김기진이었다. 그는 박영희와 함께 신경향파 문학활동을 주도했다. 이 신경향파 문학은 몇 사람의 주동에 의한 단순한 문학운동이 아니었다. 그것은 무엇보다도 이 시대 현실을 배경으로 해서 일어났다. 신경향파 문학 발생의 배경에는 당시의 사회 운동의 흐름이 큰 영향을 주었다.

제재의 측면에서 접근한다면 신경향파 문학은 하나의 빈궁소설이다. 이 점이 전 시대의 문학과 비교해서 명확히 구별되는 특색이기도 하다. 신경향파 문학이 그 전의 자연주의적 빈궁문학과 구별되는 점은 반항적 요소가 강조된다는 점에 있다. 최서해의 「탈출기」와 박영희의 「사냥개」는 이러한 신경향파 소설의 대표적 예가 된다. 그리하여 제재의 극빈성(極貧性)과 주제의 반항성은 신경향파 문학의 가장 뚜렷한 특색이 된다. 최서해는 1920년대 빈궁의 현실과 그로 인한 극한 상황의 문제를 심도있게 다룬 작가이다. 그의 작품에는 이농의 문제 및 도시 노동자, 그리고 지식인들이 겪는 고통과 상처가 잘 드러나 있다.

1925년 7월에는 『카프』가 결성되고, 프롤레타리아 문학은 더욱 활성화된다. 『카프』의 출현은 당시의 사회 및 정치운동의 상황 변화와도 관계가 깊다. 『카프』를 중심 축으로 한 프로문학운동은 사회주의 사상에 기반을 둔 문학운동이다. 1920년대 당시 사회주의 사상이 우리나라에 뿌리를 내리게 된 데에는 그만한 이유가 있었다. 그것은, 당시 지식층 가운데 일부가 사회주의 사상이 일본의 식민통치에서 벗어나는 일에 도움을 줄 수 있다고 믿었기 때문이다. 사회주의 사상이 국내에 처음 전파된 것은 1919년 3·1운동 이후, 일본에 유학했던 학생층을 통해서였다. 일본 내에서 사상운동에 많은 관심을 기울였던 이들은 3·1운동을 전후하여 특히 반일사상 고취에 힘쓰고 있었다. 그런데 이들 가운데 일부가 당시 일본에서 발흥되던 좌익운동에 자극되어 그것을 민족운동과 연관지으려는 시도를 하게 된다. 일본에서 시작된 좌익운동에 대한 동조가 국내에 영향을 미치게 된 데에는 다음과 같은 요인을 들 수 있다. 첫째, 일제에 대해 온건한 방식으로 독립을 요청해서는 독립이 이루어지기 어렵다고 생각하는 젊은 층들이 많았고, 그에 대한 대안이 요구되는 시기에 사회주의 사상이 들어오게 되었다. 둘째, 당시 사회주의 운동가들이 내건 현실타파의 반항적 개혁주의적 입장이, 일제하에서 절망감을 느끼던 일부 민중들에게 동경의 대상이 될 수 있었다. 이러한 사회적 배경 속에서 도입되기 시작한 사회주의 사상은, 1920년대 이후 일련의 문학운동에도 직접 간접적인 영향을 미치게 되었다.

『카프』결성 이후『카프』의 준기관지 격으로『문예운동』이 발간되었다. 이『문예운동』에는 홍명희·김복진·박영희·김기진·조명희·이익상·이기영 등이 글을 발표했다. 1929년 프로문학계에서 대중화 운동이 일어난 후, 소설 창작의 중요성이 크게 강조되었다. 이 시기 발표된 작품 가운데서는 한설야의「과도기」가 주목을 끌었다. 이 작품에서 한설야는 한국 농촌의 몰락과 도시화, 그리고 농민의 노동자화 현상이 일어나는 과도기의 모습을 그리고자 했다.

이기영·조명희와 같은 작가들은 현실 생활의 고통과 질곡이 가진 계급과 못 가진 계급의 적대적 대립이라고 하는 사회구조의 모순에서 비롯됨을 깨닫고, 못 가진 계급의 입장에서 현실을 파악하여 그 극복을 지향하는 소설들을 썼다. 이기영이나 조명희의 작품은 비극적 복수를 벌이는 환상과 절망적 현실의 깨달음으로 끝나는 경우가 많았다. 이런 초기 프로소설의 특징은 현실의 특정 상황에 대한 사실주의적 묘사와 결말의 주관성이라고도 정리된다.

1920년대 중반에서 30년대 중반에 이르는 시기에는 사회주의 리얼리즘 논쟁과 더불어 미적 반영론에 근거한 리얼리즘 창작 방법에 대한 인식이 심화되면서 현실을 총체적으로 반영하는 본격적인 장편소설이 창작되었다. 이기영의 중편소설「서화」및 장편「고향」이나 강경애의「인간문제」, 그리고 홍명희의「임꺽정」등이 이 시기의 중요한 소설사적 성과를 보여주는 작품들이다. 아울러 이 시기에는 프로소설이 자기 발전을 해나가는 한편, 좌우 합작노선의 신간회 운동을 계기로 비타협적 민족주의자의 입장에서 현실을 파악하고 개선하려는 시각으로 현실을 반영한 장편소설도 산출되었다.

1930년대의 주요 작가로는 유진오를 들 수 있는데, 그는 「김강사와 T교수」를 통해 인텔리의 삶과 현실 타협의 문제 및 세계관과 삶의 문제를 다루었다. 유진오와 함께 동반자 작가의 대열에 들었던 이효석도 과거를 돌아보고 현재의 자신을 동정 연민하는 「장미 병들다」와 같은 작품을 발표한다.

1930년대를 한국문학사의 일대 전환기로 평가받기도 한다. 1930년대는 동인지 문단시대에서 사회적 문단시대로 전환한 시대이며, 습작문단이 작가문단으로 바뀌고, 순문학과 대중문학이 분립되어 문학의 예술적 영역과 오락적 영역이 확연해짐으로써 처음으로 한국의 현대문학이 일정한 수준에 도달한 시기가 되는 것이다. 이 시기에는 무엇보다 순수문학적 경향이 우세했는데, 1933년 구성된 『구인회』의 활동을 그 대표적인 예로 들 수 있다. 구인회에 처음 모인 회원들은 이태준·이효석·박태원·정지용·김기림·이무영·이종명·유치진·김유영 등이었다. 이상·조용만 등은 그 뒤에 가담하였다. 이들은 그 당시 예술파적인 작가 혹은 기교파적인 시인으로 알려진 사람들이다.

이효석은 초기의 동반자적 경향성을 벗어나 소설을 아름답게 써서 서정시의 경지까지 끌어올리려 노력한다. 그는 간결한 문체로 자연과 인간의 문제를 다루었고, 이국적 정취를 드러내는 작품을 발표하기도 했다. 이태준은 『구인회』의 중심 작가인 동시에 경향문학의 퇴조 이후 그 존재가 나날이 뚜렷하게 부각되어간 작가이다. 그는 한국 단편소설사에서 김동인과 현진건의 뒤를 이어 뚜렷한 공적을 남긴 작가로 평가할 수 있다. 그는 「달밤」, 「밤길」, 「복덕방」 등의 작품을 썼다. 『구인회』의 작가 중에서 박태원 역시 주목할만하다. 소설 쓰기의 새로운 방식들에 대해 큰 관심을 보였는데, 「소설가 구보씨의 일일」, 「천변풍경」 등의 작품을 발표했다.

1930년대에는 작가가 적극적으로 현실을 비판하고 항의할 수 없게 되자, 소극적으로나마 그 시대에 저항하는 방식으로 풍자문학이 등장하게 되었다. 채만식은 이 시기 풍자문학의 대표적 작가이다. 그는 단순한 세태소설의 경지를 넘어 현실이 갖는 역사적 사회적 의미를 통찰력 있게 표현하였고, 문학을 통한 역사 발전을 의도한 작가로도 알려져 있다. 그는 「레디메이드 인생」, 「인텔리와 빈대떡」, 「치숙」, 「태평천하」 등의 작품을 썼다.

김유정은 한국문학의 골계와 해학적 전통을 잇고 있는 작가였다. 그는 주로 서민생활에서 소재를 택했고, 사소한 일에서 유우머를 느낄 수 있도록 하는 데 성공했다. 그는 의식적으로 주인공을 범속하고 모자라는 인물로 설정하기도 했다. 아울러 그는 토착미의 발굴에 기여한 작가로, 또 작가 정신의 면에서 판소리계 소설에 흐르는 정서를 이어받은 작가로도 평가된다. 그는 「봄봄」, 「안해」, 「노다지」, 「동백꽃」, 「만무방」 등을 썼다. 이 시기에는 농촌을 배경으로 작품을 쓰는 작가 역시 적지 않았는데, 박영준·이무영 등이 여기에 속한다.

김유정처럼 지방성을 살리면서 등장한 작가로 김동리를 꼽을 수 있다. 그는 「화랑의 후예」 등으로 주목을 끈 뒤, 「무녀도」 등을 발표했다. 김동리는 문학의 궁극 목표가 인간의 근원적인 것을 표현하는 것이라고 보았다. 이때 그 근원적인 것을 표현하는 구체적인 매개물로 지방성·토착성을 중요시했다. 아울러 그는 지방의 전설이나 습관 및 종교적 의식이나 미신성(迷信性)까지도 모두 근원성과 연관된다고 보았다. 김동리가 주장하게 되는 순수문학론은 식민지 시대 말기 뿐만 아니라, 그뒤 8·15해방 이후까지도 적지 않은 영향을 미치게 된다.

1930년대 후반부터 40년대 초에 걸쳐 활동한 주요 작가로는 황순원을 꼽을 수 있다. 그는 원래 『단층』 동인으로 모더니즘 시를 발표하다가, 1940년 『황순원 단편집』을 발간하면서 소설가로 전환하였다. 그의 소설에는 서정성과 함께 깊은 인간의 고뇌아 녹아들어 있다는 평가를 받는다. 그의 작품에 스며든 인간의 고뇌는 작가의 역사의식 및 사회의식의 소산이기도 하다.

한국 근대소설의 발전 과정이란 외형상 논설과 서사가 분리되는 과정이다. 논설과 계몽의 의도는 숨어버리고 서사가 점차 전면으로 나서는 과정이 바로 한국 근대 소설사의 발전 과정인 것이다. 하지만 외형상의 그러한 분리가 곧 논설의 사라짐을 의미하지는 않는다. 그것은 오히려 논설과 서사의 효과적인 만남을 지향하는 분리의 과정이다. 달리말해 이는, 개념과 정론의 소설적 형상화 과정이라고 할 수 있다.

한국근대소설사에서는 무정」이 발표되던 1910년대 말까지가 계몽이 크게 성행했던 시기라고 할 수 있다. 그러나 계몽소설을 지향한 「무정」이 갈 수 있는 길에는 처음부터 분명한 한계가 있었다. 완성된 근대소설은 식민지 시대라는 비정상적인 시대에는 애초부터 불가능한 것이었다. 「무정」이 지니는 근대문학으로서의 한계가 작가 이광수 개인의 한계라기보다 식민지 시대 근대문학이 지닐 수밖에 없는 한계라고 보았을 때, 더 이상의 계몽적 근대를 부여잡는 것은 무의미한 일이 된다.

계몽 문학의 길이 막힌 곳에서, 계몽의 문학을 벗어나려는 새로운 시도들이 시작된다. 계몽적 소설가들은 독자를 논설로 설득하려 하지만, 계몽 이후의 소설가들은 독자를 설득이나 교화의 대상으로 생각하지 않는다. 계몽 이후의 문학에서 독자는 교화의 대상이 아니라 대화의 상대자가 된다. 계몽 소설에서는 작가의 의사전달 방식이 논설과 서사의 결합이라고 하는 일관된 방식을 선택하지만, 계몽 이후 소설에서는 의사전달 방식이 작가마다 달라진다. 거기서부터 우리소설사에서는 작가의 개성을 드러내는 일이 중요해진다. 어떤 작가들은 독자에게 자신의 이야기를 상세하게 전달하지만, 어떤 작가들은 아주 조금만 이야기하고 오히려 독자의 이야기를 들으려 한다. 이른바 무한한 해석의 가능성과 여백을 지닌 작품을 들고 독자에게 다가가는 것이다. 1910년대까지 소설사에서는 작가의 목소리를 전달하려는 계몽적 의지가 중요했다면, 1920년대 이후 소설사에서는 작가의 개성적 목소리를 드러내는 방식이 중요해진다. 1910년대까지의 근대소설사를 마무리하는 가장 중요한 단어를 계몽이라고 한다면 1920년대 이후 소설사의 출발을 알리는 핵심적 단어들은 개성(個性)과 자아(自我)라고 할 수 있다.

하지만 1920년대 이후 소설에서 개성과 자아가 핵심적 요소가 된다고 할지라도, 그것이 곧 계몽의 종결을 의미하는 것은 아니다. 계몽은 1920년대 이후 8 · 15 해방에 이르는 소설사에서도 줄곧 중요한 요소로 작용한다. 그러나, 20년대 이후의 문학사에 나타나는 계몽은 앞 시기와 같은 직설적 방식의 계몽이 아니다. 그것은 표면적으로 노골화된 계몽이라기보다는 작품 작품 내면에

스며들어간 형태로 존재한다. 1920년대 이후 8·15 해방에 이르는 소설사는
문학의 사회적 효용성에 바탕을 둔 일련의 작품들과, 그것에서 벗어나 문학
자체의 아름다움과 순수성을 탐구하는 작품들의 역사로 구성된다. 이는 그
시기 우리 문학 이론의 역사가 효용론과 유미론이 교차되는 역사였던 것과
일치한다. 문학 이론과 문학 작품의 역사가 효용론과 유미론의 교차로 구성
되는 가장 중요한 이유는 일제하라는 상황과 긴밀히 연관된 것이다. 상황의
변화가 효용론과 유미론이라는 서로 다른 이론적 토대를 지닌 작품들을 만들
어 내게 되었던 것이다. 그런 점에서 식민지 시대 소설사는 현실 상황에 직접
적인 영향을 받으며 전개된 소설사라고 할 수 있다. 현실의 문제를 적극적으
로 다루며 민족이 나아갈 방향을 제시하려 했던 리얼리즘 계열의 소설만이
당시 상황을 반영하는 소설이 아니다. 현실로부터 벗어나 아름다움을 추구하
던 이른바 유미적 혹은 순수문학적 경향의 작품들 역시, 역설적으로 그럴 수
밖에 없는 암울한 현실을 반영하고 있었던 것이다.[63]

(2) 시사의 전개와 그 특질

1910년대 중반 이후 우리 시사에서는, 전통적 율격을 수용하면서도 주제와
형상 모두를 근대시적인 형상 속으로 접근시킨 작품들이 나타난다. 또 국내
에서 발행된 최초의 문예전문지『태서문예신보』가 행한 번역과 창작 작업들
도 커다란 성과를 낳게 된다.『태서문예신보』에 발표된 번역시와 창작시는
전통적 율격을 자유시의 세계 속으로 수용해 들인 점, 독자적인 리듬의 창출,
그리고 시의 주제를 작품의 이미지적 형상 뒤에 간접적으로 드러내는 방법
등에서 새로워 보였다.

이후 20년대 초기부터는 본격적인 근대시의 여러 경향들이 나타난다. 이들

---

63) 백철,『신문학사조사』(수선사, 1948) 및『신문학사조사 — 현대편』(백양당, 1949) 및
개정판『신문학사조사』(신구문화사, 1968).
조연현,『한국현대문학사』(현대문학사, 1956) 및『한국현대문학사 — 증보 개정판』
(성문각, 1969).
김윤식,『한국문학사』(민음사, 1973).
김재용·이상경·오성호·하정일,『한국근대민족문학사』(한길사, 1993) 참조.

은 애상적인 정서를 바탕으로 한 민요풍의 작품, 현실도피적인 정서를 바탕으로 한 개인적 정감과 욕망의 해방을 만끽하는 데카당적 정조를 보이는 작품, 고통과 상실의 세계를 깊은 초월적 지혜의 세계로 전환해 내는 작품 등 여러 가지 양상으로 나타난다.

이러한 근대시의 전개 과정을 개별적 시인들을 중심으로 접근한다면 우리 근대시사는 흔히 주요한에서부터 정리된다. 주요한은 신시(新詩)의 창설자였고, 그의 등장과 함께 우리 시사는 비로소 창가를 넘어서는 새로운 작품을 접할 수 있었다. 그가 쓴 「불놀이」는 한국 자유시의 길을 개척한 획기적 작품으로 상징주의의 영향을 받은 작품으로 평가된다. 그의 초기 시의 정신적 기질은 낭만적이었으며, 표현 방법은 상징적이었다고 정리되는데, 이러한 그의 시적 풍모는 점차 향토적이며 목가적인 서정적 작품으로 변모되어 갔다.

초기 근대시를 개척한 또 다른 시인으로 김억을 들 수 있다. 김억은 1922년 그의 처녀시집 『해파리의 노래』를 출간한다.1921년 그가 출간한 번역 시집 『오뇌의 무도』 역시 한국 시가사(詩歌史)에 적지 않은 영향을 미쳤다. 그는 당시 가장 난해한 상징적 시를 발표하는 시인 가운데 한 사람으로 꼽혔다. 김억은 한국의 전통적 율조를 근대시에 부활시킨 공로자이기도 했다.

1920년 7월에 창간된 『폐허』를 통해서는 퇴폐적·유미적·허무적 혹은 자연으로의 도피와 동양적인 운명론적 체념, 무상(無常)을 느낀 감상론적 경향 등이 문학적 태도로 자리잡았다. 1922년 창간된 『백조』에 발표된 시 역시 퇴폐적이며 현실도피적인 성향을 드러내는 것이 적지 않았다.

한국의 낭만적 서정시의 계보를 꼽는다면, 주요한과 김억 그리고 김소월로 이어지는 줄기를 생각할 수 있다. 「불놀이」를 썼던 주요한은 그 뒤 1924년 출간한 시집 『아름다운 새벽』에서는 동요 내지 민요풍의 시를 발표한다. 이러한 민요적 서정시의 시풍은 김억과 김소월로 이어진다. 이러한 시적 계보의 특색은 자연에 대한 친근감과 전원에 대한 동경의 감상적 정서를 드러내는 일이다. 시집 『진달래꽃』을 중심으로 한 김소월의 시는 대체로 향토적인 체취를 강하게 풍긴다. 그의 시들은 전부가 일정한 외형적 율조를 지니고 있는데, 그 율조는 주로 3음보를 기본으로 한 우리나라 고유의 전통적 율조라고 할 수 있다. 이러한 전통적 율조를 소월 시의 형식적 특징이라고 본다면, 그의 작품 속에 포함된 전통적 서정성은 내용적 특징이 된다. 흔히 그는 민담이나 전설에서 소재를 택해 한의 정서를 담아낸 시인으로 평가 받기도 한다.

20년대 시를 당대 사회 현실과 연관지어 논의할 때 이상화는 끝없이 조선인의 몰락을 강요하는 식민지 지배체제의 모순에 대한 인식과 고뇌를 보여준 시인으로 평가된다. 「빼앗긴 들에도 봄은 오는가」는 이 시기 그의 대표작으로 꼽힌다.

『님의 침묵』으로 대표되는 시인 한용운은 식민지 시대 시문학사에서 가장 주목해야 할 시인 가운데 한 사람이다. 승려이기도 했던 그의 시에는 깊은 철학적 요소가 포함되어 있다. 그는 님과의 이별이라는 상황 설정을 통해, 자신이 살던 시대의 아픔을 노래했고, 줄기찬 기다림과 만남에 대한 확신을 통해 새롭고 희망찬 시대에 대한 확신을 보여주었다. 그는 자신을 둘러싸고 있던 비극적 상황 속에 함몰되지 않고, 그 비극의 근원을 인식하며 그로부터 벗어나는 길을 찾았다. 한용운은 언어의 한계를 넘어서려는 독특한 문학관을 지닌 문학가였고, 아울러 작품의 무한한 생명력을 얻어내는 비밀을 터득한 탁월한 사상가 겸 문학이론가이기도 했다.

몇몇 근대적 사조를 놓고 분류할 때, 거기에 속하지 않는 시인으로 변영로와 남궁벽 등을 들 수 있다. 그 가운데 변영로는 1924년 시집 『조선의 마음』을 발표하여 괄목한 만한 성과를 남겼다. 그는 민족시인으로서 작가의식을 표출시킨 내용적인 면에서나, 시어의 구사와 기교를 중심으로 한 형식의 면에서 모두 중요한 성과를 거두고 있다.

프로문학이 전개되던 시기에는 박팔양과 임화가 활발하게 활동했다. 특히 1929년 임화가 발표한 「우리 오빠와 화로」는 당시 프로 시의 한 전형으로 평판이 높았다.

한국 근대 시사에서 1930년대 시가 거두었던 성과의 상당 부분은 언어의 조탁이라는 측면에 있다. 20년대의 문학사가, 프로문학파 등을 중심으로 하여 작가의 세계관의 명확성 및 작품 내용의 사회성 강조라는 측면에서 진전되어 갔다면, 30년대의 문학사는 『시문학』파 등을 중심으로 한 기교와 언어의 성숙이라는 측면에서 성과를 거두었다. 1930년대의 문학운동이 작품의 형식에 더욱 관심을 갖게 된 데에는, 일제하 식민통치 체제의 강경선회등 몇 가지 문학외적 요인이 자리하고 있음은 익히 아는 바이다. 이러한 시대적 상황 속에서 김영랑과 정지용을 비롯한 몇몇 시인에 의해 '언어의 미'를 지키려는 노력이 수행되어 간 것이다.

김영랑은 과거 『백조』파의 서정시인들이 복받쳐 오르는 감정을 그대로 추종한 것과는 달리 새로운 정서를 읊조렸다. 그는 언어의 선택, 특히 운율법에 유의하여 언어의 음악적인 배치에 세심한 관심을 기울인 시인이었다. 그리하여 그의 시에는 맑고 섬세한 상상의 세계와 유미적 순간들이 반영되었다. 그런 점에서 김영랑은 식민지 치하에서 한국어의 재래적 가치를 보존하고 그것을 예술적으로 다듬어 낸 시인으로 평가된다.

김기림은 감각파 시인의 선두로서, 시각적인 것을 강조하고 주지적(主知的) 창작 태도를 중요시하였다. 김기림, 정지용 등의 시 운동은 모더니즘 시운동이라고도 정리된다.

김기림이 닦아 놓은 모더니즘의 기초 위에서 활발한 작품 활동을 한 시인이 김광균이다. 그의 시는 정서를 영탄한 것이 아니라 감각을 회화(繪畵)하였다고 볼 수 있다. 그의 시를 보면 회화를 보는 인상을 받게 되는 것이다. 그리하여 김광균은 시에 회화성을 도입하여 그것을 끝까지 밀고 나간 시인으로 평가된다.

1930년대 후반에 새롭게 등장한 시인들의 활약은 시문학의 발전에 큰 기여를 하게 된다. 특히 이용악·오장환·백석 등은 『카프』 해산 이후 등장한 시인들로 애초에는 모더니즘적인 경향에서 출발하였음에도 불구하고 점차 당대 민족현실을 폭넓게 형상화하려는 경향을 보여준다. 백석은 방언의 의도적 사용을 통해 모국어의 아름다움을 지키려는 노력을 보였다. 백석 시의 기본 정조는 외로움이었고, 그 외로움은 곧 고향에 대한 그리움이라는 주제 겸 소재와 만날 수 있었고, 이러한 주제와 소재는 백석 특유의 방언을 통해 표현되었다.

이 시기에는 추상적이고 관념적인 인간주의나 인생주의를 표방한 일군의 시인 역시 등장한다. 이들은 흔히 인생파 혹은 생명파라고 불리는데 서정주·유치환·오장환·함형수 등이 여기에 속한다.

이밖에 당대 시문학의 전반적인 흐름과는 다소 거리를 두고 있지만, 이육사와 윤동주의 시작 활동은 매우 중요한 의미를 지닌다. 이들은 끝내 민족적 양심과 지조를 잃지 않고 식민지 현실에 대한 깊은 천착과 식민지 지식인의 고뇌를 순교자적 자세로 노래함으로써 민족문학의 명맥을 이어간 시인이라고 할 수 있다.

이육사는 우리문학사가 이른바 암흑기에 접어드는 일제말기에 등장하여 주목을 끌었다. 그의 시는 상징적인 시어와 화사한 시풍이 특색이다. 아울러, 그 속에 들어 있는 조국애의 정신 역시 그의 시를 빛나게 했다. 윤동주의 시는 생전에 발표되지 못하고 해방 이후 출간되기는 했지만, 그의 시집『하늘과 바람과 별과 시』에 실린 작품들은 모두 일제의 탄압이 정상에 달했던 암흑기에 쓰여진 작품이라는 점에서 특별한 의미를 지닌다. 그의 시는, 한용운의 시가 슬픔을 이별의 미학으로 승화시켜 식민지 치하의 정서에 하나의 질서를 부여한 것과 같이, 식민지 치하의 가난과 슬픔을 부끄러움의 미학으로 극복하여 식민지 후기의 무질서한 정서에 하나의 질서를 부여했다고 평가된다.

이러한 정리를 바탕으로 할 때, 한국 근대 시사는 식민지 시대에 들어서면서 점차 자유시의 창작 단계로 진입하게 되었고, 전통시가를 변형시킨 시형과 함께 궁극적으로는 산문시를 포괄하는 자유시형이 점차 주류를 이루는 모습으로 전개되었음을 알 수 있다.

한국 시가사에서 1910년대에 출발하는 자유시와 산문시의 실험에 영향을 미친 것은 외부에서 흘러들어온 상징주의 시였으며, 세기말적 사상을 바탕으로 하는 상징주의 시의 경향은 당시 정치적·군사적·경제적 주권을 박탈하여 세계관적 전망을 상실한 식민지적 상태의 정서에 부합되는 바가 있었다. 그래서 식민지 시기에 발생한 자유시와 산문시 운동은 그 주류적 정서나 내용 면에서 절망의식과 애상적 감정을 표현해 내는 현상을 주된 특징으로 하게 되었던 것이다.

식민지 시대 초기 나타난 자유시는 형식만이 정형시적 규범에서 해방되었을 뿐, 그 내용은 새로운 세계를 보여주지 못한다. 이는 내용의 바탕이 되는 새로운 세계관이 아직 정착되지 않았고, 다른 한편 우리말의 율격성에 대한 깊이있는 탐구가 이루어지지 못한 상태에서 자유시가 쓰여졌기 때문이기도 하다.

자유시가 나타난 시대적 배경은 한일합방으로 인해 주권과 세계관적 전망을 상실한 식민지 상황이었고, 또 자유시의 작가가 주로 해외유학파들이어서 우리말이 지닌 자유시로서의 가능성을 탐색하는 깊이있는 언어의식을 지니지 못했다. 그 결과 음악성이 문학성을 주도하던 노래체에서 문학성이 음악성을 주도하는 시체로의 발전적 전환에도 불구하고 온전한 자유시에 이르지 못하는 한계를 보여주었다.

그런 한편 당시의 자유시와 산문시들은 시간이 흐르면서 점차 추상적 집단의식의 표출에서 벗어나 비로소 개체의 정감을 표현하는 수준에 이르게 된다. 이것은 한국 시가사에서 매우 중요한 변화가 아닐 수 없다. 다시 말하면 전통시가 변용체에서 나타나던 집단의지적 보편주의에서 개체 정감을 의식하는 주정주의로 나아갔다는 데에서, 그리고 외부에서 주어지는 규제에서 해방된 리듬과 형태를 성취하려는 목표를 가지고 있었다는 입장에서 긍정적인 변모를 보이기 시작한 것이다.

한국 근대시의 형성과 발전 과정은 민족주의에 대한 인식이라는 시대적 배경과 관계를 맺고 있다. 식민지 시대 이후 한국의 근대 시가들은 시대적 배경과 시인의 개성을 동시에 드러내는 형태로 전개되었다. 그러나, 그러한 시가들은 1930년대를 정점으로 해서는 시대적 소명감을 상실한 채 언어의 실험 쪽으로만 기우는 운명을 맞이할 수밖에 없게 되었다. 그렇게 명맥을 유지하던 한국 근대시의 흐름은 1940년대로 들어서면서는 외부의 극심한 규제 속에서 발표 지면조차 찾지 못한 채 대부분 시인의 노트 속에 사장될 수밖에 없었다. 그렇게 사장되었던 시들이 비로소 생명을 다시 찾게 된 것은 8·15해방이 지난 이후에야 가능해 질 수 있었다.64)

---

64) 백철, 『신문학사조사』(수선사, 1948) 및 『신문학사조사 — 현대편』(백양당, 1949) 및 개정판 『신문학사조사』(신구문화사, 1968).

4. 현대 문학의 특질

해방을 맞은 한국 문학은 해방기와 한국 전쟁기를 거친 후 남북한이 세계 냉전 체제의 선봉에 서게 되는 새로운 역사적 조건 속에 놓이게 된다. 남북한 은 이 시기부터 정치와 경제, 문화 등 제 방면에서 상이점이 뚜렷이 드러나는 새로운 시대의 문학, 즉 분단 문학 시대를 맞이하게 되는 것이다. 이 시기의 남북 문학은 우선 문학 자체가 존재하는 사회적 위상 면에서 커다란 차이점 을 보여준다. 이것은 그대로 양쪽이 택한 정치 · 경제 체제의 성격에 상응하 는 것인데, 자본주의 체제 속에 제도화된 남한 문학은, 그것이 자본주의 체제 의 근간을 뒤흔드는 것이 아닌 한은, 대체로 문학의 창작과 발표, 유통 등을 사적(私的) 영역 아래에 두는 것을 기본적인 속성으로 하고 있다. 이에 반해 사회주의 체제를 택한 북한은 문학을 강력한 사회적 합의 아래 종속시키는 제도를 지향하고 있다. 기본적으로 문학이 사적 영역에 속하는 것인가, 사회 적 영역에 속하는 것인가 하는 것과 관련된 이 문제는 그대로 남북한 문학의 기본 성격을 규정짓는 중요한 특징이 된다.

따라서 크게 볼 때, 남한 문학은 작가 개인의 세계관이나 문학관의 차별성 이 기본적으로 인정되는 상태를 지향하는 문화적 관습 하에서 비교적 다양하 게 문학사가 전개되는 특성을 보여준다. 남한 체제의 변혁을 지향하는 작품 들이 남한 문학사에 대거 포함되어 있는 것은 위와 같은 특징을 입증하는 중 요한 예이다. 이에 반해 북한에서는 원칙적으로 작가 개인이 갖고 있는 개성 이나 세계관이 당의 정책 및 인민 집단의 정치·경제적 이해 관계에 종속될 것이 요구된다. 사회주의 체제 건설이라는 정치적 목표의 관철, 그리고 장기 적으로 집권하는 특정 지도자를 중심으로 유지되는 체제의 특성이 문학 제도

조연현, 『한국현대문학사』(현대문학사,1956) 및 『한국현대문학사―증보 개정판』 (성문각,1969).

김윤식, 『한국문학사』(민음사, 1973).

김재용 · 이상경 · 오성호 · 하정일, 『한국근대민족문학사』(한길사, 1993) 참조.

속에 강력하게 반영되어 있는 것이다. 따라서 작가 개인이 갖고 있는 가치관이나 문학적 형상 원리는 은밀한 수준으로 내면화될 수밖에 없으며, 작가는 지도자나 당의 문예 정책을 심화하고 구체화하는 문예 관료로서의 역할을 수행하게 되는 것이다. 북한 문학사가 당의 문예 정책사의 내용과 크게 다르지 않은 데에는 이런 이유가 있다.

1) 남한 현대 문학사의 특질

(1) 해방기의 문학(1945~1950)

해방으로부터 한국 전쟁에 이르는 해방기 남한 문학의 전개 과정은 일제 잔재의 청산이라는 정치적 과제와 당시 세계 냉전 체제 시대를 향하여 달려가고 있었던 국제 정세와 긴밀한 관련성을 갖고 있다. 이 상황 속에서 진행되었던 남한 문학의 전개 과정은 대략 네 가지의 경과를 보여준다. 첫째는 해방이라는 역사적 사실을 문학으로 형상화하는 작업, 둘째 식민지 문학, 특히 친일 문제의 청산과 관련된 형상화 문제, 세째 새로운 민족문학 건설의 방향 설정을 둘러싸고 문단 내부에서 벌어졌던 좌우파 문학의 대립 및 해방기 현실의 형상화 문제, 네째 좌파 문학의 정치적 패배와 더불어 자연스럽게 성립되기 시작하는 독자적인 남한 문학의 성립이 그것이다.

첫째, 해방이라는 역사적 사건의 형상화 작업은 현실 상황에 대한 응전 속도가 빠른 시 장르 중심으로 전개되었다. 그 작업의 결과가 『해방기념시집』(중앙문화협회, 1945. 12. 12)과 『횃불-해방기념 13인집』(우리문학사, 1946. 4), 『연간조선시집』(아문각, 1947)이었다. 『해방기념시집』은 우익에서 출판된 것으로서 주로 해방을 맞은 감격, 혁명 운동가들의 귀국을 환영하는 내용, 혹은 순국 열사들에 대한 추도의 염 등을 담고 있다. 반면 좌익에서 출간된 후자의 두 시집은 같은 해방의 감격을 노래하면서도 사회주의 체제 건설에 대한 전망을 뚜렷하게 드러내는 특성을 보여주었다.

친일 문학의 청산 문제는 한국 문학의 정체성 회복 문제와 관련하여 당시 문단의 중요한 검토 과제가 되었다. 새로운 민족문학의 건설과 관련하여 한국문학의 윤리성과 정체성을 확인하는 작업이 이것과 긴밀한 관련성을 맺고 있었기 때문이다. 이 과정에서 이태준의 「해방 전후」나 채만식의 「민족의 죄인」 등과 같은 문학적 성과가 나오기도 했으나, 이 문제에 대한 검토는 결국 본격화되기도 전에, 바람직한 '민족문학' 건설이라는 슬로건을 둘러싸고 벌어진 당시 문단의 격렬한 대립과 정치적 이해관계 속에서 일방적으로 해소되고 만다.

새로운 민족문학 건설의 방향 설정을 둘러싸고 문단 내부에서 벌어졌던 좌우파 문학의 대립, 이것은 해방기 문학 공간의 성격을 특징짓는 가장 강력한 근거였다. 후일 조선문학가동맹으로 통합된 조선문학건설본부와 조선프롤레타리아 문학동맹이라는 두 개의 좌익 문학 조직과 우익 문학 조직인 조선청년문학가협회의 대립이 그것이었다. 임화를 중심으로 한 좌익문학 쪽은 식민지 잔재와 봉건적 잔재의 청산, 진보적 민족문학의 건설 등을 강령으로 한 '민주주의 민족문학론'을 내걸었으나 결국은 노동계급의 이념에 기초한 민족문학 건설이라는 슬로건으로 자신의 입장을 분명하게 정리한다. 이러한 정치적 입장에 근거하여 당대 현실을 형상화한 작품들은 당시 남한 체제에 대해 강력한 비판적 입장에 서서 노동계급의 이념을 중심 근거로 한 새로운 정치적 목표의 실현에 앞장서게 된다. 오장환, 이용악, 임 화, 설정식, 김상훈, 김상민 등의 시인, 지하련, 이태준 등의 소설가가 이러한 입장에서 당대 현실을 형상화한 작가들이었다.

한편 우익문학은 김동리, 조지훈 등을 중심으로 '순수문학론' '민족시론' 등을 제창하면서 좌익문단에 맞서게 된다. 문학의 자율성과 미적 기능, 민족적 통합의 기능에 집중한 이들의 문학적 성과들은 시 방면에서는 이육사나 윤동주, 심훈 등의 시집 발간, 청록파의 『청록집』, 신석정의 『슬픈 목가』, 서정주의 『귀촉도』, 박두진의 『해』 등의 발간, 그리고 김춘수와 조병화의 시집 발간으로 현실화된다. 소설 방면에서의 활약은 김동리가 두드러지는데 「달」, 「역마」 등이 그 대표적인 작품이다. 이외의 소설가로서는 좌우익 문학에 대해 일정한 비판적 태도를 취하면서 해방기의 혼란상을 형상화하였으나 결국은 우익문학권 속에 편입되게 된 소설가들인 염상섭, 황순원, 채만식, 이무영, 최정희, 박영준 등의 활약을 들 수 있다.

위와 같은 문학적 대립의 과정은 공산당 조직의 활동에 대한 군정 당국의 비합법화 조치와 더불어 결국 좌익문인들의 대거 월북으로 결론 맺어지게 된다. 이후의 한국 문학은 남과 북이 상이한 정치 체제와 문학적 제도를 소유한 채 대립하는 이른바 분단 문학 시대를 준비해가게 된다. 한국 전쟁은 이 시대의 개막을 알리는 최악의 계기였다.

(2) 전후 문학(1950~1959)

한국전쟁은 분단을 정치적 차원에서는 물론, 민중의 실감 차원에까지도 철저하게 각인해 버린 비극적인 역사적 계기였다. 좌우익에 속하였던 많은 문인들이 이 속에서 희생되거나 월북 혹은 월남하여 각각의 사회적 근거를 확정하였다. 해방기까지 가까스로 지속되던 한국 문학의 동질성은 이 전쟁을 통하여 그 근거가 결정적으로 파괴되었으며, 이후 남한과 북한의 문학은 타협의 여지가 없는 대립적인 정치체제 속에서 본격적인 분단 문학 시대를 맞이하게 된다. 이 시기의 남한 문학은 대체로 전쟁기의 문학과 전후의 문학으로 나뉘어진다.

전쟁기의 문학을 압도한 것은 역시 시 장르였다. 문인 대부분이 종군 작가단에 소속되어 전쟁을 체험하였던 사정과도 관련하여 이 시기의 시는 원색적인 이데올로기적 성격을 띨 수밖에 없었다. 그런 현실적 제약 가운데에서도 휴머니즘적인 입장에 서서 전쟁의 참혹상을 고발한 작품 성과로서 이영순의 『연희고지』, 유지환의 『보병과 더불어』, 조지훈의 『역사 앞에서』 등을 들 수 있다.

전후에 전개된 시문학은 대체로 모더니즘 계열의 시, 전통적 서정시풍의 시, 전후 사회현실을 비판적으로 형상화한 시, 실존주의 계열의 시로 나뉘어진다. 첫째 모더니즘 계열의 시는 박인환, 김경린, 조향 등이 주축이 되어 결성된 <후반기> 동인들의 활동을 중심으로 전개되었다. 이들은 해방기를 휩쓴 전통 서정시풍의 경향과 대타적인 위치에 서서 새로운 문명 사회의 현실을 선취적으로 형상화하겠다는 목표를 내걸고 비약적인 이미지 구사와 지적 실험성이 강하게 드러나는 시들을 발표했다. 이들과 방법은 다소 다르나 김종삼과 문덕수 등은 관념적이고 형이상학적인 방법으로 존재론적 탐구에 몰두하는 시를 발표하였다. 전통 서정시풍을 계속 이어나간 시인들로서 당시 새로 등단한 시인들은 박재삼, 박희진, 박성룡, 이형기 등이 있다. 이들은 대개 전통적 정한(情恨)의 세계나 자연과의 교감 등을 노래하는 경향을 보여주었다. 이외에 돋보이는 것이 전후 남한 사회 현실의 탐구에 주력한 시인들이다. 「초토의 시」 연작을 발표한 구상, 「청계천」 연작을 발표한 이봉래, 「휴전선」의 박봉우 등이 그들인데, 이들은 정치 경제적 파탄과 윤리적 함몰로 점철된 전후 남한 현실의 참상을 고발하고 분단 시대의 고통을 증언하는 작품을 발표하였다. 이외에 특이한 것이 한하운이다. 그는 나병환자라는 입장이 갖고 있는 절대 소외의 경지를 체험적인 실존주의풍으로 시화하였다.

전후 소설들은 전체적 경향은 당시 국책의 방향과도 일치한 반공소설류, 전후의 상처를 형상화한 소설, 서정적인 경향의 소설들, 남한 현실의 추악상을 고발한 소설들, 초월적 정신주의를 지향한 소설들로 나눠볼 수 있다. 첫째 반공소설류에 속하는 소설은 선우휘의 「불꽃」이 그 대표적인 예다. 전후의 상흔문학에 속하는 작품들을 쓴 작가로는 손창섭과 장용학 등이 있다. 손창섭의 경우에는 전후라는 시대적 배경과 관련하여 반도덕, 반윤리의 세계 속으로 일그러져가는 인간 군상을 비관적인 전망으로 그렸으며, 장용학은 전쟁경험과 그로 인한 인간의 내상(內傷)을 관념적인 방법으로 형상화하였다.

서정적인 경향의 작품을 발표한 작가는 오영수다. 그는 전후의 도시 현실과는 동떨어진 향토색이 짙은 지방 공간을 배경으로 하여 현실 속을 순응해가는 순박한 공동체적 인간 군상을 운명론적인 시각에서 그려내었다. 이외에 전후 남한의 일상 현실 세계를 비판적으로 탐구한 작가로서는 안수길과 이범선, 박경리, 박연희, 오상원 등을 들 수 있다. 이들은 모두 전후 남한 사회의 억압적인 정치 구조와 비정한 일상 세태 속에서 사회·경제적으로 고통받는 서민들의 모습, 혹은 이 속에서 파괴되어 가는 인간의 양심의 세계를 비판적 리얼리즘적 시각에서 형상화해내었다. 이외에 이 시기에 돋보이는 것이 해방기 공간에 이어 초월적인 정신주의의 경향을 계속 보여준 작가들인 김동리와 황순원이다. 이들은 역사와 현실 공간을 초월한 원형적인 세계를 배경으로 하여 인간의 죄와 구원의 문제에 도전하는 경향의 작품을 발표하였다.

(3) 산업화시대의 문학 1 (1960~1980)

4·19 체험과 군사 쿠데타로 시작되는 60~70년대의 남한 사회는 근대화라는 거국적인 명분 아래 개발독재 논리가 제일의의 이데올로기로 존재하면서 남한 사회 전체를 지배하였던 시대였다. 강력한 국가독점자본주의의 원리가 관철되던 이 시기에 남한 사회는 경제 규모의 팽창 면에서 일정한 성과를 보여주는 한편으로 산업자본주의 시대에 들어선 사회가 갖는 사회·문화적 특성들을 전형적으로 보여주었다. 농촌 사회의 해체와 농민 계급의 사회적 소외, 도시 근로자 계급의 팽창과 노동 문제의 전면적 현상화, 소시민 계급의 증가, 정치적 부패와 양심적 지식인의 정치적 저항 문제, 지배 문화와 대항 문화의 대립 관계가 뚜렷하게 대두되는 등등의 현상이 그것들이다. '순수와 참여 논쟁'이 시기 문단의 최대 주제가 되었던 데에는 이러한 사회적 근거가 있다.

이 시기의 시문학은 4·19체험과 자유 이념을 주제로 한 시들, 산업화 시대의 사회경제적 모순을 탐구한 시들, 전통적인 서정시풍의 시들, 모더니즘적 경향의 시들, 초월적 정신주의 경향의 시들로 그 전체적인 경향이 요약 가능하다. 우선 4·19 체험과 자유 이념을 주제로 시작을 한 시인들로는 김수영, 신동엽, 이성부 등이 있다. 이들은 시민적 자유주의의 입장에 서서 4·19 체험이 갖고 있는 사회 윤리적 의미와 자유의 정치적 실현 문제에 대해 천착하였다. 이들의 성과는 그대로 산업화시대의 사회경제적 모순을 탐구하는 두번째 경향의 시인들인 신경림, 김지하, 조태일, 정희성 등의 시적 성과로 연결되는데, 이들은 도농(都農)간의 사회경제적 격차 문제, 군사 독재와 시민적 자유의 훼손 문제, 도시 노동자들의 소외 문제 등을 주제로 삼아 문학의 사회적 효용의 제고 면에서 일정한 성과를 거두었다. 이외에 전통적인 서정시의 창작에 몰두하였던 시인들로 서정주, 나태주, 송수권, 박용래 등을 들 수가 있으며, 50년대 모더니즘 시의 연장선상에서 언어와 내면의식의 탐구에 주력한 시인들로 김춘수, 이승훈, 마종하, 황동규, 오규원, 정현종 등을 들 수 있다. 이외에 박두진, 김현승, 구상 등은 시적 주제를 점차 종교적 세계나 인간의 영적 문제 차원으로 심화시켜가는 경향을 보여주었다.

이 시기 소설 문학의 특성은 분단 문제를 정면으로 취급한 작품들, 산업화 시대에 순응해가는 소시민적 일상 세계, 혹은 이 속에서 소외된 계급의 고통과 애환을 그린 소설들, 현대 산업 사회가 갖고 있는 비정적인 세태를 고발한 소설들, 노동계급의 문제를 다룬 소설들, 대하 역사 소설 등으로 나눠진다. 첫째 분단 문제에 정면으로 도전한 작가로는 최인훈과 남정현, 이호철 등이 있다. 최인훈은 남북한의 정치적 명분의 이면에 숨어 있는 비정적 현실 속에 서 방황을 거듭하는 문제적 지식인의 비극을 통하여 분단 시대의 비극을 제시하였으며 남정현은 진주 미군 문제를, 이호철은 소시민 가정이 겪는 분단 문제의 고통을 제시하였다.

산업화 시대에 순응해가는 도시 소시민의 일상적 삶의 문제나 도시 변두리 및 농촌 소외계급의 문제점을 소시민적 시각에서 그린 작품들은 이 시기에 발표된 작품들 중 가장 많은 비중을 차지하고 있다. 이호철의 「서울은 만원이다」, 전광용의 「꺼삐딴 리」, 김용성의 「리빠똥 장군」, 조선작의 「영자의 전성시대」, 조해일의 「뿔」과 「아메리카」, 박완서의 「휘청거리는 오후」, 「도시의 흉년」, 박태순의 「정든 땅 언덕 위」, 최일남의 「서울사람들」, 이문구의 「장한몽」 등이 이에 속한다. 위의 작품 경향과 연장선상에 있으면서 80년대 민중문학과도 연계성을 갖고 있는 일련의 노동자 소설들이 발표된 것도 이 시기에 돋보이는 경향이다. 집단 쟁의의 가능성 모색과도 관련하여 떠돌이 노동자의 삶을 그린 황석영의 「객지」, 「삼포가는 길」, 환상적인 형상화 방법으로 재벌과 노동계급의 대립 관계를 그린 조세희의 난장이 연작들, 부르주아 사회의 정치적 메카니즘 속에서 희생되는 노동자상을 그린 윤흥길의 「아홉켤레의 구두로 남은 사내」, 여차장들의 쟁의 문제를 그린 홍성원의 「흔들리는 땅」 등이 이에 속한다.

이외에 이 시기에 새로운 문학적 감수성을 소설계에 제시하면서 당대 사회의 암울성을 내면화된 방법으로 제시한 작가들이 있다. 김승옥과 이청준, 최인호 등이 그들로서 이들은 출구가 막힌 시대의 암울성을 상징적 내면화의 방법으로 형상화내었다. 대하 역사 소설들이 다수 발표되기 시작한 것도 이 시기의 중요한 특색 중의 하나다. 박경리의『토지』, 황석영의『장길산』, 김주영의『객주』등이 그것이다. 이외에 여성작가들의 활약 역시도 눈에 띄는 점인데, 젊은 세대의 심리적 풍속도를 그린 강신재, 중산층 생활 양식을 비판적으로 그린 박완서, 삶에 대한 허무적 전망을 제시한 서영은 등이 그 대표적 예에 속한다.

(4) 산업화시대의 문학 2 (1980~1996)

① 1980년대의 문학

1980년대의 한국 사회는 광주 민중 항쟁의 충격과 이를 뒤이은 군사 독재 시대로 막을 연다. 이러한 정치적 모순 속에서도 한국 사회는 경제적 발전을 거듭하여 산업자본주의 사회가 갖는 모순이 극대화되는 단계를 맞이하게 된다. 80년대의 정치 운동의 중심을 차지하는 것이 노동 운동과 체제 변혁 운동이었다는 사실은 당시 한국 사회의 이러한 정치경제적 상황과 밀접한 관련성을 맺고 있다. 이러한 상황 속에서 문단 제도 역시도 새로운 변화를 보이게 된다. 이른바 기성 문인들이 기득권을 갖고 있었던 문단 구조가 붕괴되면서 새로운 사상과 형상화 방법을 갖고 있는 신진 작가들이 자신들의 독자적 매체를 통하여 등단을 하는 새로운 제도를 생산해내게 되는 것이다. 이것은 기성 문단 제도가 당시 청년문학층에서 새롭게 형성되고 있었던 사상적, 미적 요구를 수용하지 못하고 있었던 점과 관련이 깊다. 새로운 문학적 제도를 통하여 등단한 작가들은 물론 문학적 형상화 측면에서 많은 문제점을 노출하긴 했지만, 문학의 사회적 효용성의 제고 면에서 남한문학사에서 특기할 만한 역할을 수행한 것만은 부정할 수가 없다.

이 시기의 시단에서 가장 두드러진 현상으로 제시되어야 할 것이 민중시 혹은 노동시의 존재다. 역사적 계보를 따진다면 50년대와 60~70년대에 존재해 왔던 현실 탐구의 시 계열에 속한다고 할 수 있으나, 80년대 시의 경우는 이 속에 계급적 성격이 강력하게 개입되기 시작했다는 점이 다르다. 이 부류의 시는 지식인적 입장에서 씌어진 것과 현장 노동자의 입장에서 씌어진 것으로 대별할 수 있는데, 전자의 시인으로는 김용택, 곽재구, 하종오, 김진경, 고정희, 이은봉, 김형수 등이 있다. 후자의 시인으로서 주목되는 이는 박노해, 백무산 등이다. 특히 이 후자의 시인들은 현장 노동자 출신으로서 노동 현장의 문제점을 체험적으로 시화하면서 체제 변혁이라는 정치적 목표를 분명히 하였다는 점에서 앞의 시인들과 뚜렷하게 구별된다. 이외에 이들과 대척적인 지점에서 모더니즘적인 방법으로 80년대 현실을 내면화한 작품들을 발표한 시인들로 이성복, 황지우, 최승호, 김승희, 기형도 등이 있으며 전통 서정시풍을 계승한 시인들로는 이기철, 박정만 등이 있다.

민중 문학 혹은 체제 변혁을 지향하는 작품의 존재는 80년대 소설의 성과 속에서도 가장 눈에 두드러지게 나타난 현상이다. 운동권 학생의 노동운동 투신기를 그린 강석경의 「숲 속의 방」, 김인숙의 「79~80」, 광주 민중항쟁을 노동계급적 시각에서 형상화한 홍희담의 「깃발」, 공단 여성 근로자의 쟁의 과정을 그린 방현석의 「새벽 출정」, 광산노동자 출신인 중년 노동자의 각성 과정을 그린 정화진의 「쇳물처럼」 등이 이에 속한다. 지식인적 입장에서 분단 문제를 그린 작품들도 이 시기에 다수 발표되었다. 이병주의 「지리산」, 이문열의 「영웅 시대」이 그 대표적인 예에 속하며, 가족사 속에 각인되어 있는 전쟁 체험과 분단 문제를 그린 작품들로는 박완서의 「엄마의 말뚝」, 김주영의 「천둥소리」, 김하기의 「완전한 만남」, 임철우의 「아버지의 땅」 등이 있다. 이외에 빨치산 문제를 중심으로 하여 해방기의 계급 투쟁 문제를 그린 소설들이 발표되었던 점도 80년대의 민중문학 선풍과 관련하여 주목된 점이다. 김원일의 「겨울 골짜기」, 조정래의 「태백산맥」 등이 대표적인 예다.

80년대의 폭력적인 정치 구조 속에서 살아가는 변두리 소시민 계급의 애환과 일상 세계를 그리는 소설들도 60~70년대를 이어 연속적으로 발표되었다. 양귀자의 「원미동 사람들」 박영한의 「왕룽일가」 등이 그 대표적인 예이다. 한편 종교적 구도를 주제로 한 작품들이 대거 발표되었던 것도 이 시기의 특징 중의 하나다. 김성동의 「만다라」, 조성기의 「라하트 하헤렙」, 이문열의 「

사람의 아들」 등이 그것이다. 이외에 의식의 흐름 탐구와 관련하여 새로운 서사적 방법을 제시한 이인성의 「낯선 시간 속으로」, 가상 역사소설이라는 새로운 서사장르를 개척한 복거일의 「비명을 찾아서」 등도 이 시기 소설 문학의 중요한 특성 중의 하나다.

② 1990년대의 문학

사회주의권의 붕괴, 군사독재 시대의 마감 등으로 개막된 90년대 남한 사회는 후기 자본주의 시대의 초기 징후들을 여러 방면에서 보여주고 있다. 기술과 정보가 생산력의 주요한 근거가 되는 새로운 자본주의 체제의 형성, 고도 소비 사회로 돌입했음을 드러내는 사회적 징후들, 대규모의 상품 논리가 지배권을 휘두르는 대중 문화적 특성의 강화, 생태 문제 및 여성 문제에 대한 관심의 증대, 욕망 산업들의 대폭적 신장 등이 그것이다. 이외에 사상적인 측면에서 특기할 점은 현실 사회주의의 붕괴와 더불어 체제 변혁을 지향하는 사상 운동과 관련된 거대 담론들이 붕괴한 점, 다원주의적인 시각에서 사회 문제를 진단하고 해결책을 모색하는 경향이 늘어나고 있는 점 등이다.

이러한 시대적 특성과 관련하여 90년대의 시문학이 보여주는 뚜렷한 특징 중의 하나는 이른바 도시적 해체시의 대두이다. 오규원, 장정일, 황지우, 유하, 신현림 등이 이 경향의 대표 주자들인데, 이들의 작품은 후기 자본주의 사회의 소비사회적 특성, 대중문화적 특성, 욕망지향적 인간의 심리를 해체적인 방법으로 형상화해내는 특징을 보여주었다. 정신주의적 초월을 지향하는 시들이 대거 발표되고 있는 점 역시도 90년대 시단이 보여주는 새로운 경향이다. 생태 문제를 비롯하여 자본주의적 삶의 양태 전반에 대한 비판과 그 극복의 메시지를 유사종교적 담론을 통해 제시하고 있는 이 시인들에는 김달진, 조정권, 정현종, 황동규 등이 있다. 이외에 전통적 서정시풍을 계승하고 있으면서도 세련된 현대적 언어 감각을 보여주는 시인들로는 마종기, 마종하, 이기철 등이 돋보인다.

90년대 소설의 벽두를 장식한 것은 이른바 후일담 소설이다. 운동권 문화에 속해 있었던 세대로서 사회주의권 붕괴 이후 새로운 역사 공간을 맞아 내적 방황을 거듭하는 청년 세대의모습을 담은 소설들로서 박일문의 「살아남은 자의 슬픔」이 대표적인 예에 속한다. 여성문제를 다룬 작품들이 대거 발표된 것도 이 시기에 볼 수 있는 새로운 특색이다. 신경숙의 「깊은 슬픔」, 공지영의 「무소의 뿔처럼 혼자서 가라」, 공선옥의 「오지리에 두고 온 서른 살」, 양귀자의 나는 소망한다 내게 금지된 것을」, 은희경의 「새의 선물」, 전혜성의 「마요네즈」 등이 그 예다. 그외에 거대 소비 사회 속에 편입되지 못한 변두리 계층의 애환을 그리고 있는 이창동, 도시민들의 삶의 이면에 은닉되어 있는 다양한 상처들에 주목하고 있는 구효서와 이승우, 삶에 대한 비관적 전망을 불교적인 구도풍으로 그리고 있는 윤대녕 등도 주목되는 작가들이다.65)

2) 북한 현대 문학사의 특질

(1) 해방기의 문학(1945~1950)

남한이 해방기라는 내부적 투쟁 과정을 통해 좌파 문학을 배제하면서 독자적인 남한 문학을 건설해 갔던 데에 비해, 북한은 일찌감치 사회주의적 문예 체제를 정비하고 북한식 사회주의 문학을 건설해가는 과정을 밟게 된다. 그 사회적 근거는 토지개혁과 노동법령의 정비, 산업국유화의 실시 등을 통하여 사회주의 체제의 건설에 박차를 가하고 있었던 북한 내부의 정치·경제적 변동에 있었다. 이러한 사회적 과정 속에서 북한은 '진보적 작가들을 당에 흡수하고' 새롭게 '근로 인민 출신의 작가 예술인을 양성하'기 위한 문예 조직체의 설립을 서둘러 46년 3월 <북조선예술총연맹>, 동 10월 <북조선문학예술총동맹>을 결성하게 된다. 그리고 동 5월 "문화인들은 문화전성의 투사가 되어야 한다"는 김일성의 교시와, 47년 3월 당중앙위원회 제 29차 회의에서 채택한

---

65) 이상 남한 문학사와 관련된 주 참고문헌은 다음과 같음.
　　감태준 외, 『한국현대문학사』, 현대문학, 1989.
　　권영민, 『한국현대문학사』, 민음사, 1993.
　　김윤식, 정호웅, 『한국소설사』, 예하, 1993.
　　유종호 외, 『한국현대문학 50년』, 민음사, 1995.
　　최동호 편, 『남북한 현대문학사』, 나남, 1995.

「북조선에 있어서의 민주주의 민족문화건설에 관하여」라는 테제를 통하여 문예 정책의 근간을 정비하게 된다.

이 정책에 따라 북한의 문인들은 식민지 시대의 카프문학을 문학사의 정통으로 삼고 '인민 속에 깊이 들어가 생활과 투쟁을 구체적으로 연구하고 그들이 요구하는 문화를 창조해야 하는' 북한식 '사회주의적 사실주의'의 수행계급으로서의 사회적 위상과 임무를 부여받게 된다. 따라서 북한의 문학은 사회주의 건설이라는 목표를 향해 움직여 가고 있는 사회현실을 반영할 것과 그 미래를 선취해낼 것을 작품 형상화상의 기본 목표로 삼게 된다. 당시 북한 문학에서 식민지 시대의 한국문학을 특징지웠던 정서적 특징들—비애와 슬픔, 울분 등등—이 배제되었던 점, 모더니즘적 특성을 포함한 일체의 '개인주의적·귀족적 문학 경향'이 배제되는 점, 그리고 긍정적 정서와 미래에 대한 낙관 정신을 일깨우는 혁명적 낭만주의의 정신이 강력 권장되고 있었던 데에는 이러한 배경이 있었다.

이와 같은 사회적 요구를 실천하는 문예 형식으로서는 시 장르가 특히 다양한 양식적 특성을 보여주었다. 서사시와 서정서사시, 혁명적 가사, 송가 등 다양한 양식을 개발해 낸 것이 그것이다. 이중 많은 시행(詩行)을 확보할 수 있으며 이야기성(서사성) 역시도 담지할 수 있는 서정서사시와 서사시, 혁명적 가사는 변화하는 현실을 구체적으로 담아내야 하는 당시 북한의 장르적 요구가 관철되고 있는 양식이며, 송가는 지도자에 대한 강력한 통합력을 제고하기 위한 당의 요구가 관철된 양식이라고 하겠다. 이 점은 동시대의 남한 시단이 갖고 있는 양식적 특성과 뚜렷하게 비교되는 점이다.

당시 시단에서 활약한 시인의 수는 남한에 비해 매우 적은 경향을 보여준다. 그것은 당시 북한에서 활약한 대부분의 시인들이 식민지 시대 및 해방기 초기에 남한에서 활약하다가 월북·귀향한 카프 출신 기성 시인들에 국한되어 있었던 점, 그리고 북한 문단이 신진 작가를 양성해낼 충분한 시간적 여유가 없었다는 점과 관련이 깊다. 이런 조건 속에서 북한 시단은 여러 방면의 주제에 걸쳐 작품들을 생산해 냈는데, 해방의 감격을 노래한 작품으로 박팔양의 「평양을 노래함」, 민병균 「해방도」 등이 있으며, 식민지 시대의 혁명 투사들을 추모한 내용의 시로 박세영 「추도시」 등이 있다. 소련과의 친선을 노래한 것으로는 박세영의 「쏘련 군대는 오는가」 등이 있으며, 토지개혁 등 사회경제적 변혁 과정과 북한 인민들의 참여 과정을 노래한 것으로 김우철의 「농촌위원회의 밤」, 정문향 「푸른 별로 간다」, 안용만 「축제의 날도 가까워」, 김북원 「용광로 앞에서」 등이 있다. 서사시로는 제주도 민중 투쟁을 포함한 남한 민중들의 혁명 투쟁을 노래한 강승한의 「한나산」과 보천보 전투를 중심한 항일빨치산 투쟁을 노래한 조기천의 「백두산」이 유명하다. 소설 분야에서 활약한 작가들의 전체 수 역시도 남한에 비해 매우 적은 편이다. 역시 남한에서 활약하던 이기영, 한설야, 이북명 등이 중심을 이루고 있으며 새로 등장한 작가로는 해방 직후 북한에서 활동을 시작한 조기천, 강승한 등이 손꼽히고 있다. 작품으로는 토지 개혁 과정을 묘사한 이기영의 「개벽」과 「땅」, 토지 개혁 이후 농민 계급의 각성과 성장 모습을 그린 한설야의 「마을 사람들」이 있으며, 노동계급의 증산 투쟁을 묘사한 작품으로 리북명의 「노동일가」, 황건의 「탄맥」이 있다. 그외에 소련과의 친선 문제를 그린 작품으로 한설야의 「남매」가, 김일성의 항일 혁명 활동을 그린 것으로 한설야의 「혈로」, 「개선」 등이 있다.

(2) 전쟁기 및 전후 건설기의 문학(1950~1967)

① 전쟁기의 문학

전쟁 종군 문학은 대개 승리라는, 단기적이고도 강력한 정치적 목표의 구현에 그 창작 동기가 집중된다. 때문에 대부분의 전쟁 종군 문학은 전후 상황이 되면 문학사의 그늘로 사라지는 운명을 갖고 있다. 남한 문학사가 전쟁 종군 문학을 경시하는 이유가 여기 있다. 그러나 북한의 경우에는 문제가 다르다. 북한은 전쟁기 문학을 매우 중시하고 있는데, 이는 한국전쟁이 북한 정치 체제의 정체(Identity) 유지 및 발전과 관련하여 매우 중요한 기능을 맡고 있음을 의미한다. '무산 계급의 해방'이라는 정치적 명분과 외세로부터의 '민족 해방'이라는 두 가지의 대명분이 이 전쟁 속에 개입되어 있었으며 이것이 이후의 북한의 대내적 정치적 선동 면에서도 핵심적 명분으로서 기능하고 있었기 때문이다. 또 사실상의 패전 및 전후 중국과 소련에서 진행된 일련의 정치적 변혁 바람 속에서 김일성 지도체제가 생존하기 위한 중요한 정치적 이해 관계가 이 속에 개입되어 있었기도 하다. 북한 문학사가 전쟁기의 문학을 소중히 취급하고 있는 이유는 이런 현실적 근거에 있는 것이다.

전쟁기 작가들의 창작 임무는 1951년 6월 발표된 「우리 문학 예술의 몇가지 문제에 대하여—전쟁기 문학예술의 과업과 전형화 제원칙」에서 구체적으로 제기되었다. '인민의 숭고한 애국심과 인민군 용사들의 영웅성을 옳게 반영'할 것, '승리의 신심과 혁명적 낙관주의를 형상화할 것', '미제 침략자들의 본질과 야수적 만행을 폭로할 것' 등이 그것이었다. 이러한 정책 아래에서 발표되 시작품들 중 대표작들은 다음과 같다. 미군에 대한 증오를 그린 정문향의 「불타는 거리에서」, 백인준 「얼굴을 붉히라 아메리카여」, 인민군의 투쟁정신을 그린 안룡만의 「따발총」, 박세영 「숲속의 사수 임명식」 등, 후방 인민의 투쟁을 그린 정문향 「다시 한번 그는 바라보았다」 등, 김일성을 예찬한 김우철 「경애하는 수령」, 리맥 「장군께서 오신 마을」, 프로레타리아 국제주의 정신을 담은 조벽암 「영원한 형제」 등이 그것이다.

소설의 경우에는 전쟁기에 걸맞는 새로운 장르가 개발되었던 점이 이색적이다. '전투적 정론 문학', '전선 오체르크', '영웅 전투 실기' 등의 장르가 그것이다. 주요 작품으로 김사량의 전선 오체르크 「바다가 보인다」, 박웅걸 「락동강반에서」가 있으며, 한설야의 영웅 전투 실기 「격침」, 이외에 인민군의 전형을 그린 황건의 「불타는 섬」, 한설야의 「땅크 214호」, 노동자의 투쟁 과정을 그린 천세봉의 「싸우는 마을 사람들」, 미국과 이승만을 비판한 한설야의 「승냥이」, 파괴된 산업시설 복구 투쟁을 그린 류순근 「화신 속에서」, 중국인민지원군을 소재로 한 윤시철의 「나의 옛 친우」, 김일성의 항일무장투쟁을 그린 한설야의 「역사」, 리북명의 「악마」 등이 있다.

② 전후 건설기의 문학

전후 50년대에 북한이 기울인 정치·경제적 노력은 '민주기지 강화를 위한 전후 인민 경제 복구 발전과 사회주의 기초 건설'이라는 슬로건으로 모아진다. 이러한 정치적 목표와 관련하여 50년대에 두 차례에 걸쳐 수립되었던 '인민 경제 계획'의 수행과 더불어 북한의 생산 관계 전반을 사회주의 체제로 개조해 나가는 사업들이 일정한 성공을 거두게 된다. 이 사업은 특히 60년대에 들어서게 되면 이른바 '천리마 약진운동'이라는 슬로건으로 발전을 보게 된다. 58년 8월, 생산 관계 측면에서 사회주의적 개조가 완성되었다는 당의 공식 선언과 당시 북한의 경제 규모 신장률이 남한을 앞지르는 성과를 낳았던 사실은 이 시기 북한 사회의 내부적 역동성을 입증하는 상징적 사건이었다.

　이러한 사회·경제적 약진과 더불어 이 시기 북한 문학이 보여준 중요한 정책들은 50년대의 '로동계급의 선진적 인물의 전형 창조', '새것과 낡은 것의 생활상 갈등'을 묘사할 것 등으로 나타나며, 60년대에는 '천리마 시대에 맞는 예술의 창조'라는 슬로건으로 제시된다. 따라서 이 시기의 북한 문학은 사회주의 체제의 건설과 관련하여 일정한 성과를 거두었다는 자신감을 바탕으로 하여 사회주의의 전면적 건설을 위하여 약진하고 있는 북한 사회의 역동성을 그려내는 데에 모든 노력이 집중되는 특성을 보여준다. 그러나 이 시기 북한 문학이 보여준 특징 가운데 가장 중요한 것이 있다면, 그것은 50년대 중후반 창작 방법과 관련하여 일어난 새로운 움직임이었다. 혁명적 낭만주의가 일반적으로 빠지기 쉬운 경향인 도식성과 무갈등성, 주인공의 이상화 등의 문제를 어떻게 해결할 것인가 하는 문제가 평단에서 활발하게 논의되었던 것이다. 이러한 경향에 대한 작단의 비판과 관련하여, 북한의 문예 정책은 사회주의적 사실주의의 원칙을 보다 더 철저화하는 지도 방침을 내게 된다. 즉 '현실을 그 혁명적 발전의 과정 속에서 묘사하되 동시에 사실주의의 일반적 원칙들에 의하여 현실을 현존하는 면모 속에서 역사적 · 구체적으로 진실하게 묘사할 것'이 요구되기에 이르는 것이다. 당시 시단에 30년대 프로시단에 존재했던 '뼉다구시 논쟁'의 50년대 판이라고 할 수 있는 '구호시'의 배격 경향이 그 모습을 드러낸 것은 이런 새 경향의 대표적 예라고 할 것이다. 일반적으로 50년대 후반의 북한 문학이 북한문학사를 통털어 사회주의적 사실주의의 원칙에 가장 근접한 것으로 평가되고 있는 이유가 여기 있다. 물론 이러한 경향은 50년대의 연속적인 종파 투쟁과 주체사상이 확립되는 60년대 중반을 거치면서 퇴색되어 가기에 이른다.

이 시기의 시단에서 특기할 만한 현상은 중견 시인들의 시집이 대거 간행되었다는 점이다. 『발팔양 선집』, 『박세영 시선집』, 『김우철 시선집』, 『안용만 시선집』, 정문향 『승리의 길에서』, 정서촌 『가무재 고개』, 김북원 『대지의 서정』 등등이 그것이다. 이 작품집들 속에서 가장 돋보이는 소재는 인민 경제 건설과 농촌 경리의 발전을 노래한 작품들이다. 이용악의 「평남 관개시초」, 정문향 「벌목부의 호소」, 김북원 「운전벌에서」 등이 그것인데, 이 작품들은 모두 사회주의 건설기의 농촌의 역동적 현실을 형상화해내고 있다. 이중 이용악의 작품은 북한 시사를 통털어서 가장 형상성이 뛰어난 것으로 평가되고 있다. 그외에 북한 사회 내부의 문제점들을 꼬집은 김우철의 풍자시 「결론」, 「탁상 칼렌다」, 「쇼파에서 일어날 때」도 매우 돋보이는 작품들이며, 그외에 국제친선을 주제로 한 작품들, 전쟁을 주제로 한 서사시들, 평화적 통일 문제를 소재로 한 작품들이 다수 발표되었다.

소설 부문에서 특기할 만한 점은 이 시기에 대작들이 다수 발표되었다는 점, 그리고 고참 세대의 작가들뿐만 아니라, 중견 작가들에 의해서도 장편소설이 대거 창작되기 시작했다는 점이다. 이것은 북한 소설계를 이끌어갈 수 있는 새로운 세대의 작가군이 대거 확보되었다는 것을 의미한다. 이 시기의 장편 소설들은 80년대 후반과 90년대 남한에 대거 소개된 적도 있다. 이 시기의 소설로서 주목할 만한 것으로서, 북한 인민들의 해방 투쟁을 그린 이기영의 『두만강』과 한설야의 『설봉산』, 농촌의 사회적 변화를 그린 천세봉의 『석개울의 새봄』, 농촌 인민의 성장 과정을 그린 황건의 『개마고원』, 최명익의 역사 소설 『서산대사』 등이 있다. 그외에 특기할 만한 것은 김일성의 항일 투쟁 현장 답사 보고서인 송영의 장편 오체르크 「백두산은 어데서나 보인다」이다. 이 작품은 60년대에 북한 문학이 이른바 주체문학의 시대로 들어갈 무렵, 북한 문학의 정통성을 카프문학에서 항일혁명문학으로 바꾸는 계기가 되었던 작품이다.

③ 주체시대의 문학 1 (1967~1980년대 중반)

1967년을 계기로 하여 북한 문학은 주체사상을 유일 사상 체계의 근거로 삼는 문학, 이른자 주체 문학의 시대로 접어든다. 이것은 이전 시기까지의 북한문학이, 비록 그 혁명적 낭만주의의 폐단이 문제가 되었다고는 하나, 어디까지나 사회주의적 사실주의를 근본 이념으로 삼고 있었던 데에 반해, 이제부터는 사회주의적 내용과 민족적 형식을 결합하는 새로운 주체 문예를 문학 이념의 근본으로 삼기 시작했다는 것을 의미한다. 이 시기의 문학이 카프 문학의 전통을 평가절하하고, 김일성이 중심이 되어 창작되었다고 하는 항일 혁명문학을 유일한 혁명문학의 전통으로 간주하기 시작한 것, 수령의 영도와 그 가계의 혁명적 전통을 형상화하고 주체 시대를 사는 새로운 인간 유형을 그릴 것을 문학적 과제로 삼은 데에는 이런 이유가 있다.

이러한 사상적 전변에 따라 창작계에 눈에 띄게 일어난 변화 중 첫번째로 지적할 수 있는 것이 창작의 조직화·집체화 현상이다. 김정일의 지시로 결성된 '4·15 문학 창작단'의 활동이 집체적 창작의 본산이었는데, 이 4·15 문학 창작단에 의해 3대 고전(「피바다」, 「한 자위단원의 운명」, 「꽃파는 처녀」)의 재창작과 『불멸의 역사』 총서 간행 사업이 진행된다. 이 사업들은 그 목적이 모두 김일성의 문학적 업적을 역사적 사실로 기정 사실화하고 김일성과 김정일을 중심으로 한 강력한 정치·문화적 통합력을 제고하는 데 모아지고 있다.

두번째로 지적할 수 있는 특징은 이른바 주체 문예 이론의 핵심이라고 할 수 있는 '종자론'에 입각한 창작의 실천 문제이다. 종자란 원론적으로는 작품의 사상적·미적 가치 및 형상화 원리의 핵심에 해당하는 요소로서, 작가들은 이것을 바로 잡음으로써만 자신의 작품의 사상성과 형상성을 올바르게 결합할 수 있다고 교양되어진다. 물론 이 종자의 내용은 주체사상 시대가 지향하고 있는 문예 정책의 테마들과 직결되어 있다.

이 시기에 창작된 시 작품들을 지배하고 있는 압도적 주제는 역시 수령 송가와 그 가계의혁명성에 대한 예찬이다. 수령의 인격과 지도력에 대한 예찬을 주 내용으로 하고 있는 수령 송가류는 송가적 서정시와 송가적 서사시라는 이름의 장르로 형상화되었다. 이 작품들은 대개 개별 시인들의 작품들을 집성하는 형식으로 출간되었는데, 대표적인 것으로 조선문학예술총동맹출판사 편 『수령께 드리는 충성의 노래』, 오영재 외 『태양은 빛나라』, 문예출판사 편, 『온 세상 인민은 드리네』 등이 있다. 이외에 김일성의 항일무장 투쟁 업적을 주로 다룬 작품집으로 리호일 『수리개 날은다』, 김병두 『첫걸음』 박세옥 편 『무지개』 등이 있으며, 김형직과 강반석 등 김일성의 가계를 예찬 대상으로 한 것으로 집체 창작품 「푸른 소나무」, 허우연의 「강반석 어머니」 등이 있다. 이외에 이 시기에는 남한 현실에 대한 비판이나 조국통일을 주제로 한 작품들, 미국와 한국 정권을 풍자한 작품들도 다수 창작되었는데, 전 시기에 비해 볼 때 주목되는 점은 사회주의 국가간의 친선을 주제로 한 작품들이 눈에 띄지 않는 점이다. 이것이 문예의 민족적 형식과 자주성을 강조하는 주체 문예 시대의 새로운 징표임은 물론이다.

소설 분야에서 이 시기를 대표하는 작품들로서 첫번째로 언급해야 할 것은 위에 언급한 4·15 문학 창작단의 집체 창작 성과물들이다. 이른바 항일무장 투쟁기의 3대 고전으로 불리는 『피바다』, 『한 자위단원의 운명』, 『꽃파는 처녀』를 재창작해 낸 것이 그 첫번째 작업이다. 이 작품들은 원래 항일무쟁 투쟁기에 김일성이 대중 교육용 선전물로서 활용하였던 작품으로서 그간 구전으로 내려오고 있었던 것인데, 그 내용들은 순응적 삶을 살고 있던 평범한 주인공들이 신변에 닥친 극한적 상황의 체험을 통하여 현실 문제의 원인을 올바로 인식하고 이어 항일유격대의 활동에 적극 참여하게 된다는 것을 골조로 하고 있다. 4·15 창작단이 이 '고전'의 재창작 사업에 앞장 서게 된 이유는 간단하다. 이러한 작품들을 역사적 사실로 확정함으로써 북한 문학이 본받아야 할 고전적 규범을 확립하는 데 그 목적이 있었던 것이다. 이런 작업을 통해서 주체 문예 시대에 혁명 문학의 정통성을 새롭게 확립하는 것이 가능했던 것이다. 4·15 창작단의 두번째 작업인 『불멸의 총서』 간행 작업은 '숭고한 공산주의적 인간애와 혁명적 동지애'의 소유자이며, '주체형의 혁명가로 성장하는 새시대 인간들의 전형'인 김일성의 혁명 업적을 일대기 형식으로 기술해 나간 것이다. 권정웅의 『1932년』, 천세봉의 『혁명의 여명』 석윤기의 『고난의 행군』 등등 이 작업은 80년대에까지 지속적으로 진행된다.

총서 작업과는 별도로 김일성 및 가계의 형상화에 주력한 작품들도 다수 창작되었다. 김일성의 인격적 미덕이나 작전 능력, 사회주의 건설기의 지도력 등을 형상화한 것으로서 고병삼의 『맑은 아침』, 변희근 『철의 역사』, 김일성의 유년기를 그린 황민의 『만경대』, 소년기를 그린 강효순의 『동트는 압록강』 등등과 김형직과 강반석을 각각 전기화한 이기영의 『역사의 새벽길』, 강반석을 그린 남효재의 『조선의 어머니』 등이 있다.

수령 형상화에 주력한 위 작품들 외에 '혁명적 대작주의'의 원칙에 입각하여 일반 민중을 주인공으로 한 작품들이 창작된 것도 이 시기의 특성이다. 석윤기의 『무성하는 해바라기들』, 박태원의 『계명산천을 밝았느냐』, 김병훈의 『불타는 시절』 등이 그것인데, 이들은 모두 역사적 격변 속에서 평범한 인물이 혁명적 인간으로 변화되어 가는 과정을 담고 있다. 이외에 주목해 보아야 할 것이 박태원의 『갑오농민전쟁(1~5)』으로서, 동학농민전쟁을 계급투쟁사적 관점에서 형상화하고 있다.

④ 모색기의 주체 문학 (1980년대 중후반-)

1967년 이후 90년대에 이르기까지 북한 문학의 기본 성격을 규정하고 있는 중심적인 원리는 물론 주체문학의 계승·발전이다. 김일성을 뒤이어 지도자로서의 위치를 굳혀가고 있는 김정일 찬양 작품이 대거 발표되고 있는 점, 『주체문학론』(1992)을 위시한 김정일의 문예이론이 북한의 문예정책에서 강력한 지도력을 발휘하고 있는 점은 그 뚜렷한 증거들이다. 따라서 이 시기의 작품들이 갖고 있는 소재적 특성은 대체로 전 시기의 그것을 계승하고 있는 특징을 보여준다. 그러나 80년대 중후반을 넘어서면서 북한 문학에는 주체문학의 발전이라는 대목표 아래에서 새로운 경향들이 부분적으로 제시되는 면모를 보여준다. 현실 사회주의권의 붕괴에 대응하려는 북한 문단 내부의 동향, 북한 문화의 생산자와 소비자 세대의 대폭적인 교체 등이 그 중요한 원인으로 작용하고 있는 것으로 보이는데, 이러한 상황과 관련하여 몇 가지의 새로운 징후들이 나타나고 있는 것이다. 우선 시 장르면에서는 연애 심리나 인생 교훈이 다수 가미된 짧은 서정시의 창작이 늘고 있는 점, 광주 민주화운동을 비롯한 남한의 변혁 운동을 소재로 한 작품이 다수 보이는 점 등을 지적할 수 있다. 소설 장르에서는 장편 대작주의가 유행하던 과거와 달리 단편의 창작이 적극 장려되고 있는 점, 역사소설에서 북한의 현실 생활 자체의 형상화로 창작의 목표가 대거 전환된 점, 이와 관련하여 북한 사회의 새로운 모순-도농간의 격차, 지역 격차 등-이나 풍속적 문제-세대 갈등, 부부 갈등, 청춘 남녀의 연애 심리 등-를 그리는 작품들이 등장하고 있다는 점, 민족 동질성을 강조하는 입장에서 통일 문제에 대한 관심을 적극 표명하는 작품이 늘고 있다는 점 등이 그것이다.[66]

---

66) 이상 북한 문학 논의와 관련된 주 참고문헌은 아래와 같음.
　　『조선문학사』, 연변교육출판사, 1956.
　　정홍교, 박종원, 『조선문학개관 1』 인동, 1988.
　　박종원, 류만, 『조선문학개관 2』, 인동, 1988.
　　사회과학원 문학연구소, 『조선문학통사』, 인동, 1988
　　권영민 편, 『북한의 문학』, 을유문화사, 1989.
　　『남북한문학사 연표』, 한길사, 1990.
　　민족문학연구소, 『북한의 우리문학사 인식』, 창작과비평사, 1991.
　　한국문학연구회 편, 『1950년대 남북한 문학 연구』, 평민사, 1993.
　　김재용, 『북한문학의 역사적 이해』, 문학과지성사, 1994.
　　최동호 편, 『남북한현대문학사』, 나남출판, 1995.

III. 한국문학의 현황과 창작의 방향성

1. 남한문학예술의 현황과 창작방향

1) 문예정책과 창작방향

북한문학과 대비되는 개념으로서의 남한문학은 주지하다시피 1945년 8월, 해방과 함께 남북이 분단되면서 형성되기 시작한다. 이 때부터 남과 북은 서로 다른 이념 및 사회체제를 지향한다. 그리고 이를 바탕으로 북한과 남한은 서로 다른 문학을 형성해나가기 시작한다. 특히 북한은 사회주의 체제를 지향하는데 사회주의 체제에서는 문학 등의 문화, 예술적 행위 등을 정치 혹은 사회적 관계의 부산물 또는 도구로 간주하는 특색을 갖고 있다. 그리하여 북한문학은 이른바 사회주의 문학을 지향해나게 되고 이것이 북한문학과 남한문학을 확연히 구별짓게 하는 데 결정적 역할을 한다.

이에 반해 남한은 자본주의 체계를 토대로 하여 일단 외형상으로는 자유주의 체제를 지향하고 있기에 북한과 달리 문학을 정치 체계의 한 부속물로 상정하지 않고 문학의 독자적이며 자율적인 권리를 인정하는 듯한 외관을 보여준다. 즉 북한과 달리 남한은 문학을 정치적, 경제적 사회관계의 부산물 내지

도구로 보는 경직된 견해로부터는 일정한 거리를 두고 있는 셈이다. 그러나 사회적 존재로서 우리의 삶은 불가피하게 정치적일 수밖에 없다. 즉 문학이 정치와 전혀 별개의 것이라는 생각은 문학이 정치적, 경제적 사회관계의 부산물이나 도구라는 생각만큼 올바르지 않다. 즉 남한의 문학이 정치와는 별개의 것 내지는 독자성을 갖고 있으며 따라서 예술가의 창조적 자유를 보장한다고 한다는 부르주아 자유주의의 문예이념을 따르고 있기는 하지만, 예술의 절대적 자유란 궁극적으로 상정할 수 없는 것이다. 따라서 남한에서 문예창작의 자유는 일단 외형적으로는 보장되고 있지만 궁극적으로는 남한 체제를 지배, 운용하는 당국의 문예정책에 직·간접적으로 일정한 영향을 받고 있음은 두말 할 나위 없는 것이다. 한편 자본주의 사회에서 시장경제구조의 발달은 문화 영역에 있어서도 상당한 정도 시장법칙에 따르지 않을 수 없게 만들어 버리기 때문에 남한의 문예를 규정하는 자본의 논리, 특히 국가와 결탁한 자본의 논리에 주목해야 한다.

(1) 관의 반공주의 및 구성주의적 문예정책

남한 사회는 북한과 달리 자유주의 체제를 지향하고 있기에 일원화되고 통일된 정부 주도의 문예정책이 확고하게 정립될 수는 없다. 그리고 설사 그러한 정책이 있다 치더라도 그것이 전 사회, 문화계를 일방적으로 구속할 수 있는 영향력은 없다. 그러나 영향력의 문제를 떠나서 당국은 나름대로의 문예정책을 갖고 있으며 이러한 정책의 내용을 알아 보기 위해서는 일단은 정부 문화정책의 주무부서인 문화체육부(이하 문체부) 및 문체부 산하의 문화예술기관인 한국문화예술진흥원(이하 문예진흥원) 그리고 관의 지원을 받고 있는 한국예술총연합회(이하 예총) 등으로 대변되는 문화단체의 문예정책을 살펴볼 필요성이 있다.

그런데 정부 당국의 구체적인 문예정책을 살피기에 앞서 남한 당국의 체제 수호책으로서의 반공 등의 냉전적 이데올로기가 남한 문학의 초기 형성 과정에서 어떠한 역할을 하는가를 살펴보고 이것이 이후 남한의 문예정책이 전개되는데 어떻게 기능하는가를 살펴볼 필요가 있다. 남한 문학의 초기 전개 과정 즉 해방 직후부터 1948년 남한 단독임시정부 수립으로 분단이 고착화되기 전까지는, 분단이데올로기의 대립이 첨예한 단초를 보이고 있음에도 불구하고, 그것이 아직 문학의 이데올로기적 컴플렉스로 고정되지는 않은 상태였다. 그리하여 해방 직후 남한의 문학을 주도한 세력은 일제하에서 카프를 중심으로 활동한 문학인들이다. 그들은 일제하에 이루어졌던 카프 문학운동을 계승하면서 새롭게 변화된 현실에 처하여 자주적 민주국가 건설이라는 당대 민족의 과제에 대응하는 문학활동을 전개해 나간다. 해방 직후 임화, 김남천, 이원조, 이태준 등의 문인들은 '조선문학건설본부'(이하 문건)를, 한설야, 이기영 등은 프롤레타리아 문학동맹'(이하 프로문맹)을 각각 세워 해방직후 남한의 문학을 주도하는데, 이들은 1945년 말 '조선문학가동맹'(이하 문맹)으로 통합된다.

그러나 문건과 프로문맹이 통합되는 시기를 전후로 문맹과 대립하여, 일제시대의 해외문학파를 중심으로 조직된 '중앙문화협회'를 모체로 '전국문필가협회'(이하 문필협)가 결성되고 그 전위대격인 조직체로서 김동리, 조연현 등이 주도한 '청년가문학협회'(이하 청문협)가 세워진다. 이들 역시 민족문학의 이념을 내세우고 있지만, 그 민족문학의 수립의 길을 조선적 성격의 탐구와 민족정신의 발휘임을 주장하여, 국수주의적인 민족문학의 성향을 드러낸다. 여하튼 문필협과 청문협은 1947년 '전국문화단체총연합회'(이하 문총)으로 연합되어 문단은 바야흐로 '문맹'과 '문총'의 대립으로 분리되었다. 그러나 1948년 남한 단독임시정부 수립 등 분단고착화의 기미가 농후해지면서 문맹은 소멸되고 문총이 남한문학을 홀로 대표하게 된다.[1]

1948년을 전후한 남한 문학의 변화는 단정의 수립 및 이와 더불어 병행된 한반도 전체를 휩쓴 냉전체제의 영향으로 인한 것이었다. 즉 남한에서의 냉전적 반공주의의 지향이 문학가 동맹 소속의 작가들에게 결정적인 억압의 기제로 작용하게 된다. 예컨대 1948년 12월에 제정된 국가보안법과 1949년 6월에 조직된 국민보도연맹은 이러한 억압의 가장 대표적인 것이었다.[2] 여순사

---

1) 최원식, 「민족문학의 논리」, 창작과비평사, 1982, 352쪽 참고.
2) 이하 김재용, 「냉전적 반공주의와 남한 문학인의 고뇌」, 『역사비평』, 1996, 겨울, 참

건이 터지면서 형성된 강한 반공적 분위기에 편승하여 만들어진 국가보안법
은 비문맹측이 문맹에 대하여 정치적 공격을 가하게 되는 발판을 마련해주고
급기야는 국가기구의 힘을 빌려 결국 문맹을 파괴하는데 성공하게 되는 것이
다. 한편 1949년 6월에 조직된 국민보도연맹은 작가들이 국가기구에 의해 직
접적으로 간섭받고 살 수밖에 없는 형편으로 몰아 부친다. 국가보안법 제정
이 조선문학가동맹 출신의 문학가들에게 사상적 제약을 가하여 어떤 특정한
사상을 갖지 못하도록 한 것이라면 국민보도연맹 조직은 문인들로 하여금 적
극적으로 다른 사상을 갖도록 하는 것이었다. 그리하여 문맹 출신의 문학가
들이 국민보도연맹에 가입되어 사상과 창작 행위 등이 제약됨으로써 그동안
문맹의 위세에 눌려 문학계 주변부에 위치하고 있었던 청문협과 문필협이 당
시 문단의 중앙을 차지하며 자신의 위상을 높이게 된다. 그리하여 우익 문예
조직으로서의 문총은 진보적 민주주의 문예운동이 거의 완전히 거세된 상태
에서 남한 문학의 주도 세력으로 부상하게 된다. 이러한 우익 문예조직의 형
성은 앞서 지적되었듯이 당시 남한의 지배 정권과 공고한 결탁을 통해 이뤄
짐으로써 이후 분단시대 한국 문단 조직의 관제화와 어용화의 기초를 닦게
된다.3)

　　이어 1950년대는 분단국가 형태의 신식민지 자본주의 체제가 강고하게 성
립되는 과정이라고 할 수 있다. 즉 1950년대는 한국전쟁을 거치며 분단체제
가 고착되고 미국의 원조에 의존하면서 새로운 자본주의적 질서가 구축되어
나가기 시작한다. 한국전쟁의 후유증과 분단체제가 고착화된 뒤의 남한 사회
의 경제적 파탄과 반공을 내세운 민주주의의 실종 이 두 가지의 좌표 축이
1950년대 문학에서 커다란 현실적 규정력으로 작용하게 된다.4) 따라서 1949
년 확대 재편된 우익 문예조직인 '한국문학가협회'(이하 문협)는 이러한 배경
에서 남한 문단의 모든 문인들을 포괄하는 유일 조직으로 1950년대의 한국전

고.
　3) 김철, 「한국 보수우익 문예조직의 형성과 전개」, 『구체성의 시학』, 실천문학사, 1993,
　　45쪽.
　4) 한수영, 「1950년대 한국소설연구」, 『1950년대 남북한문학』, 평민사, 1991, 39쪽 참고.

쟁을 통과하면서 기존의 이데올로기적 성격을 한층 강화해나갈 수 있었다. 이와 같이 남한 문학의 초기 전개 과정에서 이미 남한문학은 냉전 이데올로기에 연유된 남한의 반공정책에 절대적으로 좌우될 수밖에 없는 상황을 여실히 반영해주고 있다.

그리하여 이러한 연장선상에 놓여 6, 70년대 이후 우리의 문예정책은 두가지 두드러진 특성에 의해서 규정된다. 그 하나는 체제에 대한 정당화 내지 통합에 문화정책의 초점이 이뤄졌다는 점이다. 그리고 다른 하나는 문화증흥이라는 입장에서 정부주도하에 결핍된 문화적 제도와 기간시설을 건설해 나가는데 그 역점이 주어진다. 그리하여 국민의 문화적 욕구나 수요와는 격리된 전시적 문화시설들이 급격한 증가를 가져오게 되었다. 그러나 이러한 정부주도의 문예 정책에 편승한 '관제문화'에 반발해 체제 비판적 문화 수요에 토대를 둔 재야의 '민중문화'가 대두하며 양자간의 첨예한 대립을 불러일으키게 되었다. 이러한 현상은 문화의 참된 사회 결속 기능을 약화시키는 결과를 가져오게 되었을 뿐만 아니라, 전반적 국가발전 전략에 있어서의 문화정책의 적실성에 대한 부정적 인식을 강화하게 되었다.5)

가령 남한단독정부 수립 이후 문화정책의 초점이 체제에 대한 정당화 내지 통합에 중점을 두고 이뤄지다 보니 창작활동을 억압, 저해하는 작용이 너무도 크고 많으며 이러한 문제들은 많이 완화되었지만 현재에도 지속되고 있는 형편이다. 가령 단적으로 검열기준, 심의기준, 지침서, 사전신고, 인가, 조정 등 다양한 행정 수단이 창작의 내면에서까지 손을 뻗쳐 창작자의 의욕을 저상시켜 왔다. 이러한 규제는 반체제 문학은 물론이요, 언론출판 분야에서부터 대중문화와 심지어는 순수예술작품에 이르기까지 광범위하게 행사되고 있다. 따라서 공륜의 사전심사제도 등 우선적으로 철폐되어야 할 규제가 상당수 있고 이에 대한 과감한 개선 조치가 필요한 형편이다. 물론 정부 당국에서는 공륜 등의 경우, 자율심의체제로 운영되고 있다고 주장하나, 공륜의 일방적인 가부결정에 구속력이 있으며 구제 절차가 결여되어 있다는 점에서 상

---

5) 김여수, 「문화정책의 이념과 방향」, 『문화예술논총 1집』, 한국문화예술진흥원, 1988, 27쪽.

당한 정도의 검열 기능을 수행하고 있는 셈이다.6) 문화활동의 헌법적 보장의 한계 및 제한 문제의 해결에 있어서는 원칙적으로 문화활동을 사전에 제한할 수는 없고, 사후에 제한할 수 있다. 이 점에서 사전검열이나 허가 등은 헌법에 보장된 표현의 자유의 사전억제 금지원칙에 합치되지 않는다. 그리고 사후에 국가에 의한 제한도 최후에 보충적으로 이뤄져야 하는 것이다. 물론 국가의 염려대로 사회적 한계를 이탈한 문화 활동도 있을 수 있으나, 이러한 경우라도 이에 대한 판단은 일반대중과 문화영역 내의 자율적 기구를 통해서 이뤄져야 한다7)는 사실을 상기시킬 필요가 있다.

사실 다양한 창작활동은 유파별 활동의 다양성을 낳게 한다. 그런데 이 다양성을 행정편의주의에 따라 특정 단위로 통합하려는 데 문제가 발생한다. 그리고 과거 특정 유파, 대표적으로 정권, 체제에 대한 비판세력을 배타적이거나 적대시하는 행태도 공연한 간섭으로 평지풍파를 초래하게끔 했다.8) 물론 정부 차원의 문화정책은 아무래도 당대의 정치적 이해 관계와 밀접한 관련을 맺게된다. 따라서 정부는 최소한 적대적 관계를 갖고 있지 않은 문인 및 문화 조직들을 선택적으로 지원하려는 경향이 있기 마련이다. 단적으로 한가지 예를 들자면 정부가 한국문학을 해외에 소개하는 과정에서 번역 대상으로 선정된 작품들 가운데 질적 경쟁력을 갖추지 못한 터무니없는 작품들이 끼여 있는가 하면 이른바 반체제적이라거나 체제비판적이라는 낙인 찍힌 작가의 작품들이 질적 수준에 관계없이 선정 대상에서 거의 제외되어 있다. 그러나 이러한 경향은 한 민족문학의 진정한 세계화에 장애 요소가 된다. 문학의 본령이 현실의 모순적 측면을 가장 중요한 대결 과제로 삼는다는 점에서 보면, 이러한 과제를 안은 문학이 세계성을 향할 수 있는 가능성이 오히려 높은 것이다. 가령 문화정책을 주도하는 정부차원의 시각과는 정면으로 어긋나 있었던 김지하 문학의 경우, 해외 문인들의 집중적인 관심을 받았고 일본 지식인

---

6) 김수갑, 「한국에 있어서 문화국가 개념의 정립과 실현과제」, 『문화정책논총 6집』, 한국문화정책개발원, 1994, 305쪽.
7) 앞의 논문, 297쪽.
8) 박종국, 「문화정책의 기조와 방향」, 『문화예술논총 1집』, 38～39쪽.

들에 의해 노벨상 수상 후보로 추천되기까지 했던 좋은 실례가 있는 것이다.9) 또한 일본의 노벨문학상 수상자인 오오에 겐자부로와 일본 정부 혹은 보수적인 정치세력과의 관계는 거의 적대적이었다는 사실들도 환기해볼 필요가 있는 것이다. 따라서 한편에서는 표현의 자유를 정치적 영역과 도덕적 영역으로 나눠 이를 토대로 정치 영역에서의 자유는 철저하게 보장하되, 도덕 영역에서의 자유는 유통 과정을 통해 제약하고 이의 통제는 민간의 자율에 맡기는 방안이 제시되기도 한다.10)

한편 문체부 산하의 문화예술기관인 문예진흥원은 문화예술을 지원하는 기능을 가진 조직으로 문화예술진흥법에 근거하여 1973년부터 그 업무를 개시하게 되었다. 진흥원은 정부의 통제로부터 나름대로의 독자성을 견지하고는 있으나 문인들의 자유롭고 창조적인 창작 활동을 진작시키는 데 있어서 역시 그다지 효율적인 노력을 기울이고 있지 못하다. 진흥원의 모든 업무들을 구체적 예를 들어 설명할 수 있는 것은 아니고, 그 중 진흥원의 가장 대표적인 정책 사안 중의 하나였던 창작 지원 제도를 예로 들어 문예정책의 문제점을 지적해 보고자 한다.11) 이 제도의 운영 방식의 가장 큰 문제는 이 방식이 문인들의 자존심을 건드리고 있어 진정한 창작 수준의 향상과 활성화와는 다소 거리를 두고 있다는 점이다. 가령 해마다 진흥원의 심의, 평가를 받는다는 사실 자체에 많은 문인들은 호의적이지 않다. 지원을 받기 위해 거쳐야 할 복잡한 절차에 문인들은 대체로 익숙하지 못한 형편도 있다. 무릇 모든 문화예술 지원은 지원자의 간섭이 적을수록 좋다. 그러나 진흥원의 문학지원 방식은 지원자의 입김이 여러 곳에 스며들 여지가 있어 우려를 자아낸다. 또한 지원절차의 복잡성은 문인들을 도와야 할 지원금이 절차상의 운영비로 낭비될 가능성을 보여주고 있다는 지적이 대두되고 있는 형편이다.

한편 진흥원과는 또 달리 정부나 공공자금의 지원을 받아 운영되고 있는 문화공익법인의 대표적 예인 예총의 경우 역시 많은 문제점을 안고 있다. 예

---

9) 설성경, 「한국문학의 세계화 방안」, 『문화정책논총 6집』, 120쪽.
10) 「사전·사후심의는 검열」, 『한겨레신문』, 1997년 9월 11일.
11) 이하 임영숙, 「문예진흥원의 새 창작지원 방법」, 『한길문학』, 1990. 7, 349쪽.

총은 우선 정치적 성격 특히 관변적 성격을 강하게 띠고 있는 것이 가장 문제
가 된다. 그리고 관의 세력에 힘입어 자신을 중심으로 예술문화계를 통합하
려는 문제들을 늘상 드러내 왔다. 그리하여 예총은 과거의 정치체제하에서
당연히 정부와의 긴밀한 관계유지가 불가피하게 되고 정부의 어용단체로 낙
인이 찍혀 왔음을 부인할 수가 없다. 그리고 예총의 자율적 운영을 근본적으
로 불가능케 하는 결정적 요인으로 운영비가 절대적으로 정부에 의존하고 있
다는 점을 지적할 수 있다. 따라서 예총은 정부에 대하여 압력단체의 기능을
가하기는 커녕 정부 지원 감독하의 산하기관화를 자초하고 있는 상황이다.12)

 그런데 1993년에 출범한 김영삼 정부는 "재야 문화 단체들을 포함해 다원
적인 문화단체의 존립을 인정하고, 문화행정의 대상으로 삼겠다"는 의지를
표명했다. 따라서 지난 날 재야 민주화 운동권에 위치해 독재정권으로부터
박해만 받던 민족문학작가회의 등의 문화단체들이 정부로부터의 재정적 지
원을 받을 수 있는 가능성이 타진되기 시작했다.

 한국에서 문학단체가 중앙 행정관서로부터 재정적 지원을 받는 경우는 식
민지 시대 1939년에 조선문인협회가 결성되면서 시작된 일인 것으로 간주된
다.13) 이 관례가 해방 후에도 지속되어 문인협회와 예총 등으로 나타난 것이
라고 볼 수 있다. 가령 남한에는 해방 이후 전국문화예술단체총연합회(1947),
예술원(1954), 한국문인협회(1961), 한국예술문화단체총연합회(1962)가 차례
로 결성되어 왔고 이들은 정부로부터 지속적인 재정 지원을 받아 왔다. 그런
데 이 기구나 단체들의 결성 준비위원 및 대표는 거의가 지난날 친일 반민족
행위의 과오가 있는 신분이었다. 그리고 1961년 이후에 결성된 단체들은 5·
16 군사정권의 주도 아래 탄생하여, 이후 1969년의 3선 개헌, 1972년의 유신
헌법을 공식적으로 지지하고 찬동하는 발언을 일삼아 왔다. 각 시기의 정권
에 대한 이 단체들의 순응주의 혹은 어용적 성향은 사실상 5공과 6공에 걸쳐
계속되어 왔다. 이러한 상황에서 김영삼 정부의 문화정책 관서가 지난날 독
재정권에 의해 박해만 받아온 재야 문화단체 가령 민예총과 작가회의 등에도

---

 12) 박종국, 앞의 논문, 63쪽.
 13) 구중서, 「문학·제도·역사」, 『문학과 현대사상』, 문학동네, 1996, 57쪽.

지원하겠다는 시책을 공표하며 아울러 행정제도의 편의에 맞는 사단법인 등록을 권고한 것이다. 그리하여 이들 재야단체도 그 동안 정부의 문화예산을 독점하던 관변단체들과 대등한 입장에서 재정지원을 받게 된 것이다. 따라서 앞으로 이러한 흐름에 발맞춰 예술 관련의 재단 및 사단법인, 임의단체들의 적극적 대처도 요망되지만 이들을 감독하는 문화관광부도 이들이 실질적, 자율적으로 운영될 수 있도록 문화행정체제의 정비를 갖춰야 할 것이다.

이렇게 우리 정부의 문화정책, 혹은 예술정책은 최근 전향적 자세를 보이고 있기는 하지만 지금까지의 결정과 추진 형태에 있어서 반공 이데올로기 및 정권의 안위를 침해하는 체제비판적 문학에게는 예외없이 배타적일 뿐만 아니라, 적대적인 관계를 맺고 있다는 점이 가장 중요한 핵심이다. 그리고 국민의 문화수요의 표현과 충족이라는 자율적이고 자생적인 과정을 거치며 발전해가는 자유주의적 형태를 취하지 못하고 정부 스스로 목표의 설정과 수단의 선택, 집행을 추진해가는 구성주의적 정책형태를 취해 왔다는 점에서 문제점을 가지고 있다.14) 따라서 관이 주도하는 권위적이고 관료적인 한계에 갇힌 문화정책은 과감히 개선되어야 한다. 문화는 그 속성상 자율적이어야 하며, 따라서 외적이고 강제적인 간섭으로는 발전할 수 없다. 이런 점에서 앞으로의 문화정책은 민간주도의 방향으로 개혁되어야 하고 간섭보다 지원에 초점이 맞춰져야 한다. 즉 "지원은 하되 간섭하지 않는다.", "영향력을 행사하지 않는 지원"이 구두선으로 끝나는 일이 없도록 해야 할 것이다.

그런데 이른바 문민정부가 출발한 이후 정부는 국가경제력 강화의 구호에 이어 세계화라는 정부 정책의 기조를 사회 전반에 확산시키면서 문화에 대한 관심을 또 다른 방향으로 확산시켰다. 특히 이는 사회주의권의 몰락으로 인한 이념의 퇴조 그리고 남한 자본주의의 진전 과정에 따른 문화산업의 비약적인 발전에 힘을 입고 있는 듯하다. 그러나 현 시점에서의 정부의 문화정책이, 60년대 이후 정부의 근대화 정책이 경제제일주의를 앞세워 정신의 황폐화, 물질주의의 극대화를 가져왔듯이, 문화 혹은 문화산업에 대해 갖는 경제

---

14) 「문화정책」, 한국문화예술진흥원, 1988, 14쪽.

적 산업적 측면의 중요성만을 강조할 가능성이 크다. 따라서 정부의 문예정책은 문화산업의 육성이 단순히 산업적 경제적 측면에서만 중요성을 갖는 것이 아니라 특정문화의 세계적 지배에 맞서 개별문화의 고유성을 지키려는 시도로서의 의미를 가져야 할 것이다.15) 가령 지난 시기 그것이 성공적이었든, 아니든 간에 우리의 문화정책은 우리의 전통을 지키고 우리문화를 세계에 소개하는 것에 힘썼다. 그런데 최근 매체혁명 등을 통한 문화산업의 성장에 직면하여 오히려 개별문화가 위협당하고 있는 것이다. 그리하여 강한 세계성의 획득과 더불어 민족문화의 창달과 같은 고유성의 추구를 어떻게 이뤄낼 수 있느냐 하는 것이 우리 문화정책의 주요한 현안으로 떠오르고 있는 형편이다.16) 즉 문화의 자율성과 문화의 자유방임을 통제하는 국가의 문화형성력이 어떻게 조화를 이룰 수 있느냐가 그러한 문제를 해결하는 데 중요한 관건이 될 것이다.

한편 앞서 지적했듯이 건국 이후 이 사회를 지배하고 있는 냉전적 이념들과 반공보수세력은 여전히 그 세를 누리고 있어 대항문화들에 대한 억압 역시 획기적으로 개선되어 있지 않은 상태다. 이 점은 우리 문화의 다양성 그리고 이 다양성을 통한 건전하고 조화로운 문화 발전을 위해서도 타개해나가야 할 부분인 것이다. 더욱이 이러한 노력들은 사회주의 체제하의 북한과의 문화적인 동질성 회복을 위한 통일문화 형성에 주요한 단계적이며 매개적인 역할을 해나갈 수 있는 것으로 기대된다. 이와 관련해 민간 주도의 남북한 문화교류를 위한 법적보장이 마련되어야 하는데 이를 위해서는 무엇보다 현재의 국가보안법이 폐지되고 오히려 문화교류촉진법 같은 것으로 대체되어야 하며, 정부로 단일화되어 있는 문화교류 창구를 민간에게 개방하여 문화적 이니셔티브를 다원화해야 한다.17)

이에 덧붙여 민족문화의 토대로서 지역문화의 활성화를 위한 적극적인 지원이 요청된다. 이것은 물론 지방자치제의 완전한 실시, 지역경제의 활력있

---

15) 정갑영, 「세계화의 의미와 문화정책의 기본방향」, 『문화정책논총 6집』, 20쪽.

16) 앞의 논문, 25쪽.

17) 염무웅, 「국제화시대의 민족문화」, 『역사비평』, 1994, 겨울, 64쪽.

는 자립과 맞물려 있는 문제이지만, 현재와 같은 과도한 중앙집중은 문화적
으로 뿐만 아니라 정치사회적으로도 심각한 폭발의 위험을 안고 있음[18]을 인
식해야 할 것이다.

⑵ 재야의 민족문학적 이념과 운동

정부 주도의 문예정책에 편승한 '관제문화'에 반발하여 체제비판적 문화 수
요에 토대를 둔 '민중문화' 혹은 '민족문학'을 지향하는 재야 문학단체들이 있
다. 이들 단체 또는 그룹은, 자유주의 혹은 순수문학의 외피를 썼지만 체제유
지를 주요한 목표의 하나로 잡고 있는 정부의 문예정책과는 달리, '민족문학'
이라는 확고한 이념의 모습을 갖추고 오랜 기간 남한문학사를 실질적으로 주
도했다고 보아도 과언이 아니다. 특히 이들이 지향하고 있는 민족문학운동은
유신독재가 팽배해있었던 1970년대 이후 자유실천문인협의회와 그 후신인
오늘의 민족문학작가회의에 의해 반독재민주화 투쟁과 밀접하게 연관되면서
꾸준히 전진해왔다. 오히려 현재는 사회주의의 몰락과 더불어 야기된 전 지
구의 자본화, 그리고 이전에 비해 상대적으로 개량의 성격을 강하게 지닌 민
주정부의 성립 등이 민족문학운동을 침체국면에 빠져들게 하는 양상을 보여
주고 있다.

민족문학의 이념과 방법은 시대에 따라 여러 다양한 모습을 갖고 출현했음
에도 불구하고 전 시기에 걸쳐 일관된 논리를 견지했다. 가령 민족문학의 이
념은 이미 해방 직후부터 발생하기 시작한다. 앞에서 살펴본 대로 해방 직후
부터 1948년 남한 단독임시정부 수립으로 분단이 고착화되기 전까지는 일제
로부터의 해방이 준 발랄한 가능성과 함께, 분단이데올로기의 대립이 그 첨
예한 단초를 보이고 있음에도 불구하고, 그것이 아직 문학의 이데올로기적
컴플렉스로 고정되기 이전의 민족문학적 순결성을 갖고 있었다. 즉 일제시대
문학사의 일정한 단절기 이후의 새로운 발전적 계승의 가능성과 함께 남한
문학사로 궁핍화되기 이전의 전체성과 생명력을 갖고 있다는 점에서 이 시기

---

18) 앞의 논문, 64쪽.

는 남한문학사에서 특수한 위치를 차지하고 있었다.[19] 그리하여 해방 직후
남한의 문학을 주도한 세력은 일제하에서 카프를 중심으로 활동한 문학인들
이다. 그들은 일제하에 이루어졌던 카프 문학운동을 계승하면서 새롭게 변화
된 현실에 처하여 자주적 민주국가 건설이라는 당대 민족의 과제에 대응하는
문학활동을 전개해나간다. 해방직후 임화, 김남천, 이원조, 이태준 등의 문인
들은 '문건'을, 한설야, 이기영 등은 '프로문맹'을 각각 세워 해방직후 남한의
문학을 주도한다. 그리고 이들은 1945년 말 '문맹'으로 통합된다. 그러나 표면
상으론 통합이지만, 실제로는 노선상의 차이 등을 이유로 한설야, 이기영 등
의 프로문맹원들은 월북하여 북조선 문학예술총동맹을 결성, 북한에서의 독
자적인 문학운동을 전개해나게 된다. 여하튼 문건과 프로문맹이 통합하여 '문
맹'이 결성된 후 이 양 조직이 계급성과 인민성 등의 문제로 그 내포에 있어
일정하게 차이를 두고 있음에도 불구하고 문학운동의 이념으로서의 민족문
학에 도달하게 된다.[20] 따라서 이 시기 문맹파의 문학은 이념적 원리로서의
민족주의와 미학적 원리로서의 리얼리즘을 지향하고 있으며 이러한 이념과
원리는 이후 여러 변형을 겪지만 대체적으로 그 틀을 유지하게 된다.

그러나 48년 이후 분단의 고착화와 50년대 한국전쟁을 겪으면서 대두된 반
공 이데올로기의 전면화는 해방 직후에 강세를 보였던 민족문학을 상대적으
로 위축 시킨다. 따라서 민족문학 혹은 리얼리즘과는 대극의 위치에 놓인 모
더니즘 문학이 50년대의 지배적인 문학 경향으로 나타난다. 즉 전쟁이 일상
생활의 터전을 폐허로 만들어버린 1950년대 한국의 상황은, 불안과 부조리
의식, 삶의 무의미성에 대한 자각 증상이 심하게 나타난 세계대전 이후의 서
구사회와 유사한 풍토에 자신들이 놓여 있다는 환상을 문학인들에게 농도 짙
게 불러 일으킨다. 이러한 현실 인식이 모더니즘 지향성의 근거를 마련하게
되는 것이다. 더욱이 이념대립으로 인한 동족상잔의 전쟁을 치렀기 때문에
이념들 자체에 대한 환멸과 현실적 삶의 가열성에 대한 혐오는 문학인들이

---

19) 임진영, 「8·15 직후 단편소설연구」, 연세대 대학원, 1988, 1쪽.
20) 자세한 논의는 김재용, 「해방직후 문학운동과 두가지 민족문학」, 『민족문학운동의
   역사와 이론』, 한길사, 1990 참고.

정신적으로 방황하고 현실로부터 눈을 돌리게 만드는 주 요인으로 작용한다. 그리하여 인간 존재와 삶의 의미를 질문하는 실존주의가 풍미하는 등의 모더니즘의 격류에 휩쓸리게 된다.21) 이렇게 한반도의 분단과 한국전쟁은 남한문학으로 하여금 자신이 발을 딛고 있는 현실에 대한 비판적 성찰을 주 무기로 삼았던 민족문학의 활동을 한동안 불가능하게 만들었다.

그러나 4·19라는 역사적 사건이 발생함으로써 1960년대 남한문학은 전후의 개인적 실존이라는 문제와 고뇌에서 벗어나 민족 현실에 대한 각성의 계기를 마련한다. 비록 추상적이나마 자유와 민주주의 이념에 대한 인식, 민족적 각성에 따른 통일의 열기를 불러온 이러한 민주적, 민족적 지향은 문학에도 지속적으로 그 영향력을 확대하였다. 이에 따라 새로운 문학의 시대를 열 가능성이 제공되는 가운데, 좀더 적극적인 현실에의 대응이 모색되기 시작한다.22) 더욱이 4·19라는 역사적 개화는 5·16으로 인해 그 좌절을 겪게 된다. 그리하여 이후 군사정권의 대두 및 이로부터 시작되는 60년대 근대화의 초기 진행 과정 중에서 문학은 피폐해지는 민족적, 민중적 현실에 대해 그 관심을 돌릴 수밖에 없게 되며 이것이 70년대에 전개될 민중적 민족문학을 예비하게 된다. 한편 60년대 순수·참여 논쟁의 대두와 확산 등 역시 그것이 어떠한 결론을 내렸든 현실에 대한 문학적 관심의 고조에서 비롯되었음은 두말할 나위 없다. 하여튼 이 논쟁 이후 남한 문단의 지배이데올로기인 '순수문학론'은 제도로서는 현실적 지배력을 행사하고 있음에도 불구하고, 문학적 토론의 주요한 대상으로부터 거의 탈락하게 된다.23) 요컨대 60년대는 70년대에 다시금 개화하는 민족문학을 준비하는 시기였다. 즉 50년대 이후 그 주류를 형성해 왔던 순수주의 문학론의 식민성을 고발하면서 문학이 특정한 이데올로기의 산물이며 결코 계급적 내용에서 자유로울 수 없다는 점을 다시금 제기하기 시작한 것이다.

---

21) 최유찬, 「1950년대 비평연구」, 『1950년대 남북한문학연구』, 15~16쪽.
22) 전승주, 「1960년대 순수·참여 논쟁의 전개 과정과 그 문학사적 의미」, 『한국현대 비평가연구』, 강, 1996, 259~260쪽.
23) 최원식, 「80년대 문학운동의 비판적 점검」, 『민족문학사연구 8호』, 창작과비평사, 1995, 68쪽.

　1970년대는 60년대부터 진행되기 시작한 근대화로 인해 급격한 산업화의 과정에 돌입케 되며 이에 따른 계층간의 모순이 심각하게 전개되기 시작하는 시기다. 따라서 이 시기에는 대다수 국민의 인간다운 삶을 제약하는 요소들이 사회 전반에 걸쳐 문제화되고, 동시에 거기 맞선 민중의 움직임이 치열하게 일어나기 시작한다. 가령 우리의 산업화가 농촌의 막대한 희생을 발판으로 했기에 농민들의 고난과 저항을 형상화 한 문학들이 등장하고, 산업화 과정 안에서 가장 절박하게 그 생존 조건이 문제시될 수밖에 없는 노동자 계층들이 문학에서 다뤄지기 시작한다. 1970년대 문학의 사회현실 및 민중적 현실에 대한 치열한 관심은 민족문학론을 활짝 개화시킨다. 이 논의에서 민족문학은 그 민족의 주체적 생존과 인간적 발전이 요구하는 문학 또는 민족이라는 단위로 묶여져 있는 인간들의 전부 또는 그 대다수의 인간다운 삶을 위한 문학이라고 규정된다. 따라서 이 시기의 민족문학이란 전민중적 참여에 의한, 대내적으로는 민주주의의 발전, 대외적으로는 민족주의의 완성이란 우리 시대의 역사적 과제에 대한 적극적인 대응임을 밝히고 이와 같은 민족문학의 소명을 올바로 실천할 때 우리 문학이 세계문학에 당당하게 참여할 수 있다고 본다. 이는 마치 해방 직후의 민족문학론을 환기시키는 듯하다. 그러나 이 민족문학론이 70년대에서 고유하게 더 진전되는 부분은 그것이 제3세계적 지향을 갖는다는 점이다. 즉 우리의 민족문학운동은 선진국 민족주의의 타락을 극복하려는 제3세계해방운동과 연대되고 여기서 더 나아가 전지구적 규모의 진정한 공동체 건설이라는 염원에 기초한 인간행방운동의 보편적 차원 속에 자리잡게 되는 것이다.24) 70년대 민족문학론은 이렇게 제3세계 리얼리즘론으로 뒷받침되며 시민문학론, 농민문학론, 민중문학론 등으로 다양하게 나타난다.

　1970년대에 심화되었던 사회적 모순은 1980년 광주항쟁으로 극대화된다. 광주항쟁은 민중의 변혁의 열망이 역사의 전면에 나서고 있음을 보여 주는 사건이었다. 그리하여 80년대는 이러한 역사의 전면에 나서게 된 민중운동의

---

24) 최원식, 「민족문학의 논리」, 363～365쪽 참고.

조직화와 과학적 변혁론의 필요성을 느끼게 되고 이의 결과로 노동자 계급을 민중의 지도 계급으로서 인식하기에 이른다. 이러한 새로운 의미의 노동자 계급의 형상화는 이른바 노동문학의 개화를 낳게 한다.

아울러 70년대의 민족문학론은 80년대 변혁이론과 더불어 등장한 혁명적 문학론인 민중적 민족문학론, 민족해방문학론, 노동해방문학론 등에 의해 비판을 받는다. 그러나 이러한 문학론들이 갖고 있는 생경한 정치성 그리고 관념성 및 급진성 등은 70년대 민족문학론의 발전적 계승을 오히려 저해하며 90년대 민족문학론의 위기와 좌절을 불러오는데 일조를 한 점도 없지 않아 있다.

이렇게 놓고 볼 때 역대 정부 주도의 문예정책에 대립해 있던 이른바 재야 문학계의 문학이념이었던 민족문학론의 구성 원리는 다음과 같이 정리할 수 있겠다. 즉 그것은 크게 이념적 원리와 미학적 원리의 두 가지 측면에서 살펴 볼 수 있다.25) 먼저 민족문학의 이념적 원리는 민중연대성이다. 민중연대성이 민족문학의 이념 원리인 이유는 민주주의 발전사가 곧 민족의 중요 구성을 이루는 민중의 성장사와 일치하기 때문이다. 그리고 리얼리즘이 미학적 원리가 되는 이유는 그것이 민중연대성의 온전한 구현을 가능케 해주는 최고의 문학방법이기 때문이다. 즉 민중연대성의 온전한 구현이란 당대 민중의 생활과 그들을 둘러싼 객관현실을 진실되게 반영하는 과정을 통해 자연스럽게 구현되기 때문이다.

그러나 이러한 이념과 미학적 원리를 기초로 한 재야 쪽의 문화예술운동은 90년대 이후, 그 이전에도 심심찮게 문제시 되어 왔던 선전선동으로서의 문화전략적 성격을 수정해야 한다는 요구를 강력히 받고 있다. 그리하여 정치전략에의 종속을 가져온 그 동안의 실용주의적 문화운동에 대한 개선이 요구되기도 한다. 즉 사상성과 효용성의 측면만이 과도하게 강조되다 보니 진보적 문화예술 자체가 왜소해지고 대중으로부터 외면당하여 그 영향력이 줄어든 것을 인정하지 않을 수 없는 것이다. 단순성과 낙관성이 변혁의 기치를 쉽

---

25) 이하 하정일, 「민족문학의 이념과 방법」, 『민족문학의 이념과 방법』, 태학사, 1993, 참고.

게 전달할 수는 있는다치더라도 자본주의 현실의 동학을 이해하고, 현실변혁의 복잡한 과정을 뚫고 나아가는데 있어서 민족문학은 재정비를 해야 하는 국면에 접어든 것이다.

한편 민예총이나 작가회의의 사단법인화 등의 문제는 재야 쪽으로 하여금 변화화는 현실을 솔직히 인정하면서 당국과의 관계에서 좀더 적극적이고 전향적인 자세를 취할 필요를 갖게 했다. 물론 민족문학작가회의 등은 기존에 정부의 지원을 받았던 어용적 단체들과 대등한 입장에 놓여 재정지원을 받게 된다는 현실을 적잖이 부담스러운 것으로 생각하며 주저해 했었다. 그러나 어차피 기존의 문화단체들은 존치해 있고, 또 북한 체제에도 공식적인 문예단체가 있다. 이에 민족문학작가회의가 영구히 변두리에 밀려 있지 않고 제도권으로 결연히 돌입해 여건만 가능하다면 언제나 문학예술의 주체성을 견지한 채 우리 사회 문화계의 한복판으로 진출해 중심이 되고 주류가 되어야 한다.26) 예컨대 현실적으로 1993년 사단법인화가 이뤄진 민예총은 이제는 국립현대미술관, 세종문화회관 같은 제도권 내의 공연장, 전시장을 자신의 활동무대의 하나로 삼기 시작하게 된 것이다.

그리고 재야 문화세력은 지배세력의 문화의 민주화라는 정책 방향, 또는 포스트모더니즘론 등에서 나온 다원주의 문화론들의 주장을 전적으로 외면하지 말아야 할 것이며 오히려 이를 통해 문제의식의 영역을 확장하고 민족문학의 이론을 보강 시킬 수 있어야 할 것이다.27) 즉 재야의 민족문화운동 진영은 국내외적인 정치적 이념적 지형변화에 능동적으로 적응하여 이를 활력있게 주도해나갈 구체적인 목표와 방향을 찾아내야 할 것이다.

(3) 남한의 사회·문화적 현황

일제로부터 해방되어 분단 상태로나마 근대적 독립국가의 모습을 갖추고 역사가 흘러온 지 인제 반 세기 넘어 접어들게 되었다. 불과 50년의 짧은 기간 동안 우리 사회는 폭에서나 속도에서 실로 엄청난 변화를 겪었다. 특히 20

---

26) 구중서, 앞의 논문, 66쪽.
27) 정희섭, 「'대항'에서 '대안'으로」, 『창작과비평』, 1993, 겨울, 참고.

세기를 마무리하는 1990년대는, 인간의 역사에서 전환기가 아닌 시기가 있었을까마는 대내외적으로 각별히 새로운 대전환의 국면에 들어서있다고 얘기할 수 있다.

우선 대외적으로 1990년 전후에 일어난 동구와 소비에트 연방의 와해는 20세기 후반 냉전기 체제경쟁의 한 축을 담당해온 국가사회주의를 붕괴시키며 이른바 현존사회주의의 몰락을 가져왔다. 이러한 현존사회주의의 몰락은 자본주의의 전 지구화라는 세계사적 대전환의 국면을 가져오게 했다. 즉 냉전구도가 무너진 자리에 공간을 넘어 자본과 제도로 무장한 새로운 성격의 무한한 경제전쟁이 진행되고 있다.

그리하여 남한 사회는 자본주의의 전 지구화라는 과정 속에 편입되어 나름대로의 자본주의의 전면화에 나서게 된다. 가령 이전의 김영삼 정권은 이 지구화 현상을 세계화라는 거창한 이름에 포장하여 일종의 국정목표로 제기했을 정도다. 한국사회에서 자본주의 세계시장의 논리는 '경쟁력 강화'나 '세계화'라는 방식으로 관철되고 있다. 그런데 우리 사회에서 경쟁력 강화니 세계화라는 논리가 '경쟁의 대표자' 또는 '경쟁능력을 가진 유일 영역', 따라서 변화를 주도할 수 있는 유일 세력으로 산업경제영역과 기업집단을 강조하는 것으로 귀결되고 있다. 다시 말해 그것은 경쟁에 필요한 경영합리화의 구실 아래 행해지는 비합리적이고 반사회적인 행태들을 면죄시키고 이윤논리의 절대가치가 다른 모든 가치들을 압도할 수 있게끔 이 사회를 이끌고 있는 것이다.[28] 따라서 현재 남한은 이러한 세계화의 논리를 갖고 무한경쟁으로 사회를 이끌어 나가고 있어 사회적 균열과 파편화를 초래하는 형국을 낳는다. 가령 경쟁력 강화를 내세워 임노동자의 생존 조건에 관련된 97년 초, 자본의 노동법 개정 시도 등이 그 단적인 예다.[29]

요컨대 남한의 문화예술을 지배하는 가장 중요한 사회경제적 조건은 냉전의 구도를 대신한 지구화라는 자본의 무한경쟁 그리고 이러한 과정 속에 편입돼 자본가 집단의 이해를 우선적으로 앞세우고 있는 한국 자본주의의 전면

---

28) 도정일, 「문민시대와 민족문학」, 『실천문학』, 1994, 가을, 154쪽.
29) 이해영, 「한국사회 구조변화에 대하여」, 『실천문학』, 1997, 여름, 참고.

화라고 얘기할 수 있다.

그리하여 문화적 측면에서 남한 자본주의의 체제 역량의 강화는 문화산업의 확장을 가져온다. 특히 90년대 문화환경이 처한 현저한 변화 중의 하나가 전자매체 혹은 영상매체 등의 문화매체 및 문화공간의 양적 팽창이라는 점이다. 이러한 변화의 현실은 책이라는 인쇄매체가 더 이상 대중 문화생활에서 '주종'의 위치를 차지하지 않는다는 사실을 의미한다. 따라서 현금 한국인들의 삶에서 문학이 차지하고 있는 위치가 위축되고 있다는 현실을 부인할 수 없는 듯하다. 가령 문학을 수공업적 장인 생산방식에 비유한다면, 대공장 제작 방식에 해당하는 영화, 비디오 등 영상매체 예술은 오늘날 대중사회에서 가장 높은 비중과 가장 큰 영향력을 가지고 있음은 누구나 실감하는 바이다. 이와 더불어 컴퓨터의 출현 등이 극단적으로 책의 양식을 변화시키며(전자출판 및 전자책 등) 더 나아가 작가의 개념까지도 변환시킬 가능성을 드러내고 있다. 즉 영상매체, 컴퓨터 등은 문학의 독자를 탈취하고 문학의 영역을 침범함으로써 기존문학의 설자리를 좁히면서 기존문학의 변화를 강력하게 요구하고 있는 형국인 것이다.

아울러 확장된 독점자본은 지금까지 문학이 견지하고 있던 특수한 지위, 즉 정치를 대신하는 문학, 문화 중의 문화로서의 문학의 지위를 위협하고 있다. 80년대까지도 문학은 정치 속에서는 결코 실현되지 못한 대중의 정치적 사회적 이상을 표출하고 선취하는 중요한 기능을 해 왔으며, 상대적으로 대중이 더 손쉽게 접근하고 향유할 수 있는 문화적 영역의 하나로서 존재해왔다.30) 그러나 이제는 그 어떤 문학도 기본적으로 상품생산 체제 상황으로부터 벗어날 수 없게끔 변화하고 있다는 사실이다. 더욱이 정부 당국에서도 국제화 시대라는 이름에 발맞춰 국가경쟁력, 또는 국제화를 운운하면서 문학에서의 소위 국가경쟁력을 운위하고 있다. 기업이 상품경쟁력을 키우듯 문학도 상품으로서의 경쟁력을 키움으로써 국가정책의 일익을 담당해야 한다는 것이다.31)

---

30) 방민호, 「대중문학의 복권과 민족문학의 갱신」, 『실천문학』, 1995, 가을, 173쪽.
31) 윤지관, 「국가경쟁력과 민족문학」, 『창작과비평』, 1994, 여름, 56쪽.

그러나 문학작품은 자본주의 사회 성립이래 자본의 논리에 봉사하면서도 끈질기게 자본주의 체제의 부정성을 폭로하고 비판하고 극복하려 했다는 점을 상기해야 할 것이다. 참된 문학작품은 상품의 속성을 지니면서도 '물질적 상품'과는 판연하게 구별되는 또 다른 속성을 지니고 있다. 그것은 물질적 상품 일반이 지닌 사용가치나 교환가치의 범주로는 매길 수 없는 정신적 창조와 위대한 예술적 영감의 결과물이다. 즉 예술적 이상의 실현을 위해서는 자본의 논리가 관철되는 모든 분야와 험난한 싸움을 해나가지 않으면 안된다. 그리하여 문학은 인간의 삶과 자본주의 사회에 널려 있는 온갖 모순과 고통의 원인을 찾아내고 파헤쳐서 그것을 극복하고 더 나은 삶과 사회를 지향하는 것이라고 할 수 있다.[32]

(4) 민족문학의 약화 경향

1989년 동구와 소비에트 연방의 와해로 대변되는 현존사회주의의 몰락과 더불어 야기된 1990년대 들어 자본주의의 전 지구화라는 세계사적 대전환은 이전 시기 민족문학이 지향해왔던 의미들을 무화시키는 듯하다. 민족문학이란 근대민족사의 출발과 함께 형성된 문학이념이다. 그런데 자본주의의 전 지구화라는 조건은 국내 문화시장이 '국지적' 논리에 지배되던 시대를 떠나 '지구적' 시장논리에 지배되는 시대로 편입되게끔 하고 있다. 따라서 국제화니 세계화니 하는 탈민족 혹은 초민족을 지향하는 이데올로기의 팽배가 민족이라는 개념, 가치, 현실에 대한 희석효과를 드러내게 하고 있는 것이다. 그리하여 그 동안 재야의 문학적 이념과 원리이며 실제로 남한문학을 주도했던 민족문학의 존립 가능성 그 자체에 대한 위협을 가하고 있다.

더욱이 앞에서 지적한 바 민족문학론은 80년대 변혁이론과 더불어 등장한 혁명적 문학론인 민중적 민족문학론, 민족해방문학론, 노동해방문학론 등에 의해 비판 및 자기 수정을 요구 받는다. 그리하여 이러한 문학론들이 갖고 있는 생경한 정치성 그리고 관념성 및 급진성 등은 민족문학론의 발전적 계승

---

32) 한수영, 「문학과 현실의 변증법」, 새미, 1997, 86쪽.

을 오히려 저해하며 현재의 시점에서 볼 때 민족문학론의 위기와 좌절을 불러오는데 일조를 한 점도 없지 않아 있다. 특히 이러한 과정 속에서 80년대 민족문학의 이념과 사회주의적 사실주의 문학의 친연성이 강조되었기에 현실사회주의 몰락에 따른 사회주의 사실주의 문학의 대대적인 평가절하 과정 속에서 민족문학이 일정한 타격을 받게된 셈이다.

그러나 현실사회주의가 몰락하고 자본의 전 지구화가 실현되는 듯한 지금 이 시기가, 우리의 경우 민족의 문제를 초월해 근대 이후로 나아가는 시점이라고 말할 수 있을까? 오히려 현재는 탈근대이기는 커녕 자본주의적 근대의 절정일 지도 모르며 근대의 문제를 담지하고 있는 민족문학의 관점이 더욱더 요구되는 시점이라고 말할 수도 있을 법하다. 이러한 요구가 학계에서 '근대성'을 다시 문제적 범주로 떠올리게 했다.33)

더불어 우리나라는 근대가 시작되면서 일본 제국주의자의 침략을 받았기 때문에 유럽제국은 물론이고 일본과 같은 후발 자본주의 근대와도 다른 새로운 형태의 근대를 경험했음을 유념해야 한다. 따라서 우리의 경우 근대문학을 얘기할 경우, 민족의 문제에 대한 정확한 통찰없이는 그 정확한 진상을 파악하기 어려워진다. 더욱이 아직도 분단체제에 살고 있는 우리로서는 분단체제의 극복 즉 통일이 이 시대의 주요한 과제이기에 이러한 문제들을 담지하고 있는 민족문학의 이념과 방법이 오히려 더욱 절실히 요망되는 것이라 할 수 있다. 가령 우리 민족의 분단은 독일 등의 경우와 달리 민족적 자결성의 억압으로 점철된 과정이었고 따라서 분단현실이란 기본적으로 민족문제의 핵심으로 떠오를 수밖에 없는 것이다. 즉 우리 분단현실에서 민족문제는 결코 해결된 것이 아니다. 민족적 자결성을 지키려는 노력이 여전히 필요한 것이며 이것이 오늘날 우리가 살고 있는 민족현실이다. 따라서 세계자본주체제가 작동하는 이러한 변화된 탈냉전의 현실 속에서 민족문제를 고찰하는 성숙한 시각을 가져야 할 것이다. 가령 예전에는 민족문제를 계급문제 정도와 관련시켜 이해하면 될 수 있다고 생각하였지만 이 시기에 들어서는 여성문제나

---

33) 민족문학연구소 편, 「민족문학과 근대성」, 문학과지성사, 1995, 참고.

생태계 문제 등 과거에는 별로 중요하지 않게 생각하였던 것들이 현저하게 부각되는 사태를 맞이하였기 때문에 이를 어떻게 받아들이고 또한 그것들 사이의 연관을 어떻게 이해할 것인가의 문제를 두고 고민이 심각해질 수밖에 없었던 것이다. 게다가 이전에 간과했던 삶의 일상성마저 주목해야 하는 상황에서 민족문학론은 여간 벅찬 과제를 안고 있는 것이 아니다.[34]

그럼에도 불구하고 민족문학론이 민족사의 특수한 과제에 대한 문학적 응전의 측면을 지나치게 강조한 나머지 근대성이라는 인류사의 보편적 경험이 제기하는 문제에 적절하게 대응하지 못했다는 지적[35]이 계속 나오고 있으며, 그리하여 '근대문학＝민족문학＝리얼리즘'이라는 도식의 정합성을 재평가할 필요가 있다는 주장이 제기되기도 한다. 또한 민족문학은 도덕, 즉 체험이나 감정의 구조라고 하는 인간의 구체적인 측면에 대한 관심과 배려가 갖춰져야 그것이 지향하는 총체성을 보다 정확하게 볼 수 있다는 지적[36]도 나오고 있다. 그런데 이러한 지적을 포함한 민족문학론의 유효 여부를 떠나서 확실히 지금 이 시기 민족문학론의 가치, 개념에 걸맞는 작품 생산의 활력은 이전에 비해 수그러든 것 만큼은 부인할 수 없는 일인 듯하다. 그리하여 민족문학 진영에서 리얼리즘적 성과로 일컬어지는 작품들이 모더니즘 진영의 작품들과의 경계선으로부터 확연히 획정되지 않는 듯한 양상을 드러내고 있다.

(5) 포스트모더니즘의 유행과 대중문학의 급성장

따라서 90년대 중반 이후 이러한 민족문학을 대신하는 포스트모더니즘이니 다원주의니 하는 외피를 두른 경박한 대중문화가 그 세를 더해 갔다. 원래 포스트모더니즘은 구미에서 이미 60년대 이후부터 진행되어 왔다.[37] 즉 이 시기, 서구 사회는 후기 산업사회로 진입하고 문화에 있어서는 포스트모던

---

34) 김재용, 「분단현실의 변화와 민족문학의 모색」, 『실천문학』, 1997, 여름, 참고.
35) 진정석, 「모더니즘의 재인식」, 「창작과비평」, 1997, 여름, 151쪽.
36) 「다시 민족문학을 논한다」, 『실천문학』, 1994, 겨울, 195쪽.
37) 이하 최유찬 · 오성호, "모더니즘과 포스트모더니즘", 「문학과 사회」, 실천문학사, 1994, 참고.

시대로 진입하게 된다고 본다. 따라서 프레드릭 제임슨은 포스트모더니즘을 후기자본주의의 문화논리로 본다. 즉 그것은 오늘날 미적 생산이 상품생산 속에 전반적으로 통합되어 그 유통구조에 의해 지배당함으로써 생겨난 문화현상이라는 것이다.[38] 가령 모더니즘은 자본주의적 생산양식이 지배적이지만 사회구성체 속에는 아직 봉건적이고 귀족적인 속성이 잔재로 남아 있는 속에서 나타난 문학예술의 양식이다. 따라서 모더니즘에는 봉건적, 귀족적 특성이 나타나는데 이는 자본주의의 시장원리에서 비롯된 상업성에 대응할 만한 원천을 전통적인 귀족문화에서 찾으려 한 때문이다. 그러나 포스트모더니즘은 모더니즘의 형식적 특징을 대부분 이어받고 있음에도 불구하고 그것이 기초하고 있는 사회가 후기자본주의 또는 다국적 자본주의 또는 소비사회라고 일컫는 전 지구적으로 일원화된 자본주의라는 점에서 모더니즘과 그 성격을 달리 하게 된다. 즉 포스트모더니즘은 후기자본주의의 소비사회에 기초한 양식이기에 이는 오직 새로운 기술들과 그것의 소비에만 관심이 쏠린다. 그리하여 예술은 깊이 있는 의미를 추구하는 인간행위가 아니라, 더 많은 자본을 획득하고자 끊임없이 신상품을 고안해내는 일반적 상품생산처럼, 한없는 실험과 새로움의 추구를 계속할 뿐이다. 따라서 포스트모더니즘은 끊임없이 새로운 무엇을 제시할 지라도 모더니즘에서와 같은 파괴적이고 논쟁적이며, 비판적이고 충격적인 효과를 가지지 않는다. 즉 사회의 기본질서에 위협이 될만한 폭발적이거나 부정적인 정치적 내용도 끼워넣지 않게 되는 것이다. 그저 새로운 감각이나 스타일을 보여주는 표피적인 이미지, 새로운 유형의 소비를 조장하는 유행을 작품에 끌어들여 적당하게 진정성을 가미하는 형식이다. 이를테면 약간의 과장과 선정성을 지니는 상품광고처럼 굳이 실재의 진리에 집착할 필요없이 가벼운 터치로써 대상의 인상과 이미지만을 환기하면 족한 것이다. 요컨대 상품이 문화를 포위한 시대가 모더니즘의 산업사회였다면 상품논리가 이미 문화를 침식한 시대, 반상업주의를 내걸었던 모더니즘의 예술까지도 상품화해버린 시대가 포스트모더니즘의 후기산업사회다.[39]

---

38) 손경목, 「포스트모더니즘을 어떻게 볼 것인가」, 『실천문학』, 1990, 겨울, 참고.
39) 도정일, 「포스트모더니즘―무엇이 문제인가」, 『창작과비평』, 1991, 봄, 317쪽.

이러한 포스트모더니즘의 주요한 특징으로 불확정성과 이에 맞물린 단편화를 들 수 있다. 이는 곧 인식론적인 종합 즉 총체성을 거부하는 입장과 통한다. 그리하여 포스트모더니즘의 문학예술적 특징으로 다음과 같은 것이 나타난다. 우선 거대서사에 대한 거부다. 이에 따라 예술에서는 여러 삽화들을 하나의 구조 속에 동질화하는 총체성이 배척되고 이질적인 성격을 유지하면서 독립하는 작은 이야기들이 선호된다. 특히 포스트모더니즘은 총체적 인식을 지향하는 모든 담론은 거대서사의 범주에 든다고 보는데, 담론이 총체성을 지향하게 될 때 그것이 정치적 현실에서는 항상 전체주의의 폐단을 불러일으킬 수 있다고 본다.

그리고 재현의 가능성에 대한 불신이다. 즉 현대사회의 복합성은 그에 대한 특정 주체의 인식을 가능하게 하지도 않을 뿐 아니라 하나의 동질적인 언어에 의한 재현이란 근본적으로 불가능하다고 보는 것이다. 그러나 사회를 '알 수 없는 어떤 것'으로 보자는 인식론적 불가지론은 사회를 파악불능의 모호성 속에 남겨두려는 보수론자들의 가장 특징적인 논리에 영합하고 사회인식을 위한 모든 시도를 무력화한다. 그리하여 포스트모더니즘은, 예술은 자본주의 세계의 불투명성 그 자체가 되어야 한다는 결론을 내리는데 이것은 자본주의 세계의 보수적 미학화이고 미학적 정당화다.[40]

물론 포스트모더니즘이 반드시 전통문학의 요소를 배제하는 것은 아니며, 그를 위해 인식론적 불확실성을 우상화하지 않는다는 주장[41]도 있다. 다시 말해, 포스트모더니즘 기법으로도 현실을 올바로 반영할 수 있으며 결코 그것이 현실의 중요한 문제들을 무기력하게 회피하려는 수단이 아니라는 것이다. 가령 탈중심, 다원론, 해체론을 표방하는 포스트모더니즘의 무이념은, 한마디로 권위주의의 추방과 연관되어 있기도 한 것이다. 그리고 포스트모니즘은 거시정치학이 간과하기 쉬운 새로운 사실들을 알려 주기도 하는데, 이러한 점은 새로운 사회로 나아가는 과정에서 목적론적 함정을 피할 수도 있게 해준다.[42] 한편 서사문학에서 포스트모더니즘이 보여 주는 탈권위의 경향을

---

40) 앞의 논문, 314쪽.
41) 이하 조정래·나병철, 「소설의 미래」, 『소설이란 무엇인가』, 평민사, 1991, 참고.

퇴행적 조짐이 아닌, 권위적 관습에 대한 항의로 긍정적으로 수용해야 한다고도 본다. 그리하여 리얼리즘 미학이 현실의 본질을 정확히 반영해야 하는 거울이라고 볼 때 포스트모더니즘은 이 거울에 올바른 방향성뿐 아니라 그것을 축으로 여러 현상의 다양성까지 비춰줄 수 있는 기능을 할 수도 있는 것으로 보아야 한다는 것이다.

그러나 문제는 이렇게 포스트모더니즘 예술이 해체와 다양성을 원리로 지니면서 문학의 위기에 나름대로 대응한다며 현재 남한문학의 경우 대중문학과 은밀하게 결탁을 하고 있다는 점이다.43)

가령 포스트모더니즘은 모더니즘의 예술지상주의적이고 엘리트주의적인 성격을 비판하고 문학 예술이 좀더 대중적이고 민주적으로 되어야 한다는 주장하에 모더니즘을 거치면서 약화된 예술과 일상적 삶의 연관을 재구축하고자 시도한다. 그러나 모더니즘이 대중의 삶에 무관심한 채 상업적 대중문화가 제기하는 문제에 대해 배타적 태도를 취하는 것이나, 포스트모더니즘이 상품미학의 면모를 보이는 것이나 자본이 제기하는 문제에 대한 정면대응이라기보다 그것을 회피하거나 굴복하는 모습일 따름이다.44) 즉 자본주의 체제의 현실을 거의 자연스러운 것으로 인정하면서 가장 전위적이고 새로운 척하는 논리가 교묘하게 상업주의와 결합하고 있는 것이다.

특히 국내의 포스트모더니즘 문단 일각에서는 대중문학과 결탁하면서 '대중독자의 소비가 있으므로 이것은 좋은 책'이라는 잘못된 논리를 바탕으로 두기도 한다. 즉 국내의 포스트모더니즘은 출판 상업주의와의 철저한 유착을 통해 자신의 근본적 취약성을 극복하면서 재생산구조를 보장받고 있는 것이다. 이야 말로 한국 포스트모더니즘의 특수한 본질이라 할 수 있는데, 이 점은 후기 자본주의적 토대가 마련되지 않는 한, 한국의 포스트모더니즘 문학이 선택할 수밖에 없는 유일한 활로로 간주되기도 한다. 그리고 한국의 포스

---

42) 나병철, 「한국문학의 근대성과 탈근대성」, 문예출판사, 1996, 277쪽.
43) 포스트모더니즘 예술이 문화민주화의 구실 아래 이미 철저히 상업화한 미국문화의 세계 시장 지배와 직결된 것이라는 주장도 있다(도정일, 「좌담 : 90년대 문학계의 신 쟁점을 논한다」, 『실천문학』, 1995, 여름, 137쪽).
44) 장남수, 「문학·대중·자본주의」, 『실천문학』, 1996, 겨울, 228쪽.

트모더니즘은 신보수주의와의 이념적 친화성을 갖고 있다. 즉 변혁의 가능성에 대한 전면적 불신, 이념 일반에 대한 근본적 혐오, 적나라한 욕망들에 대한 노골적 찬양 등이 신보수주의 혹은 극우 민족주의라는 적자생존의 논리를 확산시키는 사회적 분위기를 창출해 내고 있다는 것이다.[45] 즉 포스트모더니즘은 현실변혁적 정신은 사라진 채 상품화 과정에 합병된, 삶과 거짓된 통합을 이룬 예술이라는 평가를 받게 되는 것이다. 예컨대 포스트모더니즘 계열의 문학작품들이 과격한 기법실험을 통해 보여주고 있는 것은 자기탐닉적 놀이와 상품가치의 획득이라는 이중충동의 동시적 만족이라는 극단적 지적까지 나오고 있는 형편인 것이다.[46]

따라서 포스트모더니즘의 유행과 더불어 90년대 들어 가장 눈에 두드러졌던 국내의 문학적 현상 중의 하나가 대중문학의 급성장이다. 일군의 작가와 비평가들은 문학이 90년대의 변화한 상황에서 살아남기 위해서는 하나의 상품으로 적극적인 생존전략을 구사할 필요가 있음을 강조해야 한다는 대중문학론까지 적극적으로 제출하기도 했다.[47] 이들은 이른바 독점자본주의의 논리에 따라 무엇이 더 가치있는 작품인가 하는 문제는 사상한 채 무엇이 더 경쟁력 있는 작품인가 하는 문제에 집중하고 있는 셈이다. 그리하여 일부 문학인들 가운데는 시장상인과 결탁하여 독자들의 저열한 기호에 영합하는 작품을 만들며, 그 가운데 일부는 경영, 판매자의 홍보, 광고 전략에 따라 스타덤에 오르기도 하는 것이다. 독자들이 책을 선택하는 정보가 거의 조작된 광고에 의하여 주어지는 것이다.

물론 이러한 대중문학은 이전부터 존재해왔던 것이지만 90년대 대중문학의 급성장은 여러 가지 측면에서 이전과는 다른 의미를 갖는다. 그 중에서도 무엇보다도 중요한 것이 90년대 대중문학의 급성장은 영상문화의 급성장과 문자문화의 위상 약화라는 문화 지형의 대변화를 문학적으로 반영하는 현상

---

45) 하정일, 「근대성과 민족문학」, 『실천문학』, 1994, 여름, 248쪽.
46) 도정일, 앞의 논문, 318쪽.
47) 이인화와 장정일의 대담 「UR시대의 문화와 논리」, (「상상」, 1994, 봄.) 등이 그 좋은 예다.

이라는 점이다.[48] 가령 90년대의 대중문학은 별다른 거부감 없이 영화의 서사 전략이나 기법을 수용하고 있다. 그러나 이러한 영화적 서사 기법의 차용은 대중의 감각에 잘 들어맞는다는 얄팍한 상업주의적 이유에서 비롯된 것이다. 시각예술, 영상예술은 직접적이며 강렬한 감각으로 대중적 호소력이 강한 것이다. 그리고 이념의 퇴조로 인해 그 이전보다 몇 배 더 보수화된 대중은 첨단 영상매체를 중심으로 하는 문화산업의 영향으로 말미암아 더 새롭고 더 감각적인 것을 욕망하는 존재들로 변화해 가고 있기 때문이다.[49] 앞에서 거론한 포스트모더니즘도 바로 이러한 대중문학과 은밀하게 결탁하고 있다. 가령 성의 사물화, 이념의 극단적 희화화, 영화적 서사 전략의 적극적 차용, 보수주의와의 교묘한 영합, 감상적 허무주의의 표출 등이 한국의 포스트모더니즘이 지향하는 것인 바, 이는 본격문학의 외피를 두른 대중문학의 내용이라 할 수 있는 것이다. 그리하여 대중문학 옹호론은 포스트모더니즘의 이데올로기와 관계를 맺는다. 즉 포스트모더니즘은 대중성을 강조하며 기존 문학 범주의 엘리뜨주의를 비판한다. 이어 고급문학과 대중문화의 구별에 대한 철폐를 요구하고 기존 문학 전통 전체에 대한 부정으로 확산하여 나아가서는 문학이라는 범주 자체에 대한 회의나 부정으로까지 치닫는 것이다.[50]

특정문화가 대중문화인지, 아닌지의 여부를 판단하게 해주는 기준은 우선 그것이 대중의 어떠한 측면에 호소하는 문화이어야 하는 점, 자본주의 생산관계와 어떤 관련을 맺고 있고 그에 대한 태도가 여하하냐 하는 점이 판단기준이 된다. 이는 다시 말해 자본의 야만성과 비합리성을 적발하고 자기 내부에 스며들어온 자본의 논리를 반성하는 것이냐, 자본이 주도하는 현실을 추수하고, 아예 한 걸음 더 나아가 자본과 결합하느냐의 문제인 것이다.[51] 따라서 진정한 문학이란 그 창조적 성취를 통해 자본주의의 물화현상에서 벗어나 진실을 꿰뚫는 통찰과 인식을 가능케 하는 힘을 가져야 한다. 따라서 진정한

---

48) 이하 하정일, 「90년대 문학의 지형과 민족문학의 새로운 가능성」, 『실천문학』,
　　1995, 겨울, 참고.
49) 방민호, 앞의 논문, 173쪽.
50) 윤지관, 「현시기 비평의 기능」, 『창작과비평』, 1995, 봄, 252쪽.
51) 장남수, 앞의 논문, 230쪽.

문학의 상상력에는 이러한 반자본주의적인 꿈이 살아 있게 되는 것이다.52)

　이런 점에서 세계화, 자본화의 논리에 따라 자본에게 공략당하는 예술을 방어하기 위해서라도 민족문학의 관점이 새삼 요구되기는 한다. 왜냐하면 민족문학의 발전은 사회전체의 민주화와 인간화가 진행되는 것과 상호작용하며 이뤄지는 것이기 때문이다. 단지 민족문학 혹은 리얼리즘의 전략 속에 대중문학 및 포스트모더니즘의 논리와 미학을 어떻게 지양 시켜야 하는냐는 것은 계속 모색되어야 할 일일 듯하다.

(6) 페미니즘 및 생태문학

　90년대 문학이 내비치는 유력한 특징의 하나로 페미니즘을 드는 시각이 많다.53) 가령 90년대 벽두에 민족문학의 과제를 논하는 자리에서 한 평론가는 오늘의 지구적 현실에 걸맞는 새로운 리얼리즘과 관련하여 생태계의 위기와 성차별의 현실 등 이제까지 변혁운동에서 경시되었던 문제들에 대한 인식이 필수적임을 강조했다.54)

　문학에 있어 페미니즘의 대두에 대해서는 일단 오래도록 무시되고 방치되어온 인간사의 핵심적인 모순에 비로소 눈을 돌리게 된 결과로서 긍정적으로 평가하는 견해가 있을 수 있다. 예컨대 90년대 들어 기존의 진보적 담론은 변화한 현실에 대응하기 위한 이론적 갱생을 모색하면서 여성문제에 각별한 관심을 기울이게 된 것이다.

　그러나 한편으론 90년대 한국문학과 작가들의 전망의 부재가 페미니즘이라는 '가짜문제'에 매달리게 만들고 있다는 견해도 있다. 즉 여성작가들의 작품이나 페미니즘을 상품화하여 자본주의 시장의 논리 속으로 끌어들이려는 부정적 징후도 만만치 않게 나타나고 있다는 것이다.55) 그리하여 몇몇 출판사들의 상업주의적 동기가 경쟁적으로 페미니즘 소설의 양산을 불러왔다. 가

---

52) 윤지관, 「독자여, 침을 뱉어라」, 『실천문학』, 1995, 가을, 167쪽.
53) 최재봉, 「또 페미니즘」, 『실천문학』, 1996, 겨울, 참고.
54) 백낙청, 「90년대 민족문학의 과제」, 『창작과비평』, 1991, 봄, 104쪽.
55) 김양선, 「근대 극복을 위한 여성문학의 논리」, 『창작과비평』, 1996, 겨울, 136쪽.

령 책 표지와 신문 광고에 등장하는 여성 작가들의 얼굴이 소설 내용에 못지
않게 중요시 되는 시대적 추세, 또는 근자에 30대 여성작가들의 작품이 각종
문학상을 휩쓸거나 대중적 지지를 얻는 현상들이 그 좋은 예들이다.

　그러나 여성문학을 상품화하려는 자본의 논리에도 불구하고 90년대의 민
족문학 등의 본격문학은 여성문학이 획득한 대중성을 적극적으로 활용해야
한다는 주장이 제출되고 있다.56) 가령 섬세한 여성의 눈을 통해 사용되는 재
현의 기법은 작품의 실감을 높일 수가 있다. 또 사적으로 치부되기 쉬운 여성
의 일상이나 체험을 통해 그 속에 복합적으로 은폐되어 있는 자본의 논리 등
을 드러낼 수 있다는 것이다. 사실 여성의 체험이라고 해서 '사회정치적'인 사
건들과 직접 마주치지 말라는 법도 없고, 가정을 벗어난 더 커다란 모험의 가
능성을 가지지 않은 것이 아니다. 오히려 사소한 듯 보이는 여성의 일상에 대
한 천착을 통해 우리 사회의 전모와 현실을 파악하는 리얼리즘의 한 진전을
기대할 수도 있는 것이다. 특히 우리의 현실이 서구에 비해 더 복잡하게 성,
계급, 민족모순이 복잡하게 얽혀 있으며 그 모순을 해결하려는 투쟁 역시 서
구 어느 곳보다도 치열하게 전개되고 있기 때문이다.

　그러나 한편으론 현금의 페미니즘의 관점을 표방한 작품들이 여성은 피해
자고 남성은 가해자라는 극히 대립적이고 피상적인 도덕적 대결 구도의 차원
에서 접근하거나, 남성 지배적인 사회 속에서 여성이 겪는 피해 의식이나 사
회적 불이익의 부당성을 극히 감정적이고 일방적인 방식으로 표출하는 결함
이 지적되기도 한다.57) 그리하여 피상적인 성 대결이나 성 이기주의의 차원
에 떨어지기도 하는 것이다.

　한편 여성성, 혹은 여성적 정체성에 대한 인식을 통해 남성 중심적인 권력
지향의 세계에 대한 대립적 인식을 드러내는 것은 자칫하면 실제의 사회, 정
치적 모순을 희석화 시킬 수 있는 위험도 안고 있다. 요컨대 90년대의 여성문

---

56) 이하 김양선, 앞의 논문과 김영희, 「근대체험과 여성」, 『창작과비평』, 1995, 가을,
　　참고.
57) 박혜경, 「사인화된 세계 속에서 여성의 자기 정체성 찾기」, 『문학의 새로운 이해』,
　　문학과지성사, 1996, 참고.

학은 그 방향 설정에 따라 90년대의 고도화 되는 자본주의 사회구조 안에서 여성성을 소재로 한 또 하나의 좋은 상품거리로 추락될 수도 있고 오히려 그와는 반대로 여성의 문제를 통해 사회의 모순의 실체에 접근하여 리얼리즘 문학의 진전에 일조를 하는 역할을 할 수도 있는 셈인 것이다.

한편 여성문제뿐만 아니라 생태계 문제 등 과거에는 별로 중요하지 않게 생각하였던 것들이 현저하게 부각되면서 90년대의 문학은 이에 대한 관심을 갖게 된다. 여성과 환경은 일맥 유관한 점들이 있다. 즉 환경문제의 발생은 여성문제의 발생과 마찬가지로 지배와 복종이라는 남성중심주의적, 이분법적인 문화에서 연유했다는 점, 환경문제로 인한 생리적, 생태적, 사회적 파탄은 여성에게 더 큰 부담으로 작용한다는 점, 여성이 전통적으로 자연과 가까이 하거나 생명을 관리하는 일을 주로 맡아 왔다는 점58)을 들 수 있다. 따라서 페미니즘 문학과 생태문학의 동시적 출현 과정은 우연은 아닌 듯하다. 우리 문학이 생태 또는 환경 등에 관심을 갖게된 것은 80년대에서부터 시작되지만 그것이 비평적 담론으로 주장되기 시작한 것은 90년대 들어와서의 일이다.59)

특히 90년대의 남한사회가 후기산업사회적 성격을 드러내며 그 주요모순이 인간과 자연의 적대관계, 생태계의 전면적 위기로 부각되기도 하면서, 이러한 생태문학의 등장이 이뤄지게 되는 것이다. 그리하여 이제는 생태계의 전반적인 문제를 주제의식으로 설정하는 문학을 자주 발견하게 된다. 그리하여 이들은 '생태문학', '환경문학', '녹색문학' 등의 용어로 표현되고 있다. 생태계의 문제가 더 이상 남의 문제가 아니라는 것에 대한 어느 정도의 공감대가 형성되면서 한편으론 그 동안 문학이 너무 거대담론에 치우쳐 있었다는 반성속에서 생태문학에 대한 출현이 이뤄지는 셈인 것이다. 특히 환경문제는 단지 기술적으로 처리할 수 있는 문제가 아니라 산업문명과 가치관의 문제이며, 도덕적 감수성과 정책의 문제이며, 새로운 생산방식과 생활양식의 문제

---

58) 이진아, 「여성,환경 그리고 지속가능한 개발」, 『창작과비평』, 1995, 겨울, 참고.
59) 자세한 내용은 이숭원, 「생태학적 상상력과 우리 시의 방향」, 『실천문학』, 1996, 겨울, 참고.

이기도 하다. 따라서 최근 환경에 대한 학문적 접근이 환경공학의 범위를 넘어, 사회과학, 인문과학 그리고 문학에까지 확산하게 되는 이유가 여기에 있는 것이다. 그리하여 생태계의 전면적 위기에 대한 적극적인 대응책의 일부로서, 자연을 회복하고 생명의 전체성을 다시 회복하기 위한 문명의 재편 작업의 일부로서 생태문학이 요구되는 것이다. 근자 우리 주변에 현대문명의 위기의식과 더불어 문학에서의 생명 혹은 생명사상의 강조가 모두 이와 관련된 것이다. 즉 현대문명은 인간만이 전 우주의 주인이라는 오만한 생각의 결과인데 생명사상은 자연에 터전한 삼라만상이 모두 공생적 운명을 지니고 있음을 얘기하여 자본주의 서구문명, 물질문명에 대해 비판을 제기한다. 생명사상은 전자연상태를 살아있는 유기체로 보고 생명으로 보며 그 상호연관의 질서를 존중하여 이 질서에 순응하는 섬세한 대응을 토해 새로운 생명문화의 형성을 강조하고 있는 것이다.

그러나 현금 일부 문학에서 나타나는 생태학적 상상력에서 야기되는 문명비판적 시선이 문명비판이 아니고 문명에 대한 절망적 절규를 하고 있어 대상에 대한 객관적 거리를 유지하지 못하고 있는 약점도 안고 있다. 생태문학이라 하면 그저 모든 자본주의적 문화가 죽음의 문화로 치닫고 있는 현실을 적나라하게 반영하는 것이 전부이고 목표인 것처럼 간주하는 경향이 나타나는 것이다. 그리하여 문명은 파국이고 현대는 더 이상 나아갈 곳이 없는 종착지라는 종말론적 인식으로 가득차 있게 된다.[60] 한편 생명, 생명사상을 강조하는 문학도 인간의 세세한 구체적 삶에 대한 시선은 약화되고 추상적 신비주의로 쉽게 빠져 든다. 따라서 생태문학은 종래의 민족문학이 갖췄던 정치적, 사회학적 상상력을 자신의 상상력에 접합 시켜 문명의 문제점을 정확히 인식하고 이를 넘어설 수 있는 세계를 형상화해낼 수 있어야 할 것이다.

이런 점에서 남한의 생태문학은 핵 및 공해의 문제를 그 하나의 주요한 영역으로 설정할 수도 있을 것이다. 핵문제는 현재까지도 한국이 휘말려 있는 세계사적 냉전의 한 잔재이다. 따라서 강대국의 비핵화는 우리 민족의 생존

---

60) 한수영, 「소통·일상성·생태학적 상상력」, 앞의 책, 80쪽.

에 직결된 문제이기도 하며, 인류의 생존 위기와 직결되어 있는 인류사적 문
제이기도 하다. 따라서 핵문제는 우리 민족의 특수한 사정과 전세계적 평화
를 매개할 수 있는 문학의 주요 관심 대상이라 할 수 있다. 공해 문제 역시
남한 자본주의의 고도성장의 필연적 귀결로 역시 인류의 생존 차원과 관련된
중요한 문제의식을 제공하고 있다. 공해 산업의 존재 면에서 한국이 세계10
위권대의 생산력을 소유하고 있다는 점 등에서 우리 문학이 생태문학에 갖게
되는 관심의 필연성이 도출된다. 일본의 노벨문학상 수상자인 오오에 겐자부
로의 주요 주제가 이런 문제였음을 각별히 주목할 수 있는 것이다.[61]

2) 문화산업과 창작방향

최근 문화는 그것이 지니는 높은 부가가치를 이유로 산업의 중심으로 부상
되기 시작하고 있다. 따라서 한국에서도 90년 문화부(현재 문화관광부)의 출
범 이후 문화에 있어서 국제경쟁력을 제고하기 위해 문화산업에 관련된 다양
한 정책 사업들을 전개해나가고 있는 실정이다. 산업생산물뿐만 아니라 지식
과 정보, 문화와 예술까지 국제적 경쟁시장에 노출되는 국제화 시대라는 변
화에 발맞추어 대중문화산업 역시 고부가가치산업으로 육성되어야 한다는
것이 정부의 방침이다.

현금의 문화산업 현실에 대해서는 근본적으로 비판적 견해를 드러내는 입
장이 있는가 하면, 현실을 인정하며 오히려 문화산업에서 적극적으로 문화발
전의 새로운 대안을 찾아내야 한다는 입장도 있다. 그 어떠한 견해든 문화산
업의 현실은 피하거나 외면할 수 없는 현실이라는 점이다. 이 글에서는 문화
산업에 대한 기존의 전통적인 비판적 견해들을 살펴본 이후 우리의 문화산업
이 처한 당면 현실과 문학창작의 발전적 방향을 살펴보고자 한다.

(1) 문화산업 비판 및 수용 논의

현대의 자본주의의 급속한 발달과 기술혁신은 문화적 표현의 모든 형태들

---

61) 설성경, 앞의 논문, 126쪽.

을 생산하고 전파하는 양식에 있어서 커다란 변화를 가져 오게 했다.[62] 일반
적으로 문화산업이란 문화적 재화와 서비스가 문화적 발전의 배려라기 보다
는 경제적 고려, 즉 산업적 및 상업적 의도에 바탕을 둔 전략에 따라 생산되
고 재생산되며 저장되고 혹은 보급될 때 존재하게 된다. 그리하여 대체로 문
화산업이라면 서적, 신문과 잡지, 레코드,라디오, 텔레비전, 영화, 새로운 비
디오 및 오디오 상품과 서비스, 사진, 예술작품의 재생산, 그리고 광고 등 몇
가지의 매스 미디어가 이 범주에 속하는데, 이들 문화적 품목들은 기계 또는
산업적 과정을 거쳐 대량으로 재생산된다.[63]

　　원래 문화산업의 개념은 네오마르크시스트들의 비관론적 대중사회이론에
기초한 문화비판론에 근거하고 있다. 이들은 현대사회에서 원자화된 대중들
은 중앙 집권화된 커뮤니케이션 매체의 조작기술로 인해 문화적 상부구조를
통한 권력의 통제에 쉽게 지배된다고 주장하였다. 가령 이러한 주장을 대표
적으로 하는 1940년대 프랑크푸르트 학파의 아도르노와 호르크하이머 등은
보편적이고 상업화된 문화적 생산물은 자본가 계급의 효율적인 이데올로기
적 도구로 작용한다고 지적하고 있다. 이들은 문화산업을 통해 전파되는 대
중문화는 이데올로기이며, 이데올로기로서의 대중문화는 자본주의 사회의
유지를 위해 허위욕구의 창출로 조작된 허위 의식이며, 현대자본주의 물신
화(物神化) 현상에 대해 순수한 저항을 철저하게 제거시킨 문화라고 강조한
다.[64]

---

62) 이하 유네스코한국위원회, 「문화산업론」, 나남, 1987 및 한균태, 「문화산업의 개념
　　과 전망」, 『문화예술』, 1990, 10. 참고.

63) 김문환은 문화산업의 산물(문화상품)들을 두 가지 유형으로 구별한다. 첫째 유형은
　　책,레코드,사진,미술작품 복제,신문과 잡지, 공예 등으로 창조적인 예술가 또는 발행
　　인에 더많이 의존하며 내구력이 있는 상품의 범주에 든다. 둘째 유형은 영화,텔레비
　　전, 뉴미디어, 광고와 관광 등이다. 이들은 대체로 생산비용에 비해 획득비용이 저
　　렴한 것으로 창조 내지 발간에 포함된 과정이 집합적이다. 그 수명도 상대적으로
　　짧으며 일반대중은 비교적 고르게 이에 접근한다(「문화진흥 정책을 통한 예술진흥
　　정책을」, 『문화예술』, 1996, 11, 9쪽 참고).

64) 이하 아도르노, 「문화산업론」, 『실천문학 2권』(1981)과 호르크하이머 · 아도르노, 「
　　계몽의 변증법」, 문예출판사, 1995 참고.

가령 현대의 문화는 오늘날 모든 것을 유사하게 만들고 있어, 문화의 각 분
야는 자체로서나 전체 속에서나 모두 일치하여 각자가 자신이 예술이라는 주
장을 더 이상 할 필요가 없게 되어 가고 있음을 지적한다. 문화산업에 흥미를
가지는 자들은 흔히 그것을 공학적으로 설명하는데, 즉 수백만명이 문화산업
에 참여하게 되자 수많은 곳에서 동일한 수요에 대해 표준적인 상품을 제공
하는 일을 불가피하게 만드는 재생산 방식이 어쩔수 없이 적용되어야 한다는
것이다. 또한 소수의 생산단지들과 분산된 수용 사이의 기술상의 대립이 관
리자에 의한 조직과 계획을 불가피하게 초래한다는 것이다. 뿐만 아니라 표
준물들이라는 것도 원래는 소비자들의 요구에서 나온 것이기 때문에 아무런
저항 없이 받아들여지게 된다. 이러한 표준화를 현상적 특징으로 하는 대중
문화의 형성과 보급에 결정적인 역할을 한 것이 기술공학의 발달이다. 그런
데 이 경우 기술이 사회에 대한 지배력을 획득하는 기반을 이루는 것은 경제
적으로 가장 강한 자에 의해서며 이들이 사회에 대해 가지는 힘은 은폐된다
고 본다. 그리하여 독점하에서의 대중문화는 모두 동일하며 각 개인들은 그
들의 적수인 총체적인 자본의 힘에 굴복한다고 본다. 문화의 독점가들은 권
력자들이 원하는 대로 일을 해야 한다. 그리고 정치, 경제, 문화 이러한 모든
것이 서로 인접해있기 때문에 문화산업의 무자비한 통일성은 정치적인 통일
성이 점점 심화되고 있음을 말해 준다.

한편 포괄적인 이념을 가진 작품보다는 기술적인 세부 내용, 분명하게 드
러나는 성과, 효과 등이 우세하게 됨과 아울러 문화산업은 발전하였다. 그리
하여 오늘날 문화소비자들의 상상력과 자발성이 위축되고 있다. 이는 생산품
이 모든 반응을 미리 규정하고 있기 때문이다. 현대는 모든 양식을 기계적인
재생산의 가능성의 도식을 통해 상투적으로 바꿔 놓는다. 따라서 다루기 힘
든 소재에 대해서는 더 이상 실험해볼 필요성도 느끼지 않는 문화산업의 양
식은 동시에 양식의 부정이다. 그리하여 문화산업의 본질은 반복이며, 문화
산업에 있어 특징적인 혁신은 언제나 대량 생산의 혁신에 있다. 수많은 소비
자들의 관심이 어떻든 똑같이 반복되고 있고 반쯤은 이미 드러나 있는 공허
한 내용들 보다는 기술에 쏠리게 되는 것이다. 관객들이 숭배하는 사회적인

세력들은 진부한 이데올로기들 속에서보다는 기술에 의해 짜만들어진 상투적인 유형의 편재 속에서 더욱 효과적으로 자신의 존재를 확인한다.

결국 문화산업은 소비자들에게 모든 욕구들이 충족될 수 있는 것으로서 제시하지만, 다른 한편에서는 이러한 욕구들은 문화산업에 의해 사전결정된 것이다. 즉 소비자들이 그러한 욕구 속에서 스스로를 영원한 소비자 혹은 문화산업의 대상들로서 체험할 수 있도록 만든다. 문화산업은 동일한 일상생활을 낙원이기나 한 듯이 다시 내놓는다. 그러나 문화산업에서 만족의 기반을 이루는 것은 무기력이다. 그것은 사실상 도피다. 저항에 관한 최후의 사상으로부터의 도피인 것이다. 그리하여 문화산업의 오락이 약속하는 해방은 부정으로서의 사유로부터의 해방이다.

한편 예술의 상품적 성격이란 새로운 것은 아니지만 오늘날 그러한 성격이 노골적으로 드러나고 있고, 예술이 자신의 자율성을 배반하고 자랑스럽게 소비재로 되어간다는 점이 새로운 구미를 만들어 내고 있다. 위대한 근대예술의 무목적성은 시장의 익명성 덕분에 생존할 수 있었다. 그러나 예술도 쓸모가 있어야 한다는 요구가 총체적이 되면서 문화상품들의 내적인 경제적인 구조 속에도 변화의 조짐이 보이기 시작한다. 문화상품을 수용하는데 있어서 사용가치라고 칭할 수 있는 것은 교환가치에 의해 대치되며 소비자는 오락산업의 이데올로기로 되며 또한 그들은 이 오락산업의 제반 제도로부터 벗어날 수 없다. 예술의 사용가치, 즉 예술의 존재는 이제 물신(物神)적인 것으로 되며 물신적인 것, 즉 예술작품의 등급이라고 오해되고 있는 사회적인 평가라는 물신이 이제 그 예술의 유일한 사용가치로 되며 사람들이 향유하는 유일한 사용가치나 질이 된다. 예술은 하나의 상품종류이며 제작되고 파악되며 산업적인 생산에 동화되고 사고 팔 수 있으며 대체 가능하다. 오늘날에는 예술작품들이 정치적인 표어들과 마찬가지로 문화산업에 의해 적절하게 포장되어 저렴한 가격으로 저항적인 관객들에게 주입되고 있으며, 그러한 것을 즐기는 일은 민중들에게 언제나 가능한 것으로 되었다. 그런데 예술의 헐값의 대량판매를 통해 교양이라는 특권을 폐기시킨 것이 대중에게 예전에는 접근이 거부되었던 영역을 열어주는 것이 아니라, 적어도 현재의 사회조건 아래서는 교양의 상실과 야만적인 무질서의 증가를 의미하게 된다는 데 문제가 있다. 예술은 대중들에 대해 이제 돈을 통해 매개되지도 않은 채 무한히 접근할 수 있게 됨으로써 완전한 소외를 가져오게 되었으며, 문화산업에 있어서는 비평과 아울러 존경도 사라지게 된다. 파시즘은 문화산업에 의해 훈련된 이러한 선물 받는 자들을 자체의 정규적인 강제 추종세력으로 재조직하기를 바라고 있는 것이다.

아도르노는 이어 자본주의 사회에서의 광고에 주목하며 이는 문화산업을 살리는 영약이며 경제적으로 뿐만 아니라 기술적으로도 광고와 문화산업은 서로 화합하게 됨을 강조한다. 가령 광고언어는 자본주의 사회에서 기능적으로 가장 첨예한 언어 양식이다. 광고언어의 현란하고 감각적인 언어적 기교들은 불확정 소비자들로 하여금 광고의 이미지와 상품 자체를 동일시하는 매몰된 의식을 갖게 함은 물론 광고 이미지 그 자체를 소비하고 싶은 욕망을 부추김으로써 보다 많은 확정 소비자를 창출해내는 조작적 양식인 것이다. 이를테면 광고는 소비자를 억압하지 않는 형식으로 억압한다. 곧 은폐된 억압의 가장 고도화된 형태가 바로 광고이다. 따라서 이러한 광고는 문화산업의 상업적 책략의 전초병 역할을 하게 되는 것이다.[65]

사실 상품경쟁체제인 자본주의에서 모든 것은 상품이 된다. 따라서 자본주의 발달에 따라 문화활동이 산업으로 정착되는 현상은 자본주의 사회의 보편적 법칙이라고도 할 수 있다. 문화가 예술가의 손을 떠나 문화산업의 소유자인 자본가의 손으로 넘어가게 되면, 예술가의 독창적인 경험이 중요시되는 것이 아니라, 예술수용자의 욕구에 부응하는 자본가의 이윤추구 동기가 중요하게 되는 것이다. 즉 문제는 예술이 자본과 기술의 논리에 의해 지배받게 된다는 것이다.[66]

그러나 이러한 아도르노 등의 문화산업에 대한 절망적인 비판론에도 불구하고 이제까지 문화산업이 문화발전에 미친 커다란 영향을 감안하면 문화산업의 미래를 전망할 때 단순히 비판적 분석에만 국한할 수 없다. 문화산업들

---

65) 우찬제, 「그토록 불길한 욕망」, 『문학의 새로운 이해』, 문학과지성사, 1996, 427쪽.
66) 김승현, 「국제사회에 있어서 산업화된 문화상품」, 『문화예술』, 1990, 10, 4쪽.

은 적어도 시장경제사회들에서는 대중에게 문화를 전달하는 주요한 통로가 되기 때문이다. 특히 문화산업의 발전에 따라 일어나는 문화적 변화 현상은 일방적으로 간과해버릴 수 있는 성격의 것이 아니다. 우선 매스미디어의 발달과 대중적 보급에 의해 일반 대중에 의한 문화생활의 대폭적인 증대를 의미하는 문화확장이 일어난다. 그리하여 대중에 의한 전통적 문화기관의 이용은 꾸준히 감소된다. 즉 문화기관의 문화품목이 아닌 문화상품에 의해 문화의 민주화와 탈집중화가 이뤄지게 된다는 점이다. 그리하여 문화정책들이 도처에서 문화기관의 설립을 도모하지만 이는 문화와 돈에 관한 한 이미 가진 자들에게 약간을 더 얹어줄 뿐이고 가진 자들이 이미 향유하고 있는 문화형식들을 더 용이하게 향유할 수 있게 해주는 데 그칠 뿐이다. 한편 산업적 문화생산물의 결과로서 대중의 예술작품에 대한 접촉이 매우 크게 늘어나게 된다. 따라서 문화산업이 갖는 이러한 효과를 마냥 간과시 할 경우 20세기 문화적 현실을 인식하는 데 실패하게 될 뿐 아니라 미래를 올바르게 예측하기 어려워진다.

가령 통신기술의 발전은 인류가 접할 수 있는 문화메시지의 범위를 지금까지 상상할 수 없었던 정도로 넓혀 놓았다. 그리하여 기술 발전과 연계된 문화산업의 발전이 비산업적 생산 기준과 비교하여 생산비용을 현저히 감소시킴으로써 과거 소수의 엘리트들이 향유했던 고급문화를 저렴하게 대량으로 공급할 수 있기 때문이다. 이에 따라 대중들이 중요한 예술작품에 손쉽게 접할 수 있게 되었으며 풍부하고 다양한 문화적 정보와 지식을 습득하게 되었다. 또 문화산업은 인류 역사상 처음으로 전세계의 대중들이 중요한 예술작품에 대한 지식을 거의 즉각적으로, 그리고 지속적으로 공급하게 했으며, 그 결과 세계의 문화적, 사회 경제적, 이념적, 역사적 다양성에 접할 수 있게 되었다. 그리하여 앞으로 문화산업은 뉴미디어의 계속적인 출현과 보급의 대중화, 경제 규모의 국제화, 국가 간 문화교류의 활성화 등으로 더욱 확대될 전망이다. 그래서 각 나라마다 독특한 창조적 예술작품의 전 세계 대중의 도달 범위가 대폭적으로 확장될 것이며 대중들의 효과적 참여에 지금보다 훨씬 더 큰 기여를 하게 될 것이다.[67]

물론 기술공학적 산물들이 오늘날 가지고 있는 막강한 힘은 사람들, 특히 지식인들로 하여금 그에 대해 부정적 반응과 아울러 무력한 의식을 갖게 하기 쉽다. 그리하여 우리는 문화산업의 기술공학적 성과가 인간, 사회에 제공할 수 있는 창조적 가능성을 검토하는 일을 소홀히 하기 쉬운 것이다. 그러나 이러한 기술공학이 낳은 문화산업의 성과들을 갖고 오히려 대중을 어떻게 지양시켜 나가야 할 것인가를 역사, 사회와의 전체적인 관련 안에서 모색해야 할 것이다. 그리하여 문화산업에 의해 조종되는 물건으로서의 대중이 아니라 자기 운명의 주체적인 결정권자로서의 민감하고 비판적인 대중을 출현시킬 수 있어야 한다. 따라서 문화산업이 가져온 문화의 민주화라는 효과를 인간과 사회에 대한 창조적 가능성에 사용할 수 있는 여지를 생각해보아야 하는 것이다. 즉 문화산업에 의해 조작될 인간을 생각하는 것이 아니고 다수의 대중이 그를 조작할 수 있는 가능성도 있는 것이다. 사실 대중조작에 대한 지나칠 정도의 우려는 거꾸로 지식인들 자신이 대중들과 여전히 심리적 거리를 유지하려는 무의식적 움직임의 반영이고, 근본적으로는 대중들을 불신하고 그런 만큼 대중들을 대상화하고 있는 것이라는 견해[68]도 제출되고 있는 것이다. 따라서 역사적 사회적 관련의 전체성 가운데서 새로운 문화현상을 고려하는 비판적 상상력의 증진이 요구된다고 할 수 있다.

⑵ 남한 문화산업의 현실과 발전적 모색

앞에서 지적한 바 한국의 문화산업은 90년에 들어서면서 새로운 변화의 길을 모색하게 된다.[69] 가령 재벌을 중심으로 한 대자본들이 문화산업 전면에 나서기 시작하면서 문화산업의 질적 변화가 발생하기 시작한 것이다. 문화산업으로 이윤을 챙길 수 있다는 자본가들의 욕구가 발동하면서 인제 문화산업은 재벌들의 주요한 사업 영역 안에 놓이게 된다.

---

67) 한균태, 앞의 논문, 3쪽.
68) 김종철, 「대중문화, 고급문화, 사회」, 『예술과 사회』, 민음사, 1979. 118쪽.
69) 이하 김승수, 「21세기,소프트자본주의 시대를 대비하여」, 『문화예술』, 1995, 10, 참고.

  그러나 한국의 자본이 문화산업에 대해 갖는 이러한 관심에 반해 우리의 경우 문화제국주의의 피해자가 될 수 있다는 점을 무시할 수 없다. 그리하여 선진국가로부터, 저개발 국가의 진정한 필요에 부응하지 않는 문화가 일방적으로 유입되어 후진국가가 선진국의 문화 속으로 편입 또는 종속되어 버린다. 실제로 국제적인 문화산업체는 엄청난 자산 규모의 회사이다. 이는 문화상품의 제작 비용에서도 나타나는데, 이러한 대자본이 생산해낸 문화상품의 질은 제3세계의 군소 산업체의 상품 질과는 큰 차이가 나게 되며 이는 대중들의 흥미 유발 및 욕구충족에서도 차이를 드러내게 한다. 그리고 이들 국제적인 문화산업체는 집중화되었으며, 복합기업화되었고 서로간에 카르텔을 형성하고 있다. 그리하여 제3세계 국가의 문화산업체가 이들과 경쟁을 하기에는 역부족이다. 따라서 제3세계 국가들은 늘 선진국가의 문화상품 소비자로 전락하게 된다.[70]

  그러나 이러한 문화산업에 대한 수동적이고 피해적 입장을 넘어서 문화시장에 공공적 개입의 강화를 통한 대안에서 오히려 문화적 민주주의의 활로를 적극적으로 찾고자 하는 주장[71]도 나오고 있다. 가령 현금의 문화에선 초국적 문화산업에 의해 주도되는 단 하나의 지구문화가 형성되어 있는 것이 아니라 문화의 전지구화를 낳고 있는 다양한 과정들이 있을 뿐이라는 점을 인식해야 한다는 것이다. 문화의 전지구화를 가져오는 힘은 무엇보다 의사소통과 정보의 전지구적 네트워크이다. 이 네트워크를 통해 이뤄지는 상호작용은 문화산업에 의해 이용될 수 있지만, 권력에 맞서는 사회운동이나 새로운 시민문화, 지역문화의 창조를 모색하는 주체들에 의해서도 이용될 수 있다는 것이다. 지구적 문화의 형성에 대해 곧바로 문화의 획일화를 연상하는 것은 일면적이다. 물론 문화산업의 상품 논리가 부추기는 탐닉적 욕망의 메카니즘에 대한 비판의 무기는 더 날카롭게 정비할 필요가 있겠지만, 그 비판에서 정보와 의사소통의 전지구화 바로 그 안에서 일어나고 있는 대안적 문화 형성의 다양한 흐름들과 과정을 간과해서는 곤란하다는 것이다. 오히려 그 다양

---

70) 김승현, 앞의 논문, 5쪽.
71) 이하 박형준, 「국제화와 전지구주의의 논리」, 『창작과비평』, 1994, 겨울, 참고.

성을 충분히 인정하고 개화시킴으로써 그를 통해 인류의 정체성과 인류학적인 보편성을 드러내려고 하는 기획을 구축해나간다는 것이다. 즉 전지구 시대는 문화간의 교류와 혼합을 촉진시킴으로써 전지구적 문화의 새로운 단일성뿐 아니라 새로운 다양성의 모태가 될 수도 있다고 보는 것이다.

따라서 문화적 민주주의와 관련하여 첫째, 문화생산의 독점성, 집중성을 민주화할 수 있는 대안을 추구해야 한다. 이를 위해서는 대중과 사회운동단체 혹은 정부의 정책들을 통한 공적 개입이 요구될 수도 있다.72) 둘째 시민들 자신에 의한 성찰적 문화 형성의 과정을 더욱 급진화, 다원화해야 한다. 셋째, 문화적 측면에서도 전지구주의가 필요하다. 즉 타민족 및 문화에 대한 개방성, 민족적 정체성을 지구시민적 정체성으로 확장하려는 노력, 그리하여 민족문화를 지구문화의 일부분으로 적절히 자리매기고 다른 문화와의 자유롭지만 성찰적인 소통과 교류를 통해 지구문화를 지향해나가야 함을 의미한다.

좀더 세부적으로 들어가 문화산업의 발전을 모색하기 위해서는 우선 문화정책 결정을 담당하는 행정 기관과 문화산업과의 관계가 새롭게 검토되어야할 것이다. 앞서 언급했지만 일반적으로 문화산업은 상품들의 표준화와 국제화를 지향하는 성격을 갖고 있다. 그러나 당국의 문화정책은 자생적인 문화적 표현을 위한 영역을 확보하려 하고 사회 및 국가적 집단들의 문화적 다원주의를 유지코자 한다.73) 다시 말해 이는 문화산업의 현실에서 자민족의 문화적 정체성을 어떻게 보호하느냐의 문제다. 따라서 문화 활동의 비산업적 형태를 고려하면서 문화산업체를 창설하고 발전시킴에 있어 공공당국이나 민간기업이 선택할 수 있는 전략의 목표는 우리 민족의 문화적 자유와 참여의 능력을 보호하고, 생산의 민주화와 국내 산업의 발전을 고무하는 것이다. 따라서 정책 입안자들은 문화산업이 일반 공중의 문화에의 접근을 확대해서 경제적으로 취약하지만 문화적으로는 중요한 가치들을 지원할 필요가 있다. 또한 외국과의 경쟁에서 국내 산업들을 보호하고 외국 산물들에 의한 시장 과잉점유를 저지해야 할 필요가 있다.74)

---

72) 이하 강명구, 「국제화와 문화적 민주주의」, 『창작과비평』, 1994, 여름, 86쪽.
73) 김문환, 앞의 논문, 10쪽.

　그리고 당국뿐만 아니라 문화산업의 담당자나 관련자들은 문화산업이 현 대중문화에 미치는 문화적 영향 문제 등을 재고하며 이를 어떻게 긍정적 방향으로 이끌 수 있는 지를 검토해야 할 것이다. 그 검토의 대상 내용으로 다음과 같은 것이 제시되고 있다.[75] 첫째 문화산업은 일반 대중에게 피상적 충동이나 만족시켜주는 것이 아니고 어떻게 대중의 예술 수용력을 키우고, 예술에의 감수성을 키워 주며 새로운 가치를 심어 줄 수 있는가 둘째, 이와 관련되어 어떻게 하면 메시지 생산자들과 일반 대중이 참다운 대화관계를 수립할 수 있는가 셋째, 문화 상품의 선택이 시장 세력이나 정치적 편의주의 여부에 따라 결정되는 상황에서 어떻게 하면 사용자들은 그들에게 안겨지는 문화상품의 선택에 참여할 수 있는 것인가 넷째, 모든 사회 집단이 그들 자체의 발전을 위해 문화 산업체를 이해, 통제할 수 있게 하자면 어떤 조치를 취해야 할 것인가 등의 문제들이 제고되어야 할 것이다.

　이를 위해서 선행되어야 하는 것이 정치적, 이념적 족쇄를 풀고 이념의 자유경쟁체제를 도입하는 것이다.[76] 경직된 국가이데올로기 하에서 나올 수 있는 문화상품이 경쟁력을 갖출 리가 만무하다. 문화산업이 그 사회의 정치, 경제, 사회 구조와 밀접한 관련을 맺는 것은 부인할 수 없는 일이로되, 그 자율성은 보장되어야 한다. 문화산업의 정치적, 이념적 자율성을 인정하지 않을 경우, 냉전문화나 어줍잖은 상업문화, 국수주의적 문화를 양산하는 결과가 나온다. 문화상품의 이념적, 문화적 보편성을 확보할 때 국제시장에서의 구매자 획득도 용이해지는 것이다.

　그리고 문화산업의 공급자들이 독과점 지위를 악용하여 독과점적 이윤을 획득하는 것을 막아야 한다. 이와 아울러 문화산업에 진출하는 대자본에 대한 적당한 견제가 필요하다. 대자본은 목전의 이윤추구에 급급하여 외국의 값싼 문화상품을 마구잡이로 수입하여 문화산업의 기반을 오히려 흔들어 놓는 것이다. 마지막으로 정부 통제에서 벗어나 독립된 민간규제기구로 문화에

---

74) 앞의 논문, 11쪽.
75) 이병혁, 「문화산업의 장기적 육성방안」, 『문화예술』, 1993, 5, 25쪽.
76) 이하, 김승수, 앞의 논문, 14～15쪽 참고.

대한 통제 권한을 이양하는 것이 현명하다. 문화영역을 규정하고 이를 규제하는 기구가 한 곳으로 통합될 때 문화산업은 경쟁력을 가질 수 있을 것이다.

한편 문화 정책 결정자들은 문화 상품의 생산과 시장화 과정의 각 단계에 개입하는 경제적 요인을 측정하고 분석함에 있어, 이 경제적 과정에 있어서의 모든 참여자들의 정확한 역할을 규명하도록 해야 한다. 자본을 통제하는 사람, 기업가, 저작자와 창조적 예술가, 예술감독, 판촉 담당자, 배급자와 판매인 등등이 그 참여자들이다. 이 광대한 생산 과정의 여러 단계에 대한 보다 깊은 분석을 통해서만, 정책의 바탕이 될 강점이라든지, 보완이 필요한 약점 같은 것을 잡아낼 수 있을 것이다.[77] 문화산업이 '문화경제학'을 요구하는 것은 이와 같은 사정에 기인한다. 즉 이제는 경제와 문화가 서로 밀접한 연관 속에서 발전해야 하며 풍부한 문화적 바탕이 생산력을 높일 수 있는 것이다. 가령 단적으로 예술단체 같은 경우 관객분석과 경영전략, 기업의 문화활동 지원방식 등을 고려해야 문화산업의 생산성 향상이 가능해질 것이다.

그러나 이러한 문화산업의 양성책을 떠나 이 시점에서 우리는 다시금 아도르노가 제기한 문화산업 비판론을 환기시킬 필요가 있는 듯싶다. 즉 문화산업의 양성에 대한 절실함은 현금 자본, 정부 당국은 물론이고 예술가 및 일반 국민들도 대체로 동의를 하고 있다. 가령 정부에서는 문화정책의 세계화를 거론하며 종래의 무역전쟁에서 문화전쟁으로 변화되어 가는 시대조류를 선도하기 위해서 미래유망산업인 첨단문화산업의 육성이 시급하며 국제경쟁력을 높이기 위해서는 부가가치가 높은 문화산업의 육성이 절실히 필요함을 강조하고 있다. 그러나 여기에는 물질생산의 증대만을 최우선 과제로 삼는 근대논리가 역시 기본적 전제로 깔려 있다. 즉 대량생산과 대량소비의 자본주의적 확대재생산, 물질 중심의 가속적 발전논리가 그 주조를 이루고 있는 것이다. 그러나 문화산업의 현실을 부인할 수는 없는 것이며, 우리의 문화산업이 자본의 논리에 어쩔 수 없이 묶여 있을 수밖에 없는 한계에도 불구하고 그러한 자본의 논리를 비판할 수 있는 철학을 문화에 내재화시켜 타국과 구

---

77) 김문환, 앞의 논문, 21쪽.

별된 가치를 지향하는 진정한 문화산업의 질적 발전을 기대해야 할 것이다. 이러한 점에서 문화산업주의에 상대적으로 포섭되기 힘든 소규모 문화장르들의 재활성화 방안이 마련되어야 한다. 여기서 바로 문학이 문화산업화의 허구성과 기만성을 폭로할 수 있고 민족적 정체성을 수호할 수 있는 중요한 진지로서의 기능을 발휘할 수 있는 것이다.

(3) 새로운 문화현실 하의 창작방향

90년대 들어서서 영상매체의 폭발적인 증가로 영상문화가 현금 우리의 문화산업을 주도하게 되면서 다른 모든 매체가 점차 영상매체를 중심으로 통합되고 있는 경향을 드러내고 있다. 그리하여 매체기술의 획기적인 발달, 그와 동시에 발생하는 여러 형태의 사회적 변화, 그리고 새롭게 등장하는 변화된 우리의 일상성 등을 '매체혁명'으로 표현하기도 한다.[78]

이러한 매체혁명은 다국적 기업을 통한 경제적, 문화적 침투, 국내 독점자본주의의 강화 등을 가져오며 아울러 운동의 중심과 일반 대중의 일상성에도 영향을 미치게 된다. 가령 영상매체를 중심으로 다국적 기업의 커뮤니케이션에 대한 자본적 간섭이 발생함으로써 지구 촌락화와 영상매체를 통한 실재성의 감지라는 사회변화를 보게 된다. 즉 다국적 기업이 구성한 현실이 전자매체를 통해서 우리에게 독점적으로 전해지게 되는 것이다. 그리고 커뮤니케이션 기술의 변화, 즉 컴퓨터 통신, 위성방송, 케이블 켈레비전, 비디오 등장과 같은 매체형식의 변화는 매체와 인간뿐만 아니라 인간과 인간, 인간과 사회의 관계에 대한 새로운 변화를 야기시킨다. 즉 영상매체는 인간을 수동화 하고 기존 질서에 저항으로 이어질 수 있는 비판적 정신을 소멸시키며 일차원적인 사고에 머물게 한다는 점에서 일단 부정적 대상으로 간주된다. 그리하여 커뮤니케이션의 절정 속에서 인간은 하나의 스크린 혹은 매체의 터미널과 같은 객체의 입장에 서게 되며 주체가 소멸되는 것이다. 주체의 소멸은 사회변혁의 가능성의 여지를 남겨놓지 않는다. 즉 매체혁명으로 인한 커뮤니케이

---

78) 이하 매체혁명과 관련된 우리 문학현실의 변화는 원용진, 「매체혁명과 민족문학의 진로」, 『실천문학』(1994, 여름)가 많은 참고가 된다.

선의 절정 상황은 사회변혁을 꾀하는 모든 이들에 새로운 전략의 구성 혹은 전략의 포기를 강요하게 되는 것이다.

따라서 이는 문학적 의사소통을 통해 사회변혁을 꾀하고자 하는 종래의 민족 문학론자들을 난관에 부닥치게 하는 셈이다. 즉 영상산업 등 문화산업의 팽창은 문학이 맡았던 사회적 기능, 다시 말해 현실에 대한 비판적 성찰의 기능마저 무화시킬 태세를 취하게 된다. 문화적인 것의 팽대는 정치적인 것의 중성화와 짝을 이루고 있고 문학은 그러한 문화의 범람 앞에 위태롭게 흔들리고 있는 것이다.[79] 이러한 이념의 문제 외에도 매체혁명은 문학을 소비하는 이들의 일상성에서 구축된 감정구조의 변화도 야기시킨다. 가령 언어, 상징, 이미지의 부상 등이 그 좋은 예라 할 수 있다.

그리하여 이러한 변화하는 문화 현실에서 포스트모더니즘이니 혹은 해체주의라는 이름으로 등장한 새로운 유형의 문학들은 영상매체의 주도적인 모습에 편승해서 문학의 영상화나 이미지 중심의 문학이라는 새로운 장르를 만들어 갈 필요성을 역설하기도 한다. 예컨대 영화적 영상기호에 대한 매혹이 현금 90년대의 소설쓰기에 현저한 영향을 주기도 한다.[80] 즉 세계를 이미지화하는 것은 영화가 세계를 소유하는 방식인데, 이러한 성격을 가진 영상기호의 조직적 특성들이 언어적 서사양식인 소설에 도입될 경우, 소설적 서사형식에 변모가 일어나게 되는 것이다. 영상적 세팅 같은 상황 설정, 하나의 이미지로서 즉 눈을 즐겁게 해주는 영상기호적 존재로서의 인물 설정, 서사적 전환이라기보다는 카메라 이동과도 같은 무수한 장면 이동 등은 소설이 대상으로 하는 세계를 이미지 욕망에 나포된 시선으로 그려내게끔 한다. 그리하여 이러한 이미지, 장면 중심의 서사적 설정은 서사의 내적 심화에 필요한 관조의 시간을 박탈해버리는 것이다.

그리고 이러한 이미지와 영상을 차용하고 이에 의존하는 현금의 문학은 의미 없음과 분열된 인간상, 또는 불가지론적 주제 및 허무주의적인 전망에 바탕을 둔 새로운 대안을 제시하게 된다. 이러한 대안은 실제로 보면 자본주의

---

79) 「좌담 : 오늘의 우리 문학, 무엇을 이루었나」, 『창작과비평』, 1995, 여름, 59쪽.
80) 이하 도정일의 「90년대 소설의 영화적 관심과 형식문제」, 앞의 책, 참고.

체제의 현실에 대한 인식을 포기하고 오히려 궁극적으로 이를 인정하면서도 극단적이고 전위적인 듯함을 내세워 교묘하게 상업주의와 결합되는 것이다. 즉 이러한 문학들은 상업적으로 흐르면서 동시에 감각적이고 허무적인 경향을 드러내 인간의 위엄과 존엄성은 물론 건강한 역사의식을 저해한다.

한편 매체혁명으로 인한 문화산업의 범람은 문학의 환경에도 어김없이 그 영향력을 미치게 된다. 즉 영상매체가 제공하는 말초적인 오락과 신속한 정보들은 대중을 쉽사리 장악할 수 있으며 따라서 영상매체는 활자매체를 위축시키며 문학의 독자를 영상매체의 시청자로 신속히 전이시키게 되는 것이다. 한편 문학 자체가 스스로 거대한 산업이 되기 위해서 자발적으로 거기에 휘말려 들어가고 있으니 앞에서 지적한 대중문학의 범람들은 그 좋은 예다. 이러한 정황에 편승하여 '문학의 위기'라는 논의들이 자주 지상에 오르내리고 있다. 그리하여 현금에 이르기까지 남한의 문학을 실질적으로 주도해왔던 민족문학론에 대한 비판이 제기되는 것이며 문학의 새로운 구도를 모색하는 상태에 이르게 된다.

물론 문화산업에 편승하여 일종의 경박한 대중문화의 성격을 갖는 이러한 부류의 문학은 많은 문제점을 가지고 있다. 그러나 아도르노나 마르크스주의자들 같이 자본주의 사회 안에 새롭게 형성되어 가고 있는 문화산업의 현실을 애써 애면하거나 이를 단순히 부정적으로만 볼 수는 없을 것이다. 그리고 문학이라는 것은 끝내는 자본주의 사회 속에서 이윤의 논리에 저항하는 마지막 거점이다. 따라서 민족문학론 등은 엄연히 존립하고 있는 매체혁명 등에서 야기되는 문학적 조건들과 현실적 상황의 변화에 나름대로의 관심을 촉구해야 할 것이다. 즉 매체혁명을 통해서 얻을 수 있는 지혜, 예컨대 대중들의 일상성을 꾸려 주는 감정구조의 변화에 대한 발빠른 대응을 하여 민족문학의 창작 원리인 이른바 리얼리즘 미학에 다양성을 첨가해야 하는 것이다. 가령 경박한 대중문학을 차치하고서라도 본격문학에서 나타나는 언어와 문체의 감성적 특성 및 서사 원리의 해체 등 실험적 특성들은 민족문학의 관점에서 무조건 타매해야 할 것은 아닌 듯하다. 즉 얼핏 보면 감각의 진실을 좇는 듯하고 관념의 유희를 지향하고 있는 듯하지만 그 동안 경직된 민족문학 혹은 리얼리즘이 좇지 못했던 부분을 통해, 인간 개인의 삶과 운명을 세밀하게 형상화 해내 나름대로의 인간 삶의 진실 포착하고 있는 것이다.

한편 문학은 새로운 문화환경에 대응하여 문학비평의 경우에 있어서도 텍스트의 개념을 확대하고 비평적 개입, 해석, 평가의 대상을 넓혀야 한다. 즉 오늘날 문학비평은 불가피하게 '문화비평'의 성질과 기능을 떠안게 된다. 지금까지 문학은 문자예술이기 때문에 문학이었고 이 형태의 문학은 지속되겠지만, 그러나 새로운 매체에 의한 문학—영상문학과 영화문학은 이미 대두하고 있고 따라서 이 새로운 형식의 텍스트들은 당연히 문학비평의 대상으로 확장하는 작업이 모색 중인 것이다.

한편 여기서 전자, 통신 기술의 혁신으로 창출된 새로운 정보 전달 매체인 뉴미디어는, 아직 다소 낯설기는 하지만 문학의 획기적인 새로운 방향이 암시된다. 가령 현재 PC 통신문학 하나만 보더라도 약 2천년을 이어온 종이와 잉크 문학을 뒤집어 놓고 있는, 가히 혁명이 일어나고 있는 중이다.[81] 컴퓨터 통신의 특성으로 쌍방향성, 익명성, 즉시성, 광범위한 전파성, 적극성(능동성)을 꼽을 수 있다.[82] 즉 기존 매체들이 갖고 있던 시간적, 공간적 제한성과 특히 매스미디어의 가장 큰 한계였던 일방향성, 획일성까지도 탈피할 수 있는 가능성을 보여 주는 것이다.[83] 이렇게 정보와 문화적 산물들이 쉽게 복제, 유포, 교환될 수 있고 시·공간이 압축되는 현상은 역시 문화의 상업화 현상을 촉진시킨다.

그런데 이러한 결과로 발생할 수 있는 문학적 혁명의 한 예로 사이버(cyber) 문학이 운위된다. 가령 통신망 속에서 글을 쓰고, 읽고, 생각하고 유통되어가는 지금의 통신문학 상황이 계속되고 컴퓨터 기술이 더욱 발전한다면 이 사이버 문학은 우리의 문학을 또 다른 차원으로 변화시킬 것이다.[84] 현대의 사이버 문학은 다음과 같은 형태의 문학들을 낳게 한다. 첫째, 이미 국내의 통

---

81) 이하 김광만, 「문학의 새로운 방향을 제시하는 도구」, 『문화예술』, 1995, 9, 11쪽.
82) 조기원, 「휴머니티를 위한 컴퓨터의 도구화는 문학인의 몫」, 『문화예술』, 1996, 10, 16쪽.
83) 공용배, 「멀티미디어 시대의 문화산업과 문화정책」, 『문화정책논총 6집』, 230쪽.
84) 이하 김광만, 앞의 논문 참고.

신망에서 시도되었던 '공동(집단)창작작업'이다. 함께 쓰고, 읽고, 생각하고 평론하는 방식으로 이른바 집단창작이 컴퓨터라는 기계 위에서 자유롭게 시도된다. 결과적으로 통신망은 문학 활동에 대한 재래적 합의를 근본적으로 넘어서 문학 공간에의 참여에 대한 완전한 자유를 보장해주게 되는 것이다. 최근 문학에서 컴퓨터와 통신망이 제공하는 방대한 자료 구축 및 검색 시스템을 동원한 작품들을 복제하거나 혼성시키는 '패스티쉬' 등의 기법은 이와 관련된 것이기도 한다. 물론 그것이 문학의 질적 향상을 보장하는가의 문제는 또 다른 차원의 것이다. 둘째, 독자들이 작가의 창작과정에 직접 참여하는 하이퍼 픽션(hyper-fiction)이다. 즉 독자의 선택에 따라 글의 진행과 내용이 바뀌어갈 수 있는 상황에 이른다. 셋째는 가상공간, 사이버 스페이스에서 글 속의 인물이 되어 창작에 참여하는 것을 의미한다. 즉 영화 쪽에서 시도하고 있는 가상체험과 소설의 가상체험이 비슷해지게 되는 것이다. 이와 관련하여 문자와 동영상(動映像)과 음향이 한데로 겹치는 하이퍼미디어의 문학, 또는 다양한 글쓰기들을 유기적 계층 구조로 연결한 하이퍼텍스트의 문학이 출현할 수도 있다.[85] 이러한 것들은 종전의 문학의 개념을 통째로 바꾸고 있으며 전통적 문학관이 파괴되고 있는 양상을 드러낸다.

　　그러나 이러한 변화에도 불구하고 글을 쓰고 향수하고 감상하는 주체는 결국 인간이라는 점은 불변의 진리다. 인간의 창조성은 결국 뉴미디어가 제공하는 정보의 상호교환성, 쌍방향성을 최대한으로 활용하는 주체로서의 기능을 가져야 한다. 가령 뉴미디어의 문학이란 새로운 형태의 창작의지와 감상 의욕이 새롭게 발전된 한 모습이며 여기에 현대적 첨단의 전자, 통신, 응용기술들이 힘을 보태주어 그 표현법을 일깨워 준 것에 다름 아닌 것이다. 즉 컴퓨터가 종이책으로서의 문학을 공략하여 점령할 수는 있어도 문학의 본원적 모습을 빼앗지는 못한다는 걸 뜻한다. 결국 유통환경 및 문화환경의 변화가 문학 작품의 본질을 변화 시키지는 못하다는 것이다. 따라서 뉴미디어 등 컴퓨터를 마냥 매도하는 것은 온당한 일이 아니다. 문학의 죽음, 위기를 유발하

---

85) 정과리, 「컴퓨터와 문학」, 『문학의 새로운 이해』, 문학과지성사, 1996, 328쪽.

는 것은 현재, 과거를 막론하고 문학을 쉽게 쓰고 가볍게 읽는 것으로 여기는
이들이 있기 때문이다.[86] 따라서 앞으로 그 세를 더해갈 듯한 컴퓨터 문학
혹은 뉴미디어 문학은 문학에서 오랜 동안의 질문이 되어 왔던 자신의 정체
성에 대한 반성적 고찰, 혹은 새로운 문명과 문학의 관계에 대한 반성적 정립
등에 관련된 질문을 지속적으로 진행 시키는 한 궁극적으로 기존 문학의 보
편적 전통 안에 놓여 있게 되는 것이다. 즉 뉴미디어가 인간을 지배하는 상황
을 문명론적 차원에서 올바로 자각하며, 무엇보다도 인간이 능동적 주체가
되어야 한다는 책임을 가질 필요가 있다. 한편 문학의 원래 기능이 그러하듯
이 뉴미디어 문학에 대한 지속적인 비판을 필요로 하는데, 이를 위해서는 뉴
미디어문학 형성, 전개 과정의 토대가 되는 사회,정치,경제 요인들에 대한 끊
임없는 성찰이 역시 필요하다.

3) 아동문학 창작과 번역문학의 방향

(1) 아동문학의 문제점 및 창작방향

그 동안 우리의 아동문학의 문제점으로 늘상 지적되어 온 것들로 다음과
같은 점들을 거론할 수 있겠다.

우선 무엇보다도 우리나라 문학계가 아동문학을 지나치게 경시하고 있다
는 점이다. 즉 아동문학은 아마추어 문학이거나 한급 낮은 비문학적 문학쯤
으로 간주되어 문학 연구나 비평에서나 문학행사나 문학적 업적의 정리에서
거의 제외되어 왔다. 그리하여 상당수의 문예지들 특히 본격문학을 다루는
문예지 가운데서도 아동문학 평론은 커녕 동화나 동시 한 편을 게재하는 문
예지가 별로 없다는 점이다. 이는 당국의 문예정책에서도 마찬가지의 일로,
단적인 예를 들어 보건대 문예진흥원이 한국문학의 세계화를 위해 추진하고
있는 한국문학번역사업에 아동문학의 번역 스케줄이 하나도 없다는 점에서
도 확인할 수 있다.

---

86) 김태현, 「문학의 위기란 무엇인가」, 『실천문학』, 1993, 여름, 227쪽.

다음 아동문학 자체의 문제로 우리의 아동문학 상당수가 아이들의 건강한 미적 정서와 구체적인 삶의 정서에 기반했다기 보다는 어른들의 감각적인 재능 및 상상력에 의해 만들어졌다는 점이다. 즉 어린이들이 처한 엄연한 현실을 그리며 삶의 본질에 다가서기보다는 어린이들의 현실을 미화하거나 단순화 시키고 있어 재미 이상의 감동을 부여하지 못한다는 점이다. 그리고 동화의 주인은 어디까지나 어린이가 되어야만 함에도 불구하고 어른의 입장에서 어른의 생각만으로 씌어진 성인취향의 동화가 많다는 점이다. 아동문학은 아동들이 가지고 있는 아동적인 정서를 문학이라는 고유한 장치를 통해 작가의 의도대로 전달하는 것이다. 단지 성인문학과 다른 점이 있다면 아동문학은 어디까지나 작가 위주의 문학이 아니라 철저하게 독자 위주의 문학이라는 점일 것이다.[87) 따라서 아동문학은 철저하게 아동들에게 접근할 수 있어야 하는 것이다.

한편 국내에서 발간되는 동화 출판물 중에서 국내 창작동화 등의 아동문학은 초라하고 빈약하기 짝이 없다는 점이다. 그러나 창작동화의 빈곤은 단순히 양적인 문제에만 국한된 것이 아니다. 이는 근본적으로 훌륭한 창작동화들을 소개하여 독자들을 유인할 수 있도록 하는 아동도서의 정보가 빈약한 데서 온다. 이러한 정보의 부족은 근본적으로 아동문학의 특성상 비평의 부재에서 기인하는 것으로 본다.[88) 즉 어린이를 일차 독자로 상정하여 성립한 아동문학에서는 해설을 넘어선 비평이 설 자리가 매우 비좁은 것이고, 따라서 아동문학계에는 엉터리 작품들이 활개치며, 어린이들에게 끼치는 해악의 정도는 일반문학보다 한층 심각하다는 것이다.

우리의 경우 어린이 문예전문지로는 『아동문학평론』, 『아동문학연구』, 『월간 아동문학』 등 성인을 위한 잡지 및 『월간아동문예』, 『월간소년』, 『어린이 문예』, 『소년문학』, 『동쪽나라』, 『새벗』, 『문학과 어린이』 등이 있다.[89) 이 중 『아동문학평론』은 아동문학평론 전문지를 표방하며 이재철을 중심으로 한

---

87) 위기철, 「올바른 가치관을 심어주는 아동문학」, 『창작과비평』, 57호, 1985, 285쪽.
88) 원종찬, 「아동문학과 비평정신」, 『창작과비평』, 1995, 겨울, 306쪽 참고.
89) 교육문예창작회 초등분과, 「1995년 아동문학을 돌아본다」, 『문학』, 1996, 봄, 197쪽.

한국아동문학연구소에서 발행하는 계간지인데, 아동문학평론 전문지로서는 드물게 20여 년 동안 76호까지 발행한 잡지다. 그러나 이 잡지는 관습과 기득권의 논리에 젖어 관변이론이나 '동심천사주의'에 입각한 논리만을 따르는 작품을 중심으로 논하고 있어[90] 사실상 전통있는 비평지 치고는 그 기능을 제대로 발휘못하고 있는 셈이다.

더욱이 최근 아동문학계의 가장 큰 문제점은 일반문학과 마찬가지로 문화의 상품화라는 현실 변화가 아동문학에도 관철되고 있다는 점이다. 최근 30년 동안 한국아동문학의 흐름을 보면 60년대가 시작되면서 동시문학의 시대가 전개된다. 즉 한 10년간은 동시문학만이 아동문학인 듯싶게 동시가 주도가 되어 동화문학의 명맥을 유지한다. 그러던 중 동화문학이 본격적으로 활기를 얻고 문학적인 관심의 대상이 되기 시작한 것은 70년대 후반, 1976년 이후 『아동문학평론』 등의 아동문학전문지들이 발간되면서부터다. 이어 80년대 들어서면서부터 동시는 연작 형태로, 동화문학은 중편의 형태로 활발히 발표되기 시작하면서 동시와 동화문학은 대형화하기 시작한다.[91] 어떻게 보면 이러한 현상은 아동문학에 대한 대중적 요구가 증대된 결과에서 비롯된 것이기도 하지만 이 시기 즈음하여 아동문학 역시 하나의 상품으로 취급되면서 아동문학 시장이 형성되기 시작한 데서 그 이유를 찾아 보아야 할 것이다. 아동물에 대한 요구가 커진다는 것은 곧 물질적인 풍요가 증대되면서 문화적 소비가 늘어남을 의미하기 때문이다. 그러나 현금에 이르러서는 아동물들이 자본주의 유통구조의 맛에 길들어져 디자인 및 일러스트레이션은 세련되었지만 내용은 이전과 크게 다르지 않다는 점이 지적되고 있다. 오히려 자본주의의 천박한 유통구조에 휘말려 무가치한 아동문학물들이 독자의 주목을 받고 있는 폐해도 낳고 있으며 반면 어느 정도 역사의식을 갖춘 책이라도 영세한 출판사에서 발간된다는 이유로 유통구조의 전면에 나서지를 못하는 경우도 있는 것이다. 바로 상품화의 폐해를 제어하지 못한 상태에서 문화적 소비

---

90) 앞의 논문, 206쪽.
91) 최지훈, 「여성시대 열린 '94년 아동문학계」, 『문예연감』, 한국문화예술진흥원, 1995, 71쪽.

의 증대는 결국 저질 문화가 판을 치게 하는 현상을 빚을 수밖에 없게 되는 것이다. 특히 아동물 시장의 경우 다른 부문에 비해 전문적 평론이 미치지 못하는 이유로 저질문화에 대항하는 힘이 상대적으로 약해 상품화의 폐해가 커지고 자본의 일방적인 이윤 논리만 작동하는 결과를 빚게 되는 것이다. 또한 독자층 자체가 어린이이므로 스스로 분별할 수 없다는 점에서도 이러한 폐해가 더욱 가중된다.92)

그러나 80년대 이후 한편으로는 일반 문학에서 민족적, 민중적 이념의 문제들이 급격히 부상하면서 아동문학의 창작과 연구에도 이러한 민족문학과 리얼리즘의 관점이 도입되기 시작하며 나름대로 아동문학에 대한 치열한 문제의식을 개진해나게 된다. 그리하여 아동문학에서도 나름대로의 역사성, 건강한 민중성 등을 획득해낸 작품들이 출현하게 된다.

그 동안 우리나라의 아동문학단체 중에서 가장 대표적인 것으로 <색동회>가 있어 왔다. 방정환 정신을 모태로 한 이 단체는 예나 지금이나 아동문단과 일반에게 막강한 영향력을 행사하고 있다. 또 하나의 단체로 <한국아동문학인협회>가 있다. 이는 앞서 언급한 이재철이 설립한 <한국아동문학연구소>를 중심으로 활동하는 아동문인들이 모인 단체다. 이들은 『아동문학평론』을 발행하면서 동시,동화, 평론 등 다방면에 걸쳐 활발하게 활동하고 있다. 그런데 이들 단체들은 동호인 중심의 성격을 강하게 갖고 있고 보수적인 아동문학관을 견지하고 있다. 그리하여 이러한 문학관에 반발하여 기존 문인들을 중심으로 이뤄진 <어린이문학협의회>, 책읽기 모임으로 시작하여 발전한 <어린이도서연구회> 그리고 진보적 성격이 아주 강한 <교육문예창작회 초등분과> 등이 출현하여 80년대 이후 이들을 중심으로 우리 동화문학의 리얼리즘적 전통을 계발해나가게 된 것이다. 동화문학의 리얼리즘적 특성의 한 예로 작품에서 도시와 농촌의 아이들을 그릴 때 반드시 구체적인 삶의 모습을, 그리고 일하면서 살아가는 사람들의 생활의 모습을 그리고자 노력한다는 점이다. 이러한 점들은 풍경완상의, 또는 어른스런 흉내에 지나지 않는 자연관

---

92) 「좌담 : 상품화된 사회,문학매체의 역할」, 『문학』, 1996, 봄, 참고.

조의 동화문학과 거리를 두고 있는 것이다. 따라서 리얼리즘 동화문학의 진지한 문제의식은 아동문학 역시 상품화되어 가는 현실에 대항할 수 있는 중요한 진지로서의 기능을 하고 있다.

따라서 한국 아동문학의 발전을 위해서는 현실에 대해 나름대로의 치열한 문제의식을 제기한 아동문학의 리얼리즘적 전통을 수용, 발전시켜나갈 수 있어야 할 것이다. 이러한 작업을 위해서는 방정환 이후 한국의 아동문학사의 전통을 정리해서 아동문학의 전통과 문화적 유산을 새로이 조명해야 할 필요가 있다. 그리고 기존의 보수적 문학관에 반발해 출범한 아동문학단체들을 중심으로 비평적 활동을 강화하여 무분별한 아동문학인 양산을 억제하고, 좋은 작품을 나오게 함으로써 독자의 저변을 확대해야 한다.

그리고 원론적인 이야기이만 아동문학을 하는 사람들 자체의 진정한 작가의식이 요구된다. 좋은 아동문학은 일반문학과 마찬가지로 인간에 대한 총체적이고 깊은 이해에서 산출될 수 있는 것이기 때문이다. 그러나 요즈음 수요가 증대되고 상품화가 빠른 속도로 진전되면서 아동문학 작가들이, 아이들 자체를 상품의 구매자로만 보는 시류에 휩쓸리는 경향을 드러낸다. 예컨대 공포물 류의 아동문학이 유행하는 경우에서 실제 아이들의 공포물에 대한 욕구가 있을지라도 이를 건강하게 풀어 나가지 못하고 상업주의의 일방적인 이윤추구 욕구에 따라 풀어 나가는 폐단을 보여 주는 것이다.[93]

한편 아동문학지가 동인지 수준으로만 떨어지지 않고 대중적으로 읽힐 수 있도록 아동문학 종합지의 창간과 더불어 세계적인 아동문학인들과의 교류가 중요시 된다.[94] 이러한 교류을 위해서는 문예진흥원이 한국문학의 세계화를 위해 추진하고 있는 한국문학 번역 사업에 아동문학의 번역 스케줄이 전혀 없는데, 번역 사업에 아동문학도 포함되어야 할 것이다. 이에 부쳐 우리 아동문학의 발전을 위해서는 서양 아동문학의 번역도 온전하게 이뤄져야 할 것이다. 우리는 그 동안 서양의 아동문학을 체계적으로 선별해 완역해낸 경험이 없어 매년 전집과 단행본으로 나오는 세계명작의 레퍼토리는 그 얼굴이

---

93) 앞의 논문, 29쪽.
94) 고계영, 「세계화를 위한 한국 아동문학」, 『월간 아동문학』, 1994, 11. 참고.

그 얼굴인 것이었다. 또 원전을 밝히지 않은 디즈니식의 각색이 저자 없이 어린 독자들을 상대로 화려하게 나오고 있으나 그것들이 번역인지 개작인지 알길이 없는 형편인 것이다. 따라서 무엇보다도 동화 출판을 하고 있는 이들은 우리의 고전뿐만 아니라 세계의 명작을 우리의 안목으로 체계적으로 선별해 번역하여 어린이 독자를 더 넓은 인식의 세계로 이끌수 있어야 할 것이다.[95]

(2) 번역문학의 현황 및 발전 방향

번역문학에는 외국어로 씌어진 문학 작품을 국어로 번역하는 경우, 거꾸로 국어로 씌어진 문학을 외국어로 번역하는 경우가 있을 것이다. 이 글에서는 전자의 경우, 즉 외국문학이 우리나라에 번역, 소개, 수용되는 양상과 그것이 우리 문화현실에 미치는 영향 및 바람직한 외국문학 수용의 길을 생각해보는 데 초점을 맞춰 논의를 전개하고자 한다.

우리의 경우 국어로 씌어진 문학을 외국어로 번역하는 일은, 당국이나 민간 쪽에서 나름대로의 적극적인 노력이 있어 왔다. 특히 이러한 노력이 본격화 되기 시작한 것은 1990년 '문화발전 10개년 계획'이라는 종합계획을 발표하면서부터다. 즉 문화정책으로써 세계화가 처음 거론되면서, 한국문화의 세계화의 구체적 방안으로 중요한 사항 중의 하나가 두말 할 나위 없이 우리 문학의 번역 작업이기 때문에 국내 문학작품의 번역과 해외 출판을 지원하기 위한 당국의 정책적 노력이 비교적 적극적으로 이뤄진다.[96] 가령 한국문학진흥재단, 국제교류진흥회, 문예진흥원, 문화체육부 등에 의한 이 지원사업은 1979년부터 시작되어 지금까지 계속되고 있고, 민간부문에서는 1993년 출범한 대산(大山)재단이 문학상, 번역상, 번역 지원 등에 상당한 자원을 투입하여 의욕적인 사업에 나서고 있다. 따라서 문학의 대외 진출을 위한 공사 양면의 노력, 특히 국고 예산과 진흥기금 등 공공 지원에 의한 정책적 지원이 우리처럼 활발한 나라도 없을 것이다.

---

95) 이호백, 「그림 동화의 천의 얼굴」, 『창작과비평』, 1994, 겨울. 참고.
96) 이하 도정일, 「한국문학의 국제적위상」, 『시인은 숲으로 가지못한다』, 민음사, 1994 참고.

이에 비해 외국문학을 우리가 번역의 과정을 통해 수용하는 경우에 있어서는 공식적인 당국의 문화정책은 없는 것으로 알고 있다. 물론 '한국번역가협회'니 그 단체가 주관하는 '번역능력인정시험'이라는 것이 있고 번역학원 등이 있지만, 그것들이 정부 정책의 범위 안에 있는 것은 아니다. 그럼에도 불구하고 번역문학은 국가정책과 관련없이 우리 문화의 **빼놓을** 수 없는 일부가 되어 있고 그것이 우리 한국문학에 미치는 영향력을 과소평가할 수 없는 형편이다. 원론적인 측면에서만 보더라도 번역문학은 자국의 전통문학에 변화와 혁신을 주는 동인이 됨으로써 문학사에 큰 역할을 하게 된다. 즉 번역문학은 단지 이식이나 영향의 측면에서 뿐 아니라 창작문학의 기틀로서의 역할을 수행할 수도 있는 것이다.97) 따라서 번역문학은 그 나라 문학의 편협성을 극복할 수 있는 통로로서 그것은 다른 문학에서 가치 있는 것을 가지고 본국문학을 살찌게 함으로써, 그리고 그의 본국문학의 진화에 형성적 역할을 했던 외국문학을 그 나라 문학에 살아있게 유지함으로써 이 두 경향을 중화시킨다. 그러므로 번역이란 어떤 문학의 전통과의 연결일 뿐 아니라 변화와 개신에 대한 잠재성이다.98) 물론 잘못 선택된 작품들의 번역은 번역국의 독자나 문학에 해독을 끼칠 수 있고 만족스럽지 못한 번역은 반면에 원작자의 문학사적 위치에 타격을 줄 수도 있다. 따라서 우리 한국문학의 발전과 강화를 위해서는 효율적 외국문학 수용 또한 피할 수 없는 문제라고 할 수 있다.

우리의 경우 외국문학이라고 할 경우 그것은 서구문학과 등식을 이루고 있을 정도로 번역문학에 있어서 서구문학이 절대적 비중을 차지하고 있다. 그리고 그러한 서구문학으로 구성된 외국문학을 접할수 있는 대중적 계기는 이른바 '세계문학전집' 등을 통해 이뤄진다.99) 그런데 그러한 전집류의 가장 주

---

97) 이혜순, 「문학 번역론」, 『문학사상』, 1981, 1, 301쪽.

98) 앞의 논문, 302쪽.

99) 비록 단명이긴 했지만 우리나라에서 최초로 세계문학전집이니 세계명작장편소설전집이니 하는 것들이 기획되기 시작한 것은 식민지 말기인 1940년대 부터다. 한편 해방 이후 동아출판사에서 1958년 전 18권의 세계문학전집 기획 출판, 을유문화사에서 1959년 세계문학전집(전 60권, 나중에 100권으로 증가)의 기획출판, 정음사에서 1958년 세계문학전집 출판 등이 이뤄지기 시작한다(김병철, 「한국근대번역문학사연구』, 을유문화사, 1975, 823 · 934쪽).

요한 문제점의 하나로 지적되곤 하는 것이 일본의 문학전집류에서 취사선정한 목록이 늘상 커다란 변화없이 편중적으로 선정되어 있다는 점이다.[100] 사정이 이러하다 보니 모든 전집에 포함되어 있는 작품이 동일한 종류의 것으로 제한되어 있고 또 선정에 있어서도 작가들의 시대적 안배나 작가의 성향을 대표하는 작품들이 균형있게 이뤄지지 않고 있다. 요컨대 각 출판사가 전집류를 기획할 때 작품 선정이라는 근본적 문제를 검토하지 않고 일본의 전집류를 참고한 기존의 전집물을 반복하고 있는 것이다. 이러한 점에선 출판사의 각성이 요구된다고 할 수 있겠다.

그러나 우리의 세계문학전집이 일본의 전집을 준용하고 있는 것은 말할 것도 없이 우리 문화의 역사적 특수성과 관련이 있는 문제다. 즉 우리의 경우 개화기 시대부터 일본이 서구문학의 주요 유입경로였고 이는 식민지 시기를 거치면서 더욱 심화된다. 따라서 우리의 서구문학 번역이란 실제적으로 일역을 통한 중역의 과정을 거쳐 이뤄져 온 셈이다. 특히 영어권을 제외한 가령 러시아어권, 독일어권의 문학은 거의 일본을 매개로 한 중역을 통해서 우리에게 수용돼왔다고 얘기할 수 있다.[101] 즉 서양말을 제대로 익히지 못하고 일본어로의 번역과 소개를 통해 서양문학을 알고자 했으므로 서양문학에 대한 주체적 시각을 가질 수 없었다. 더욱이 일본의 경우 아시아를 벗어나 서양화하고자는 노력이 유별났기에 서양문학을 찬양하고 미화하기에 급급했던 그들의 입장을 우리가 추수하게 되었다. 그러나 식민지 문화의 청산과 더불어 최근 외국어문학과 및 이를 전공하는 인력의 증대는 서구어권 문학을 본격적으로 직역하는 수준으로 끌어 올리고 있고 따라서 서구문학이 일본이라는 제한된 유입 경로를 벗어나 우리의 시각을 통해 직접적으로 소화될 수 있는 여건을 조성케끔 하고 있다. 이러한 상황은 출판사들로 하여금 다양하고 심화된 외국문학의 번역, 출판을 고무케 하는 것이라 할 수 있다. 최근 도스토예프스키, 푸슈킨, 헤르만 헤세 등의 전 작품을 해당 문학 전공자들을 통해 기

---

100) 이하 「좌담 : 서양 명작소설, 지금 우리에게 무엇인가」」, 『창작과비평』, 1994, 가을, 26쪽 참고.
101) 자세한 내용은 김병철, 앞의 책, 참고.

획 번역을 시도한 것이 좋은 예이다.

따라서 이제는 일본을 매개로 하지 않음은 물론 우리의 시각에서 외국문학의 줏대 있는 수용이 절실하게 요구된다. 이러한 주체적 수용은 외국문학의 전공자들이 해당 분야에서 거둔 학문적 성과를 대중화하는 작업 가운데서 이뤄질 수 있다. 그것은 외국문학에 대한 탄탄한 이해에 공헌함으로써 결국 우리 문학을 풍요롭게 깊이있게 하는 데도 기여할 것이다.

따라서 이제 우리의 전문적인 연구자들은 우선 제대로 된 번역과 충실한 해설에 힘을 써야할 것이다. 제대로 된 번역이란 당연히 번역 능력이 뛰어난 사람에게서 가능한 것이다. 가령 뛰어난 번역자는 언어 능력 외에 일반적으로 작품해석 능력 및 문학적 능력이라 불리는 특별한 능력을 갖고 있어야 한다. 비교문학자들은 번역을 비평의 위치와 거의 동일시까지 하고 있기도 하다.102) 그러나 우리의 경우 번역은 외국문학 전공자들의 여기로 혹은 외국문학 전공 학생들의 학비벌이 정도로 경시되고 있는 실정이다. 사정이 이러하다 보니 온전한 번역 혹은 성과있는 번역이 이뤄질 리가 없는 것이다. 물론 번역 주체의 문제에 앞서 훌륭한 번역 주체가 나올 수 있게 하는 객관적 조건의 배려도 선결적으로 이뤄져야 한다. 가령 번역 전문가의 제도적 육성이 필요하다. 서구에서처럼 고등학교 교육만 마치면 대충 모국어를 제외한 2개 국어 정도는 구사할 수 있게 해주듯이, 우리의 경우 외국어 전문고등학교의 인력을 활용하여 장기적으로 전문 번역인을 양성하는 방안을 고려할 수 있다.103) 그리고 외국어문학을 전공하는 교수들의 연구업적 가운데, 번역작업이 매우 중요한 업적 중의 하나로 평가되는 풍토가 조성되어야 하며, 번역의 이론과 방법을 체계적으로 교육하는 강좌가 대학이나 특수 연구 기관에 설치되어야 한다.104) 그리하여 대학이나 대학원의 외국문학과나 비교문학과에서 개인의 희망에 따라 졸업논문을 번역으로 대치시키게 하는 것도 그 하나의 방법으로 고려해 볼 수 있다. 미국의 번역가 헌장은 번역가를 문학작품의 창

---

102) 이혜순, 앞의 논문, 300쪽.
103) 김정란, 「한국문학 해외소개의 현주소」, 『문화예술』, 1991, 10, 24쪽.
104) 이가림, 「한국문학의 세계화를 위하여」, 『문화예술』, 1993, 4, 20쪽.

조자이자 그들 작품의 저자권의 소유자로 인정한다. 그리고 미국 PEN 번역위원회의 경우, "직업적인 번역가는 작가의 계약과 유사한 정규적인 계약을 받아야 한다."는 것을 포함한 11개 조항을 내걸고 있다.[105] 즉 온전한 번역주체의 성장을 위해서는 번역문화의 체계적이고 근본적인 저변확대를 위한 작업이 선행되어야 할 것이다. 그리고 출판사 등이 조급한 기획과 투자로 번역가를 구속하는 것은 지양해야 할 일이다. 특히 이제는 지적 소유권 문제와 관련하여 외국문학의 경우도 임의로 번역 출판을 하는 것이 불가능해졌기에 좀더 신중한 기획과 투자가 요구되는 것이다.

한편 훌륭한 번역뿐만 아니라 전문연구가들의 외국 작품들에 대한 충실한 해설이 수반되어야 한다. 일반 독자들이 외국문학에 접하게 될 때 대개 역자의 해설에 의존하게 된다. 그러나 기존의 번역서 특히 전집류의 번역서는 대개 작품의 역사적인 의미나 당대적인 맥락을 탈색하는 방향으로 이뤄져 있다. 그리하여 대개 역자 해설의 패턴은 작가의 생애를 전기적으로 나열 소개하고, 작품 설명에 있어서는 작가가 실제로 살았던 역사적인 조건과는 전혀 상관없이 극히 추상적이고 일반적인 개념들을 나열하여 작품의 구체성을 제거하고 오히려 화석화 시켜 버리는 예가 많은 것이다.

그런데 사실 제대로 된 번역과 해설은 그 작품이 우리 독자들에게 어떤 의미를 가질 수 있는가에 대한 기본적인 문제의식에서 이뤄질 수 있다. 가령 외국문학의 어떤 한 작품을 수용할 경우, 그 작품을 배태한 역사적 조건, 현재 외국사람들 사이에서 그 작품이 읽히는 맥락, 그 다음에 그 작품과 우리와의 연관, 이러한 것들이 가능한한 복합적으로 고려되어야 하는 것이다.[106] 우선 외국문학의 수용의 경우 그 작품을 배태한 역사적 조건이 신중히 고려되어야 그 번역도 내실을 갖추게 된다. 가령 발자끄나 디킨즈 등의 경우 서구에서 자본주의의의 성숙과 더불어 야기된 자본주의적 모순의 증대라는 역사적 맥락을, 혹은 톨스토이의 작품들에서 러시아 혁명 전야의 시대적 맥락들이 고려되어야 그들 작품 세부 내용의 번역들 역시 좀더 작품 의도에 정합되게끔 이

---

105) 이혜순, 앞의 논문, 305쪽.
106) 「좌담 : 서양 명작소설, 지금 우리에게 무엇인가」, 26쪽 참고.

뤄질 수 있으며 우리 독자의 현실적 요구에도 응하게 되는 것이다. 실제 디킨즈의 경우 앞의 관점이 고려되지 않을 경우 그의 문학이 갖고 있는 온정주의의 멜러적인 요소만이 수용될 수도 있는 것이다. 로렌스의 작품을, 인간의 내면을 황폐화하고 인간들 간의 진정한 유대를 어렵게 만드는 현대 산업자본주의의 역사적 맥락 속에 놓지 않고 볼 때, 그것을 문명과 대립된 성애의 찬양물로 일반화 시키는 오류를 빚을 수 있는 것도 그러한 예다.

한편 외국문학이 우리 사회에 어떤 관계를 갖는 것인지, 혹은 우리 문화에 어떠한 기여를 할 것인지는 외국문학의 올바른 수용의 주요한 관건이라고 할 수 있다. 가령 우리의 경우 외국문학을 접하게 되는 것은 앞서 얘기했듯이 '세계문학전집'과 같은 책들을 통해서다. 이러한 전집의 기획에는 문학의 보편성, 즉 시공을 초월해 모든 인간이 보편적으로 공감할 수 있는 문학을 소개한다는 의도가 들어 있다.107) 그러나 그러한 전집의 문학에서의 보편성이란 우리의 구체적 사회, 역사 현실에 매개되지 않은 추상적 보편성이기가 십상이다. 즉 외국 특히 서구의 경험에 의해 추출된 보편성에 기초하여 선택된 세계의 문학들이 기계적으로 우리에게 주입되는 경우도 많은 것이다. 한편 서양문학의 번창은 서양세력의 강대화 그 제국주의적 패권의 한 기능일 수 있다. 따라서 서양문학을 수입하는 입장에서 제국주의와 식민지의 관계 속에서 서양문학이 유입된 데서 오는 여러 가지 왜곡을 주의 깊게 살펴보아야 하는 것이다.

요컨대 외국문학의 번역은 말할 필요도 없이 언어적 소양이나 기술만의 문제가 아니다. 문학적 감각은 물론이요 번역 대상물의 성격, 장르, 주제, 목적에 따라 전문적 지식이나 광범위한 문화적 지식이 요구될 뿐만 아니라 번역의 도덕적, 정치적 위치와 문화적 역할에 대한 자각이 절대적으로 필요한 작업이기도 한 것이다.108)

그럼에도 불구하고 현재 우리 사회를 지배하고 있는 지구화라는 자본의 무한경쟁 및 자본주의의 심화는 그 어떤 문학도 기본적으로 상품 생산 체제 상

---

107) 김우창, 「서양문학의 유혹」, 『김우창전집 4』, 민음사, 1993, 263쪽 참고.
108) 이종숙, 「번역, 번역바람, 번역지침서의 세계」, 『창작과비평』, 1997, 봄, 230쪽 참고.

황으로부터 벗어날 수 없게끔 하고 있으며 이러한 현상은 번역문학의 장에서도 관철되고 있다. 더욱이 번역문학의 경우 지적 소유권 문제로 이제는 외국문학을 임의로 번역 출판을 하는 것이 불가능해졌기에 이러한 바뀐 여건에 잘 적응할 수 있는 대자본 출판이 번역물을 장악하며 상업성을 최대로 고려하고 있는 듯하다. 가령 한때 시중에서 잘 팔렸던 미국 번역소설들의 성향을 살펴보면 다음과 같은 점이 발견된다고 한다.[109] 첫째, 기발한 착상을 중심으로 독자의 흥미를 끌만한 요소들을 배열하는 구성방식을 취하면서 인물의 논리성, 줄거리 전개에는 부차적 의미를 둔다. 둘째, 표방된 주제와 실제 내용 사이의 간극 셋째, 영상매체적 성격의 강화, 넷째, 작품의 현실연관성의 희석화 등이다. 이러한 경향은 외국문학 수입에 있어서도 상품으로서의 문학적 가치가 독자대중들을 장악하고 있음을 말해주고 있는 것이다. 그리하여 근자 풍문과 상업주의에 의한 서양문학의 무분별한 수입이 온갖 작품을 난립시켜 독자들을 방황케 하거나 통속적인 문학의 유혹에 쉽게 넘어가게 한다. 따라서 한국문학을 강화 시키기 위한 외국문학의 선택 및 도입 원칙은 자본주의의 시장성에 따르는 것이 아닌 문학적, 도덕적, 정치적 가치판단에 근거해야 할 것이다. 이것이 밀려 들어오는 세계의 문화를 우리가 주체성을 갖고 수용하는 자세로서 평가받을 수 있을 것이다.

한편 번역 대상의 다변화 및 질적 충실성 확보가 필요하다. 한국의 번역은 그 대상이 주로 유럽에 치중되어 있으며, 앞에서 지적했듯이 과거에는 실질적으로 일본어역을 통한 중역이 많은 것이 특징이다. 그리고 막상 일본 저작물의 경우는 한국의 번역 문화에서 양과 질면에서 가장 낙후되어 있는 분야이며, 기초적인 연구서적 조차도 번역이 되어 있지 않은 분야이기도 하다. 특히 우리의 일본문화에 대한 거부감이 정작 고급문화는 들어오지 못하고 저질문화만이 판을 치는 우스운 현상을 만들어내고 있다. 이런 현상의 이면에는 단기적이고 과거지향적인 문화분위기와 관련되어 있는 것으로 보인다. 장기적인 측면에서는 외국문학의 기초 연구업적에 관한 적극적이고 체계적인 번

---

109) 이하 설준규, 「잘 팔리는 번역소설의 상업성과 '문학성'」, 『창작과비평』, 1992, 가
    을, 273쪽 참고.

역이 필요하다. 이것은 외국문학 및 연구서에 관한 기초적 정보의 축적이라
는 측면에서 매우 중요한 작업이 될 것이다.110) 그외에 아시아, 아프리카, 라
틴아메리카 등 제3세계문학의 수용 혹은 88년 북방정책 이후 첵코 등의 동구
문학의 수용은 그것들이 서구 고전에 비교해 그것 자체가 갖고 있는 신선함
때문에 근자에 적극적으로 이뤄지고 있는데 신선함의 수준을 넘어 실제적으
로도 서구의 고전에 못지 않은 이들 나라의 훌륭한 작품을 선택할 수 있는
우리의 주체적 안목이 필요하다.

그러나 번역문학의 올바른 방향 설정을 위해서는 이 모든 투자 순위에서
간과치 말아야 하는 것이 우수한 번역물의 물적 토대로서 우수한 번역자 및
독자가 생산되어 나오게 하는 외국문학 교육 여건의 확보다. 그러나 우리의
경우 중등학교, 이제는 초등학교부터 외국어(영어) 교육이 실시되고 있지만
그것은 글자 그대로 외국어 숙달의 교육일 뿐, 외국문학의 수용과는 거의 관
련이 없다. 중등학교 국어 교육에서 외국문학의 자료가 극소수나마 간혹 발
견되기도 하는데 그것들 역시 대체로 가벼운 읽을거리 이상을 넘어서지 못한
다. 그렇다면 우리 문화의 빼놓을 수 없는 일부를 이루고 있는 외국문학에 대
한 제도권 내에서의 체계적 교육은 어디에서부터 가능한 것인가?

최소한의 방식으로 우리는 외국 혹은 서구 고전 작품들의 선정과 이의 적
절한 해석 등의 체계적인 독서 프로그램을 마련하여 중등학교 교육에서 활용
활 수 있어야 할 것이다. 더불어 작품 번역뿐만 아니라 외국문학 전반에 관한
이해를 도울 수 있는 대중적 이론서들의 발간 혹은 수다한 번역물들에 대한
적절한 문학사적 위치 등을 정리하는 작업도 함께 이루어져야 한다. 외국문
학에 관한 전체적인 이해가 부족할 수밖에 없는 일반 독자들에게 지침서 역
할을 할 수 있는 책들이 필요하기 때문이다.

그런데 의미있는 외국작품들의 선정은 앞서 언급한 바, 외국문학 연구자들
의 문제의식을 다시금 요구한다. 그 문제의식이란 다름아닌 외국문학 수용
및 연구에 있어서 그것이 우리 시대의 요청에 부합하는 즉 당대적 필요에 부

---

110) 설성경, 앞의 논문, 131쪽.

응하는가에 대한 의식의 치열성이다.111) 특히 외국문학 연구자는 학문적 연구라기 보다는 비평 또는 비판적 연구, 즉 주관적인 평가가 포함되는 연구나 분석을 필요로 하게 된다. 이는 연구자의 연구에 가치가 개입된다는 것을 의미하는데, 다시 말하자면 연구자가 당대의 현실에 관여된다는 의미이기도 하다. 우리의 현실적 요구를 토대로 하고 있는 외국문학의 수용이 결국 우리 문학의 발전과 중요한 관계를 갖게 되기 때문이다.

현금 뉴미디어 등 문화산업의 발달로 외국문화와 자국문화의 완전한 동화가 기도되고 있는 현실에서 번역을 통한 외국문학의 선택과 수용 과정은 외국문화의 수용을 통해 자국문화의 정체성을 보호할 수 있는 중요한 진지로 기능하게 될 것이다.

2. 북한 문학 예술의 현황과 창작 방향

북한 문학은 사회주의 문학이다. 사회주의 문학은 일반적으로 당과 국가의 정책적 지도와 정치적 지도 아래 이루어져 온 것이 역사적 사실이지만 그 가운데서도 북한의 경우는 가장 철저하게 체제에 의해 관리되고 있는 문학이라고 해도 과언이 아니다. 따라서 북한의 문학은 그 체제가 내세우고 있는 문예정책과 상관지어 살필 때 그 양상과 의의를 가장 잘 이해할 수 있다. 이것은 북한 문학이 전개되어 온 역사적 과정을 해명하는 데서나 현재의 문학 현상을 설명하는 데서나 똑같이 유효한 이해의 방식이 될 수 있다. 즉 북한의 문학과 문예정책은 북한 사회가 거쳐온 역사의 산물로 파악하는 관점에 의해서 가장 잘 이해될 수도 있지만 문학창작물을 문예정책이 반영된 결과로 파악하는 관점에 의해서도 충분히 설명될 수 있다. 따라서 북한 문학의 현황과 그 창작의 방향성을 살피기 위해서는 북한 문학이 형성되어온 각 시기마다 어떤 문예정책이 수립되었으며 그것이 창작에 어떻게 작용했는가 하는 데 대한 역사적 고찰이 필수적이다. 더욱이 북한의 현 문예정책은 과거의 문예정책을

---

111) 이하 김우창, 「외국문학 수용의 철학」, 앞의 책, 참고.

계승하고 발전시킨다는 원칙 아래서 수립되고 있다. 북한의 대표적 문학잡지
인『조선문학』이 김일성과 김정일의 문학예술에 대한 저작과 담론을 중심으
로 과거의 중요한 문예정책들을 재조명하면서 그 현재적 의의를 강조하고 있
는 양상112)은 북한 문학의 현재 상황을 파악하기 위해서 과거의 문예정책에
대한 참조가 필요한 이유를 잘 설명해준다. 그러나 현재의 문학 상황을 개괄
적으로 파악하려는 입장에서 그와 같은 역사적 고찰의 방식을 취할 수는 없
다. 따라서 여기서는 북한의 문예정책을 논리적 순서에 따라 개관하고, 그 정
책에 입각해 구성된 문예이론의 특징과 작품들의 특징 사이에 맺어진 관계를
살펴 본 다음, 아동문학과 번역문학의 실태를 개괄한다.

112) 북한에서 재조명되고 있는 문예정책에 관련된 김일성, 김정일의 담화, 저작은 다음
과 같다.
김일성, 「문화인들은 문화전선의 투사로 되여야 한다」(1946. 5. 24), 『조선문학』,
1981. 5.
______, 「우리의 예술은 전쟁승리를 앞당기는데 이바지하여야 한다」(1950. 12. 24),
『조선문학』, 1995. 12.
______, 「우리 문학예술의 몇가지 문제에 대하여」(1951. 6. 30), 『조선문학』, 1981.
6, 1986. 6.
______, 「천리마시대에 맞는 문학예술을 창조하자」(1960. 11. 27), 『조선문학』, 1980.
11, 1985. 11, 1990. 11, 1995. 11
______, 「혁명적 문학예술을 창작하는 데 대하여」(1964. 11. 7), 『조선문학』, 1974.
11~12, 1979. 11, 1994. 11~12.
______, 「민족문화유산계승에서 나서는 몇가지 문제에 대하여」(1970. 2. 17), 『조선
문학』, 1980. 2.
김정일, 『영화예술론』(1973. 4), 『조선문학』, 1983. 4.
______, 「현실발전의 요구에 맞게 작가들의 정치적 식견과 창작기량을 결정적으로
높이자」(1980. 1), 『조선문학』, 1981. 1, 1990. 1.
______, 「주체적 문학예술을 더욱 발전시키기 위하여」(1981. 3), 『조선문학』, 1991.
3.
______, 「문학예술을 대중화할 데 대한 당의 방침관철에서 문학통신원들의 역할을
높이자」(1982. 11), 『조선문학』, 1987. 11.
______, 「현대문학의 시대적 사명」(1986. 4), 『조선문학』, 1992. 4.
______, 「주체사상교양에서 제기되는 몇가지 문제에 대하여」(1986. 9), 『조선문학』,
1987. 9.
______, 『주체문학론』(1992. 1), 『조선문학』, 1993. 1.
______, 「다부작 예술영화『민족과 운명』의 창작 성과에 토대하여 문학예술 건설에
서 새로운 전환을 일으키자」(1992. 5. 23), 『조선문학』, 1995. 3.

1) 문예정책과 창작 방향

북한의 문예정책은 역사적 시기마다 다른 모습으로 나타난다. 해방 직후에는 당성 원칙과 인민성 원칙이라는 사회주의 문학의 일반원칙에 기반하면서도 '민주주의 민족문화건설'을 표방하며, 전쟁 후에는 마르크스 레닌주의 세계관으로 무장한 '혁명적 문학예술'을, 60년대 후반 이후에는 주체사상에 입각한 '주체문예'를 건설해야 한다고 주장했다. 이같은 양상은 북한의 문예정책이 사회주의 문학의 일반적 명제에 기초하면서도 각 시기의 역사적 조건이 지니는 특수성을 고려하여 정책의 내용과 형식에 변화를 주었기 때문에 나타난 현상이다. 현재의 문예정책도 북한 사회의 역사가 생성한 결과물임과 동시에 나름대로 논리성을 지닌 이론체계에 기반하고 있음에 틀림없다. 따라서 문예정책과 창작의 방향을 알아보는 이 장에서는 두 항목의 관련성에 주목하면서 북한의 문예정책이 입각해 있는 기본 입장과 그에 따라 설정된 창작의 기본 방향, 그리고 문예정책의 실제 구성 양태를 고찰하는 방식을 취한다.

(1) 혁명적 문예관

북한의 문예정책은 문학의 사회주의 혁명과 건설, 그리고 인민에 복무해야 한다는 기능주의적 문학관에 의해 기본적으로 규정된다. 문학의 목적과 사회적 기능을 앞세우는 이 문학관이 레닌의 「당조직과 당문학」에서 본면목을 드러냈음은 잘 알려져 있다. "문학은 프롤레타리아트의 공동대의의 일부분이 되어야 하며, 전 노동계급의 정치의식화된 전 전위에 의해 가동되는 단일하고 거대한 사회민주주의적 기계장치의 '톱니바퀴와 나사'가 되어야만 한다"[113]는 레닌의 문학관은 문학이 혁명과 인민을 위해 복무해야 한다는 기본

---

113) 레닌, 이길주 역, 「당조직과 당문학」, 『레닌의 문학예술론』, 논장, 1988.
　　　이 논문은 '당문학'에 대한 논의라는 성격보다도 당의 출판물에 대한 규정의 성격이 기본적이라는 견해가 있다. 의미상 약간의 차이가 있지만 여기서는 번역을 따른다.

적인 인식에서 나아가 당과 국가가 문학의 창작을 계획적으로 지도하여야 할 필요성을 강조하는 데로 이어진다. 레닌은 문학에 관한 한 담화에서 "우리는 공산주의자들입니다. 우리는 아무렇게나 제멋대로 발전하라고 수수방관할 수는 없습니다. 우리는 이 과정을 완전히 계획적으로 지도하여야 하며 결과를 맺게 하여야 합니다."114)고 사회주의 문학에서 당의 지도가 불가피함을 역설하고 있다. 이와 같이 문학에 대한 당의 지도를 필연적으로 여기는 양상은 레닌에게만 국한되지 않는다. 문학예술에 대한 공식적 발언으로서는 최초라 할 수 있는 해방 직후 발표한 '20개조 정강'에서 김일성은 '민족 문화, 과학 및 예술을 전적으로 발전'시키는 데 국가가 관여해야 한다는 관점을 나타냈을 뿐 아니라 「문화인들은 문화전선의 투사로 되어야 한다」는 이듬해의 연설에서는 문화인들이 대중속으로 들어갈 것, 선전전을 펼칠 것, 민주주의의 진리를 체득하여 사상 통일을 이룰 것을 구체적으로 지시하였다.115) 이 연설은 문화인들이 문화전선의 투사가 되어 민족문화를 발전시키고 인민을 교양해야 할 과제와 그 실천 방안을 제시했다는 점에서 사회주의의 혁명적 문학관을 드러냈을 뿐만 아니라 당과 국가의 지도를 실제적으로 실행한 것으로 볼 수 있다.

문학의 자율성을 부정하고 혁명과 인민에 복무해야 한다는 기능주의의 관점에서 문학을 파악하는 사회주의 체제의 혁명적 문예관은 그 사회에서 노동계급의 전위당이 행하는 '당의 지도'를 문학활동의 필수적인 요소로 만들었다. '당의 지도'는 문학이 우리의 삶에 무언가 도움이 된다는 소박한 효용론이 아니라 문학은 정치에 종속하여 혁명과업을 실현하는데 도구가 되어야 하고 그럼으로써 인민에 복무할 수 있다는 철저한 기능주의적 관점에서 파악된 혁명적 문예관을 실천적 근거로 하는 활동이다. 따라서 혁명적 문예관과 문예활동에서 당의 지도가 필요하다는 관점은 불가분리의 관계로 통합되어 있다. 북한의 문예정책은 바로 이 불가분리의 관계에 있는 혁명적 문예관과 당의

---

114) 레닌,『문학에 관하여』, 조선로동당출판사, 1957. 409쪽.
115) 김일성,「문화인들은 문화전선의 투사로 되어야 한다」,『김일성 저작집』2권, 조선
    노동당출판사, 1979.

지도 개념을 근간으로 하여 성립되어 왔다. 물론 북한은 역사 과정의 여러 우여곡절 속에서 이 '혁명적 문예관'을 '주체의 문예관'으로 바꾸고 '당의 지도'를 '당의 유일적 영도'로 대체했다. 그리고 이 대체들에 의해서 각 개념들에 함축된 의미가 변화되었음은 물론 북한의 문예활동의 내용이 근본적으로 성격을 바꾸게 된다.

'주체의 문예관'은 주체사상이 마르크스 레닌주의를 대체하면서 등장한 개념이기도 하지만 현실 사회주의권의 붕괴와 함께 북한 사회에 조성된 위기감 속에서 더욱 강조되는 개념이기도 하다. '우리식 사회주의'의 배타적 우월성을 주장할 수밖에 없게된 외부 상황의 변화 속에서 북한은 1992년 종래의 주체문예이론을 발전시킨 『주체문학론』을 내놓았다. 김정일의 저작으로 알려진 이책은 '주체문예관'을 새 시대가 요구하는 문예관으로 제시하고 이에 입각하여 '문학예술의 본성과 사명, 작품 창작의 원칙과 방도, 작품의 사회적 가치를 밝'히고 있다. 그러나 '주체문예관'은 1975년에 나온 『주체사상에 기초한 문예이론』에서 쓰인 '주체적인 사회주의적 문학예술'이란 표현에서 '사회주의'라는 용어를 제거한 것만큼이나 큰 변화를 내포하고 있다. 그 변화의 핵심은, 주체사상의 형성과정에서 '당의 지도'가 '당의 유일적 영도'로 바뀌어 오는 동안 이미 윤곽이 드러난 것이지만, '영도' 개념이 문학활동 전반을 규제하는 원리로서 작용할 수 있도록 전폭적으로 전면화한 점이다. 즉 '당의 지도'에 함축된 '당성'의 개념이 사회적 의식의 계급적 성격에 대한 인식에 기초하는 '당파성의 원칙', 곧 노동계급과 진보의 편에 서서 혁명에 이바지하는 것을 의미했다면, 『주체사상에 기초한 문예이론』에서 쓰인 '당의 영도'에 함축된 '당성'의 의미는 '당과 수령에 대한 충실성이나 혁명에 대한 복무성'을 의미하는 것으로 바뀌었다. 이에 비해서 『주체문학론』에서 '당의 영도'는 한 걸음 더 나아가 '수령의 혁명적 문학예술전통'을 잇고 '수령의 형상'과 '당의 위대성', '주체형의 인간전형'을 창조하는 데서 '당성'의 핵심을 찾는다.

북한에서 당의 '지도' 대신에 '영도'란 표현이 쓰이기 시작한 것은 주체사상의 내용적 구성과 관련된 것으로 볼 수 있다. 수령과 당, 인민이 3위일체가 되는 사회, "사회의 모든 성원들이 노동계급의 수령의 사상에 기초하여 굳게

통일단결되어 있으며 수령의 유일적 영도 밑에 하나와 같이 움직이는 사회
”,116)『주체문학론』이 표현하고 있듯이, 하나의 가족과 같이 사회정치적 생명
체를 이루는 사회를 실현하는 중요한 방법이 ‘영도’이기 때문이다. 김정일은
이 영도문제가 ‘혁명의 운명과 관련되는 절실한 문제’117)이며 문학에서도 ‘당
의 령도는 로동계급의 혁명적 문학의 생명선’118)으로 된다고 설명하고 있다.
이 관점에 따르면 북한의 문학예술사는 내면적으로 수령의 영도사라고 볼 수
도 있는 것이다.『위대한 수령 김일성동지의 문학예술영도사』가 1991년에 나
온 데 이어 1992년에는 『위대한 수령 김일성동지 문학령도사』가 세 권으로
간행된 사실은 곧 영도사와 문학예술사의 긴밀한 관계를 입증해준다. 이같은
관점에서 1992년에 나온 김정일의『주체문학론』은 바로 그 영도의 실천 내용
이고 ‘영도’를 기본으로 하여 구성된 문학론이다.

　『주체문학론』은 현실 사회주의권의 붕괴라는 사태를 맞아서 체제의 존속
에 위기감을 느낀 북한의 절박한 입장을 나타내고 있는 문학론이다. 사회주
의체제의 일반적 우월성을 주장할 수 없게 된 상황에서 다른 사회주의 국가
는 어떤 방식을 택하든 우리만은 종전의 방식을 계승 발전시키면서 사회주의
를 지속해야 한다는 입장이 표현되고 있다. ‘우리식 사회주의’를 강조하는 것
이나 사회주의 사실주의가 아니라 ‘주체사실주의’라는 표현을 즐겨 사용하는
것은 모두 이 입장과 관련된 조처들이다. 따라서『주체문학론』은 주체문학의
우월성에 대한 신념 아래 문학활동의 처음에서 끝까지 당의 영도가 관철될
수 있도록 구성을 배려하고 있다.

　『주체문학론』은 우선 문학사업에서 이루어지는 당의 영도를 ‘정책적지도’
와 ‘정치적 지도’로 나누면서 “로동계급의 당은 인민대중의 지향과 요구를 구
현한 문학창작과 건설의 방향과 방도를 제시하며 작가들과 광범한 대중이 문
학사업에 적극 참가하도록 정치적으로 이끌어주고 밀어준다”119)고 설명하고

---

116) 사회과학출판사 편,『영도체계』, 지평, 1989, 13쪽.
117) 앞의 책, 14쪽에서 재인용.
118) 김정일,『주체문학론』, 조선로동당출판사, 1992, 279쪽
119) 앞의 책, 279쪽.

있다. '창작과 건설의 방향과 방도를 제시'하는 것이 정책적 지도이며 '대중이 문학사업에 적극 참가하도록 이끌어주고 밀어주'는 것이 정치적 지도인 셈이다. 그러므로 문예정책의 수립은 정책적 지도의 한 사례가 된다. 그러나 '방향'은 무엇이고 '방도'는 무엇인가. 또 그 둘은 서로 어떻게 다른가. 또한 정치적 지도는 구체적으로 어떤 내용을 함축하고 있는가. 이에 대한 대답은 분명치 않다. 다만 영도체계에 대한 다음의 서술이 그에 대한 대답을 시사한다.

> 김일성동지는 비범한 통찰력으로 우리 혁명실천의 요구에 맞게 전당과 온 사회에 당의 유일적 영도체계를 확고히 세울 데 대한 독창적인 사상과 이론을 내놓았으며 수령의 유일적 영도를 실현하기 위한 정치적 무기로서의 프롤레타리아독재체계에 관한 이론을 심화발전시켰다. 이와 함께 김일성동지는 혁명적 군중노선을 관철하여 혁명과 건설에서 인민대중의 창조력을 밝혔으며 우리 당의 전통적인 사업방법인 항일유격대식 사업방법을 사회주의건설의 새로운 역사적 조건에 맞게 구현하여 청산리정신, 청산리방법을 창조하였다.[120]

여기서 드러나는 것은 영도의 방법이 '프롤레타리아독재체계'이론과 군중노선에 입각하여 구축되었다는 사실이다. 프롤레타리아독재체계이론은 '당의 유일적 지도가 본질에 있어서 수령의 령도'라는 북한 이론의 근거가 되고, 그 영도가 '근로인민대중을 중심으로 하여 전개되고 체계화된 영도방법'에 입각한다는 점에서 혁명적 군중노선이 말해지는 것이다. 따라서 이 두 항은 일반적으로는 계급노선과 군중노선이라는 개념으로 설명되던 것으로서 문학의

---

120) 『영도체계』, 17쪽. 『주체문학론』에서도 당의 영도와 프롤레타리아독재기구 사이의 관계를 다음과 같이 결합시키고 있다. "수정주의자들은 문학에 대한 당의 령도를 '행정적 간섭'이니, 창작과정에 대한 '가혹한 통제'라느니 하면서 '예술의 자치'와 '창작의 자유'를 들고 나오고 있으며 문학에 대한 당의 령도를 전면적으로 거부하고 있다. 그들은 프로레타리아독재기구인 국가문학예술행정기관들의 통제적 기능을 약화시키고 작가, 예술인들의 조직체인 문학예술행정기관들의 통제적 기능을 약화시키고 작가, 예술인들의 조직체인 문학예술동맹을 구락부화하는 한편, 작가, 예술인들의 창작활동에 대한 정치적 지도를 거부하며 문학사업을 완전히 '자유화'하고 있다"(김정일, 앞의 책, 55쪽)

영역에서는 당성의 개념과 인민성의 개념으로 설명되어 온 사항에 해당한다. 이같은 선이해를 바탕으로 정책적 지도의 양상을 구분하면 '방향'은 창작의 기본방향을 설정해주는 문예노선을 가리키고 '방도'는 창작의 구체적 지침에 해당하는 창작방법과 관련된다고 해석할 수 있다. 또한 정치적 지도는 군중노선에 입각하여 행하는 각종의 지도를 내용으로 하는데 '작품의 사상예술적 수준을 높이도록 작가의 창작과정을 이끌어주는 것'을 의미하는 형상적 지도도 여기에 포함된다. 즉 작품의 창작을 지도하고 심의하며 독자의 수용을 지도하는 데에 이르기까지 인민대중이 벌이는 문학활동의 전과정에 영도가 관철되어야 한다는 관점이다.

(2) 문예노선

문예노선은 문예활동의 기본 방향을 가리킨다. 그것은 문예활동의 목적과 관련해서 목적의 실현을 위한 방법의 대강(大綱)을 설정하는 것이지만 주로 내용적 규정에 해당한다. 북한에서 문예노선은 기본적으로 계급노선과 군중노선으로 구성된다[121]. 계급노선은 대체로 종래 당성과 노동계급성의 개념 아래 설명되던 내용들을 포함하고 군중노선은 인민성의 개념으로 설명되던 내용들을 포함하지만 그 구분이 명확하거나 두 노선에 포함된 내용의 성격이 종래의 당성 개념 등이 포함한 내용과 동일한 것은 아니다. 그 이유는 북한에서 군중노선이 김일성의 항일유격대활동에서 얻은 경험을 발전시킨 것으로 상정될 뿐 아니라 수령과 당, 그리고 대중의 3위일체를 이론화하고 있기 때문이다. 즉 수령과 당과 대중이 통일체를 이룬 사회는 인류의 역사에서 가장 높은 단계에 이른 사회정치적 생명체이며 북한이 바로 그러한 사회라는 것이

---

121) 북한의 '조선민주주의인민공화국 사회주의헌법'(1992년 4월9일 수정헌법)은 제11조에서 조선인민민주주의공화국이 조선로동당의 영도 밑에 모든 활동을 진행한다고 규정한 다음 제12조에서는 '국가는 계급로선을 견지하며 인민민주주의 독재를 강화'한다고 규정하고 제13조에서는 '국가는 군중로선을 구현하며 모든 사업에서 우가 아래를 도와주고 대중 속에 들어가 문제해결의 방도를 찾으며 정치사업, 사람과의 사업을 앞세워 대중의 자각적 열성을 불러 일으키는 청산리정신, 청산리방법을 관철한다'고 밝히고 있다.

다. 이 관점에서 종래 사회주의체제에서 일반적으로 볼 수 있었던 당과 대중의 단순한 이원관계는 변화하게 된다. 수령의 자리가 별도로 마련됨으로써 수령, 당, 대중의 삼원적 관계가 성립이 되고 그에 따라 수령과 당, 수령과 대중, 당과 대중의 관계를 통합적으로 고려해야 하는 것이다. 북한에서 이 삼원관계는 가족과 같은 유기적 통일체, 즉 사회정치적생명체라고 설명된다. 삼자 관계에 어떤 이질적 요소도 끼어들 수 없으며 갈등이나 대립도 있을 수 없다는 주장이다. 그리하여 수령의 뜻은 곧 인민대중의 의지와 욕구를 총화한 것으로 되며 수령의 뜻을 받드는 것은 인민의 지향을 실현하는 일이 된다. 마찬가지로 당의 의도와 요구는 수령의 뜻에 합치하는 것이고 인민의 지향도 수령의 의지에 대한 대답이 되는 것이다. 그러므로 '근로인민대중으로 하여금 혁명과 주인으로서의 입장을 지키고 주인으로서의 역할을 다하도록 이끌어주는' 수령의 유일적 영도는 '근로인민대중 중심의 사회역사관을 밝힌 주체사상을 이론적 기초로 한 것으로 하여 대중영도에서 나서는 모든 문제들이 근로인민대중을 중심으로 하여 전일적으로 체계화된 영도방법'이 될 수 있는 것이다. 북한문학이 수령의 형상화를 최고의 과제로 설정한 것은 이와 같이 머리와 꼬리가 맞물려 있는 사회정치적 생명의 이론에 근거를 두고 있다. 수령은 혁명의 최고뇌수이기도 하지만 당과 인민의 지향을 집약하여 인민들 속에서 인민들을 중심으로 사업을 실현하는 존재이기 때문이다. 북한이 사상, 기술, 문화의 3대 혁명을 통해 '온 사회를 주체사상화'하고자 하는 것도 수령과 당과 인민의 3위일체 관계를 좀더 공고하게 하기 위한 방도에 지나지 않는다. 뿐만 아니라『주체문학론』에서 사회정치적 생명체는 '영원한 형상원천'으로 간주되며 수령, 당, 대중을 통일적으로 그리든 따로따로 그리든 3자의 3위일체 관계를 철저히 구현해야 한다고 규정한다. 창작의 방향은 이로부터 나온다.

우리 문학창작의 총적인 방향은 온 사회의 주체사상화와 세계의 자주화를 위한 우리 당의 성스러운 위업을 형상하는데 있다. 모든 작품의 주제는 다 이 총적방향으로부터 나오는 구체적인 문제들이어야 한다.[122]

인용문에서 총적인 방향으로 규정되고 있는 '온 사회의 주체사상화'는 북한 사회가 사상혁명, 기술혁명, 문화혁명이라는 3대혁명 등을 통해 실현하고자 하는 당면 과업이며 '세계의 자주화'는 세계의 사회주의 혁명, 곧 궁극적으로 달성해야할 미래의 과업이다. 문학의 창작방향은 이 '총적방향으로부터 나오는 구체적인 문제들'을 다루는 것이며 그 과업은 사회정치적 생명체를 형상 원천으로 하여 그 생명체의 지향과 요구를 그림으로써 성취될 수 있다. 그런데 이 생명체의 지향과 요구는 수령의 사상에 전면적으로 집약되어 있으므로, 다시 말해서 '사상의 유일성과 목적의 공통성, 행동과 의지의 통일성에 의하여 하나의 생명체를 이룬 사회정치적 집단에서는 수령의 사상이 곧 당의 의지로 되며 인민의 신념으로 된다'는 특성 때문에 수령의 상을 깊이 연구하는 것이 당과 인민의 지향과 요구를 반영하는 것이 된다. 계급노선과 군중노선이란 일면 이원적인 문예노선은 이처럼 3위일체를 이룬 사회정치적 생명체의 이론에 의해서 하나로 용해된다. 수령을 그리는 것은 인민의 생활과 지향과 요구를 그리는 것이 되며 인민을 그리는 것은 수령의 주체사상을 육화하는 주체형의 인간전형을 그리는 것이 된다. 북한의 문예정책은 이러한 기본방향을 작품으로 현실화하는 문학활동의 구체적 원칙과 방법을 규정하는 내용으로 구성된다. 여기서 문예정책의 근간이 되는 계급노선과 군중노선의 대강을 파악하기 위해서 당성과 노동계급성, 인민성의 개념을 항목별로 알아보면 다음과 같다.

당성은 '노동계급성의 가장 철저한 표현이며 인민성의 가장 높은 형태'로 규정된다. 그것은 사회주의적 문학예술이 지닌 혁명적 본질과 계급적 성격을 규정하는 내용으로서 당과 혁명을 위해 문학예술이 충실히 복무해야 한다는 개념을 함축한다. 그러나 주체사상의 등장 이후 북한에서는 이 개념이 당에 대한 충실성을 넘어서 수령에 대한 충실성을 의미하는 것이 되고, 그 수령에 대한 충실성은 당성, 노동계급성, 인민성의 최고표현이라고 주장되고 있다. 이 입장에서 당성을 문학에 구체적으로 구현하는 방법에 대해서는 수령의 뜻

---

122) 김정일, 앞의 책, 123쪽.

을 펼치는 당의 노선과 정책에 철저히 의거하고 그것을 실현할 것, 인민의 이
해와 지향을 옳게 반영할 것 등을 요구한다. 즉 현실에 대한 당의 혁명적 입
장과 관점, 과학적인 태도와 방법을 체득하여야 현실을 올바르게 인식할 수
있고 거기에 근거해야 현실의 문제에 대한 올바른 사상정치적 평가를 할 수
있다는 이론이다. 이같은 입장에서 당성의 개념은 '혁명과 건설의 주인공들의
전형'을 창조하도록 요구한다. 또한 전형창조의 진실성은 당성에 기초할 때에
만 보장된다는 관점을 주장한다.

　노동계급성은 계급사회에서 문학과 예술이 계급적 성격을 띠며 일정한 계
급에게 복무한다는 일반이론에 기초한다. 문학예술은 사회의 상부구조에 해
당하는 사회적 사상의식의 한 형태로서 처지가 서로 다른 계급들의 이해관계
를 반영한다는 것이다. 그러므로 사회주의적 문학예술은 노동계급의 입장과
관점을 고수함으로써 노동계급의 이익을 옹호하고 혁명에 이바지하게끔 돼
야 한다는 견해이다. 사회주의적 문학예술이 노동계급을 위해 복무해야 하는
이유는 그 계급이 역사발전의 합법칙성을 체현하는 가장 혁명적이고 진보적
인 계급이기 때문이며 현실에 대한 가장 올바른 관점을 견지하기 때문이다.
이 노동계급성을 구현하기 위해서는 혁명투쟁과 건설사업에서 노동계급이
차지하는 위치와 역할을 올바르게 형상화해야 하며, 수령에 대한 충실성을
깊이있게 보여주어야 하며, 계급사회의 모순을 철저히 분석 비판하여야 한다.

　인민성은 문학예술이 인민을 위해 복무해야 한다는 것을 기본 명제로 하지
만 '예술을 민중에게 관여하게 하고 민중을 예술에 관여하게 한다'는 관점에
위해 더욱 명확히 표현되는 개념이다.123) 이처럼 문학예술이 인민에게 관여
하고 인민이 문학예술에 관여한다는 관점은 세분하면 다음과 같이 네 가지
사항을 함축한다. 첫째 인민들의 생활과 투쟁, 그들의 요구와 지향을 진실하

---

123) 북한의 문예정책에서 인민대중과 문학예술의 관계는 군중문학예술이란 개념으로
　　총괄된다. 근로대중을 포함한 인민들이 생활활동과 예술활동을 결합시켜야 하며 이
　　를 지도하기 위해서 '군중문학예술사업체계'를 확립하고 보급사업을 확대해야 한다
　　는 관점이다. 북한에서는 이를 위해서 『조선문학』지에 고정면을 배정하고 문예현
　　상모집제도와 예술축전, 전람회 사업 등을 마련하고 있다(장정춘, 『군중문학예술의
　　찬란한 개화』, 문학예술종합출판사, 1994 참조).

게 반영하는 것, 곧 인민의 삶을 문학예술의 대상으로 삼는 것이다. 둘째 인민대중이 문학예술의 향수자가 되어야 한다는 관점이다. 곧 대중에게 수용될 수 있도록 작품이 소박하고 간결하며 명확한 성질을 갖춰야 한다는 주장이다. 북한의 문학이론이 '사회주의적 내용과 민족적 형식'을 이야기할 때 '민족적 형식'은 대체로 문학예술의 대중성을 높이기 위한 배려로 도입되었다고 할 수 있다. 셋째 인민대중이 문학예술의 창조자가 되어야 한다는 관점이다. 이 사항은 북한의 문학예술 정책에서 시종일관 견지되어온 입장이다. 그것은 군중노선의 관철이라는 측면과 결부되어 있기도 하지만 '온 나라의 예술화'란 사회주의적 이상의 실현 방법이기도 하다.

> 문학예술활동을 대중화한다는 것은 로동자, 농민, 군인들을 비롯한 광범한 인민대중을 문학예술활동에 널리 참가시켜 대중적인 지혜와 힘으로 문학예술을 창조하고 발전시키며 사회의 모든 성원들이 문학예술을 마음껏 즐길 수 있게 한다는 것을 말한다. 온 나라의 예술화는 문학예술의 대중화의 가장 높은 목표이다. 온 나라를 예술화한다는 것은 문학예술활동을 몇몇 소조원들끼리만 하던 범위에서 벗어나 사회의 모든 성원들을 문학예술활동에 적극 참가시킬 뿐 아니라 누구나 다 글을 짓고 그림도 그리며 작곡도 하고 노래도 부르고 악기도 다루고 춤도 출줄 아는 수준으로 올려 세워 그야말로 공산주의사회에 상응한 높은 문화적 소양과 예술적 자질을 소유하게 한다는 것을 말한다. 온 나라의 예술화는 인민대중이 문학예술활동에 참가하는 범위로 보나 그들의 수준으로 보나 대중적 문예활동의 가장 높은 단계이며 그 실현은 곧 문학예술대중화의 완성으로 된다.124)

공산주의 사회가 지향하는 이상의 실현 수단으로서 문예의 대중화는 온 인민이 문학예술의 창조자로 될 수 있을 때 완성된다는 관점이다. 인민성의 넷째 의미는 문학예술이 인민의 이상을 표현하는 데서 찾을 수 있다. 인민의 관

---

124) 현종호, 홍국원, 『우리식 문학예술사업체계의 확립과 작가. 예술인 대오 육성』, 문예출판사, 1990, 251~252쪽.

점에서 현실을 관찰하고 평가함으로써 새로운 세계에 대한 대중의 지향을 나타낼 수 있다는 견해이다.

이상의 당성, 노동계급성, 인민성은 계급노선과 군중노선의 기초 위에서 서로 긴밀하게 얽혀 있다. 그것들은 사회주의 문학예술의 기본 방향이며 주로 내용적 규정이라는 점에서 구체적 실천 방안을 요구한다. 문예정책은 이 기본 방향의 토대 위에서 성립한다.

(3) 문예정책

주체사상이 등장한 이후 북한의 문예정책은 주체문예를 건설하기 위한 방도를 마련하는 데 초점을 맞추어 구축된다. 특히 60년대 후반부터 수령의 교시를 받들어 문학예술 활동을 실질적으로 지도해 온 김정일의 등장 이후 북한문예정책에서 기본 성격의 변화를 찾아 볼 수는 없다. 김일성의 혁명 역사를 그린 <불멸의 역사>시리즈가 속속 간행되던 70년대에서 80년대 말까지, 약간의 유화정책이 나타난 80년대 중반을 제외하면, 일관된 정책이 시행되었다. 수령의 사적뿐 아니라 그 일가족의 혁명역사와 충성의 행적들이 주요한 형상화의 대상이 되고 당대 현실의 요구를 반영한 '사회주의 현실주제 작품'들이 대등한 비율로 창작되었다. 이 양상은 80년대 후반 동구 사회주의권의 몰락으로 세계정세가 변화하고 후계자로서 김정일의 위치가 확고해지면서 전기를 맞게 된다. 70년대 초에 나온 『영화예술론』을 정점으로 하는 '피바다식 가극혁명', '성황당식 연극혁명' 등 영화, 연극, 가극혁명으로 점철된 문예의 일대전환이 일차 문예혁명이었다면 90년대 초에 『주체문학론』과 「다부작 예술영화 『민족과 운명』의 창작성과에 토대하여 문학예술 건설에서 새로운 전환을 일으키자」를 통해 주장된 문학예술 활동의 변화는 '2차 문예혁명'으로 불린다. 새로운 정세를 맞아 김정일은 '우리식 사회주의'를 견지하기 위한 조처로서 문학예술 분야에서도 새로운 전환을 요구한 것이다. 두 저작을 통해 드러난 김정일의 '2차 문예혁명'의 구상은 현재의 북한 문예정책이 지닌 기본 구도를 보여 준다. 그것은 당의 영도를 한층 강화하는 것으로부터 시대의 성격에 맞는 주체문예관의 정립, 그 문예관을 창작에 구현하기 위한 혁명전통

의 계승과 창작방법의 규범을 제시하는일, 나아가서 각 분야에서 실천해야
할 과제를 명시하는 작업을 포함한다.

① 당의 영도의 강화

2차 문예혁명에서 당의 영도가 강화된 점은 '문학사업은 당의 영도 밑에 진
행되어야 한다'는 명문화된 규정 이외에도 사회주의 문학활동을 '문학운동'으
로 못박고 있는 점에서 드러난다. 문학사업은 개인의 자의적인 활동으로 성
립하는 것이 아니라 '당의 령도 밑에 대중의 조직적이며 집단적인 힘에 의해
건설되며 사회와 인민대중의 공통의 이익을 위하여 복무'하여야 한다는 것이
다. 즉 작가의 활동은 그 자체 혁명사업이 되어야 하며 작가는 작가이기 이전
에 혁명가라는 주장이다. 따라서 개인주의를 버리고 집단주의에 기초한 대중
적인 문학운동으로 나가는 길이 사회주의 문학을 건설하는 첩경으로 인식된
다. 이같이 문학을 집단적 운동으로 전환시킬 때 문학은 현실을 반영하는 데
서 나아가 생활의 선도자, 혁명의 나팔수가 되어 인민대중을 이끌 수 있다는
것이다.

문학운동은 작가들의 창작활동을 조직화하고 집단주의를 높이 발양시켜
문학사업에서 전례없는 혁신이 일어나게 하는 혁명사업이다. 작가마다 서로
다른 창작적 개성을 가지고 창작활동을 벌린다고 하여 분산적으로 하여서는
나라의 문학사업에서 새로운 전환을 일으킬 수 없다. 문학운동은 모든 창작
역량을 뚜렷한 방향과 목표에로 지향시키고 궐기시키는 사업이며 문학건설
의 모든 문제를 작가들의 집체적인 노력으로 풀어 나가기 위한 공동작전이며
공동행동이다.125)

인용문은 북한문예의 새로운 전환이 예전보다 현저하게 군중노선을 중시
하고 그에 입각해 구상되고 있음을 보여준다. 조선로동당 선전선동부와 문화
예술부, 그리고 문예총과 작가동맹의 지도 하에서, 주체적 문예사상을 지도

---

125) 김정일, 앞의책, 286쪽.

적 이념으로 하여, 집단적으로 문학운동을 벌여야 한다는 관점이다. 이러한 군중노선은 북한의 2차 문예혁명이 1차 문예혁명과 마찬가지로 영화를 모델로 하고 있다는 점에서 그 연유를 해명할 수도 있다. 많은 사람이 제각기 상이한 분야에서 일하면서 협동함으로써 완성되는 영화의 제작 과정은 문예활동을 운동의 방식으로 전개하기에 적합하다. 또한 하나의 예술장르에서 이루어진 창작의 성과를 수렴하여 다른 장르들에 적용하는 방법을 쓰고 있는 북한의 고유한 방식은 수령과 당, 대중이 형성하는 피라미드 형태의 관계를 그대로 모방하고 있다. 영화를 전략적인 예술장르로 선택하여 그 장르에서 최선의 성과를 보장하는 창작방법을 추출하여 소설이나 음악, 미술 같은 다른 장르에서도 원용하도록 권장하고 있는 것이다. 이와 같은 사실들이 현재 북한 문예정책에서 군중노선이 강조되는 하나의 이유가 될 수 있다. 그러나 이 군중노선은 오랫동안 북한의 문학예술활동에서 일관되게 관철되어온 기본적 활동 방식이고 그 성과가 북한의 대표적인 문학잡지인『조선문학』에 반영되어 왔다. 기성작가의 작품에 비해 현저히 수준이 낮은 근로대중과 병사들의 작품들이 군중노선의 원칙 아래『조선문학』의 지면 절반을 차지해 왔던 것이다. 그러므로『주체문학론』에서 문학사업이 문학운동으로 되어야 한다는 주장을 통해 군중노선을 강화하는 이유는 좀더 필연적인 다른 사정과 관련된다고 생각해야 할 필요가 있다. 즉 사회정치적 생명체라는 새로운 개념을 필요로 하게된 북한 사회의 체제 위기감의 한 소산으로 이해할 수가 있는 것이다. 그렇기 때문에『주체문학론』은 집단적 문학운동을 벌이기 위해서 작가와 대중에 대한 정치사상교양사업을 행해야 할 뿐 아니라 군중문학 창작 사업에 온 사회가 관심을 가져야 한다고 강조한다. 종래의 문학통신원들을 활용하고 군중문학소조의 활동을 적극 장려하는 외에 군중문학창작사업에 대한 지도를 강화해야 한다고 역설하는 것이다.

북한의 문학활동에 대한 '영도'는 정책적 지도뿐만 아니라 정치적 지도를 통해서도 수행된다. 정치적 지도는 개별 작가의 작품에 대한 형상적 지도도 포함하지만 주로는 문예행정관리체계에 의해서 이루어진다. 북한에서 문예행정관리체계는 창작지도체계와 창작체계로 양분되며 조선노동당 중앙위원회 선전선동부와 국가의 문화예술부, 문학예술단체인 문예총 중앙위원회, 작가동맹 등이 집행기관이 된다. 북한에서 창작지도체계는 '주체의 창작지도체계' 또는 '우리식 창작지도체계'로 불리며 "당의 유일적 지도 밑에 문학예술에 대한 지도에서 혁명적 군중노선을 구현하여 모든 창작가, 예술인들이 주인다운 립장과 태도를 가지고 맡겨진 혁명임무를 철저히 관철해 나가도록 이끌어주는 지도체계"126)이다. 이 지도체계를 구현하는 데서도 당과 행정기관, 문예총의 3위일체의 원칙이 중요시된다. 당과 행정기관은 문학예술의 기본 방향, '총적인 투쟁목표'를 올바로 세워야 하며 문예총은 작가들이 성공적으로 과업을 수행할 수 있도록 이끌어야 한다는 것이다. 한편 지도체계는 작품의 창작부문에 대해서만 작동하는 것이 아니라 심의사업에서도 강조된다. 즉 당의 방침에 따라서 심의해야 함은 물론 심의사업이 실무적인 일이 아니라 당의 정책적 요구를 실현하는 과정이라는 점을 인식하고 심의위원들의 자질을 향상시켜야 하며 문학예술작품 국가심의위원회가 심의의 기준을 올바로 세워 집체적으로 심의해야 한다는 것이다.

북한은 창작지도체계와 함께 창작체계를 통해서도 당의 지도를 관철시키고자 한다. 창작체계는 문학예술작품을 창작하는 전체 과정을 조직화한 것으로서 세 가지 원칙이 내세워진다. 첫째 수령의 '교시와 당의 방침을 창작의 기초로, 창작 전과정의 지침으로, 창작총화의 기준으로 삼는 원칙을 철저히 지켜야' 한다는 것, 둘째 '창작총화를 주체적 문예사상연구 모임의 방법으로 하'는 등 집체성의 원칙을 구현해야 한다는 것, 셋째 '문학예술작품창작에서는 모든 창작가, 예술인들이 자기 위치에서 자기 임무를 책임적으로 수행'함으로써 속도전의 원칙을 지켜야 한다는 것이다.

북한의 문예정책은 창작지도체계와 창작체계를 통한 영도의 강화 이외에도 창작가의 정치적 자질과 창작적 기량을 높이는 정치교양사업을 필수적 요소로 포함하고 있으며 당조직의 전투적인 기능과 역할을 강화하도록 요구하고 있다. 작가들이 당과 수령에 대한 충실성을 지니며 당과 수령이 주는 과업

---

126) 김정일, 「다부작 예술영화 『민족과 운명』의 창작성과에 토대하여 문학예술 건설에서 새로운 전환을 일으키자」, 『조선영화』, 1992. 10.

을 성실히 수행할 수 있도록 당일군들이 정치교양자가 되어야 하고 당위원회
가 집체적 지도를 강화해야 한다는 것이다. 기왕의 창작지도체계와 창조체계
가 성공적으로 작동할 수 있도록 당 자체의 쇄신을 요구하는 내용이다.

② 주체 문예관의 확립

북한 문예정책의 전환은 '당의 영도'의 강화에 이어 문예관의 역사적 성격
에 대한 강조에서 드러난다. 『주체문학론』의 첫 장을 차지하고 있는 '시대와
문예관'은 새 시대가 주체의 문예관을 요구한다는 의례적인 구절로 시작하지
만 그 속에 담겨 있는 내용은 현실의 절박한 체제위기를 극복하기 위한 내밀
한 고민을 담고 있다.

> 오늘 우리 인민은 우리 수령이 제일이고 우리 당이 제일이며 우리 나
> 라가 제일이라는 높은 긍지를 안고 그 어떤 바람이 불어와도 드팀 없이
> 주체사상의 혁명적 기치를 높이 추켜들고 사회주의 완전승리와 조국의
> 자주적 통일을 앞당기려는 불타는 열의에 넘쳐 있다.127)

인용문에 나타나는 현실인식은 체제 자체를 흔들어 놓을 위험이 있는 바깥
바람에 대한 자각이다. 그 외풍을 이겨내기 위해서 인민대중이 수령과 당과
나라에 대한 자긍심을 갖는 일이 무엇보다도 중요하다는 관점이다. 이 관점
에서 『주체문학론』은 주체문학의 형상대상을 자주적 인간의 문제로 규정함
으로써 아름다움을 새롭게 정의하고 전통을 새롭게 해석하며, 형상원천을 사
회정치적 생명체로 제한하고 있다.

『주체문학론』이 내세우는 주체문예관의 핵심적 내용은 노동계급적 성격과
민족적 특성의 구현, 문학은 주체의 인간학이 되어야 한다는 견해이다. 노동
계급의 문예관은 근로 인민대중의 자주성을 위한 투쟁에 적극 이바지하는 데
서 문학예술이 참다운 본성과 가치를 실현할 수 있다는 관점에 입각하므로
그 입장을 주체문예관의 근본으로 삼아야 한다는 것이다. 둘째로 주체문예관

---

127) 김정일, 앞의 책, 4~5쪽.

은 문학예술에서 민족적 특성을 구현할 것을 요구한다는 관점이다. 여기서 민족적 특성은 주로 형식적 요소를 의미한다. 셋째로 주체문예관은 인간학으로서의 문학예술에 대한 주체적인 견해와 관점에 입각하므로 자주적인 인간에 대한 문제를 제기하고 주체형의 인간전형을 창조하여야 한다고 주장한다. 『주체문학론』이 맨 마지막으로 들고 있는 사항은 '아름다운 것에 대한 주체적인 견해와 관점'이다. 즉 아름다움이란 '자주적 인간의 생활과 투쟁'이라는 견해이다. 그리고 이 정의는 '주체성은 문학의 생명이다'는 명제로 이어진다. 새로운 민족문학의 건설은 민족자주정신을 반영하는 것이 되어야 한다는 관점이다. 나아가서 종래 사회주의 문학의 핵심적 범주로 간주되었던 당성과 노동계급성, 인민성조차 주체성을 전제로 할 때만이 의의있는 것이라고 주장된다. 즉 민족의 자주성이 최고의 미적 범주로 등장하며 이 관점으로 말미암아 작품 속의 인물은 자주성을 발휘하는 주체형의 인간전형이 되어야 한다고 규정된다. 이 같은 사정은 최준경의 가사 「내 나라 제일로 좋아」를 종자로 해서 『민족과 운명』이란 다부작 영화를 제작하게 만든 김정일의 조처에서도 드러난다. 윤이상, 최덕신, 최홍기, 이인모 등의 생애를 소재로 하는 『민족과 운명』은 북한 사회주의 체제의 우월성을 일방적으로 강조하는 내용으로 구성되어 있다.

주체성의 강조와 아름다움에 대한 새로운 정의는 북한의 작가들이 창작에서 모범으로 삼아야 할 유산과 정통에 대한 견해를 형성하는 데도 영향을 주게 된다. 『주체문학론』은 유산과 전통을 분명하게 구분한다. 전통이란 물려받은 유산 가운데서 이어받아야 할 가장 긍정적인 것을 가리킨다는 견해이다. 그리고 그 전통 가운데서도 혁명적 문화예술전통이 유산의 핵이며 중추라고 설명한다. 그러나 혁명적 문화예술전통은 김일성의 항일혁명 투쟁시기에 창조된 것만을 중심으로 한다. 그리고 새로운 혁명적 문화예술전통은 수령의 혁명사상을 지침으로 삼아 수령의 영도를 받으면서 창조하는 과정에서만이 이룩될 수 있다고 못박는다. 수령의 혁명사업과 관련된 '우리식의 사회주의적 사실주의'만이 혁명적 문화예술전통의 역사적 뿌리가 되는 것이다. 한편 카프문학이나 신경향파문학, 비판적 사실주의 문학, 실학파 문학은 혁명적 문화예술전통의 계선에 들어가지는 않지만 의연히 우수한 문화유산으로 간주된다.

③ 창작방법론

아름다움에 대한 새로운 정의, 그리고 전통에 대한 규정에 이어서『주체문학론』은 창작방법의 문제를 다룬다. 미나 전통에 대한 규정이 문예정책의 이론적 근거에 대한 정리작업이었다면 창작방법에 대한 규정은 문예정책의 실제적 내용에 해당한다. 그 구성은 대체로 네 단계로 나뉘어져 있다. 첫째는 세계관과 창작방법의 관계를 규명하는 단계이며 둘째는 형상화의 대상에 대한 내용적 규정, 셋째는 창작의 실제 과정에 대한 분석, 다시 말해서 창작과정의 실제 문제들에 대한 검토, 넷째는 각 문학형태가 해결해야 할 과제들을 점검하는 단계이다.

세계관과 창작방법의 관계에 대해서『주체문학론』의 관점은 세계관이 창작방법의 기초이며 그것을 규제하는 근본요인이라는 내용과 형식의 변증법에 근거한다. 그러나『주체문학론』은 북한 문학예술의 창작방법이 사회주의 사실주의와 구별되는 주체사실주의라고 밝힌다. 사회주의 사실주의는 마르크스 레닌주의에서 나온 것임에 반해서 북한의 창작방법은 자주시대의 요구를 반영하는 주체문학을 지향하는 것이기 때문이다. 즉 주체사실주의는 '사람 중심의 세계관에 기초한 창작방법'이라는 설명이다. 주체사실주의가 사람 중심의 세계관을 토대로 함으로써 사람을 사회적 관계의 총화로 이해하는 사회주의 사실주의와는 형상화의 방법이 달라진다는 이론이다.

> 주체사실주의와 선행한 사회주의적 사실주의의 근본적인 차이는 사람을 어떤 견지에서 보고 그리는가 하는데 있다. 선행한 사회주의적 사실주의에서는 주로 인간을 사회적 관계의 총체로 보고 그리였다면 주체사실주의에서는 인간을 자주성, 창조성, 의식성을 가진 사회적 존재로 보고 그린다. 관점상의 이러한 차이로 하여 두 창작방법에는 인간을 보고 그리는 데서 근본적인 차이가 있게 된다.[128]

사람을 '사회적 관계의 총체'로 보는 것과 '자주성, 창조성, 의식성을 가진 존재'로 보는 것이 단순히 관점 상의 차이만 있는 것인가 하는 문제는 여기서 중심적인 논의의 대상이 아니다. 북한의 문예정책이 그러한 세계관에 의지하여 창작방법을 규정하고 있다는 점이 우선적 관심의 대상이다. 바꾸어 말해서 사람을 사회적 관계의 총화로 볼 때와 '자주성, 창조성, 의식성을 가진 사회적 존재'로 볼 때는 형상화의 방법이 바뀌고 그에 따라 형상화의 내용이 바뀌는 것이다. 그러므로 주체사실주의가 '사실주의문학이 전통적으로 고수하고 발전시켜온 전형화와 진실성의 원칙을 가장 높은 수준에서 견지'한다고 설명하는 『주체문학론』의 주장에도 불구하고 주체문학에서 전형인물이나 그 인물들의 체계, 나아가서 현실의 모습은 종래의 사실주의문학과 달라지지 않을 수 없다. 그 양상은 먼저 사회정치적 생명체 이론에서 선명하게 모습을 보인다.

우리 나라에서 사회정치적 생명체가 형성된 것은 생활과 문학의 관계를 새롭게 규정하게 하였다. 오늘에 와서 우리의 문학은 이때까지의 인류문학이 대상하지 못하였던 전혀 새로운 세계, 온 사회가 수령을 어버이로 모신 하나의 대가정을 이룬 위대한 현실을 형상원천으로 하게 되였다. 우리의 현실에서 수령과 인민의 관계는 령도자와 전사의 관계를 넘어서서 어버이와 자식의 관계로, 하나의 사고, 하나의 호흡, 하나의 행동으로 이어진 혈연적 뉴대로 되고 있으며 수령을 어버이로 모신 모든 사회성원들의 관계는 혁명적 의리와 동지애에 기초한 관계로 되고 있다. 수령을 어버이로 모시고 일심단결된 이 위대한 사회적 대가정 속에서 새로운 인간전형, 주체형의 공산주의적 인간이 끊임없이 태여나고 '하나는 전체를 위하여, 전체는 하나는 위하여!'라는 구호 밑에 공산주의적인 새로운 인간관계가 활짝 꽃피여나고 있다. 바로 이러한 현실은 문학 앞에 지난날과는 전혀 새로운 요구를 제기한다.[129]

---

128) 김정일, 앞의 책, 100쪽.
129) 김정일, 앞의 책, 118~119쪽.

　북한의 문학이 다루어야 할 사회현실은 하나의 사회적 대가정이다. 이 가정은 전체 구성원이 한 마음으로 일치단결되어 있다. 거기에서는 근본적인 갈등은 있을 수 없으며 오직 외부의 적에 대해서만 적대적 갈등을 상정할 수 있다. 내부 사회를 형상화의 대상으로 하는 경우 한 가정으로서의 사회현실, 사회정치적 생명체로서 유기체를 이룬 현실이라는 인식을 벗어날 수 없으므로 형상화의 방법은 제한을 받게 된다. 수령의 형상을 창조하는 것이 '주체문학건설의 기본의 기본'이라는 관점은 여기에서 비롯된다. 수령을 형상하는 것이 곧 사회정치적 생명체로서 북한사회를 가장 잘 반영하는 것이 된다는 관점이다. 그 이유는 어디에 있는가?

　수령은 시대와 인민대중을 대표하는 주체형의 공산주의 혁명가의 최고전형이다. 수령은 주체형의 공산주의적 인간의 풍모와 자질을 가장 숭고한 높이에서 체현하고 있는 위대한 인간인 것으로 하여 주체문학의 제일 주인공으로 높이 세워져야 한다. 수령의 빛나는 예술적 형상을 통하여 사람들은 혁명가의 가장 숭고한 정신세계를 알게 되고 그 위대한 풍모를 크나큰 감동 속에서 따라 배우게 된다.[130]

　북한에서 수령을 형상화한 대표적인 문학작품은 <불멸의 역사>시리즈로 간행된, 김일성의 전기를 총서형식으로 엮은 장편소설들이다. 김정일에 의해 조직된 4·15문학창작단의 작가들에 의해 창작되고 있는 이 시리즈는 1972년에 나온 권정웅의 『1932년』을 시작으로하여 『준엄한 전구』.『혁명의 려명』 등 항일혁명투쟁시기를 그린 작품 15권과 해방후를 그린 『50년 여름』 등 여러 권이 이미 완간되었다. 이밖에 조기천의 「백두산」은 시가부문에서 수령을 형상화한 대표적 작품으로 손꼽히며 각 장르별로 그러한 시도가 지속되고 있다. 한편 최근에는 김정일을 형상화의 대상으로 한 <불멸의 향도>시리즈가 나오고 있는데 『아침해』, 『려지』, 『불구름』, 『푸른하늘』 등이 대표적 작품이다. 북한은 수령을 형상화한 이와같은 작품들의 의의를 수령의 사회적 역할

---

130) 김정일, 앞의 책, 126~127쪽.

과 동일시한다. 수령이 공산주의 혁명가의 전형이고 주체형 인간의 산 모범이므로 그 형상을 그리는 것은 그 자체 의의가 있다는 것이다. 그리하여 수령형상의 창조는 '문학의 지상의 과업'으로 간주된다. 수령을 형상하는 목적은 '사람들로 하여금 수령의 위대성을 깊이 알고 수령을 충심으로 존경하고 받들며 수령의 사상과 의도를 깊이 새기고 수령의 위업에 충실하도록 하자는데' 있으므로 수령을 밝고 숭엄한 존재로 그림으로써 그 효과를 극대화해야 한다는 것이다. 북한 문예정책이 당의 위대성과 주체형 인간전형을 그리라고 요구하는 것도 동일한 논리 위에 선다. 수령과 3위일체를 이룬 당과 대중의 모습 또한 사회정치적 생명체의 일부분이므로 그 관계 속에서 파악되어야 한다. '사회정치적 집단의 생명이 개인의 생명의 모체로 되며 개인의 생명보다 집단의 생명이 더 귀중하다고 보는 집단주의적 생명관'에 바탕을 두고 인물을 묘사함으로써 수령, 당, 대중의 3위일체 관계는 올바르게 형상화될 수 있다는 견해이다.

북한문학의 형상원천으로서 사회정치적 생명체의 이론은 북한의 작가들이 다룰 수 있는 소재와 주제 영역의 가능한 한도를 설정해준다. 이 한도 안에서 움직일 때 작가들은 창작의 자유를 누릴 수 있다. 그러나 북한의 문예정책은 창작의 실제 과정에 대해서도 준수해야 할 일정한 규범을 설정해놓고 있다. 그 규범은 작품의 형상이 문학의 기능을 효과적으로 달성할 수 있는 방향으로 정향되어 있다. 그 첫 번째 양상이 종자론이다.

종자론은 김정일의 독창적 이론으로 알려져 있고, 그런 의미에서 북한의 창작방법론에서 계속 강조되어 왔다. 종자는 창작의 전과정을 씨앗이 성숙한 생명체로 되는 과정에 비유해서 설명하는 이론이다. 『주체문학론』은 종자를 '작품의 핵심으로서 작가가 말하려는 기본문제가 있고 형상의 요소가 뿌리내릴 바탕이 있는 생활의 사상적 알맹이'라고 설명한다. 이 설명은 종자가 단순히 내용성만을 갖춘 것이 아니라 형상적 요소도 갖춘 것임을 강조함으로써 내용의 번역으로서 형식을 말하는 이론과의 차별성을 주장한다.

일반적으로 사상은 주관적인 것으로서 추상적인 형태로 나타나지만 생활에 체현되여 있는 사상적인 것은 객관적인 것으로서 구체적인 대상 속에 생동한 형태로 나타난다. 생활에 체현되여 있는 사상적인 것은 사람의 성격 속에 있고 사건 속에 있으며 현상 속에 있다. 생활에 체현되여 있는 사상적인 것은 어느 것이나 다 구체적이고 생동한 대상 속에 자리 잡고 있다. 종자도 역시 생활의 사상적 알맹이인 것만큼 구체적인 대상 속에 생동하게 체현되여 있다. 종자가 체현되여 있는 대상은 다름아닌 작가가 말하려는 기본문제가 있고 형상의 요소가 뿌리내릴 바탕이 있는 생활이다.[131]

『주체문학론』은 종자를 사상과 구별한다. 종자에는 이성으로 파악될 뿐만 아니라 감성적 정서적으로 공감될 수 있는 형상적 사유를 계발하는 요소도 포함되어 있다는 관점이다. 이 관점은 문학예술의 이념과 그것의 형식화를 말하는 이론에 비해서 훨씬 더 내용형식의 관계를 통합적으로 파악한다. 그러나 이 이론은 작가가 최초에 지니게 된 종자가 지닌 성질이 완전하게 발현됨으로써 작품이 이루어진다고 보는 관점에서 의도론의 함정을 여전히 간직하고 있다. 즉 작품이 창조과정에 일어난 사건으로 성립될 수도 있다는 입장을 거부하는, 작품에 불수의적인 요소가 포함될 수 있다는 견해를 배제하고 배척하는 관점이다. 그런 점에서 내용 우위의 이론이란 혐의를 완전하게 벗을 수 없다. 이 같은 사정은 주체문학을 성격문학으로 규정하는 데서도 드러난다.

『주체문학론』이 이전의 문예이론과 달라진 점은 사건 중심이 아니라 성격이 중심이 되는 문학을 건설해야 한다고 보는 데서 뚜렷하게 드러난다. 물론 문학에서 성격이 중심이 되어야 하는가 사건이 중심이 되어야 하는가에 대해서 이전의 문학이론들이 뚜렷하게 어떤 관점을 피력한 적은 없다. 예컨대 아리스토텔레스의 『시학』에서도 비극은 '행동'의 모방이란 관점이 나타났을 뿐 성격이 중심이 되어야 하는가 사건이 중심이 되어야 하는가에 대해서는 분명한 언급이 없다. 일반적으로 성격의 발전이 사건의 발전과 맞물리는 플롯의

---

131) 김정일, 앞의 책, 180쪽.

형태를 이상적인 것으로 말하고 있을 뿐이다. 이에 비해서 『주체문학론』이 뚜렷하게 성격중심이어야 한다는 주장을 하고 있는 것은 주체문예가 주체사상에 기초한다는 점과 관련되는 것으로 해석할 수 있다. 즉 인간의 자주성에 대한 강조가 문학이론에서도 변화를 가져온 것으로 보이는 것이다.

> 성격과 사건은 서로 유기적으로 련관되어 있으면서도 서로 다른 일련의 특성이 있다. 성격의 운동에 의하여 사건이 발생발전하고 사건을 통하여 성격이 드러나고 발전한다는 것은 그들 사이에 유기적인 련관성이 있다는 것을 의미한다. 그러나 성격과 사건 사이에는 엄연한 구별이 있다. 성격이 보다 내적이고 본질적인 것이라면 사건은 보다 외적이고 현상적인 것이다. 성격이 보다 주동적인 것이라면 사건은 보다 피동적인 것이다. 성격을 기본으로 보는가 사건을 기본으로 보는가 하는 것은 결국 본질적인 것과 현상적인 것, 주동적인 것과 피동적인 것에서 무엇을 기본으로 보고 내세우는가 하는 문제에 귀결된다. 성격과 사건의 관계에서 성격을 기본으로 보는 것은 객관적 존재에서 인간을 기본으로 보는 관점이며 현상적인 것보다 본질적인 것을 위주로 보는 관점이다.[132]

성격이 본질적이냐 사건이 본질적이냐 하는 것은, 주동과 피동이 보는 관점에 따라서 바뀔 수 있는 것과 마찬가지로, 상대적일 수 있다. 다만 『주체문학론』의 관점에서 그렇게 본다는 사실의 의미를 이해하는 것이 중요하다. 그 관점에 의해서 북한문학의 양상이 바뀌어지는 것이다. 우선 『주체문학론』은 작품이 '성격발전의 역사'가 되어야 한다고 주장한다. 이야기 줄거리가 성격과 생활의 필연적인 발전과정으로 되어야 한다는 것이다. 여기서 필연과 우연의 변증법은 상대적으로 소홀하게 다루어진다. 두 번째로 작품의 감정조직이 중시된다. 묘사의 초점이 성격의 발전에 가있기 때문에 감정조직이 그 발전을 충분히 뒷받침해주지 않으면 작품은 설득력을 얻기 힘들다는 것이다. 『주체문학론』이 작품의 철학성과 지성도를 강조하는 것도 동일한 이유를 갖는 것으로 해석할 수 있다.

---

132) 김정일, 앞의 책, 190~191쪽.

북한의 창작방법론에서 종자론과 함께 짝을 이룬 방법이 '속도전' 이론이다. '속도전'의 개념은 천리마운동이 벌어지던 60년대에 김정일이 김일성의 사상과 이론을 구현하기 위해 실천 방침으로 내놓은 개념이다. 그것은 사회주의 건설을 신속하게 추진하기 위해 모든 사업을 한꺼번에 전격적으로 밀고 나간다는 '혁명적인 사업전개방식'이다. 이처럼 속도를 높이면서 질적으로도 최대의 성과를 보장하고자 하는데 속도전의 취지가 있다.

> 모든 사업을 전격적으로 밀고 나간다는 것은 사람들의 혁명적 열의와 집체적 힘에 의거하고 인적 및 물적 기술적인 모든 력량을 집중적으로 총동원하여 제기된 사업을 늦잡지 않게 번개와 같이 해제껴 나간다는 것을 의미한다. 대중의 높은 혁명적 열의와 집체적 힘은 모든 사업을 전격적으로 밀고 나갈 수 있게 하는 힘의 원천이다. 또한 인적 및 물적 기술적인 힘을 시간적으로나 공간적으로, 집중적으로 동원하는 것은 모든 사업을 전격적으로 밀고 나갈 수 있게 하는 전투조직방법이다. 당중앙이 가르친 바와 같이 속도전의 기본요구는 모든 력량을 총동원하여 사업을 최대한으로 빨리 밀고나가면서 그 질을 가장 높은 수준에서 보장하는 것이다. 다시 말하여 속도전은 최단기간 내에 량적으로나 질적으로 최상의 성과를 이룩하는 것이다.[133]

속도전은 북한이 4·15창작단을 구성하여 <불멸의 역사>시리즈를 창작할 때 썼던 방법이다. 『주체문학론』에서는 속도전 이론을 별도의 항목으로 다루고 있지는 않지만 거의 동시기에 발표된 「다부작 예술영화『민족과 운명』의 창작성과에 토대하여 문학예술 건설에서 새로운 전환을 일으키자」에서는 매우 강조되고 있다. 김정일은 영화『민족과 운명』이 속도전의 방법에 의해 제작되고 있으며 이처럼 집체성의 원칙에 기반했기 때문에 큰 성과를 낳을 수 있었다고 평가하고 있다.[134] 『민족과 운명』시리즈에 속한 수십편의 영화가

---

133) 사회과학원 편, 『우리 당의 천리마운동』, 사회과학출판사, 1975, 49쪽.
134) 김정일, 「다부작 예술영화『민족과 운명』의 창작성과에 토대하여 문학예술 건설에서 새로운 전환을 일으키자」, 조선로동당출판사, 1992, 9~10쪽.

빠른 시일 내에 완성될 수 있었던 것은 종자가 확실한데다 제작진이 집단주의 정신 속에서 속도전의 원칙을 지켰기 때문이라는 인식이다. 종자를 바로 쥐었기 때문에 속도전을 펼 수 있었고 속도전을 폈기 때문에 '작가 예술인들이 최대한의 혁명적 열의와 창조적 적극성을 동원하고 왕성한 창조적 사색과 불타는 창작적 열정을 발양하여 창작사업을 목적 지향성있게 밀고 나갈 수 있'었다는 견해이다. 이러한 열의와 열정이 끓어 넘치는 속에서 작업을 진행함으로써 작가 예술인들의 혁명화와 노동계급화가 촉진된다는 것이다. 이 관점에서 그는 다른 부문의 창작에서도 속도전의 방법이 적용되어야 한다는 견해를 밝히고 있다.

『주체문학론』에 나타난 북한 문예정책의 또다른 특징의 하나는 문학의 각 장르마다 그 특성에 따라 서로 다른 과제를 부여하고 있는 점이다. 우선 시가문학은 '시대를 선도하는 투쟁의 기치'가 될 것을 요구받고 있다. 이는 시가가 사람들의 정서에 대한 호소력이 뛰어나고 전개되는 상황에 순발력있게 대처할 수 있는 장르적 특성을 지닌다는 인식에 기초한다. 이에 비해서 소설문학에 대해서는 이 장르가 지닌 다양한 형상수법을 이용하여 생활의 전모를 폭넓고 깊이있게 묘사할 것이 요구된다. 한편 아동문학은 차세대의 주인공들을 공산주의적 인간으로 키우는 데서 기여할 수 있는 측면에 비중이 두어진다. 이런 측면에서 아동문학의 특성을 올바르게 구현하기 위해서는 어린이의 관점에서 사물을 보고 평가하여야 한다는 점이 강조된다.

2) 북한 문학이론의 특징과 창작의 방향

북한의 문학은 문예정책에 의해서 기본 방향이 결정되지만 한편으로는 문예정책의 구체화라고 할 수 있는 문예이론의 특성에 따라서도 양상이 달라진다. 사회주의 문학으로서 북한 문학이 수령의 형상화라는 색다른 주제를 주요한 과제로 제기한다든가 사회주의현실주제의 작품 형상화에 따른 문제들을 이론적으로 설명하는 내용은 북한 문학의 특이성을 규명하는 데 매우 중요한 참조점이 된다. 따라서 현재의 북한 문학이 나타내고 있는 양상과 북한

문학이론의 관련성을 해명하는 일은 긴요한 일이 된다. 여기서는 북한의 창작 실태를 염두에 두면서 대표적인 작품을 중심으로 실제 창작에 미치는 문학이론의 영향을 살펴 본다.

(1) 수령형상론

북한에서 수령을 형상한 최초의 작품은 김혁이 지은 「조선의 별」로 알려져 있다. 이 작품은 김일성의 항일무장투쟁의 첫 시기에 같이 활동한 김혁 시인이 지은 것이라고 소개되고 있다. 밤하늘에 솟아 오르는 새별에 빗대어 김일성에 대한 인민의 기대와 소망을 담고 있는 이 작품은 오늘날까지도 북한에서 불멸의 혁명송가로 떠받들어지고 있으며 수령을 형상화한 작품의 원형으로 간주된다. 이 전통을 이어받아 해방후 리찬이 지은 「김일성장군의 노래」가 나왔다. 또 조기천에 의해 씌여진 「백두산」도 서사시적인 구도 속에서 김일성의 행적을 영웅화하고 있다. 이후 김일성의 지위가 북한체제에서 확고부동해지는 과정에서 수령의 형상을 창조하는 것은 북한 문학의 중요한 하나의 전통이 된다. 시가와 소설을 막론하고 수령의 형상 창조는 문학인들에게 주어진 중요한 하나의 과업이 된 것이다. 북한의 대표적 문학지인『조선문학』근년호에도 의례껏 김일성이나 김정일을 찬양하는 수편의 국내외 시가작품이 실려 있고 대부분의 소설들은 직간접적으로 수령을 주요 인물로 등장시키고 있다. 그리고 수령을 형상하는 이 문학전통은 김정일이 문학예술을 실질적으로 지도하게 되는 1970년대 이후 <불멸의 역사>시리즈로 발전하였다. <불멸의 역사>는 김정일의 창안이라고 주장되는 '총서형식'[135]으로 씌어진 장편소설 연작으로서 북한에서는 혁명적 대작의 하나로 불려지기도 한다. 최초의 작품은 김일성 탄생 60주년을 맞아 간행된 권정웅의『1932년』이며 이후 4·15창작단에 속한 작가들의 공동작업으로 연속 창작된다. 이 시리즈에 속

---

135) <불멸의 역사>가 지닌 총서형식의 특성은 발자크의 <인간희극>이나 졸라의 <루공 마카르총서>에 대비된다. 각 작품이 시대구분에만 따르지 않고 제각기 독립적인 구성과 주제를 가지면서도 서로 연계되면서 수령이라는 한 개인의 전기를 그려내는 독창적인 방식이라는 주장이다.

한 작품들은 표면적으로 개인창작의 형태를 지녔거나 공동창작의 형태를 지녔거나간에 본질적으로 집체작의 성격136)을 지니는데, 항일무장투쟁시기를 다룬 김정의『닻은 올랐다』, 천세봉의『혁명의 려명』, 천세봉의『은하수』, 석윤기의『대지는 푸르다』, 석윤기의『봄우뢰』, 리종렬의『근거지의 봄』, 박유학의『혈로』, 현승걸과 최학수의『백두산기슭』, 최학수의『압록강』, 최창학의『위대한 사랑』, 진재환의『잊지못할 겨울』, 석윤기의『고난의 행군』, 석윤기의『두만강지구』, 김병훈의『준엄한 전구』 등과 해방후편인 천세봉의『조선의 봄』, 정기종의『조선의 힘』, 권정웅의『빛나는 아침』, 안동춘의『50년 여름』, 김수경의『승리』 등이 중요 작품이다. 노동계급의 수령을 형상하는 작품의 참다운 본보기로 간주되는 이 <불멸의 역사> 해방전 시리즈가 거의 완성될 무렵인 80년대 중반부터는 <불멸의 역사>해방후편과 김정일을 형상화한 작품들이 같이 나오기 시작한다. 김정일을 소재로 하거나 그에게 바쳐지는 작품들은 이미 70년대 중후반부터 나오기 시작했으나 수령의 후계자로서 영도자의 영상을 지닌 인물로 본격적으로 그려지기 시작한 것은 1988년에 나온 현승걸의『아침해』가 처음이다. 이후 <불멸의 향도>시리즈로 알려지게 되는 김정일을 형상화한 작품들은 리종렬의『례지』, 박현의『불구름』, 권정웅의『푸른 하늘』, 백남룡의『동해천리』 등의 장편소설과 김병두의 서사시「인간 찬가」 등으로 이어진다. 이밖에 김일성의 가계를 형상화한 <충성의 한길에서>시리즈가 수령 형상 문학의 한 지류로서 지속적으로 창작되고 있다.

<불멸의 역사>를 대표로 하는 이상의 수령 형상 문학은 북한이 '인류문예사가 도달해야할 새로운 리정표'137)로 간주하는 작품들이다. 그만큼 북한에서 중시되고 문예활동에서 큰 비중을 차지한다. 왜 이와 같은 수령 형상 작품의 창작이 필요하게 되었는가 하는 문제는 수령과 당과 인민대중이 3위일체를 이룬 사회정치적 생명체라는 이론에서 해답을 찾을 수 있다. 수령을 형상

---

136) <불멸의 역사>시리즈에는 작가의 이름이 표기된 작품과 그렇지 않은 작품이 공존한다. 몇몇 작품은 작가 이름이 나와 있기도 하고 4 · 15창작단이 지은이로 표시되어 있기도 하다. 창작이 집체적으로 이루어지고 작품 심의도 집체적으로 이루어지기 때문에 나타난 현상이라고 할 수 있다.

137) 장희숙,『주체문학의 재보』, 문학예술종합출판사, 1995, 3쪽.

함으로써 사회정치적 생명체의 전체 모습을 그릴 수 있다는 순환논리 속에 그 근거가 있다. 그러나 좀더 직접적인 이유는 수령의 형상을 통해 인민들의 혁명적 세계관의 근본 핵인 수령관을 심화시킨다는 이론에서 발견할 수 있다. "수령을 형상하는 작품은 사람들에게 수령의 위대성을 깊이 인식시키고 그들을 수령에게 끝없이 충실하도록 교양하는 데서 힘있는 무기로, 혁명의 교과서로 된다."[138)는 이론이다. 이 관점에서 북한의 문예이론은 수령을 형상화하는 문학의 고유한 생리를 주장한다. 그 생리는 수령이 사회적으로 특수한 지위를 갖기 때문에 요청된다. 즉 수령은 개인도 아니고 추상적인 존재도 아니라는 점에서 특수한 형상화 방법을 요구한다는 주장이다. 그 내용은 다음과 같다.

첫째 수령을 사회정치적 집단의 생명의 중심으로 그리면서 그 위대한 풍모를 생동하게 그려야 한다. 즉 영도자의 위대한 풍모를 입증할 수 있는 형상과제를 제기하고 그 문제의 해결에서 수령의 비범한 인격이 구체적으로 드러나도록 그리라는 것이다. 예를 들어 수령이 작품의 사건에 개입할 때 그가 대결해서 해결해야 할 문제는 수령의 뛰어난 안목과 고상하고 위대한 품성이 발휘될 수 있는 성질의 것이어야 한다.

둘째 수령이 등장하는 작품에서는 주변 인물도 품격이 높아야 하며 적대적 관계에 있는 부정인물도 강한 힘을 가진 것으로 보여주어야 한다. 이처럼 상대적으로 강대하고 품격이 높은 인물들 가운데서 수령의 비범성을 보여줌으로써 수령의 위대성이 극대화된다는 견해이다.

셋째 수령을 형상화한 작품은 철저하게 역사적 사실에 맞게 그려야 한다. 수령의 실제 혁명 사적이 위대하기 때문이기도 하지만 수령을 그린 작품은 역사적 문헌의 성격도 지니기 때문이다.

넷째 수령을 형상화한 작품은 수령에 대한 최대의 정중성과 충성심을 보여줄 수 있도록 분위기를 밝고 숭엄하게 하여야 할 뿐 아니라 주위에 충신의 전형을 배치해야 한다. 그 충신들의 형상을 통해 비록 육체적 생명은 짧아도

---

138) 김정일, 앞의 책, 45쪽.

사회정치적 생명은 같다는 진리가 밝혀지기 때문이다.

이상의 관점은 북한의 수령 형상 문학이 문학의 사회적 기능에 대한 비교적 단순한 이해에 기초하고 있음을 보여 준다. 즉 수령의 위대성을 보여 줌으로써 인민대중의 혁명적 세계관이 형상되고, 모범적인 인물의 행동에 감화를 입어서 대중의 행동양상이 달라지게 되리라는 소박한 효용론적 문학관이다. 이같은 관점이 개화기의 신채호의 역사전기소설과 같은 계몽문학에서도 지배적이었다는 사실은 북한의 문학이론이 계몽주의적 문학관에서 크게 벗어나지 못했음을 말해준다. 여기에서 작품을 읽는 독자의 비판적 의식이나 자기 성찰에 대한 고려는 매우 미약하다. 그 때문에 수령 형상 창조 방법론에서 나타난 관점은 당의 위대성과 주체형 인간전형의 창조에도 곧바로 응용된다. 즉 수령과 당과 대중의 지위나 상호관계에 적응하여 수령 형상 창조의 수법을 변화시키면 그대로 인물 형상 방법론이 될 수 있는 것이다. 예컨대 당의 위대성을 형상화하는 데서는 '당의 특성을 정확히 반영'하고, 그 업적을 그리며, 당 일꾼의 전형을 그려야 한다는 것, 송가창작에서는 당의 탁월한 영도력이 드러나도록 해야 한다는 것이다. 이와 같은 논리로 주체형 인간전형의 창조에서는 수령과 당과 대중에 대한 충실성, 온갖 애로와 난관을 극복하는 대중적 영웅주의, 새롭게 나타나는 정신도덕적 풍모를 입체적으로 그리는 일이 중요하다고 주장된다.

(2) 사회주의 현실 주제 작품론

현실을 주제로 하는 작품을 창작할 필요성은 언제나 모든 문학활동에서 제기되는 기본적인 요구사항의 하나이다. 북한에서는 비록 수령을 형상화해야 한다는 요구에 밀려 이차적인 문제로 처리되고 있지만 현실을 주제로 한 작품 창작의 중요성이 전적으로 불식되고 있는 것은 아니다. 그럼에도 불구하고 북한의 문학이론에서 사회주의 현실 주제 작품이라는 특별한 이름 하에 지속적으로 논의가 이루어지고 있는 것은 작가들에게 '사회주의' 현실이라는 새로이 대두된 상황에 대한 인식과 그 현실을 문학적으로 가공하는 데서 생기는 문제가 쉽게 해결될 수 없는 난제로 지각되고 있었다는 사실을 반증한다. 그것은 작가들이 개인적인 차원에서 처리할 수 있는 문제가 아니라 문학계 공동의 문제로 인식되었고, 그렇기 때문에 공식적인 해결을 모색할 필요가 있었던 것이다. 사회주의 현실 주제 작품론이 대두한 것은 이처럼 새로이 조성된 상황에 대한 문학적 대응의 방향을 모색하고자 하는 취지에서 시작되었다.

　북한에서 사회주의 현실을 주제로 한 작품의 창작방법이 특히 중요한 관심의 대상이 된 것은 김일성이 「천리마시대에 맞는 문학예술을 창조하자」(1960. 11. 27)라는 담화를 발표한 이후라고 할 수 있다. 김일성은 이 담화에서 사회주의 건설을 위해 천리마의 기세로 달리고 있는 현실을 주제로 한 작품이 매우 적다는 사실을 지적하고 과거의 역사적 사실을 그리는 것도 좋지만 오늘의 현실을 소재로 한 작품을 창작할 필요성을 다음과 같이 제기했다.

　　지금 제일 부족한 것은 오늘의 현실을 그린 작품입니다. 우리 천리마 시대가 낳은 새 영웅들을 그린 예술작품들이 매우 적습니다. 우리의 작가, 예술인들은 지난날의 영웅들은 우러러보지만 위대한 새생활을 창조하고 있는 우리 시대의 영웅들은 볼 줄 모릅니다. 이것이 오늘 우리 작가들의 큰 약점입니다. 물론 오늘의 생활과 영웅들을 그리는 것이 지난날의 생활과 영웅들을 그리는 것보다 훨씬 더 어려운 것은 사실입니다. 오늘의 생활은 지난날의 생활보다 그 내용이 더욱 복잡하고 다양합니다. 현대영웅들의 복잡하고 풍부한 생활내용을 잘 형상하기 위하여서는 많은 연구와 노력이 필요합니다. 그러나 만일 우리가 오늘의 현실을 그린 작품을 하나 잘 만들기만 한다면 그것은 근로자들을 교양하는 데서 지난날을 그린 작품보다 훨씬 더 큰 작용을 할 수 있습니다. 결국 모든 문학예술작품들은 오늘의 우리 인민들에게 어떻게 살며 일하며 투쟁할 것인가를 가르쳐 주는 데 복무하여야 합니다. 그러므로 작가, 예술인들은 지난날보다도 현실에 더욱 관심을 돌려야 합니다. 현실생활에 가까운 것을 그릴수록 작품이 더욱 가치있는 것으로 될 수 있습니다.[139]

---

139) 김일성, 「천리마시대에 맞는 문학예술을 창조하자」, 『김일성저작집』, 조선로동당 출판사, 1979.

이 담화는 사회주의 건설을 위해 노동현장에서 일하는 근로자들이 곧 새로운 영웅이라는 관점을 제시한다. 그들은 '쾌활하고 락천적이며 난관 앞에 굴할 줄 모르며 앞으로 나아가려는 의지가 매우 강한 전형적인 새 인간'이라는 것이다. 뿐만 아니라 담화는 '생산에서 결정적인 역할을 하는 것은 기계가 아니라 사람이라는 사상이 강조되여야' 한다는 관점을 제시한다. 주체사상의 관점에서 인간이 주동적인 역할을 하는 대상세계로서 현실을 파악하여야 한다는 견해이다. 북한의 사회주의 현실주제 작품의 형상화 방법은 이 담화에서 제시된 관점에 의해 그 대강이 마련된다. 담화에서 김일성은 기존의 현실주제 작품들이 지닌 결함의 원인을 세 가지로 나눈다. 첫째 작가 예술인들이 당정책을 깊이 체득하지 못하고 있는 것, 둘째 작가 예술인들이 인민들의 생활 속에 깊이 들어가지 못하고 있는 것, 셋째 문학예술분야에 대한 조직지도사업이 잘 되지 않고 있는 것이라고 지적함으로써 새로운 창작의 방향을 지시했던 것이다. 이 담화에서 제기된 문제들은 이후 역사적 조건에 따라 조금씩 변화하면서 북한 사회주의 현실주제 작품의 창작에 모형을 제공하는 역할을 했다. 예컨대 천리마시대에는 사회주의 건설의 영웅들을 그리는 문학으로, 80년대 이후에는 사회 각계에서 남 모르게 영웅적 행동을 펼치는 '숨은 영웅'들을 그리는 데 이론적 참조점이 되었다. 그 영웅들은 시대마다 성격이 약간 다를 뿐 기본적으로는 주체적이고 긍정적인 영웅들이라는 점에서 공통성을 갖는다.

사회주의 사실주의에서 긍정적 영웅을 창조하여야 할 필요성은 문학의 효능에 대한 파악과 관련된다. 문학이 사회주의 혁명과 건설에서 모범을 보인 인물들을 보여줌으로써 대중들을 그러한 혁명과 건설로 이끌 수 있다는 생각이 그와 같은 긍정적 영웅의 창조를 요구했다. 그러나 북한문학에서 긍정적 주인공 이론은 주체사상의 출현과 함께 일정한 변모를 나타내게 된다. 그것은 수령을 제외한 모든 인물의 형상화에서 주인공이 공산주의적 인간으로 성장할 수 있는 것은 오직 수령의 가르침을 받고 그 감화를 입은 덕택으로 가능하게 된다고 생각해야 하게 된 것이다. 이 점에서 『주체문학론』이 '주체형의

인간전형'을 창조하여야 한다고 하면서도 수령에 대한 충실성을 지닌 인물만
이 주체형의 인간전형이라고 하는 이유를 이해할 수 있다.

> 우리 시대 주체형의 인간전형은 수령, 당, 대중에 대한 끝없는 충실성
> 을 지니고 있다. 수령에 대한 주체형의 인간전형은 공산주의적 인간의
> 기본 품성이며 사회정치적 생명체의 공고성을 담보하는 기본요인이다.
> 수령의 사상의지대로만 사고하고 행동하며 수령과 생사고락을 같이 해
> 나가는 데서 삶의 보람을 찾는 사람이라야 사회정치적 생명체를 귀중히
> 여기는 주체형의 공산주의적 인간이라고 말할 수 있다. 문학은 수령을
> 언제나 마음의 기둥으로 굳게 믿고 당과 수령의 사상과 령도를 실현하
> 기 위하여 자신의 모든 것을 다 바쳐나가는 충신의 풍모를 그리는 데 힘
> 을 넣어야 한다.[140]

수령의 사상과 영도를 따르는 것이 주체형의 인간전형이 되는 이유는 수령
과 당과 대중이 3위일체를 이룬다는 사회정치적 생명체 이론에 의해서 정당
성이 확보된다. '충신'이라는 개념으로 요약되는, 수령의 사상 의지대로만 움
직인다는 점에서 가장 비주체적인 것으로 비칠 수 있는 성품이 가장 주체적
인 것으로 되는 이 역설에 대해서 북한의 문학이론은 아무런 회의도 가지지
않는다. 오히려 수령에 대한 충실성의 구체적 내용을 상세하게 열거하는 것
으로 시종한다. 예컨대 수령에 대한 충실성은 '신념화된 충실성', '량심화된
충실성', '도덕화된 충실성', '생활화된 충실성'이서야 한다는 것이다. 한마디
로 발끝에서 머리끝까지 수령에 대한 충실성으로 똘똘 뭉쳐 있는 인간이 주
체형의 인간전형, 긍정적 영웅이라는 이론이다. 이같은 논리는 작품의 갈등
에 대한 이론에서도 그대로 반복해서 나타난다.

북한의 사회주의 현실주제 작품에서 갈등문제가 어떻게 처리되어야 하는
가에 대한 견해는 김일성의 담화 「문학예술작품에서의 갈등문제에 대하여」
(1964. 1. 8)에서 제시된 이론이 근간을 이룬다. 이 담화에서 김일성은 문학예

---

140) 김정일, 앞의 책, 161쪽.

술작품의 갈등이 작품이 반영하는 사회관계의 성격에 따라 달라진다는 일반
이론을 전제하고 북한의 현실주제 작품들에서 갈등은 적대적 성격을 띠지 않
는다는 견해를 처음으로 공식화한다.

> 자본주의 사회에서 착취계급과 피착취계급 사이의 모순은 적대적이
> 고 불상용적이며 따라서 그러한 사회관계를 반영한 예술작품의 갈등은
> 적대적 성격을 띠지 않을 수 없습니다. 적대적인 사회관계를 반영하는
> 예술적 갈등은 처음부터 첨예하고 극단적으로 조성되며 결렬하는 데로
> 나가게 됩니다. 그러나 우리 사회 근로자들의 생활을 취급한 작품에서의
> 예술적 갈등은 적대적 성격을 띠지 않습니다. 그것은 사회주의 근로자들
> 사이의 모순이 적대적 성격을 띠지 않기 때문입니다. 사회주의 사회에서
> 사회관계의 기본을 이루는 것은 근로자들 사이에 의견차이와 사상적 충
> 돌이 있다 하여도 그것은 리해관계의 근본적 대립에서 오는 것이 아니
> 라 다 같은 목적을 실현해 나가는 과정에서 생기는 그들 내부의 문제입
> 니다. 그러므로 우리 사회주의 사회 근로자들의 생활을 반영한 예술적
> 갈등은 극단적으로 조성되거나 결렬에로 나가는 것으로 되여서는 안되
> 며 부정이 극복되고 동지적 단결이 더욱 강화되는 것으로써 해결되도록
> 설정되여야 합니다.[141]

문학예술작품에 표현되는 갈등이 작품이 반영하는 사회적 관계의 성격에
따라 달라진다는 이론 자체에 문제가 있는 것은 아니다. 다만 여기서는 북한
의 사회적 관계는 적대적 모순, 갈등이 없다는 단정이 타당한가 하는 데 대한
의문이 없는 점이 오히려 문제가 된다. 현실에 적대적 모순이 있는가 없는가
하는 문제는 문학에 근본적 전제로서 주어질 인식내용이 아니라 문학 자체가
탐구해야할 내용에 해당한다. 그럼에도 불구하고 이처럼 문학예술의 과업이
사회과학적으로 인식된 내용을 형상으로 번역하는 역할에만 한정된 데서 북
한 문학예술은 현실을 왜곡해서 반영하는 상태로 전락하는 길을 걷게 됐는지

---

141) 김일성, 「문학예술작품에서의 갈등문제에 대하여」, 『김일성저작집』 18권, 조선로
    동당출판사, 1979.

도 모른다. 이 무갈등이론 또는 비적대적 모순이론은 북한 문학을 매우 제한적인 소재를 다루는 데로 이끌게 된다. 예컨대 '현실주제 작품의 갈등을 설정하는 데서 투쟁대상을 부정인물 자체로 설정하는 것도 잘못'이라는 견지에서 부정인물 그 자체가 투쟁대상이 아니라 그가 지니고 있는 '낡은 사상 잔재와 낡은 생활습성'만이 문제로 됨으로써 사회관계의 본질적 성격을 탐구할 수 있는 길이 근원적으로 차단되고 만 것이다. 이 무갈등이론에 따르는 북한문학에서 인물들은 각기 약간의 결점을 지니고 있지만 근본적으로는 모두 악인이 아니다. 이같은 관점이 실제 창작에서 인물의 행태를 일정한 양상으로 한계짓고 궁극적으로 작품을 도식화하리라는 것은 충분히 예측할 수 있다. 작품에 대한 평가도 이 도식에 따를 것을 요구한다. 천세봉의 『안개 흐르는 새 언덕』에 대한 김일성의 부정적 평가는 그 한 사례가 된다. 김일성은 작품의 여주인공 순영이 민족주의자의 딸임에도 나중에 토벌대 대장의 여자로 바뀌는 구성에 대해 비판적 관점을 보여준다. 민족주의자의 딸은 토벌대 대장의 여편네가 될 수 없다는 인식이 그 평가의 핵심인데, 이러한 관점에서는 인간의 행동에 내재하는 복잡하고 다양한 충동들을 탐구할 계기는 원천적으로 차단된다. 다만 부정인물과 긍정인물이란 도식이 횡행하게 되지 않을 수 없다. 현실주제 작품의 창작에서도 적대적 갈등의 가능성이 근본적으로 차단됨으로써 주인공들의 갈등은 '누가누가 더 잘하나'를 가리는, 누가 좀더 올바르고 선한가를 가리는 도토리 키재기식의 선의의 경쟁에서 비롯된 것으로 처리될 뿐 북한 사회에 내재하는 근본적 모순을 탐구할 계기로서, 그 갈등들이 작품의 주제 차원으로 승화될 수는 없게 된 것이다.

북한 문학에서 사회주의 현실주제 작품은 혁명전통을 형상화한 작품과 맞먹는 비율로 창작된다. 이는 현실주제작품과 혁명전통을 형상화한 작품이 반반씩 되는 것이 좋겠다는 김일성의 견해를 반영한 것이다. 일찍이 북한의 토지개혁을 소재로 삼은 이기영의 『땅』과 천세봉의 『석개울의 새봄』을 비롯하여 하정희의 『백양나무』, 최학수의 『평양시간』, 변희근의 『생명수』, 신용선의 『청춘은 빛나라』, 엄단웅의 『령마루』, 김삼복의 『세대』, 김규엽의 『새봄』, 고병삼의 『대지의 아침』, 김보행의 『녀당원』, 남대현의 『청춘송가』, 최상순의

『나의 교단』, 백남룡의『벗』, 변희근의『뜨거운 심장』, 김보행의『빈터우에서』, 허춘식의『야금기지』, 김삼복의『향토』, 김용한의『청춘의 시작과 끝은 언제』등이 대표적인 사회주의 현실주제 작품들이다. 이 작품들은 이른 시기의 작품이 주로 사회주의 건설과 정의 영웅적인 행적들을 다룬 데 비해서 후기의 작품들은 점차 생산현장에서 빚어지는 사소한 갈등이나 마찰을 소재로한다. 특히 80년대 이후에는 어려운 생활을 겪어온 구세대와 별다른 어려움 없이 성장한 신세대 사이에서 벌어지는 갈등이나 도시에 대한 선망에서 빚어지는 농촌청년들의 갈등, 가족 내에서 빚어지는 각종의 마찰과 분규 등이 주로 형상화의 대상이 된다. 그러나 이들 작품은 이전 작품들에 비해서 현실의 문제를 솔직히 제기한 점에서 일면 진전을 보이지만 그 문제들은 대부분 무 갈등이론이나 긍정적 주인공의 이론으로 개괄할 수 있는 형태 속에서 해결을 본다는 점에서, 도식적인 틀을 답습한다. 기왕에 남한에 소개된 바 있는 남대현의『청춘송가』와 백남룡의『벗』, 최상순의『나의 교단』에서도 그 양상을 찾아볼 수 있다.『청춘송가』는 생산현장에서 빚어진 주인공들의 갈등이 적대적인 성격의 것이 아니라 서로 잘하려다가 본의아니게 일어난 마찰이었음을 보여줌으로써 문제를 해결하고 있는 점에서 해방 직후에 나온 리북명의「로동일가」와 유사한 구성형태를 취하고 있다. 또한 백남룡의『벗』이나 최상순의『나의 교단』은 등장인물들이 자기가 해결해야할 문제에 대해서 최선을 다해 노력함으로써 좋은 결과를 가져오는 긍정적 주인공의 모습을 형상화하고 있다.

(3) 성격 중심의 형상화론

이전의 북한 문학이론과 비교해서 90년대의『주체문학론』이 가지는 특징 가운데 가장 두드러진 양상의 하나가 성격 중심의 형상화론이다. 종전의 창작방법론에서도 주체형의 인간전형에 대한 강조나 자주적 인간에 대한 강조가 있었던 것은 사실이지만 작품 자체가 성격을 중심으로 구성되어야 한다는 주장은『주체문학론』에 처음 나타난다. 또한『주체문학론』은 이 성격 중심의 형상화론이 기존의 문학이론과 차이가 있는 주장이라는 사실을 분명하게 표시하고 있다. 종래의 문학이론에서는 인간을 물질세계의 한 부분으로 취급하여 인간과 대상 사이의 원칙적인 구분을 제대로 하지 못했으며 성격과 사건의 상호관계에 대해서도 그 통일성만 보았을 뿐 성격을 내세우지 못했다고 비판한다. 즉 성격을 위주로 내세우는 문학이론은 문학이 인간학이라는 관점에서 주장될 수 있는 것으로서 그 이론 자체가 문학의 발전과 인민의 미의식 발전의 징표라는 견해이다. 사람들의 의식이 낮은 상태에서는 주위의 사물현상을 단순히 모방하는 것으로 그쳤지만 대상에 대해 본질적으로 깊이 파고들게 되면 사물현상을 결정하는 주동적 요인으로서 인간의 성격을 발견하게 되고, 따라서 현대적인 문학은 성격위주의 방향으로 나가지 않을 수 없다는 것이다.

이 같은 관점에서 『주체문학론』은 성격 중심의 형상화을 달성하는데 긴요한 사항을 열거한다. 첫째는 작품의 종자를 잡는 데서 성격을 그리는 데 집중할 수 있도록 해야 한다는 점이다. 이 사항은 작품의 형상화에서 기본 방향이 성격을 형상하는 데로 집중될 수 있도록 배려해야 한다는 관점이다. 예컨대 『피바다』에서 '수난의 피바다를 투쟁의 피바다로 만들어야 한다'는 종자는 성격의 발전 속에서 구현되어 있었기 때문에 성공할 수 있었다는 논리이다. 둘째는 작품의 구성이 성격발전의 역사가 되게끔 엮어져야 한다는 점이다. 이야기 줄거리는 여러 가지의 사건들을 단순히 연결하는 것으로 이루어지는 것이 아니라 인물의 성격과 생활의 필연적인 발전과정이 되어야 한다는 견해이다. 셋째는 감정조직을 구성의 기본으로 삼아야 한다는 것이다. 감정조직은 성격의 본질을 정서적으로 드러내는 형상화의 방법이므로 사상과 함께 인간의 내면세계를 구성하는 감정을 통해서도 성격의 본질이 밝혀져야 한다는 관점이다. 이같은 세 가지 기본원칙 이외에도 『주체문학론』은 인물을 그리는 데서 주인공선을 강조해야한다는 점, 성격과 사건의 상호관계를 잘 풀어나가야 한다는 점 등을 설명하고 있다.

『주체문학론』의 성격 중심 형상화론은 사회정치적 생명체론과 주체사상의 논리적 귀결이라는 성격을 지닌다. 수령과 당과 인민대중이 형성하는 피라미드형태의 기본 모형은 문학예술 장르들간의 관계나 작품의 형상체계에서도 그대로 유지되고 있다. 영화가 모든 문학예술의 사업에 모범이 되는 장르로 선정되는 것이나 수령의 형상이 모든 주체형 인물전형의 대표로 간주되는 것, 하나의 작품에서도 한 인물이 정상의 위치에 놓여져야 한다는 이론 사이에는 상동성이 있는 것이다. 한편 사람을 사회적 관계의 총화가 아니라 자주성, 창조성, 의식성의 존재로 파악하는 관점에서도 잡다한 사회적 관계의 나열이나 사건들의 배열이 차지하는 중요성보다도 인간의 핵심적인 본질로서 주체성이 강조되고 그 주체성을 시현하는 중심인물에 초점을 모아야 한다는 이론이 가능하게 된다. 예를 들어 북한이 연극혁명의 전범으로 제시하는 작품『성황당』도 주인공인 돌쇠와 박씨 모녀의 주체적 자각이라는 관점에서 평가된다. 그러나 매우 개방적인 성격을 지니는 이 작품에서도 주인공들의 상대역이 되는 지주와 이장은 희화적인 인물로 처리되고 있다. 주인공의 자주성과 주체성이 강조될수록 그들이 맺고 있는 갖가지 사회적 관계와 부차적인 인물들은 초점이 되는 성격과 인물의 한낱 배경으로 떨어져 희미한 원경이 되는 셈이다. 감정조직에 대한 강조도 동일한 의미를 지닌다. 작품에 형성되는 분위기나 정조가 인물의 성격이나 표적이 되는 인물의 형상을 적절한 색깔로 물들여 수용자의 반응을 조정할 필요가 있다는 관점이다.

그러나 주로 소설문학과 극문학을 대상으로 하여 펼쳐지고 있는 성격 중심 형상화론은 북한의 문학이 진실성을 담보하는 데 하나의 장애요인으로 작용할 수 있다. 그것은 소설이 다양한 인간의 관계들 속에서 사회를 움직이는 근본 동력을 파악하는 장르이기 때문이다. 다시 말해서 소설은, 운동의 총체성이 아니라 대상의 총체성을 지향한다는 말에서도 드러나듯이, 넓은 시공간을 무대로 하여 서사시적으로 펼쳐지는 대상들의 세계를 묘사하기 때문에 하나의 인물이나 성격에 초점을 맞출 때 다른 인물이나 세계는 상대적으로 소홀히 될 수밖에 없고 거기에서 현실의 상은 왜곡될 수밖에 없는 것이다. 더욱이 사람이 사회적 관계의 총화라는 관점은 그 관계들에 의해 규정되는 내용이 사람의 본질을 구성한다는 이론에 맥을 대고 있다. 그 관계들이 올바로, 또 정당한 비율과 비례관계 속에서 파악되지 않을 경우 사람과 사물에 대한 이해는 굴절을 일으킬 수밖에 없다. 따라서 자주성, 창조성, 의식성이 결정적으

로 중요한 인간의 본질이라 할지라도 사회적 관계에 의해 규정되는 내용이
형상화에 올바르게 반영되지 않을 경우 그 인물의 성격은 이상화되거나 도식
적인 틀을 벗어날 수 없다. 그리고 바로 이 점이 북한문학의 통폐로 간주되어
온 인물의 유형화, 사건 발전의 도식화를 가져온 주요 원인이라고 할 수 있다.
'사건조직은 반드시 감정조직의 기초로 될 때에만 성격형상에 이바지할 수
있'다는 관점도 작품을 읽는 독자의 자발성이나 반성적 의식을 충분히 고려
한 것이라고 하기 어렵다. 그 이유는 감정조직이 인물의 성격과 사건을 이해
하고 파악하기 위한 일정한 인식의 통로를 형성하는 것은 사실이지만 독자의
의식은 작중현실에 대한 즉각적인 반응 이외에도 자신의 생활 속에서 얻은
체험과 작품에 제시된 현실을 끊임없이 대비하는 작업을 수행하는 것이다.
이 때문에 감정조직의 작용 아래 수용되었던 작품의 현실인식은 독자의 반성
의식 속에서 재검증되고 그 과정을 통해서 진실성이 인정될 때만 진정한 효
과를 낳을 수 있게 된다. 즉 독서과정의 즉각적인 반응과 장시간의 성찰에 의
해 형성되는 작품의 사후효과는 상이할 수 있으며 두 가지가 일치할 때만 작
품은 지속적인 작용을 가질 수 있는 것이다.

(4) 영화문학론과 시의 운률론

북한의 문예정책에서 영화가 차지하는 비중은 매우 크다. 그렇게 된 까닭
은 김정일의 『영화예술론』이 나온 파급효과이기도 할뿐더러 영화 자체가 지
닌 대중성을 북한 당국이 효과적인 선전선동의 수단으로 취해 이용해왔기 때
문이다. 이에 따라 북한의 문학에서 영화문학은 희곡보다도 훨씬 더 활발하
게 창작되고 있다. 80년대 이후의 작품으로 문학계에서 성가를 얻고 있는 「로
동가정」, 「월미도」, 「언제나 한 마음」, 「그날의 맹세」, 「군당책임비서」, 「시련
을 뚫고」, 「요람」, 「농장의 딸」, 「전환의 해」, 「청춘의 심장」, 「빛나는 세대」,
「나의 행복」, 「위원장 어머니」 등 이외에도 숱한 방송극이 전문작가와 현상
모집에 응모하는 신인들에 의해 창작되고 있다. 이러한 상황 속에서 김정일
의 영도에 의해 『민족과 운명』이 다부작 예술영화로 제작되면서 영화문학은
다시 촉망받는 문학장르로 떠오르고 있다. 김정일은 「내나라 제일로 좋아」아

는 가사를 보천보전자악단에게 노래로 만들 것을 지시한 데 이어 1991년 5월
에는 이 작품을 모델로 해서 영화를 만들도록 지시해 한 해동안 일곱 편의
작품을 제작하기도 했다. 그 후에도 『민족과 운명』은 수 편이 더 제작되었으
며 94년도에는 영화문학으로 16부까지가 활자화되어 단행본으로 출간된 바
있다. 현재에는 이미 수십 부의 작품이 영화화되었으며 앞으로도 계속 제작
될 것으로 알려지고 있다. 또한 김정일은 이 다부작 영화를 제작하면서 얻은
경험을 토대로 다른 예술장르에서도 새로운 전환을 일으키자는 주장을 펴고
있다. 따라서 앞으로 북한 문학예술의 창작경향이 어떤 것이 될 것인가 하는
점을 짚어보기 위해서는 이 작품의 성격과 그에 기반한 문학론의 양상을 살
펴보는 일이 유력한 하나의 방도가 될 수 있다.

『민족과 운명』은 가사 「내 나라 제일로 좋아」를 모태로 하고 있다. 「내 나
라 제일로 좋아」는 최준경이 가사를 짓고 리종오의 작곡으로 노래로 만들어
졌으며 김정일의 지시로 『민족과 운명』이란 이름의 다부작 영화로 만들어졌
다. 그 가사는 '이국의 들가에 피여난 꽃도 / 내 나라 꽃보다 곱지 못했소 / 돌
아보면 세상은 넓고 넓어도 / 내 사는 내 나라 제일로 좋아 / 랄라랄라 랄라라
랄라랄라라 / 내 사는 내 나라 제일로 좋아 / 벗들이 부어준 한 모금 물도 / 내
고향 샘처럼 달지 못했소 / 돌아보면 세상은 넓고 넓어도 / 내 사는 내 나라 제
일로 좋아 / 랄라랄라 랄라라 랄라랄라라 / 내 사는 내 나라 제일로 좋아'라는
소박한 내용이다. 김정일은 이 작품이 '조선민족제일주의가 진한 노래'라는
관점에서 영화화를 지시했던 것으로 알려졌다. 또한 영화화된 『민족과 운명』
의 종자가 민족의 운명과 개인의 운명을 다루면서 '민족의 운명문제는 본질
에 있어서 민족의 자주성에 관한 문제'임을 밝힌 것이라고 요약하고 있다. 즉
'민족의 자주성문제를 주체의 인간학에 기초하여 예술적 화폭으로 깊이 있게
그리고 있다.'는 게 요지이다. 김정일은 이 작품이 주체의 인간학에 기초하여
다양한 생활 국면과 세부를 통해 주인공들의 내면세계와 성장과정을 보여 주
었으며 '우리식 창작지도체계와 창조세계'에 의지해 종자론과 속도전의 원칙
을 구현하면서 만들어졌다는 점을 높이 평가하고 있다.

세계적인 걸작으로까지 추킴을 받고 있는 『민족과 운명』의 이야기 줄거리

는 북한 문학작품에서는 예외적이라 할 만큼 다채롭다. 그 이유는 작품의 무대가 대부분 북한 밖의 사회이기 때문이기도 하지만 주인공들의 삶의 역정이 변전을 거듭하는 내용이기 때문이다. 동백림 사건으로 국제적인 시선을 모았던 작곡가 윤이상과 외무부장관과 천도교 교령을 지낸 적이 있는 최덕신, 군에서 사단장을 지냈고 국제태권도연맹을 만든 최홍기, 수십년간을 남한의 감독에서 보낸 장기수 이인모 등이 주인공으로 등장하는 것이다. 작품에서 이들은 각자 여러 가지 우여곡절을 거치지만 궁극적으로는 북한 사회주의체제의 정당성과 우월성을 뒤늦게 알고 조국에 귀의하는 인물로 형상화되고 있다. 이같은 내용은 북한의 관중들에게 호소력을 발휘할 수 있다. 첫째로 자본주의 사회라는 이국적인 배경이 등장하고, 그 사회체제의 모순과 부조리가 비판적 시각에서 묘사되기 때문이다. 둘째로 주인공들의 다채로운 인생역정과 그 역정에 배경이 되는 역사적 사건들이 그 자체로 흥미를 제공해 줄 수 있다. 셋째로 주인공들이 삶의 우여곡절을 통해서 북한 사회주의 체제로 귀순하는 내용이 북한 인민대중의 자긍심을 고취할 수 있다. 이처럼 예술적 흥미와 '내 나라 제일로 좋아'라는 주제가 합치될 수 있었다는 데서 이 작품이 성공한 요인의 태반을 찾을 수 있다.

『민족과 운명』이 '우리식 사회주의의 우월성' 또는 '우리 수령이 제일이고 우리 당이 제일이며 우리 인민이 제일이고 우리 사회주의조국이 제일이라는 조선민족제일주의 정신'을 선전하는 수단으로서 높은 효능을 가진 작품이라는 사실은 영화문학을 통해서도 입증된다. 한 작품 한 작품이 나름대로 완결성을 지닌 채로 다른 작품들과 연계성을 지니는 구성은 다부작의 요건을 충족시킨다. 그러나 이 작품들이 지닌 반복되는 주제는 개별적인 사례의 제시가 항용 요구받는 보편적 객관성에 대한 질문을 낳게 된다. 다시 말해서 주인공들이 '뿌리깊은 사대(事大)와 반공의식을 버리고 민족자주의식을 체현한 새 인간으로 성장발전'한다는 판단의 객관성에 대한 질문이다. 문학예술작품은 보편적 객관성을 요구받는 것이 아니라 보편적 타당성을 충족시키고 있느냐 하는 것이 중요하다는 관점에서도 이 질문은 유효하다. 그 이유는『민족과 운명』에 속해 있는 여러 작품들의 구조가 개별적인 사안을 보편화하기 위해 필요한 절차들, 즉 개인행동의 배면에 자리잡고 있는 복잡한 관계와 충동과 타산들을 괄호침으로써 이질적인 성격의 행동을 동일한 유형으로 해석한 결과일 가능성이 크기 때문이다.

영화문학론에서 나타난 개별자의 직접적 보편화에 따른 문제들은 시가문학에서도 엿보인다. 북한에서 시가에 대한 논의 가운데 가장 큰 비중을 차지하는 것은 시의 운률론이다. 그 이유는 북한에서 시의 산문화가 가장 절박한 문제로 대두되고 있기 때문이다. 북한 시의 산문화 경향은 꽤 오랜 역사를 지니고 있다. 해방 직후 조기천이 지은 서사시 「백두산」 이후 서사시를 지향하는 풍조가 지속되고 있을 뿐 아니라 단형시에서도 산문적인 글을 행만 나눈 듯한 작품이 많다는 것이 북한 평론가들의 일반적인 지적이다. 또 북한에서 간행된 『서정시선집』(1979~1985)에 수록된 작품 태반이 2~3쪽 분량의 길이로 되어 있다. 또한 북한에서는 서정서사시라는 독특한 장르형태가 나타나고 있는데 이 장르에 속한 대부분의 작품들은 수십페이지의 분량으로 되어 있다. 구체적인 예를 들면 1995년에 간행된 <향도의 해발을 우러러>24집은 단 10편의 작품이 266쪽의 분량을 채우고 있다. 한 편의 시가 평균 26쪽이 되고 있는 셈이다. 전반적으로 북한의 시는 길이가 길어지고 내용에 있어서는 산문화의 경향을 보이고 있는 것이다. 북한 시에서 이렇게 산문화가 지배적인 경향을 이루는 원인은 몇 가지로 짚어 볼 수 있다. 첫째로 북한의 시문학에 대한 요구가 산문적인 내용을 필수로 하는 경우가 많다는 점이다. 예를 들어 북한의 대표적인 서정시로 손꼽히는 김상오의 「나의 조국」이나 김철의 「어머니」, 리수복의 「하나밖에 없는 조국을 위하여」는 '조국'에 대한 정서를 읊은 작품이거나 '조선로동당'에 대한 고마움의 정을 표현하고 있는 작품들이다. 이 작품들은 각기 수십 행의 길이로 되어 있어 산문으로 처리해야 할 만큼 상세한 내용을 포함한다. 이와 같은 사정은 다른 작품에서도 마찬가지이다. 수령에 대해서, 당에 대해서, 조국에 대해서, 미제국주의에 대해서 서술하면서 찬양하고 비판하는 작품이 짧은 길이일 수는 없다. 김우창은 이러한 경향을 '서사시적 충동'이라고 표현하면서 그 의미를 이렇게 설명하고 있다.

서사시는 모든 시의 종류 가운데서도 가장 사회적인 시이다. 그것은
한 종족의 집단적인 신화를 그 소재로 한다. 그러나 이 집단적 신화는
대개 종족의 영웅들의 업적에 관한 것이다. 이 서사시의 신화는 단순히
그 자체로서 의미를 갖는다기보다는 그 교육적인 기능을 통하여 의미를
얻는다. 그것은 집단의 영웅적인 과거를 기억하게 하고 그것을 통하여
집단의 이상을 암시한다. 그렇게 함으로써 그것은 젊은 세대의 심성의
형성에 중요한 역할을 맡고자 한다. 이러한 서사시의 여러 요건들은 공
산주의가 설정하는 문학목표에 적절하게 적용될 수 있는 것이다. 서사시
의 집단지향은 사회주의이데올로기의 집단주의에 맞아들어간다. 서사시
의 영웅적 성격도 사회주의 혁명이 요구하는 영웅적 노력에 부합된다.
또 이것은 다른 한편으로 전체주의 체제가 요구하는 지도자들의 영웅화
작업에도 적절하게 봉사할 수 있는 속성이다. 그리고 서사시의 교육적인
기능은 사회의 모든 일을 정치목표에 대한 종속관계로 환원하려는 경향
이 강한 정치의 교육계획에도 그대로 맞아들어가는 것이다.[142]

둘째로 북한의 시문학이 '시가문학'으로 불리고 있다는 데서 알 수 있듯이
북한의 서정시는 곧 노래로 불려질 수 있을 만치 대중성을 획득할 것이 요구
된다. 조국이나 수령, 지도자, 기념행사에 대한 '송시' 또는 '송가'가 대부분을
차지하고 있는 시작품들이 대중성을 염두에 두면서 서정시의 형태로 창작될
때 그 결과가 산문적 형식을 극복하기란 매우 어려울 수밖에 없다. 북한에서
'시문학'이란 표현보다는 '시가문학'이란 표현이 주류를 이루는 것은 이 양상
과 관련된다고 할 수 있다. 북한에서 개인의 짧은 서정은 '서정시'보다 오히려
'가요'나 '가사'의 형태로 표현될 가능성이 더 많은 것이다. 이밖에 '사실주의'
에 입각한 시를 쓰라는 요구도 압축과 생략을 필수적 요건으로 하는 시문학
에 심한 압박이 되는 것도 사실이다. 그러나 이런 요인들은 북한의 시문학이
처한 근본적인 불모의 조건에 비기면 아직 부차적인 것인지도 모른다.

현대의 자유시의 대표적인 형식을 서정시라고 할 때 그 개념은 일반적으로
사용하는 '시' 개념과는 약간의 차이를 갖는다. 예를 들어 헤겔이 시문학장르

---

142) 김우창, 『시인의 보석』, 민음사, 1993, 628쪽.

를 서정, 서사, 희곡으로 나눌 때 '서정'시는 특정한 문화적 조건을 전제한다. 헤겔은 그 조건을 이렇게 말한다.

> 서정시에 있어서 특히 적합한 시대는 생활상태 면에서 많든 적든 이미 정비된 질서가 완성된 시기이다. 이러한 시대에 비로소 개개의 인간은 세계를 등지고 자기 자신으로 돌아가, 즉 외부세계로부터 이탈하여 내면 속에서 감정과 사유의 독립적인 총체를 이룩한다. 서정시에서는 객관적인 전체와 개체적인 행위가 아닌 시인 그 자신이 형식과 내용이 되기 때문이다. 그러나 이것은, 개인이 서정적으로 자기를 표현할 수 있기 위해서는 국민적인 관심과 직관의 모든 관련에서 벗어나 형식적으로 오로지 독립해야 한다는 것으로 이해되어야 한다.[143]

헤겔의 관점에서 서정시가 나오기 위해서 적합한 토양은 세계의 객관적인 질서에서 벗어나서 내면 속에서 감정과 사유의 총체가 되는 개인이 존재하는 사회이다. 그 개인은 국민적인 관심이나 직관과 떨어져서 스스로 독립해야 한다. 이러한 조건은 북한의 시인들에게 허용되지 않는다. 시인이 '내면 속에서 감정과 사유의 총체'가 되었다고 할지라도 공적으로 국민적인 관심이나 요구에서 벗어나는 것이 허용되지 않기 때문이다. 또한 북한 시인들의 내면에서 형성된 감정과 사유가 당이 요구하는 것과 일치하지 않을 때 현실적으로 내다보이는 불이익을 감수하면서 자기주장이나 감정을 관철시킬 시인이 많으리라고는 상상할 수 없다. 더욱이 국민적 질서로부터 벗어난다는 것은 북한 사회의 작가들로서는 상상할 수조차 없는 것이다. 이 점에서 북한의 시인들은 근본적으로 서정시의 불모지에 놓여 있는 셈이다. 북한의 평론가들이 시의 운율론[144]을 통해 시의 서정성을 확보하고자 노력해도 결과가 신통치 못한 것은 북한 시문학이 처해 있는 조건의 이와같은 근본적인 한계 때문이라고 생각할 수 있다.

---

143) G.W.F헤겔, 최동호옮김, 『헤겔시학』, 열음사, 1987, 172~173쪽.
144) 대표적인 운율론으로는 장정춘, 『조선현대시와 운율문제』(문예출판사, 1989)를 들 수 있다.

3) 아동문학 창작과 번역문학의 방향

한 사회의 문학예술의 현황을 알아보는 데서 아동문학과 번역문학은 자칫 소홀히 되기 쉽다. 시가나 소설, 희곡분야의 중요성에 비해서 아동문학은 본격적인 문학에서 벗어난 듯한 느낌을 주고 번역문학은 원래 그 사회에서 생겨난 문학이 아니란 점에서 도외시할 가능성이 많다. 그러나 그 사회가 문학예술에 대해 어떤 관점을 가지고 있고 그것을 어떻게 발전시키고 있는가 하는 문제는 이와 같이 중심에서 벗어난 부문의 현황을 통해 더욱 적나라하게 드러날 수 있다. 사람들의 우선적 관심대상이 아니란 점에서 실상이 꾸밈없이 더욱 명료하게 드러날 수 있는 것이다. 이러한 관점에서 여기서는 북한의 아동문학과 번역문학의 현황을 순서에 따라 간략하게 살펴본다.

(1) 아동문학의 현황과 창작방향

북한의 『주체문학론』은 여러 문학형태와 창작실천을 살펴보는 제6장에서 시문학과 소설문학을 다룬 다음 순서에 아동문학을 넣고 있다. 희곡문학이나 영화문학 등은 기타 문학형태로 다루어지고 있는 데 비해서 아동문학이 세 번째 순서에 있다는 것은 북한사회에서 아동문학이 매우 중요한 자리를 차지하고 있다는 사실을 드러내준다. 북한문학에서 아동문학이 이같이 중요한 지위를 지니게 된 것은 북한사회의 필요와 요구가 그만큼 크기 때문이다. 특히 김정일의 등장 이후 아동문학이 지니는 의미에 특별한 지위가 부여되는데, 한 저작은 그 사정을 다음과 같이 설명한다.

> 오늘 우리는 주권을 쟁취하기 위한 로동계급의 첫단계의 투쟁으로부터 멀리 전진하여 영생불멸의 주체사상을 사상과 도덕, 경제와 문화의 모든 령역에서 철저히 구현하기 위한 높은 단계의 혁명과업을 수행하고 있다. 우리가 수행하는 주체혁명위업은 로동계급이 세기를 두고 소원하던 력사적 위업이며 그것은 한 세대에 끝나는 것이 아니라 대를 두고 이어나가야할 가장 숭고하고 영광스러운 과업이다. 그러므로 우리 혁명의

대를 이을 어린이들과 청소년들을 주체혁명의 계승자로 키우는 것은 혁명발전의 요구로 보아 합법칙적인 것이며 후대들에 대한 사상교양사업에서 잠시도 놓쳐서는 안될 가장 중요한 문제로 된다. …… 중략 …… 우리시대 아동문학의 사명 그것은 두말할 것도 없이 자라나는 후대들을 주체혁명위업의 미더운 계승자로 키우는 것이다. 우리 아동문학이 자기 앞에 이런 사명을 내세우게된 것은 자기 발전력사에서 일찍이 있어보지 못하였다.145)

'주체시대 아동문학의 사명'에 대한 인용문의 설명은 북한사회가 왜 아동문학에 큰 비중을 두게 되었는지 그 이유를 알 수 있게 한다. 어린이와 청소년은 후대의 혁명을 이끌어갈 계승자이며 그들을 사상적으로 교화하는 일은 결코 무시할 수 없는 주요 과업이며 한 시도 쉴 수 없는 사업이라는 관점이 나타나 있다. 전후맥락을 살펴보면 이 관점은 김정일이 지도자로 등장한 이후 강조되기 시작했으며 실제로 그는 그 사업을 조직 영도한 인물로 묘사되고 있다. 북한에서 『아동문학』이란 잡지가 월간으로 계속 발행되고 『조선문학』에도 자주 아동문학작품들이 소개되고 있는 것은 아동들을 주체형의 공산주의적 인간으로 키우는 것이 북한사회의 미래에 결정적인 중요성을 지니기 때문인 것이다. 이러한 관점에서 『주체문학론』은 어린이들의 심리와 수준에 맞는 작품을 창작하여야 한다는 일반적으로 인정될 수 있는 이론 외에 북한 사회가 요구하는 아동문학의 사명을 달성할 수 있는 특수한 규정들을 제시하고 있다. 즉 아동문학은 어린이와 청소년들에게 당의 사상을 불어넣어서 혁명적 세계관을 세워주어야 한다는 것이다. 이는 아동문학이 혁명적인 내용을 형상화해야 한다는 규정으로서, 구체적인 방침으로는 수령에 대한 충성심을 앙양할 수 있는 내용, 조직생활과 집단주의정신을 옹호하는 내용이어야 한다는 규정이다. 『주체문학론』은 또한 '최근 세계아동문학의 동향을 보면 어린이의 성격을 날 때부터 타고난 천성적인 데서 찾으면서 초계급적인 <순수기질>을 찬미하는 풍조가 류행'하고 있다고 그 '우경적 편향'을 비판하고 북한의 아동

---

145) 정룡진, 『아동문학의 새로운 발전』, 문예출판사, 1991, 73～74쪽.

들에게는 그러한 반동적 영향과 낡은 사상이 침투하지 못하도록 해야 한다고
강조한다. 즉 아동문학이 정서교양과 지식계발에만 머무는 데서 벗어나 문학
의 사상교양적 기능을 높이기 위한 노력을 의식적으로 경주해야 한다는 것이
다. 더욱이 어린이들은 낡은 사회의 표상과 혁명투쟁의 시련에 대한 체험이
없으므로 수령의 혁명역사를 형상화하여 보여 주어야 한다는 점을 특히 강조
한다. 아동문학 역시 '우리 당의 정책과 우리나라 어린이의 특성에 맞는 우리
식 문학으로 발전시켜야 한다'는 것이다.

　『주체문학론』이 제시하는 북한 아동문학의 방향은 김정일의 등장 이후 시
행되어온 정책의 집약이다. 북한 아동문학의 기원을 항일혁명투쟁시기에 김
일성이 직접 지은 아동문학에서 찾으며 그 혁명문학전통이 주체시대 아동문
학에도 이어지고 발전되어야 한다는 관점이다. 이 관점에 입각하여 전개되는
북한 아동문학의 현황은 북한사회에서 중시되는 순서와 비례를 참조하여 다
음과 같이 몇 가지 항목으로 구분해 살필 수 있다.

① 김일성이 지은 아동문학

　북한 아동문학의 혁명전통을 이루는 첫 번째 작품은 1930년대초 김일성이
카륜과 고유수, 오가자 일대에서 인민대중에게 들려 주었다는 이야기를 장편
소설로 만든 『열다섯 소년에 대한 이야기』이다. 『피바다』, 『꽃파는 처녀』,
『한 자위단원의 운명』 등의 고전적 명작과 같이 김정일에 의해 형상화작업이
영도된 것으로 알려진 이 작품은 사상적 높이에서나 형상의 예술성에 있어서
북한 아동소설의 본보기로 간주된다. 이 작품의 줄거리는 동해 바닷가에 사
는 열다섯 소년소녀가 근처 섬에 새알을 주으러 갔다가 돌아오는 길에 풍랑
을 만나 무인도에 표류하여 온갖 고난을 겪고 귀환하는 이야기이다. 한달간
풍랑 속에서 표류하는 고난의 과정뿐만 아니라 북방의 무인도에서 겪는 생존
을 위한 갖가지 투쟁이 긴장감을 조성한다. 소년들은 자신들에게 닥친 위험
과 과제들 앞에서 점차 자주적이고 창의적인 삶의 의의를 자각하게 되는데
이처럼 험난한 현실에서 자기 운명을 개척하여 나가는 소년들의 협동과 단결
을 보여줌으로써 자력갱신의 정신과 집단주의의 우월성이 주제로 부각되고

있다. 즉 표류과정이나 섬에 정착하는 과정에서 일어나는 여러 사건들이 흥미진진하면서도 주인공들이 의식성장 과정과 맞물려서 작품의 주제사상을 효과적으로 드러낸 것이다. 섬에 표류한 소년들은 맞닥뜨리는 문제들에 따라서 서로간에 몇 개의 분파를 짓기도 하는데 동굴에 머물려는 파와 집들 지으려는 파, 섬에서 이상촌을 건설하려는 돌쇠와 돌아갈 배를 건조하려는 입장의 소년등이 각기 색다른 갈등을 야기함으로써 사회생활의 여러 국면에 대한 다양한 의미를 되새길 수 있게 해주는 것이다. 『조선현대아동소설 연구』의 저자인 오정애는 이 소설이 '위대한 주체사상을 기초로 하여 내용을 전개하고 형상을 풀어나감으로써 사상주제적 내용의 심오성과 그 형상적 높이에서 혁명적 아동소설의 본보기 작품으로, 생활의 교과서로 되고 있다'[146]고 의의를 부여하고 있다.

② 수령과 지도자를 형상화한 아동문학

북한의 아동문학에서 수령과 지도자를 형상화할 필요성은 '혁명적 내용'의 핵심이 바로 거기에 있기 때문이기도 하고 어린이들이 수령과 당에 대한 충실성을 가지기 위해서는 수령과 당의 위대성이 형상적으로 제시되어야 하기 때문이기도 하다. 따라서 북한 아동문학에서 수령의 형상화는 가장 우선적인 과제가 되고 있다. 김정일이 실제적으로 문학예술부문의 조직 영도를 맡은 1970년대부터 아동문학에서도 수령을 형상화하는 작업은 지속적으로 이루어지고 잇다. 그 대표적인 작업이 김정일의 지도 아래 4·15창작단에 의해 진행된 김일성의 유년시절과 소년시절을 그린 장편소설 창작이다. 『만경대』와 『동트는 압록강』, 『배움의 천리길』 등은 그 작업의 성과이다. 물론 그 이전에도 김일성의 형상을 그린 소설로는 고병삼의 「해빛」과 전기영의 「날개」, 박춘삼의 「아버지」, 리림수의 「특별반」, 최병환의 「낚시터의 불빛」 등이 있었다. 그러나 이 소설들은 단편소설인데다 수령의 입장에서 어린이들에게 내려주는 사랑에 초점을 맞추고 있다는 점에서 수령의 어린 시절을 그린 장편소설과는 성격이 다르다. 『만경대』는 1916~1918년 경 만경대와 봉화리 시절의

---

146) 오정애, 『조선현대아동소설 연구』, 사회과학출판사, 1993, 15쪽.

김일성의 어린 시절을 그리고 있으며『동트는 압록강』은 중강진과 팔도구에
서 보낸 소학교 시절의 이야기를 다루고 있다. 또『배움의 천리길』은 팔도구
를 떠나 조국의 여러 곳을 돌아보는 체험 속에서 항일의 신념을 가지게 되는
전반적인 경과를 그리고 있다. 이 작품들은 김일성이 어린 시절에 혁명가로
서의 비범한 능력을 갖추어 나가는 제반 과정을 흥미로운 일화들과 생활의
세부를 통해 보여 주어 청소년들의 사상교양사업에 이바지 할 것을 도모하고
있다. 또한 김일성 탄생 60돌에 즈음하여 나온 집체작「우리의 아버지 김일성
원수님」은 모두 5장으로 구성된 송가문학으로서 생활의 세부 속에 혁명적 수
령관을 심어줄 수 있는 내용들을 삼투시키고 있다. 이밖에 수령을 형상화한
단편소설로는 강훈의「장군님을 맞는 날」을 비롯하여 수십편의 작품이 발표
되고 있다.

　한편 수령 형상화작업에서 흥미로운 것은 김정일이 어린 시절에 쓴 아동시
가문학이 본보기 아동문학으로 제시되고 있는 점이다. 예컨대 1953년에 쓴
것으로 알려진「축복의 노래」는 수령에 대한 인민의 감정을 전형적으로 표현
한 것으로 묘사된다.

　　　어둡던 강산에 봄을 주시고
　　　조선을 빛내신 아버지장군님
　　　저멀리 하늘가 포연이 서리면
　　　인민은 안녕을 축원합니다

　　　나라의 운명을 한몸에 지니신
　　　아버지장군님 인민의 수령님
　　　준엄한 전선길 안녕하심은
　　　온 나라 가정의 행복입니다

　　　미제를 쳐부신 영웅의 땅에
　　　락원을 펼치신 아버지장군님
　　　찬란한 조선의 미래를 위해

인민은 안녕을 축복합니다

　전쟁이 한창이던 시절에 아버지의 안부를 생각하는 아들의 심정을 소박하
게 표현하고 있는 이 노래가 전인민의 감정과 염원을 잘 나타내고 있는 고전
적 명작이라는 것이 북한 문학사의 관점이다. 이밖에도 김정일이 어린 시절
에 김일성에 대한 충성과 효성을 드러낸 많은 시가작품이 거론되고 있다. 아
버지가 조금이라도 더 잠을 잘 수 있기를 바라는 심정을 표현한 「한 초가 한
시간 되여줄 수 없을가」와 혁명의 위업을 계승하겠다는 결의를 드러내고 있
는 「대동강의 해맞이」, 수령에 대한 충실성의 표본으로 간주되는 「우리 교실
」 등이 그 대표작이다. 혁명적 수령관의 전범을 보여 주었다고 평가되는 「조
국의 품」도 아들의 마음을 전인민의 마음으로 보편화함으로써 숭고한 높이
에 이른 작품이라는 평을 받고 있다.

　　　모란봉에 붉게 타는 노을인가요
　　　대동강에 곱게 비낀 무지갠가요
　　　노을처럼 아름다운 조국의 품은
　　　내가 자란 정든 집 고향입니다

　　　진달래꽃 방긋 웃는 새봄인가요
　　　종달새가 지저귀는 하늘인가요
　　　봄날처럼 따사로운 조국의 품은
　　　나를 안아키워준 어머닙니다

　　　바다우에 둥실 솟는 아침핸가요
　　　밤하늘에 반짝이는 별빛인가요
　　　해빛처럼 밝고밝은 조국의 품은
　　　아버지장군님 품이랍니다

　이 작품은 조국의 품을 '나서 자란 정든 집과 고향'으로 비유하는 일반적
인 인식에서 시작하여 조국을 '아버지장군님의 품'으로 비유하는 특수한 인

식으로 나아가고 있다. 그러면서 각 항에 짝지워지는 대상물을 '대동강의 무지개'에서 '밤하늘에 반짝이는 별빛'과 '해빛'으로 바꿈으로써 수령의 위대성을 함축적으로 드러낸다는 점에서 이 작품은 상당히 기교적인 측면도 갖추고 있다.

수령의 형상화와 함께 북한의 아동문학이 힘을 쏟은 사업은 김정일의 형상화이다. 1970년대부터 시작된 이 사업은 청소년들을 혁명적 세계관으로 무장시키기 위한 일이기도 했지만 대를 잇는 혁명의 주역으로서 김정일을 부각시키는 데도 필요한 일이었다. 즉 수령에 대한 충성심이나 효성에서 누구도 따를 수 없는 김정일의 존재는 주체시대의 전형이기도 했고 다른 한편으로는 수령의 대를 이을 사람이기도 했다. 이러한 이중적인 의미를 지니는 지도자의 형상을 창조하는 문학작품으로는 80년대에 나온 단편소설집『아침노을』에 실려 있는 리춘복의 「이슬길」, 신종봉의 「글소리」, 백현우의 「우러르는 한마음」, 정석우의 「행군길」 등이 있다. 그러나 지도자를 형상화하는 작업은 90년대에 이르러 본격화되는데 그 대표적인 작품이 1991년에 나온 장편소설『불구름』이다. 이 소설은 수령에 대한 지도자의 충성과 효성을 보여주기 위해 전쟁시기에 있었던 김정일의 여러 일화들을 엮어내고 있다. 예를 들어 인민과 함께 시련을 겪어야 한다는 김일성의 말에 따라 누이동생 경희와 함께 후퇴의 길에 오른 일, 수령의 일과표를 검토하며 건강을 걱정하는 일화 등이 묘사된다. 이밖에 김정일을 형상화한 작품으로는 그의 유치원시절을 형상화한 리동섭의 「자랑」, 정신룡의 「해방산의 나팔소리」가 있고, 인민학교와 장학시절을 형상화한 박춘호의 「별빛」, 정석우의 「우리의 거리」 등이 있다.

③ 긍정적 주인공을 형상화한 아동문학

『주체문학론』은 아동문학이 어린이와 청소년의 지, 덕, 체의 발달과 관련된 사실들을 대상으로 하여 형상화작업을 수행하여야 한다는 이론을 정식화한다. 그러나 그 전제는 '우리의 어린이들은 앞으로 준엄한 혁명의 머나먼 길을 헤쳐나가야 할 새 세대'라는 인식이다. 따라서 아동문학의 긍정적 주인공은 지식과 체력을 겸비하는 것만으로 충분하지 못하며 혁명적 수령관이 뚜렷하게 섰을 때만이 그 조건을 충족시킨다. 긍정적 주인공들은 수령과 지도자에 대한 끝없는 충실성을 지니고 공산주의적 도덕품성을 지녀야 하는 것이다. 북한의 아동문학에서 가장 많은 작품은 바로 이러한 긍정적 주인공을 형상화하는데 바쳐지고 있다. 80년대 이후에 나온 아동소설작품 가운데서 백기정의 「조국의 꽃밭」, 량경찬의 「꽃길」, 김경집의 「빛나는 길」, 전기영의 「덕지강의 아들」, 김정의 「1학년생」, 김용길의 「두 동무」, 리동섭의 「발구름소리」, 리준길의 「희망」 등이 이 종류에 해당한다. 이 가운에서 김정의 「1학년생」은 북한의 아동문학에서 가장 많은 주목을 받은 작품이다. 인민학교 1학년에 입학한 금동이라는 어린이가 새로운 환경에 적응하면서 벌이는 갖가지 기발한 행동과 그로 인한 소동을 그리는 이 작품은 '동심'을 제대로 그렸다는 점에서 높은 평가를 받지만 그 핵심에는 수령에 대한 진한 충성심이 놓여진다. 즉 아버지가 근무하는 지방의 시골한생들한테서 솔방울 선물을 받고 답례품을 생각하던 금동이는 만경대사판(김일성의 출생지인 만경대를 본뜬 조형물)을 만들어 보낸다. 이 일이 신문에 보도되고 수령에게까지 알려져서 텔레비젼에 출연하게 되는 등 여러 사건들이 펼쳐지는데 그 가운데 금동이의 김일성에 대한 충성심이 작품의 핵심적인 문제로 부각되는 것이다. 김정의 「1학년생」은 수령에 대한 충성심을 1학년생다운 동심의 세계에서 표현한 것으로 하여 높은 평가를 받고 있는 것이다.

　수령에 대한 충성심과 효성은 시가문학에서도 서정적 주인공의 문제를 통해 중심적인 위치에 놓인다. 림금단의 서사시 「사랑의 노래」, 송봉렬의 서정서사시 「감자꽃」, 황민의 동시 「한줌의 흙」, 김영심의 「만경대의 종소리」 등 대부분의 작품에서 어린 서정적 주인공의 혁명적 세계관 또는 수령에 대한 충성심이 주요문제로 부각된다. 예컨대 송봉렬이 지은 동요 「향기」에서 그와 같은 양상의 한 편린을 찾아볼 수 있다.

　　고개 갸우뚱
　　김정일화 곱게
　　그려놓고서

나는야 엄마보고
물어보았죠
이 그림에 꽃향기
못담을까요

안타까워 엄마얼굴
바라보는데
우리 엄마 내 머리
쓸어주시며

그림 속에 향기를
담고 싶어서
애타하는 내 마음이
꽃향기래요

　가장 순박한 마음을 지닌 어린이가 그림 속의 꽃에 향기를 담을 수 있는
방법이 있는가를 궁금해 한다는 사실은 쉽지 않지만 있을 수 있는 일이다. 그
러나 그림 속의 꽃은 '김정일화'이다. 바로 이 점이 동요의 서정적 주인공에게
나타난 수령에 대한 충성심의 양상이고 그 점을 평가의 주요 척도로 삼는 것
이 북한 아동시가문학의 현재이다. 이 점에서 북한의 평론가들이 주장하는
아동문학의 '창작에서 성인화의 경향을 극복하고 생신하고 발랄한 아동들의
고유한 동심적 정서를 생동하게 형상하는 데서 일정한 전진을 이룩'[147]했다
는 평가는 일정한 유보조건을 지니고 있는 것이다. 그 양상은 동화나 우화의
부문에서도 찾아볼 수 있다.
　북한의 아동문학에서는 동화나 우화의 창작이 적극적인 권장의 대상이 되
어왔다. 1972년에 있은 김일성의 지침에 따라 이런 종류의 문학형태가 지니
는 어린이를 대상으로한 교양 수단으로서의 효력이 인정을 받았고 그러한 관

---

147) 리동수, 「찬란히 개화발전한 아동문학의 자랑찬 40년」, 『조선문학』, 1985년, 9월호.

점에서 지도자 김정일의 강조도 뒤따랐다. 그리하여 원도홍의 「보물의 분수」, 김청일의 「세번째 소원」 같은 중편동화와 배풍의 「귀가 큰 토끼」, 김신복의 「이상한 귀속말」, 김우경의 「물방울」, 김재원의 「파도왕의 편지」 같은 많은 동화가 창작되어 나왔다. 또한 우화문학으로도 김신복의 「뻐기던 바위」, 김선의 「자본가놈을 물리친 마차군」 같은 작품이 창작되었다. 그러나 동화와 우화에서도 '로동계급성'이 강조되고 혁명적 풍격을 갖출 것이 요구되었기 때문에 그러한 요소를 갖추지 못한 작품들은 '계급적 선이 흐리터분한 <범벅> 동화'나 단순히 '인식적 의의를 추구하는 <사건>동화'라는 비난을 받게 된다. 즉 동화와 우화 속의 동식물이나 자연현상에서도 인간의 개성적인 모습이 등 장하여야 하며 공산주의적 인간을 그릴 것이 요구된 것이다.

④ 아동들의 성장을 주제로 한 작품들

『주체문학론』은 '우리식 아동문학'이 어린이들을 혁명인재로 키우는데 이 바지할 수 있어야 한다는 관점을 견지하는 속에서도 아동문학의 창작에서 고 려해야 할 사항들을 세부에 이르기까지 구체적으로 제시하고 있다. 예컨대 어린이의 지능수준에 맞는 형상을 창조하여야 한다는 것이나 '년령심리적 특 성'을 살려야 한다는 것, 사상을 논리적으로 받아들이게 할 것이 아니라 감성 적으로 받아들이게 해야 한다는 것, 아동들은 변화무쌍한 행동성과 강한 운 동감이 느껴져야 홍미를 느낀다는 것, 어린이는 새것을 좋아한다는 것 등이 다. 이러한 사항들은 아동문학이 수요자들의 관심을 촉발할 수 있는 조건들 에 대한 고찰이라는 성격과 함께 작가들이 다루어야할 제재들을 규정해주는 의미를 지니기도 한다. 즉 자라는 어린이들의 관심사항이 되는 학습과 신체 발달부문에 초점을 맞추라는 요구이다. 어린이들의 배움에 대한 요구와 새로 운 것에 대한 관심을 반영하는 것은 아동문학의 일반적 경향이지만 좀더 의 식적으로 수령이 제시한 '학습제일주의정신'을 구현하라는 것이 북한 아동문 학에 대한 요구이다. 즉 김일성의 어린이들에 대한 크나큰 사랑은 어린이들 이 마음놓고 학습에 열중할 수 있도록 환경을 조성하는 것이며 그 은혜 속에 서 북한의 아동들은 아무런 걱정없이 배움의 길로 나아갈 수가 있다는 것인데, 이같은 특성이 잘 나타나 있는 작품으로는 리준길의 「함박눈 내리는 날」, 최병환의 「낚시터의 불빛」 등을 열거할 수 있다. 이 작품들은 어린이들의 지적 탐구심을 김일성수령이 어떻게 존중해주는가를 묘사한다는 공통적 특성을 갖고 있다. 한편 어린이의 신체적 성장과 관련된 문제들을 다룬 작품으로는 강립성의 「해안포」, 김명남의 「탁구선수」, 류화촌의 「키가 큰다」 등을 들 수 있다.

⑵ 번역문학의 현황과 방향

외국의 문학작품을 자국어로 번역하는 작업은 각별한 의미를 지닌다. 그것은 보편적 가치를 지니는 외국문학의 성과를 통해 사회구성원들의 체험의 폭과 깊이를 확장하는 일이기도 하며 자국의 문학을 좀더 보편적인 입장에서 성찰할 수 있는 계기를 만들기도 한다. 따라서 번역의 작업은 문화에 대한 일정한 견해를 기반으로 하면서도 그 견해 자체를 넘어서는 지평을 모색하는 일로서도 의의를 지닌다. 이런 측면에서 북한의 번역문학이 현재 어떻게 진행되고 있으며 거기서 나타나는 문화에 대한 입장은 어떤 것인가를 파악하는 일은 북한사회의 문화적 동향을 알아보는데 중요한 의미가 있다.

① 번역문학에 대한 주체문학론의 기본적 입장

북한의 최근 문예정책을 대표하는 『주체문학론』은 그 첫 장에서 주체문예를 건설하기 위해서 '이색적인 사상조류의 침습을 막아야 한다'는 원칙적인 입장을 제시해놓고 있다. 여기서 '이색적인 사상조류'는 자연주의와 형식주의로 대표되는데 그것들이 서방의 여러 문예형식을 가리키는 이름이라는 것은 쉽게 알아볼 수 있다. 그러나 주체문예를 발전시키기 위해서도 외국의 문학을 일정하게 수용하여야 한다는 사실이 『주체문학론』에서 외면되고 있는 것은 아니다. 그렇기 때문에 『주체문학론』의 입장에서 외국문학 수용의 원칙을 밝히고 있는 저작인 『주체의 문예관과 외국문학』은 외국문학에 대해서 주체적이고 비판적인 수용의 입장을 강조하고 있다. 외국문학은 대중을 사상적으로나 문화정서적으로 교양하는 데서 필요한 것이지만 그것을 대중에게 소개하는 사업은 우리문학을 발전시키는 데 도움이 되는 방향으로 추진되어야 한다는 입장이다. 즉 외국문학에 대해서는 주체적이고 비판적인 입장에 서서 선택적으로 수용하는 원칙이 서야하고 가능한 한 혁명적이고 진보적인 작품을 대중이 읽을 수 있도록 해야 한다는 것이다. 여기서 혁명적이고 진보적인 작품은 서방의 전위예술을 의미하는 것이 아니라 주체사실주의의 입장에 비춰서 긍정적이라고 평가할 수 있는 작품이다. 그 대표적인 작품으로 열거되고 있는 것은 고리키의『어머니』, 세라피모비치의『철의 흐름』, 알렉세이 톨스토이의『고난의 길』, 노신의『아큐정전』, 하인리히 만의『축복』, 빅토르 위고의『레미제라블』, 톨스토이의『부활』. 디킨즈의『돔비와 아들』, 고골리의『죽은 넋』 등이다. 이 관점에서 특징적인 것은 19세기 리얼리즘문학의 거장들로 알려진 발자크나 스탕달, 도스토예프시키보다도 에밀 졸라와 로맹 롤랑이 우선적으로 거명되고 있는 점이다. 졸라는 '로동계급에 대한 동정을 가지고 그들의 폭동적 진출을 보여'준다는 점에서, 롤랑은 '사회주의 사실주의 문학에 가장 가깝게 접근'했다는 점이 그 이유로 적시되고 있다. 졸라의『제르미날』이나 롤랑의『장 크리스토프』같은 작품에 나타난 작가의 계급적 입장을 중시하는 관점이다. 이같은 관점은 서구의 문예사조에 대한 견해에서도 일관되게 나타난다.

② 세계문학에 대한 주체문학론의 일반적 견해

주체문예이론에서 외국문학의 가치는 인식교양적인 측면에서 중시된다. 문학이 반영하는 현실은 자연적 현실이 아니라 인간의 생활이 담겨있는 현실이고 그것은 정치도덕적 관계를 기본으로 하는 현실이라는 관점에 서는 주체문예이론에서 외국문학은 대상이 되고 있는 사회현실의 정치도덕적 관계를 올바로 보여줄 때만이 가치있는 것이 된다.『어머니』나『철의 흐름』,『고난의 길』 등이 중요한 외국문학이 되는 이유는 그것들이 '당과 혁명에 대한 충실성, 혁명임무에 대한 높은 헌신성'을 갖추고 있기 때문이며 그 속에서 조국과 인민에 대한 사랑, 혁명가의 불굴의 투쟁정신과 영웅적인 희생정신을 배울 수 있기 때문이다. 이와 함께 주체문예이론은 외국문학이 생활인식의 교과서라는 측면도 강조한다. 호머의『일리어스』, 월터 스코트의『아이반호』, 중국의『삼국연의』, 단테의『신곡』과 같은 작품은 그 속에 등장하는 사회생활에 대한 풍부한 지식을 준다는 점에서 가치있다. 주체문예이론은 종래의 문예사조들의 여러 양상을 이같은 관점에서 평가한다. 예컨대 르네상스 문학은 선이 악을 이긴다는 인문주의적 이상을 표현한 것은 사실이지만『햄릿』에서 보이는 것처럼 봉건사회의 모순을 극복할 비전을 제시할 수는 없었다. 헴릿의 비극은 특권계급이 온존하는 사회적 근원에서 비롯되는 것임과 동시에 그 사회를 지양하고자 하는 주인공의 이념과 지향이 실현될 가능성과 전망을 갖지 못한 데서 야기되는 것이다. 진보적 낭만주의문학도 당대의 사회현실의 부정성에 대한 부정으로서 현실을 거부하고 주관적 이상과 공상 속에 문학의 세계를 건설하였다. 낭만주의 문학이 주인공들이 살았던 시대와 장소가 아니라 이국적인 이미지를 지닌 동방이나 낯선 지방 또는 과거의 현실을 무대로 삼은 것은 그와 같은 현실거부정신의 표현이었다. 이에 비해서 비판적 사실주의문학은 자본주의사회의 계급적 관계가 낳은 사회악과 모순을 비판의 대상으로 삼는 점에서 긍정적이고 기존의 진보적 문학들 가운데서 가장 높은 사상예술적 수준을 보여주지만 그 사회악을 극복할 수 있는 방도를 제시할 수 없었다는 점에서 한계를 지닌다고 평가된다. 북한의 외국문학 소개는 대체로 이와같은 세계문학 이해에 바탕을 둔다고 할 수 있다. 따라서 각종의 문예사조와 개별 작품들에 대해서 어떻게 이해하고 평가하는가 하는 문제는 북한의 번역문학의 대강을 파악하는데 중요한 참조점을 제공한다.

『주체의 문예관과 외국문학』은 주체문예이론의 선행이론으로서 러시아의 혁명적 민주주의자들의 문예이론과 맑스 엥겔스의 미학, 레닌과 고리키의 문학론을 검토한데 이어 외국문학의 사조들을 열거하고 있다. 대체로 과거 서구문학의 주요사조라고 볼 수 있는 창작방법들이 거론되고 있지만 여기서 다루어지고 있는 사조들은 주체문학론이 긍정적이라고 평가하고 있는 사조들이다. 주체문학론에 비해서 일정한 한계점을 지니기는 하지만 그 사조들은 중요한 문화유산이라는 게 대체적인 평가의 관점이다. 여기서 거론되고 있는 사조에는 르네상스기의 인문주의문학과 근대사회의 출발과 함께 나타난 계몽주의 문학, 자본주의 사회의 초기에 나타난 진보적 낭만주의 문학, 비판적 사실주의 문학, 그리고 사회주의적 사실주의 문학 등이 포함된다. 인문주의 문학에서는 세익스피어의 『햄릿』과 『베니스의 상인』, 보카치오의 『데카메론』, 페트라르카의 서정시집 『칸쪼니에레』, 라블레의 『가르강튀아와 빵따그뤼엘』, 단테의 『신곡』, 토마스 모어의 『유토피아』 등이 긍정적으로 평가된다. 계몽주의 문학에서는 몽테스큐의 『페르샤인의 편지』, 디드로의 『여승』, 루소의 『신엘로이즈』, 다니엘 디포의 『로빈슨 크루소』 등이 주로 언급된다. 진보적 낭만주의 문학에 대해서는 매우 적극적으로 그 긍정적인 측면이 설명되면서 빅토르 위고의 『레 미제라블』, 알렉산드르 뒤마의 『몽테크리스토백작』, 셀리의 시극 『해방된 프로메테우스』, 바이런의 서사시 『돈주앙』, 월터 스코트의 『아이반호』 등이 상세히 논의된다. 비판적 사실주의 문학에서는 발자크의 『인간 희극』, 디킨즈의 『돔비와 아들』, 새커리의 『허영의 시장』, 푸시킨의 운문 소설 『예브게니 오네긴』, 톨스토이의 『전쟁과 평화』, 『부활』, 『안나 카레니나』, 토마스 만의 『부덴부르그일가』 등이 소개된다. 사회주의 사실주의 문학에서는 고리키의 『어머니』, 세라피모비치의 『철의 흐름』, 오스트롭스키의 『강철은 어떻게 단련되었는가』 등이 설명된다. 한편 『주체의 문예관과 외국문학』과 같은 논리에 서면서도 부정적인 사조들을 개괄하고 있는 박종식의 평론집 『문학사조와 작가정신』은 '아메리카니즘', '자연주의문학', '순수문학', '실존주의문학', '모더니즘', '구조주의문학이론', '포스트모더니즘' 등을 비판적으로 소개하고 있다. 주로 남한의 문학에 나타나고 있는 상기의 사조들을 개관하면서 그 철학적 기반들을 파헤쳐 그 맥락 속에서 세계문학 속의 주요작품들도 비판적으로 제시하고 있다. 결국 과거의 주요 문학유산 가운데서 긍정적인 작품들을 제시하는 일방 주체사실주의와 동시대에 놓이면서도 대척적인 입장에 있는 현대의 사조에 대해서는 그 폐해를 적극적으로 제시하는 셈이다.

그러나 외국문학에 대한 북한의 관점은 그 사회의 특수한 사정과 요구에 의해 강조되는 사항이 달라진다. 예컨대 『주체의 문예관과 외국문학』은 '외국문학이 남긴 몇 가지 창작실천적 경험과 교훈'에서 '령도자와 문학'이란 항목을 설정하여 수령을 형상화한 세계문학의 사례를 자세하게 서술하고 있다. 이는 수령을 형상화한 작품에 가장 큰 의의를 부여하는 북한문학의 현재상황을 반영한 것이라고 볼 수 있다. 또한 톨스토이의 작품에 큰 의의를 부여하면서도 그것이 지니는 세계관적 한계를 지적하고, 세익스피어의 비극과 혁명적 비극의 차이점을 자세하게 비교하며, <불멸의 역사>가 지니는 총서형식과 발자크의 『인간희극』 및 에밀 졸라의 <루공 마카르총서>를 대비하면서 북한의 총서형식이 근본적으로 새로운 창안이라는 점을 강조한다. 이밖에 숄로호프의 작품들, 예컨대 『고요한 돈강』이나 『개척된 처녀지』 등이 지닌 장단점을 분석하면서 작가가 수정주의적 방향으로 나아가게 된 원인을 세계관적 한계뿐만 아니라 사회적 조건과 연결시켜 비판한다. 곧 숄로호프가 『고요한 돈강』에서 주인공이 적군과 백군을 오가도록 한 것, 후일 『인간의 운명』과 같은 수정주의적인 작품을 창작하게 된 것은 수령의 영도를 받지 못하였고 소련의 당이 수정주의를 채택하였기 때문이라는 분석이다.

③ 실제 번역의 양상

북한에서는 1984년 9월 김정일이 내린 교시에 따라 <세계문학선집> 100권을 간행하였다. 이 선집에 들어간 작품은 호머의 『일리아드』, 보카치오의 『데카메론』, 시내암의 『수호전』, 밀톤의 『실락원』, 샬로트 브론테의 『제인 에어』, 숄로호프의 『고요한 돈강』 등 세계적 명작으로 기왕에 인정을 받은 작품들이다. 전체적으로 창작년대순에 따라 배열되고 있는 이 선집에 실린 작품들은 일반적으로 세계명작으로 알려진 작품들을 대체로 공정하게 선정하고 있으며 유럽 중심에서 벗어나 아세아와 아프리카, 라틴 아메리카, 사회주의 국가의 작품들을 고루 배려하고 있다. 작품이 비록 세계관적으로 결함이 있고 사회주의 이념과 마찰하는 측면이 있다할지라도 명작의 조건을 갖추고 있으면 수록한다는 원칙을 지키고 있다. 이러한 사실은 북한에서 김정일의 등장 이후 문학예술정책에서 어느 정도의 유연성이 생긴 측면을 반영한다고 할 수 있다. 또한 김정일은 어린이들을 위한 <세계아동문학선집>과 각국의 민화를 모은 <세계민화집>을 비롯한 각종의 동화집, 명언집 등의 간행을 동시에 추진하도록 하고 있는 것으로 알려져 있다. 이밖에도 북한에서는 중국의 풍지가 지은 장편소설『적후에서』와 리준의 소설『황하는 동으로 흐른다』, 구인의『엑스의 비극』, 일본의 쯔보이 사까에의 중편『열두쌍의 눈동자』, 라파엘로 조마놀리의『스파르타쿠스』, 게마르꼬브의『아버지와 아들』, 루이저 린저의『9월의 하루』등 비교적 여러 가지 종류의 문학작품들이 간행되고 있다. 이상의 사실을 통해서 북한의 번역문학은 현재 비교적 개방적인 입장에서 추진되는 것으로 볼 수도 있다. 그러나 번역된 문학이라고 해서 모든 사람들이 이용할 수 있는 것도 아니고 개인이 임의적으로 자유스럽게 번역할 수 있는 사정도 아니다. 김정일은 "다른 나라 문예서적들 중에서 사상경향이 비교적 좋고 예술적 가치가 있는 작품은 번역출판하여 작가들과 일반독자들이 보도록 하며 공개할 수 없는 것은 대내용으로 번역하여 작가들이 참고로 보게하는 것이 좋습니다"148)라는 입장을 밝히고 있다. 즉 주체사상교양에 해롭지 않다고 인정되는 것이나 세계명작으로 널리 알려진 작품들은 인민들에게도 소개하되 그렇지 않은 작품의 소개, 번역에는 제한을 가하고 있는 것이다. 이처럼 대중용 세계문학 번역과 작가를 위한 번역이 별도로 이루어지는 점을 감안하면 북한사회에서 번역문학은 아직도 그 실상이 충분히 노출되지 않은 형편이라고 할 수 있다. 뿐만 아니라 북한의 대표적 문학 잡지인『조선문학』에 번역문학작품으로 소개되는 작품은 소련이나 중국의 문학에 국한되어 있다. 최근에 번역된 작품들을 들어보면, 중국의 림원춘의 단편소설「눈물 젖은 숲」, 룡문선의 시「조선의 벗들과 석림에서」, 량필문의 시「고향의 시내물」, 소련의 맘씨모브의 시「어머니」, 이고리랴삔의『녀인』등이다. 더욱이 중국과 소련의 작품들도 80년대 중반까지 한동안 지속적으로 소개되다가 10년 가까이 공백기간을 가진 뒤 최근에 들어서야 다시 소개되기 시작하는 양상을 보이고 있다. 그러나 외국문학 가운데서 김일성이나 김정일을 찬양하는 송가문학은『조선문학』지 서두에 매번 빠지지 않고 번역 소개되고 있다. 단행본으로 출간되는 번역문학과 잡지에 실리는 외국작품의 성격이 이처럼 다른 양

---

148) 최길상,『주체문학의 새 경지』, 문예출판사, 1991, 202쪽에서 재인용.

상을 보이는 것은 북한 문예정책 또한 외국문학 소개에서 이중적 기준을 가지지 않을 수 없는 사회적 조건에 의해 규정되고 있음을 드러내고 있는 것으로 보인다.

IV. 분단시대 한국문학 해석의 문제점들

1. 한국문학 해석의 상이성

한국문학을 정리하고 해석하려는 노력들은 일찍부터 있어 왔다. 예컨대 국문학에 관심을 가지고 비평을 하고, 정리를 하고, 연구를 해 온 역사는 일찍이 신라, 고려시대까지 소급되니, 『균여전』이나, 『삼국유사』 같은 문헌에 실린 향가 및 전래 설화 그리고 향가 작품들에 대한 간단한 비평[1]들이 그 좋은 예라고 할 수 있다. 이후 13세기 고려 시대에 한시의 작품을 논하고 창작 방법을 살피는 비평을 한 이인로의 『파한집』 이래, 조선시대인 15세기의 『동문선』, 18세기 초의 홍만종의 『시화총림』, 그리고 역대 시조 자료를 모은 김천택의 『청구영언』 등 역시 우리나라에서 이뤄진 한문학 및 국문학에 대한 나름대로의 연구와 관심을 드러낸 성과라고 할 수 있다. 특히 조선 후기에 이르러 김만중, 홍대용 등은 중국문학의 전례를 따르는 것이 능사가 아니고, 국어문학이야 스스로의 창의력을 발휘할 수 있는 진정한 문학임을 입증하는 데로 나아갔다. 그리고 이 시기에 민요나 설화에 대한 관심도 부쩍 커지면서 국문

---

1) 가령 『삼국유사』에는 「찬기파랑가」와 「서동요」 등을 논하면서, 전자는 내용으로서의 심오한 경지와 격조 높은 수사기교를, 후자는 표현의 간결, 소박성 등을 언급하고 있다.

학에 대한 관심의 성과와 폭을 증대 시킨다.[2] 그러나 이 시기 조차 아직 우리 문학에 대한 본격적이고 근대적 관심은 드러내지 못했다고 볼 수 있으니, 가령 전통 시대의 유학자들이 주자학적 문학론에 입각해 소설에 관해 부정적 관점을 드러낸 언급들이 바로 그 단적인 예라 할 수 있다.

따라서 한국문학에 대한 본격적 해석 및 연구는 20세기 들어와서 시작되었다고 할 수 있다. 주지하다시피 19세기 말과 20세기 초 우리 민족의 절실한 주요 과제는 봉건적 질곡과 자본주의적 외세에 대항한 근대민족국가의 건설이었다. 따라서 이 시기 이에 따른 근대적 민족의식이 고양되고, 그것의 일환으로 자국 문학에 대한 주체적이며 근대적 인식들이 개진되기 시작한다. 즉 당대의 애국계몽운동에서 국학운동으로 이어지는 노력이 한국문학에 대한 주체적 관심과 근대적 연구를 촉진 시킨 셈이다. 요컨대 한국문학에 대한 관심은 20세기 우리 근현대사에 상존했던 민족의 위기에 대응하여 성립했다고 볼 수 있다. 그런데 이 시기에 시작된 한국문학의 연구는 20세기 전반기에는 식민지적 상황과 그 후반은 남북분단의 상황에 영향을 받으며 전개될 수밖에 없었고 이에 따른 해석상의 다양한 상이성을 드러내게 된다.

1) 분단시대 이전의 한국문학 해석

앞에서 언급했듯이 한국문학을 새롭게 이해하고자 하는 노력은 20세기 초부터 발생, 발전된다. 그러나 일제의 침략으로 완전히 식민지 상태로 전락을 당한 1910년 이후 한국문학에 대한 연구는 식민적 상황에 영향을 받을 수밖에 없게 된다. 물론 민족적 가치가 억압되는 상황 아래 한국문학의 연구는 중대한 난관에 봉착하지만, 역설적으로 이를 창조적으로 응전해나갈 수 있는 여러 방법들이 모색된다. 특히 우리에게 전해 내려온 문화유산 및 이를 통해 민족적 정체성을 확인할 수 있는 가장 중요한 매개물이 한국문학이라는 사실을 절실하게 받아들임으로써 한국문학 연구는 이 시대의 역사적 과제 해결에

---

2) 조동일, 『국문학연구의 방향과 과제』(새문사, 1983), 『한국문학 이해의 길잡이』(집문당, 1996.) 참고.

창조적으로 기여코자 한다.

분단 이전 식민지 시대 근대학문으로서의 한국문학 연구는 두 계통으로 나눠볼 수 있는데 하나는 국학 계통이고 하나는 실증주의적 학문의 계통이다.[3] 그 중 국학파의 한국문학 연구는 실학파 이래의 전통적 고증방법과 민족주의적 지향을 두드러지게 드러낸다. 이 글은 이러한 국학파를 대표하는 안확의 문학사 및 문학론을 통하여 국학파의 한국문학 해석 경향을 살피고자 한다. 특히 전통적 고증방법과 그들 문학관의 기저를 이루고 있는 정신주적 사관이 우리 문학에 대하여 어떠한 해석을 내리는가에 초점을 맞추고자 한다. 그리고 실증주의학파 즉 관학파를 대표하는 자로는 조윤제를 들 수 있는데, 역시 그의 문학사 및 전통시가에 대한 논의 등을 통해 한국문학의 해석 방향을 살피고자 한다. 그리고 국문학 연구의 과학화를 정립한 관학파의 해석을 아마튜어적 성격을 띠고 있는 국학파의 해석과 대비적으로 검토해보고자 한다. 아울러 식민지 시대의 문인들에 의해 전개된 전통문학 및 동시대 문학에 대한 해석들을 살펴 보고자 한다. 이들의 입장도 크게 둘로 나눠지는데 하나는 이른바 민족주의, 국민문학의 입장이고 다른 하나는 프로문학의 입장이다. 특히 이 부분의 검토는 동시대의 한국문학에 대한 양측의 쟁점을 검토하는 것을 통해 그 논의를 전개하고자 한다.

(1) 국학파의 해석

한국문학의 근대적 관심과 이해는 일제의 식민지 침략에 맞서 민족의 정체성을 확립하고자 하는 민족문화운동의 일환으로 시작되었다. 1894년 갑오경장은, 그것이 비록 일본에 의해 강요된 타율적 개혁의 성격을 지니고 있음에도 불구하고, 이를 계기로 이 땅에 일종의 근대적 계몽운동, 문화운동이 시작된다. 그러나 노일전쟁 이후 1905년 이 땅이 반 식민지 상태로 전락하면서 이전의 정치적 운동의 사회적 역량들이 애국계몽의 운동으로 집결되어 전국적으로 새로운 고양기를 맞이하게 된다. 그리하여 일제의 침략에 대응하기 위

---

3) 「좌담 : 국문학연구와 문학운동」, 『민족문학사연구』, 창간호, 민족문학사연구소, 1991. 29쪽.

해 제반의 문화운동들은 그 축을 '애국'으로 하여 널리 민중의 지식을 계발하고 민족 성원으로서의 자각과 자발적 능동성을 높이고자 하는 데 주력한다.

1920년대부터 시작된 국학파의 한국문학 연구는 이러한 애국계몽운동의 정신을 계승하면서 한편으론 실학파의 국학적 경향을 계승하여 본격적 국문학연구의 출발을 매개하고 있다. 특히 이 시기 국학자들은 문학을 포함한 한국문화 전반에 관한 연구를 통해 일본의 식민지 통치에 항거하는 민족의식을 고취하고자 했다. 이러한 국학파 중의 대표적인 자가 안확(자산)이다. 그의 다방면에 걸친 방대한 국학연구는 독립성취의 길로서 전통과 문화를 탐구한 결과이다. 즉 민족의 수난을 타개해나갈 자신력의 고양을 위한 '장처'(장점)의 발견의 길로 국학탐구에 나섰던 것이다. 안확은 이미 「조선의 문학」(『학지광』 6호, 1915. 7.)이란 글에서 국문학을 학문적 인식의 대상으로 삼고 국문학의 개념을 일정하게 정립하여 국문학의 작품 속에서 민족적 응전력을 찾아내고자 한 점에서 이 시기의 국문학 연구의 선편을 잡고 있다.4) 가령 그는 조선의 문학을 세계문학의 보편적 발전과정에 상응 시켜, 조선문학의 기원도 세계문학과 같이 신화에서 출발하여, 이후 장르의 분화, 변천이 이뤄지고 있음을 밝힌다. 그리하여 고조선의 신가(神歌)가 고구려 시대에는 군가(軍歌) 등의 사시(史詩)로 변하며, 조선시대에는 『용비어천가』 등으로 변이되어 나타남을 밝히고 있다. 그리고 우리의 고유문화와 외래의 불교, 한문화의 길항 작용 등을 설명하면서, 외래문화를 우리 고유문화에 어떻게 주체적으로 수용, 발전시키는가를 밝히고 있다. 요컨대 한국문학이 유교와 한문을 배격하면서도 서구 사조에 휩쓸리는 것을 경계하여 동서 사상의 조화를 추구했음을 강조하고 있다. 더불어 문학의 본질에 대해 언급하면서 미적 감각의 중요성을 인정하면서도 정치나 사상에 작용하는 문학의 효용적 기능을 강조한다.5)

특히 1922년에 출간한 그의 『조선문학사』는 국문학의 통사체계를 처음 수립한 것으로 이를 계기로 국문학 연구가 본격적으로 전개되기 시작한다.6) 안

─────────────

4) 서종문, 「고전문학의 자료와 방법론」, 『국어국문학 40년』, 집문당, 1992, 10쪽.
5) 이선영, 「1910년대의 한국문학 비평론」, 『현상과인식』, 1981. 겨울, 191쪽.
6) 이하 안자산의 국학연구에 대한 논의는 최원식의 「안자산의 국학」(『민족문학의 논

자산은 민족의 과거를 옳게 이해하는 것이 주체를 재건하는 길의 하나라고 판단하여, 『조선문학사』를 통해 그러한 점을 구체적으로 실천코자 했다. 따라서 『조선문학사』의 사관은 정신사관으로 일종의 "국민사상사"의 성격을 지니고 있으니, 단군과 발해에 대한 열렬한 경모를 통해 일제의 민족문화 말살정책에 대항하는 민족주의적 지향이 그 단적인 예라 할 수 있다.

한편 『조선문학사』의 구체적 내용에 있어, 기자조선, 삼한, 신라를 정통으로 하는 기존의 상고사 인식을 단군조선, 고구려, 발해를 정통으로 하는 인식 체계로 전환시켜 나름대로의 고유한 문학사 시대 구분을 하고 있다. 더불어 외래문화를 주체적으로 수용해서 민족문화가 발전해온 과정을 해명하는 데 초점을 맞춰 궁극적으로 민족문화의 긍지를 살리고자 했다. 그리고 이왕직 장서의 활용을 통해 시가연구에서 삼대목체, 정읍체, 첩성체, 경기체, 시조, 가사 등의 장르 구분을 시도하여 국문학 연구의 기초적 단서를 제공하기도 했다. 물론 그의 국문학 이해의 방법론적 원칙은 서양학문의 근대성을 인정하고 있다. 그러나 그것이 국학의 진정한 발전을 위해 수용하는 것이기 때문에 전통의 전면적인 부정 위에 서양의 신문화에 절대적 가치를 두는 식민주의자들의 그것과는 명백한 선을 긋고 있는 셈이다.

그러나 안자산은 민족문화의 긍지를 불러 일으켜 우리 문학에 대한 자존적 이해를 꾀한 공도 있지만, 정신사관에 의존하고 있어 다분히 회고적이며 복고적이고 관념적 성향을 띤다. 또 이로 인해 과학성에 미달되는 측면도 있으니, 가령 사료비판이 철저하지 못해 사실 정리를 제대로 못한 점이 그 맹점으로 지적된다. 그리고 안자산은 "政治는 人民의 外形을 支配하는 者오 文學은 人民의 內情을 支配하는 者"7)로 보아, 정치와 문학을 이원론적으로 분리하여 작품의 가치를 평가하는 문제점도 드러내곤 한다. 그러나 이러한 문제를 차치하고 민족의 전통에 대한 부정적 인식이 횡행하던 식민지 시기에 안자산이 국학연구에서 보여 주었던 나름대로의 문제의식은 중요한 의미를 갖는다. 단지 안자산의 문제의식이 1930년대 이후 국문학의 연구에 전폭 수용되지 못한

___

리』, 창작과비평사, 1982) 참고.
7) 안확, 「조선의 문학」, 64쪽.

것은 한국문학의 실천적 이해 및 해석을 꾀하고자 하는 데 있어 아쉬움으로 남는다.

　안확 이외에도8) 신채호는 「朝鮮 古來의 文字와 詩歌의 變遷」(1924)에서 처음으로 향가의 해독을 시도하고, 「처용가」를 『악학궤범』 소재의 「처용가」와 대조하여 해석하고, 「정과정」을 이제현의 「소악부시」와 대조하여 그 대강의 말뜻을 짚어내는 업적을 드러냈다. 그리고 최남선은 이미 1910년을 전후로 우리의 고전을 보존하자는 취지의 '광문회'를 설립하여 한국사 및 전통문화에 대한 관심을 드러내기 시작한다. 그리하여 1920년대 들어서『금오신화』를 일본에서 발굴하여 학계에 소개하며(1927), 더 나아가 '조선정신'의 발견으로 나아간다는 취지 아래 역대시조를 편찬하여『시조유취』(1928)를 내는 한편, 시조부흥운동의 단서를 마련한다. 물론 이러한 문화적 민족주의는 반제국주의적 이데올로기와 민족주의적 저항의식 없이 다만 문화적으로 민족을 보존해야 한다는 타협주의에 기초한 한계를 가지고 있는 것이지만 우리 것을 찾아 밝히고 이를 계승하는 것이 곧 구국운동의 일환이란 의식이 일정하게 작용하고 있었음은 부인할 수 없는 사실이다. 한편 그는 「外國으로 歸化한 朝鮮古談」(1922~1923)을 비롯한 일련의 설화연구를 통해 전파론적 관점에서『흥부전』,『춘향전』,『별주부전』,『심청전』 등의 근원설화를 탐색했다. 그 외에도 문일평은 博覽强記와 섬세한 비평적 감각과 그리고 민족주의적 정열이 하나로 결합된, 전통적인 詩話風의 문학사 등을 기술했으며, 특히 최치원에서 황현에 이르는 대표적 한시인들을 점검하면서 우리 한문학 연구에 있어서 하나의 독특한 업적을 이뤄냈다.

(2) 관학파·실증주의의 해석 및 그 지양

　국학파는 이른바 전문가는 아니지만 국학 연구의 일환으로서 국문학 연구를 개척한 초창기의 학자들이다. 이에 반해 1920년대 말부터 등장하기 시작하는, 경성제대 출신의 국문학자들은 전문성을 갖고 한국문학 연구의 과학화

---

8) 이하 안확 이외의 국학파들의 국문학 연구의 성과는 최원식의 「한국문학연구사」 (황패강 외, 『한국문학연구입문』, 지식산업사, 1982.) 참고.

를 꾀하면서 새롭게 한국문학의 해석에 나선다. 이들은 대학에서 신교육을 받고 한국문학을 전공하여 나름대로 한국문학 연구를 전문화하고 체계화 한다. 그런데 이에 앞서 조선총독부 당국은 그들의 정책 사업의 일환으로 일본인 출신의 관변 학자들을 통해 한국문학의 자료를 발굴, 수집하고, 이에 대한 연구를 진행하였는데, 그들 문하에서 국문학을 연구했던 조선인들은 일단 일본인 관변학자들이 보여준, 가치판단을 배제한 즉, 문헌학 및 사실 판단에 주력하는 실증적 방법론에 입각하여 한국문학에 접근하였다. 물론 이들에게서 나타나는 실증주의 방법론은 학문 연구의 기반으로 요긴하게 기여하였다. 그러나 실증주의 자체가 현실을 그대로 수용하는 지향성을 내포한다는 점에서, 일본의 식민지화에 따른 학문의 정책적 방향성과 일치하기9) 때문에 관학적 성격을 띨 수밖에 없다. 이들 경성제대 출신들 즉 조윤제, 김태준, 김재철, 이희승 등은 1931년 '조선어문학회'를 결성하여 적극적 활동을 전개하기 시작하는데, 주로 장르사 등을 통해 국문학 작품을 실증적이며 계통적으로 정리하는 데 주력한다.

가령 조윤제 이전에는 전통시대의 시들이 시학의 관점이 결여된 상황에서 전습되어 왔다. 특히 시조, 가사는 음악에 기생하다시피 하여 온 까닭에 이것을 시류(詩類)로 새롭게 인식하여 본격적 시학적 연구의 대상으로 삼은 것은 조윤제에 이르러서다. 우선 그는 『조선시가사강』(1937) 등에서 방대한 자료를 구사하여 고전 시가사의 통사 체계를 시도함으로써, 김태준의 소설사, 한문학사와 함께 국문학의 3대 장르사의 하나를 완성했다. 그리하여 국학파가 시도한 국문학사 통사체계가 이 시기에 이르러 전문적으로 구체화되기에 이른다.10) 한국문학의 역사적 흐름에 대한 본격적 이해를 위해서는 개별 장르사에 대한 파악이 선결 요건이라는 점에서 이와 같은 시도는 오늘의 시점에서 볼 때도 합당한 것이라 할 수 있다. 더욱이 그의 장르론은 향후 국문학 전반의 장르론에 대하여 뚜렷한 모범적 선례 역할을 할 뿐만 아니라, 구체적 개별 시가 연구11)에서도 조윤제에게 빚지지 않은 것이 없다고 해도 무방할 정

---

9) 서종문, 앞의 글, 10쪽.
10) 최원식, 앞의 글, 54쪽.

도로 그의 연구는 선구적이다. 그런데 조윤제는 조선 시가사의 시대구분 방법을 일반사의 구분을 참조하면서도 문학의 형식적 측면을 좀더 중요한 기준으로 내세우고 있으며12), 국문시가의 변천 과정을 고찰하면서, 자료를 면밀하게 고증하는 방법을 구사해, 문학 자체의 현상에 주목하는 실증주의적 방식을 그 기조로 하고 있음을 감지할 수 있다. 따라서 이러한 연구들이 국문학 연구의 과학화에 일단의 성취를 이룩했음에도 불구하고 국학파의 민족주의적 지향은 상당히 약화되었음을 알 수 있다. 즉 국학파의 국문학 연구가 새 세대의 국문학 연구에 적극 이어지지 못한 셈이다.13)

한편 전통사회에서는 당대 소설에 대해 대체로 유학자들의 부정적 측면에서의 단편적 논급만이 있어 왔다. 그런데 김태준의『조선소설사』(1933)에 이르면 소설에 대해 진지한 관심을 드러내며 이를 구체적 논의의 대상으로 삼게 된다. 우리나라 최초의 장르사라고 할 수 있는『조선소설사』는 그가 이전에 쓴『조선한문학사』(1931)와 더불어 국문학 연구의 두 주요 영역에서 개척자 역할을 맡았으며, 여기서 세운 고전소설론의 골간은 우리에게 아직도 유효한 선구적인 것이다.『조선소설사』는 삼국시대의 설화로부터 현대에 이르기까지 우리 소설사를 5기로 나눠 체계화 하고 있는데, 김태준은 고대의 신화와 전설을 기술 대상에서 신중하게 배제하며 설화 가운데서도 '도청도설(道聽塗說)'류에 해당하는 이야기만을 선택하고 있다. 이러한 점은 그의 소설 개념에 따른 취사선택에 따라서 비롯된 것이며, 이는 그의 소설사 역시 유형의 개념을 토대로 하고 있음을 짐작케 한다. 더불어 그의 소설사는 당대의 사회사적 조건을 참조하면서 문학사의 사실에 대한 실증의 내용을 기술하는 방법에 기초하고 있다.14)

---

11) 예컨대 안자산으로 부터 '가사'라는 명칭이 나타나긴 하나, 이를 독립된 장르로서 인식하기 시작한 것은 조윤제 이후다(조규익, 「시조・가사 연구 60년 개관」, 『국어국문학 40년』, 83쪽.)

12) 최유찬, 「장르사 기술의 현황과 문제점」, 『한국문학사 연구의 현황과 전망』, 토지문화재단 설립 1주년 기념 심포지움, 1997. 9. 2015.

13) 최원식, 앞의 글, 54쪽.

14) 최유찬, 앞의 글, 38쪽.

김재철의『조선연극사』(1939)는 우리의 연극사를 삼국 시대 이전의 가면극에서 신극에 이르기까지 시대순으로 서술하고 있다. 이 책은 가면극, 인형극, 판소리, 신극을 함께 다루어 장르류를 의식하고 씌어진 장르사로서, 각 장르 종의 발생 및 전개과정과 연행형태를 서술하는 방식을 쓰고 있다. 그리고 서구의 이론을 적용해 이러한 한국의 전통연극 양식을 다루고 있다. 그외에 향가의 문헌학적 연구를 일단 완성한 양주동의『조선고가연구』(1942) 및 이병기의 시조 연구들은 실증적 해석에 기반하여 이뤄진 전문적 연구의 또 다른 예다. 이러한 일제 시대 관학파의 영향을 받은 조선어문학회 회원들의 문헌적 해석 및 장르사 기술 등은 해방 이후 숱하게 쏟아져 나온 국문학사의 저본이 된다.

그런데 이들은 실제로 실증주의의 틀 안에만 얽매여 있지 않았고, 국학파와는 또 다른 국문학 연구의 이념적 방법론들을 모색하여 실증주의적 방법론을 지양했다. 가령 이들이 적극적 활동을 전개하기 시작한 1930년대는 일본의 파시즘 체제가 강화되면서, 민족의 주권을 상실한 것은 진작의 일이었지만 더 나아가 민족의 정체성, 즉 민족 자체를 상실할 위기에 처하게 된다. 그래서 '조선을 알자, 조선의 과거 및 현재를 따져서 미래의 광명을 밝히자'는 외침이 일어나 우리의 문학 등의 학적 연구가 활발하게 일어나게 된 것이다.15) 즉 1930년대 정치운동의 좌절은 지식인들로 하여금 우리의 것에 대한 관심을 불러 일으켰다.

그리하여 조윤제의 경우 국학파와 비슷하게 정신사적 문학연구의 방법을 모색하는데, 그는 이른바 이를 '신민족주의 사관'이라는 이념을 통해 모색한다. 그의 이러한 사관은 민족현실에 대한 위기의식의 소산이라 할 수 있다.16) 즉 그의 방법론적 모색은 민족사회의 위기를 맞이하여 국문학 연구가 무엇을 할 수 있는가로부터 비롯된다. 그리하여 그가 국문학사에서 우선적으로 주목한 현상은 국문학이 외래문학, 특히 한문학과의 끊임없는 투쟁17) 속에서도

---

15) 「좌담 : 지구화시대의 한국학」,『창작과비평』, 1997. 여름, 11쪽.
16) 이하 조윤제의 신민족주의사관에 대한 구체적 설명은 김명호의 「한국문학 연구방법론과 문제점」(황패강 외, 앞의 책) 참고.

끝내 자신의 고유성을 잃지 않은 채 발전을 거듭해왔다는 사실이다. 이러한 현상을 학문적 차원에서 구명해냄으로써 국문학 연구를 통해 민족해방의 논리를 제시코자 했다. 그에 의하면 문학은 민족생활의 표현이며, 그런한 것으로서 하나의 '생명체' 즉 유기체적 전체성을 이루면서 존재한다. 국문학은 우리 민족이 이민족의 부단한 침략에 맞서 싸우면서 민족사회를 유지 발전시켜 나간 삶의 기록이다. 이러한 민족생활의 동질성이 문학에 반영되어 국문학은 하나의 유기체적 전체성을 이루면서 존재한다는 것이다. 따라서 문학은 민족문학으로서 존재하며, 그것은 민족의 존재와 마찬가지로 하나의 실체라는 사실, 따라서 국문학 연구는 바로 민족문학으로서의 국문학이 지니는 개성을 파악해내는 데 있는 것이며 이를 통해 민족문화의 창조적 계승을 달성할 수 있다는 것이다. 그의 이러한 의도는 결과적으로 국학파의 문제의식과 실증주의를 결합하는 결과를 낳게 한다. 이러한 점에서 그의 시조 연구 등은 1920년대 시조부흥운동론과 맥이 닿아 있다고 볼 수 있다. 그러나 조윤제의 신민족주의 사관은 '현실타개를 위한 과학의 정립'이라는 그의 주관적 의도와는 무관하게 실천적 함의가 부족하여 현실변혁에 다소 무기력했으며 단지 국수주의적 성격18)을 지니고 있다고 비판 받기도 한다.

조윤제에 비해, 김태준, 김재철 등은 실증주의의 한계를 문예사회학적 방법론을 통해 지양코자 했는데 이러한 관점에서의 한국문학 해석은 뒷장의 프로문학파의 해석에서 보충하고자 한다. 단 김태준은 『조선소설사』에서의 문예사회학적 방법 차용 뿐만 아니라, 그의 「춘향전의 현대적 해석」 등은 우리 고전을 당대적 문제의식으로 재해석하여 과거와 현재의 살아있는 연관을 확보하려고 한 것19)으로 문학연구의 실천적 모습을 보여 준다. 가령 김태준은 『춘향전』의 해석을 위해 '작자연대(作者年代)'를 고증하는 실증적 작업을 우선적으로 한다. 그리고 문학은, 그것을 산출한 '經濟機構'와 '社會事情'과의 관

---

17) 김윤식, 「신민족주 문학연구 방법—陶南의 경우」, 『한국근대문학사상사』, 한길사, 1984, 534쪽.
18) 고미숙, 「고전시가 연구방법론의 비판적 검토」, 『민족문학사연구』 창간호, 71쪽.
19) 「좌담 : 국문학연구와 문학운동」, 37쪽.

련 안에서 살펴 보아야 함을 강조하여, 『춘향전』이 창작된 시기의 '사회계급'
의 변동 상황을 역사적 지식을 동원해 검증한다. 이를 토대로 『춘향전』이 갖
고 있는 계급해방적 성격, 민중의 각성을 강조하여, 『춘향전』을 신흥계급의
승리를 대변하며 봉건붕괴과정의 산물이라고 해석하며, "갑오경장 이전 백여
년간의 시대의 거울이고 그 시대가 낳은"[20) 것으로 본다. 단지 김태준의 경우
이러한 고전문학의 전통을 당대의 창작실천과 의식적으로 연결시켜 보지 못
했음이 그 한계로 지적되기도 한다.

(3) 민족주의 우파의 해석

앞의 한국문학의 해석이 국문학자들의 연구적 성격을 가진 해석들이라면,
지금부터 살펴 보고자 하는 것은 식민지 시대 실제 문학 창작을 하던 이들의,
같은 시대 혹은 이전의 전통적 한국문학에 대한 해석들이다. 물론 이 시기 동
시대의 문학에 대한 해석은 주로 문인 특히 비평가들에 의해 개척되었다는
점을 상기해볼 필요가 있다. 이는 당대 국문학계의 낙후된 현실에 기인하기
도 한다. 이 글에서는 주로 당대 문학을 해석했던 식민지 시대의 문인들을,
그들이 지향하는 이데올로기적 측면에 따라 크게 둘로 나눠 그 각각을 살펴
보고자 한다.

주지하다시피 1919년 3·1 운동 전후 단일화 되어 있던 민족주의 운동은
1922, 3년 경을 기점으로 민족주의 우파와 사회주의 계열로 나눠진다. 그 중
민족주의 우파는 민족 개량주의라고도 부르는데, 이들은 민족운동의 방식으
로 일제와의 정면 대결, 곧 정치적 혹은 민중적 투쟁을 피하고 자강적 문화운
동 등을 통해 점진적으로 민족의 독립을 성취해나가는 방식을 채택하고자 한
다. 그리하여 이들은 문화적 민족주의라고 불리우기도 한다. 이광수, 최남선
등이 이러한 민족주의 우파의 계열에 속하는 문인들인데, 특히 이들은 1925
년 이후 대두한 프로문학과의 대타적 의식 속에서 문학적 활동을 전개하며
한국문학의 정통성에 대한 나름대로의 해석을 꾀한다.

---

20) 김태준, 「춘향전의 현대적 해석」, 『동아일보』, 1935. 1. 18.

민족주의 우파 계열의 대표적 문인인 이광수는 일찍이 「文學이란 何오」(1916)에서 '국민문학'을 언급하고 있어 한국문학에 대한 적극적 관심을 드러내고 있다. 그는 「문학강화」(1924~1925)에서는 "문학이 국민생활에 극히 중요한 관계를 가졌다"고 하며 "국가가 국문학을 존중하는 이유"는 국문학이 "국민정신을 고취"하기 때문이라고 논하고 있다.21) 그리하여 그는 국민문학의 가장 기본적 요건으로 한글 사용을 들고 있으며, 이를 "조선과 조선민족의 지위의 향상과 행복의 증진"에 기여하는 "조선주의"의 문학의 기초적 조건으로 강조한다. 그리고 그러한 조건 하에서 국민문학의 "민족주의의 내용"을 논한다. 예컨대 국민문학의 이념은 사회주의와 대립되는 것이 아니라 세계주의와 대립한다는 것, 즉 정치·경제의 단위를 한 민족에 국한하는 "범위문제" 및 "양적 문제"이며 따라서 "조선의 민족주의라 하면 조선 내 조선인의 정치조직, 경제문화조직"을 "조선민족의 이해타산에서 하자는" 것이라고 말한다. 이러한 이광수의 발언에는 다분히 국수주의적 요소가 내포되어 있다고 볼 수 있다.

그리고 이광수는 「조선문학의 개념」(1929)에서 민족문학과 민족혼의 원형이 보존되어 있는 것을 올바른 의미의 한국문학으로 해석한다. 그런데 그가 보기에 우리 과거 문학의 많은 부분은 중국, 혹은 한학에 종속되어 조선의 민족혼을 말라 버리게 했다. 그리하여 한국사상은 중국사상에 의하여 소멸되었고(중국사상의 피해론), 우리의 고유한 정신문명의 유산을 못 가지게 되었다고(문학의 전통부재론) 본다.22)

따라서 그가 그나마 꼽는 중요한 조선문학으로 이두로 기록된 신라의 향가 십수편과 훈민정음으로 기록된 시조 천여편 혹은 무당의 노래(무가) 등이다. 즉 춘원의 민족문학이란 세계주의나 프로문학을 타자로 할 뿐만 아니라, 근본적으로는 한문학으로 대표되는 조선의 봉건성을 타자로 하는 것이다. 그리고 여기서 더욱 주목해야 하는 사실은 이광수의 이러한 논의들이 고대사를

---

21) 이하 이광수의 '국민문학' 논의는 이경훈, 『이광수의 친일문학 연구』, 태학사, 1998, 참고.
22) 이선영, 「1910년대의 한국문학 비평론」, 『현상과인식』, 1981. 겨울, 178쪽.

통해 민족의 원형을 탐구하는 일종의 문예부흥적 양상을 띠고 있다는 사실이다. 즉 중국화 이전의 조선적인 것을 강조하고 그것으로 봉건적인 대중국 관계를 극복하려는 것이다.

그러나 이러한 이광수의 생각은 일제 말기에 가서 일본과의 원형적 동일성 및 일본화를 통해 내선일체로 합리화되는 파행성을 낳고 있다. 즉 중국과의 봉건적 관계를 극복하기 위해 고대적 원형을 강조한 것이 일본과의 원형적 동일성으로 연결되고 있기 때문이다. 즉 원형의 역사적 구체화와는 상관없는 원형 자체에 대한 탈역사적 논의로 귀착되고 마는 것이다. 단군시대를 강조하는 『규원사화』나 『환단고기』류의 식민지 전후 시기에 나타난 사서들이 일본의 제국주의적 논리에 왜곡되어 있는 체험을 바탕으로 해서 민족주의를 표방한 것임을 상기할 때23), 이광수의 조선문학에서의 원형적 민족주의는 조심스럽게 재검토할 필요를 느끼게 한다. 이광수에게 민족주의는 모든 논리를 초월하는 신념 그 자체로서 매우 심정적이며 관념적 성격을 갖고 있는 셈이다. 이는 이광수와 같은 민족주의 우파인 최남선의 경우에도 동일하게 지적할 수 있다. 그가 전개한 시조부흥운동이라든가, 단군의 '밝' 사상 계승 등 민족문화적인 것을 자처하는 내용들이 일면 보수적인 국수주의이며 비논리적 시각에 머물러, '식민지현실에서 고대 역사로의 사상적 도피'의 혐의가 짙은 것이었고 나아가서는 일본 군국주의적 역사관의 모형에 맞춰 한국문학의 특성을 왜곡 시키는 일면을 엿볼 수 있게 한다.24)

한편 이광수와 최남선은 당대 문학을 해석하면서, 문학이 갖고 있는 계몽주의적 역할, 즉 문학을 민족계몽의 이데올로기로 파악하는 효용론적 문학관을 강하게 드러낸다. 즉 그들은 그 누구 보다도 문학의 사회적 효용론을 신봉하고 있는데, 그러나 앞서 한국문학을 바라보는 그들의 관점에서 살펴 보았듯이 역사의식과 사회의식의 결여 및 대중에 대한 엘리뜨적 시혜의식으로 인해 문학해석에서 파행을 낳는다. 이에 비해 한용운 같은 이는, 이광수가 대중들에게 깨달음을 주기 위해 작품을 쓰고 있다고 주장하는 데 반해, 대승적 불

---

23) 박광용, 「대종교 관련 문헌에 위작 많다」, 『역사비평』, 1990, 가을, 220쪽.
24) 박태순, 「최남선의 반민족 사학」, 같은 책, 184쪽.

교의식에 바탕을 두고 대중을 만나 '그들과 함께 깨달음을 얻기 위해' 작품을 썼다는 점25)에서 문학에 대해 동일하게 사회적 효용론의 관점을 갖고 있을지라도 그 입장이 사뭇 다르다.

그런데 당시 김동인 등은 문학예술의 독자성, 자율성을 주장하여, 이광수 등과는 문학에 대한 대조적인 해석을 드러낸다. 김동인은 문학을 해석하면서 "작품의 조화된 정도"를 따져야 한다고 보았다. 그리하여 그는 작품의 조화를 따져 보기 위해 「소설작법」(1925)에서 볼 수 있는 바와 같이, 소설구조론 및 시점론 등의 논의를 전개한다. 그리고 이러한 논의들이 토대가 되어 실제로 그가 「춘원연구」(1934) 등에서 보여 주었던 날카로운 비평적 감각 등은 한국의 현대문학을 분석적으로 해석하는 데 나름의 한 전범이 되고 있다.

한편 또 하나의 민족주의 우파 계열인 염상섭의 경우, 이광수, 최남선 등과 비슷한 의견을 갖고 시조부흥론 등을 주장하기도 하지만, 근본적으로 그들과는 다른 방향성을 갖고 있었다. 최남선은 시조에서 되살려야 하는 '조선심'을 신비주의와 연결시키거나 민족성의 문제 등으로 연결 시키면서 다소 막연한 의미를 지닌 용어로 사용했다. 그러나 염상섭은 이 용어를 철저히 조선이라는 역사와 현실과 환경을 반영할 수 있는 용어로 재해석해 받아들였다. 그는 민요와 시조를 같은 맥락에 놓고 생각했으며, 민요가 과거 민중의 생활을 노래했듯이, 그것이 오늘날에도 민중의 생활을 노래할 수 있다고 주장했다. 최남선의 조선주의와 시조부흥에 대한 관심이 '조선적 전통'의 문제와 관련된 것이었다면 염상섭의 관심은 '조선적 현실'에 더 크게 연관되어 있는 셈이다. 요컨대 그는 시조와 민요 등의 장르가 조선의 현실을 노래하기에 적합한 문학 양식이라고 생각했던 것이다.26) 그러나 봉건조선의 민중과 식민지 현실의 민중의 계급적 성격이 상이할진대, 염상섭이 시조 등과 같은 양식으로 이를 형상화할 수 있다는 생각은 비변증법적인 사고방식이라 할 수 있다.

한편 염상섭은 민족주의 계열 문인의 선두에 서서 프로문학과의 대타적 관

---

25) 김영민, 「1920년대 한국문학비평 연구」, 연세대 대학원, 1985, 78쪽.
26) 김영민, 「역사·사회 그리고 문학에 대한 공정한 관심」, 문학과사상연구회, 『염상섭문학의 재인식』, 깊은샘, 1998, 199~200쪽.

계 안에서 당 시대 한국문학이 나아가야 할 바를 제시하기도 한다. 그 중 그가 개진한 여러 문학론들은 그 시대 한국문학에 대한 리얼리즘적 해석을 전개하는 데 방법론적 기초를 마련한다. 예컨대 그 동안 자연주의 문학론으로 설명되어 왔던 염상섭의 초기 문학론은 '리얼리즘론'으로 해석될 수 있다.27) 사실 그의 자연주의 문학론이 서구 자연주의에 대한 올바른 설명인가 아닌가의 여부는 중요한 것이 아니다. 오히려 이는 1919년을 전후하여 부르주아 계몽문학론이 그 이념적 주도권을 상실해가면서 이 문학론에 반기를 든 새로운 근대적 비평 흐름의 하나로 볼 수 있다. 염상섭은 「개성과 예술」(1922)에서 근대의 가장 큰 성과를 자아의 각성론이라고 본다. 자아의 각성이란 곧 개성의 발견인데 예술이란 바로 이 개성을 표현하는 활동으로 본다. 이는 낭만주의 문학론과 얼핏 유사하게 보인다. 그러나 염상섭은 독특하게도 이것을 자연주의와 연결시키는데, 즉 자아를 각성한 근대인이 과거의 모든 권위와 우상을 부정하고 현실세계를 있는 그대로 보려고 노력하는 과정에서 필연적으로 자연주의 문학이 등장하게 되었다고 본다. 따라서 염상섭의 자아의 각성은 현실의 객관적 인식을 가능케 해주는 원동력이다. 요컨대 염상섭이 근대의 과제로 제기한 자아해방이란 바로 리얼리즘적 현실인식의 완성이라는 의미를 내포하게 된다. 따라서 개성의 문제를 자아해방에 기초한 사회적 해방이라는 근대적 과제와 연결시켜 설명한 것은 1920년대 비판적 리얼리즘문학의 형성과 발전에 중요한 이론적 기여를 하였다.

그리고 개성론과 더불어 '생활문학론' 또한 염상섭의 리얼리즘론을 받쳐 주는 중요한 기둥이다. 염상섭은 문학이 생활의 구체성으로부터 출발한다는 점을 이해하고 강조했다. 그리고 「문예와 생활」(1927)에서는 한발 더 나아가 인간과 현실의 변증법적 관계 속에서 생활의 문제를 이해하려 하고 있어 리얼리즘의 본질에 한걸음 더 접근한다. 그러나 한편으론 생활문학론이 신경향파문학의 비판에 대응해 자신의 소시민적 문학론을 옹호하는데로 쓰여져 오히려 그 진보성이 약화되는 점도 있다. 특히 문학의 계급성을 개성이나 민족성

---

27) 이하 김재용 외, 『한국근대민족문학사』, 한길사, 1993, 참고.

과 동렬에 놓인 것으로 보아 현실인식의 약점을 가져 오며 그 결과 상섭의 리얼리즘론은 초기의 비판적 성격을 상실한다.

한편 염상섭은 그 시대의 한국문학을 논함에 있어 프로문학과의 대타적 관계 안에서 설명코자 한다. 1920년대 중반 문단에서는 카프의 결성을 전후해, 한국문학에서 계급문학을 수용할 것인가 배척할 것인가 하는 논의가 일어난다. 그는 계급문학의 자연적 출현 가능성은 인정하지만 그것을 적극적으로 강조하는 일에는 찬성하지 않는다는 입장을 표명한다. 가령 그는 문학이 아무 것에도 예속될 수 있는 것이 아님을 주장한다. 문학은 어떤 종교나 운동의 종속적인 이용물이 되거나 어떤 계급의 특유한 선전물이 될 수 없다는 것이다. 따라서 프로문학이 인간의 필연적 또는 내면적 요구에 의한 것이 아니고 여러가지 외면적 원인과 시류에 영합하려는 천박한 동기에서 나온 것이기에, 당시 프로문학은 하등의 실적을 보여 주지 못함을 비판한다. 요컨대 그는 당시의 프로문학의 존재 가능성은 인정하고 있지만, 실제로 나타난 프로문학 작품들 대해서는 상당히 비판적이었는데, 그러한 비판은 일면 정확한 진단이기도 하다.

그리고 염상섭의 '절충주의'적 평론들은 민족주의문학과 프로문학의 관계를 모색하면서 적어도 조선의 식민지적 특수성을 강조했다는 점에서 타당성이 있다. 그러나 염상섭은 민족주의문학과 프로문학 양자의 독자성을 인정하면서도 그 문학적 연대가 어떻게 가능한지에 대해서는 해결책을 제시못했다. 그럼에도 불구하고 진보적 문학들의 연대를 위한 이론적 해결책을 찾으려 한 절충주의 문학론의 문제의식은 당시의 현실에서나 비평사라는 맥락에서 소중한 의의를 갖는다고 평가할 수 있다.

(4) 프로문학파의 해석

20세기 초기부터 전개되어온 계몽주의, 그리고 그 뒤를 이은 민족주의 우파 및 그 이념의 전달을 맡았던 부르주아 예술의 관념성 및 퇴폐성 등에 대한 강력한 반성과 비판이 1920년대 중반 이후 프로문학을 중심으로 대두되기 시작한다. 우리의 경우 그러한 움직임이 1927년에서 1935년에 걸쳐 최절정기를 장식하니, 새롭게 대두된 프로문학은 한국문학에 대한 획기적으로 새롭게 개진된 해석을 내리기 시작하고, 당대의 창작적 실천을 지도하게 된다. 특히 문학에 대한 객관적 혹은 과학적 비평의 선례가 거의 전무했던 그 시대에 프로문학론은 우리 근대 문학사의 전개에서 주요한 역할을 담당하고, 그 흐름이 약화된 뒤에도 그들이 제시한 문학론들이 이후 사실주의의 미학 이념으로 계승된다.28)

우선 프로문학가들이 전통적인 한국문학에 대한 나름대로의 관심을 갖게 되는 첫번째 계기는 그들의 '예술대중화론'을 통해서였다. 프로문학은 주지하다시피 예술의 대중성, 즉 민중이 예술 창조와 향유의 주체이고, 예술은 민중의 이해관계를 반영하며 또 민중에게 복무해야 한다는 점을 강조한다. 따라서 전문적 예술의 대중화를 위한 창작방법론을 모색하게 된다. 그리하여 김기진은 「대중소설론」(1929)에서 대중소설이란 재래의 이른바 '이야기책'을 말하는 것으로『옥루몽』,『구운몽』,『춘향전』 등을 그 예로서 제시한다. 이러한 한국의 고전소설들은 누가 보든지 쉽게 알 수 있도록 어려운 '문자'를 안 쓰고 일반이 하는 말을 가지고 유창하게 쉬운 문장으로 글을 쓰고 제반의 내용들이 대중의 취미로부터 출발하기 때문에 대중에게 호응을 얻을 수 있다고 본다. 단 현재의 대중은 노동자, 농민이기 때문에 현금의 진정한 대중소설은 과거의 대중소설 같이 대중의 향락적 요구를 일시적으로 만족 시키는데 그치지 않고, "그들의 향락적 요구에 응하면서도 그들을 모든 마취제로부터 구출하고 그들로 하여금 세계사의 현계급에 주인공의 임무를 다하도록 끌어 올리고 결정케 하는 작용을 하는 소설"29)이어야 함을 주장한다. 김기진의 조선 시대 소설에 대한 이러한 평가는『춘향전』 등의 소설이 드러내는 피상적 대중성에만 주목하여 결국 우리의 전통 소설문학에 대한 왜곡을 낳고 있다고 볼 수 있다.

그러나 최서해의 경우 김기진 보다 일보 나아가서 전통 소설과 노농대중의 정신생활에 공통되는 점이 있음을 지적한다. 최서해는 고대소설이 대중들의

---

28) 역사문제소 문학사연구모임,『카프문학운동연구』, 역사비평사, 1989, 249쪽.
29) 김기진,「대중소설론」,『동아일보』, 1929. 4. 15.

정신생활에 만족을 주고 그것을 읽음으로써 사나운 현실고를 잊어버리고 로맨틱한 꿈속에서 방황하게 한다고 본다. 그러나 그들의 의식을 더욱 흐리게 하면서도 한편으로는 그들의 생명을 지니게 하는 조건이 되는데, 즉 고난의 과정을 거쳐 행복한 삶에 이르는 고대소설은 단순히 대중의 저속한 취미에 영합하는 것이 아니라, 고통 속에 있는 대중에게 고난에 찬 삶을 극복하고자 하는 욕구를 자극한다는 점을 간파한 것이다. 그리고 대중이 새 세계를 바라는 "그러한 사상은 그네들로 하여금 그러한 사상을 담은 소설만을 애독케 하는 것이 아니라 그것을 현실의 세상에 실현케 하도록 어떠한 행동까지 취하게 한다"고 하여, 그 행동이 지금까지는 주로 혹세무민의 종교에 투신하는 현실도피적인 것으로 나타났지만, 무산문예작가는 "이 힘을 잘 이해하여 잘 이용하는 데서 비로소 그들 대중을 끌 수 있고" 인도할 수 있다고 했다. 즉 김기진이나 최서해가 함께 현실의 노농대중이 향유하는 민중적 예술형식에 주목하면서도 김기진은 거기서 '저속한 취미'만을 보아낸 반면, 최서해는 거기서 '변혁에의 열망'을 읽어냄으로써 대중에 대한 신뢰를 가지고 그 열망을 정당한 방향으로 지도하는 무산문예의 대중화 방안을 제출할 수 있었다.[30]

그러나 근본적으로 프로문학의 전통적 우리 문학에 대한 관심은 민족주의 우파에 비해 상대적으로 적었던 바, 이는 민족주의 우파가 우리의 전통 문학에 대한 해석 및 수용을 복고주의적, 신비주의적 방향으로 이끌고 가는 것에 대한 반발에서였으리라. 따라서 프로문학은 이광수나 최남선 등이 주장한 시조의 '조선주의'에 대해 반발하고 시조나 민요 등을 일개의 봉건 군주국의 전통적 사상과 취미의 산물에 불과한 반동주의로 치부한다.

한편 프로문학파는 다양한 문학이론과 창작방법론을 전개해나아가면서 식민지 시대 우리 문학을 리얼리즘적으로 발전 시켜나아가야 할 것을 강조하고, 문학 해석에서 리얼리즘의 관점을 강화시켜 나아간다. 그리하여 리얼리즘론의 핵심범주인 당파성과 객관성, 그리고 이의 예술적 체현 방법인 전형성 등이 다양하게 논의된다. 요컨대 식민지 조선에서 리얼리즘의 발전은 프

---

30) 『카프문학운동연구』, 52~53쪽.

로문학의 창작방법에 관한 논쟁 속에서 이뤄지는데 이러한 식민지 시대의 리얼리즘론은 그 논의의 과정에서 많은 오류를 낳기도 하지만 전체 한국문학사의 발전 과정에서 리얼리즘론의 기초를 이뤄 나아간다.

그리고 식민지 자본주의라는 우리 근대의 특수성 속에서 민족해방 및 민중해방의 과제와 관련되어 프로문학은 농민문학론, 사회주의 리얼리즘의 논의를 이끌어낸다. 특히 이 시기의 농민문학론은 작품의 생산과 밀착된 논의였으며, 농민의 현실이 문학의 테두리 안에서 어떤 의미를 지니는가를 일반에게 깨닫게 해주는 매우 귀중한 의미를 지니고 있다. 즉 식민지 조선의 농촌 현실문제를 최초로 문학의 차원에서 전개하여 독자들의 미의식의 확대와 심화를 가져와, 한국문학의 대상 지평을 넓힌다.

한편 앞 장의 김태준과 관련하여 프로문학파의 관점에서 제기된, 한국문학 특히 한국의 현대문학에 대한 최초의 역사적 해석을 임화의 『신문학사』 등을 통해 살펴볼 필요가 있다. 1939년~1941년에 걸쳐 『조선일보』와 『인문평론』 등에 연재했던 『신문학사』는 최초로 기술된 우리의 근대문학사라 할 수 있다. 이 문학사는 김태준, 김재철 등이 시도한 문예사회학적 방법과 임화 나름의 날카로운 비평적 안목을 결합한 본격적인 현대문학 연구의 효시다. 임화의 문예사회학적 방법이란, 문학사 서술의 과학적 입장을 지키며, 토대와 상부구조간의 상호관계에 대해 주목하는 것이다. 즉 임화는 토대를 고려찮고 문학사를 서술하는 것을 비판하면서 문학과 같은 상부구조는 궁극적으로 토대에 의해 규정받을 수밖에 없음을 강조한다. 그리하여 임화는 식민지 상황에서의 문학발전의 합법칙성을 규명코자 한다.

그런데 임화는 이 글에서 우리 근대의 특수성에 입각하여 우리의 신문학사가 "서구문학의 수입과 이식의 역사"라는 유명한 명제를 정립하였다. 그가 신문학과 구문학의 연속성을 인정하면서도 이와 같은 주장을 하는 것은 개화기에 있어서 "자주적 개혁의 주체가 토착 신세력에 있지 않고 더 많이 외래 세력의 힘을 빌었기" 때문이라고 설명한다. 따라서 우리 사회가 "미숙하고 불충분하나마 그 정도에 상응한 근대적 생산양식의 맹아를 藏하고" 있으면서도 시민사회로 전환되지 못한다고 보며 이러한 역사적 조건이 신문학사를 구시대 문학의 태내에서 자라고 있던 평민문학의 전면적 비약이 아니라 외래문학의 영향 아래로 이끌게 된다는 것이다. 이런 관점에서 그는 이 시기의 문학을 '과도기의 문학'이라고 명명했다. 가령 과도기 조선의 현실을 보다 형상적으로 반영하고 있는 신소설에 집중적 관심을 보이면서 신소설은 신문학 사실주의 발전의 한 디딤돌이 되고 있음을 인정하면서도 충분히 성숙한 시민문학이 아니라는 점을 밝혀 그 과도기적 성격을 지적한다.[31]

그러나 임화는 서구자본주의 국가의 근대민족국가 성립과정과 식민지 혹은 반식민지를 겪은 나라에서의 그것을 구별하지 않고 서구 자본주의국가의 근대화 과정을 그대로 우리 역사에 결부시키려고 했기에, 우리나라의 근대화를 단순히 일본을 통한 서구 근대자본주의 및 그 문명의 수립으로 잘못 파악할 가능성도 갖고 있다. 따라서 개화기문학을 시민문학의 출발로서 보고 있지, 근대민족문학의 출발로서 파악하는 면이 약하게 된다. 임화의『신문학사』는 이러한 점에서 많은 논점을 제기하고 있지만, 그러나 이인직, 이해조 등을 중심으로 신소설의 작가론, 작품론을 전개하면서 드러낸 날카로운 비평적 안목은 한국 현대문학 해석의 새로운 전기를 마련한다.

한편 프로문단에 속해 있지는 않았지만, 좌파로서 신채호 등과 같은 이는 한국의 근대문학에 대하여 거의 전면적인 부정을 한다. 즉 그는 식민지 하의 모든 문화운동을 '노예문화'의 범주에서 벗어나지 못한 것으로 보는 극단적 견해를 드러낸다. 그리고 당시 문화계의 현실에 대해 실망한 후, 당시의 문예가 우리 사회의 독립의 기운을 막는 역할을 하고 있다고 보며 그것이 사회에 미치는 영향의 부정적 측면에 대한 신랄한 비판을 전개한다. 그는 진정한 문학은 그 힘으로 구국(救國)을 할 수 있고 사회, 사상을 변혁시킬 수 있어야 한다고 본다. 즉 신채호의 문학적 주장은 결국 민족이 처한 식민지 현실의 주체적 인식에 기초한 문학론 내지 정치 혁명과 사회운동의 일환으로서의 행동주의적 문학 비평론이라 할 수 있다.[32]

---

31) 최원식, 「개화기 소설 연구사의 검토」 (전광용 외『신문학과 시대의식』, 새문사, 1981.) 참고.
32) 이선영, 「1910년대의 한국문학 비평론」,『현상과인식』, 1981. 겨울, 169쪽.

2) 분단 이후 남한의 한국문학 해석

1945년 8월 해방과 함께 남북이 분단되면서 남과 북은 서로 다른 이념 및 사회체제를 지향한다. 따라서 남북 양자의 한국문학의 해석은 식민지적 상황에 이어 분단상황에 어떠한 형태로든 영향을 받을 수밖에 없게 되어, 남북이 서로 각각의 분단적 문학사를 만들어내게 된다.

이미 알려져 있는 바, 북한은 남한에 비해 일찍이 우리 민족의 문화유산에 대한 정리, 연구 등이 활발하게 전개되었다. 가령 북한은 문화의 유산을 정리해 번역하고 현대화해서 출판하는데 상대적으로 남한보다 먼저 힘써,『조선고전문학전집』35권을 앞서 출간하기도 했다. 또한 한문유산 및 한문학 역시 적극적으로 수용하는 바,『이조실록』의 완역 등이 이를 방증한다. 또한 북한은 사회주의 체제를 지향하는데, 사회주의 체제에서는 문학 등의 문화, 예술적 행위들을 정치 혹은 사회적 관계의 부산물 또는 도구로 간주하는 특색을 갖고 있다. 그리하여 그들 이념 체제의 근간인 마르크스의 유물론적 역사관에 입각해 모든 문학 및 문학사의 해석과 서술체계에서 합법칙, 합목적을 관철 시키고 있다. 일정한 과학적 체계에 의한 한국문학의 해석은 일면 일사불란한 체계를 갖게도 하지만, 그러한 단선적 체계에 맞춰 그 해석이 왜곡되고 조작되는 점이 문제로 지적될 수 있겠다.

이에 비해 남한의 경우 자본주의를 토대로 하여 일단 외형상으로는 자유주의 체제를 지향하고 있기에 북한과 달리 문학 및 예술을 정치 체계의 일부로 상정하지 않고 문학의 독자적이며 자율적인 권리를 인정하고 있다. 그러나 남한은 부르주아 자유주의의 이념을 따르고 있어 자본주의의 시장논리, 혹은 상품논리에 따라 예술 및 문학에 대한 가치 해석을 하는 경우가 많다. 더욱이 우리의 경우 체제의 대외 의존도가 북한보다 높아 문화제국주의에 쉽게 노출되어 있어 우리 문학에 대한 해석 및 연구의 중요성 내지 그 위상이 북한보다 상대적으로 떨어지는 면이 없지 않아 있다. 그리고 선진 외국으로부터 우리의 진정한 필요에 부응하지 않는 문화가 일방적으로 유입되어 그들 문화 속으로 편입, 종속돼 한국문학을 해석하는데 그 종속적 양태를 낳기도 한다. 더욱이 자유주의 체제에서 문학 해석의 다양성을 표방한 몰가치한 해석이 즐비하게 나오다 보니 부분적으로 해석의 비현실성, 반역사성이 나타나기도 한다.33) 그러나 오히려 그러한 다양한 해석들의 경쟁을 통해 한국문학에의 진정한 이해 및 해석에 도달할 수 있는 장점도 갖고 있다.

(1) 해석의 방향과 문학사관의 다양성

분단 이후 남한의 한국문학 해석은 식민지 시대의 한국문학 해석의 방식을 계승하면서, 다양한 방식으로 변주해나아간다. 우선 첫째로 식민지 시대 관학파의 실증주의적 해석 방식 등은 해방 이후에도 남한 학계에서 주요한 방식으로 계승되어 나아간다. 실증주의는 물론 작품의 정확한 해석을 위한 기반이 되는 것이기에 그것의 중요성은 더 말할 나위 없는 것이지만 작품에 대한 가치평가가 배제되기에 그것 자체로서 목적이자 미덕이 될 수는 없다. 그런 점에서 남한에서 실증주의적 해석이 융성해지는 시기는 대개 문학 해석 및 연구의 내용들이 정치적으로 억압을 받는 시점에서다. 가령 한국전쟁 이후 전개된 분단체제의 고착화 및 냉전의 상황 아래 문학 작품을 해석하면서 주로 실증과 형식에 천착하는 경향을 갖게 된다. 이는 식민지 시대 국문학 연구 초창기에 실증주의가 그 연구 방식의 선편을 잡게 되는 것과 마찬가지 이치다. 따라서 이러한 실증적 방법은 문학을 해석하면서 그 문학의 사회적 의미망을 구축할 수 있는 방식을 급격히 위축 시키며, 작품에 대한 쇄말적인 부분에의 관심을 드러내게 한다.

실증적 해석과 관련되어 새롭게 도입된 문학해석 방법이 비교문학적 해석 방법이다. 비교문학의 연구는 국어국문학회가 창립된 시기와 비슷하다. 분단 이후 남한의 문학 해석의 과학적 방법론이 흥미롭게도 이 비교문학적 연구에서 처음 실현되고 있다는 사실은, 당시의 우리 문학 해석 방법론의 불모성을 느끼게도 한다. 이 방법론이 초기에 실증적 방법과 유사성을 띠는 것은 단순

---

33) 임형택, 「분단 반세기의 우리문학의 연구 반성」, (『민족문학사연구』 창간호), 참고.

히 영향관계의 실증적 입증에 치중했기 때문이다. 즉 50년대 최초로 우리나라에 받아들여진 비교문학적 방법이 영향연구 위주의 전통적인 프랑스 비교문학자들의 이론에 근거하고 있기 때문이다. 이후 비교문학적 연구 방법이 실증적 수준에서 벗어나는 것은 오랜 시간의 경과를 필요로 했다. 이러한 방법의 문제점으로 가장 두드러지게 나타난 점이, 우리의 문학을 과거 중국 또는 서구문학에 일방적으로 영향을 받은 것으로 단정함으로써 한국문학의 내재적 발전을 부인하는 결과를 낳게 되고 한국문학을 일본, 중국 혹은 중국문학의 아류 또는 종속으로 파악해버리게 하는 결과를 낳게 했다는 점이다.

이러한 점에 기초한 문학사가 백철과 이병기 공저의 『국문학전사』(1959) 및 백철의 『신문학사조사』(1968) 등이다. 이들은 임화의 이식문학론의 명제를 속류화하여 특히 한국의 근대문학사를, 천박한 비교문학적 방법을 사용해, "일종의 소화불량증 문학"으로 규정하고 여러 사조를 분류 나열하는 건조한 실증주의로 떨어뜨렸다. 그리고 문학사를 일종의 사조사로 간주하여 우리의 문학사를 오로지 서구 근대문학의 불구의 모방사로 평가하는 결과를 드러내게 한다.34)

한편 남한에서 오래 동안 문학 해석의 중추적 역할을 하는 것이 분석주의적 해석이다. 물론 이러한 방법론은 이미 식민지 시기인 1930년대 초반 김기림, 최재서 등을 통해 소개된 바 있다. 예컨대 이 시기에 소개된 T.S. 엘리웃, I.A. 리차즈, H. 리이드 등의 문학해석 방법들은 분석주의 해석 방식의 원조로서 텍스트 위주의, 즉 문예작품의 언어적 측면에 집중적 관심을 드러낸다. 이러한 방법론은 1950년대 이후 구미로부터 일층 적극 유입된다. 특히 2차대전 전후 미국의 보수주의적 입장을 대변하는 신비평(가령 르네·웰렉 등의 『문학의 이론』를 위시한 시카고 학파 및 뉴크리티시즘)이 한국에 들어오면서 한국전쟁 이후 탈이데올로기를 지향하는 당대 국내 문학 연구 동향과 결합하여 분석주의적 해석이 융성하게 된다. 이는 실증적 해석과 유사한 방식으로 작품 자체에 대한 정치하고도 객관적 해석을 지향한다. 그리고 작품의 내적 구

---

34) 최원식, 「민족문학의 근대적 전환」, 『민족문학사강좌 하』, 창작과비평사, 1995, 1
   6~18쪽.

조 탐색에 몰두하는 분석주의적 방법은 남한의 제도권 내에서의 문학교육의 핵심적 역할을 담당한다. 그러나 분석주의적 해석은 문학 작품과 그 대상 세계와의 관련성을 부차화하기 때문에 실증적 해석과 마찬가지로 체제순응적 성격을 띠고 있어 해석 방법상 많은 문제점을 안고 있다. 특히 이러한 관점에서의 문학사 기술은 이념적 성격이 강한 한국의 문학사를 순수문학을 중심으로 설정하여, 작품 내 기법의 교체 과정을 다루는 지엽적인 것으로 떨어뜨리게 된다. 물론 분석비평 등으로 대표되는 이러한 외래의 방법론은 우리 문학에 대한 다각적인 해석을 가능케 해주고 한국문학이 세계 여러 문학과 공유할 수 있는 보편적 측면들을 파악할 수 있어 한국문학 해석의 국학적 폐쇄성을 벗어날 수 있는 계기를 마련해준 일면이 있기는 하다.

남한에서는 이러한 분석주의적 해석방법과 같은 유형의 외래의 방법론들이 계속 본격적으로 유입되는데, 그 대표적인 것이 주로 프랑스와 미국을 통해 수입된 신화(원형)적·구조주의적 방법 등이다. 이들은 분석주의적 해석과 마찬가지로 가치평가의 측면이 경시되고 보편주의로 흐르기 쉬운 약점을 안고 있다. 가령 신화문학론에서 사용되는 구조적 패턴은 모든 작품을 도식화 하여 문학작품을 역사적, 미학적 존재로서 보지 못하게 하고, 따라서 문학의 독자성, 가치의 문제를 외면하게 한다. 그러나 이러한 해석 방식은 앞서 지적한 바, 한국문학과 세계문학이 공유할 수 있는 보편적 측면을 확인하고 한국문학에 대한 새로운 해석의 여지를 마련했다는 점에서 의미가 있다. 즉 문화현상으로서의 문학이 지닌 폭과 깊이가 인식되면서, 한국문학에 대한 다각적인 접근을 가능케 하고, 한국문학이 세계의 여러 민족문학과 공유하는 보편적인 측면을 밝혀줌으로써, 국문학의 특수성도 이러한 보편성과의 관련 아래서만 올바로 파악될 수 있다는 사실을 깨닫게 했다.35)

식민지 시대 실증적 문학 해석이 주류를 이루고 있는 가운데, 프로문인 및 김태준 등의 국문학 연구자에 의해 시도된 문예사회학적 방법은 분단 이후 한동안 남한에서 거의 맥이 끊기다시피 한다. 분단체제의 정치적 상황이 이

---

35) 김명호, 「한국문학 연구방법론과 문제점」, 황패강 외, 앞의 책, 65쪽.

러한 종류의 문학 해석 방식을 용납하지 않았기 때문이다. 물론 분단이 고착화되기 직전인 해방 직후 이러한 방법론이 일부 학자들36) 및 임화 등의 정론적 성격을 띤 평론들에 의해 계승된다. 그러나 1948년 분단의 고착화, 그리고 50년대 한국전쟁 및 반공 이데올로기의 전면화는 문학의 현실에 대한 관심을 위축시키며, 이에 대한 비판적 성찰을 불가능하게 만들었다. 이후 50년대를 거쳐 1960년대 4·19라는 역사적 사건이 발생함으로써 남한 문학은 이데올로기적 컴플렉스로 부터 다소 벗어나며 민족현실에 대한 각성의 계기를 마련할 수 있게 되었다. 한편 4·19라는 역사적 개화는 5·16으로 인해 그 좌절을 겪게 되며 이후 대두한 군사정권과 이로부터 시작되는 60년대 '근대화'의 초기 진행 과정 중에서 문학은 우리의 근대 및 민족적 현실에 대한 그 관심을 돌리게 되고, 이것이 문학해석에서 문예사회학적 방식을 도입하게 하는 계기를 마련한다. 즉 이 시기의 민족주체성의 인식, 비판의식, 현실주의적 학문 자세가 점차적으로 회복되는 셈이다. 1960년대 순수, 참여 논쟁의 대두와 확산 등 역시 그것이 어떠한 결론을 내렸든 현실에 대한 문학적 관심이 고조된 데서 비롯되었음은 두말할 나위 없다. 그리고 이러한 문예사회학적 해석 방법은 70년대 이후 융성하게 된다. 즉 70년대 이후 산업사회의 대두로 인한 자본주의적 모순의 심화와 아울러 70년대 후반에 유입된 사회과학 서적 및 서구의 문학사회학 이론들이 엄청나게 번역, 소개되며 문학연구와 사회학이 유례없이 밀착된다. 그리하여 당시 김윤식·김현의 『한국문학사』(1973)는 종래의 실증주의와 비교문학에 입각한 이식문학론에서 벗어나 역사학계의 내재적 발전론에 입각한 한국문학사를 기술한다. 즉 김현은 한국문학이 서구문학의 단순한 모방자가 아닌, 서구문학과 함께 세계문학을 이루는 한 요소가 되어야 함을 강조한다. 이후 조동일의 『한국문학통사』(1982~1988) 역시 이러한 내재적 발전론에 입각하고 있다.

1980년대는 광주항쟁의 영향으로 민주화운동 및 통일운동이 새로운 국면으로 들어 서면서 문학작품의 분석이 사회분석과 일정하게 연관되는 연구성

---

36) 이명선의 『조선문학사』 등은 마르크스주의적 사회·경제사적 관점에서 씌여진 것으로 김태준의 선행 연구에 빚지고 있다.

과가 진지하게 모색된다. 그리고 이 시기 발생한 진보적 학술단체들에 의해 문예사회학적 해석 방법은 단순히 해석의 차원에서 끝나는 것이 아니고 그것이 제반의 사회적, 문화적 실천과 어떻게 연결될 수 있는가의 문제까지 주요하게 고려한다. 더불어 이 시기 일부에서는 노동자계급의 당파성이 문학해석의 중요한 기준으로 작용하기도 하며, 노동계급의 헤게모니가 전체 문예운동을 관철할 것을 주장하는 정론편향적 해석이 그 기치를 높이 올리게 된다.

그리고 중요한 것은 이 시기의 북한의 문예사회학적 연구 동향이 소개되어 분단 이후 남한에서 진행된 기존의 우리 문학 해석과의 비교를 통해 많은 시사점을 던져 주게 된다는 점이다. 민족문학사연구소의 『민족문학사강좌』(1995) 및 김재용 외『한국근대민족문학사』(1993) 등은 북한의 문학사 기술의 입장을 비판적으로 수용하면서 민족의 의미를 진지하게 다시 모색해보는 강력한 역사의식을 토대로 하고 있다.

그런데 문학을 사회적 생산물의 하나로 간주하는 경향이 짙은 문예사회학적 해석들은 그것이 극단화될 때 작품의 실감에서 출발하지 못해 문학을 제대로 보지 못하는 폐단을 낳는다. 그리고 문학작품을 당대의 현실적 요구에만 초점을 맞춰 인식하려는 편향은, 이전의 실증적 작업을 가치없는 것으로 여기고 소홀히 하는 태도를 빚게 하기도 한다. 이는 북한의 문학 해석 방식에서 여실히 입증되는 바, 이를 우리의 다양한 연구성과와 어떻게 맞물리게 할 수 있느냐의 문제가 제기될 수 있다.

70, 80년대를 거치면서 유행하던 문예사회학적 해석방식이 90년대 들어 상대적으로 약화되면서 포스트 모더니즘의 유행에 편승하여 다시 종래의 분석주의적 방식과 유사한 형식주의적 지향의 해석이 성행하는 경향이 나타난다. 가령 문학을 통한 인식론적인 종합 즉 총체성을 거부하는 포스트모더니즘의 입장은 언어에 의한 현실의 재현을 불가능한 것으로 보게 하여 사회를 파악불능의 모호성 속에 남아두려 한다. 따라서 문예사회학적 방식의 문학해석은 무의미한 일이 되어 버린다. 그리고 포스트 모더니즘이 지향하는 형식의 해체와 다양성 및 과격한 기법실험 등은 문학해석에서도 이러한 다양한 형식들에 집착하는 성향을 띠게 한다. 이러한 포스트모더니즘적 해석과 더불어 90

년대 들어 새롭게 나타난 문학해석의 방법들 중에는 페미니즘 및 생태학적 관점에서의 해석 방식들이 있다. 즉 새로운 지구적 현실로서 계급갈등의 문제를 벗어나 지금까지 무시되고 방치되어온 생태계의 위기와 성차별의 현실 등이 부각되면서, 페미니즘 및 생태문학이 등장하고 또 이러한 관점에서 기존의 문학을 해석하고자 하는 비평 경향이 등장한다.

(2) 시기에 따른 해석방법의 변화

식민지 상태로 부터 벗어난 해방 직후부터 한국전쟁이 발발하기 직전까지 우리 문학에 대한 학계의 관심은 상당히 고조된다. 이는 민족문화에 대한 올바른 이해를 통해 민족국가의 건설이라는 당대의 요구에 부응한 데서 기인한다. 그리하여 식민지 시대와 달리 한국 문학에 대한 새로운 해석 방법도 등장하지만, 이에 앞서 우리의 전통 문학작품의 발굴과 이의 정리, 보급 등이 활발하게 이뤄진다. 한편 해방 후 대학마다 국어국문학과를 개설하게 되면서 교재에 대한 수요가 증폭되고 여러 학자들의 국문학사가 출간된다.

그 대표적인 것이 조윤제의 『국문학사』(1949)다. 이 책은 해방 직후 민족국가의 건설이라는 시대적 흐름에 발맞춰 이미 식민지 시대부터 고안되어 왔던 신민족주의 혹은 유기체적 민족사관을 문학사 기술의 바탕으로 하고 있다. 조윤제가 『국문학사』를 통해 보여준 한국문학의 해석은, 식민지 시대의 실증주의적 해석과 안확 등 국학파의 민족주의적 해석을 지양하여 종합화한 것이다. 한편 식민지 시대의 문예사회학적 방식을 계승하여 유물사관의 입장에서 씌여진 이명선의 『조선문학사』(1948) 등이 있다. 그리고 방종현, 고정옥, 김형규, 구자균을 중심으로 '우리어문학회'가 조직되어 국문학사를 체계화 하고, 『국문학개론』(1948) 등을 출간하게 된다. 구자균은 『조선평민문학사』 등을 통해 전통시대의 평민문학에 대한 관심을 드러낸다.

현대문학에서는 백철이 한국현대문학사를 최초로 하나의 통사체계로 완결한 『신문학사조사』를 출간한다. 그리고 해방 직후 당대 문학을 해석하기 위하여 임화를 비롯한 식민지 시대의 프로 비평이 다시 중요하게 대두된다. 가령 임화 등의 비평이 당시 박헌영의 8월 테제를 준거로 한 정론적 성격을 강하게 띤 대표적인 프로 비평이다. 한편 이에 맞선 김동리의 순수문학론적 태도는 당시 우익의 정치 이데올로기를 전파하는 통로로서의 성격을 갖는다.

그러나 한국전쟁 이후 50년대와 60년대 전반은 분단체제의 고착화 및 냉전으로 인해 해방 이후 활발한 활동을 보인 연구자들이 월북하거나, 처형, 축출되면서 문학을 해석하는 데서 민족 등의 이념이 배제되고 주로 실증과 형식 천착에 집착하는 편향이 두드러지게 나타나기 시작한다. 특히 이념이 배제된 상태에서의 문학작품의 해석은, 식민지 시기에서 살펴 본 바와 같이, 대체로 실증주의적 해석이 그 주류를 이루게 된다.

따라서 이 시기에는 문학 해석과 더불어, 자료의 의미를 중요하게 평가하여 이에 대한 정리가 활발하게 이뤄진다. 즉 문헌, 자료수집, 정리를 통한 사실의 확인, 체계화(서지학적 방식 등) 등이 이뤄진다. 가령 고전문학에서는 고전소설의 광범한 발굴과 정리를 진행하는 한편, 고전소설작품의 주석을 붙이는 작업이 활발하게 진행된다. 그리고 고전소설의 온전한 해석을 위해 근원설화론이나 이본고, 교주본 등의 작업 및 연구가 진행되기도 한다. 조윤제의 『춘향전』교주작업(1957)이나, 김동욱의 「춘향전의 이본고」(1955) 등의 글은 자료의 튼튼한 바탕 위에서 춘향전의 이본을 고찰한 실증주의 해석의 성과라고 할 수 있다.37) 고전시가에서도 정병욱 등이 『시조사전』 등 시조의 문헌적 연구를 완성하는 한편, 시가의 각 장르의 형식을 규명하고 각 장르 사이의 연속성을 확인하는 작업이 진행된다.

현대문학의 경우 근대문학 형성에 중요한 역할을 한 작가, 시인 등의 문단 경력과 작품 발표 실적이 조연현 등에 의해 자세히 기술, 소개된다. 그리고 이 시기 김근수, 하동호 등의 서지학과 전광용의 신소설 작품 및 작가의 소개, 송민호의 실증적 작업들도 이뤄지는데, 특히 송민호는 개화가사와 창가, 신체시 등을 『독립신문』 등의 자료를 통해 일일이 검토하는 실증적 연구방식을 보여 준다.

그리고 이러한 실증적 해석과 유사한 방식으로 비교문학의 방법을 통한 한

---

37) 서종문, 앞의 글, 14쪽.
　　유영대, 「고전소설 연구사 검토」, 『국어국문학 40년』, 113쪽.

국문학의 해석도 이뤄지기 시작한다. 즉 실증적 방식으로 한국문학에 대한 외국문학의 영향관계를 추적하며 한 작가 또는 한 작품의 차용 원천을 탐색하는 데 치중한다. 비교문학적 해석 방식은 1955년 이경선이 일본을 통해 비교문학 이론을 도입하면서 시작되어, 프랑스의 방띠겜, 귀아르 등의 비교문학 이론이 번역, 소개 되면서 그 방법론의 토대를 이뤄 나간다.[38] 그리하여 고전문학에서는 주로 한중소설의 관계가 주목받기 시작하며, 고대소설의 개별 작품별 영향연구가 광범위하게 시도된다. 예컨대 60년대 들어와 우리 傳奇소설과 중국소설이 비교되며(『금오신화』와 『전등신화』)『홍길동전』과 『수호지』, 군담소설류와 『삼국지연의』 등이 비교된다.

그리고 60년대 초반에 들어서게 되면 이러한 비교문학의 방법이 고전문학뿐만 아니라, 한국근대문학을 해석하는데 차용되기 시작한다. 김열규(「한일근대시의 일반문화적 고찰」, 1962)와 정한모 등은 육당의 초기 작품을 일본의 신체시와 대비 연구하고, 김억과 주요한의 시를 프랑스와 일본의 상징파 시와의 상관 관계에서 논한다. 그리고 이후 비교 대상국가를 일본 뿐만 아니라, 영국, 러시아, 프랑스, 독일 등으로 확대해 나간다. 이러한 비교문학적 해석은 국문학을 해석하는 시야를 새로운 차원으로 확대시켰음에도 불구하고, 한국문학을 중국, 일본, 혹은 서구 여러 나라의 이식문학으로 잘못 이해시키는 오류를 낳기도 한다. 이후 비교문학은 한국문학의 비교 대상을 동양과 서구의 몇 나라에 치중했던 것에서 벗어나고자 노력하는데, 특히 조동일 등은 한국문학을 제3세계문학과 비교하는 데 적극 힘을 기울여 서양문학 중심의 문학관을 극복해 나가고자 한다. 그리고 70, 80년대의 민족문학론자들에 의해 비교문학 해석 방식의 적극적인 극복 양상이 나타나는데 이는 2)−(5)에서 살펴보고자 한다.

그리고 1950년대의 남한은 사회경제적으로 미국의 원조에 의존하여 새로운 자본주의적 질서를 구축해 가고 있었기 때문에, 한국의 문화는 미국을 중심으로 한 구미권의 문화적 영향력 안에 강력하게 놓이게 된다. 그리하여 주

---

38) 이하 비교문학적 해석에 대한 논의는 이혜순, 「한국문학의 비교문학적 연구」, 황패강 외, 앞의 책, 참고.

로 미국에서 유입된 영미의 신비평의 영향으로, 문학작품을 하나의 인식된 사물, 즉 지식으로 대상으로 파악한다. 그리고 이러한 전제 아래 문학을 해석하는 객관적 평가 기준을 확보코자 한다. 가령 웰렉과 워렌의 『문학의 이론』, 브룩스와 워렌의 『소설의 이해』, 『시의이해』, W.C. 부스의 『소설의 수사학』, 포스터의 『소설의 양상』, 에드윈 뮈어의 『소설의 구조』, 라보크의 『소설기술론』 등을 매개로 소설에서 소설 내부 미학의 문제인 성격, 플롯, 시점, 서술방식, 문체 등의 용어를, 시에서는 모호성, 반어, 역설 등의 전문 술어를 정착시켰다. 송욱의 『시학평전』, 이상섭의 『복합성의 시학』, 유종호 등의 비평적 활동은 이러한 구미의 분석비평을 한국문학의 해석에 적용한 실천적 예다. 특히 유종호 등은 소설 작품을 해석하면서, 극적 제시, 거리와 감상화 등의 방식이 작품의 미적 형상화에 어떻게 기여하는지를 중점적으로 살펴 본다.

작품의 내적구조 탐색에 몰두하는 분석주의적 해석방식이나, 근대문학의 외래적 영향관계를 살피는 비교문학적 해석 방식 등은 이후 우리 문학을 해석하고, 대중에게 우리 문학을 교육하는 데 상당한 영향력을 행사하게 된다. 가령 중등 교과서에 실린 문학작품, 그 중에서도 시를 해석할 경우, 뉴크리티시즘적 해석 방식이 거의 결정적인 영향력을 행사한다. 이러한 방법은 비단 현대문학 해석에서 뿐만 아니라, 고전문학의 경우에도 정병욱 등의 「고시가운율론서설」(1954) 등에서 우리 시가를 해석하면서, 율격의 밑바탕에 대한 논의가 이뤄지는 계기를 부여한다.

반면 당시 한국문학 해석의 주류를 형성하지는 못했지만 서구의 분석주의적 해석 방식과 대립해 비평 측에서 전통론도 제기되는 바, 조연현, 조지훈, 서정주 등은 한국문학에서 면면히 형성되어온 전통의 존재를 찾아 현실과 조화시켜 육성해나아갈 것을 주장하기도 한다.

1960년대 들어서는 4 · 19라는 역사적 사건이 발생함으로써 남한 문학은 이데올로기적 컴플렉스에서 다소 벗어나며 민족현실에 대한 각성의 계기를 마련할 수 있게 되었다. 그러나 4 · 19라는 역사적 개화는 5 · 16으로 인해 그 좌절을 겪게 되며 이후 대두한 군사정권과 이로부터 시작되는 60년대 '근대화'의 초기 진행 과정 중에서 문학은 우리의 근대 및 민족적 현실에 대한 그 관심을 돌리고자 한다. 그러나 그러한 관심은 60년대 후반 내지 70년대 들어서야 전면화되며 60년대 전반은 외국에서 도입된 형식주의적 해석의 성향을 갖는 방식들이 그 주류를 이룬다.

가령 60년대에 들어서면서 분석비평 뿐만 아니라 서구의 다양한 문학방법론을 도입, 한국문학에 적용하는 실험이 시작된다. 그 대표적인 예가 신화(원형) 비평의 방법으로 황패강, 김열규(『한국민속과 문학연구』 등)는 이를 통해 한국문학의 기층 구조를 해석하고자 했다. 즉 외부에서 유입된 민속학, 인류학 등을 통해 신화에 대한 지식이 서서히 깊어지면서 국문학의 원류를 탐색하는 데 있어 신화가 지니는 의미가 발견된다. 황패강은 「고대서사문학에 대한 원형적 시고」(1964)에서 문학의 현상을 초역사적인 구조 속에서 살펴보며, 신화문학론의 인접학문인 인류학, 심층심리학, 종교학, 신화학 등의 성과를 광범하게 원용하여 종래의 국문학 해석에서 부딪친 한계점을 비약적으로 극복코자 했다.[39] 그리고 김열규는 한국신화의 원형문제, 신화와 제의의 상관관계를 밝히고, 무속과 서사문학의 관계 등을 고찰해 우리 문학 해석에 도움을 줄 수 있는 여러 가능성들을 모색했다.

그리고 원형적 방법과 관련하여 구조주의적 방법을 갖고, 민담의 구조와 모티프를 집중적으로 검토해 이를 통해 고소설의 구조를 밝혀내고자 했다. 60년대에 시작한 이러한 신화, 원형적 방법과 관련된 구조주의적 해석은 70, 80년대까지 그 지속적인 영향력을 행사한다. 예컨대 레비스트로스의 신화구조론, 즈레트의 서사이론, 바르트의 이야기 분석법, 그레마스의 서사구조 의미론, 프로프의 민담이론에 바탕을 둔 설화분석 방식들이 그 대표적 예다. 이러한 구조주의적 해석방식은 서사구조로서의 소설 구조 개념을 명료하게 하고, 고소설과 현대소설의 내적인 연계성을 확인할 수 있는 계기를 마련한다. 이러한 구조주의는 이후 문예사회학적 해석방식과 결합하면서 골드만, 지라르 등의 소설사회학과 만난다.

앞서 말했듯이 60년대에 그 맹아를 보이기 시작했던 우리의 근대 및 민족적

---

39) 유기룡, 「신화문학론의 수용과 그 과제」, 국어국문학회, 『국어국문학과 구미이론』, 지식산업사, 1989, 50쪽.

현실에 대한 관심, 그리고 60년대 순수, 참여 논쟁의 대두와 확산 등을 통해 이뤄진 현실에 대한 문학적 관심의 고조는 70년대 이후 문예사회학적 해석방법의 융성을 가져 오게 한다. 이러한 방법은 일단 현대문학을 해석하는 쪽에서 먼저 이뤄진다. 루카치, 골드만, 제라파 또는 프랑크푸르트 학파(아도르노, 벤야민 등) 등의 문학사회학 이론들이 도입되면서, 소설의 생산조건에 대한 논의가 이뤄지고 이는 자연스럽게 리얼리즘 논의로 이어진다. 가령 식민지 시기인 30년대 후반 이미 김남천 등에 의해 수용되었던 루카치의 본격적인 재수용이 이뤄지며 소설의 장르론적 본질 인식을 촉발 시키고, 리얼리즘이 미학적 측면에서 논의된다. 즉 리얼리즘이 객관적 현실을 전체적 관련 아래 파악하여 다루고자 하는 것을 그 목표로 한다는 점에서, 리얼리즘론자들은 문학을 해석하면서 사회과학적 지식들을 적극 차용한다. 특히 루카치의 영향을 받은 골드만의 경우, 사회구조와 소설의 구조의 상동 관계를 규명하려고까지 했는데, 한국문학 해석에서도 이러한 방식들이 적극 차용된다. 그 외에 문학사회학은 러시아의 형식주의 내지 구조주의 언어학을 수용한 바흐찐과 지마의 문학텍스트 사회학, 아우얼바하의 문체사회학, 야우스, 이저 등의 수용미학들과 어우러지며 이후 한국문학 해석에 왕성한 영향력을 발휘한다.

그리고 이러한 문예사회학적 방식과 더불어 70년대 들어 두드러지게 나타난 민족주체성의 강조는 국문학 해석의 고풍스러운 학풍을 쇄신하며 우리 전통 문학의 해석에 새로운 전기를 마련한다. 가령 70년대 이전까지의 실증주의에 입각한 자료학적 해석을 비판적으로 계승하면서 문학성의 문제와 역사성의 문제를 새롭게 결합하려는 이론적 노력을 경주하여 민족문화를 어떻게 올바르게 건설할 수 있는가 하는가로 관심이 모아진다. 더불어 이를 뒷받침하기 위한 우리 민족 유산의 정당한 평가 및 계승의 문제의식이 심화된다. 즉 우리 문학의 유산을 어떻게 정리하고 평가할 것인가를 둘러싸고 자기반성과 새로운 모색이 시도되는 바, 이는 냉전시대의 학문적 칩거에서 벗어나 연구의 현실성에 대한 자각에서 비롯된다.40) 그리고 이러한 새로운 해석들은 국

---

40) 최원식, 「한국문학연구사」, 황패강 외, 앞의 책, 57쪽.

문학계와 비평계의 공동의 관심사로 전통론이 전개되면서 비롯된 것이며 고전문학과 현대문학의 분리를 넘어선 하나의 국문학으로 파악하려는 노력의 결과다.41) 가령 임형택의 경우『흥부전』의 등장인물들을 조선 후기의 사회적 성격에 조응시키고자 역사학적·사회학적 해석의 방식을 동원한다. 그리고 『금오신화』와 연암의 문학을 특히 그의『열하일기』를 대상으로 문학작품의 내용에서 현실적인 세계관에 주목하여, 그 현재적 의의를 모색한다.

한편 우리의 고전 문학사의 흐름을 해석하면서도 새로운 입장이 나타난다. 예컨대 고전문학사에서 우리 문학의 내재적 동력을 확인하면서 국문학의 상(像)을 발전적으로 그려 보려는 노력이 김윤식, 조동일 등에 의해 경주된다. 물론 이러한 해석에는 국문학의 내재적 발전론에 주목한 나머지 국문학을 내부에서만 해명하려고 하지, 국문학이 맺고 있는 외국문학적 관련을 절단해내려는 편향도 보이게 된다. 이는 국문학의 전개 과정을 내재적 발전론 일변도로 해석하는 북한의 국문학연구와 비슷하기도 하다.42)

그리고 70년대 들어 대규모적 영인 출간 및 그 동안 연구 대상에서 제외되었던 그 중에서도 설화 등 구비문학 등이 중요한 문학 대상으로 인식된다. 사실 우리 구비문학의 전국적 조사는 1920, 30년대 조선총독부가 식민정책에 이용하기 위해 실시한 것이 그 전부였다. 그러나 70년대 들어 국가차원의 재정지원으로 최초의 전국적인 구비문학 관계조사가 이뤄진다. 이러한 자료조사를 토대(『한국구비문학대계』 등)로 80, 90년대에 구비문학에 대한 유형적·계통적 해석, 혹은 현장론적 해석 등 다양한 성과가 나타날 수 있었다.

그리고 이 시기 들어 한문학도 우리 민족유산의 귀중한 일부로서 인식되어, 그에 대한 연구가 많이 이뤄진다. 이전에는 국문 문학만을 국문학이라고 규정하는 해석이 지배적이었기 때문에, 문학유산의 양이 적었을 뿐 아니라, 한문문학을 제외한 채로는 문학사의 폭넓은 전개양상이나 다면적 관련 및 연속성을 충분히 설명하기 어렵다는 난점에 부딪쳐 있었다.43) 그러나 이 시기

---

41) 같은 글, 57쪽.
42) 같은 글, 63쪽.
43) 김흥규,「한국문학의 범위」, 황패강 외, 앞의 책, 12쪽.

를 전후해 우리문학의 주체적 발전과정을 보다 깊이있게 살펴야 한다는 요구
가 학계에 높아지고, 이러한 요구를 충족시키는 데 국문문학과 한문문학의
차이는 본질적이지 않다는 쪽으로 인식의 전환이 일어나게 된다.44) 그리하여
이규보의 서사시 『동명왕편』이 새롭게 부각되고, 문예사회학적 시각의 대두
와 함께 기존의 한문학 특히 한시연구에서 그 형식과 서정성에만 초점을 맞
추었던 해석 경향에서 벗어나, 역사와 사회현실의 문학적 형상화 문제에 깊
은 관심을 갖게 된다.45) 대표적으로 다산 정약용의 시를 사회역사적 관점에
서 연구한다든지(송재소 등의 『다산시연구』, 1986) 하여, 당대의 높은 명성과
더불어 현재의 민족문학적 관점에서 의의있는 작품을 고찰, 새로운 해석을
부여하는 성과가 나타난다. 그리고 이동환의 「조선후기 한시에 있어 민요취
향의 대두」(1979), 악부시에 대한 관심 등은 한시와 국문문학 내지 구비문학
과의 관계를 긴밀하게 연결하여 한시에 대한 새로운 해석에 접근케 한다. 요
컨대 이는 일종의 한국 한시의 주체적 면모를 확인코자 하는 문제의식에서
연유한 것으로 볼 수 있다.46)

　한시 뿐만 아니라, 한문 소설에서도 이우성, 임형택 등에 의해 이뤄진 한문
단편소설의 대대적 발굴과 연구(『이조한문단편집』, 1973~1978) 등이 진행되
었다. 더불어 고전 산문작가로서 연암에 대한 재인식 및 높은 평가 등도 이뤄
진다. 그런데 여기서 흥미롭게 지적되어야 할 점은 70년대 들어서 나타난 한
문학에 대한 관심 특히 비평연구가 주로 조선 후기에 집중되는 것을 볼 수
있다. 이는 조선후기가 근대와 연결되는 시기라는 점에서, 문예사회학적 방
식과 민족문화의 주체성을 강조하는 당대 연구자의 관심이 그 쪽으로 집중되
게끔 한 것으로 판단할 수 있다.47)

　그리고 이 시기에 현대문학과 고전문학을 하나로 보는 시각과 더불어, 문
학연구와 창작실천이 하나로 결합되는 움직임이 보이기 시작한다. 예컨대 설

---

44) 박희병, 「조선시대 한문학 연구사 검토」, 『국어국문학 40년』, 197쪽.
45) 박성규, 「고려조 한문학 연구의 현황과 과제」, 같은 책, 174쪽.
46) 박희병, 앞의 글, 201쪽.
47) 같은 글, 210쪽.

화구비문학과 판소리연행예술의 현재적 의미 등이 부각된다.[48] 따라서 그 이전에 고전문학을 해석하는데 가장 큰 약점으로 지적된 현실적 관점의 부재 등이 지양되며, 70년대 이후 당대의 실천적 관점이 고전문학을 새롭게 해석하는 중요한 매개가 되어, 고전문학이 갖는 전통의 현재적 의미가 부각되기 시작한다. 그리하여 판소리 연행예술 등에 대한 새로운 해석을 통해 문학전통의 내적 대중화가 이뤄진다. 예컨대 조동일, 김흥규 등은『판소리의 이해』(1978) 등을 통해, 판소리계 소설의 현실적 기반과 신재효의 위상 등을 점검하며 아울러 탈춤을 사회적 맥락에서 해석코자 한다. 한편 판소리와 관련되어 마당극, 마당놀이, 창극의 방법론에 관한 새로운 모색을 통해 우리 희곡문학의 개성적 발전 및 미래에 대한 창조적 대안이 제시된다.

1980년대 이후는 광주항쟁의 영향으로 민중문학이 발전하고, 진보적 학술단체 등이 성립되면서 프로문학과 해방기 문학의 재평가가 이뤄진다. 그리고 북한문학, 연변지역의 동포문학에 대한 인식 등이 새롭게 대두된다. 더불어 북한의 우리 문학에 대한 해석 및 연구 동향을 부분적으로나마 접해볼 수 있게 되었다. 한편 진보적 학술단체를 중심으로 한 국문학 연구와 현실문학운동의 관계들이 모색된다.

프로문학의 경우 80년대 초기의 해석에서는 그 동안 금기시 되었던 자료들을 대하면서 갖게 되는 나름대로의 편향을 드러내지만, 80년대 이전 이미 형성되었던 민족문학적 전망 내지는 관점을 통해 프로소설의 독자적 특질에 대한 객관적 해석을 지향해 나아가게 된다. 그런데 이 시기에는 당대의 문학적 실천 문제에 집중적인 관심을 드러내, 김명인 등은 「지식인 문학의 위기와 새로운 민족문학의 구상」(1987)이라는 글에서 문학이 지식인의 전유로부터 벗어나, 노동계급이 직접 쓰고 참여하는 문학으로의 주체 전환을 선언하며, 노동계급의 헤게모니가 전체 문예운동을 관철할 것을 주장하는 노동해방문학론 등이 제창되어 식민지 시대 프로문학 시기의 급진적 주장이 일면 반복되는 경향도 발견할 수 있다. 따라서 이들의 문학적 해석들은 일정한 편향을 드

---

48) 「좌담 : 국문학연구와 문학운동」, 38쪽.

러내며 아울러 미적 감식력을 떨어뜨리는 데 일조를 가하기도 한다.

90년대 들어 1990년 전후 일어난 동구와 소비에트 연방의 와해는 20세기 후반 냉전기 체제경쟁의 한 축을 담당해온 국가사회주의를 붕괴시키며 이른바 현존사회주의의 몰락을 가져왔다. 이러한 현존사회주의의 몰락은 자본주의의 전지구화라는 세계사적 대전환의 국면을 가져오게 했다. 즉 냉전구도가 무너진 자리에 공간을 넘어 자본과 제도로 무장한 새로운 성격의 무한한 경제전쟁이 진행되기 시작했다. 이에 남한사회는 자본주의의 전지구화라는 과정 속에 편입되어 나름대로의 자본주의의 전면화에 나서게 된다. 그리하여 남한의 문화예술을 지배하는 가장 중요한 사회경제적 조건은 냉전의 구도를 대신한 지구화라는 자본의 무한 경쟁 그리고 이러한 과정 속에 편입돼 자본가 집단의 이해를 우선적으로 앞세우고 있는 한국 자본주의의 전면화라고 얘기할 수 있다. 따라서 문학의 해석 역시 90년대 이전을 지배했던 한국문학 해석에 있어서 민족문학적 전망은 약화되고 포스트모더니즘 혹은 다원주의를 표방한 형식주의적 지향이 성행하는 경향을 낳고 있다. 90년대 들어와 일각에서 제기되는 기존의 구조주의, 형식주의 등과 관련된 기호학적 방법론, 문체론과 관련된 담론 분석 등이 바로 그 대표적인 예라 할 수 있다.

반면 이러한 형식주의적 성향의 해석 방식과 더불어 기존의 민족문학적 관점의 해석을 지양하여 새로운 지구적 현실에 걸맞은 생태계의 위기와 성차별의 현실 등 이제까지 변혁운동에서 경시되었던 문제들에 대한 인식으로 부터 새로운 문학해석의 방법이 나타난다. 그리하여 이러한 방식은 아직은 희소하기는 하지만 우리 문학 해석에 새롭게 적용되니, 가령 고전문학에서도 조선시대의 여류한시들을 연구하면서, 여성문학적 관점의 문학연구가 도입되기도 하고, 전통의 산수시(山水詩)가 환경적 관점에서 해석되기도 한다.

(3) 전통적 해석

분단이후 남한의 한국문학 해석은 북한의 것에 비해 비교할 수 없을 정도의 다양성을 드러내고 있다. 그 다양함은 식민지 시기 한국문학 해석의 방법론을 계승하면서도 분단 이후 외국 특히 구미에서 유입된 다양한 문학 해석 방식의 차용에서 비롯된다. 물론 그 다양성이 한국문학 해석의 새로운 지평을 열어 주었음에도 불구하고 그 중에는 몰가치적 해석의 나열에 그치고 서구의 문학 해석 방식에 대한 추수주의적 성향을 갖고 있음을 역시 부인할 수 없다.

이 글에서는 앞에서 이미 검토했던 바, 분단 이후 전개된 남한의 한국문학 해석을 범박하게 전통적 해석과 진보적 해석의 틀로 크게 나눠 이 양자를 비교의 방식으로 검토하고, 이 양자를 지양하여 한국문학에 대한 온전한 해석으로 나아갈 수 있는 길을 모색해보고자 한다. 문학해석 상의 전통적 방식과 진보적 방식의 가름은 그 해석이 토대하고 있는 세계관의 차이를 기준으로 설정해볼 수 있다. 그 하나는 형이상학적 견해이고 다른 하나는 변증법적 견해다. 전자는 독립되고 정지된 일면적인 시각으로 세계를 보는 것이다. 그럼으로써 세계에 존재하는 모든 사물의 형태와 종류를 독립되어 있는 영원불변의 것으로 본다. 이와는 반대로 후자는 사물을 변화, 발전하는 것으로 보고 그러한 사물들에 대한 관계를 전체적인 시각에서 본다. 따라서 전자가 존재론적이고 본질론적 측면에서 한국문학을 해석하는 것이라면 후자는 사회·역사적 측면에서 해석한다. 후자는 특히 문학을 해석하는데 있어서 '역사의식'을 강조한다. 역사의식이란 "한 국민, 한 공동사회 또는 한 개인의 생활 기준이 되어온 가치 판단의 위계를 (가치판단간의 관계), 통찰하는 능력이라고 할 수 있다.[49]

남한의 한국문학에 대한 전통적 해석의 가장 기본적 틀은 역시 식민지 시기부터 이어져 내려온 문헌학과 더불어 실증적 관점에서의 해석이 될 것이다. 이러한 해석의 방식은 일단 문학을 학문의 대상으로 객관화하고 체계적으로 논의할 수 있음을 가능케 한다는 점에서 문학 해석 및 연구의 기초가 되는 긴요한 방식이다. 따라서 이러한 실증적 해석은 한국문학의 온전한 해석을 위한 기본 전제이자 의무라고 할 수 있다. 이러한 점에서 식민지 시대 조윤제 등이 전통 시대의 한국문학을 해석하면서 특히 고전시가 등을 해석하

---

49) 라이오넬 트릴링, 「역사의식」, 이선영 편, 『문학비평의 방법과 실제』, 동천사, 1983, 50쪽.

면서 자수율론 등을 설정하고 이를 장르론 안에서 해석을 시도하는 등의 과
학적 방법론을 정립한 것은 우리 문학 해석에서 중요한 발판을 마련한 셈이
다. 이러한 실증적 해석의 전통은 해방 이후 지속되며 특히 남한에서는 50년
대에 그 왕성한 영향력을 발휘한다. 그리고 50년대에는 문학에 대한 가치의
해석에 앞서 우리에게 계승해 내려온 문학 유산 자료 등의 의미를 중요하게
평가, 정리하는 등, 실증적 의미에 걸맞은 연구들이 활발하게 이뤄진다.

그러나 이러한 실증적 관점의 해석이 식민지 시기에 주류적 해석 방식으로
자리 잡을 수 있었던 것은 식민지 근대를 겪은 우리 근대의 특수성과 필연적
관련성이 있다. 어떠한 정치적 발언이 용납되지 않는 식민지적 상황에서, 실증
적 해석 방식은 체제 순응을 지향하고 현실성을 배제하기 쉽다. 이는 분단 이
후 제반의 학문적 동향이 극도로 위축되는 50년대의 냉전상황에서 재현된다.

50, 60년대의 남한에서 문학을 해석하기 위한 다양한 방법론들 역시 문학
을 역사적 맥락에서 살피지 않는다는 점에서 실증적 해석과 유사한 정신적
기반 위에 서있다고 볼 수 있다. 즉 50년대 후반에서부터 시작되어 60년대에
국문학 해석에서 압도적 우위를 차지하는 외래의 문학 해석 방식들은 그것들
이 새롭고 다기다양한 것일지라도, 모두 작품의 내적 구조 탐색에 몰두하는
분석주의적 해석을 그 기반으로 한다. 따라서 문학과 사회 또는 민족 현실의
관련성을 배제하는 실증적 해석과 그 맥락을 같이 한다.

가령 일본, 프랑스 등으로부터 유입된 비교문학적 방법론을 살펴 보자. 앞
에서 보았듯이 식민지 상태로부터 벗어나서 해방 이후부터 한국전쟁이 발발
하기 직전까지 우리 문학에 대한 학계의 관심은 상당히 고조된다. 이는 민족
국가의 건설이라는 당대의 요구에 부응한 데서 기인한다. 그러나 한국전쟁을
기점으로 민족적 이데올로기와 관련된 한국문학의 해석은 그 힘을 잃게 된
다. 바로 그 공백기에 나타난 것이 비교문학적 방식이다. 민족 등의 이데올로
기를 배제하며 문학 해석의 객관성을 지향할 수 있는 방식 중의 하나가 곧
한국문학을 외국문학과의 관계 속에서 실증적으로 파악하는 것이다. 그러나
그러한 실증적 파악이 국문학 해석의 주체적 요청에 의해서가 아니고, 한국
문학이 외국문학으로부터 기계적이고 수동적인 영향 관계 안에 놓여 있다는

전제 아래 이뤄진다. 이는 일종의 이식문학론으로서 한국문학의 모방사를 추적하고 증명하는 것에 불과하다.[50] 그리하여 고전문학은 중국문학의 지배를 받았고, 현대문학은 일본 내지 서구문학의 지배를 받았다는 전형적 타율사관에 입각한 결론에 도달하게 된다.

한편 50년대 이후 한국문학 해석 및 문학교육에 절대적 영향력을 행사하는 구미의 신비평적 문학 해석 방식은 정치와 문학은 별개라는 곧 문학의 독자성을 그 신념으로 하고 있는 방식이다. 즉 문학이 특정 시대나 상황과의 관련을 떠나 독립 자존하는 자족적 세계라는 신비평의 견해는 분단 이후 정치적 발언을 금기시하는 우리의 풍토에서 적극적으로 수용될 수 있었다. 문학작품을 해석하는 바른 태도가, 작자나 독자 또는 여타의 작품 외적 요인을 개입시킴이 없이 어디까지나 작품이 지닌 제요소에 근거하여 그 내적인 구조와 의미를 파악하고 감상하는 것이며, 그것이 바로 가장 과학적인 것이라는 입장은 이후 남한의 문학 해석에서 중요한 영향력을 행사한다. 그러나 신비평에 기댄 형식주의적 해석은 문학 존재 자체의 절대성을 신비화하여 대상 물신주의[51]라는 혐의에서 벗어나기 어렵다. 이는 북한이 문학을 정치적·경제적 사회관계의 부산물이나 도구로 간주하는 견해와는 정반대의 위치에 놓여 있는 것으로, 북한의 문학 해석에 맞선 남한의 전통적인 문학 이데올로기로 사용된다. 형식주의적 해석은 문학이 역사적 구성물이고 이데올로기적 성격을 갖고 있음을 전면 부인한다. 그러나 그러한 부인에도 불구하고 형식주의적 해석 자체는 이미 그것이 처한 사회, 역사적 조건과 깊게 연관되어 있다. 즉 형식주의자들이, 문학해석에서 역사 또는 이념을 부정적 배제 대상으로 삼아야 한다는 그 자체가 이미 한 이데올로기를 표방하고 있는 셈이다.

신비평 이후 나타난 신화원형적 혹은 구조주의적 해석 역시 신비평의 다양한 변종으로 간주할 수 있다. 신화원형적 해석은 문화인류학, 심리학, 비교종교학, 역사, 철학 등의 다양한 지식세계에서 이끌어 낸 자료를 문학에다 가져온다. 더 나아가서 그러한 자료들에다 문학을 종속시키는 것이 아니라 이러

---

50) 최원식, 「비교문학 단상」, 『민족문학의 논리』, 창작과 비평사, 1982, 289쪽.
51) 도정일, 「문학성 문제와 이 시대의 문학」, 『실천문학』, 1997. 봄, 243쪽.

한 다양한 재료들이 문학 안에서 신화라는 형태로 극치에 도달한다는 것을 증명해 보인다. 그런데 신화원형적 해석은 문학의 모든 양태와 구조들이 궁극적으로 원형적 패턴에 의하여 결정되거나 이를 드러내 보이고 있다는 결론에 이르기 때문에, 신비평적 해석과 마찬가지로 개개 작품들의 구조와 양태에 집착하는 결과를 드러낸다. 또 원형이 반복 재현하는 원리만을 추구하다 보니, 모든 작품을 도식화 해버리는 결과를 낳고, 작품이 해당 시대, 역사와 갖는 관련성을 사소한 것으로 치부한다. 이러한 점에서 구조주의적 해석도, 시나 소설 등 한 편의 문학 작품이 그 각각의 장르가 구조의 변형법칙에 따라 된 하나의 말단적 현상이라는 전제로부터 출발한다. 따라서 이 말단적 현상을 생성한 근본적 문법을 파악하는 것이 구조주의의 문학 해석의 기본 방식이다. 이러한 구조주의가 설정하는 세계는 피동적 사물의 세계, 창조적 세계와 아무런 본질적인 교섭이 없는 외연물(外延物)의 세계이며, 역사를 창조하는 능동적 실천이 결여된 세계다. 따라서 신비평이니, 신화비평, 구조주의니 하는 문학 해석 방식들이 그 드러내는 양상이 각각 상이할지라도 이들 모두가 작품의 외적 관련 보다는 내적 구조에 집착한다는 점에서 정치적 발언을 금기시하는 냉전 하의 우리 남한의 현실에서 적극 수용되었다고 볼 수 있다. 즉, 신화원형적 혹은 구조주의적 해석은 우리 문학 해석의 새로운 지평을 제공했으나, 실제적으로는 사회, 역사현실과 관련되어 문학을 살피는 것을 금기시 하는 남한의 문학 이데올로기에 편승한 것이라고 할 수 있다. 그러나 문학작품은 역사의 기록이며, 그 존재 자체가 역사적 사실이다. 따라서 문학 작품이 산출된 지적상황을 규명해야, 그 작품이 지닌 힘을 지각도 할 수 있다.

문학 작품의 내적 구조에 집착하는 해석 방식들과는 다른 것이기는 하지만, 남한에서 문학 해석의 또 하나의 전통적인 경향으로 조윤제 등의 신민족주의 사관에 입각한 문학해석의 경향을 상정해볼 수 있다. 식민지 시기의 조윤제는 주지하다시피 관학파의 실증적 문학 연구 방식에 많은 영향을 받고 자신의 문학 연구를 전개해 나아간다. 그러나 곧 그는 문헌학과 실증주의를 바탕으로 한 연구의 한계를 절감하고 이른바 정신사적 문학연구의 방식을 택해, 전통의 한국문학에서 우리 문학이 갖고 있는 현실대응력을 모색하고자 한다. 그리하여 신민족주의적 입장에서 한국문학을 새롭게 인식, 해석한다. 이는 이미 안자산 등의 전통적 국학파 등에 의해 시도된 민족주의적 입장에 서의 한국문학 해석에 힘입은 것이라고 할 수 있다.52) 신민족주의에 입각한 조윤제의 한국문학 해석은 식민지 시기 아직 초보적이고 방법론상의 미숙함을 안고 있었지만, 해방 이후 실증주의적 방식에 의해 새로이 보강되며 그 내용을 풍부히 해나아간다. 조윤제의 한국문학에 대한 전통적 견해들은 70년대 이전까지 그 영향력을 지속적으로 행사해 나아갔다. 그런데 조윤제는 전통의 국문학을 한국인의 생활태도와 관련지어 설명하며, 국문학의 미의식을 은근, 끈기, 애처로움, 갸날픔, 두어라, 노세 등으로 규정하는 시도를 드러낸다. 이는 이후 조지훈이 국문학의 미의식을 우아, 비장, 관조의 셋으로 집단화 한다든지 하는 종류의 해석을 낳게 하는데 일정한 영향력을 미친다. 조윤제나 조지훈이 한국문학의 미의식들을 이러한 식으로 결정해 놓는 것은, 모든 사물의 형태와 종류를 독립되어 있는 영원불변의 것으로 보는 형이상학적 세계관에 근거하고 있다.

이외에도 50년대 서구에서 유입된 분석주의적 해석에 대항해 해방 직후 우파의 민족문학론과 연결돼있던 서정주, 조연현 등에 의해 전개된 전통적 계승론 혹은 보수적 민족문학론도 전통적 해석의 범주 안에서 설명할 수 있다.53)

이 문학론은 '민족' 개념의 종족적 특질을 절대화하는 것으로서 그 이론적 출발점을 삼고 있는데, 이러한 점에서 식민지 시기 민족주의 우파인 이광수, 최남선류의 문학 해석과 그 성격을 같이 한다. 예컨대 민족의 종족적 토대라고 할 수 있는 언어, 문화, 전통, 관습, 정서 따위를 절대화 시키면서, 그것들을 개념적 속성으로 설정하여 우리 문학에 대한 해석을 전개한다. 조연현의 「문학과 전통」(1949), 조지훈의 「현대문학의 고전적 의의」(1950), 서정주의 「

---

52) 가령 안자산의 『조선문학사』의 사관은 정신사관으로 일종의 "국민사상사"인데 (최원식, 「안자산의 국학」, 참고.), 조윤제의 『국문학사』가 이러한 것에 일정하게 힘입은 것으로 볼수 있다. 자세한 사항은 앞의 1)-(2) 참고.

53) 이하 한수영의 「1950년대 비평과 새로운 민족문학론의 구상」(『문학과 현실의 변증법』, 새미, 1997) 참고.

한국시의 전통」(1958) 등은 쉽게 세계문학화 하기 어려운 민족 형성의 원형적 특질을 중심으로 서구문학에 맞서는 우리 문학의 이념을 세우고자 노력했다. 따라서 우리 문학은 세계문학을 강력한 타자로 설정하여, 세계문학과 우리 문학의 상호침투의 가능성보다는 우리 문학의 배타적 자기동일성을 강화하는 경향을 낳게 된다. 그러나 이러한 논리는 이광수의 예에서 보았듯이, 자칫 국수주의나 민족우월주의로 빠져들 위험을 항상 지니고 있는 동시에, 그 탈역사성으로 말미암아, 민족문화 및 민족문학이 역사발전의 단계에 따라 다르게 형성되는 역사적 특수성을 설명할 수 없게 된다. 그리하여 이 논리는 동양 대 서양이라는 이분법에 의해 서양 물질문명의 종말과 동양 정신문화의 부활이라는 변형된 탈근대논리를 형성함으로써, 주술이나 신화, 비합리의 세계에 대한 정당성을 부여하게 된다. 따라서 분석주의 입장에 있었던 신진 비평가들이 전통의 부정을 논리적으로 심화 시키며 우리 문학의 불모성과 무사상을 지적하는 식(유종호의 「토착어의 인간상」, 1969 등)의 편향적 해석과는 또 다른 정반대의 편향을 전통론자들이 드러내는 셈이다.

(4) 진보적 해석

분단 이후 1950, 60년대까지 남한에서는 문학을 해석하면서, 그 문학의 내적 구조에 초점을 맞추었기 때문에 자연스레 그 해석에서 탈현실적이며 반역사적 경향을 드러내기 십상이었다. 그러나 70년대 이후로는 민족의 분단현실에 대한 철저한 인식과 더불어 우리 현실을 주체적이고 능동적으로 바라보고자 하면서 그 이전과는 대조적으로 문학 해석에서 사회, 역사적 관심을 적극적으로 드러내기 시작한다. 가령 해방 직후 잠시 선을 보였던 민족문학적 전망이 70년대 이후 문학 해석에서 중요한 이념으로 재등장한다.

실제로 70년대 이전까지 남한에서는 전통 문학을 해석하면서 민족 이념 등은 거의 배제되어 있었고, 조윤제의 경우조차 추상적인 민족 정신으로 문학을 해석하고 있다. 따라서 우리의 고전문학을 그것을 산출한 당대 사회, 역사현실의 생생한 구체적 결과로 파악하지 못하여 우리 문학의 주체적 발전 과정을 보다 깊이 있게 살펴 보지를 못했다. 현대문학 해석에서도, 백철·조연현 등의 순수문학론이 남한 문단의 주류로 지배권을 장악하면서 전형적인 타율사관이나, 문학 외적인 문단사의 관점에서 문학사적 해석이 이루어져 왔다. 따라서 고전문학이든, 현대문학이든 이 양자를 해석하는 데서 현실적 관점의 부재 등이 가장 큰 약점으로 지적되었다. 더욱이 이러한 문학과 현실의 관련성을 떠나 문학 내부에 집착하는 해석방식은, 70년대 이전까지 그것들이 문학 연구 그 자체를 위한 업적주의에 치우치거나 우리 문학을 외국 문예사조에 대한 왜곡 변형의 수입이라는 관점에서 다뤄지는 것이 다반사였다.

그러나 70년대 들어 냉전시대의 학문적 칩거에서 벗어나 한국문학 해석의 새로운 전기가 이뤄진다. 앞서 얘기했듯이 문학 해석에서 민족적 전망이 강력히 대두되는 바, 이를 바꿔 말하면 문학해석에서의 주체성의 회복이라고 얘기할 수 있겠다. 이러한 주체성의 회복은 우선 무엇보다도 한국문학의 해석 대상도 넓히는 결과를 가져 온다. 예컨대 한국문학에서 기층민중의 유산인 구비문학 그리고 한문학과 국문문학 그 어느 한쪽을 일방적으로 우세하지 않고 대등한 비중을 가진 것으로 보아, 국문학의 범위가 구비문학, 국문문학, 한문학을 포괄하는 쪽으로 마무리 된다(이전에는 국문문학만이 한국문학의 해석 대상이었다고 보아도 과언이 아니다). 뿐만 아니라, 이들 구비문학, 한문학, 국문문학의 밀접한 관련성에 주목하여, 이는 상하층 문학 담당자들의 상호 교섭과 협동이 있어 나타난 결과54)라는 주체적이고 적극적인 해석들이 이뤄진다. 그리하여 민족문화추진위원회 등의 기관에서 한문자료를 번역한 국역총서가 계속 출간되며, 전국의 구비문학을 조사한 『한국구비문학 대계』 등의 업적이 이뤄진다.

그리고 70년대 이후 문학해석에서 주체성의 회복과 더불어 그 동안 문학사에서 제외되어 왔던 식민지 시기 혹은 해방 직후의 프로문학에 대한 해석들이 적극적으로 이뤄진다. 김윤식의 『한국근대문예비평사연구』는 바로 이러한 해석의 물꼬를 튼 셈이다. 특히 80년대 프로문학 해석의 가장 큰 성과는 프로문학을 우리 문학사에서 독특하고 예외적인 존재로서가 아니고 다른 부

---

54) 조동일, 『한국문학 이해의 길잡이』, 15쪽.

르주아 문학들과 마찬가지로 민족문학의 발전이라는 문학사적 연속성 안에
자리매김을 할 수 있었다는 점이다.

한편 문학 해석의 이러한 시각 변화와 더불어 70년대 이후 다시 등장한 진
보적 해석의 방법론 중의 하나가 식민지 시대 김태준 등 일부 학자 및 프로문
인들에 의해 주창되었던 문예사회학적 해석 방식이다. 이러한 해석의 전통은
식민지 시대 프로문학 시기에 활발히 전개되나, 곧 이어 식민지 말기 파시즘
의 강화라는 객관적 정세의 불리함 속에서 수그러 들어버린다. 해방 후 잠시
부활하나, 남북분단의 고착과 더불어 냉전체제의 강화로 인해 남한에서는 이
러한 해석의 전통이 오래 동안 단절된다. 그러나 70년대 들어『창작과 비평』
의 백낙청 등을 중심으로 하여 비평의 현실적 효용성이 강조되고 참여문학
론, 시민문학론, 민족문학론 등이 대두되면서 문학해석에서 역사주의 및 사
회학적 시각을 강조하는 진보적 성격을 가진 문예사회학적 해석이 융성해진
다. 그리고 문예사회학적 해석 방식과 관련하여 독자 수용의 관점에서 문학
을 해석하는 야우스, 이저 등의 수용시학 등의 새로운 문학해석 방식도 등장
한다.

그런데 70년대 이후 나타났던 문학 해석에서의 주체성 문제가, 실증적 해
석이 지향했던 과학성과 결합되지 못할 때 실증적 해석이 보여 준 것과는 또
다른 편향을 만들어낼 수 있다. 그리고 타율사관에 반대한다는 전제 아래 막
연한 국수주의를 지향하게 되는 경향도 낳는다.

그리고 문예사회학적 해석의 시각은 80년대 들어서 진보성을 넘어 급진적
인 성향을 띠며 일면 정론편향적 성격을 드러내기까지 한다. 가령 80년대 후
반의 문예사회학적 해석 방식은 그것이 교조적인 색채를 띠며 대상 문학 작
품을 압도하여 실제적으로 해석에서 작품의 구체적 실감을 설명하지 못하는
오류를 낳는다. 가령 이 시기의 변혁이론과 결부된 문학론인 민족문학논쟁
등은 당시 문학계의 중요한 이슈였지만 그것이 당대의 작품 해석과 창작 실
천에 어떠한 영향을 미쳤는가를 생각해볼 때 상당히 회의적이다. 그리고 이
러한 문학해석 상의 문예사회학적 방식이 전통 시대의 작품을 연구할 경우에
때로는 실증적 작업을 가치 없는 것으로 여기고 소홀히 하여 작품 해석의 오

류와 왜곡을 낳기도 한다.

(5) 해석의 종합적 검토

해방 이후 남북한은 각각 자기 체제의 특성에 따라 문학예술을 발전 시켜 왔으며, 따라서 그 문학적 양상 그리고 문학 해석의 양상에서 공유하고 있는 부분도 있지만, 상이한 부분도 상당수다. 따라서 분단적 문학사가 아닌 통일적 문학사를 지향하기 위해서는 그러한 해석들을 어떻게 조화, 지양 시켜나가야 하는 것이 고찰되어야 한다. 즉 북한에서 이뤄진 우리 문학 해석의 성과와 특징적 면모들을 어떻게 비판적으로 수용해낼 수 있는가가 적극 고찰되어야 한다. 그런데 이 글은 이에 대한 전제로 우선 남한에서 이뤄진 문학해석 상의 다양성을 비판적으로 종합하여 그 발전적인 결론을 유도해 내고자 한다.

남한은 북한에 비해 문학해석의 방식이 매우 다양하다는 점에서, 정치에 종속되어 획일적 해석을 내리는 북한에 비해 우월한 측면을 가지고 있기는 하다. 그러나 그 해석의 다양성이라는 것이 현실에 대한 문제의식 없이 '해석을 위한 해석'으로 귀착되어, 비현실적이며 업적주의를 지향하는 듯한 경향도 드러낸다. 그리고 다양성을 표방하여 구미의 다양한 문학해석을 추수주의적 태도로 차용하는 비주체적인 양상도 드러낸다. 그리하여 외국 이론의 수용, 소개 혹은 외국이론의 재구성의 차원을 크게 벗어나지 못한다. 이렇게 남한에서 문학 해석의 다양성이 갖는 문제점들을 염두에 두며 이러한 다양성을 어떻게 비판적으로 종합 시켜 올바른 해석을 해낼 수 있는가를 모색해야 할 것이다.

우선 우리는 문학해석의 올바른 근거를 마련하기 위하여 실증주의적 해석의 중요성을 새삼 강조할 필요가 있을 법하다. 실증적 해석의 전통은 이미 식민지 시대 관학파들에 의해 전개된 바, 그것이 문학에 대해 갖는 몰가치적 인식(가령 문학작품을 예술작품이 아닌 문서로 보려는 경향도 나타난다.), 더 나아가 반역사적 및 비현실적 태도들이 중요한 맹점으로 지적될 수 있다. 그러나 일단 이러한 과학적 방식이 전제가 되지 않고는 우리 문학에 대한 올바른 해석에 도달할 수 없다. 북한의 경우 당면한 현실의 요구에 맞춰 과거의 문학이 왜곡 해석되고 조작되거나, 자의적으로 취사선택이 되는 것은 문학 해석 상의 실증적 태도를 무시한 데서 비롯된 것이라고 할 수 있다. 단적인 예로 식민지 시대 김일성 중심의 항일혁명문학이 당대의 여타 문학에 비해 실제적인 현상 이상으로 과장, 해석되는 것은 우리 문학의 올바른 발전을 저해한다.

물론 실증적 해석 방식이 문학 해석 상의 의무는 될지언정, 그것 자체가 목적이 될 수는 없다. 따라서 실증적 해석이 당대의 실천적 관심과 어떻게 조화되느냐 하는 문제가 중요하게 부각된다고 할 수 있다. 북한의 경우는 문학 해석에서 그들의 현재적 요구, 즉 유물론과 당파성의 원칙 또는 민족 주체성의 측면, 가령 애국주의 등을 과도하게 강조하는데, 그것이 오히려 문학해석을 완전히 정치에 종속 시키게끔 하는 양상을 낳는다. 따라서 당대의 실천적 관심 가령 북한에서의 애국주의의 관점 등은 그것이 얼마나 현실의 객관적 법칙을 올바르게 반영하고 있는가 하는 검증의 과정을 통해 선택되어야 한다. 요컨대 주체성이든, 애국주의든 그것을 과학성과 통일시키는 참된 시각이 필요하다. 그리고 문예사회학적 해석 방식은 간혹 실증주의와는 또 다른 편향을 드러내고 있는데, 특히 고전문학을 해석하는 경우에 두드러진다. 즉 그 동안 고전문학을 해석하는 데 일정한 기여를 한 실증적 성과를 무시한 채, 현재의 관점만을 두드러지게 강조하는 경우가 그러하다. 그리고 문학을 해석하는 데 적어도 미학적 방법론을 아우를 수 있어야 하는데, 이것을 형식주의적 해석의 것으로 치부해 무시하는 경향이 있다.

이러한 점에서 남한에서 70년대 이후 전개되었던 문예사회학적 방식 등은 북한의 문학 해석 방식과 유사한 양상을 띠고 있다. 물론 그것이 북한의 경우와 같이 단선적 방법론으로 경직화되어 있지는 않다. 그러나 이 시기를 전후해 나타난 문예사회학적 해석 방식은 초기에는 우리 문학의 주체적 발전과정을 보다 깊이 있게 살펴야 한다면서, 우리 문학의 주체성을 편향적으로 강조하는 일면도 없지 않아 있었다. 그러나 궁극적으로는 작품이 발표된 당대의 높은 명성과 더불어 현재의 민족문학적 관점을 함께 고려해나가야 할 것이다. 그리하여 어느 특정 작가의 작품이 어떻게 민족의 주체적 관점을 드러내는가를 기계적으로 살피는 것이 아니고, 그 작품세계가 지닌 본질적 국면을 드러내고자 힘을 기울여야 한다. 가령 문학 작품 속에서 인간과 사회와 자연에 대해 깊고도 진지한 성찰이 나타난다든지, 그것들을 보는 관점이나 인식상에서 획기적인 전환이나 의미있는 진전을 이룩하고 있는지, 그리고 표현과 형상에서 새로운 미적 경지를 창조하는 지[55] 등이 중요하게 고려될 수 있다.

따라서 이미 오래 전 시작되었던 실증적 해석 방식과 유사한 입장에 놓여 있었던 비교문학적 해석 방식도 70년대 이래 주체성을 강조하는 연구 방법과 변증법적으로 결합될 수 있는 가능성을 드러낸다. 초기의 비교문학적 해석 방식은 주지하다시피 우리 문학을 외국문학과의 관련 아래에서만 접근하는 타율성론에 입각하고 있다. 그러나 이에 대한 반발로 70년대 이후 주체성을 강조하는 연구 방식은 외국문학과의 고리를 차단하고 우리 문학을 오직 우리 문학 내부에서 해명하려는 내재적 발전론에 입각하고 있다. 그러나 우리 문학이 외국문학의 아류가 아니라 독자적 자질을 발양한 민족의 문화적 자산이라는 기본인식을 확고히 함과 동시에 이를 다시금 국제적 시각 아래 냉철하게 점검하는 태도를 견지해야 한다.[56]

한편 문예사회학적 해석 방식의 결정적 문제점으로 자주 사회적 사실들의 세부와 작품들과의 기계적인 연결 관계에 치중하여 속류 사회학적 오류를 낳는다는 점을 들 수 있다. 따라서 문예사회학적 해석 방식은 이러한 오류를 피하기 위해 문학과 현실을 해석하는데 '구체적 총체성'으로서의 현실 개념을 방법론적으로 염두에 두어야 한다. 구체적 총체성이란 '구조화되고 발전하며 형성과정에 있는 전체'[57]로서의 현실 개념을 일컫는다. 즉 사회적 현실을 정태적으로 현재 다양한 형태로 존재하는 것을 피상적으로 나열, 병치하는 현상추수적인 관점을 넘어서서 그와 같은 제 현상 속에서 관철되는 사회의 전체적 발전 경향을 포착하는 것[58]이 구체적 총체성의 관점이다. 즉 문학에서

---

55) 박희병, 「조선시대 한문학 연구사 검토」, 207쪽.
56) 최원식, 「한국문학의 근대성을 다시 생각한다」, 『생산적 대화를 위하여』, 창작과비평사, 1987, 18쪽.
57) K.코지크, 박정호 역, 『구체성의 변증법』, 거름, 1985, 39쪽.
58) 이진경, 『사회구성체론과 사회과학 방법론』, 아침, 1986, 85쪽.

다뤄져야 하는 현실은 정태적으로 어떻게 구성되어 있느냐는 것이 아니고, 어떠한 형성, 발전 과정 속에 놓여 있는 전체인가 하는 변증법적 방법을 고려할 때 문학 작품들의 분석이 온전하게 이뤄질 수 있다. 이러한 점이 결여될 경우, 예컨대 소설구조와 사회구조의 상동성을 찾고, 소설의 생산조건에 대한 논의하는 것이 소설을 지나치게 사회대응적 장르로 상정하는 오류를 낳게 된다.

끝으로 서구에서 수입된 다양한 문학 해석의 방식들은 우리 문학의 개성적 발전 및 미래에 대한 창조적 대안으로 채택되어야 한다. 이를 위해서는 역시 아직도 민족문학적 관점이 그 주축이 되어야 한다. 흔히 현실사회주의가 몰락하고 자본의 전지구화가 실현되는 듯한 지금 이 시기를, 민족의 문제를 초월해 근대 이후로 나아가는 시점이라고 지적하는 이들도 있다. 그러나 오히려 현재는 탈근대이기는커녕 자본주의적 근대의 절정일지도 모르며 근대의 문제를 담지하고 있는 민족문학의 관점이 더욱더 요구되는 시점이라고 말할 수도 있을 법하다. 더불어 우리나라는 근대가 시작되면서 일본 제국주의자의 침략을 받았기 때문에 유럽제국은 물론이고 일본과 같은 후발 자본주의 근대와도 다른 새로운 형태의 근대를 경험했음을 유념해야 한다. 따라서 우리의 문학을 얘기할 경우 민족의 문제에 대한 정확한 통찰 없이는 그 정확한 진상을 파악하기 어려워진다. 더욱이 아직도 분단체제에 살고 있는 우리로서는 분단체제의 극복, 즉 통일이 이 시대의 주요한 과제이기에 이러한 문제들을 담지하고 있는 민족문학의 이념과 방법이 오히려 더욱 절실히 요망되는 것이라고 할 수 있다. 가령 우리 민족의 분단은 독일 등의 경우와 달리 민족적 자결성의 억압으로 점철된 과정이었고 따라서 분단현실이란 기본적으로 민족문제의 핵심으로 떠오를 수밖에 없는 것이다. 즉 우리 분단현실에서 민족문제는 결코 해결된 것이 아니다. 민족적 자결성을 지키려는 노력이 여전히 필요한 것이며, 이것이 오늘날 우리가 살고 있는 민족현실이다. 따라서 세계자본주의 체제가 작동하는 이러한 변화된 탈 냉전의 현실 속에서 민족문제를 고찰하는 성숙한 시각을 가져야 할 것이다.

따라서 한국문학의 해석은 한 시대의 문학이 당대 인간의 삶과 열망을 조

건 짓고 지배하는 역사적 세력들과 어떤 관계를 맺고 있으며 그 관계의 성격
이 무엇인가를 비판적으로 판단하는 데 그 초점을 맞춰야 한다. 이러한 점에
서 볼 때 우리 문학에 대한 온전한 해석도 진정한 민족문화를 건설해야 한다
는 대원칙 아래 그리고 우리 시대의 역사적 과제 해결에 창조적으로 기여할
것인가를 절실하게 문제 삼아야 한다.59) 더불어 20세기를 마감하고 21세기를
맞이할 한국사회의 독자적 진로를 점검해야 할 이 시점에서 한국문학이 인류
문명사에 담당해야 할 독특한 기여를 모색해야 한다.

2. 분단 이후 북한의 한국문학 해석

남북한에 상이한 이념을 추구하는 이질적인 체제가 들어선 것은 공식적으
로는 1948년의 일이다. 그러나 해방직후부터 38선을 경계로 하여 남북에는
이질적인 정치집단이 자리를 잡았고 이러한 상황 전개에 따라 숱한 인사들이
각각의 정치적 이념이나 사상적 경향, 개인 사정 등에 따라 남북으로 이동했
다. 그러므로 남북의 이념 대립이 실질적으로 시작된 것은 미군과 소련군이
각각 38선 이남과 이북에 진주한 직후부터라고 할 수 있으며 공식적인 정치
체제의 등장은 그 현실을 추인한 것에 불과하다고도 할 수 있다. 뿐만 아니라
서울과 평양을 구심점으로 하여 이합집산한 정치세력들은 식민지시기부터
서로 이념을 달리하면서 일정하게 대립하는 양상을 보여왔고 자의든 타의든
자신의 소신과 지향에 따라 상이한 집단과 연계되어 사회적 활동을 해왔다.
그런 의미에서 남북분단의 뿌리는 일정하게는 저 식민지시기부터 자라오고
있었다고 할 수 있는 것이다. 그러므로 우리 문학에 대한 해석에서 남북한 사
이에 차이점이 나타나게 된 원인과 그 경과를 알아보기 위해서는 근대문학
초창기에 해당하는 식민지시기의 문학활동과 그 활동의 이념적 지표가 된 각
유파의 문학관 등에 대해서까지 관심을 가져야 할 것이다. 그 뿌리로부터 현
재에 이르는 전과정을 돌아볼 때만이 한국문학에 대한 남·북한의 해석의 차

---

59) 최원식, 「한국문학 연구사」, 참고.

이가 지니는 의미가 온전히 드러날 수 있는 것이다. 그러나 모든 역사는 현재의 역사라는 경구가 말해주듯이 과거의 뿌리는 현재적 관심에 비추어서만이 조명될 수 있다. 물론 객관성의 추구가 외면될 수는 없지만 의식의 지향성이 사실의 인식과 가치판단에 주도적인 역할을 하는 것도 부인할 수 없는 사실이다. 이런 점을 고려할 때 분단 이후 북한에서 이루어진 한국문학의 해석 양태를 살펴보는 작업은 일정한 제약과 한정을 필수조건으로 한다. 북한에서 이루어진 모든 한국문학의 해석[60]을 고려 대상으로 삼을 수 없으며 지배적인 범주를 설정해야만 하는 것이다. 여기서는 북한 사회의 현실적 여건 상 큰 비중을 지닐 수 없는 개인적 연구는 논외로 하고 체제의 제도적 틀 속에서 집단적 연구를 통해 확립된 대표적 견해를 중심으로 고찰한다. 이와 같은 방법을 택할 경우 상대적으로 개인적 연구활동이 자유로왔던 해방 직후와 1950년대의 일부 북한학자들의 다양한 한국문학 해석들이 사상되는 폐단이 있지만 북한학계의 주류적 견해를 고찰하고자 하는 본래의 취지에서 크게 벗어나지는 않을 것이다.

---

60) 해방 이후 북한에서 이루어진 한국문학 해석의 대표적인 업적은 다음과 같다.
　　안함광 외,『해방 10년간의 조선문학』, 조선작가동맹출판사, 1955
　　김하명,『연암 박지원』, 국립출판사, 1955
　　한 효,『조선연극사개요』, 국립출판사, 1956
　　리응수, 윤세평, 안함광,『조선문학사』 1-3, 교육도서출판사, 1956
　　김일출,『조선 민속 탈놀이 연구』, 과학원출판사, 1958
　　박종식 외,『고전작가론』, 조선작가동맹출판사, 1959
　　과학원언어문학연구소 문학연구실,『조선문학통사』상, 하, 과학원출판사, 1959
　　윤세평 외,『현대작가론』, 조선작가동맹출판사, 1960
　　한룡옥, 김하명 외,『조선문학사』 1-3, 조선문학출판사, 1962
　　고정옥,『조선 구전문학 연구』, 과학원출판사, 1962
　　고정옥 외,『우리나라 문학에서 사실주의의 발생 발전』, 조선문학예술동맹출판사, 1963
　　사회과학원 문학연구소,『조선문학사』 1-5, 과학백과사전출판사, 1977～1981
　　김춘택,『조선문학사』 1-2, 김일성종합대학출판사, 1982
　　정홍교, 박종원, 류만,『조선문학개관』 1-2, 사회과학출판사, 1986
　　정홍교 외,『조선문학사』 1-15, 사회과학출판사, 1991～?

1) 시대 구분 및 해석 방법론에 관한 기본 입장

북한 사회는 체제 이념으로 사회주의를 채택했다. 이 사회주의 이념은 마르크스 레닌주의를 근간으로 한 것이기 때문에 역사기술에 관한 일정한 방법론을 기정의 사실로서 전제한다. 북한의 문학계가 체제 성립 이후에 채택한 역사 기술의 방법론은 대체로 마르크스 레닌주의의 원칙에 부합되는 것이었다. 그러나 북한의 사례에서는 다른 사회주의 국가에서 볼 수 없는 특이점이 나타나는데, 1967년 이후에 주체사상이 마르크스 레닌주의를 대체하게 된 것이다. 주체사상과 마르크스 레닌주의는 많은 부분에서 동질적인 측면이 드러나지만 달라진 점도 상당히 큰 비중을 차지하고, 그 영향으로 외면상 동질적이라고 생각되는 부분도 내면적으로 상이한 의미를 지니는 경우가 많다. 즉 지배적 범주가 달라짐으로써 마르크스 레닌주의적 역사서술의 방법론은 결정적으로 변모를 겪어야 했던 것이다. 그것은 시대구분이나 역사적 사실의 해석에 직접적으로 작용하고 있기 때문에 종래와 동일한 범주들을 통해서 포착될 수 없는 역사 서술 양상을 초래하는 것이다. 따라서 한국문학에 대한 북한사회의 기본 관점이나 해석은 하나의 단일한 사안으로 처리될 수 있는 성질의 것이 아니다. 주체사상 등장 이전과 이후가 확연히 달라지고 있으므로 한국문학에 대한 해석의 구체적 양상을 살피는 부분에서 양 시기를 구분해서 고찰하여야 함은 물론 문학사 서술의 이론적 관점을 살피는 이 장에서도 전후의 변화를 밝힐 필요가 있다.

(1) 북한문학사의 시대 구분

역사를 서술하기 위한 조처로서 시대를 구분하는 데는 여러 가지 의미가 함축되어 있다. 우선 연속적인 시간을 분절하여 일정한 시간적 연속을 하나의 단위로 설정하는 것은 그것이 전후의 시기와 지닌 질적 차이를 뚜렷하게 드러내는 일인 동시에 그 시기에 포함된 기간의 동질성을 인정한다는 의미를 지닌다. 즉 시기적으로 나타나는 차이를 통해서 변화의 마디를 설정하는 것

이고 그 마디들은 전체에 대한 인식에서 유의미한 단락들을 나타내어야 하는
것이다. 이 점에서, 시간적 연속성을 중시하는 역사서술이 일정한 세계관의
반영이듯이, 시간의 마디를 설정하는 역사서술도 부분들간의 차이들에 대한
의식과 함께 전체에 대한 의식을 내포하는 세계관의 반영이라고 할 수 있는
것이다. 곧 역사가 현재의 역사가 되는 것은 바로 그러한 전체에 대한 의식의
작용을 역사 서술에서 발견할 수 있을 때 가능하다. 북한의 문학사는 이처럼
과거의 역사를 현재의 전사로 간주하고, 거기에서 발전의 합법칙성을 읽어내
려는 의식의 소산이라고 말할 수 있다. 하나의 단위 시기에서 다음의 단위시
기로 이행하는 과정에 개입된 역동학, 역사의 운동법칙을 발견함으로써 현재
에 대한 객관적 인식과 현실의 문제에 대처할 수 있는 대응논리를 찾으려는
시도라고 볼 수 있는 것이다. 결국 그것은 현실에 대한 인식과 과거의 역사에
대한 인식이 밀접하게 연관될 수밖에 없는 형태의 역사서술이다. 그렇기 때
문에 북한의 문학사는 주체사상의 등장을 전후로 하여 시대 구분에서 큰 차
이를 나타내고 있다.

　주체사상 등장 이전, 한국문학에 대한 북한의 견해를 보여주는 대표적인
저작은 과학원 언어문학연구소 문학연구실에서 1959년에 발행한 『조선문학
통사』이다. 이 책은 북한 역사학계의 견해를 집대성하여 1956년부터 58년까
지 3년간에 걸쳐서 간행된 『조선통사』가 발간된 직후에 나왔다는 점에서, 또
한 특정한 개인의 연구성과가 아니라 '과학원 문학연구실'의 이름으로 발간된
북한학계의 집단적 연구성과였다는 점에서 이 시기 북한의 우리 문학에 대한
해석의 관점을 살필 수 있는 대표적 저작이라고 말할 수 있다. 상·하 두 권
으로 되어 있는 이 책 상권의 문학사 시대구분은 1장에서 7세기 전반까지의
문학을 다루고, 2장에서 7세기 후반에서 9세기까지의 문학을, 3장에서 10세
기에서 13세기까지의 문학을, 4장부터 9장까지는 각 세기별로 다루는 형식을
취하고 있다. 또 고대문학 편과 책을 달리하고 있는 하권의 현대문학 편에서
는 1장에서 1900~1919년의 문학을, 2장에서 1919~1930년의 문학을, 3장에
서 1930~1945년의 문학을, 4장에서 해방 후 평화적 민주건설시기의 문학을,
5장에서 조국해방전쟁시기의 문학을, 6장에서 전후시기의 문학을 다루고 있

다. 이와 같은 편제는 기본적으로 마르크스 레닌주의의 원칙을 준수하고 있는『조선통사』의 시대구분을 따르면서도 일정하게 문학사의 특수성을 반영하고 있는 형태라고 할 수 있다. 즉 우리 나라의 역사에 고대노예제가 결여된 것으로 본 역사학계의 관점에 따라 7세기까지의 문학을 일률적으로 하나의 시대 속에서 포괄적으로 서술하고 있는 점은『조선통사』의 일반사적 관점을 따르고 있지만 현대문학의 시초를 대체로 20세기의 초두로 설정하고 있는 점은 문학사의 특수성을 감안한 시대 구분이라고 할 수 있다. 그러나 전반적으로 사회현실의 역사적 발전에 상응한 문학의 변화 발전이라는 역사주의적 관점과 문학의 발전단계 설정에서 사실주의를 중요한 척도로 간주한 점은 마르크스 레닌주의의 원칙이나 일제시기의 사회주의 문학가들의 관점에 일치하는 내용이다. 다만 달라진 점이 있다면 근·현대문학 분야에서 '김일성원수 항일투쟁과정에서의 혁명문학'이란 항목을 설정하고 있는 점인데, 이것은 일제시기의 사회주의 문학가들이 지녔던 관점에서는 찾아볼 수 없는 내용이다. 이 부문이 뒷날 북한에서 간행된 전체 문학사에서 핵심적인 항목이 된다는 점을 고려하면 매우 시사적인 양상이라고 하겠다.

주체사상이 등장한 이후 한국문학에 대한 북한의 해석이 전형적으로 표현되고 있는 저작은 1977년부터 1981년 사이에 출간된 사회과학원 문학연구소 간행의『조선문학사』1~5권이다. 그러나 여기서는 이 문학사와 함께 1991년부터 간행되기 시작하여 지금도 계속 발행되고 있는 사회과학원 주체문학연구소의『조선문학사』1~15권도 참조하고자 한다. 지금 현재 북한에서 통용되고 있는 한국문학에 대한 해석의 관점이 후자에 가장 충실하게 반영되고 있으리라는 점 때문이다. 문학연구소가 발행한 77년 판『조선문학사』는 60, 70년대에 이루어진 역사학계의 한국사 연구 성과와 주체사상의 이론적 관점을 반영한 대표적인 저작으로 간주되어 왔다. 이 문학사의 고전문학 편 시대 구분에서 특징적인 사실은 종래 '7세기까지의 문학'이라고 통칭되어 오던 고대문학 부문이 '원시문학예술'과 '고대문학', '1~7세기 문학'으로 나뉘어진 점이다. 이와 같은 양상은 우리 역사를 '원시공동체사회−노예제사회−봉건제사회−자본제사회−공산주의사회'라는 인류역사의 보편적 발전단계의 틀에 맞춰 파악하려는 역사학계의 관점이 투영된 것이기도 하지만, 그와 함께 주체사상의 '주체'의 관점이 작용한 측면도 무시할 수 없다. 즉 우리 민족의 자주적 역사창조의 과정을 문학사 서술에서 강화하려는 취지에서 한민족 역사의 유구성과 외부세력과의 길항 속에서 애국주의의 전통을 빛낸 사실을 강조하는 것이다. 또한 그것은 남한사회에 대해서 북한 사회의 역사적 정통성을 주장하기 위해 신라의 3국 통일을 폄하하고 발해의 역사를 강조하는 것이다. 그러나 이러한 관점이 특히 두드러진 역할을 하는 것은 현대문학분야의 서술에서이다. 전체 다섯권 가운데서 네권이 현대문학에 할당되어 있는 데서도 드러나듯이 현대문학은 매우 강조되고 있는데 여기서 주목할 수 있는 것은 근대의 시작이 19세기말로 끌어 올려지고 있음은 물론 근·현대의 소시기 획정이 종래의 방식과 크게 달라진 점이다. 즉 이 문학사의 제2권은 19세기말에서 1925년까지를 한 시기로 다루고 제3권은 1926년부터 1945년까지를 다루도록 되어 있는 것이다. 다시 말해서 종래와는 달리 19세기말이 근대의 시작으로 파악되고 있고, 특히 1926년이 근대와 현대를 가르는 일종의 역사적 분수령이 되고 있는 셈인데 그 이유는 이 해 10월 17일 김일성이 공산주의 혁명조직인 '타도제국주의동맹'을 조직했다는 데 있다. 즉 김일성의 사회활동이 시작된 연대를 기점으로 근대와 현대가 갈리고 그 이후부터 참다운 주체의 문학이 성립한다는 관점이다. 그렇기 때문에 이 문학사 3권 이후의 서술에서는 김일성의 항일혁명투쟁과 그 과정에서 탄생되었다고 주장하는 혁명적 문학예술이 절대적인 위치를 차지하는 것이다. 즉 김일성의 항일혁명문학이 전체 서술 분량의 4분의 3을 차지하고 기타의 문학도 그 영향 아래에서 전개된 것으로 파악하고 있다. 또한 해방 이후의 문학사도 당연히 김일성의 영도 하에 전개된 것으로 서술된다. 결국 이 문학사의 근·현대문학 편은 김일성과 그의 부모들이 펼친 문학활동을 기술하는 것으로 시종하고 있다고 해도 과언이 아니다. 이에 비해서 1991년부터 발행되고 있는 주체문학연구소 편의 15권 짜리 『조선문학사』는 각 권의 저술 책임자를 명기하는 등의 외면적인 변화를 보이는 이외에 시대 구분에서도 시사적인 변화를 보이고 있다.

사회과학원 주체문학연구소가 최근에 펴내고 있는 『조선문학사』의 시대구분에서 원시 및 고대 문학은 뚜렷이 구분되는 장을 차지하고 있다. 또한 삼국의 성립을 봉건시대의 기점으로 잡는 점도 종전과 동일하다. 그러나 후기신라와 발해의 문학을 다루는 장은 '발해 및 후기신라 시기 문학'이란 이름으로 제시되고 있어 발해를 중시하는 관점을 뚜렷이 드러내고 있다. 또한 국토통일이 고려에 의해서 이루어진 점을 분명히 하고 있는 2권에서는 인민창작의 민요와 설화 등을 맨 앞에 서술함으로써 문학사를 서술하는 입장을 명확하게 표명하고 있다. 즉 1권에서는 원시시대부터 남북국시대까지, 2권에서는 고려시대를, 3권부터 6권까지는 조선시대를 다룸으로써 시대구분에서 근본적으로 마르크스 레닌주의의 기본 원리에 기초한 사회경제사적 관점에 근거하면서도 왕조사적 시대구분의 방법을 혼합하여 사용하고 있는 것이다. 현재 19세기말부터 1925년까지를 다룬 제7권이 간행되고 있지 않지만 종전의 문학사가 이 시기에 이루어진 김일성 부모의 문학적 업적을 중시하여 기술한 것을 고려하면 문학사 전체가 왕조사 내지 김일성 가계의 세대물림과 긴밀하게 연관되는 형태가 되는 것이다. 또한 1926년부터 1945년까지를 다루는 8권과 9권은 확연히 두 개의 부분으로 나뉘는데, 8권은 김일성을 중심으로 한 항일혁명문학을, 9권은 국내의 프로문학을 중심으로 기술하고 있는 것이다. 이에 따라 8권에서는 1926년부터 1931년까지가 '항일혁명투쟁의 첫 시기 혁명적 문학'으로, 그로부터 1945년까지가 '항일무장투쟁시기의 혁명적 문학'으로 구분되고 있다. 이에 비해서 9권에서는 1920년대 후반에서 1930년대 중엽까지가 첫 시기로, 그 이후가 둘째시기로 구분되고 있다. 즉 프로문학을 위시한 국내의 문학과 항일혁명문학의 전개가 각기 다른 기준에 의해 서술되고 있고 국내의 문학을 항일혁명문학보다 비중을 덜 두지만 그럼에도 불구하고 일정한 의의가 있는 것으로 서술하고 있다. 또한 식민지 시대 국내의 문학은 첫 시기에는 무산대중의 계급의식에 의해 자발적으로 전개된 것이지만 1930년대 중엽 이후에는 항일혁명문학의 영향 아래 전개된 것으로 파악하는 것이다. 이러한 시기구분이 의미하는 것은 북한의 문학사가 한국문학의 전개를 온전히 '주체의 문학'으로 발전되어온 경과를 서술하는 체제로 완벽하게 변화하고 있다는 점이다.

⑵ 북한의 한국문학 해석 방법론

북한 사회에서 한국문학을 어떻게 해석하고 있는가를 파악하는 데는 여러 방법이 사용될 수 있다. 문학에 대한 연구가 일반적으로 어떤 관점에서 행해지고 있는가를 파악하는 방법이 사용될 수도 있고 후대들에게 행해지는 문학교육의 현황을 통해서 파악할 수도 있다. 그러나 이러한 방법들은 북한의 현실과 문학자료 또는 문학교육현장에 대한 직접적 접근이 근본적으로 제한을 받는 현재의 조건에서는 효과적일 수 없다. 이 점에서 문학사의 기술에 어떤 관점이 개재되어 있는가를 살피는 방법을 대안으로 상정할 수 있다. 문학사는 문학연구의 성과가 집성되어 이루어질 뿐만 아니라 후대에게 행해지는 문학교육의 대표적인 텍스트가 되기 때문이다.

문학사의 양상을 통해 북한 사회에서 보편화된 한국문학 해석 방법론을 파악하는 데는 다음 세 가지 사항을 전략적인 고찰 단위로 설정할 수 있다. 즉, 첫째 문학사와 일반사의 관계, 둘째 문학을 파악하는 기본 관점, 셋째 문학사 서술의 방식이란 세 단위이다. 이 세 단위는, 첫째 항이 문학의 사회적 지위에 대한 일반적인 파악을 가능하게 하고 둘째 항이 문학의 존재영역 안에서 어떤 사항이 중시되는가를 파악할 수 있게 하며 셋째 항이 문학의 요소들 사이의 관계를 어떻게 파악하는지 알 수 있게 해준다는 점에서 문학에 대한 해석 방법의 대강을 짐작할 수 있게 하는 것이다.

북한의 문학사가 일반사에 대해 어떤 관계를 지니는가 하는 문제는, 시대구분의 양상에서도 유추할 수 있는 사실이지만, 기본적으로 문학과 사회현실의 영역 사이에 맺어져 있는 관계에 대한 기본 인식을 드러내준다. 즉 문학과 현실의 각 영역 사이의 관계설정문제인 것이다. 단순히 문학을 현실의 반영으로 보는가 자율적인 존재로 보는가하는 문제가 아니라 사회에서 문학에 어떤 기능을 기대하고 있는가하는 문제로 시야가 확대되는 것이다. 이것은 총체적으로 문학의 사회적 지위를 결정하는 문제이고, 이 점에서 북한의 문학에 대한 기본 인식과 한국문학에 대한 기본 관점은 설정되는 것이다. 이와 같은 문제의 중요성에 대한 파악에 기초할 때 북한사회에서 문학의 지위는 한편으로는 부차적인 위치에 놓이고 다른 한편으로는 매우 중시되고 있다고 할 수 있다. 달리 말해서 북한에서 문학은 현실을 반영한 의식의 형태란 유물론의 일반적인 관점에서 인식되지만 그것의 기능에 대한 기대는 매우 높게 설정되어 있다는 것이다. 이러한 양태는 특히 주체사상의 등장 이후에 더욱 뚜렷이 드러나고 있다. 자주성, 의식성, 창조성을 인간의 본질로 파악하는 주체철학의 관점은 의식의 능동성에 큰 비중을 두게 되고 의식의 형태로서 문학의 기능을 적극적으로 유도하고자 하는 것이다. 북한 문학사의 시대구분이 일반사의 그것을 일방적으로 따르는 것은 반영론의 적용에 의해 나타난 양상이라고 할 수 있음에 반해 민요와 구전 설화를 서술에서 앞세우는 것이나 항일혁명문학을 중시하는 것은 문학의 능동적 역할을 감안한 것이라고 파악할 수 있는 것이다. 북한의 문학사들이 시간의 흐름에 따라 점차적으로 장르문제를 소홀하게 취급하는 경향을 보이는 것은 이 사실을 구체적으로 입증하는 대표적인 사례이다. 이 문제를 구체적으로 살펴보면, 『조선문학통사』에서는 각 시기를 구분한 다음 '시가'와 '산문', '극문학'을 항목별로 살피는 구성인데 반해서 1977년 판의 『조선문학사』는 장르를 제시하는 항목과 '반 침략 애국주의 문학의 발전'과 같이 주제적 내용을 강조하는 항목을 혼합시키고 있다. 이 항목 혼합의 양상은 최근 간행되고 있는 『조선문학사』에서도 대체로 유지되고 있지만 현대문학 편에서는 장르의 구분은 거의 의미를 지니지 못하는 형태로 축소되고 '남조선혁명과 조국통일 주제 작품의 창작'과 같은 형태의 서술에서 볼 수 있듯이 주제의식을 강조한 표제어가 항목의 이름으로 나타나고 있다. 결국 현실반영을 강조하거나 주제의식을 강조하거나 다같이 내용 위주의 미학에 기초한 것임에는 틀림없지만 근래로 올수록 문학사에서 장르의식이 취약해지고 있다는 것은 문학의 사회적 기능을 극대화하려는 근본 의도가 문학사의 서술에 중요하게 작용하기 때문이라고 할 수 있는 것이다.

둘째, 북한 문학사에서 한국문학을 파악하는 기본 관점은 크게 보아서 마르크스 레닌주의 미학의 일반적 원칙에서 벗어나지 않는다. 다만 시기적으로 주체사상이 등장한 이후에는 약간의 변화가 나타날 뿐이다. 따라서 여기서는 마르크스 레닌주의 미학의 일반적 원칙에 대해 개괄적인 설명을 하고 주체사상 이후의 변화에서 특징적인 점을 고찰한다.

흔히 마르크스 레닌주의 미학과 반영론은 등치관계에 있는 것으로 파악한다. 그러나 반영론 또는 유물론 미학이 마르크스 레닌주의 미학과 동일한 것인가에 대해서는 약간의 논란이 있을 수 있다. 게오르크 루카치의 사례에서 볼 수 있듯이 반영론 일반과 구소련의 사회주의 리얼리즘 이론 사이에는 약간의 차이가 있는 것이 분명하고 그 차이는 문학예술에 대한 이해에서 큰 차이를 낳을 수도 있는 것이다. 이러한 점들을 고려하면 북한의 문학에 대한 기본 관점을 일괄해서 반영론이라고 하는 데는 문제가 있을 수 있지만 구소련의 사회주의 문학이론이 일반적으로 마르크스 레닌주의적 유물론미학으로 인정되는 점을 고려하면 작은 차이에 너무 구애받을 필요는 없을 것이다.

마르크스 레닌주의 미학은 일반적으로 내용 형식의 변증법에 기초한 생산 미학이라고 할 수 있다. 내용과 형식이 맺는 긴밀한 상호관계를 인정하면서도 궁극적으로 내용의 선재성이라는 관점에 기초하여 문학예술의 생산을 해명하는 방식인 것이다. 이 관점에서 형식의 창조는 내용의 작용 양상이기 때문에 사회현실의 변화가 장르를 위시한 형식적 요소의 변화를 주도한다. 물론 이 내용 형식의 변증법에서 사회적 삶의 내용이 직접적으로 형식으로 변용된다고 보는 식의 기계적 반영론은 불식된다. 주어진 문학예술의 조건과 사회적 삶을 살아가는 주체의 대응이 빚는 긴장 속에서 창조의 계기가 생성된다는 관점이 거기에 내재되어 있는 것이다. 북한의 문학사들이 내세우는 '역사주의의 원칙'이란 문학예술의 생성에 깃들게 되는 이 창조의 계기들을 중시하는 관점들이라고 할 수 있다. 즉 작품의 생성에 작용하는 사회적 삶의 내용과 그것의 문학적 표현의 기반이자 제약요소가 되는 문화전통과의 관계를 해명하여야 한다는 이론적 입장이 역사주의인 것이다. 그러나 이러한 창조의 과정에 대한 깊이 있는 인식에도 불구하고 마르크스 레닌주의 미학의 전통에는 사회주의 혁명과 건설이라는 이념적 요인의 개입으로 인해 특수한 범주들이 설정되고 이같은 미적 범주들이 문학사의 기술에 결정적인 역할을 하게 된다. 그 대표적인 것이 당파성, 계급성, 인민성, 전형성이라는 범주들이다.

당파성은 사회주의 문학의 가장 기본적인 범주이다. 흔히 '레닌적 당성 원칙'과 결부되어 설명되는 이 개념은 계급사회에서 '각이한 계급들은 나아가서 문학을 포함한 사회적 의식형태들을 자기 계급의 리익에 복무시키며, 자기 계급의 리익의 관점에서 사람을 교양하며 투쟁의 무기로써 사용한다'는 원칙을 강조한다. 북한정권 수립 이후 상대적으로 이른 시기에 저술된 『문학개론』의 저자 박종식은 '레닌적 당성 원칙'이 「당조직과 당적 문학」이란 역사적 논문에서 제시되고 있다고 밝히고 그것의 핵심적 문제 두 가지를 다음과 같이 개괄하고 있다.

> "첫째는 당적 문학, 즉 볼세비크 당의 문학 사업에 대한 리론적, 정치적, 조직적 제 원칙이 주어지고 있으며 둘째는 문학예술의 당성, 즉 프로레타리아 혁명과 문학 창조 사업과의 공개적인 련계와 작가 예술인들의 당적 사상으로의 무장의 문제이다. 이 두 개의 문제는 하나의 문제로 결합되고 있는 바 그것은 곧 문학은 사회주의 사상의 안내자로 또는 선전자로 프로레타리아트와 그의 당의 혁명 사업에 적극적으로 방조를 주어야 하는 문제이다."[61]

위 인용문에 나타난 관점을 정리하면 사회주의 문학은 프롤레타리아와 당의 혁명 사업에 도움을 주어야 하며, 이를 위해서 사회주의 사상의 안내자가 되거나 선전자가 되어야 하는데, 이 일은 작가가 프롤레타리아 혁명 사업에 공개적으로 연계되고 그 당적 사상으로 무장하는 것을 의미할 뿐 아니라 혁명적 문학사업의 이론적 정치적 조직적 원칙을 확립하는 것을 의미하는 것이다. 이처럼 당파성 개념은 사회주의 문학이 당의 혁명 사업에 직·간접적으로 긴밀히 연계될 것을 요구한다. 그러나 북한의 문학사 기술에서 당파성 개념은 이러한 레닌적 당성 원칙의 준수에 한정되지 않는 절대적 위치를 차지한다. 이 사실은 북한에서 '당파성'이란 용어보다 '당성'이란 용어를 사용하고 있는 점에서도 기미를 포착할 수 있는 문제이지만 보다 직접적으로는 주체사

---

61) 박종식, 『문학개론』, 조선작가동맹출판사, 1960년. 75~76쪽

상의 등장이 그 개념에 가져온 의미 변화와 관련되어 있다. 즉 주체사상이 등장한 이후 북한의 문예이론은 "수령님에 대한 충실성은 곧 당성, 로동계급성, 인민성의 최고표현"[62]이라고 명백하게 서술하고 있다. 프롤레타리아 혁명이나 '당'보다도 '수령'이 충성을 바쳐야 할 첫 번째 대상이 된 것이다. 이 변화의 의미는 수령, 당, 인민의 삼위일체의 관계를 역설하는 주체사상의 기본 구도 속에서 파악할 수 있는 것으로서 일종의 순환논법에 근거를 갖는다. 즉 인민의 뜻을 집약하는 것은 당이고 당의 의지는 수령에게서 표현되고 있으므로 수령에 대한 충실성은 인민에 대한 최고의 충성을 의미하게 된다. 이러한 논리는 "수령에 대한 충실성은 당과 혁명에 대한 충실성의 최고 표현이며 당과 로동계급이 혁명 위업을 위하여, 조국과 인민의 리익을 위하여 끝까지 싸우려는 백절불굴의 혁명정신의 집중적 반영"[63]이라는 문구 속에 나타나고 있다. 이러한 당성 개념의 변화가 초래한 북한 문학의 양상은 일종의 영웅송가라고 할 수 있는 <불멸의 역사>와 같은 총서의 저작에서 잘 드러나는 것이고 한국문학에 대한 해석에도 결정적인 영향을 끼치고 있다.

두번째로 '로동계급성'과 '인민성' 개념은 사회주의 문학 일반에서 중시되는 범주로서 북한의 한국문학에 대한 해석 방법론에서도 중심적인 자리를 차지한다. 즉 노동계급성은 문학이 계급적 성격을 지닌다는 기본 인식에 토대를 둔 것으로서 계급사회에서는 모든 문학이 적대적인 성격을 지니는 계급의 한 입장과 관점을 반영할 수밖에 없으므로 사회주의 문학은 노동계급에게 복무한다는 입장을 확고하게 가져야 한다는 개념이다. 이 개념에 대해 북한 문예이론은 다음과 같이 설명한다.

"사회주의적 문학예술은 가장 선진적이며 혁명적인 계급인 로동계급의 리익을 반영하여 표현하였으며 로동계급의 혁명위업 수행에 이바지할 사명을 지니고 발전한다. 사회주의적 문학예술은 로동계급의 당의 지도 밑에 로동계급의 혁명사상을 사상적 기초로 삼고 있다. 사회주의적

---

62) 사회과학원 문학연구소,『주체사상에 기초한 문예이론』, 도서출판 인동, 1989. 93쪽.
63) 앞의 책, 93쪽,

문학예술의 계급적 성격이 로동계급성으로 되는 근거가 바로 여기에 있
다."[64]

　북한의 문예이론에서 노동계급성은 당성이나 인민성에 비해 특이점을 지
니지 않는다. 사회주의 문학이론의 보편적 관점이 통용된다고 할 수 있는 것
이다. 이에 비해서 '인민성' 개념에는 북한 사회의 특수한 관점이 개입되면서
당성과 함께 강조된다. 이 양상은 북한 최초의 문학사라고 할 수 있는『조선
문학통사』의 머리말에서 역사주의 원칙과 함께 강조되고 있는 '우리의 진보
적 문학을 관류하고 있는 열렬한 애국주의, 풍부한 인민성, 높은 인도주의의
전통'이란 구절에서도 찾을 수 있다. 즉 북한의 문예이론에서는 인민성의 개
념이 '애국주의'와 관련되면서 더 많은 함축을 지니게 되었고 그에 따라 더욱
중요한 자리를 차지하게 되었다. 예컨대 초기의 문학개론에서는 인민성을 충
족시키기 위한 요건으로서 첫째 '인민에게 가장 의의 있고 흥미 있는 생활현
상을 표현'하는 것, 둘째 '시대의 선진적 리상에 비추어 본 정당한 묘사'가 거
론되고 있다. 그러나 주체사상이 등장한 이후의 문학이론은 첫째 인민을 혁
명사상으로 무장시키는 것, 둘째 인민의 생활과 투쟁, 그들의 요구와 지향을
진실하게 반영하는 것, 셋째 문학예술에서 민족적 특성을 반영하는 것 등으
로 인민성의 개념을 확대하고 있다. 더욱이 주체사상에 기초한 문학이론에서
는 애국주의가 강조되면서 인민성의 개념이 당성과 함께 주체문학의 핵심적
범주로 간주되는 경향이 나타나고 있다. 이 경향이 한국문학에 대한 해석에
서 큰 영향력을 가지게 되리라는 것은 충분히 예측할 수 있는 사태인 것이다.
　마지막으로 북한의 한국문학 해석에서 중요한 범주는 전형성 개념이다. 이
개념이 사회주의 문학이론에서 작품 형상에 관한 이론의 핵심에 놓인다는 것
은 익히 알려져 있다. 마르크스, 엥겔스의 언급을 통해 전형의 개념은 일찍부
터 사회주의 문예이론의 근간으로 여겨져 왔고 북한도 여기에서 예외가 아니
었다. 그러나 북한에서 주체문예이론의 등장은 전형성의 개념에 일정한 변화
를 가져왔다. 전형이 개별과 보편의 통일이란 관점을 견지하면서도 '전형화란

─────────────
64) 앞의 책, 101쪽.

현실과 문학예술과의 호상관계에서 보면 생활에서의 전형적인 것을 예술에서의 전형적인 것으로 전환시키는 과정'이라고 규정함으로써 생활에서의 합법칙적인 것, 본질적인 것이 곧 예술의 전형적인 것이 되어야 한다는 '보편'으로 기울어지는 이론적 양상을 보여 주는 것이다. 이러한 관점을 전개함으로써 북한의 주체문예이론은 '전형적인 것을 사회적 현상의 본질의 표현과 분리시키려는 수정주의적 책동'을 비난하면서 '전형성에 관한 문제가 예술성에 관한 문제만이 아니라 정치성에 관한 문제가 된다'고 논리를 발전시키고 있다. 이러한 논리의 극대화는 '전형적 형상은 그가 속하고 있는 계급과 계층의 본질적이며 일반적인 성격적 특질을 집중적으로 체현하고 있다'는 '평균적 성격이론', '사회주의적 사실주의 문학예술의 긍정적 주인공들은 근로자들을 공산주의적으로 교양하는 생동한 모범으로 된다'는 '긍정적 주인공론'으로 귀결하게 된다. 즉 전자에서는 애국자의 딸이 친일파의 아내가 되는 설정 같은 것은 성립될 수 없다는 강변이 나오게 되고 후자에서는 사회주의 사회에는 모순이 없으므로 악한이나 부정적인 인물이 사회주의 사회를 그린 작품의 주인공이 될 수 없다는 강변이 나오게 되는 것이다. 이러한 전형성 개념이 등장함으로써 북한사회의 한국문학 해석이 종전과 크게 달라졌으리라는 것은 충분히 추측할 수 있는 사태라고 할 것이다. 그 양상은 마르크스 레닌주의적 입장에 기초한 『조선문학통사』와 주체사상에 기초하여 서술된 두 개의 『조선문학사』를 차례로 고찰하는 속에 살펴볼 수 있을 것이다.

2) 마르크스 레닌주의적 입장에 기초한 한국문학의 해석(1945~1967)

한국문학에 대한 북한의 해석이 지닌 특성을 알아보기 위해서는 비교의 대상이나 기준을 설정하는 일이 필요하다. 남북한으로 분단되기 이전에 이루어진 한국문학의 해석을 기준으로 변화된 양상을 고찰하는 방법이나 남한의 한국문학 해석과 비교하면서 북한의 해석 양상을 살펴보는 방식이 효율적인 것이다. 그러나 전통 시기에는 한국문학에 대한 체계적인 연구가 이루어지지 않았고 식민지시기에 이루어진 연구에서 한국문학 전반에 대한 해석의 관점을 찾는 데도 많은 어려움이 따른다. 물론 안확의『조선문학사』는 최초의 체계적인 문학사로서 의의를 지니지만 매우 개괄적인 서술에 그치고 있기 때문에 훨씬 더 내용적으로 심화된 북한의 한국문학 해석을 비교적으로 고찰하는 데 참고할 수 있는 대상으로 삼을 수 있는 것은 아니다. 식민지시기의 한국문학 연구에서는 이러한 한국문학사에 대한 총체적인 서술보다는 오히려 개별 장르에 대한 천착이 학적 성과의 주축을 이루었다. 김태준의『조선소설사』와 조윤제의『조선시가사강』, 김재철의『조선연극사』및『조선한문학사』등이 한국문학에 대한 연구와 해석의 핵심을 이루는 것이다. 이와 같은 개별 장르사를 통해서 식민지시기에는 한국문학 해석의 기본 관점을 형성해갈 수 있었던 것이다. 그러나 이와 같은 개별 장르사가 지닌 의미는 문학사의 체계적 관점과 많은 차이를 지닌다. 전자가 아무리 풍부한 성과를 지니고 있다고 할지라도 후자의 총체적 해석에 비해서는 한계가 있을 수밖에 없다. 그 이유는, 예컨대 '소설사'는 소설 장르에 속하는 작품들만을 다룰 수 있을 뿐 그와 연관된 인접한 장르의 문학들에 대해서는 부수적인 관심만을 표명할 수 밖에 없다는 데 있다. 이처럼 한국문학에 대한 북한의 해석이 지닌 특성을 저울질 해볼 수 있는 기존의 정통적 해석이 미비된 상태에서는 현재의 분석도 상대적인 의미를 지닐 수밖에 없다. 이러한 어려움을 회피하는 하나의 방법으로서 남한의 해석을 비교의 대상으로 설정하는 일을 생각해 볼 수 있으나, 이 경우 한국문학에 관련해서 이루어진 북한의 해석에 대한 논단은 상대적인 의미의 영역을 벗어날 수 없다. 남한과 북한의 해석이 어떻게 다른가 만을 언급할 수 있을 뿐 어느 한쪽에 정당성을 부여하기가 곤란해지는 것이다. 결국 이 자리의 분석은 이와 같은 상대성과 함께 연구자의 추상적인 기준을 동시에 적용하면서 이루어지는 형태에서 비롯되는 한계를 감수하지 않을 수 없다.

(1) 해석의 일반적 특징

남북이 각기 독립된 체제를 형성해가던 해방기부터 전쟁의 참화 속에 묻혀 있던 1950년대까지 북한에서는 일제시대부터 활동해 온 학자들을 중심으로 한국문학에 대한 연구가 지속적으로 진행되었다. 고정옥, 김하명 등을 중심으로 한 고전문학자들의 연구성과가 다양하게 산출되었을 뿐만 아니라 안함광, 한효 등을 비롯한 현대문학 연구자들의 연구성과도 많은 양이 축적되었다. 그러나 전쟁의 회오리가 걷혀갈 무렵부터 북한에서는 문학연구자를 조직화하여 체계적으로 우리 문학유산을 정리하고 대중에게 소개하는 작업이 진행된다. 과학원 언어문학연구소 문학연구실을 중심으로 진행된 이 문학연구의 조직화에서 기본적인 방법론은 마르크스 레닌주의였다. 해방기에 북한체제에 가담한 대부분의 문학자가 사회주의적 입장을 지녔던 학자들이지만 연구가 조직되면서 학자들 고유의 개성적인 측면은 점차 사라지고 하나의 관점으로 통일되어 가는 추세를 보여준다. 그 대표적인 사례가 1950년대 말에서 60년대 초까지 진행된 여러 논쟁들이지만 그와 같이 하나의 관점을 형성해 가는 도정에서 산출된 업적이『조선문학통사』상·하권이다. 이 문학사는 북한의 마르크스 레닌주의의 방법과 역사주의의 원칙을 서문에서 명시한 북한체제 성립 초기의 대표적인 저작이다. 연구자들이 각 편을 독립적으로 서술한 뒤 다시금 통일작업을 수행한 것으로 여겨지는 형태이지만 전체적으로 일관된 방법론이 적용되었다고 할 수 있다. 그 서술의 기본 형태는 맨 먼저 시대를 사회 역사적인 관점에서 개괄한 다음 그 시대의 핵심적인 문화양상을 설명하고 그 속에서 전개된 문학을 장르별로 서술하는 체제이다. 하부구조에 대한 설명에 이어서 상부구조에 대한 설명이 이루어지고 그 속에서 문학의 위상을 음미하는 형태라는 점에서 마르크스 레닌주의의 반영론이 서술의 기본 방법이 되고 있는 것이다. 그러나 문학사에 대한 관점이 일관되게 정립되었다고는 볼 수 없는 느슨한 형태로 서술이 이루어지고 있는데 그 양상은 여러 부분에서 찾아볼 수 있는 것으로서『조선문학통사』에 나타난 한국문학에 대한 북한의 해석이 지닌 의미를 음미하게 해주는 좋은 단서들이다.

　먼저 각 문학사 시기가 '18세기 문학', '19세기 문학' 등으로 숫자에 의해서 표시된 점이다. 실제 이 장들을 읽어보면 그것이 단순히 시대를 기계적으로 나눈 것이 아니라 일정한 시대적 특징이 드러난 문학들을 한데 묶는 개념으로 쓰이고 있음을 알 수 있다. 예를 들어 '7세기 후반기~9세기 문학'은 통일신라 또는 후기신라의 문학에 대한 설명이다. 마찬가지로 '10세기~13세기 문학'은 고려 전기의 문학을 다룬 편명이다. 이처럼 표제를 통해서 분명하게 다루어지는 영역의 주제적 특징을 드러낼 수 있음에도 불구하고 숫자를 이용해서 편명을 나타낸 데는 나름의 고민이 있었을 것이라고 추측해 볼 수 있다. 그것은 문학사의 시대구분을 일반사의 관점을 받아들여 행할 것인지 또는 특수한 처리를 감행할 것인지 아직 판단유보의 상태에 있는 형편이라는 것을 드러낸다. 즉 역사학계와 문학자들의 의견이 통일되지 않은 과도적 상태를 나타내는 것이면서 다루어지는 내용에 대한 객관성을 확보하기 위한 방안으로 취해진 조처라고 이해할 수 있는 것이다. 실제로 이보다 많은 시간이 경과한 뒤에 나온『조선문학사』에서는 좀더 마르크스 레닌주의적 역사해석에 철저히 따르는 시기 구분이 이루어진 것을 상기하면 이 책의 장절 구분이 지니는 의미는 확연하게 드러난다. 그러므로『조선문학통사』가 전통적인 한국문학 해석 또는 기존의 해석과 많은 유사점을 갖고 있으며 저술에 참여한 연구자 개인들의 문학사 인식에 크게 의존하는 양상을 보이게 되는 것이다. 그 양상은 원시고대문학을 처리하는 데서나 통일신라를 다루는 데서 확인할 수 있다. 즉 후대에는 남북국문학으로 처리되는 통일신라시대의 문학을 신라가 삼국을 통일한 사실을 강조하는 속에 서술하고 있으며 원시고대문학을 뚜렷이 구분하지 않은 채 논하고 있는 것이다. 이런 관점에서 통일신라는 '준민족'을 형성한 시기로 간주된다. 바꾸어 말해서 후대의 문학사에서 고려의 성립이 민족형성에 결정적인 계기가 된다고 기술하는 관점과 배치되는 서술을 하고 있는 것이다. 결국 편명과 시대구분의 문제에서 드러나는 사실은『조선문학통사』가 종래의 한국문학 해석과 결정적인 차이를 드러내지 않는, 상대적으로 온건한 문학사해석을 보여 준다는 점이다. 세기별로 일정하게 역사적 성격을 구분 지어 보면서 각 시대의 전환이 지닌 의미를 문학의 생성 변화발전과 연관시켜 보는 수준에 머물고 있는 것이다. 즉 문학의 변화 발전이 시대의 성격을 반영한다는 사실을 시도적으로 체계화하고 있는 것이다. 이 양상은 각 장의 편명을 이루는 장르 구분에서도 드러난다.

　『조선문학통사』의 장르 구분은 상대적으로 매우 유연하게 이루어지고 있다. 유연하게 이루어지고 있다는 것은 달리 말하면 확고한 이론이 성립되지 않은 사실을 반증하는 것일 수도 있지만 경직된 관점에 비해서는 이해할 만한 처리방식이다. 문학과 역사를 확연하게 경계지을 수 있는 기준이 있다는 관점이나 어떤 작품을 하나의 장르로 규정지을 수 있는 이론의 여지가 없는 근거를 확실하게 제시할 수 있는 듯이 말하는 강변들과는 분명하게 차이가 지어지는 태도인 것이다. 그렇기 때문에 이 책에서는 『삼국사기』나 『삼국유사』와 같은 역사서, 서한문, 외교문서 등이 적극적으로 우리 문학의 귀중한 자산으로 평가된다. 또한 각 문학 장르들이 생성 변화되어 가는 과정에 대한 서술도 비교적 섬세하게 이루어지고 있다. 예컨대 소설의 형성에서 이야기와 패설, 판소리 등의 관여가 모두 인정될 뿐만 아니라 근대소설의 형성에 이르기까지의 경과가 순차적으로 설명되고 있다. 이 같은 처리 방식을 위해서 이 책은 고대문학 편에서는 주로 '시가'와 '산문'이라고 대별하면서 그 속에는 신화, 설화, 패설, 이야기, 정론장르, 산문들을 다양하게 망라하고 있다. 또한 현대문학 편에서도 이 구분 방식을 유지하다가 해방 이후부터 시, 소설, 희곡의 3대 장르를 구분하는 방식을 쓰고 있다. 다시 말해서 서양의 3분법은 현대에 나타난 문학장르에만 적용되는 것이고 그 이전에는 시가와 산문의 두 가지로 나누는 방법을 주종으로 하고 있는 것이다. 고대 중세와 근현대의 구분을 단순히 시간적 계기로만 보는 것이 아니라 장르의 생성변화와 관련지어서 보고 거기에서 어떤 문학사의 연속성을 찾으려고 하는 것이다.

『조선문학통사』에서 제시하는 문학사의 연속성이란 관점은 시각에 따라 다양하게 분석될 수 있겠으나 여기서는 다음 네 가지로 요약해 보고자 한다. 첫째 자주적 역사창조의 전통이란 관점, 둘째 계급투쟁의 연속성이란 관점, 셋째 문학 형식의 연속성이란 관점, 넷째 사실주의의 전통이란 관점이다. 이 가운데 처음 두 가지는 문학사의 연속성 개념과는 무관한 것으로 생각할 수 있으나 바로 이것들을 문학사의 연속성으로 보는 데 『조선문학통사』 이래의 북한의 한국문학 해석의 특이점이 있다고 할 수 있다. 북한이 애국주의나 계급적 대립의 문학적 반영을 강조하는 것은 바로 이 점과 관련이 있다. 즉 문학 자체가 인간의 자주성의 발양이고 그 속에 계급적 관점이 깃든다는 것을 문학에 대한 이해의 기본으로 하고 있는 것이다. 이에 비해서 세번째와 네번째의 연속성 개념은 문학의 속성의 이해와 맞물린다. 즉 여기서 문학 형식의 연속성으로 파악하는 것은 표기법과 장르형식의 연속성이고 사실주의의 전통이란 문체와 같은 형식에 주안한 개념이 아니라 현실인식의 충실화란 내용적 측면에 중점을 둔 개념이다.

『조선문학통사』에서 표기법이나 장르와 같은 문학의 물질적 형식에 대한 관심은 매우 체계적이다. 표기법의 경우 한문의 차용, 향찰식 표기, 한글의 창제, 한글의 대중화 등을 지속적으로 관심사항으로 서술하고 있다. 이와 다른 측면에서 구비설화나 가요에 대한 설명이 남한문학사에서 찾아볼 수 없으리만큼 풍부한 것도 문학의 물질적 형식에 대한 관심의 표명이라고 할 수 있을 것이다. 기록문학을 중심으로 문학사를 보지 않는다는 원칙과 함께 기록의 수단이 변화됨으로써 생기는 문학의 양상에도 관심을 보이는 것이다. 이러한 관심은 문학의 장르가 생성 변화되는 양상에 대한 설명에서도 찾아볼 수 있다. 시조의 성립에 관여된 향가, 고려속요, 한림별곡체의 영향을 섬세하게 제시하고 있을 뿐 아니라 이야기체에서 비롯된 국문소설과 판소리계 소설을 구분하고 있는 점, 패설이 소설의 성립에 기여한 내용에 대한 설명에서 장르에 대한 의식은 집요하다. 더욱이 『채봉감별곡』과 같은 조선조 후기의 중세소설이 신소설형식과 긴밀히 연관된다는 사실을 설명하고 김삿갓으로 알려진 김병연의 파격자희(破格字戲)를 종래의 시 형식이 붕괴되고 새로운 장르의 생성을 준비하는 성격을 지닌다고 설명하는 것 등은 문학의 물질적 형식의 연속성을 이해하는 기본 관점이 되고 있다.

사실주의 전통의 연속성이란 개념은 문학사를 문학발전의 합법칙성에 대한 규명으로 보는 마르크스 레닌주의의 기본 관점이다. 여기서 사실주의는 단순히 문체적 개념이 아니다. 물론 스타일상으로 사실주의적인가 아니면 환상적이거나 추상적인가를 구분하는 것이 전혀 무가치한 것은 아니다. 그러나 일상현실에 대한 관심과 그것의 구체적 묘사라는 문제는 그 내면 속에 사물에 대한 인식 방법을 함축하고 있다. 사실주의의 형식적 요건은 사실주의를 판단하는 데 필요조건일 뿐 충분조건이 아닌 것이다. 『조선문학통사』가 노동요의 형식을 지닌 「구지가」에서 시작해서 최치원, 이규보, 박지원 등으로 이어지는 계선을 중시하는 것은 이 관점에 말미암는다. 예컨대 소설형식에서 김시습의 「금오신화」의 환상성이 짙은 작품에서 시작해 점차 사실성이 높은 「사씨남정기」 같은 작품을 거쳐 현대의 사실주의문학에 이르는 과정을 문학사의 중심선으로 놓고 있는 것이다. 그러므로 이 관점에서는 문학의 발전은 사실주의 전통의 발전으로 이해되는 것이다.

결국 『조선문학통사』가 서술의 기본 체제로서 시대의 역사적 개괄과 문화현상의 특징적 양상에 대한 조명, 그에 이어서 문학에 대한 설명을 주는 방식을 채택한 것이나 작품 설명에서 인민문학—국문문학—한문학의 순서를 갖는 것은 마르크스 레닌주의의 기본적 입장을 견지한 것이며 그에 기반해서 문학사의 연속성을 설명하는 수단으로서 각 단계에서 중요도에 따라 서술해가는 원칙을 적용한 것이라고 할 수 있다.

(2) 해석의 구체적 양상과 미적 범주

한국문학에 대하여 북한이 어떻게 해석하고 있는가 하는 문제를 살피는 데 우선적으로 고려해야 할 점은 어떤 작가와 작품이 중요하게 다루어지고 있는가 하는 사항이다. 문학사는 일정하게 가치 있는 문학유산을 정리하고 해설하는 작업이라 할 수 있고 그런 관점에서 서술의 대상을 어떻게 선정해야 하는가 하는 문제는 일차적이면서도 중요한 문제이기 때문이다. 이 점에서 『조선문학통사』는 고전문학 편과 현대문학 편 사이에 큰 차이를 보이고 있다. 북한의 문학사들이 인민구전문학을 중시하고 우선적으로 서술하는 측면에서 기록문학을 중시해온 남한의 문학사와 크게 다른 점은 문학을 바라보는 입장 차이로 돌릴 수 있는 문제지만 통사의 현대문학 편에서 나타나는 차이의 양상은 좀더 특수한 안목과 설명을 필요로 하기 때문이다. 따라서 여기서는 고전문학 편과 현대문학 편을 나누어서 살피는 방법을 택한다.

『조선문학통사』가 인민문학—국문문학—한문학의 순서로 서술하는 체제라는 사실은 앞에서 언급한 바 있다. 이 서술체제는 한편으로는 우리말을 사용한 문학과 한자를 표기수단으로 삼은 문학을 차별하는 입장이고 다른 한편으로는 인민문학과 지배층문학을 구별하여 전자에 비중을 두는 입장이다. 즉 형식과 내용의 측면에서 마르크스 레닌주의의 이론과 민족적 형식에 대한 가치 평가적 관점을 결합하고 있다고 할 수 있다. 그러나 이러한 이론이나 입장을 가졌다고 해도 고전문학의 자료 자체가 매우 제한되어 있기 때문에 서술 대상이 된 작품이나 작가가 기왕의 한국문학 연구 또는 남한의 문학사에서 조명을 받은 것들과 크게 다르지 않다. 다만 「상률가」의 작가(이 작품의 실제 작가는 윤여형이다)로 알려진 이곡과 조수삼이 새롭게 조명되고 있는 점 정도가 이채롭다. 이에 비해서 다루어지는 작가나 작품에 대한 해설과 설명의 분량 또는 예거되는 작품의 특질에는 많은 편차가 있다. 예컨대 향가라고 할지라도 균여대사의 「보현십원가」는 매우 소략하게 다루어지고 시조 가운데서도 봉건윤리를 표명하는 작품이나 은일을 나타낸 시는 상대적으로 소홀하게 다루어진다. 그러나 최치원이나 김부식, 이제현의 문학에 대해서는 높이 평가하고 있어 꼭 계급적 관점이 중요한 척도가 되고 있지는 않다. 다시 말해서 새롭게 발견해서 의미 부여를 한 작가 작품의 제시 외에는 일제시대 사회주의 문학가들의 내용 중시의 관점에서 크게 벗어나지 않는다고 할 수 있다. 하지만 사회주의 문학가들에게서 두드러지지 않았던 현상이 나타나는데, 그 것은 애국주의라는 관점이다. 애국주의는 작가나 작품의 가치를 평가하는 중요한 개념으로 등장하고 있는 것이다. 일제시대 사회주의자들 가운데서 일부는 국제주의의 편향이 짙었던 것이 사실이지만 그럼에도 불구하고 계급문제를 민족문제와 연결시켜서 생각하지 않은 사람들은 그다지 많지 않았다. 이에 비해서 『조선문학통사』는 과도하게 애국주의를 강조하고 있는데 그 이면에는 전쟁을 치른 직후인 북한의 현실적 조건의 개입이 결정적인 요인으로 작용하고 있다고 할 수 있다. 바꾸어 말해서 그들의 말로 '미제국주의와 그 괴뢰 일당'이라고 매도하는 적대세력과의 전쟁을 치른 직후이기 때문에, 또한 전쟁으로 이산된 인민의 마음을 한데 모으기 위해서는 애국주의를 강조하는 일이 필요했던 것이다. 그러므로 이 애국주의는 북한의 한국문학 해석에서 매우 독특한 역할을 한다고 할 수 있다. 개별 작품의 해석에서 중요한 척도가 될 뿐만 아니라 문학사의 합법칙성을 해명하는 데에도 중요한 기준이 되고 있다. 현대문학 편은 바로 이 애국주의에 의해 결정적으로 전체 구도가 달라지고 있다고 말할 수 있다.

현대문학 편은 모두 6개의 장으로 구성되어 있다. 1장이 1900~1919년의 문학이고, 2장이 1919~1930년의 문학, 3장이 1930~1945년의 문학, 4장이 해방후 평화적 민주건설 시기의 문학, 5장이 조국해방전쟁시기의 문학, 6장이 전후시기의 문학으로 구분되어 있다. 이 같은 구성은 근대문학의 시발점을 1900년으로 잡는다는 점과 전쟁 시기의 문학이 독립된 장이 될만큼 중시된다는 점에서 특이성을 드러낸다. 하지만 외면적인 이런 양상 외에 더 크게 주목해야 할 사실은 우리 문학의 한 부분이 통채로 문학사에서 사라지고 있고 예전에 볼 수 없었던 항목이 새롭게 등장한다는 것이다. 즉 1919년에서 1930년대까지의 문학을 다룬 2장에서 1절은 프롤레타리아의 문학을 2절은 프로문학 이외의 진보적 문학을 취급하도록 되어 있어 다른 여타의 문학은 설자리가 아예 없어져 버린 것이다. 또한 1930~1945년의 문학을 취급 범위로 하는 3장에서는 1절이 '김일성원수 항일투쟁과정에서의 혁명문학'으로 설정되고 2절이 프로문학으로 설정되어 있다. 더욱이 4장에서 6장까지는 각 장의 첫머리에 '해방 후 사회주의적 사실주의 문학 발전을 위한 당의 정책', '전시문학의 전투성을 강화하기 위한 당의 정책', '사회 정치적 환경과 이 시기 당의 문예정책'이란 항목이 설정되어 모든 문학활동이 당의 정책에 따라 이루어지고 있음을 표방하고 있다. 결국 1919년 이후의 문학은 프로문학 일색인 것으로 설명되고 1930년대에는 김일성의 항일혁명문학을 필두로 한 사회주의 문학, 당의 지도를 받아 이루어진 문학만이 문학사의 서술대상이 되게끔 마련되어 있는 것이다. 이 사실이 의미하는 것은 특히 현대문학의 경우 서술의 대상이 특정한 미적 범주에 의해 결정적으로 좌우되는 양태를 가지게 된다는 점이다. 당의 정책에 따라 이루어지지 않은 작품은 문학사의 서술대상으로서 근본적으로 결함을 지닌 것으로 평가받게 되는 것이다. 이처럼『조선문학통사』에서 한국문학을 해설하는 데에는 마르크스 레닌주의의 미적 범주가 중요한 척도로 작용하고 있는 만큼 여기서는 이 미적 범주와 문학 해석의 구체적 양상을 통합하여 살펴보는 일이 필요하다.

먼저 애국주의와 인민성의 개념이다. 이 두 가지는 상이한 함축을 가지는 개념들임에도 불구하고 '통사'에서는 흔히 결합된 형태로 쓰여진다. 예컨대 융천사의 작품인 「혜성가」를 설명하는 대목에서 "이 노래는 작가가 주술적 목적을 추구하여 부른 것이지만 그러나 그 속에는 당시 신라 인민들이 전개 하던 왜구 격퇴를 위한 애국적인 투쟁현상이 반영되어 있으며, 조국의 산천 과 자연현상들을 아주 아름답고 형상적인 표현방식으로 노래한 시인의 높은 시적 기교가 보여지고 있다"65)라고 서술하고 있다. 이 양상은 을지문덕의 한 시 작품을 설명하는 데서나 이상화의 작품을 '애국주의적 사상과 휴머니즘의 정열'66)로 설명하는 데서나 다같이 드러난다. 요컨대 애국주의는 특별한 전 란이 있을 경우에만 나타나는 것이 아니라 자주적 역사창조의 모든 과정에서 핵심적인 기제가 되는 것으로 인식하고 있으며 인민성에 안받침될 때 최고의 가치를 갖는 것으로 설명되고 있다. 대부분의 경우 애국주의는 인민성과 결 합되지만 애국주의의 도입이 어려운 경우 인민성은 그 자체로 가치개념이 된 다. 즉 인민의 생활을 그리고 인민의 관점을 나타낸 작품은 그 자체로 가치있 는 것이되 애국주의를 겸비할 때 최고의 작품이 되는 것이다. 그렇기 때문에 인민성과 애국주의는 거의 동의어로서의 의미를 지니게 된다. 이규보의 「농 부를 대신하여 읊음」(代農夫吟)의 설명은 다음과 같이 이루어진다.

> "이 시들에서 시인은 당시 농민들의 심정, 농민의 이해관계를 진실하
> 게 반영하고 있다. '부귀호사가 우리 손에 매였나니'라든지 '애써 지슴맴
> 은 나라 위함이어늘'이라는 구절에서 표현되고 있는 바와 같이 물질적
> 부의 창조자며 애국자로서의 농민들의 자부심과 '어쩌타 우리네를 살까
> 지 벗기려노'라는 구절에서 표현되고 있는 바와 같이 약탈자들에 대한
> 증오와 반항의 감정이 이 시들에 강하게 반영되어 있다"67)

인민의 생활은 물질적 부의 창조자, 역사의 창조 기능을 하며 그 자체 애국 의 길을 지향하는 것이라는 해설이다. 그러므로 참된 인민성은 애국주의에

---

65) 과학원 언어문학연구소 문학연구실, 『조선문학통사』 상권, 화다, 1989, 38쪽.
66) 과학원 언어문학연구소 문학연구실, 『조선문학통사』 하권, 인동, 1988. 73쪽.
67) 앞의 책, 141쪽.

의해 빛나게 된다는 해석이다.

둘째로 계급성의 개념이다. 북한의 문학사가 사회주의 문학이론에 근거하는 한 계급이론이 핵심적인 서술기제가 되리라는 것은 충분히 추측할 수 있는 사태이다. 그 양상은 계급적 해석이 개연성을 갖는 경우에 국한되지 않고 거의 모든 작품에 적용되는 형편이다. 예컨대 고려속요인 「청산별곡」에 대한 설명은 다음과 같다.

> "「청산별곡」은 머래나 다래, 나마자기나 구조개로 연명하면서도 산으로 바다로 비인간적인 억압 ─ 착취자들의 탐욕의 마수를 피해서 유랑하지 않으면 안되었던 이 시기 농민들의 일반적 처지를 반영하고 있다. 산속으로 들어간 「청산별곡」의 주인공은 억눌린 자의 서름에 겨워 산새와 함께 울며 돌자갈 밭을 갈다가도 불현듯 치미는 향수를 억제하지 못한다. 그러나 토지를 쥔 자들의 집요한 손길은 여기에도 미친다. 그는 산을 떠나 바다로 가면서 더욱 더 심해가는 지배자들의 추악한 생활을 다시금 목도하고 한 잔의 독한 술로 자기를 위로하려 한다. 이것이 「청산별곡」의 내용이다"[68]

청산에 살고 싶다는 소박한 소망의 표현으로 읽는 것이 아니라 지배층의 착취를 피해 청산으로 도피한 인민들의 노래라는 것이 이 해석의 중심내용이다.

셋째로 당성의 개념이다. 이 개념은 고전문학 편에서는 직접적으로 노출되지 않는다. 역사 발전의 경향성을 보여준 작품에 대한 설명에서 간접적으로 간취될 수 있는 정도이다. 예컨대 박연암의 「양반전」을 설명하면서 "연암은 예민한 사회적 감각으로써 '위풍 있고' 자고 자대한 양반들을 희극적 형상으로 일반화할 수 있었으며, 멸망의 선고를 내릴 수 있었다"[69]고 평가하는 데서 찾아볼 수 있다. 그러나 이 개념은 현대문학 편에서는 절대적 위상을 갖는다. 예컨대 해방 후 문학을 서술하는 첫 대목에서는 다음과 같이 설명하고 있다.

---

68) 『조선문학통사』 상권, 210쪽.
69) 앞의 책(상권), 388쪽.

“해방 후 우리 문학예술의 급속한 발전은 조선로동당의 지도적 역할
을 떠나서는 생각할 수 없다. 우리 당은 자기의 창건 시초부터 우리 문학
의 당성을 눈동자처럼 고수하면서 우리 문학 대렬을 조직 사상적으로
지도하여 주었으며, 작가들의 창작활동을 정치 경제적으로 보장하여 주
었으며, 그들의 창작 사업의 구체적 방향 및 방법을 교시하여 주었으며,
기타 온갖 배려를 베풀어주었다. 이러한 결과가 해방 후 온갖 난관에도
불구하고 짧은 기간 내에 우리 문학을 진정으로 당적이며 인민적인 문
학으로 발전할 수 있게 하였다.”70)

인용문에서 당성의 핵심적인 내포는 당의 ‘지도적 역할’이다. 단순히 어떤
가치 있는 대상을 향한 당파성이 아니라 당의 지도에 따라 창작이 이루어지
느냐 아니냐에 따라 당성의 유무는 판별할 수 있는 것이다. 그러므로 당의 지
도에 따라 전시문학의 전투성을 강화하는 데 복무한 작품은 당성이 있는 작
품이고 그렇지 못한 작품은 결코 높이 평가될 수 없게 된다. 이 당성 개념은
연원이 김일성의 지도에 따랐느냐 아니냐 하는 문제로 소급된다. 1930년대의
프로문학에 대한 설명에서 그 구체적인 사례를 찾아볼 수 있다.

1930년부터의 문학은 이 시기의 사회 력사적 기반, 말하자면 김일성
동지와 그 전우들이 조직 지도하는 항일무장유격투쟁에 의한 조선 인민
의 민족해방투쟁의 새로운 력사적 단계에로의 발전, 혁명투쟁의 앙양적
파동의 전국적 팽창, 맑스주의 사상의 더욱 왕성한 보급과 침투 등과 동
시에 예술적 기능의 제고 등의 조건에 의거하여 사상적으로나 예술적으
로나 20년대 문학의 부족점들을 극복하면서 새로운 발전의 뚜렷한 표징
들을 보여 주었다. 즉 항일빨치산투쟁 과정에서 개화발전한 30년대의 혁
명문학과 그 영향 밑에 장성발전한 이 시기의 프로레타리아문학은 전시
기에 있어서의 조선 프로레타리아문학의 특질들을 더욱 발전시키면서,
동시에 사회주의적 리상을 쟁취하기 위한 투쟁의 구체적 방법의 세계,

---

70) 앞의 책(하권), 189쪽.

맑스주의적 전략전술에 의거한 실지 투쟁과의 결부의 세계를 광범한 시
대적 규모의 혁명적 진폭 속에서 우수한 전형 창조를 통하여 제시하고
있으며, 혁명투쟁과 맑스주의 사상을 보다 철저하게 결부시키고 있다.[71]

30년대의 프로문학이 20년대의 그것과 차이나는 것은 '혁명문학의 영향 밑
에 장성발전'했다는 사실이다. 구체적인 당의 지도노선이 있었던 것은 아니지
만 '영향'의 수수관계로 양자가 맺어져 있다는 관점이다. 이 관점이 후일의 당
성 개념의 모태가 되었다고 할 수 있다.

넷째로 전형성 개념이다. '통사'는 김만중의 작품 가운데서 「구운몽」보다 「
사씨남정기」를 중시하는 관점을 보여준다. 이 작품이 '비록 선악의 과보(果
報)와 같은 중세기적 테두리를 벗어나지 못한 점도 있으나 교녀의 형상을 통
하여 봉건귀족 가정의 부패상을 사실적으로 폭로 반영한 것'을 평가한 것이
다. 즉 두 작품이 다같이 사실주의 문학의 형성발전에 있어서 큰 공적이라고
보면서도 "「구운몽」은 낭만적 빠뽀스가 강하고 「사씨남정기」는 비판적 빠뽀
스가 강한 차이"를 작품의 평가에 감안한 것이라고 볼 수 있다. 이 사실주의
에서 핵심적인 개념이 전형성임은 익히 알려져 있다. 이기영의 작품 『고향』
의 주인공 김희준에 대한 다음의 설명은 작품에 대한 가치평가에서 전형성
개념이 어떻게 작동하는지 잘 보여준다.

주인공 김희준은 자기 개체의 운명을 조국과 인민의 리익과 유기적으
로 결부시키는 립장에서 주위의 모든 힘을 집대성하면서 콘탁트하면서
약속되여진 미래에로 온갖 지혜와 정열을 전적으로 기울이고 있는 시대
의 전형이다. 그는 선진적 사상을 가진 지도자로서 당시의 본질적인 사
회적 제관계 속에서 행동하면서 인민들을 투쟁과 승리에로 고무 추동하
는 관계에 있어서 또는 일체 원쑤들에 대한 고조된 증오와 가차없는 투
쟁에로 인민들을 교양하는 관계에 있어서 자기의 전형성을 나타내고 있
다. 이와 같이 주인공 김희준을 하나의 전형으로 창조하고 있다는 것은
작가가 자기의 주인공에게 사회 력사적 현상들 중에서 특징적이며 의의

---

71) 앞의 책, 168쪽.

있고 본질적이며 일반적인 생활현상들을 관련시키고 있다는 것을 의미
하는 동시에 다른 한편에 있어서는 이 인물을 단순하지 않고 생활의 론
리를 반영하여 다양 심오하게 그리고 내적 외적 특징에서 형상하고 있
다는 것을 의미한다."[72]

인용문에서 전형은 본질적인 제 관계들 속에서 행동하며 계급투쟁에서 선
진적인 역할을 해내는 주인공이다. 개성의 풍부성이 체현되어 있어야 하며
행동에서 사회 역사의 움직임의 중심선 상에 놓여 있어야 한다는 관점이 나
타나 있다. 이 관점은 대체로 사회주의 리얼리즘 이론이 상대적으로 유연하
게 적용된 상태라고 할 수 있다. 이 양상은 『춘향전』에 대한 해석에서도 유사
하게 나타난다. '조선인민에게 가장 널리 알려져 있으며, 사랑을 받는 작품'인
이 작품이 '그 제재의 현실성에 있어서, 묘사된 사회 생활의 넓이와 심도에
있어서, 등장 인물들의 다양한 성격과 묘사의 사실성에 있어서 이 시기의 가
장 우수한 사실주의 작품의 하나'라고 평가한다. 이 작품이 그와 같이 사실성
을 획득한 것은 '주인공들에게 새로운 시대정신을 체현'시켜 '그들은 처음부
터 낡은 관습을 묵수하는 보수적인 사람들로서가 아니라 변학도류의 낡은 인
물들에게 대립되는 새 형의 인물로서 등장'한다는 것이다. 즉 이 인물들의 형
상화를 통해서 이 작품은 사실주의문학의 발전에 크게 기여하였지만 '통사'가
그 인물들을 곧 전형이라고 표현하지는 않는다. 작품은 '종래의 구 소설의 주
요한 약점 중의 하나였던 개념적인 서술을 현저히 극복하고 그 인물들이 속
하는 계급의 본질적 특성들을 구체화하고 개성화'했다는 것이다. 곧 전형이라
기보다는 '성격의 개성화'에 이르렀다는 인식을 보여준다. 이는 전형 개념이
'개성적 인물'의 수준을 넘어서는 계급적 전위의 성격을 지닌다는 점을 함축
한다. 사실주의 발전의 단계에 대한 인식이 내재된 평가라고 할 수 있는 것이
다.

전반적으로 『조선문학통사』에서 한국문학에 대한 해석은 마르크스 레닌주
의의 입장에 충실한 것이라고 할 수 있으며 미적 범주들의 적용도 원래의 이

---

72) 앞의 책(하권), 127쪽.

론적 함축을 크게 벗어나지 않는 상태이다. 그러나 애국주의의 적용은 약간 이질적인 함축을 보여주며 뒷날 주체사상의 등장을 예감케 하는 대목이라 할 수 있다.

3) 주체사상에 기초한 한국문학의 해석

한국문학에 대한 북한의 해석의 두번째 단계는 1967년을 전후로 해서 확립된 주체사상과 긴밀한 관계를 갖는다. 주체사상은 인간을 사회적 관계의 총화로 인식하는 마르크스주의의 한계를 넘어서 새로운 경지의 사상이라고 주장된다. 즉 주체사상에서 인간은 단순히 사회적 관계의 총화일 뿐 아니라 자주성, 의식성, 창조성을 본질로 하는 존재이다. 이처럼 인간의 주체로서의 능동적 자질을 강조하는 주체사상의 이론적 견지는 한국문학에 대한 인식에도 많은 변화를 가져온다. 주체사상의 방법론, 주체의 방법론에 의해서 집체적인 노력으로 저술된 1970년대의『조선문학사』는 바로 그 양상을 대변한다. 김정일이 문화부문의 영도자로 등장한 직후에 발간되기 시작한 이 문학사는 오늘날 북한에서 이루어지는 한국문학에 대한 해석의 표본이라고 할 수 있다. 그러나 여기서는 1990년대에 새로 발간되기 시작한 15권 분량의『조선문학사』도 참조하고자 한다. 이 문학사는 70년대의 문학사를 계승하고 있을 뿐만 아니라 보다 많은 자료를 삽입하고 새롭게 편제를 보완하고 있기 때문이다. 또한 90년대의 문학사에서는 기본적 관점의 변화로 볼 수 있는 몇 가지 양상도 찾아볼 수 있기 때문이다.

70년대 초중반에 걸쳐서 발간된『조선문학사』는 머리말에서 책의 집필의도를 밝히고 있다. 그 내용은 우리 나라 문학발전의 역사를 체계적으로 서술하되 그 작업이 주체의 방법론에 입각한다는 사실을 천명하고 있다. 앞서의『조선문학통사』가 상대적으로 체계를 완비하지 못한 것임에 반해서 공공연하게 문학사의 체계화를 표방하고 있고 그 체계화가 주체의 방법론에 입각한다는 점을 명시한 것이다. 그만큼 북한의 한국문학연구가 어느 정도 정리된 시각을 갖추게 되었다는 입장의 표명이라고 할 것이다. 이에 비해서 90년대에 출간되고 있는 문학사는 '주체적 문예사상을 지도적 지침'으로 하여 주체의 방법론에 의해서 책을 저술한다는 관점을 밝히고 있다. 70년대의 문학사에서 주체의 방법론만이 제시된 데 비해서 90년대의 문학사는 '주체적 문예사상의 지도적 지침'을 새롭게 첨가하고 있고 그 동안 이루어진 학적 성과를 서술에 반영한다는 입장을 나타내고 있다. 여기서는 『조선문학통사』와 중복되는 사실의 설명은 제외하고 변화된 내용을 중심으로 서술하고자 한다. 주체사상이 마르크스주의와의 차별성을 강조하지만 일정한 연관을 부인하고 있지는 않기 때문이다. 서술은 일반적 특징의 분석과 구체적 해석 양상을 살피는 순서로 진행된다.

(1) 해석의 일반적 특징

『조선문학사』가 이전의 문학사와 다른 점은 두 가지로 집약해서 말할 수 있다. 한 가지는 문학사가 체계화한 측면이고 다른 한 가지는 해석의 범주들이 달라진 점이다. 첫번째 사항은 사회의 생산양식과 문학의 상관관계에 대해서 명확한 관점을 보여준다는 사실과 이에 따라 시대구분이 달라지고 있는 데서 확인해 볼 수 있다. 즉 '통사'에서 일괄적으로 7세기 전반기까지의 문학으로 다루어지던 고대문학이 새 책에서는 원시문학과 고대문학, 1~7세기 문학으로 나뉘어진 점, 고려시대 전기를 포괄한 10~13세기 문학 장이 새 책에서는 10~12세기 전반기 문학과 12세기 후반기~14세기 문학으로 나뉘어진 점 등이다. 또한 현대문학 편에서는 1900년으로 설정되어 있던 종전의 근대의 기점이 19세기말로 상향조정되고 있으며 1930년대 전후를 구분의 경계선으로 하던 방법이 1925년을 구분점으로 하는 형태로 바뀌고 있다는 점이다. 즉 고대문학의 시대구분에서는 원시공동체사회와 고대 노예제 사회 등 생산양식에 따라 새롭게 시대를 구분하고 있으며 고려시대의 전, 후기를 나누는 데서는 봉건제의 모순의 격화와 그로 인한 농민반란, 특히 외적의 침입에 대한 애국주의적 투쟁 등의 사회적 현상을 중시해서 기술하는 양상을 보이고 있다. 결국 역사에 대한 해석이 일정하게 확립된 상태를 반영하여 문학도 그 사회적 성격을 반영하는 형태로 변화된다는 점을 일관되게 설명하는 형식이

다. 이에 반해서 근대문학의 기점문제나 근현대의 구분시점에서 변화를 보인
것은 북한이 종래의 학설과는 완연하게 다른 방식으로 근대를 파악하고 있는
점과 관련된다고 해석할 수 있다. 즉 북한사회의 정당성을 확립하기 위해서
역사해석에서도 나름의 방식을 수립하고 문학사의 시대구분에까지 적용하고
있는 것이다. 그것은 주로 김일성과 그 가계의 활동을 문학사에서까지 중요
한 사항으로 다루게 된 점과 관련된다. 근대의 기점은 개항이지만 이 시대에
는 김일성의 선조들의 문학행위가 중요한 것이 되고 1926년부터는 김일성의
문학행위가 핵심적인 자리를 차지하는 형태로 변화되고 있는 것이다. 결국
문학사의 체계화는 한편으로는 마르크스주의적 역사해석에 따르는 일반사에
문학사가 종속되는 형식을 의미하며 다른 한편으로는 '주체의 문학'이란 이념
에 압도되는 형태에 다름 아닌 것이다. 한국문학을 설명하는 범주들도 이 체
계화의 원칙에 종속되는 것이 『조선문학사』의 특징이라고 할 수 있다.

　한국문학을 해석하면서 새 문학사에 나타난 특징적인 범주는 애국주의이
다. 이 범주는 종전의 '통사'에서도 나타나기는 하지만 독립적인 형태라기 보
다는 인민성의 한 특성으로 설명되는 형식이었다. 그러나 새 문학사에서는
이 범주가 전면화된다. 예컨대 '통일신라'라는 개념이 사라지고 '신라에 의한
국토 남부의 통합과 발해국가의 성립'이란 서술이 나타나면서 역사에 대한
해석을 새롭게 하고 있을 뿐만 아니라 고려 전후기를 구분하는 경계선이 애
국주의의 발양과 관련해서 새로 조정되고 있고, 또한 17세기 문학을 다루는
항에서는 '반침략애국주의 문학'이란 항목을 별도로 설정하고 있으며 현대문
학 편에서는 반일투쟁과 항일투쟁, 조국해방전쟁, '미제국주의'에 반대하는
인민들의 투쟁이라는 관점을 전면화하고 있는 것이다. 특히 현대문학 편에서
는 각 장의 표제만을 보면 온통 외적으로부터 해방되기 위한 투쟁이 한국문
학의 지대한 관심사였던 것처럼 보이게끔 설정되어 있다. 그리고 이 양상은
90년대에 발간되고 있는 『조선문학사』에서는 더욱 심화된다. '신라에 의한
국토남부의 통합과 발해국가의 성립'이란 이전의 표제는 '발해 및 후기신라
시기 문학'으로 바뀌어 신라의 비자주성, 반애국주의에 대해 발해의 독립 기
상을 우월한 것으로 높이 평가하는 양상을 보이고 있다. 이것은 한반도의 북

쪽에 위치한 북한의 정통성을 주장하려는 의지와도 관련된다고 해석할 수 있지만 그 외에도 애국적이냐 아니냐는 문학에 대한 가치평가의 핵심적 기준으로서 애국주의의 위상을 명백히 나타내는 것이다. 예를 들어 식민지시기의 문학은 계급성과 애국주의가 양대 지주로 되고 있는 것으로 표현된다. 그 애국주의의 최정점에 김일성의 항일무장투쟁이 놓이는 것임은 물론이다. 결국 체제위기를 맞고 있는 북한의 내부 사정이 문학사 기술에서도 외적에 대한 애국적 투쟁을 강조하는 형태를 초래한 것이라고 할 수 있다. 이러한 애국주의와 병행해서 북한의 한국문학 해석에 주요한 범주로 등장하는 것이 인민의 자주성이라는 개념이다. 인민이 사회적 모순이나 외적의 침략에 대해서 자주적 능동적으로 대항하는 양상을 강조하는 것이다. 예컨대 고려 후기의 농민반란이라든가 봉건체제를 비판하는 내용의 인민문학이 서술의 중요한 사항으로 자리잡으며 인민의 정서와 관점을 대변하는 문학이 우선적인 서술의 대상이 되고 있다.

(2) 해석의 구체적 양상과 미적 범주

70년대 판『조선문학사』는 이전의 문학사에 비해 훨씬 더 풍부한 자료를 바탕으로 서술되고 작품 상호간의 관계성을 강조하는 발전된 서술형태를 취하고 있기 때문에 어떤 작가나 작품이 서술 대상에 포함되어 있는가 하는 문제만을 고려하는 것은 한국문학에 대한 북한의 해석의 특이성을 고찰하는 데 그다지 적실성이 없다. 종래의 관점을 통해 긍정적인 평가를 받을 수 있는 소지를 지녔던 작품들이 대량 새롭게 문학사 속에 편입되고 있다고 할 수 있는 것이다. 그러나 이 가운데서도 주목해야 할 사실은 19세기말에서 1925년까지를 다룬 제2권에 김일성의 부모가 행했다고 하는 반일혁명문학이 중요한 서술대상으로 취급되고 있고, 1926년에서 1945년까지를 다룬 제3권에서는 김일성의 항일혁명문학이 절반 이상 70% 가량을 차지하고 있는 점이다. 이로 인해서 식민지시기 한국의 근대문학은 항일혁명문학과 프로문학만으로 이루어진 것으로 서술되고 있다. 이광수를 비롯한 수많은 작가들은 거의 존재조차 찾아볼수 없는 형태로 바뀐 것이다. 그에 비해서 김일성의 혁명가요, 혁명가극, 혁명

연극 등 소위 '고전적 로작'은 문학사의 중심적 자리를 차지하게 된다.

주체의 관점과 그 방법론에 기초하고 있다고 하는 새 문학사는 고대문학 편의 서술에서 매우 일관된 모습을 보여주고 있다. 원시문학에는 「구지가」를 중심적인 해설의 대상으로 제시하고 고대문학 편에서는 건국신화 및 설화와 서정가요인 「공후인」을 상세하게 설명하고 있다. 봉건사회가 성립한 시점은 삼국시대의 성립으로 보고 있으며 그 이후의 중세 동안 문학의 성쇠는 시대의 추이에 따른 것으로 서술하고 있다. 단순히 시가와 산문으로 나누어 각 시대의 문학을 살펴 보던 방식을 지양하여 시대적인 특성에 따라 특징적인 양상을 집중적으로 설명하고 있다. 예컨대 향가의 성행과 한자시의 발전을 한데 묶어 설명하는가 하면 문화유산수집 편찬사업을 서술 항목으로 설정하기도 하며 임진·병자 양란 직후에는 '반침략애국주의문학의 발전'이란 항목을 설정하기도 한다. 또한 18~19세기 중엽의 문학을 설명하는 데서는 '문학에서의 근대적 요소'를 별도로 설명하는 방식을 취하기도 한다. 문학사의 단절 개념을 불식하고 자주적 발전을 강조하기 위한 조처를 취하고 있는 셈이다. 실례를 들어보면 소설에서의 근대적 요소를 설명한 내용은 다음과 같이 제시된다.

근대문학에로의 지향성이 강화된 것은 18~19세기 중엽의 문학의 일반적 특징으로 되고 있다. 문학에서의 근대적 요소는 봉건사회의 멸망이 가까워올수록 더욱 장성 강화되었다. 소설문학에서도 봉건사회의 붕괴기에 상응하게 근대소설에로의 지향성이 강화되었으며 그것은 19세기에 와서 더욱 두드러지게 나타났다. 19세기 소설문학에서의 근대적 요소의 강화는 봉건사회가 전면적 붕괴에 직면하고 자본주의적 관계가 장성 발전하던 이 시기 현실의 반영이었다. 이 시기의 소설들이 인간의 성격과 생활을 상품화폐관계와 결부시켜 묘사하거나 시정인들의 생활과 인정세태를 적지 않게 취급하고 향락적이며 렵기적인 기분과 취미를 반영하고 있는 것 등은 이전시기의 소설들에서는 보지 못한 새로운 측면들이다. 19세기에 창작된 소설 「리춘풍전」과 앞의 절에서 취급한 소설 「배비장전」 등은 이러한 특성을 잘 보여준다."73)

『조선문학사』가 근대적 요소라고 하는 것은 반영되는 현실이 근대적 요소를 지니고 있다는 점 외에 예술적 측면에서도 근대적 특성이 나타나기 때문이다. 예술적 측면의 근대적 요소에 대해서는 다음과 같이 서술하고 있다.

> 무엇보다도 사건의 발전과 얽음새 구성에서 중세소설의 거의 필수적인 수단으로 작용되고 있던 환상과 종교적이며 미신적인 계기 등이 이 시기 소설에 와서는 상당한 정도로 없어졌거나 어떤 소설들에서는 완전히 없어지고 사건이 현실적 계기에 의하여 사실주의적 진실성을 가지고 발생발전하고 있다."74)

문학의 근대성과 사실주의의 발전을 긴밀하게 연결시켜 보는 관점이다. 중세적 관습과 신념에서 탈각하는 데 중요한 역할을 하는 계몽주의적 내용과 함께 소설의 형식적 리얼리즘을 근대적 요소의 중요한 관건으로 보는 것이다. 그러나 『조선문학사』의 사실주의에 대한 개념은 종전의 문학사와 약간 달라진 개념을 지니고 있다. 그와 같이 된 데는 주체사상이 문학이론에도 반영되었기 때문인데, 예컨대 사실주의의 전형성 개념에 약간의 변화가 나타난다. 그것은 전형이 사회적 관계의 총체적 체현자로서의 성격보다는 적극적이고 전위적인 인물이어야 한다는 주체사상과 그에 기반한 주체문예이론에서 유래하는 관점의 소산이다. 이 양상은 이기영의 『고향』에 대한 설명에서 엿볼 수 있다.

> 『고향』은 이러한 사상예술적 성과와 함께 일런의 부족점과 제한성을 발로시키고 있다. 무엇보다도 소설은 1920년대의 사회력사적 현실을 묘사대상으로 하고 있으나 그것을 1930년대의 시대적 높이 다시 말하여 로동자, 농민들의 대중적 투쟁이 앙양되고 있던 혁명 발전의 새로운 단계의 높이에서 일반화하지 못하고 있다. 소설에는 우리 나라에서의 사회적 모순의 근본 바탕으로 되는 일제 침략자와 조선인민간의 대립과 투

---

73) 사회과학원 문학연구소, 조선문학사 1권, 과학백과사전출판사, 1977, 469쪽.
74) 앞의 책, 469~170쪽.

쟁이 형상적인 내용을 통하여 반영되고 있지 않다. 그리고 원터마을의 소작쟁의에서 마름 안승학의 개인 가정사를 가지고 그를 역경에 몰아넣어 요구조건을 관철하는 것이나 그의 딸 안갑숙이 마련해주는 구제금으로 기울어지던 립도투쟁을 지탱해나가는 것은 다 전형적인 투쟁방법이라고 볼 수 없다. 특히 김희준의 애정륜리생활은 농민운동을 지도하는 사람의 풍모와는 심히 배치되게 형상되고 있다. 김희준은 봉건적인 조혼제도와 강제결혼의 희생자이며 따라서 심각한 심리적 고통을 체험하는 불우한 처지에 있는 인물이다. 이러한 그를 통하여 작가가 봉건적인 유습의 폐해를 폭로 비판한 것은 정당하나 그것을 극복하기까지의 희준이의 성격을 소부르조아적 애정륜리 비판에서 형상되고 있다. 여기에 방개와 인동이, 경호와 갑숙이의 애정선이 또한 겹침으로써 전반적으로는 소설에서의 사회계급적 관계의 선이 약화되고 있다. 또한 두레를 조직하는데서 투쟁대상인 안승학에게 문의할뿐더러 그에게서 돈을 변통하는 것, 안승학이 20년 전만 해도 찌그러진 오막살이에서 콩나물 죽으로 살았다는 것, 안갑숙이를 공장로동자들의 선두에 서게 한 것 등은 계급투쟁의 엄혹한 현실을 왜곡하고 작품의 정치사상적 내용을 흐리게 하고 있다. 이 모든 것은 작가 자신이 항일혁명투쟁의 혁명적 영향 밑에 작품을 창작하였음에도 불구하고 위대한 수령님의 혁명사상과 그를 구현하고 있는 조선혁명에 관한 주체적인 로선과 전략전술을 깊이 체득하지 못한 데로부터 당대 현실을 력사적 진실과 시대적 요구의 견지에서 옳게 리해하고 반영하지 못한 결과이다"[75]

이 인용문은 마르크스 레닌주의 이론에 근거한 전형 개념과 주체사상에 기초한 문학이론의 전형 개념 사이에 개재한 차이를 잘 보여 주고 있다. 사회적 관계의 총화로서 인물이 형성되어야 할 것인지 아니면 자주적이고 의식적이며 창조적인 능동적 인물, 적극적 인물이 형상화되어야 할지에 대해서 명확한 관점을 나타내주는 것이다. 인용문에서는 1920년대의 현실을 그린다할지라도 30년대의 시대적 높이에서 그려야 한다는 관점이 나타나 있으며 긍정적인 주인공은 조그만치의 도덕적 흠결이나 계급성에 하자가 없어야 한다는 관

---

75) 앞의 책 3권, 447~448쪽.

점, 또한 김일성의 혁명노선과 전략전술에 입각해야 한다는 관점이 분명하게 제시되고 있다. 결국 이념을 위해서 역사적 진실성이나 사실성을 포기하라는 요구라고 할 수 있는 이 전형 개념은 김일성의 항일혁명문학에 가장 잘 구현되어 있다는 것이 70년대 이후의 북한의 문학사가 취하는 기본 관점이다. 『조선문학사』에서 긍정적으로 파악하는 전형 개념은 고전적 명작이라고 서술되는 피바다의 주인공에 대한 설명에서 찾을 수 있다. 주인공인 을남이 어머니의 '성격에서 가장 중요한 핵을 이루는 것은 위대한 수령님과 혁명에 대한 끝없는 충실성'이라고 설명하고 있는 것이다. 이 관점은 북한에서 당성, 계급성, 인민성의 개념이 상호 긴밀히 연관되면서 소위 3위 일체이론에 기반하여 정립된다. 즉 인민의 뜻은 당을 통해 가장 잘 집약되고 수령은 당의 뜻을 가장 잘 반영하므로 수령을 잘 형상화하는 것은 곧 인민의 뜻을 표현하게 된다는 순환론적인 이론이다. 이 관점에서 전형은 수령의 혁명로선과 전략전술을 이행하는 적극적 주인공인데 그에게는 도덕적 흠결이 있어서는 안되는 것이다. 결국 70년대 이후 북한의 문학사가 사실주의적 발전과 문학발전의 합법칙성을 긴밀하게 결부시킨다고 할 때 그 귀결점은 이른바 '주체의 문학'에 이르는 도정의 설명이 될 수밖에 없는 것이다. 90년대 들어서 가요 「나의 조국」의 종자를 발전시켜 만들어진 다부작 영화 「민족과 운명」이 김정일의 지도하에 집체작으로 창작되고 그것을 주체문학을 건설하는 토대로 하여 문학예술의 전환을 꾀하는 것76)은 북한에서 애국주의가 갖는 의미를 잘 나타내준다. 그것은 달리 말하면 북한이 외부세계에 대하여 느끼는 외포심으로 인해 자주성을 실현하는 애국주의 문학, 주체의 문학을 강조하는 현실을 잘 보여준다.

4) 해석에 나타난 문제점

북한이 한국문학을 해석하는 기본 관점은 체제 이념인 사회주의에 의해 규정된다. 그것이 마르크스 레닌주의적인 것인지 주체의 이론에 의한 것인지

---

76) 김정일, 「다부작예술영화 <민족과 운명>의 창작성과에 토대하여 문학예술 건설에서 새로운 전환을 일으키자」, 조선로동당출판사, 1992.

시기적으로 구분된다고 할지라도 밑바탕에 사회주의의 관점이 깊숙이 자리 잡고 있다. 그러나 이 양태는 북한이 처한 상황에 따라 점차 바뀌어간다. 그것은 체제의 존속을 위한 갖가지 노력들과 관련되는 것으로서 주체사상도 그 한 양태에 지나지 않는다. 그렇기 때문에 한국문학에 대한 북한의 해석을 남한의 관점에서 일방적으로 매도하는 것에는 약간의 문제가 있다. 존립 자체가 위협받고 있다고 할 때 그 위기를 벗어나기 위한 시도는 모든 존재의 본능에 가까운 것이라고 할 수 있기 때문이다. 이 관점에서 북한을 올바로 이해하는 데는 내재적인 방법이 타당하다는 주장이 나올 수 있다. 북한인 자신들의 처지에서 그들의 체제와 행위를 이해해야 한다는 관점이다. 그러나 이와 같이 내재적인 관점의 정당성을 주장하는 데 일리가 없는 것은 아니지만 북한의 상황이 꼭 현재와 같은 행태를 가져올 수 밖에 없다고 보는 데도 억지가 없지 않다. 즉 북한의 처지를 충분히 내재적인 관점에서 파악하면서도 그에 대해 비판할 수 있는 여건을 확보해 가는 것이 필요한 것이다.

지금까지의 고찰을 통해서 드러난 것은 북한의 문학사가 애국주의, 주체사상의 노선으로 치달리게 된 데는 필연적인 이유가 있다는 점이다. 그러나 그 상황을 이해한다고 해도 주체사상이 등장하면서 북한의 문학사가 심각하게 실제의 상태를 왜곡한 사실에 대해서 비난을 면할 수는 없다. 그 양상은 고전문학보다 현대문학에서 더 자심하지만 고전문학부분의 서술에서도 '주체문학'의 틀에 끼워 맞추기 위한 조작이 행해지고 있다. 이것은 문학사의 체계화에서나 개별 작가 작품의 설명에서 다같이 드러난다. 더욱이 이 주체사상의 영향은 미적 범주의 영역에서도 심대한 변화를 낳는다. 앞에서 전형이론에 나타난 변형을 간략하게 다루었지만 당성, 인민성의 범주들에도 약간의 변화가 있다는 것은 여러 측면에서 분명하게 드러난다. 즉 문학을 해석하는 틀이 바뀜으로써 북한의 문학사는 초기의 『조선문학통사』가 갖추고 있던 일정 정도의 객관성조차 유지하지 못하고 있다. 그 가장 대표적인 예가 근현대문학편의 김일성 가계에 대한 서술임은 말할 것도 없다. 근대 이후의 문학은 온통 김일성과 관련된 창작행위가 최고의 수준에 이른 것이고 다른 여타의 문학은 그 영향 하에서 얼마간의 성과를 획득한 것으로 평가되고 있다. 이러한 실상은 아무리 내재적인 관점에 입각한다고 할지라도 결코 정당화될 수 없는 문학사의 왜곡이다. 결국 북한의 문학사는 주체사상이라는 이름을 빈 김일성우상화의 산물로 변질되고 만 것이다. 다만 북한의 한국문학 해석에서 참고할 만한 것은 인민 대중의 문학행위를 중요하게 여기고 최대한 가치를 부여하기 위해서 노력한 점이라고 할 수 있다. 이 점은 남한의 문학 해석과 일정하게 대조되는 긍정적 양상이라 판단할 수 있고 그런 점에서 반면교사의 역할을 하고 있다. 이와 함께 북한의 문학사가 남한의 문학사에 비해 가요나 극가, 희곡, 산문 등에 가치부여를 하고 있는 양상은 시와 소설만을 중시하는 남한 문학사에서 눈여겨 볼 부분이다. 이 같은 접근 태도는 문학, 나아가서 문화 전반에 대한 이해에서 시 소설에 치중하는 입장보다 훨씬 더 유연한 자세를 가능하게 한다고 평가할 수 있다.

3. 외국학계의 한국문학 연구 현황

1) 연변을 비롯한 중국 학계의 한국문학 해석

20세기 들어 일본 제국주의의 침략으로 우리와 중국 간의 문화교류가 단절되기 시작하고 더욱이 남한의 경우, 1949년 중화인민공화국의 수립 및 곧 이어 1950년 한국전쟁에 중국이 '인민지원군'이라는 명목으로 군대를 파견하여 참전한 이후로 1992년 한중수교가 체결되기 이전까지 40여년간 중국과의 문화 교류는 완벽하게 단절되었다. 물론 북한의 경우 중화인민공화국 수립 이후 중국과의 문화교류가 활발히 이뤄지고 우리 문학이 그 어느 시기보다도 중국에 널리 소개되며 중국에서 우리 문학의 연구가 더욱 널리 진행되어 왔었다. 따라서 지금까지의 중국 학계에서의 한국문학 해석은 거의 북한학계의 한국문학 해석을 준거로 하여 이뤄져 왔다. 물론 중국 학계의 한국문학 해석은 역시 북한학계와 상대적으로 밀접한 관계를 맺고 있던 중국 조선족들의 연구와 역시 많이 관련되어 있다. 따라서 이 글에서는 중국 학계의 한국문학 해석에 많은 영향력을 미치고 실제 이를 주도해온 셈인 중국 조선족 특히 연변을 중심으로 한 조선족 연구자들의 한국문학의 해석의 실상을 먼저 밝혀보고, 다음으로 이와 관련된 중국 학계의 한국문학 해석을 밝혀 보고자 한다.

중국엔 길림성, 흑룡강성, 요녕성을 중심으로 약 180만명의 우리 민족이 살고 있는데, 그 중에서 반 수에 해당하는 자들은 길림성 연변 조선족 자치주에 모여 살고 있다. 우리 민족 대부분이 모여 살고 있는 동북삼성은 고대 우리 민족의 영토였을 뿐만 아니라 식민지 시대 전 기간을 통해 유이민과 항일 민족해방투쟁으로 대표되는 땅이다. 따라서 그 곳은 이러한 역사적 경험과 현재 우리 민족이 대규모로 살고 있다는 민족적 동질성에 의해 국가적 차별성을 넘어서 우리와 연결되고 있다. 물론 연변의 문학은 자기 나름대로의 독자적인 길을 걸어 왔으며 따라서 그들은 조국의 문학과 일정한 거리를 유지하고 있기는 하다. 이 글에서는 이러한 점들에 착안하여 그들이 한국문학을 어떻게 해석하고 있으며, 이러한 해석들이 중국 전체의 한국문학 해석에 어떠한 영향을 미치고 있는가를 살펴보고자 한다.

우선 연변의 한국문학 해석의 실체를 알아보기 위해서 조선족 출신의 학자가 기술한 한국문학사의 모습을 검토해볼 필요가 있다. 조선족 학자들의 문학사 저작물로는 필자가 조사해본 바로는, 허문섭의 『조선고전문학사』(료녕인민출판사, 1985. 9.)와 박충록의 『조선문학간사』(연변인민출판사, 1987. 5.) 등이 그 대표적인 것이다. 그리고 우리 문학사를 외국문학사 안에서 소개한 저작물로 정판룡의 『외국문학사 4권』(길림인민출판사, 1980~1981) 등이 있다.[77] 이 중 조선족들의 중학교와 대학에서 교과서로 이용되고 있으며, 조선족 내의 우리문학의 연구 성과를 가늠해볼 수 있는 대표적인 한국문학사인 박충록의 『조선문학간사』를 통해 조선족의 한국문학 해석의 모습을 살펴 보고자 한다. 저자인 박충록은 물론 1938년 길림성 연길시에서 출생한 조선족으로서 1953년 연변대학 사범학부 조선어문학과를 졸업하고 현재까지 북경대학의 교수로 재직하고 있는 조선족의 대표적인 한국문학 연구자이다.[78]

---

77) 자세한 내용은 서일권·정판룡, 「중국에서의 조선문학의 전파와 연구(2)」, 연변사회과학원 문학예술연구소, 『문학과예술 51』, 1989. 1~2. 참고.

『조선문학간사』는 1988년 남한에서 『한국민중문학사』(열사람)라는 제목으로 출간된 바 있다.

우선 이 책의 가장 두드러진 특징 중의 하나는 지배계급의 입장이 아닌 민중의 입장에서 한국문학사를 고찰하고 있다는 점이다. 특히 한국민중이 외세의 침략에 대해 민족의 자주성과 동질성을 지키기 위해 영웅적으로 투쟁하는 민족모순의 해결과정과 지배계급의 억압과 착취에 대항해 나선 민중들의 계급적 각성과 정서를 작품을 분석하는 데서 중요한 매개항으로 설정하고 있다. 즉 '진보'와 '애국주의'가 작가와 작품의 주요한 평가 기준이 된다. 이러한 입장은 물론 북한의 한국문학 해석 방식에 영향을 받고 있는 것으로 짐작된다.

따라서 문학사를 서술해나가는 근간이 되는 문학사의 시대구분에서도 북한의 공식적 입장을 준용하고 있다.[79] 이러한 점에서 연변 조선족의 우리문학 연구는 출발부터 북한의 압도적 영향 하에 놓여 있음을 짐작할 수 있다. 따라서 고대를 노예제 시대로, 중세를 봉건사회로 규정하면서 중세 및 중세문학의 시작을 삼국 시기부터 즉 기원전 1세기 초부터 잡고 있다. 이는 문학사 서술의 초점을 지배층과 피지배층 민중의 대립에 두고 있기 때문에 왕조의 교체가 중요한 기준이 되는 점에 연유한다. 또한 외세와의 투쟁을 역시 중시하기 때문에 임진왜란과 병자호란과 관련된 17세기를 독립된 시대 구분하고 있다.[80] 남한에서는 조동일의 『한국문학통사』가 대체로 이러한 시대 구분

---

78) 박충록은 북경대학 현임 교수 외에 중국조선문학연구회 상무이사, 중국작가협회 회원, 국제고려학회 회원을 역임하고 있으며, 그의 대표적 저서로는 『조선문학 간사』외에 『창강 김택영문학연구』, 『조선후기 3대 시인연구』, 『조선문학론고』, 『한국통일문학사론』(공저) 등이 있다.(장춘식, 「박충록선생 론문집 『조선문학론고』」, 『문학과예술 97』, 1996. 9~10. 참고).

79) 이하 김종철, 「공유된 문학사와 분단된 문학사」, 『창작과비평』, 1988. 겨울호, 참고.

80) 참고로 문학사 서술의 시대 구분을 살펴보면 다음과 같다.
   제1편 원시 및 고대문학
   제2편 중세문학
       제1장 삼국시기의 문학
       제2장 통일신라시기의 문학
       제3장 고려시기의 문학

을 하고 있다. 실제『조선문학간사』에 관철되고 있는 시대구분의 관점은, 조선족들의 우리 문학 연구에서 거의 일관되게 나타난다. 예컨대 전통민요 같은 장르의 사적 고찰을 전개하면서도 이를 원시사회, 노예사회, 봉건사회의 민요로 구분하고, 봉건사회의 민요를 삼국시기, 고려시기, 이조시기의 민요로 세분하고 있다.81) 이러한 관점은 장르 체계의 변화라는 문학사 자체의 논리를 고려하기 보다는 사회정치적인 관점이 강하게 개입하고 있는 것으로 평가된다.

그리고『조선문학간사』에서 근대문학의 성립은 19세기 후반, 정확히 1860년대 부터로 잡고 있다. 즉 1862년의 임술민란 이래 격화되는 계급모순, 그리고 1866년 미국 샤만호의 대동강 침입 이래의 구미자본주의 열강의 침략으로 인한 민족모순의 대두가 그 기준이 되는데, 이는 북한에서 근대문학의 출발을 1866년, 1871년의 양요 사건들의 시점에서 잡고, 근대문학을 자본주의적 외세에 대항한 민족해방투쟁의 문학으로 보는 관점과 역시 유사하다. 한편 근대문학은 1920년대 전반기에 끝난다고 보는데, 예컨대 근대문학을 자산계급 민족운동 시기의 문학이라 못박고, 다음 시기의 문학(1927년 이후)은 항일 혁명투쟁 시기의 문학으로 규정하고 있다. 1927년은 카프의 제1차 방향전환이 있었던 시기인데, 이 시점을 기준으로 시민계급의 진보성이 끝나고, 프롤레타리아 해방을 뚜렷한 목표로 내세운 목적의식기로 접어든다고 본다. 따라서 이 시기 이후의 항일혁명시가와 함께 목적의식기에 들어선 카프를 한국문

제4장 이조전기의 문학
제5장 이조중기의 문학
제6장 이조후기의 문학
제3편 근대문학(자산계급 민족운동 시기의 문학)
제1장 근대문학의 발생 발전과 반침략 반봉건 애국문학
제2장 일제의 조선 강점을 반대하는 애국적 지향을 반영한 문학
제3장 조선 민족 해방 투쟁의 새로운 발전과 진보적 문학
제4편 항일 혁명 투쟁시기의 문학
제1장 항일 무장 투쟁 준비시기와 항일 무장투쟁 시기의 혁명 문학
제2장 항일 혁명 투쟁의 혁명적 영향 하에서 창작된 진보적 문학
81) 조성일,「전통적 민요에 대한 사적 고찰」,『문학예술연구 14』, 1981.2.

학사의 중심으로 본다.

　이러한 시대 구분을 전제로 조선족의 한국문학 해석은 앞서 지적한 대로, 철두철미 민중의 입장에서 문학사를 파악하고 작품의 선정과 해석 및 평가도 이에 입각하고 있다. 즉 한 작품이 그 사회의 모순을 정확히 파악하고 있으며, 당대 현실의 여러 문제들에 대하여 올바른 예술적 해명을 주고 있는가의 여부에 그 평가 기준을 두고 있는 것이다. 예를 들자면 「공무도하가」의 경우 이 작품의 '백수광부'를 노예제 사회에서의 노예의 처지에 놓인 인물쯤으로 해석하고 있어, 그 해석이 남한에 비해 현란하거나, 턱없이 복잡하고 난해하게 만들지 않고 소박하게 해석하고 있다.82) 그리하여 작품 선택에서도 그 중요성은 알려져 있었지만 문학사적 위치는 상대적으로 낮게 자리매김되었던 작품들이 부각되는 경우가 적지 않다. 예컨대 임제의 우화소설 「재판받는 쥐」를 평가하면서, 이 작품이 부정적 주인공인 늙은쥐를 비롯하여 무려 84종의 동식물들의 의인화된 형상을 통하여 나라의 재산을 탕진하여 사리사욕을 채우는 탐관오리들과 부패하고 무능한 봉건통치자들을 폭로 비판한 점과 아울러 이를 형상화하기 위한 작가의 박식, 풍부한 환상과 상상 등 능숙한 표현 기교를 높이 평가한다.83) 그리고 『구운몽』, 『사씨남정기』보다는 『옥루몽』 같은 작품에 주목하여 이 작품이 당대 봉건통치자 내부의 부패상, 무능성을 폭넓게 폭로하였으며, 인물의 성격 부각에서도 개성화되고 전형화된 성격을 창조하여, 낭만주의 창작방법과 사실주의 창작방법을 결합하여 조선 후기 소설문학의 발전에 기여하고 있다고 평가한다.84) 아울러 「풍자시인 김삿갓」이라는 장을 독립적으로 설정하여, 김삿갓을 이조 말기의 창작적 개성을 가진 대표적인 풍자시인으로 설명하며, 그의 시에 나타난 "근로대중을 그지없이 동정한 민중시인"으로서의 민중적 성격이 그의 파격시의 시형식과 표현수법들에 반영되며 이는 그 이후의 창가형식, 나아가서는 현재 자유시 형식에로 나아가는 중간다리의 역할을 하고 있다고 평가한다.85)

---

82) 김종철, 앞의 글, 352쪽.
83) 박충록, 『한국민중문학사』, 열사람, 112~113쪽.
84) 같은 책, 181쪽.

　이러한 해석의 관점 및 태도는 여타의 조선족 학자들이 우리의 전통문학을 해석할 때 역시 일관되게 나타난다. 가령 향가에 지나온 역사의 거울로서의 의의를 부여하고 그 민족적 특성과 풍격의 발전에 있어서 중요한 역사적 밑천이 된다고 평가한다. 향가문학에서 「서동요」를 고대인민들의 근로생활과 삶의 행복에 대한 소박한 환상을 안받침하고 있다고 본다. 그리고 「풍요」를 당대 봉건사회에서 모진 고역과 빈궁에 시달리던 인민들의 신음소리가 담겨져 있으며, 불교 승려들의 기만성과 약탈성을 폭로하고 있다고 본다. 그리하여 이 작품은 그 뒤 오래동안 민간에서 방아를 찧거나 힘든 일을 할 때에도 계속 불리워졌는 바, 이는 그 민요적 특성을 잘 말해준다고 본다. 「혜성가」의 경우, 외적 격퇴를 위한 고대 인민들의 애국적 투쟁의 역사적 현실이 반영된 것으로 보기도 한다.86) 「안민가」에서는 작가의 사상적 지향은 유교의 봉건적 신분－계급관계에 기초한 왕도주의적 이상에 있으나, 시는 당시 날로 격화되어가던 사회계급적 모순과 도처에 유민들이 방황하고 있던 역사적 현실을 반영하고 있으며, 위정자들의 부패무능한 정치를 은근히 비판하는 진보적 사상 경향을 가지고 있다고 평가한다.87)

　그리고 고려가요가 고려 서민문학의 찬란한 예술적 성과를 집중적으로 과시하고 있다고 보며, 특히 12세기 후반기 무신란 이후 사회적 제 모순의 격화와 인민들의 반봉건의식의 장성, 도시경제의 발전에 따른 도시평민층의 사회 미학적 요구의 증장, 민간음악의 발전 등과 관련돼 있다고 본다. 그리고 고려가요는 향가와는 달리 기본적으로 당대 사회에서 천대와 멸시를 받고 있던 피압박인민들의 생활 감정, 특히는 남권전제의 봉건적 속박 하에 있던 광범한 부녀계층의 반예교적인 개성해방의 지향을 반영한 것으로 특징적이며 풍부한 인민성을 갖고 있다고 본다.88) 예컨대 「서경별곡」에 나타난 서정적 주인공은 농촌근로여성들의 소박한 애정세계와는 구별되는 시정적인 정서를

---

85) 같은 책, 188쪽.
86) 허문섭, 「『향가』와 그 문학사적 위치」, 『문학예술연구 9』, 1980. 9.
87) 같은 글, 24쪽.
88) 허문섭, 「『고려서정가요』의 시문학적 특성」, 『문학예술연구 10』, 1980. 10.

다분히 보여주고 있으며, 사랑과 이별의 착잡한 심리적 체험을 섬세하고도
생동한 시적 묘사를 통하여 보여 주며, 봉건윤리의 구속 하에 있던 피압박 평
민 부녀들의 정신적 고통과 불행한 사회적 처지를 비교적 진실하게 반영하고
있다고 설명한다.[89] 그 외에도 「동동」을 떠나간 님을 그리며 외롭게 살아가
는 한 도시평민부녀의 불우한 처지를 노래한 것이라든지, 「만전춘」, 「쌍화점」
등의 대부분의 연정가요들을 이 시기 서민시가의 반봉건예교적인 경향을 보
여 주고 있다고 평가한다. 그러나 흥미롭게도 시조 같은 문학 장르는 앞의 향
가나 고려 가요와 달리 그 장르의 사회적 성격에 대한 설명을 생략한다.

그런데 『조선문학간사』에는 민중의 입장에 선 문학사 서술이면서도 조선
후기 민중의식의 성장과 밀접한 관련이 있는 판소리, 사설시조, 가사의 변모,
탈춤의 발전 등을 일체 거론하지 않았다는 지적도 있다.[90] 물론 일면 타당한
지적이기도 하지만 이 책이 약사(略史)라는 탓에 기인하기도 한다. 그러나 판
소리 및 탈춤의 문학사적 의의는 남한의 연구 성과가 전혀 반영되지 않아 조
선족들의 전통문학 연구에서 상대적으로 취약한 부분이기도 하다.

한편 연변의 문학사 연구가 민중의 입장 외에, 외세에 대한 우리 민족의 주
체적 투쟁을 강조하는 것에 비해, 발해 시대의 문학을 거론하지 않는다든지,
임진왜란으로 인한 반침략 애국투쟁의 문학은 자세하게 그리고 적극적으로
분석, 평가하면서도 병자호란의 체험을 바탕으로 한 반침략 애국투쟁의 문학
은 구체적인 검토의 대상이 된 경우가 거의 없다. 예컨대 「왜장 청정」, 「강강
수월래」, 「쾌지나칭칭」, 「정방산가」 등과 같은 임진란 당시 조선민중의 애국
적 감정을 노래한 참요와 민요들, 임진왜란의 현실을 폭넓게 반영하고 조국
을 지켜 싸운 의병장들과 애국명장들을 형상화한 『임진록』, 박인로의 「선상
탄」, 「태평사」 등의 가사들에만 주목하고 있다. 이는 연변이 중국에 속해 있
는 사정에서 빚어진 결과라는 점을 쉽게 짐작해볼 수 있다.

근대문학 연구 분야에서 남한과의 차이점은 개화기 문학에서 역사전기 문
학이 고려되지 않고 있는데, 이는 역사전기물 자료의 부족에도 기인하지 않

---

89) 같은 글, 35쪽.
90) 김종철, 앞의 글, 354쪽.

는가 추측해본다. 단 개화기에서 이인직의『혈의루』대신『치악산』과 이해조의『자유종』을 대표작으로 꼽는데, 이는 친일문학적 성격을 갖고 있는『혈의루』를 배제한 북한 연구의 시각을 반영한 듯하다. 특히 1910년대에서 최남선, 이광수, 주요한 등의 문학이 거론조차 되지 않는 것은 역시 조선족의 연구가 북한 연구에 절대적 영향을 받고 있다는 또 하나의 예가 되는 셈이다. 대신 1910년대 문학을 신채호의 문학과「신아리랑」,「독립군가」등을 중심으로 서술하며 신채호를 진보적 낭만주의자로 규정하여, 높이 평가하는 것은 북한의 연구에 영향을 받은 것 뿐만 아니라 조선족 문학이 간도 등지의 망명문학을 계승하고 있다는 정통성을 확인하는 작업에서 이뤄진 결과라고 할 수 있다. 특히 1910년대의 대중창작가요들에 주목하여「아동십진가」,「신아리랑」,「3·1만세가」,「안중근의 노래」와 같은 여러 변종의 독립군가들이 풍자의 수법으로 열렬한 애국적 지향과 조국의 독립에 대한 절절한 염원들을 형상화하고 있어, 이 시기 뿐만 아니라, 1920년대 시문학 발전에 이바지한다고 본다.[91]

　1920년대 초반의 문학은 최서해, 나도향, 현진건, 이상화, 김소월로 짜여져 있어 실상에 거의 접근하고 있으나, 한용운의『님의침묵』, 염상섭의『만세전』등이 제외되어 있다. 한용운의 경우 1992년 한중수교 이후 남한의 문학연구에 접하게 된 연변에서도 그에 대한 논문들이 발표된다. 그러나 염상섭의 경우 일체 그에 대한 언급을 하지 않는 북한의 연구 경향에 영향을 받은 듯하다. 혹은 일제 시대 만주국에서의 그의 행적 등의 탓인지, 남한에서 염상섭이 주요하게 취급되는 것과 달리 전혀 소개되지 않고 있다. 1927년 이후에는 역시 이기영, 조명희, 강경애 등이 높이 평가되고 있다. 이는 이들의 북한에서의 문학사적 위치를 반영하는 듯하고, 조명희의 경우 망명 문인이라는 점과, 강경애의 경우 그의 문학의 많은 부분이 간도를 기반으로 하고 있다는 점에서 더욱 중요하게 평가되는 듯하다. 그리고 이 시기 남한의 연구와 많이 다른 부분이 남한에서 중요하게 평가되는 채만식 등의 언급이 없고, 염상섭의 경우 역시 그의 30년대의 대표적인『삼대』등이 그 언급에서 제외되었다. 남한 학

---

91) 박충록, 앞의 책, 218쪽.

계가 『삼대』를 염상섭 작품에서 뿐만 아니라, 식민지 시대의 작품 중에서 가장 뛰어난 작품 중의 하나로 꼽는 데 대부분 동의를 하고 있다는 점에 비춰볼 때, 연변의 근대문학사 서술은 북한과 비슷한 편향을 드러내고 있다.

한편 『조선문학간사』에서는 작가 및 작품에 대한 실증적 오류들이 자주 눈에 띄는데92), 이러한 문제들을 통해 연변의 우리 문학 연구의 수준을 가늠해 볼 수 있기도 하다. 이상으로 『조선문학간사』를 통해 연변의 우리 문학 해석의 대체적인 틀을 살펴 보았다. 그러면 실제 각론으로 들어가 연변에서 우리 문학에 대한 해석들이 어떠한 방향으로 이뤄지고 있는가를 구체적으로 살펴 보고자 한다.

연변의 한국문학 연구 기구로는 연변문학예술계련합회 및 중국작가협회 연변분회도 있지만, 연변대학의 조선언어문학연구소 산하의 조선문학연구실과 연변 사회과학원의 문학예술연구소 등이 그 중심적 역할을 맡고 있다. 물론 연변대학 조선언어문학 학부에서는 일찍부터 조선문학을 필수과목으로 설정하고 두 개 학기에 나눠 강의하며 특히 본과생들에게 『조선문학사』를 강의하고 조선문학에 대한 특강 등을 실시, 석·박사 연구생도 양성하고 있다. 이 중 연변의 문학예술연구소를 중심으로 한 한국문학 연구 등을 통해 한국문학 해석의 특색을 알아보고자 한다. 특히 문학예술연구소에서 1980년 1월부터 간행되기 시작했으며, 조선족의 유일한 문예이론지인 『문학예술연구』 및 그의 후신인 『문학과예술』을 중심으로 이를 살펴 보고자 한다.

첫째, 연변의 한국문학 특히 고전문학 연구는, 연변 조선족 자치주가 중국에 길림성의 행정 구역의 하나라는 점에서, 그 성격에서 중국과의 관계가 고려되고 있다. 물론 문화적 연원으로 보아도 한국 민족의 고대 및 전통문화가 한문화권 내에 속하며 한중 두 나라의 문학 교류사가 2천년이나 되는 역사를 갖고 있기 때문에 이는 필연적일 수밖에 없다. 따라서 연변의 고전문학 연구에서는, 한국의 고전문학이 중국의 그것과 어떠한 관계를 맺고 있느냐에 초점을 맞추고자 하는 연구들이, 상당수를 차지하고 있다. 물론 이들 연

---

92) 가령 허균을 서자로 단정하여 『홍길동전』의 주인공 홍길동이 서자인 것과 작가의
    신분을 혼동한다든지 하는 등이다. 자세한 내용은 김종철, 앞의 글, 참고.

구는 한국문학에 대한 중국문학의 영향을 강조하기 보다는 중국에서의 한국
문학의 전파와 영향에 초점을 맞추고자 하는 주체적 태도들을 견지하고 있
기는 하다.

　가령 연변에서는 삼국 시기 최치원의 문학을 중요하게 평가하는데, 대체로
그의 문학을 당나라 시기의 문학사조와 연계시켜 비교, 연구하는 글들이 많
다. 구체적 사실을 기술해보자면 최치원이 유학하던 시기, 당나라에서는 형
식주의적인 귀족문학에 대치하여 나선 사실주의 문학이 비약적으로 발전하
고 있었는데, 최치원은 바로 이러한 풍부한 중국문학 유산과 진보적인 사실
주의 문학사조의 영향 하에서 가장 **빠른** 지름길을 거쳐 당시 문학의 높은 수
준에 이르렀다고 본다. 그리하여 자기의 방대한 양의 문학 실천으로서 조선
의 사실주의 문학을 새로운 단계로 끌어 올렸다고 본다. 요컨대 최치원의 사
실주의 작가로서의 진보성을 중조문화의 활발한 교류에서 이뤄진 결과로 본
다.93) 그리고 조선 후기에도 박지원, 홍대용 등의 북학파 문인과 그들이 교류
를 맺었던 청나라 문인들의 연계성을 해석하려고 한다든지 하여, 한국 고전
문학을 중국문학과 비교하는 관점에서 해석코자 하는 경향이 강하다. 즉 한
중 문화교류의 관점에서 한국의 고전문학이 해석되는 예가 많다.

　둘째,『조선문학간사』의 문학사 서술의 입장에서 확인했듯이, 연변에서 우
리의 고전 문학에 대한 해석작업의 기본 원칙과 이에 따른 작가 및 작품의
평가 기준은 민중성과 자주적 반외세 투쟁을 기초로 한 '진보'와 '애국주의'라
고 지적할 수 있다. 가령 중세 작가들의 경우 무력한 봉건제왕들의 만행 및
봉건관료 그리고 봉건체제에 맞서서 개성해방이나 개명군주의 군림을 주장
한 작가들이 중요시 평가되고 있다.

　그리하여 고려 시기에는 이규보가 중요하게 평가된다. 특히 이규보는 진보
적인 유물론적 미학관으로부터 출발하여 시가와 현실의 관계를 논증하면서,
시가는 객관현실의 반영이라는 견해를 뚜렷이 표명했다는 점에 중요한 의의
를 부여하고 있다. 즉 그는 문학의 사회적 작용에 대하여서도 명확한 인식을

---

93) 김동훈,「최치원과 그의 문학」,『문학예술연구 15』, 1981. 3, 18쪽.

가지고 있고, 이것은 당시의 반동 문인들에 대한 유력한 타격으로 되었다고 본다. 따라서 이규보는 조선 중세문학사상에서 거의 유일하게 시가의 사상 내용과 예술 형식에 대하여 비교적 완벽한 견해를 가지고 있었다고 본다. 아울러 이규보의 만년의 애국주의 시편들의 풍격을 언급하며, 이규보 자신이 바로 다양한 풍격의 소유자임을 지적한다.[94]특히 그의『동명왕편』은 민간역사, 신화, 전설의 기초 위에 형성된 낭만주의 장편 서사시로서, 이 작품의 미덕은 그가 인민 구전문학의 영향을 흡수하여, 사회적 현실생활의 본질을 심각히 인식했다는 점[95]을 들고 있다. 연변의 이규보에 대한 이러한 평가는 역시 북한의 문학 해석상의 문예사회학적 관점을 주요한 기준으로 놓는 경향을 반영하고 있다. 북한의 일부 학자들은 우리 사실주의 문학의 기원을 이규보에서 찾기까지 한다는 점을 상기할 필요가 있을 듯싶다.[96]

조선 시대에는 우선『금오신화』와 같은 소설집에 주목하는데, 그 이유를 조선의 꿋꿋한 주체의식을 살려 조선민족의 생활과 그들의 사상을 반영한 것이며, 조선에서는 맨 처음 나온 소설집이기 때문[97]이라고 본다. 그리고 조선 시대의 소설 중 역시『춘향전』등의 작품을 우리 민족의 가장 우수한 민족고전의 하나로 꼽는다. 그 이유는 이 작품이 이조 봉건사회 말기의 기본모순을 비교적 진실하게 반영했으며 광범한 인민 군중들의 봉건 통치 계급에 대한 반항정서와 투쟁정신을 정확히 묘사하여 강렬한 반봉건적인 정치경향성을 규정해주기 때문이다.[98]『심청전』의 경우 역시 이와 같은 원칙을 따르면서도 상당히 소박한 해석을 내리고 있는데, 예컨대 주인공 심청은 "조선 근로여성들의 아름답고 고상한 윤리도덕적 품성을 구현한 여성으로 형상화"[99] 했음을 지적한다.

---

94) 리암, 「리규보의 미학사상」, 『문학예술연구 21』, 1983. 1, 45쪽.

95) 리암, 「리규보의 《동명왕편》 과 민간문학」, 『문학예술연구 25』, 1984. 1, 15쪽.

96) 북한사회과학원 문학연구실 편, 『우리나라 문학에서 사실주의 발생, 발전 논쟁』, 사계절, 1989, 참고.

97) 한창희, 「김시습과 금오신화」, 『문학예술연구 23』, 1983. 3.

98) 정판룡, 「민족고전소설『춘향전』」에 대하여」, 『문학예술연구 5』, 1980. 5, 9쪽.

99) 서일권, 「고전소설『심청전』에 대하여」, 『문학예술연구 15』, 1981. 3, 29쪽.

시조의 경우 황진이의 시조들을 양반 사대부들의 시조와 비교하여 문학적으로 중요하게 평가하여 널리 소개하고 있는데, 그녀의 시조가 유교 교리의 속박을 벗어나서 개성의 자유로운 발현을 지향한 새로운 시적 세계를 보여주고 있기 때문이라고 본다.[100] 가사 장르에서는 『관동별곡』을 중요하게 평가하면서, 18세기 이후의 서민문학 개화에 적잖은 영향을 준 점을 지적하며 그 작품에 내재하고 있는 인민성(민중성)을 높이 사고, 아울러 연군사상과 청렴한 관리로서의 강직한 성격을 이 작품의 미덕으로 해석한다.[101] 연변에서는 가사문학의 경우, 가사문학 자체의 문학사적 의의는 물론이요, 15세기에 발생한 이 장르가 19세기 말과 20세기 초의 계몽기의 근대시가들에 의해 계승되는 점을 중요시 여긴다. 연변에서는 고전작가들의 경우 이외에도 임제, 권필, 윤선도, 정약용, 김삿갓, 황현, 이건창 등이 그 주요한 언급 대상이 된다.

그런데 이러한 고전문학에 대한 연변의 해석들은, 북한에서 조선 고전문학의 특성으로, 1) 애국주의 정신, 2) 고상한 도덕의식과 상호부조의 아름다운 기풍, 3) 현실반영의 민감성과 사실주의적 진실성, 4) 그 민족적 형식의 특성으로 우아하고 점잖으며 부드럽고 선명한 것, 우리말의 높고 낮음과 길고 짧음으로 인한 듣기에도 아름다운 억양을 들고 있는[102] 관점들과 아주 유사한 경향을 띠고 있다. 물론 연변에서는 이러한 종류의 해석 외에도 불교문화가 조선시가 문학에 미친 영향, 『단군세기』와 우리 시가문학의 관계라든지, 『춘향전』의 이본들을 연구하는 실증적 해석들도 간혹 눈에 띈다.

셋째, 연변의 고전문학에 대한 해석은 물론 사상성과 인민성을 선차적으로 중요시 여기지만, 예술적 성과도 아울러 중시 여긴다. 그러나 사상성과 예술성을 유기적으로 통합 시키고 있다기 보다는 이원화하여 기술하는 느낌을 갖게 한다. 가령 모든 논문들이 전반부에서 작품의 사상성과 인민성에 대한 지적을 하고, 후반부에는 인민성과 관련된 예술성을 설명하는 기술 체계를 유

---

100) 김용식, 「황진이와 그의 시문학」, 『문학예술연구 14』, 1981. 2, 21쪽.
　　　丞丞", 「황진이의 생애와 그의 시문학」, 『문학과예술 28』, 1985. 2.
101) 김기종, 「『관동별곡』의 언어구사」, 『문학예술연구 5』, 1980. 5, 13쪽.
102) 김하명, 「조선고전문학의 민족적 특성」, 『문학과예술 43』, 1987. 9～10.

지한다. 단 그 양자가 조화로운 유기적인 관계를 갖고 있지는 못하다. 예컨대 『춘향전』을 해석하면서 전반부에서 그 심각한 사상성과 인민성을 지적하고 후반부는 예술형상의 수준을 살펴 보면서 객관적이며 사실적인 묘사, 언어는 당시 인민들의 구두어에 접근하고 있으며 운문적인 독특한 판소리 문체를 갖고 있다는 평가를 하는데103), 이 양자의 문제가 유기적으로 연결되고 있지는 않는다는 느낌을 받는다. 따라서 연변의 문학 형식에 대한 해석은 상당히 단조로운 느낌을 주는데, 가령 『관동별곡』을 해석하면서도 전반부의 주제적 측면의 분석과 유기적 관계를 맺지 않은 채, 다채로운 문체 구성, 주옥처럼 다듬어진 시어, 약동하는 음악적 리듬 등104)이니 하는 소박한 수준의 형식 분석들을 하고 있다. 한편 『춘향전』의 해석에서 볼 수 있듯이, 연변 역시 미학상의 사실주의적 특성을 강조하고 있는데, 『심청전』의 경우에도, 맹인으로서의 심봉사의 성격적 특징이 아주 실감있게 묘사됨을 높이 평가하고 있다. 그리고 『심청전』이 갖고 있는 비극과 희극의 부단한 교체 및 사실주의와 낭만주의가 서로 결합되는 양상에 주목한다.105)

넷째, 연변의 고전문학 해석은 역시 북한의 문학 해석과 같이 문학의 민중성을 높이 사고 있어, 구비문학에 대한 연구가 상대적으로 활발한 편이다. 즉 인민이 문학의 소재일 뿐 아니라, 향수자이며 창조자이어야 한다는 입장에서 문학의 인민성이 한껏 구현되는 구비문학에 대한 관심이 높다. 가령 전통적 민요 및 '아리랑 문학'에 대한 연구에 상대적으로 많은 부분을 할애하고 있다. 이는 "우리민족의 전통적 민요가 인민들과 함께 세상에 태어나 모진 풍파를 겪으면서 건실하게 자라왔으며 자기의 내용과 형식을 간단없이 풍부하고 세련시켜 왔기"106) 때문임을 지적한다. 민요 중에도 노동민요에 관심이 많고 「성주풀이」 같은 서사무가 장르 등에 대한 분석들도 눈에 띈다.

다음으로 연변의 한국 근대문학 해석에 나타나는 첫번째 특징적인 성격은

---

103) 정판룡, 앞의 글, 9쪽.
104) 김기종, 앞의 글, 16쪽.
105) 서일권, 앞의 글.
106) 조성일, 앞의 글, 21쪽.

김택영, 신채호 등 식민지 시기 중국으로 이주했던 망명작가에 대한 연구에 많은 관심을 기울이고 있다는 점이다. 가령 김택영(1850~1927)의 경우 조선 봉건사회의 붕괴기에 직면하여 그 봉건체제가 근저로부터 뒤흔들리기 시작한 때로부터 조선이 일제 식민통치 하에서 망국의 설움을 당하던 시기에 중국에 망명하여(1904~1927), 1912년 중국적에 가입하고 중국문인들과 널리 사귀면서 애국문화운동을 활발하게 전개한 자로서, 연변에서는 그를 중요한 애국시인이자 애국산문작가로 평가하고 있다.[107] 그리하여 근자 연변대학 고적연구소에서는 김택영 문학 유고 정리 사업에 착수하여 그 작업을 진행하고 있으며, 1996년에는 그의 탄신 85돌을 기념하는 학술토론회도 가진 바 있다. 그리고 신채호의 경우 현대 조선의 애국적인 시인으로 주목하여, 김병민 등의 조선족 학자들에 의해 기존에 알려진 그의 문학작품 뿐만 아니라, 그의 유고시, 문학평론을 포함한 심층있는 연구 작업을 진행해오고 있다. 그 외에도 중국으로 망명한 의병장 출신의 유인석의 시 등에도 관심을 보이고 있다.

그리고 망명 문인 외에도 일제 시대 중국에서 활동하던 조선족 문인들을 중요하게 평가한다. 남한 학계에서도 이들을 적극적으로 연구 대상으로 수용하여 우리의 문학사를 풍요롭게 꾸밀 소지도 있는 듯하다. 가령 안중근의 시라든지, 중국 조선족 시를 개척한 중요한 문인으로 평가되는 리욱(1907~1984, 블라디보스톡 고려촌 생) 등의 조선족 시인들을 비롯한 김소래(중건), 김창걸, 김학철 등의 시인 및 작가들 역시 남한 학계의 해석을 필요로 하는 부분이다.

한편 남한의 문학사와 문학연구에서도 이미 수용이 되고 있지만,『간도일보』,『민성보』,『만선일보』 그리고 중국조선족의 첫 소년월간잡지였던『카톨릭청년』 등에 게재된 중국 동북지역 조선족들의 문학 연구가 연변에서 강조되고 있다. 특히 1933년 용정에서 발족된 <북향회> 등의 문학동인 단체에 주목하여 이 단체의 기관지인『북향』에서 활동한 강경애, 박화성, 안수길, 박영준, 박계주 등의 문학에 많은 관심을 드러낸다. 연변에서는『북향』이 문학활

---

107) 박충록,「작가 김택영」,『문학예술연구 20』, 1982. 4.

동과 창작실천에서는 시종 민족의식을 강렬히 표현하고 사실주의적 경향이 농후했음을 지적한다.108) 그러나 이 중 안수길 등이 이주민의 고난의 역정을 사실주의적으로 반영하고 있기는 하지만, 모순과 투쟁을 회피하여 소설이 가져야 할 시대성이 약화되었다는 점을 한계로 지적한다.109) 즉 안수길은 모호한 민족주의에 빠져 민족의 운명을 근심하고 그 미래를 설계해보면서도 진정으로 민족을 구할 수 있는 길을 내다보지 못하였으며 일부 작품에서는 노골적으로 친일적 성향을 보여 주고 있다고 비판적으로 지적한다.110) 따라서 연변에서는 이들을 새롭게 발굴·조명하고 주목하면서도, 북한과 마찬가지의 입장에서 일제강점하의 문학사에서 프로문학과 항일유격대 문학을 그 우위에 놓고 그와 비교하여 여타의 문학 경향을 비판적 입장으로 보는 관점이 우세하다. 예컨대 1942년 연길에서 발행된『재만 조선문 시집』(김달진, 김북원, 김조규, 손소희, 유치환, 함형수 등의 시기 수록돼 있음) 등의 문학사적 의미를 일정하게 부여하면서도, 이들이 프로작가 또는 항일유격대 안의 항일시가의 사상 경지에는 이르지 못하고 있다고 평가한다.111) 한편 이들 외에도 역시 간도를 한때 그 문학의 근거로 했던 박계주, 강경애 등에 대한 연구들도 자주 눈에 띈다. 박계주의 경우 그가 연변 태생으로 1920년대 말에『간도일보』, 『민성보』등에 작품을 발표했으며, 1933년 조선에 나간 후에도 중국 동북 조선족 생활과 밀착한 작품을 창작했다는 점에서, 그를 중국조선족 문학사에서 중요하게 평가해야 한다112)고 본다. 주요섭의 경우도 1920년대 중국 상해에서 7년간 공부한 적이 있고, 그 후 또 북경 보인대학에서 10년간이나 교수로 생활한 만큼 중국의 조선족에게는 한결 더 가깝게 다가오는 작가로 인정, 1920년대 그의 신경향파적 소설 뿐만 아니라, 「사랑방손님과 어머니」 같은

---

108) 권철,「『북향회』의 전말」,『문학과예술 49』, 1988. 9~10, 67쪽.
109) 박상봉,「간도이주민의 수난의 력사를 반영한 안수길의 해방전 소설」,『문학과예술 57』, 1990. 1~2, 44쪽.
110) 리광일,「안수길의『북향보』에서의『북향정신』을 론함」,『문학과예술 75』, 1993. 1~2, 53쪽.
111) 리상봉,「『재만조선시인집』으로부터 본 민족의식」,『문학과예술 52』, 1989. 3~4.
112) 박충록,「박계주의 해방전 소설세계」,『문학과예술 97』, 1996. 9~10.

작품들이 그 주제적 성향에 관계 없이 연변에서 소개되고 있다.

한편 연변 용정중학교 초기 졸업생이었던 윤동주 문학에 대한 연변의 관심은 대단하여 1995년에는 자체적으로 윤동주 50기 기념학술토론을 가질 정도다. 윤동주의 연구에서 만큼은 연변이 북한 보다는 남한의 문제의식에 훨씬 가까운 편이다. 그리고 윤동주와 고종사촌간으로 그와 많은 문학적 교류를 가졌던 연변 출신의 송몽규 등에 대한 고찰도 활발하게 이뤄지고 있다. 따라서 연변에서는 김택영, 신채호, 윤동주 등을 조선족 문학의 선구자들로서 조선족 문학의 정체성을 확보할 수 있는 중요한 작가들로 평가하고 있다. 그리고 윤동주에는 못 미치지만 이육사 역시 암담하던 시대의 반일투사이자 민족저항시인으로 중요하게 평가된다. 즉 그는 비록 새 조국을 이룩하는 도정을 가리켜 주지는 못했으나 가혹한 당대 현실에서 민족의 넋을 고수하여 일제와 굴함 없이 싸운 점을 높이 평가한다. 그리고 '노신론'에서 보여준 혁명적 민주주의 사상 역시 마땅한 평가를 내려야 함을 강조한다.113)

둘째로 연변에서는 항일무장투쟁 시기 혁명 근거지에서 창작된 혁명시가, 연극에 대한 연구와 수집 사업이 널리 진행되고 있다. 특히 길림성은 김일성을 위시로 하는 항일 빨치산이 중국인들과 함께 공동으로 일제에 대항하여 싸웠던 전적지이기에, 연변대학이나 연변 문학예술연구소 등 학술연구기구와 많은 학자들이 이 시기의 문학을 수집하고 연구하는 것을 주요한 과제 중의 하나로 삼고 있다.114) 예컨대 연변 학자들이 발굴해낸『혈해지창』은 1930년대 후반기 연변의 항일근거지에서 창작되고 상연된 조선족 연극 가운데 구전한 작품으로 남아 있는 극본이다. 연변 학자들은 이 작품이 사상예술적 성과로 인하여 당시 혁명적 연극예술의 발전에 큰 기여가 있는 것은 물론 유격구의 군민들을 항일에 궐기 시키는 데 있어서도 유력한 무기가 되었다115)고 그 문학적 효용성을 높이 평가하고 있다. 그런데 필자가 확인한 바로는 그러

---

113) 김영규, 「륙사의 시가창작을 론함」,『문학과예술 54』, 1989. 7~8, 46쪽.
114) 서일권·정판룡, 「중국에서의 조선문학의 전파와 연구」,『국제조선문학논집』, 사회과학출판사, 1989, 62~63쪽.
115) 「혈해지창」,『문학예술연구 23』, 1983. 3.

한 항일 빨치산 문학에 대한 연구가, 북한 정권의 정통성을 뒷받침하기 위한 목적에서 이뤄지고 있다기 보다는 중국 내에서의 조선족들의 반일 투쟁의 정체성을 확립하기 위한 작업으로 이뤄지고 있다. 가령 1930년대 일본 제국주의자들이 중국 대륙에 침략했을 때, 중국 공산당의 영도 하에 항일의 봉화가 타오르고, 연변의 항일가요 등은 이러한 역사의 결과물인데, 이것들이 연변가요의 창작을 번영 시키는데 주요한 의의를 가졌다고 보고, 중조연대의 국제주의적 특질을 갖고 있음에 주목한다.116)

셋째, 고전문학 해석과 마찬가지로 근대문학 해석에서도 예의 애국주의를 찬양하고 봉건제도에 도전을 하면서 새로운 문학의 창조를 시도하여 성공한 작가, 시인들이 중요한 관심 대상이 된다.

따라서 1920년대의 시인에서는 단연 김소월이 그 주목의 대상이다. 특히 김소월의 후기에 잘 알려지지 않은 작품들을 대상으로 삼아 김소월이 일제 침략자에 대한 정신적 항거만을 하는 것이 아니라 행동적 의미의 항거도 하는 성격적 주인공을 창조함으로써 반침략 애국사상을 표현한 민족저항 시인임을 강조한다.117) 그리고 김소월의 경우 능란한 전형화의 수법과 아울러 조선어를 가장 아름답게 활용한 시인으로서 그의 시의 민족적 특성과 대중성을 고평한다.118) 그러나 김소월의 최종적 평가에서 북한 학계의 연구 경향을 그대로 반영하여 서정적 주인공들의 행동적인 반항은 극히 미약하며 목적의식적인 대중적 반항 투쟁을 보여주지 못해, 이상화를 중심으로 하는 카프 시인들과 같은 높은 단계에는 오르지 못한 비판적 사실주의 시인의 계열에 속한다고 본다. 단지 그것은 낮은 단계가 아닌 높은 단계의 비판적 사실주의로 규정한다.

한용운의 경우 『조선문학간사』에는 언급되어 있지 않지만, 그 역시 식민지 통치 하에서 신음하는 조선 인민의 민족적 수난과 비애와 나라의 독립에 대

---

116) 김덕균, 「훌륭한 문화유산-항일가요」, 『문학예술연구 2』, 1980. 2.
117) 리해산, 「민족적 저항시인 김소월-그의 미발표 자필유고를 두고」, 『문학과예술』, 1985. 1, 9쪽.
118) 박충록, 「김소월의 시문학에 대하여」, 『문학예술연구 16』, 1981. 4.

한 열망을 개성적으로 진실하게 반영한 애국시인으로 평가한다. 그러나 불교
도였던 만큼 애상적인 제약성과 함께 인과응보, 자비 등 불교사상과 관련된
시어들을 많이 쓴 제약성을 한계로 보고 있다.[119]

1920년대 소설에서는 나도향, 현진건, 조명희를 주목하고 있으나, 그 해석
의 수준은 상당히 소박한 편이다. 1920년대 작가로 김동인의 「배따라기」가
소개도 되었으나, 역시 이 작품이 연변 조선족들에게는 낯설은 듯, 남한 학자
의 의견으로 이 작품에 대한 해석을 대신하고 있다.

1930년대 문학의 경우 1980년 중국의 개혁, 개방 이후 그 동안 북한의 연구
에서 제외되어 왔던, 주요섭의 「사랑방 손님과 어머니」, 이효석의 「메밀꽃필
무렵」, 계용묵의 「백치아다다」, 최태응, 곽하신 등의 작품들이 소개되고 있다.
물론 연변에서는 북한과 달리 이들을 소개는 하고 있으나, 그 해석에서는 북
한의 해석과 같이 경직되고 원칙적인 것은 아닐지라도, 궁극적으로는 비판적
이다. 예컨대 이효석의 「메밀꽃 필무렵」의 경우, 1930년대 낭만주의 문학의
최고봉을 이루고 있는 작품이나, 주인공 허생원의 경우 사회 안에서 살아가
고 있는 다른 사람들의 공적인 문제와 아무런 관계를 가지지 않은 한계를 가
지고 있다[120]고 평가한다.

그런데 한중수교를 전후로 연변의 한국근현대문학 해석에서도 일정한 변
화들이 나타난다. 가령 작품, 작가 평가에서는 기존의 원칙을 그대로 따르고
있으나, 북한 문학사 및 연구에서 일방적으로 제외되어 왔던 작가, 작품들에
대한 소개 및 해석 등이 이뤄지고 있다. 가령 채미화의 「남조선 당대 시문학
과 서구문학」(『문학과예술 58』, 1990. 3~4) 등의 논문은, 1910년대부터 현재
의 남한문학에 이르기까지 서구의 문학 사조들이 한국시문학에 어떠한 영향
을 미쳤는가를 고찰하여, 비록 작가 소개의 범위에서 벗어나지 못한 것일지
언정, 일단 북한문학사에 의해 소외되었던 많은 시인들이 언급되고 있다. 즉
1910년대 프랑스를 위시한 유럽의 상징주의에 영향을 받은 주요한, 김억, 황
석우 등을 소개하고 있다. 그리고 1930년대 중기 모더니즘 운동에 영향을 받

---

119) 박충록, 「만해 한룡운의 시적세계」, 『문학과예술 51』, 1989. 1~2, 33쪽.
120) 일문, 「리효석과 『메밀꽃필무렵』」, 『문학과예술 76』, 1993. 3~4.

은 정지용, 김기림 등을 언급하고 있다. 연변에서 나온 다른 논문[121]에 의하면, 1930년대 이상의 시에 나타난 초현실적 창작 방법 상의 한계를 지적하고 있으면서도, 그의 시를 우리 민족시가 전통 안에 편입시켜야 한다는 주장도 있다. 한편 분단 이후 남한의 시문학 전개에 대해서도 개략적 기술을 한다. 1950년대에는 박인환, 김경린, 김수영 등을 언급하면서 그들이 서구문학의 사조들을 무분별하게 추종하여 그것의 수용의 의의에 대한 질문 없이 수사학만 차용하여 일대 공허한 혼란을 가져 왔다는 비판적 입장을 드러낸다. 그러나 김수영은 1930년대 이래 모더니즘 시의 한계 즉 기교주의적 말초화를 극복하고 민중성과 역사성을 회복하기 위해 노력했다고 중요하게 평가한다. 그리하여 그가 60년대에 와서 참여시인으로 나타날 수 있는 기초를 마련했다고 본다. 아울러 50년대에도 모더니즘의 단계를 거치지 않고 진지한 서정으로 현실을 포용하는 시인들로 구상, 신동문, 박봉우, 신동엽 등을 언급하고 있다. 1960년대 들어 와서는 김춘수, 전봉건, 송욱 등 실험적 기교주의파도 등장하지만, 4·19가 조성한 민중의식의 각성과 싸르트르의 실존주의 문학의 수용도 이뤄져 작가의 시대적 사명에 대한 윤리성의 문제를 새삼 제기한다고 본다. 그러한 예로 김수영, 신동엽, 신동문, 신경림, 조태일, 김지하 등이 창작한 일련의 시편들을 들고 있다. 이후 1970년대는 시집의 상품화 경향이 뚜렷해지기도 하지만, 시의 사회적 기능이 강조됨을 지적하며, 신경림 등에 의해 서구적인 근대화의 과정에서 소외된 농촌이나 노동자 계층에 대한 관심사를 자신의 시적 주제로 삼는다고 지적한다. 그리고 70년대에는 난해시 문제에 대한 시인들 자신의 자성의식이 높아진다고 보고, 이러한 반성은 서구편향적인 경향을 배격하고 민족적인 주체성을 살리자는 역사의식과 관련된 것으로 본다. 그리하여 백낙청의 민족문학론 및 제3세계 문학에 대한 관심은 서구문학의 한계를 넘어서고자 한 것으로 본다.

　이상에서 살펴 본 바와 같이 연변의 한국문학 해석은 북한과 같이 경직되어 있지는 않지만, 대체로 착실한 자료 검토 작업과 함께 문예사회학적 원칙,

---

121) 김경훈, 「20～30년대 현대시의 대표적 두 양상」, 『문학과예술 56』, 1989. 11～12.

좀더 구체적으로 마르크스-레닌주의의 관점을 그 기초로 삼으면서 더불어 문학에서 진보와 애국주의를 강조하고 있다. 그리고 최근에는 남한 문학에 대한 관심도 증대되고 있음을 확인할 수 있다. 물론 연변에서는 간혹 고대시가들을 해석하면서 신화원형적 해석의 방식 등도 차용하기는 하나, 이는 극히 예외적이다. 즉 연변에서도 서구의 다양한 문학방법론이 소개되고는 있지만122), 그것이 글자 그대로 소개 차원에서 끝나고 있을 뿐, 이를 문학 작품 해석에 구체적으로 적용하는 사례는 거의 없는 편이다.

연변이 아닌 중국 학계의 한국문학 해석은 역시 중국학자들이 출간한 문학사를 통해서 그 대체적인 윤곽을 살펴 볼 수 있다. 중국 한족의 한국문학사 저작물 중에 가장 대표적인 것이 위욱승(韋旭昇; 웨이쉬성)의 『조선문학사』(북경대학출판사, 1986)다. 저자는 1928년 중국 남경 생으로 1947년 당시 중국에서 한국어를 가르치는 유일한 학교인 국립동방어문전문학교 한국어과에서 공부했고, 1949년 부터는 북경대학 동방어문학부에서 조선언어문학을 전공했다. 그리고 1951년에는 실습차로 1년간 연변대학에 와서 공부하였고, 1953년 북경대학을 졸업한 뒤, 현재까지 북경대학 동방어문계에서 한국문학을 연구하고 가르치고 있다. 그는 1994년 현재 중국한국문학연구회 부회장직을 맡고 있기도 하며123), 한국고전문학작품들을 중국에 소개하는 데 있어서도 선구자적 역할을 했는데, 예컨대 『임진록』, 『구운몽』, 『사씨남정기』 등 국문소설들이 모두 그의 손을 거쳐 소개되었다.

일단 그의 『조선문학사』는 중국인에 의해 중국어로 씌여진 최초의 한국문학사란 점에서 그 의의가 있는데, 이 책은 중국의 각 대학 중문학부들의 교수 사업에 이용되고 있다. 저자의 말에 의할 것 같으면 이 문학사 저작은 이미 앞에서 언급한 바 있는 조선족 연구자인 허문섭의 『조선고전문학사』와 박충록의 『조선문학간사』, 그리고 북한의 『조선문학통사』와 조윤제의 『한국문학

---

122) 「신비평파의 문학비평원리」(『문학과예술 76』), 「독자중심의 접수미학리론」(동 77호), 「로씨야형식주의 문학비평리론」(동 78호), 「구조주의비평리론「(동 79호) 등의 이론 소개가 있다.
123) 위욱승의 『한국문학에 끼친 중국문학의 영향』(아세아문화사, 1994)의 약력 참고.

사』등이 참고가 되었다고 한다.124) 서술 방식은 요즘 출간되는 중국 서적들처럼 자유로운 입장에서 현재 한국학자들이 사용하는 포괄적 방법을 취하고 있다. 가령 문학사 서술의 골간이 되는 시대 구분의 문제에서 고대―노예제, 중세―봉건제와 같은 구분법이 아니라, 요새 남한에서 편의주의로 적용되고 있는 방법을 따라 1) 상고시대에서 삼국시대 2) 통일신라시대 3) 고려시대 4) 이조시대로 나누고 있으며, 이조시대는 다시 전기, 중기, 후기로 나눠 서술하였다. 즉 이러한 시대 구분은 연변 및 북한의 문학사 구분과 남한의 문학사 구분을 원칙 없이 혼효시킨 듯한 인상을 준다.

이 문학사는 기존의 한국문학사의 논의 구조를 거의 추수하고 있지만, 체제상 큰 특징은 한문학을 대대적으로 수렴하고 있다는 점이다. 특히 최치원, 이규보, 박지원, 정약용 등 중요한 한문학자는 장을 따로 만들어 서술하고 있고, 그 동안 그다지 주목하지 않았던 김삿갓의 문학을 크게 다루고 있다. 이는『조선문학간사』의 영향을 받은 듯한 점으로, 앞에서 살펴 보았듯이 중국 한족들이 연변 조선족들의 연구 성과를 많이 참조한데서 생긴 결과다. 특히 최치원, 박지원 등의 한문학을 중요시하는 것은 한국의 고전문학이 중국의 그것과 어떠한 관계를 맺고 있느냐에 초점을 맞추고 있기 때문으로 생각된다. 그러나 이 책은 한국문화를 중국문화의 하위 내지 아류로 보려는 '중화관념'은 조심스럽게 피하고 있다. 한 예로 근자에 다시 그 국적이 문제되고 있는「공후인」을 엄연히 한국인의 것으로 다루고 있다는 점을 들 수 있겠다. 그러나 역시 이 문학사의 가장 큰 약점은 조선족, 북한의 연구 업적들은 일정하게 반영하고 있지만, 8 · 15 이후 이뤄진 남한 문학계의 업적이 제대로 반영되지 못하고 있어 미비한 요소가 많다는 점이다. 그런데 위욱승의 문학사를 비롯한 중국 한족이 출간한 한국 문학사 저작물들은 주로 한국의 고전문학사를 대상으로 하고 있으며, 한국의 근현대 문학을 대상으로 한 문학사 저작물은 필자가 확인할 수 없었다.

중국 한족들의 한국문학을 해석하는 특징은 연변의 것에 많은 영향을 받고

---

124) 이하 정규복,「서평」,『한겨레신문』, 1988. 7. 5, 참고.

있는데, 나름대로 그 특색을 정리해보면 다음과 같다. 첫째, 그들은 연변 조선족의 연구들에 크게 빚지고 있고 또 이들의 영향을 크게 받고 있지만, 실제 그 연구 수준은 연변의 것보다 훨씬 낮다는 점을 들수 있다. 따라서 중국에서 다루는 작가 및 작품 그리고 해석 방식들이 앞에서 이미 기술한 조선족의 해석 방식과 흡사하나, 대체로 해설을 위주로 한 소박한 분석의 수준에 그치고 있다. 가령 『춘향전』의 기본 사상은, 이씨봉건 왕조 말기에 청년남녀들이 자유롭고 평등한 사랑을 쟁취하기 위하여 봉건 사상과 악독한 벼슬아치를 반대하여 투쟁하는 것을 노래한 것[125]이라고 평가하는 등, 거의 작품 해설 수준의 해석을 내리고 있다. 그 외에 『춘향전』은 그 민족적 특색을, 『심청전』은 효녀 전설과의 관계 안에서, 『흥부전』의 경우 사회역사성 문제를 고찰하고 있다. 『구운몽』에 대해서는 작가가 이 작품을 통해 봉건군주제도의 합리성을 보여주고 임금의 은혜를 노래하는 동시에 당쟁의 무서운 결과을 염두에 두어야 했다고 보면서, 따라서 이 작품은 시대와 자신의 계급적 입장을 충실하게 반영하고 있다[126]고 지적한다.

둘째, 문화적 연원으로 보아 한국의 고전문학은 한문학권 내에 속하며 한중 두 나라의 문학 교류사는 2천년이 넘는다. 이러한 점에서 중국의 한국문학에 대한 관심은 한국과 중국 문화 교류에 관련되어 있는 부분이며 따라서 이와 연계된 한국의 한문학에 대해 특별한 관심을 두고 있다. 예컨대 중국에서는 고전작가들 중에서 특히 최치원의 연구가 활발하게 이뤄지고 있는데, 최치원을 중조문화전파의 선구자로서의 역할에 주목하고 있다. 그리고 조선 후기 박지원을 봉건조선 말기의 선진사상가 및 작가로서 조명하면서 역시 조중문화의 교류자로서의 역할을 높이 평가한다. 아울러 박지원 같은 실학파 문인이었던 정약용의 경우도 주목하여 그들의 창작과 사상만이 아니라 미학사상에 이르는 다방면적인 탐구가 진행되고 있다.[127] 따라서 중국 학자들의 한

---

125) 김장정, 「『춘향전』의 기본사상에 대한 초보적 탐구」, 『국제조선문학논집』, 사회과학출판사, 1989, 139쪽.
126) 위욱승, 「조선고전소설 『구운몽』의 사상적 내용에 관하여」, 같은 책, 116쪽.
127) 예컨대 조선학 국제학술토론회(1989. 8. 12~14)에서 발표된 김병민의 「조선북학파 문학과 청대시인 왕사진」 등의 연구가 그러하다.

국 고전문학에 대한 해석은 주로 비교문학의 관점에서 이뤄지는 것이 많은 비중을 차지하고 있다. 가령 위욱승의『한국문학에 준 중국문학의 영향』(화성출판사, 1990) 등이 그 대표적인 예다. 이 책은, 그 동안 한중문화교류에 관한 연구가 한국 학자들의 입장에서 많이 진행되어 온 것에 반해, 중국인의 시각에서 한중 문화교류 상황을 살펴본 것으로 중국의 독자들이 한국문학을 이해하고 연구하는 데 중요한 연구 자료로 이용되고 있다.

셋째, 외세에 대한 우리 민족의 주체적 투쟁을 강조한 작가 및 작품에 특별한 관심을 갖는데, 특히 임진왜란 당시 반침략 애국투쟁의 문학을 강조하는 것은 일본에 맞선 중조연대의 입장을 반영하는 듯하다. 예컨대 '민족시인'으로서의 이규보를 중시 해석하는 것 외에, 박인로를 '애국시인'으로 기리고 있으며, 위욱승의 경우, 『항왜연의 <임진록> 연구』(북악문예출판사, 1989)라는 연구물을 출간하기도 했다.

넷째, 중국 한족들이 한국의 근대문학을 해석할 경우, 거의 북한 및 연변의 해석 방식에 일방적으로 의존하고 있다. 우선 작가 선택에서도 식민지 시대 카프계열의 작가 그리고 분단 이후 북한의 작가 및 작품들만 소개, 연구되고 있는 실정이다. 가령 식민지 시대의 작가로 이기영, 최서해, 조명희 등이 집중적으로 소개되고 있다. 이기영은 역시 그의 대표작인『고향』,『쥐불』등이 주요하게 평가되고 있으며, 신경향파문학으로서 최서해의 작품, 가령「탈출기」등이 중국에서 상대적으로 많이 연구되고 있다. 조명희는 그의「낙동강」에 대한 낭만주의적 특성이 언급된다. 그리고 해방 이후 북한의 작가로는 조기천, 천세봉, 조백령 등이 많이 연구되고 있는데, 그 중 조기천의 장편서사시『백두산』의 경우 항일투쟁의 송가로서 높이 평가되고 있다. 그외 극작가로서의 송영, 조백령의 연구도 이뤄지고 있다. 또한 북한 문예계에서 성과작이라고 평가되는 작품들은 예외없이 중국에서도 주요하게 연구되고 있는데, 가령 천세봉의 장편『석개울의 새봄』과『피바다』및『꽃파는 처녀』,『성황당』등이 그러한 예다. 그 외에 문학작품들 뿐만 아니라 북한 주체문예이론의 대표적 이론 중의 하나인 종자론 등도 소개하고 있다.

2) 일본 학계의 한국 문학 해석

(1) 전후 일본 연구자들의 핵심 연구 영역 — 친일문학

한국 근현대 문학에 대한 일본인 연구자들의 연구는 본격적인 의미에서는
1960년대 중반부터 시작된다. 그것이 하나의 집단적 연구 형태로서 결집된
것이 1970년 카지이 노보루(梶井陟), 다나카 아키라(田中明), 오쿠라 히사시
(小倉尚), 죠 쇼키치(長璋吉), 오오무라 마스오(大村益夫) 5인이 시작한 잡지
『조선문학－소개와 연구』의 발간 작업이다.[128] 이 그룹에 1970년대 말기에
한국 유학을 끝내고 귀국한 사에구사 도시카쓰(三枝壽勝)를 더하면 전후 일본

---

128) 大村益夫, 「일본에서의 남북한 현대문학의 연구 및 번역 상황」, 『한국문학』1992년
　　 3·4호, 288쪽 참조. 해방 전 한국 고전 문학에 대한 일본인들의 소개 및 연구는
　　 아오야기 고타로(靑柳綱太郎) 등을 중심으로 한 조선연구회의 간행 작업(1911～
　　 1918), 호소이 하지메(細井肇)를 중심으로 벌어진 조선 고전문학과 민속 연구 작업
　　 (1921～) 등이 있으나 이들의 작업은 일부 예를 제외하고는 식민지 경영과 관련된
　　 국책 사업으로서의 성격 혹은 식민지 문화 보고서로서의 성격을 띠고 있다고 한다.
　　 大村益夫·布袋敏博, 「한국문학에서 일본은 무엇인가(대담)」(『계간 한국문학 평
　　 론』, 1998년 가을호) 25쪽 참조.
　　 일본인에 의한 한국 근·현대 문학 관련 언급이 급격하게 또한 집단적으로 늘어난
　　 것은 태평양전쟁 발발 직전인 1939년부터였다. 이 시기 일본인들의 한국 문학에 대
　　 한 관심은 내선일체 정책 시행을 위한 시국적 성격과 한계에 다다른 일본 문학이
　　 한국 문학을 통해 활로를 뚫어보자는 움직임이 이면에 개입되어 있었다. 해방 이후
　　 부터 50년대에 걸쳐서는 김달수, 이은직, 박춘일 등의 재일 한국인 작가 및 연구자
　　 들에 의해 한국 문학이 소개되었다. 그러나 이 시기의 소개 작업은 남한 문학에 대
　　 한 철저한 무시, 그리고 북한 문학에 대한 집중적 관심과 그 소개로 특징지어진다.
　　 위 문제들은 大村益夫·布袋敏博 공편, 『朝鮮文學關係日本語文獻目錄』(綠蔭書房,
　　 1997. 1) 및 任展慧, 「日本に飜譯·紹介された朝鮮文學について」(『日本文學誌
　　 要』16호, 1966. 11. 26. 法政大學國文學會) 94～95쪽, 大村益夫, 「일본에서의 남·
　　 북한 현대문학의 연구 및 번역 상황」(『韓國文學』 1992, 3·4) 284～285쪽 참조.
　　 위 시기에 이뤄진 연구 작업 내용에 대한 소개도 의미가 있다고 하겠으나, 본고에서
　　 는 전후 약 1960년대 중반 정도부터 이뤄진 일본 연구자들의 작업에 초점을 맞춰
　　 소개하기로 한다. 이 시기부터 재일 한국인 연구자가 아닌 일본 연구자들에 의해
　　 한국 문학 연구가 본격적으로 진행되었다는 점, 그리고 이 시기의 연구 성과 속에
　　 일본의 한국 문학 연구가 지향해야 할 사상적·윤리적 의미가 집중적으로 담겨 있
　　 는 것으로 판단되었기 때문이다.

인 한국 문학 연구자 제1세대 그룹이 완성된다.

이들을 중심으로 하여 현재까지 지속되어 내려오고 있는, 일본 연구자들의 한국 문학 연구는 그 연구 분야 면에서 국내의 연구와는 다른 면모를 보여주고 있다. 세대나 개인별 차이가 다소 있긴 하지만, 대개 '암흑기'에 활동했던 작가거나 또는 당시 일본이나 한국에서 일본어로 작품 활동을 폈던 작가들에 집중되어 있는 경우가 많다. 재일 한국인 사이에서 신화적인 존재로 받들리고 있는 김사량, 일찌감치 친일 문학 활동을 폈으며 일본인으로 국적을 바꾼 장혁주, 그 외에 김용제, 김종한, 이광수, 최재서, 이태준 등이 모두 그들이다. 당연한 일이지만 이들 작가들은 친일 문학 혹은 그것의 반대명제와 관련되어 있는 작가들이라는 공통성을 갖고 있기도 하다.[129]

일본 연구자들이 한국의 친일 문인들을 주 연구 대상으로 택한다는 현상은 표면적으로 볼 때는 아이러닉한 데가 있어 보인다. 그러나 이 현상 속에는 근현대 일본사의 문제점과 관련된 사상사적 필연성이 있다. 본론에서 논의하겠지만, 이것은 소위 일본의 국가악에 대한 철저한 인식과 반성이 행해지지 못한 채 패전 후의 역사가 그대로 지속되고 있는 일본 근현대사에 대한 비판적

---

129) 이 시기부터 현재까지 업적을 내고 있는 연구자들의 개인별 연구 분야를 그 대상 작가별로 소개하면 다음과 같다. 오오무라 마스오(大村益夫)는 한국 프로문학 소개와 이광수, 김용제, 김종한, 윤동주 등, 카지이 노보루(梶井陟)는 일본인의 한국 문학관, 사에구사 도시카쓰(三枝壽勝)는 일제 말기 문학과 이광수, 최재서, 이태준, 정지용, 채만식, 김동인, 이상 등, 죠쇼 기치(長璋吉)는 김동인, 박태원, 이상, 이태준과 황석영, 윤정규, 남정현, 최인호 등 1970년대 작가들, 시라카와 유타카(白川豊)는 장혁주, 김사량, 이석훈, 정인택 등 일제 말기 작가, 세리카와 뎃세이는 이기영과 프로문학, 개화기 정치소설, 전영택 등, 가와무라 미나토(川村湊)는 김사량, 장혁주와 이상, 다카사키 류지(高崎隆治)는 김사량과 이광수, 하타노 세쓰코(波田野節子)·오노 나오미(小野尙美)·시라카와 하루코(白川春子)는 이광수만, 하야시 고오지(林浩治)는 김사량과 장혁주, 고노 에이지(鴻農映二)는 정지용, 김소월, 윤동주 등 한국 시인 전반과 하근찬, 구마키 쓰토무(熊木勉)는 윤동주와 김조규, 호테이 도시히로(布袋敏博)는 일제 말기 일본어 소설, 후지이시 다카요(藤石貴代)는 김종한과 친일문학 연구, 와다 도모미(和田とき美)는 이태준과 김남천, 야마다 요시코(山田佳子)는 최정희와 오정희 관련 논문을 쓴 바 있다. 일부 예외가 있긴 하나 대부분의 연구자들의 관심이 일제 말기 작가나 혹은 이 시대와 관련된 문제의식에 집중되어 있음을 알 수 있다.

인식과 맥락을 같이하는 요소가 그 기반에 존재하고 있는 것이다. 그런 의미에서 일본 연구자들이 한국의 친일 문학을 연구하는 현상은 그 자체로서 일본 연구자가 갖고 있는 자국에 대한 역사관과 깊이 연관되어 있다. 그런 의미와 관련해서 일본 연구자가 한국의 친일 문학을 연구하는 방법이나 그 관점은 일본 학계가 근현대 한국 문학을 바라보는 관점을 집약적으로 드러내고 있음은 물론, 양국 역사의 문제와도 관련하여 검토 대상으로서의 무게를 충분히 확보하고 있는 것으로 판단된다. 본고에서 주 검토 대상으로서 일본인 연구자들의 친일 문학 연구를 선택한 것은 이런 이유에서이다.

⑵ 친일 문학 연구의 사상·윤리적 기반

1960년대 중반 일본인 연구자에 의해 진행된 한국 문학 관련 언급 기록물로서 주목되는 것 중의 하나가 전후 일본 사상계의 리더 중의 한 명이었던 철학자 쓰루미 슌스케(鶴見俊輔)의 논문 「朝鮮人の登場する小說」이라고 생각된다. 제목이 암시하는 바와 같이, 이 글이 씌어진 목적은 한국인이 등장하는 일본 소설의 내용을 사상사적인 입장에서 진단하는 것이었지만, 이 속에는 식민지 시대의 한국 작가들에 대해 언급한 대목들이 다수 포함되어 있어 주목된다. 이 속에서 쓰루미 슌스케는 전후를 제외하고는, 일본 근현대 문학사 속에 한국을 무대로 한 소설이 드물다는 점, 그 배후에 식민지 경영 시기와 관련하여 급증한, 한국에 대한 일본인의 편견과 무관심이 개입되어 있다고 진단한 후 그것이 근현대 일본사가 갖고 있는 문제점 중의 하나라고 지적하고 있다. 이런 논리를 전개해 가는 가운데 쓰루미 슌스케는 식민지기 한국의 사회문화적 조건에 대해 언급한 다음 다음과 같이 한국 문인들에 대해 언급하고 있다.

> 이러한 상황(식민지시대라는 상황 : 인용자)을, 조선의 문인들은 어떻게 받아들였는가. 그것은 김사량, 한설야, 이기영과 같이 상황에 대한 저항의 자세를 관철하는 길과, 李光洙(香山光郞)나 張赫宙(전후엔 野口赫宙)처럼 일본의 지배자의 사상에 동화하려고 하는 길로 양분된다.

김사량(1914~1950)은 …… 중략 …… 석방되자 조선에 돌아갔으며 곧 탈주하여 연안으로 들어갔다. 한국전쟁 중 전사. 그가 중일전쟁 하에 일본에서 발표한 작품은 조선인의 생활을 작자의 감상을 섞지 않고 사실의 중첩성을 통하여 묘사한 것인데, 이념성을 고의로 배제함으로써 일본 정부의 이념에 대한 타협 자세를 보여주지 않았다. 조선에 남아 있는 프로레타리아 작가 중 이기영은 『草鄕』, 『大地の息子』를 쓴 뒤, 농업으로 삶을 영위했으며, 한설야는 『황혼』을 쓴 뒤, 고서점을 열어 생계를 유지했다. 그러나 조선의 전업 작가 중 대다수는 타협의 길을 택했다.

조선인 작가 중 전전 일본에서 가장 유명했던 이는 장혁주다. …… 중략 …… 일본에 이주한 당시는 일본 프로레타리아 작가 동맹에 가입하려고 생각하고 있었으나, 결국 단념. 장의 작풍은, 조선의 가난한 농민을 묘사한 『餓鬼道』(1932)부터, 진보적 지식인의 동기의 얕음을 자조적으로 묘사한 『權이라는 사내』(1932), 이윽고 조선에 대한 징병령을 찬양하는 신문소설 『岩本志願兵』(1943)을 발표함으로써 출발점의 반대극에 도달한다. …… 중략 …… / 李(光洙 : 인용자)는 일본 정부가 준비한 전향자 수양 기관에서 수행하면서, 자기 주변에 있는 젊은이들이 조선의 전통을 팽개치고 일본 문화에 동화하려고 하는 모습을 보면서, 이것을 지지한다.

「그들의 이 일본인 수행 운동은, 결코 정치적인, 혹은 무엇을 위해서 하는 것이 아닙니다. 그들은 우선 일본의 거대함과 아름다움, 그리고 감사함을 인식한 것입니다. 그리고 두 번째로 조선인을 일본인으로 끌어올리는 외에, 조선인의 삶의 길은 없다고 간파한 것입니다. 그리고 제 삼으로, 조선인은 일본이 될 수 있다고 믿게 된 것입니다. 거기서 그들은 자신이 먼저 일본인이 되는 수행을 할 결심한 것입니다.」

이것은 香山光郎이라 개명한 이광수가 일본 문인 고바야시 히데오(小林秀雄)에게 보낸 편지로서, 「行者」라는 제목으로 『文學界』 1941년 3월호에 발표되었다.[130]

쓰루미 슌스케가 식민지 시대의 한국 문인들이 취한 삶의 방식으로서 제시한 두 개의 길, 즉 저항과 동화라는 대립적 구도는 한국인에게 낯선 논리라고

---

130) 鶴見俊輔, 「朝鮮人の登場する小說」, 桑原武夫 編, 『文學理論の硏究』, 岩波書店, 1967, 191~192쪽.

할 수 없을 것이다. 그러나 우리 한국인에게는 그 두 개의 삶의 방식을 대표하는 문인들의 선정과 관련하여 예상과 다르게 생각되는 점이 있을 것이다. 저항이라는 축 쪽에 이육사나 한용운, 윤동주라는 이름이 빠져 있는 점, 그리고 이 글이 씌어졌던 당시는 물론 현재에도 한국 문학 연구사에서 거의 사장되어 있다시피한 김사량과 장혁주라는 인물에 대한 관심, 그리고 이광수의 친일 행적과 관련된 문제가 중요하게 거론되고 있는 점이다.

이 인물 선정 문제는 그대로 일본의 한국 문학 연구가 한국 내의 그것과 다른 측면을 요약적으로 보여준다. 이 중 김사량과 장혁주에게만 초점을 맞춰 이야기해 본다면 이들이 선정된 이유는 대략 다음과 같이 이야기할 수 있을 것이다. 우선 그들이 이른바 국책문학기에 접어든 시기인 30년대 말기부터 40년대까지 일본에서 일본어로 창작활동을 한 유명작가였다는 점, 그리고 그들의 문학이 당시 침체기에 접어든 일본 문단에 일종의 자극소로서의 역할을 수행한 점, 각도를 바꿔 말하자면 일본 문인들의 현실에 대한 대응책을 대리보상적으로 수행할 수 있을 만한 도구적 쓰임새를 그들이 갖고 있었던 점, 그리고 그들의 이후의 삶과 문학의 행적이 위와 같이 극적으로 대립되는 측면을 보여주고 있는 점 등을 들 수 있을 것이다.

그런 의미에서는 이들은 일본인 한국 문학 연구자는 물론 재일 한국인의 정신에 있어서 일종의 전형적인 형상으로서 존재하고 있다고 해도 좋을 면모를 갖고 있다고 할 수 있겠다. 특히 재일 한국인의 경우에는 이 두 사람의 작가가 바로 자신들의 일본 내 삶의 굴욕과 영광을 드러내고 있는 극적인 대립적 인간 유형의 예에 해당한다고 할 수 있을 것이다. 밑에서 살피겠지만 이 두 작가의 삶은 전후의 진보적인 일본 지식인에게도 일정한 의미를 던져주는 면을 갖고 있기도 하다. 어쨌든 이들의 삶과 문학이 재일 한국인 문인이나 연구자에게 있어서 중요한 정신적 푯대 기능을 맡고 있는 것은 분명해 보인다. 재일 한국인 연구자인 임전혜(任展慧)[131], 그리고 일본 연구자들 사이에 이들

---

131) 임전혜(1937~　)는 재일 한국인 연구자로서 김사량, 장혁주, 다나카 히데미쓰(田中英光), 아라이 토오루(新井徹) 등에 관한 연구가 있으며, 일본에 소개된 한국 문학 관계 서지 작업에 힘쓴 한편으로, 해방 전까지 일본 내에서 활약한 한국인 문학의 역사를

에 관한 논문이 많은 점은 바로 이 점을 시사하고 있다고 보아야 할 것이다.

이광수가 선정된 이유도 이것과 유사하지 않겠는가 생각된다. 한국 근대문학사를 상징하는 대표적인 문인의 하나로서, 그리고 일본어로 작품 활동을 한 이로서, 그리고 국책문학기에 일본인보다도 더 열성적으로 내선일체 운동에 앞장 선 그 인상적이고 비극적인 삶의 방식 때문일 것이다. 쓰루미 슌스케의 다음 문장에서는 일본인이 한국 문학을 연구하는 기본적인 이유가 무엇인가 하는 점이 보다 구체적으로 제시된다.

> 하시카와 분조(橋川文三)는 「국체론·두 개의 전제」(『思想の科學』 1962년 8월호) 속에서, 일본인이 자연적인 것으로 천황을 신앙하는 경우, 잊기 쉬운 천황제의 일면이 있다고 술하고, 조선인에 대해 부자연스럽기 그지없는 형태로 강요된 천황 신앙의 결과물이라는 의미에서 이광수의 문장을 분석했다. 명치 이래 근대를 낳은 일본인은 김사량과 같은 불굴의 저항정신을 지닌 문학을 자신의 내부에 채우지 않고서는, 스스로의 상황과 연결지어 조선을 이해하는 것이 불가능할 것이다. 장혁주나 이광수의 문학, 그리고 다야마 가타이 등을 포함한 일본인 작가의 문학이 일본 국내의 일본 문학사 속에서 하나의 연관을 이루고 있다는 인식을 가지고, 일본 문학을 생각할 필요가 있다.[132]

왜 쓰루미 슌스케 등 일본의 진보적인 지식인이 한국의 문인들을 연구하는가, 그 이유는 위와 명백하다. 한 마디로 말하자면 저항과 동화라는 도식으로 구분되는 한국 문인들의 삶의 방식 혹은 그러한 문학사 및 사상사의 구도가 일본 근현대사의 문제와 직결되어 있기 때문이다. 즉 '불굴의 저항 정신'이 결핍된 채로 제국주의 시대를 보냈으며 전후라는 역사적 공간 속에서도 그 전전 세대가 버젓이 활동하고 있는, 현대 일본사의 윤리성 결핍 현상에 대한 비

통사적으로 기술한 저서 『日本にすける朝鮮人の文學の歷史』(法政大學出版部, 1994)를 낸 바 있다. 전후 일본의 한국 문학 연구사에서 중요한 위치를 차지하고 있는 연구자이다.

132) 위 책, 192쪽.

판적 인식이 이곳에 제시되고 있다고 할 수 있을 것이다. 이 논리를 조금 더 따라가 본다.

> 일본의 이웃으로서의 조선인 문제를 생각할 뿐만 아니라, 일본 속의 최대 외국인 집단으로서의 재일조선인 문제를 생각하는 것이, 일본 민족의 미래상을 그리는 작업과 뗄래야 뗄 수 없는 관계에 있는 것으로 포착되고 있다 …… 중략 …… / 명치 이래 일본문학의 정통이 풍속소설과 사소설에 점령당하면서부터, 가공사회의 설계 작업이 진행되지 않았다는 것을, 나카무라 미쓰오(中村光夫)는 『풍속소설론』에서 지적한 바 있다. 후지타 쇼조(藤田省三)는 이 상황을 일본에 있어서 유토피아 사상이 성립되지 못한 점과 연결지어 설명했다. 1952년 점령 종결 후에 재일조선인에 대한 형상화를 통하여 일본 국가를 그리려 하는 시도가 반복되고 있는 것은, 이 백년간의 일본 문학사 속에서 유토피아 사상이 강력한 흐름으로서 나타난 것과 관련성이 있다. <u>조선 문제를 생각하는 것은, 일본이 식민지 국가로서 초래한 국가악에 대한 파악을 필요로 하며, 금일의 미국의 군사정책의 일익을 담당하는 입장에 일본이 놓여 있는 조건의 재검토를 필요로 한다. 재일 조선인 문제를 생각하는 것은, 본국으로 돌려 보냄으로써 해결을 볼 수 없는 이방인 집단을 일본인이 어떻게 받아들여야 할 것인가 생각하는 것이며, 단일 혈통과 단일 문화 신앙으로 지지되어 온 전전 일본의 국가상으로부터 떠나, 간단하게 동화될 수 없는 소수자를 포함하여 열린 체계로서의 국가상을 설계한다고 하는 문제를 포함하고 있다.</u>[133] (밑줄 : 인용자)

쓰루미 슌스케는 1952년 이후 일본 소설계에서 한국과 재일 한국인을 소재로 삼는 문학 작품이 창작되고 있는 현상이, 새로운 유토피아 건설을 위한 일본 내의 사상적 움직임과 관련되어 있다고 보고 있다. 더 나아가서 이 현상이 과거 일본이 저지른 '국가악'에 대한 인식을 명료하게 하는 방편이자 단일 민족국가라는 폐쇄적 환상 속에 갇혀 있는 일본이 열린 국가로 나아가는 길을 모색하는 작업과 맞물려 있는 것이라 하고 있다.

---

133) 위 책, 199쪽.

이상을 통해서 쓰루미 슌스케가 한국 문학에 대해 관심을 표명하는 이유가 어디 있는가 하는 이유를 분명하게 알 수 있다고 생각된다. 그가 한국 문학에 관심이 있는 이유는 단적으로 말하자면 '일본을 위해서'인 것이다. 구체적으로 말하자면, 그에게 있어 한국 문학과 한국인이라는 존재 자체는 일본이 과거에 저지른 국가적 규모의 악과 일본 속에 포함되어 있는 폐쇄성을 있는 그대로 직시하고 열린 체계로서의 이상적인 국가를 건설해 가는 데에 필요한 국외(國外)적인 방편이 되는 것이다.

위의 쓰루미 슌스케의 논리가 보다 거시적인 차원을 지향하는 풍모를 갖고 있다고 한다면, 아래의 글은 개인적인 윤리 차원에 접근한 지점에서 일본인이 한국문학을 어떻게 보고 있는가를 지적하고 있는 글이라 생각된다.

> 임전혜(任展慧)는 장혁주가 노구치 혁주에 이르기까지의 과정을 추적하면서, 「자국을 억압하는 민족에게 귀화를 받아줄 것을 구걸한 피억압 민족 작가」의 모습이야말로 「바로 식민지 근성의 훌륭한 노정인 것이 아닐까」라고 쓰고 있다.
>
> 조선인이 조선인이라는 입장에서 장혁주의 행동을 비판하는 것은 당연할 것이다. 재일 조선인 작가의 전쟁 책임 논의는 장혁주부터 시작해야 옳다고 주장하는 임전혜의 비판도 이해할 수는 있다. 그러나 일본인인 나 자신에게는 장혁주를 비판할 수 있는 자격이 없다. 그것은 과거 지배국의 일원이라는 이유에서뿐만이 아니라, 그들을 그곳으로 몰아넣었던 문인으로서의 책임을 자각하는 것이 너무나도 결핍되어 있기 때문이다. 장혁주는 그 시점에 선다면, 피해자인 것이다. 그의 전쟁 책임이 추궁의 대상이 된다고 한다면, 그를 그곳으로 몰아 넣은 권력 쪽은, 그보다 배 이상 더 강한 강도로 비판되어야 마땅하다.[134]

우선, 윗글에 인용되어 있는 임전혜의 글―장혁주의 삶의 방식이 식민지 근성을 드러내고 있다고 비판하고 있는―은[135] 어떤 의미에서는 준열하며

---

134) 尾崎秀樹,「植民地文學の傷痕」,『舊植民地文學の硏究』, 勁草書房, 1971. 7~8쪽.
135) 任展慧,「張赫宙論」,『文學』, 1965, 11 참조.

또 어떤 의미에서는 감정적이라 할 수 있는 차원을 갖고 있는 것이 아닌가 생각된다. 준열하다는 것은 선악의 판단과 관련된 분명한 가치 기준에 입각하여 장혁주의 삶과 문학의 역사적 부정성을 비판한다는 말이다. 이런 사고 방식은 사실 한국인에게는 친숙한 세계의 하나일 것이다. 또 한편으로 감정적이라는 말은 이 진단 속에 장혁주라는 동족에 대한 혈연적 친근성 내지는 그에 대한 애착의 반동형성적 표현이 포함되어 있다는 것을 의미한다. 아이러니컬하게도 한국에 대한 모멸감을 지녀온 식민지 경영자—근대 일본인—의 언어인 '식민지 근성'이라는 말까지 포함되어 있는 이 견해는 임전혜가 갖고 있는 재일 한국인으로서의 실감적인 삶의 고뇌와 분노가 그대로 투사된 결과인 것으로도 느껴진다. 이것은 비판 대상이 갖고 있는 것과 유사한 마음의 세계를 실감적으로 잘 알고 있는 같은 한국인이 바로 그 가능성을 부정적인 방향으로 실현해 버린 나약한 인간에 대해 질타하는 감정의 목소리인 것이 아닐까. 그런 의미에서도 이 혹독한 질타의 언어는 바로 동족이기에 가능한 것이라고 할 수 있을 것이다.

이런 점을 윗 글의 필자 오자키 호쓰키(尾崎秀樹)가 고려하지 않았다손 치더라도 그의 발언은 적어도 쓰루미 슌스케보다는 내면적이며 윤리적이다. 쓰루미 슌스케의 글이 자신의 개인적 실감에 근거한 윤리적 감각 면에서 다소 불철저한 면이 있었다고 한다면[136], 오자키는 바로 그것을 문제삼고 있기 때문이다. 그는 임전혜와 같은 재일 한국인에게는 장혁주를 질타할 수 있는 자격이 있지만, 일본인에게는 그것이 없다고 한다. 왜냐하면 그 장혁주가 보여준 '식민지적 근성'을 생산해낸 직접적 원인이 바로 일본이었으며, 과거 일본의 국가악의 혈맥이 이 글이 씌어지고 있던 당대에까지도 이어지고 있다고

---

136) 쓰루미 슌스케는 같은 글에서 식민지 조선에서 행해진 일본어 교육이 전후 일본 문학의 문체에 영향을 미쳤다는 점을 언급한 바 있다. 이것은 한·일 문학의 문체적 관계에 대한 실증적인 국면을 지적한 것이었다고 할 수 있겠지만, 한국에 강제된 일본어 교육의 역사적·윤리적 의미가 포함되어 있지 않다는 점 때문에 오자키 호쓰키의 비판을 받는다. 오자키 호쓰키, 위 논문 5쪽 참조. 국내 업적 중에서는 김윤식의 「內鮮一體 사상과 그 작품의 귀속 문제」(『한국근대문학사상사』, 한길사, 1986. 6, 384～385쪽)에 관련 내용이 소개되어 있다.

판단하고 있기 때문이다. 또한 그 문제가 저자 개인의 윤리성과도 밀접하게 관련되어 있다고 생각하기 때문이다.

이것은 귀중한 발언이라고 생각된다. 그리고 이러한 태도는 한국문학 연구를 학문적인 차원으로 발전시킨 다음 세대의 연구자들—大村益夫, 三枝壽勝 등—의 연구 태도 속에도 그대로 이어지고 있는 것이 아닌가 생각한다. 그런 의미에서 위에서 살펴본 견해들은, 실제 현실은 혹 그렇지 못할 수 있다 하더라도, 일본의 한국문학 연구가 지향해야 할 궁극적인 사상적·윤리적 거점을 대변하고 있는 것이라 해도 무방하다고 생각된다. 그리고 바로 이러한 태도야말로 일본의 한국 문학 연구가 진정한 의미에서 일본인 자신을 위한 연구로 전화될 수 있는 거점이 될 수 있는 것이 아니겠는가 생각된다.

⑶ 오오무라 마스오(大村益夫)와 사에구사 도시카쓰(三枝壽勝)의 친일문학 연구

이상에 언급한 논의들이 한국 문학 연구가 갖춰야 할 사상적·윤리적 의미에 집중적인 관심을 갖고 있었다고 한다면, 이 다음 세대 연구자들의 연구 성과들은 한국 문학 연구를 보다 본격적인 논의의 차원 혹은 학문적 차원으로 승화시킨 예에 해당하는 것이 아닌가 생각된다. 그들이 카지이 노보루(梶井陟 : 1927~1988), 오오무라 마스오(大村益夫 : 1933~), 죠쇼 키치(長璋吉 : 1941~1988), 사에구사 토시카쓰(三枝壽勝 : 1941~) 등이다. 이들은 한국의 근현대 문학의 번역 및 소개에 힘을 기울이는 한편으로, 일본의 한국 문학 연구를 학문적 차원으로 발전시키는 데에 중요한 역할을 수행한 연구자들에 속한다. 이들 중 오오무라 마스오와 사에구사 토시카쓰를 중심으로 그들의 연구 성과에 나타난 한국문학관의 특징을 개괄적으로 살펴 보기로 한다.

① 오오무라 마스오(大村益夫)의 친일 문학 연구

앞서 소개한 바대로 오오무라 마스오 교수는 1970년 『조선문학—소개와 연구』 발간에 앞장 선 연구자로서 일본 내의 한국 문학 연구를 학적 차원으로 발전시킨 데 공헌한 제1세대 연구자 그룹의 일원이다. 일본에서의 한국어 교육 실현에 힘쓴 이로서, 한국 문학 관계 서지 정리 작업의 주도역을 한 이

로서, 한국 문학 전반의 소개 및 번역자로서 많은 업적을 가지고 있다. 오오무라 교수의 업적 중에서 서지적인 작업[137]을 제외한 나머지 업적 중 한국 문학 해석과 관련하여 주목해 볼 필요가 있는 연구 성과들의 목록을 제시해 보면 다음과 같다.

「初期 프로레타리아 文學 ― 崔曙海의 경우」,『社會科學討究』11-3, 1966. 1

「解放 後의 林和」,『社會科學討究』13-1. 1967. 6

「第2次世界大戰下の朝鮮の文化狀況」,『社會科學討究』, 1970. 3

「빼앗긴 들의 빼앗기지 않는 마음」,『文學』, 38-11 岩波書店, 1970. 11

「轉折の朝鮮文學者－李光洙と金龍濟」, 月刊『ろじろ』1971. 8

「金鍾漢について」,『旗田巍古稀記念朝鮮歷史論集 下卷』, 龍溪書舍, 1979. 3. 15

「朝鮮プロレタリア文學の敍述」, 季刊『三千里』27호, 1981年

「김기진의 초기 문학 활동」,『북두성』(중국 길림성) 15기. 1986. 3

「大東亞文學者大會と朝鮮」,『社會科學討究』100호, 1989. 3

「1945年까지의 金龍濟」,『現代文學』, 37-2, 1991. 2

---

137) 오오무라 마스오 교수의 연구 중 상당 부분은 한국 문학 관계 자료의 발굴 및 서지적 정리 작업에 바쳐져 있다. 그 중 일부는 한국 연구자들에게도 이미 잘 알려져 있는 바다. 이 중 대표적인 것들을 제시하면 다음과 같다.
「資料紹介－日本留學時代の李光洙」,『朝鮮文學-紹介t研究』, 朝鮮文學の會, 第5號, 1971. 12.
「詩人 金龍濟の軌跡」季刊『三千里』11호, 1977년 가을.
「尹東柱の事跡について」,『朝鮮學報』, 121집, 1986. 10.
「中國朝鮮族文學の現況」(상・중・하),『民濤』, 4-6호, 1988. 9〜1989. 2.
「북한의 문학 선집 출판 현황」『한길문학』2호, 한길사, 1990. 6.
「일본에서의 남북한 현대 문학의 연구 및 번역 상황(上下)」,(『韓國文學』1992, 3・4・5・6).
「『하늘과 바람과 별과 시』의 판본 비교 연구,『文學思想』1993. 4.
「윤동주 시의 원형은 어떤 것인가」,『윤동주 연구』, 권영민편, 文學思想社, 1995. 8.
『滿鮮日報 文學關係記事 索引』(李相範과 공편) 早大 語硏大村硏究室, 1995. 11.
『朝鮮文學關係日本語文獻目錄(1882. 4-1945. 8)』(布袋敏博와 공편) 綠蔭書房, 1997. 1.
「『國民文學』別冊 解除.總目次・索引」, 綠蔭書房, 1998. 4. 15.
『寫眞版 尹東柱 自筆詩稿全集』(왕신영・심원섭・윤인석과 공편), 民音社, 1999. 3.

『愛する大陸よ—詩人金龍濟 研究』, 大和書房, 1993. 2
「金鍾漢과 金龍濟와 日本의 詩人들」, 『昭和文學研究』, 25집, 昭和文學會,
1992. 9
「舊「滿洲」韓人文學研究」, 『근제양순필박사화갑기념 어문학논총』, 學文社,
1993. 11
「시인 김용제 연구—부보와 신발견 자료」, 『世界文學』 80호, 世界文學會,
1994. 12
「「靑年作家」와 제주도 출신 작가 李永福, 梁鍾浩」, 『語研포럼』 4호, 早稻
田大學語學敎育研究所, 1996. 3
「윤동주의 일본 체험」, 『두레사상』 5호, 두레시대사, 1996. 11

오오무라 교수의 연구 업적들을 일별해 보면 프로문학 소개 및 연구, 만주
의 한국인 문학의 소개, 암흑기의 문단 및 문인 연구 등으로 구성되어 있음을
알 수 있다. 이 연구 주제들의 대부분은 1990년대 현재 남한의 연구자라는 입
장에서 본다면, 크게 낯선 연구 주제라 하기는 어렵다. 그러나 이 글들이 씌
어질 당시의 시대적 정황을 고려해 본다면, 오오무라 교수의 연구 업적이 어
떤 성격을 갖고 있는 것인가를 쉽게 알 수 있다. 간단하게 말한다면, 이 분야
들은 당대 남한의 한국 문학 연구계에서 내·외부적인 이유로 인해 연구가
금지되었거나 혹은 기피되어 온 분야에 해당하는 것들이라는 특성을 갖고 있
다. 이 말은 사실상 오오무라 교수의 한국 문학 연구가 이 시기 국내의 연구
속에 결락되어 있었던 부분을 채워주는 역할을 담당하고 있었다는 사실을 의
미하는 것이다. 이 작업 중에서 오오무라 교수의 한국 문학관을 전형적으로
보여주는 것들이라 생각되는 것이 최근 『寫眞版 尹東柱 自筆詩稿 全集』(1999)
으로 결실을 본 일련의 윤동주 연구 작업들, 그리고 일제 말기 한국 문인들의
연구다.

오오무라 교수의 윤동주 연구 작업은 국내에서 흔히 볼 수 있는 작가론이
나 작품론적 연구와는 그 경향을 달리한다. 그의 작업은 간도에 있는 윤동주
의 사적 탐사 및 보고라든지 작품의 원본 복원이라든가 시인의 독서력 탐사
등, 주로 실증적인 부분에 의도적으로 집중되어 있다. 이 영역은 사실상 윤동

주 연구에 있어서 선결 작업으로서 진행되었어야 할 성격을 띠고 있다 하겠
으나, 그 동안 국내 학계의 손길이 미치지 않는 상태로 방치되어 있었던 영역
들이다. 식민지 시대 한국 문학사의 정신사적 기둥의 하나라 할 수 있으며 동
시에 일본인의 과거 역사에 대한 직시 작업이나 윤리적 자성(自省)의 상징이
라고 할 수 있는 윤동주 연구의 기초 부분이, 일본인 연구자의 소리없는 노력
에 의해 채워지고 있는 현실이 여기서 그 모습을 드러내고 있는 것이다. 이
작업은 바로 연구자 오오무라 교수가 한국문학을 대하는 관점과 그 방법을
묵시적으로 드러내고 있는 예가 아닐까. 그것이 앞서 소개한 바 오자키 호츠
키의 발언의 연장선상에 서 있는 것으로 생각되는 것은 물론이다.

그의 연구의 두번째 특성을 보여주는 것들이 위 목록에 포함되어 있는「第
2次世界大戰下の朝鮮の文化狀況」(1970),「轉折の朝鮮文學者 ─ 李光洙と金龍
濟」(1971),「金鍾漢について」(1979)「大東亞文學者大會と朝鮮」(1989)『愛する
大陸よ ─ 詩人金龍濟硏究』(1993) 등의 논저들이다. 소위 암흑기 한국 문학사
에 집중되어 있는 이 논문들은 한국 문학을 바라보는 오오무라 교수의 관점
을 보다 구체적으로 확인할 수 있는 논문으로서 주목할 필요가 있지 않나 생
각된다. 가령「大東亞文學者大會と朝鮮」(1989)과 같은 논문은 '대동아문학자
대회'의 성격을 한·중·일 삼국의 참가 문인들의 행적 및 당시 언론 보도 상
황 등을 통해 재조명해 본 것이다. 오오무라 교수는 이 속에서 한국측 참가자
최재서가 쓴『국민문학』의 편집 요강을 소개하면서 다음과 같은 견해를 제시
하고 있다.

　　　『國民文學』이 이러한 편집 요강을 갖고 있었다고 한다면,「내지(內地)」
　　의 신문 잡지와 마찬가지로 대동아문학자대회를 대대적으로 취급해도
　　좋았을 터이다. 그럼에도 불구하고『國民文學』통권 38기 중에서, 3회에
　　걸쳐 개최된 대동아문학자대회에 대해 언급하고 있는 글은, 최재서의「
　　大東亞意識の目覺め─第 2回 大東亞文學者大會よリ歸リて」(1943. 10)와 이
　　광수의「大東亞文學の道─大東亞文學者大會席上にて」(1945. 1) 두 편뿐이
　　다. 그것도 간단한 여행기 정도에 그치고 있다. 이 글들은 매우 '격조'가
　　낮은 것으로서, 개조사(改造社)의『문예(文藝)』의 대특집호와는 비교해

볼 필요조차 없다. 대회 관련 기사가『每日新報』는 물론『國民文學』에는
더욱 작은 비중으로 취급되고 있는 것이다. 그 이유는, 첫째 이 대회가
조선보다는 중국을 주요 대상으로 인식하고 있었다는 점에도 있을 것이
나, 또 하나의 이유에는『매일신보』학예부장 백 철이나『국민문학』편
집 겸 발행인인 최재서가, 사정이 허락하는 범위 내에서 한껏 저항을 기
도했던, 그 점에 있었던 것이 아닐까 추측된다.[138]

『국민문학』에 수록된 대동아문학자대회 관련 기사와 최재서의 유명한『국
민문학』편집 요강을 분석하면, 그것이 주어진 여건 하에서 그 나름으로 최대
한 저항을 시도한 결과라고 진단한 것은 국내 연구 속에서는 찾아보기 힘든
것이다. 아무래도 이러한 판단이 가능한 것은 최재서나『국민문학』의 문제를
당시 시대 정황과 연관지어 1 : 1로 다루는 것이 아니라, 한·중·일 삼국의
상황을 국제 문단사적인 관점에서 비교하면서 다루는 연구 방법상의 특징 때
문이다. 그리고 이런 관점은 사실상 오오무라 교수가 한국의 친일문학을 보
는 관점과 무관하지 않다고 생각된다. 이어 이광수, 최재서, 유진오, 김종한,
김용제 등의 소위 친일적 발언을 예문으로 인용한 뒤 그가 진술한 내용은 매
우 인상적이다.

> (이 : 인용자) 활자들은 너무나도 잔혹하게 그들의 발언을 역사에 남기
> 고 있다. 일본 패전 후 그들의 행동, 또는 조선근대문학사에 눈부신 이름
> 을 남긴 1930년대 말까지의 그들의 문필 행위로 미뤄 볼 때, 대회 당시까
> 지 그들이 행한 발언을 문자 그대로 그들이 믿고 있었다고는 생각되지
> 않는다. 불행한 시대에 휘말려, 韜晦를 겹치는 속에서 자기 자신을 상실
> 한 최면술 속의 발언이라고 보아 마땅할 것이다.[139]

오오무라 마스오의 경우는 친일 문인들의 정신 구조 속에 저항적 태도가
기본적으로 존재하고 있다고 보는 유형의 사고방식을 갖고 있는 것으로 보인

---

138) 大村益夫,「大東亞文學者大會と朝鮮」,『社會科學討究』, 100호, 1989. 3, 223쪽.
139) 위 논문 214쪽.

다. 그러므로 그에게 있어 친일문인들의 발언들은 그 속에 진실성이 배제된, 혹은 압도적 상황에 의해 자신의 내면적 가치를 일시적으로 파괴당한 희생자의 발언으로 포착되는 경향이 있다. 친일문학의 발생 원인 문제를 외부적 정황에 그 중심을 두고 본다는 의미에서 이런 관점은 일종의 상황론적인 경향을 띠고 있다고 하겠다. 이런 관점을 갖고 있는 연구자에게, 한국의 지도자급 문인들로 하여금 비극적인 삶의 증거를 역사 속에 남기게 한 일본 제국주의의 국가악의 실상 그 자체가 최종적 관심의 대상이 될 것은 당연하다.

시인 김종한이나 김용제에 관한 연구에서도 이런 문제의식은 동일하게 반복된다. 오랜 추적 작업 끝에 완성을 보게 된『愛する大陸よ―金龍濟硏究』는 그런 문제의식을 보여주는 전형적인 예라 하겠다. 김용제는 친일 문인 중에서 특이한 경력을 갖고 있는 문인이다. 한국의 연구자들에게 철저하게 외면당하고 있는 것으로 생각되는 그는, 프로문학이 쇠퇴해 가던 일본 문단에서 강성 일변도의 프로시를 발표함으로써 문명을 얻었으며 투옥 생활을 거쳐 한국에 귀국한 뒤로는 또한 강성 일변도의 친일 문학 활동을 편 인상적인 경력을 갖고 있다. 그리고 훗날에는 자신의 친일 활동이 당시 그가 가담하고 있었던 지하 항일 운동의 위장책이었다는 주장을 펴기도 하였다.[140]

오오무라 교수의『김용제 연구』는 바로 명암이 극적으로 교차된 김용제의 삶의 과정을 추적한 연구로서 최초의 김용제 평전에 해당하는 연구사적 가치를 갖고 있다. 특히 이 연구 속에서 김용제의 '위장 친일론'의 실증적 근거를 추적해서 반론을 제기하는 부분은 매우 흥미롭다.[141] 그러나 역시 김용제의

---

140) 김용제, 「고백적 친일문학론―大村교수에게 답한다, 위장 친일의 진상」,『韓國文學』, 1978. 8 참조.

141) 김용제는 윗글에서 자신이 '위장전향'을 했으며 당시 모조의 지하 운동에 가담하고 있었다고 주장했다. 오오무라 교수는 이 점에 대해, 그가 가입하여 활동했다고 주장한 소위 지하 운동이 일본의 우익 지도자 이시하라 간지(石原莞爾)가 '민족독립'이라는 표면적 명분을 내걸고 운영하고 있었던 동아연맹(東亞聯盟)의 조선 지하 조직이었을 가능성이 있다는 점을 제시하였다. 그리고 김용제가 이 조직에서 '지하 운동'을 했다는 자의식을 갖고 있었다면, 그것은 동아연맹의 본질을 미처 파악하지 못한 소치일 가능성이 있다는 점도 제시하였다. 大村益夫,『愛する大陸よ―詩人金龍濟硏究』, 大和書房, 1993. 2, 159～164쪽.

삶의 반전과 관련하여 가장 문제가 되는 부분은 그가 프로문학과 일제 당국, 이 두 진영에 각각 소속되어 보여준 그 강성 일변도의 활동의 이면에 무엇이 있었는가 하는 점일 것이다. 오오무라 교수가 김용제의 결백 주장 논의와 관련하여 진단내리고 있는 부분을 구체적으로 보기로 한다.

김용제에게는 과연 전향했다고 하는 자각이 있었던 것일까. 林房雄의 『전향에 대해서』를 논하면서, 「林房雄씨처럼 국민문학의 길을 걸으려 하는 조선 출신으로서, 또 한 사람의 전향자로서, 허락된다면 씨에 대해 하나의 충언을 드리고 싶다」, (『國民文學』 1942년 7월)고 하고 있기 때문에, 전향자로서 임하고 있었던 것처럼 보인다. 그러나 大牧富士男씨의 뛰어난 논문 「自愧の 言語なけれど－金龍濟のために」(『幻野』 31호, 1998. 8)에 지적되어 있는 바와 같이, 그에게는 「자괴의 언어」가 없었으며 전향을 했다는 의식도 희박하다. …… 후략 ……

젊었던 50년 전 / 동경 유학 시절 / 일본공산당과 손을 잡으면 / 민족독립의 길이 빨리 열리리라 / 그러한 전략의식에서 / 당시 유행의 마르크스 보이가 되었다 / / 전시 일제의 투옥 등 탄압에 의해 / 어쩔 수 없이 위장 전향하고 / 해방 후에는 현제명이 작곡한 / 「보도연맹가」의 반공시를 쓰고 / 6·25 만행이 생명의 원수가 되었다. (「증언－6·25 회상시」, 『기러기』 1980, 6)

이 시에서 볼 수 있듯이 프로레타리아문학, 친일문학, 반공문학은 한 줄로 이어져 있다. 굴절이 없는 것처럼 후년에 정리하고 있다. 민족문학이 축이 되어 있는데, 프로레타리아 문학은 민족주의 문학의 방편이며, 친일문학도 지하 민족운동을 전개하기 위한 위장책이라는 사고 방식이다.

그는 자신을 '사과 공산주의자'이며, '사과 친일파'라 자칭하고 있다. '겉은 빨간 공산주의자지만, 속은 하얀 민족주의'이며, '겉은 붉은 일장기 친일파이지만, 속은 독립파'였다는 것이다. 여기에는 다소 변명 같은 데가 있긴 하나, 일면의 진실도 있다. 보다 정확히 표현한다면, 공산주의자·친일파이긴 했지만, 조선 민족의 일원임에는 틀림이 없었다고 할 수

있는 그런 것일 것이다. …… 중략 …… 한 개인의 입장에서 본다면, 개인
의 생은 연속이며, 변화하고 있는 것은 사회다. 그러므로 인간은 그 사회
에 적응해 살아가지 않으면 안 된다, 는 것일까. 그렇기 때문에 '전향'이
아니라 '변화'인 것일까.

어쨌든 프로레타리아 문학을 했던 때에는 반권력측에 서 있었던 것이
며, 친일문학과 민족문학(이라 자칭하는 문학)을 했던 때에는 권력 측에
섰다고 하는 명확한 차이가 있다. 반권력측에서 권력측으로 자리를 바꿨
을 때, 그것이 바로 '전향'인 것이 아닐까. 그 '전향'이 진짜였는가 위장
책이었는가는 神만이 아는 일일 것이다. 제 3자는 남아 있는 기록물, 즉
객관적 조건에서 판단할 수밖에 없다. "빵을 원하는 독자에게 돌을 주었
다"(『文學指標』 1946. 1. 1 발간사)면, "『聖戰』 문인들은 이것을 수치"로
여겨야 할 것이다. 혹 지하에서 독립운동을 했다손 치더라도 독자에게
돌을 던졌다는 사실 자체는 소멸하지 않고 남는 것이다.[142]

김용제의 삶의 곡절의 이유를 추정해 들어가면서 필자는 우선 김용제의 마
음 속에 주관적 형태로 간직되어 있는 민족주의적 지향을 제시하고 있다. 그
러나 김용제에게 그러한 주관적 진실성이 있었다 하더라도, 일단 문서적 증
거로 남아 있는 친일 행적, 그가 당시 일제 통치권력의 편에 섰다는 사실 자
체는 어쩔 수 없으며, 그런 의미에서 그의 전향은 객관적인 사실에 속하는 것
이라고 말한다. 한 인간에 대한 평가는 결국 그가 갖고 있었던 주관적 의도가
아니라, 그가 객관적으로 보여준 행동 결과에 의거할 수 밖에 없다는 저자의
해석 방식이 이곳에 개입되어 있을 것이다. 그러나 궁극적인 의미에서, 즉 이
문제를 둘러싼 궁극적인 진실의 영역은, 외부에 서 있는 연구자로서는 판정
할 수 있는 것이 아니라는 주석을 덧붙이는 것도 잊지 않았다. 친일과 위장
전향이라는 두 개의 축 중 어느 것이 진실인가, 이것의 최종적 판단은 궁극적
으로 '신만이 아는 일'이라는 진단이 그것이다.

친일 문제와 관련하여 당대는 물론 오늘까지도 수많은 문제들이 비밀 속에
남겨져 있을 가능성을 추정해 볼 때, 연구자가 이 용어를 사용한 것은 당연한

---

142) 大村益夫, 위책, 151~153쪽.

일일지도 모른다. 동시에 이 문제를 완벽하게 해설해 보려는 연구자들의 욕망이나 시도는 그런 의미에서 '허구'에 불과한 것일지도 모른다. 어쨌든 이 언어는 당사자 혹은 당사자를 둘러싸고 비밀 상태로 은닉되어 있는 '사실'을 연구자가 자신의 자의적 판단으로 왜곡시킬 수도 있는 가능성을 염두에 두고 있는 언어일 것이다. 그러므로 오오무라 교수는 최종적 '사실'의 바로 앞에 멈춰서서 사실의 가능성 여부를 진단하는 정도로 자신의 판단을 마무리하고 있는 것이 아닐까. 이 점은 오오무라 교수가 갖고 있는 연구 스타일, 즉 실증성을 최대한 존중하는 태도, 혹은 가치 평가에 있어서 중용적인 자세를 취하는 것을 선택하는 일종의 유가적 풍모과도 관련이 깊은 것이 아닐까 생각된다. 오진의 가능성을 무릅쓰고라도 '사실'을 완벽하게 설명해내고 싶어 하는 연구자들의 개인적 욕망과 '사실' 자체와의 가운데에서 균형을 취하고 있는 연구자의 자세를 느낄 수 있게 하는 대목이라고 하겠다.

위와 같은 진단을 내린 다음, 오오무라 교수는 상황론적 방면으로 논리를 발전시켜 간다.

> 그러나 김용제의 경우는 사정이 조금 다르다. 우리 일본인은, 아라 마사히토(荒正人), 오다기리 히데오(小田切秀雄), 사사키 키이치(佐佐木基一) 등이 「성전문학자(聖戰文學者)」를 윤리적으로 비판한 것과 같은 방식으로 김용제를 비판할 수 없다. 일본 프로 문학의 최후미에 자리를 잡게 하고 격렬한 투쟁역을 맡겨 결국 패배하지 않을 수 없게 만들었을 뿐만 아니라, 그 패배 후에 격렬하게 친일문학으로 달려가게 한 것 역시도 일본이기 때문이다. 해방 후의 한국에서 김용제는 문단 표면에 나오지 못한 채 끝을 맺고 있다. 나올 의지가 없었던 것이 아니라, 나올 수가 없었던 것일지도 모른다. 어쨌든 친일 문학에 가담했던 金은 그 나름대로 대가를 지불했던 것이다. 죄의식이나 수치감이 있었건 없었간에, 나머지 반생을 햇살이 들지 않는 한국 사회의 구석에서 살아간 행위를 통해, 그 나름대로 책임을 진 것이다.[143]

---

143) 위 책, 154쪽.

저자는 김용제를 극적인 삶의 결과로 밀어 넣은 외적 요인의 문제를 구체적으로 제시하고 있다. 일본에서는 프로 시인으로서 한국에서는 친일문인으로서 '각광'을 받았던 그의 두 개의 대조적인 삶 밑에 일본이 갖고 있는 두 가지 측면이 구체적인 힘의 원천으로서 존재하고 있다는 것이다. 즉 그가 프로시인으로서 누렸던 명성 밑에는 쇠퇴기에 들어섰던 일본의 프로 문학 진영이 그를 총알받이와 같은 운명으로 내몰았던 요인이 있다는 것, 그리고 투옥과 출옥 후 한국에 돌아온 그의 '열성적인 대일협력'의 밑에는 역시 일본 통치당국의 강요라는 요인이 있었다는 것이다. 이 중 첫째 요인에 대한 지적, 즉 일본의 진보적인 지식인조차도 한국인을 자신들의 욕구 실현을 위한 전략적 소모품으로 보고 있었다는 측면을 자아비판한 이 문제 의식은 사실상 나카노 시게하루(中野重治) 이래로[144] 일본의 진보적 지식인들이 지녀온 중요한 자기 인식 내용 중의 하나이기도 하다.

오오무라 교수의 이러한 문제의식의 이면에는 역시 전후 민주주의 고양기에 청년기를 보낸 연구자의 역사적·윤리적 책무감, 그리고 자국의 역사에 대한 윤리적 집착이 지속적으로 작용하고 있는 것으로 보인다. 바로 이런 점이 오오무라 교수 등의 연구 자세 속에 오자키식의 윤리적 관점이 이어지고 있는 이유이며 동시에, 오오무라 교수가 자신들 세대들의 한국 문학 연구 속에 '구도적 자세'가 있었다고 고백한[145] 이유일 것이 아니겠는가 생각된다.

이런 의미에서 오오무라 교수의 한국 문학관은 '일본적'이다. 그에 의하면 한국의 문인들은 최종적으로 일본이라는 외부적 요인―보수 진영과 진보 진영 양쪽을 포함한―의 희생자가 된다. 이 때문에 한국의 친일 문인들은 자신의 죄과에 대한 약간의 면죄부를 부여받을 수 있을지도 모르며 이런 의미에서 오오무라 교수의 논의는 한국 문학이 안고 있는 오래된 상처를 '덮어주는'

---

144) 中野重治가 임 화에게 준 작품 「비날이는 品川驛」에 나오는 "조선의 사나이요, 계집 아이인 그대들 / ······ / 일본 푸로레타리아트의 압짭이요 뒷군" 과 관련된 자아비판 내용이 그것이다. 이와 관련된 상세 내용은 김윤식, 「현해탄의 사상과 品川驛의 사상」(『한국근대문학사상사』, 한길사, 1984, 337쪽) 참조.
145) 大村益夫, 「일본에서의 남북한 현대문학의 연구 및 번역 상황(하)」, 『한국문학』, 1992년 5·6월호, 225쪽.

기능을 담당하고 있는 것인지도 모른다. 그리고 연구자는 한국 문인을 이렇게 몰아 넣은 외부적 요인, 즉 자국의 역사 문제를 연구자 자신의 윤리적 감각과 관련지으면서 그것을 응시하는 입장으로 돌아간다. 즉 과거의 역사를 통하여 현재의 일본이라는 역사적 공간의 문제에로, 즉 역사적 현재화라는 관점으로 되돌아가게 되는 것이다. 이런 의미에서 오오무라 교수의 생각은 일본의 미래를 위한 것이며 또한 오자키 호쓰키적이다.

오오무라 교수의 '한국 문학의 상처를 덮어주는' 논의, 혹은 '궁극적 진실'을 신의 영역으로 남겨두는 논의 방식은 그 나름대로 친일 문학과 관련된 한국 문학의 상처를 치유해주는 기능을 하고 있음은 틀림이 없을 것이다. 그러나 한국인의 입장에서 보자면, 언제까지나 그 상처의 원인을 가해자의 도덕적 결함 문제로 생각하고 있기에는 어딘가 불편한 데가 있다. 상처를 입은 자는 피해자로서의 면뿐만이 아니라, 자기 스스로 그러한 피해를 불러들인 자로서의 책임도 져야 하는, 그런 면모도 갖고 있는 자이기 때문이다.

친일 문학의 경우 큰 문제가 되는 것이 이른바 외압, 즉 일본 제국주의의 강압인 것은 틀림이 없으며 일본인에게 있어서 이것에 대한 자각은 매우 중요할 것이다. 어떤 의미에서는, 일본인에게 있어서의 친일문학 연구란 언제나 이 방면으로 귀결될 수밖에 없는 윤리적 필연성을 그 안에 내포하고 있는 것이라고도 말할 수 있겠다.

그러나 한국인의 입장에 서게 되면 문제는 달라진다. 만약 한국인이 언제까지나 가해자 책임론만 강조하는 자세를 취한다면, 그것은 한국인이 언제까지나 문제의 핵심을 유아기적인 태도로 바라보고 있다는 것을 의미하게 되는 것이 아닐까. 왜냐하면 작가를 포함한 모든 인간은 주어진 상황에 의해 수동적으로 조종되는 존재가 아니라, 언제나 어떤 방식으로로건 그 상황에 '주체적으로 대응' 할 수밖에 없는 내면적 자유와 선택권을 갖고 있기 때문이다. 이런 의미에서는 친일 역시도 종국적으로는 한국인이 스스로 선택한 행동의 결과인 것임에 틀림이 없는 것이다.

친일 문인들의 삶의 문제 규명에서 오오무라 교수는 객관적인 증거에 중심을 두는 신중한 접근 방식과 함께 일본 책임론쪽으로 문제의식을 집중하는 경향이 있다고 한다. 또 다른 연구자는 친일 문인들의 의식 구조 속으로 깊이 들어가 문제의 본질을 분명하게 인식할 것을 강조하는 '상처 파헤치기' 스타일의 연구 방법을 보여준다. 친일 문인들의 내적 · 주체적인 친일 논리와 그 심리의 해명에 주력하는 연구 성과를 내어온 사에구사 도시카쓰(三枝壽勝) 교수가 그다.

② 사에구사 도시카쓰(三枝壽勝)의 친일문학 연구

사에구사 도시카쓰(1941~) 교수는 오오무라 교수 세대의 바로 뒤를 잇고 있는 연구자이나 전후 연구자 그룹으로서는 제1세대에 속한다고 할 수 있는 이다. 오오무라 교수가 서지적 작업에 노력을 경주해 온 것과도 관련하여, 문헌학적 방법과 해석의 신중성을 중시하는 학풍을 갖고 있다고 한다면, 사에구사 교수의 연구 방법은 이와 대조적인 경향을 보여준다. 그는 문학 행위와 모랄의 관계에 중점을 두고 작가의식의 내면 속으로 깊히 파고 들어가는 연구 스타일을 갖고 있다. 해석의 정밀성과 상상력의 깊이, 인간 심리와 행동의 아이러닉한 면모에 대한 심리적 통찰 등이 그의 연구가 갖고 있는 강점이다. 그의 업적 중 연구논저적 성격을 띠고 있는 것들을 제시하면 다음과 같다.

「狀況과 文學者의 姿勢 ” 日帝 末期 親日文學의 경우」, 경희대 석사논문, 1977. 2
「屈伏과 克服의 말 ” 日帝 末期 韓國文學이 제기하는 問題點」, (『문학과 지성』 28호, 1977년 여름호)
「滿洲의 韓國文學」, 『慶熙文選』, 1978
「1940年代前半期の小說につしフ」, 『朝鮮學報』, 86집, 1978. 1
「李泰俊作品論 — 長篇作品を中心としフ」, 九州大學 『史淵』, 117집, 1980
「解放後の李泰俊」, 九州大學 『史淵』, 118집, 1981
「無情」にすけゐ類型的要素 — 李光洙硏究」, 『朝鮮學報』, 117집, 1985. 10
「8 · 15 以後にすけゐ親日派問題—解放後の朝鮮文學」, 『朝鮮學報』, 127집, 1988. 4
「李光洙と佛敎」, 『朝鮮學報』, 137집, 1990. 10

「金東ににすけゐ近代文學」,『朝鮮學報』, 140집, 1991. 7
「李箱のモダニズム」,『朝鮮學報』, 141집, 1991, 10
「再生」의 뜻은 무엇인가」,『東方學誌』, 83집, 1994. 3
「질서 일탈자와 의식 상실의 모티브」,『작가 연구』 3호, 1997. 4
「鄭芝溶의 시『鄕愁』에 나타난 낱말에 대한 고찰」,『시와 시학』 26호,
1997년 여름호
『ろジろ理解講座, '韓國文學を味ちう」, 國際交流基金ろジろせソ, 1997. 12
「오늘의 소설과 소설의 오늘 " 전통 그리고 새로움」,『21세기 문학』 1998
년 가을

사에구사 도시카쓰의 연구 성과물들은 일단 그 대상 작가의 측면에서만 본
다면 이광수, 최재서, 이 상, 정지용, 김동인, 이태준 등 다양해 보인다. 그러
나 그가 갖고 있는 문제의식의 핵심이자 연구의 출발점에 해당하는 논문으로
판단되는 것이 역시 친일문학 문제를 다룬 논문「狀況과 文學者의 姿勢 " 日
帝 末期 親日文學의 경우」(1977)이다. 이 논문은 최재서, 이광수, 정인택, 이태
준, 김남천, 유진오, 이무영 등이『국민문학(國民文學)』 및『춘추(春秋)』 등에
발표했던 소위 시국소설과 해방 후 채만식이 쓴 「민족의 죄인」을 대상으로
하여 친일 문인들의 정신 구조를 규명하려 한 논문이다.

이 논문은 여러 가지 특색을 갖고 있지만, 우선 소개하고 싶은 것이 연구
방법론과 관련된 저자의 논의다. 국내에서 나왔던 친일문학 관련 연구 성과
속에서도 유사한 입장을 확인할 수 있는 것이긴 하나[146], 사에구사 교수의 경
우는 이 문제를 매우 집요하게 추구한 데에 특징이 있는 것이 아닌가 생각된
다.

그는 우선 기본적으로 일제 말기 "個人의 思想的 節操의 强弱은, 組織的 彈
壓 앞에서는 無力에 가까운 것이었다는 엄연한 사실"[147]을 무시하지 않는다

---

146) 이 방면 논의의 고전적 업적이라고 할 수 있는 김윤식의『한・일문학의 관련 양상』
(일지사, 1974), 김홍규의「최재서의 문학 이론」(『문학과 지성』, 1976년 봄호)이 그
것이다.
147) 三枝壽勝,「狀況과 文學者의 姿勢 " 日帝 末期 親日文學의 경우」, 경희대 석사논문,
1977, 27쪽.

고 전제한다. 이 말은 앞에 소개한 일본 연구자들과 마찬가지로, 그 역시도 당시의 객관적 상황이 험난한 것이었다는 사실, 즉 친일 문학 현상의 근저에 일본 군국주의가 존재하고 있다는 점을 부정하는 것이 아니라는 것을 의미한다. 그러나 그는 동시에 친일문학의 원인을 상황론 위주로만 보는 태도에는 문제점이 있다고 지적한다. 임 화가 밝힌 바와 같이 "이 수년간은 문학적 내용이란 없었고 한국인은 오직 전쟁에 종사해서 굴종하든가, 그렇지 않으면 저항(독립운동)에 종사하는 일 외에 아무것도 없는 시기"148)였다는 인식과 같은 것이 그것이라는 것이다. 이런 표현은 한국인이 친일문학을 생각할 때에 흔히 사용하는 이분법적 판단의 한 원조격에 해당하는 것이라 해도 무방할 것이다. 그리고 이 점에 대한 진단만 내려지면, 친일 문학에 대한 연구는 이미 끝난 것이라고 생각하는 관습 역시도 그러하다. 사에구사 교수는 바로 이 지점에서 문제를 제기한다. 이러한 사고방식들은 문학을 외부 상황에 종속된 존재로 보는 관점, 혹은 과거사와 현재사를 구분해 보는 관점 때문에 생긴 것이라고 한다. 사에구사 교수는 이 문제에 관한 논의를 문학 행위의 본질에 대한 논의로부터 풀어나간다.

> 문학작품의 창작이란 어디까지나 주체적인 행위이며, 아무리 외적 세계의 설명이 있다 해도 그것이 직선적으로 작품에 반영되는 것이 아니며 일단 창작 주체의 내면을 통과해야 비로소 작품으로 나타나는 특징을 갖고 있다는 점을 고려해야 한다. 창작 주체에 의한 내면화 작업이 없을 때 작품은 성립되지 않는다는 것, 이것은 문학이 갖고 있는 숙명이라고 할 수 있다.149)

위의 논리는 비단 문학 행위만이 아니라 인간의 인식과 행동 구조 자체가 갖고 있는 기본 속성에 대한 설명으로서도 타당한 것이라 할 수 있을 것이다. 자신이 놓여진 상황이 어떠하건간에 사고와 행동을 하는 데 있어서 선택과

---

148) 林 和, 「19世紀의 淸算」, 「東亞日報」, 1939. 5, 12-14, 三枝壽勝, 앞 논문 6쪽에서 재인용.

149) 三枝壽勝, 앞 논문 7쪽. 일부 표현을 인용자가 수정하였음.

결단의 궁극적 주체가 되는 것은 바로 인간이기 때문이다. 이런 논리는 당연한 것일지 모르나, 동시에 일상적으로 간과되고 있는 논리이기도 한 것이 아닐까. 문제의 원인이 외부에 있다고 보는 정신적 관습은 사유적 틀의 편협성이나 인간이 갖고 있는 자기 방어적 심리 때문에 생기는 것일 것이다. 어쨌든 사에구사의 이 논리는 이 논문이 서 있는 정신적 토대를 요약적으로 보여주는 예에 해당한다. 이 논리에 의거한다면 친일 문학은 '대일 협력과 저항'이라는 이분법적 구도로 재단되는 사유 관습으로서는 만족될 수 없는, 그 이상의 무엇이 구체적으로 해명되지 않으면 안 될 본격적 탐구 대상으로서의 면모를 드러내는 것이다. 즉 당시의 친일 문학 역시도 한국 작가가 주체적으로 만들어낸 산물에 해당하는 것이기 때문에, 그 내적 면모를 파고 들어갈 때, 친일 문학 속에 담겨 있는 한국 작가들의 고뇌와 그 모색 과정을 포함한 정신 구조가 생생하게 그 모습을 드러낼 수 있는 것이다.

다음은 친일 문학을 보는 한국인의 심리 현상의 하나인 '수치'라는 명제와 그것의 해소 방법에 대한 저자의 논의 내용이다.

참다운 羞恥의 克服이란, 이것을 外面한다든가 없애버린다는 방법을 의미하지 않는다. 이 마음의 傷處를 외면하지 않고 羞恥를 羞恥로서 가져가는 길밖에 없으며, 이 이질적인 羞恥를 계속 마음 속에 품고 감으로써 생기는 緊張關係를 지속하는 자세로서 克服의 길이 열린다고 해야겠다. 이것은 羞恥를 갚는 일을 뜻하지 않는다. 羞恥에 대한 屈伏과 그 妄覺의 길에도 反感과 固執화의 길에도 참다운 극복을 찾을 수 없을 것이다. 원래 羞恥란 自我意識이 없이는 생기지 않는 것이며 自我로 인해 발생된 緊張 關係는 자기 탐구의 계기가 될 것이다. 여기서 성급한 지름길을 찾으려는 일은 함정에 빠질 위험성을 초래할지도 모른다. 근대 한국 문학사에 있어서 이 羞恥의 감정을 일으키는 대상으로서 고비를 이루는 것이 소위 親日文學이다. 그러므로 이 극복의 가능성 여부가 역시 이 親日文學을 직시할 수 있는 강한 自我探究意識의 獲得에 걸려 있다고 해야 하겠다.[150]

---

150) 三枝壽勝, 앞 논문 11쪽.

　한국인이 친일문학과 관련된 '수치의식'의 극복 방법으로 제기해 온 일반적인 방법은 의식적인 망각 혹은 상황적 체념론 혹은 혹독한 윤리적 비판 등등이 아니었을까. 그러나 그 어느 것도 그 수치를 극복하는 바른 방법이 아니라는 것은 분명하다. 그것은 한국인의 마음 속에 자리잡고 있는 유년기의 상처와 같은 것으로서, '봉황각 좌담회'와 같은 '특수한 경우'를 제외한다면 해방 후에도 그 문제가 본격적으로 거론된 바도 없다. 그러므로 그와 같은 행동 양태는 이와 조금이라도 유사한 역사적 조건 아래에서라면 언제나 반복되고 있으며 또한 반복될 수 있는 가능성을 갖고 있는 존재다. 그럼에도 불구하고 그 상처는 한국인이 들여다 보기를 두려워 하거나 기피하거나 무시하거나 하는 것이 통례다. 사에구사는 바로 '수치'라는 언어 자체에 내포되어 있는 한국인의 친일 컴플렉스를 정면으로 문제 삼으면서 그것의 극복 방법을 타진하고 있는 것이다.

　사에구사는 윗글에서 '수치'가 인간이라는 생명체가 갖고 있는 본원적 성질, 즉 자아의식의 소산이라고 말했다. 그리고 그 수치는 일회적인 방법으로 치유될 수 있는 것이 아니라고도 말한다. 치유를 위해서 우선 그 문제를 직시해야 하며 또 그 문제를 내내 들고 다녀야 한다고 말한다. 그것은 인간 존재 자체에 함께 내재되어 있는 어떤 것이기 때문이다. 그러므로 수치에 대한 탐구는 그대로 인간의 자기 존재의 탐구와도 같은 무게를 지닌 작업이 되는 것이다. 불교적 인간관이나 심층심리적 인간관을 연상시키는 위 발언들은 그대로 타당한 것이라 생각된다.

　사에구사의 이 발언은 '수치'가 갖고 있는 뿌리 깊음, 그것이 한국 근대사의 거대한 뿌리에 해당하는 것임을 고려해 볼 때 당연한 것이라고 해야 할 것이다. 그럼에도 불구하고 그의 문제 제기는 신선하게 들린다. 친일 문학과 관련하여, 당연한 점을 당연하게 이야기하는 전통이 일반적으로 볼 때 한국 문학 연구사 내부에는 약하게 존재해 왔기 때문이 아닐까. 이 발언 밑에, 어떤 의미에서는 한국문학보다 더 심각한 문제를 안고 있는 일본문학사를 마주하고 있는 저자의 문제의식이나 모종의 컴플렉스가 강력한 투사의 형태로 자리하고 있는 것으로 보이는 것은 물론이다.

그러므로 사에구사의 이 논의를 따라가면 이 친일 문학의 문제가 한국 문학사의 바깥에 있는 문제가 아니라, 또는 그것이 '그 시대'의 문제가 아니라 바로 오늘의 문제, 한국 문학사 내부의 문제라는 의식에 도달하게 된다.

> 解放과 더불어 등장한 過去의 傷處의 克服이란 단지 對日協力者만의 과제가 아니라 모든 文學者가 짊어져야 할 課題이었을 것이다. 따라서 소위 親日文學의 문제가 단순히 斷罪의 問題로 끝나 않은 것도 분명하다. 사회적으로 보면 斷罪의 對象은 당시의 植民地政策, 戰爭遂行政策을 한 爲政者에 있는 것이며, 그 核心에는 日本軍國主義者를 중심으로 한 日本人이 자리잡고 있다. 그러나 文學의 영역에서는 그것은 과거의 내적 극복의 문제로서 나타난다.[151]
>
> 그런 의미에서 이 문제는 후세대를 포함한 對日協力을 할 機會를 얻지 못한 作家들에게도 共通의 문제가 될 可能性을 가지고 있으며, 그 傷處의 문제가 一般性을 띠게 된다. 그 一般性은 서로 時代環境이나 狀況이 비슷하다는 데서 오는 것이 아니다. 주어진 상황 하에서 삶의 眞實性을 찾으려는 課題의 一般性에서 오는 것이다. 그런 課題를 자기의 것으로 맡을 때, 對日 協力者는 단지 非難의 對象으로 自己의 外部에 머무를 것에 그칠 것이다.[152]

사에구사에게 오면 친일문학 연구는 과거의 연구로서 그칠 수 없는 존재가 된다. 그것은 단죄의 대상도 아니다. 또한 일회적인 연구로서 문제가 종식될 수 있는 성질의 것도 아니다. 따라서 그것은 그것의 정체가 깊이 규명됨으로써 오늘의 한국인의 문제가 규명되는, 역사적 연계성과 현재성을 지니고 있는 명제, 즉 한국인의 보편적인 명제가 된다. 그것은 남의 것이 아니라 한국인의 것이 되는 동시에, 인간과 세계의 관계에 대한 근본적인 물음이 되는 것이다. 연구자가 갖고 있는 문제의식이 연구자 자신의 삶의 문제로부터 인류적인 문제로 전화되는, 그 사상적 깊이, 윤리 감각의 깊이를 여기서 잘 확인

---

151) 앞 논문 31쪽.
152) 앞 논문 32쪽.

할 수 있는 것이 아닌가 생각된다.

이와 같은 입장에 서서 저자는 일제 말기에 활약한 문인들의 작품을 분석한다. 최재서, 이태준, 유진오, 이석훈, 이광수, 정인택, 정비석, 최병일, 이무영, 채만식 등의 작품이 그것인데, 이 중 가장 비중있게 다뤄진 작가는 최재서, 이광수, 채만식이다. 이 중 이 논문에서 가장 인상적으로 다뤄진 예가 최재서가 아닌가 하는데, 그에 관한 논의 과정을 소개하기로 한다.[153]

최재서의 경우 역시 가장 큰 관심사가 되는 것은, 가치와 인식, 모랄을 작가와 비평가의 기본적 존재 이유로 보았던 그가 국민문학론을 제창하게 된 내면적 이유, 그리고 한국 문학의 일본 문학 편입을 기정사실화하고 본격적으로 친일 활동에 들어선 그가 일본 천황주의와 일본문학에 대해 전개했던 일정한 비판 내용의 밑에 들어 있는 내면적 이유 혹은 논리라 할 만한 것이다. 이 문제를 해명하려 할 경우, 앞에서 밝힌 바와 같이, 당대 세계사에서 전개되었던 반동적 상황이나 일제 통치의 상황 등을 제시하는 것은 사에구사의 경우에는 그렇게 큰 의미가 없다. 중요한 것은 최재서가 그 상황을 어떻게 받아들였는가 하는 점, 즉 그가 주체적으로 내린 판단과 논리, 그리고 결단의 내용이기 때문이다. 그는 최재서의 이론 형성 과정을 다음과 같이 요약한다.

> 지금까지 보아 온 최재서의 이론 형성의 과정은 이중의 흐름을 내포한 것으로 생각할 수 있다. 하나는 <좌절체험 → 세계관 파악 능력의 상실 → 고립화된 불안과 고민 → 긴장 관계의 지속으로 온 피로 → 무감각 상태 → 비약과 결단>으로 이르는 심리적 흐름이고, 또 하나는, <"사실의 優位의 是認" → 서양문화 · 합리주의의 破綻 → 비합리주의 → 전체주의 국가주의 → 국민문화>로 이르는 논리상의 흐름이다.[154]

그의 삶의 파정에 이르는 과정을 논리상의 흐름과 심리적인 흐름으로 나눠

---

153) 이 논문 속에 포함되어 있는 이광수 관련 연구 내용에 대해서는 심원섭, 「이광수 친일문학을 보는 일본인 연구자의 시각」, 『한 · 일문학의 관계론적 연구』(국학자료원, 1998. 11) 참조.
154) 앞 논문 45쪽.

기술한 데에 사에구사 교수다운 특징이 있는 것으로 생각된다. 그리고 위와 같은 흐름의 이면에 존재하는 최재서의 주체적인 논리 혹은 심리라고 할 만한 것을 그는 두 가지로 나눠 기술한다. 첫번째 심리적 이유에 해당하는 것이 '주어진 소여의 대상에 반드시 의미부여를 해야 된다는' 최재서 특유의 강박적 욕망이다. 두번째가 '외부 세계에 맞서는 강력한 자아를 형성'하지 못한 채, 서구 추수주의에 빠져 있었던 최재서의 사상적 허약성 문제이다. 이중 첫번째 문제점은 김홍규에 의해서 먼저 지적된 바 있기는 하나[155], 사에구사는 이 지점에서 더 나아간다. 최재서 특유의 그 강박적 욕망이 결국 국민문학론 이후까지도 자신의 논리를 발전시키게 하면서 그의 삶의 비극성을 더욱 심화시키는 요인으로 작용하고 있다고 진단 내린다.

> 그 논리가 비록 비약을 보이고 있다고 해도, 그 문장의 진지성으로 보아 그가 타의 혹은 추종으로 글을 썼다고는 생각할 수 없다. 그에게는 억지로라도 그 자신을 납득시킬 논리를 내세워야 할 필요가 있었다고 보아야 한다. …… 첫째 심리적 과정에 관해서는 물론 상황의 악화를 들 수 있지만, 최재서 자신으로 말하면 그가 "현대에 있어서 비평은 대부분 진단이다"란 말에 공감했음을 감안하면 주어진 소여의 대상에 반드시 의미 부여를 해야 된다는 관념이 작용하고 있었다고 볼 수 있다.[156]

지성론과 모랄론을 중심으로 하여 유미주의와 도식적 유물론, 그리고 모더니즘의 문제점을 비판하면서 평단의 통합을 주도했던[157] 최재서의 '지성론'의 근간에 자리하고 있었던 세계가 바로 위와 같은 자기 강박이었다는 점을 사에구사는 강조하고 있다. 이 지점에 이르러 친일문학이라는 현상이 친일문인 집단 일반의 문제로서가 아니라, 최재서 개인의 특수성 문제로서 부각되어 오는 것을 느낄 수 있게 된다. 이러한 개인적인 욕망의 세계가 역기능적인 방향으로 작용할 때에는, 그의 평단 내에서의 위치를 굳히는 원동력이 되었

---

155) 김홍규의 앞 논문, 120쪽 참조.
156) 앞 논문 44~45쪽.
157) 김홍규, 「최재서론」, 『문학과 역사적 인간』, 창작과비평사, 1980, 301쪽 참조.

던 소위 '지성론'은 그 창백한 아랫도리를 드러내는 것이 아닐까. 최재서의 완벽에 대한 강박은 그 다음 단계에까지도 나아간다. 그는 국민문학론을 제창하면서 합리적 개인주의와 지성을 포기한 뒤에도 여전히 자신의 시효가 다한 '지성'을 끝까지 작동시켜 나간다. 한국 문학이 일본 문학 속에 편입되는 조건으로 내세운 몇 가지의 비판적 제안들ㅡ조선 문학을 편입해 들인 일본 문학 역시도 변화할 것, 현실 천황주의 역시도 이상(理想) 천황주의로 변화할 것 등ㅡ이 그것이다.

> 그가 말한 내선일체란, 있는 그대로의 일본에 한국 사람이 들어가고 동화하는 것을 의미하지 않고, 그것을 이루려면, 있는 그대로의 일본도 아니고 한국도 아닌 새로운 민족을 형성하는 것이어야 했었다. 그러므로 거기에 요청되어야 할 것은, 일본 국가도, 일본 문화도, 일본인도 그들이 갖고 있는 체계 자체가 달라져야 할 것이었다. 이것을 하나의 정책으로 볼 때 너무나 허황하고 비현실적이고 현실에 대해서 무력한 것이라 해야 되지만, 한편 이것을 하나의 집념으로 제출했다는 데, 역사 속에 있는 개인의 집념을 느낄 수 있다.[158]

최재서의 제안은 단순한 일본 문학 편입 논의가 아니었다. 그것은 조선 문학을 편입해 들인 일본 문학이 새로운 성질을 가진 '문학권'으로 지양되어야 한다는 논리를 가진 것으로서, 그 새 문학은 일본 문학을 주축으로 한 것이면서도 일본을 포함한 아시아 민족 개별 단위를 초월하는 거대한 아시아 문학권이 되어야 한다는 제안을 하는 데까지 이르게 되는 것이다. 그런 의미에서 최재서의 구상은 소위 대동아공영권의 사상이 노리고 있었던 전략적인 목표나 그 규모를 훨씬 상회하는 지경에 이르는 논리적 구조를 갖고 있는 것이라 할 수 있다.

이러한 최재서의 논리는 일본 쪽에서 보자면 일본 군국주의가 내건 대동아공영권의 사상을 질적·양적 측면에서 본격화·이상화시킨 논리로서의 측면

---

158) 앞 논문, 82쪽.

을 갖게 된다. 그러나 이러한 '이상적인 대동아 문학'을 당대 일본의 군국주의가 실제로 추구하고 있었을 리도 없으며 또 그것을 수용할 의사가 있었을 리도 만무하다. 최재서의 논리는 하나의 명분으로서 이용당할 가치가 있다면 혹시 모를까, 현실적인 의미에서 본다면 당대 일본 역시도 받아들이는 것이 불가능한 극단적인 이상주의 논리였던 것으로 생각된다. 바꿔 말한다면 당시의 일본에게 있어서 최재서의 이 '충성'은 필요 이상의 영역에까지 이르고 있는 존재였을 것으로 생각할 수 있다.

최재서의 논리가 갖고 있는 문제점을 조선의 관점, 그리고 아시아 각국의 관점에서 보자면, 그것은 더 말할 나위도 없다. 그것은 지나치게 '급진적'이다. 그 논리는 우선 민족 단위 국가로 구성되어 진행되고 있는 근대 세계사의 흐름을 완전히 무시한 역사적 관점을 근거로 하고 있다. 민족 단위의 문학적 전통과 그 존재 의의를 무화시키는 논리이기도 한 것은 물론이다.

한 마디로 최재서의 논리는 현실성이 극히 희박하다. 세계 역사의 전개 과정을 단숨에 뒤집어 놓는 그의 논리의 이면에는, 그가 당시 역사의 반동적인 전개 과정에서 받은 충격이 자리하고 있었을 가능성이 있다. 그러나 그렇다고 해도 이제 시작에 불과했던 수년간의 유럽사의 경험, 동아시아사의 경험을 바탕으로 해서 이러한 극단적 논리를 전개하는 것은 쉬운 일이 아니다. 이 시기의 최재서의 논리는 한 마디로 이성적인 작업의 소산인 것으로 판단하기 어려운 특수한 성격을 갖고 있는 것이다. 이러한 최재서의 모습을 사에구사 교수는 '유다의 몸부림'이라는 말로 요약한다.

> 그는 군소 일본주의자 이상으로 황민화에 깊이 들어가며, 그들을 초월할 데까지 갔다. 이렇게 해서 그는 내선일체, 황국신민화가 다다를 데까지 이르면 결국 그 한계가 드러나고 그 길이 막히며 파멸해야 함을 자기 스스로 몸소 고독한 작업을 통해서 보여준 것이다.
>
> 광기어린 일본인화는 결국 절망밖에 낳지 못했다. 유다와 같이 넋을 팔아버린 그의 몸부림은 어쩌면 처절하게 보인다. 개인적으로도 잡지 「국민문학」은 그의 아들의 죽음을 대가로 얻은 것이었다.[159]

어떤 의미에서 그가 처음부터 자기에 성실하려고 한 것은 사실이다.
비록 관념적이라 해도 그는 자기가 납득해야 할 자기의 이론을 내세웠
다. 또 거기에 정열을 기울였다. 그는 자기가 판 넒의 대가로서 일본의
현실을 칠 칼을 얻었다. 그 선택은 위험스러운 것이며, 옳은 것이라고는
할 수 없다. 일본의 문화의 기반이 천황주의 정신이란 말은 하나의 상징
으로는 성립될 수 있지만, 결국 그것이 허구에 지나지 않았다. …… 중략
…… / 물론 그는 한국인으로서 일본 군국주의에 적극적으로 가담한 사
람이다. 그러나 그 가담이 아부에 의해 나온 것이 아니었다. 그의 전체주
의 국가주의의 文學理論은 그 나름대로의 진지성을 보이고 있다. 한편
그것이 그의 대일 협력의 이론적 근거가 된 것을 생각할 때 그 전체주의
국가주의에 대한 이론으로부터 비판이 되어야 할 것이다. 결국 그가 일
제 말기에 남긴 업적이란 정신의 퇴폐한 세계이다. 그 퇴폐는 일제 식민
지 통치가 낳은 것임에 틀림없다. 그런 의미에서 최재서는 일제가 낳은
비극의 주인공의 하나라고 할 수 있다.160)

최재서의 마지막 모습을 그리는 사에구사 교수의 수사법은 고전적인 성격
비극을 묘사하는 그것과도 같다. 최재서의 작업은 지성의 파탄으로 끝이 난
다. 그러나 그것은 결코 상황의 악화에 종속된 것이라는 논리로만 설명될 수
있는 것은 아니다. 그것은 어떤 의미에서건 당시 상황 속에서 최재서가 주체
적으로 전개해 간 적극적 행동이었다. 그리고 그 행동을 뒷받침한 에너지는
다름 아닌 '지성'에 대한 최재서의 집착 자체에 있었다. 그리고 최재서가 시효
가 다한 자신의 '지성'에 집착하면 할수록 그 '지성'의 파괴와 왜곡 현상은 더
욱더 심각해져 간다. 사에구사 교수가 묘사해내고 있는 최재서상은 다름아닌
비극적 아이러니의 주인공인 것이다.

최재서의 평론 분석을 통하여 이곳까지 논리를 전개해 온 사에구사 교수의
논의 내용에 의하면, 최재서는 자신을 둘러싼 객관적 정황을 파악하지 못하
고 있는 아이러니의 주인공처럼 묘사된다. 그러나 이 논문의 최재서 언급 부

---

159) 앞 논문, 71쪽.
160) 앞 논문, 72쪽.

분 마지막에 해당하는 2장 4절 「때 아니게 핀 꽃」이라는 내용에 이르면, 이 지점에서 한 걸음 더 나아간 최재서의 모습이 제시된다. 이 절은 최재서가 당시 쓴 일본어 소설들을 「非時の花」라는 작품 중심으로 분석한 것인데, 최재서는 비평적 논리 속에서는 드러낼 수 없었던 자신의 또 다른 내면적 심경을 이 작품을 통해 표현하고 있는 것으로 분석되고 있다.

이 작품은 당과의 전투에서 죽을 기회를 놓친 뒤 수치심으로 고통받고 있던 화랑 원술이 이후 전개된 전투에서 은밀하게 전공을 세우며 속죄를 해나가다가 결국 불문(佛門)에 들어선 뒤에야 마음의 안식을 얻는다는 줄거리를 갖고 있다. 이 작품 속에서 사에구사 교수는 원술이 과거 자신의 결혼 대상이었던 여인 남해(南海) 공주를 만난 자리에서 자신의 심경을 고백하는 내용을 결정적인 예문으로 제시한다.

> 나는 결국 때 아니게 핀 꽃이오. 내 이름은 앞으로 몇십년 몇백년 동안 사람들의 입에 오르내릴 것이오. 그것은 희귀함 때문이오. 나는 역시 저 꽃잎처럼 봄에 피고 봄에 지고 싶었소.161)

최재서는 주인공 원술의 입을 통하여, 자신의 '희귀한' 삶이 후대 역사 속에서 길이 회자될 상황을 예견하는 동시에 자신의 과거 삶에 대한 깊은 회한을 고백하고 있는 것이다. 이 연구자에 의해 검토되지 않았더라면 드러나기 어려웠을 최재서의 당시 내면의 일단이 한국인들에게 그 모습을 드러내는 순간이라고 해야 하지 않을까. 뒷 내용을 따라가 본다.

> 최재서가 비극을 썼다는 것은 그가 카타르시스를 요구했던 것을 추측케 한다. 당시 그는 일본사람은커녕 동족인 한국 사람 사이에서도 고립되어 있었다. 그 고독에서 온 심정이 그로 하여금 그런 욕구를 품게 한 것이 아닐까. …… 중략 …… "때 아니게 핀 꽃"이란 그가 자기 스스로 느끼고 있은 심정이었던 것 같다. 그 고독의 원인은, 그가 국민문학을 내세

---

161) 앞 논문 78쪽에서 재인용. 어미와 어휘 일부를 인용자가 손질하였음.

우면서 결국 일본인한테서도 한국인한테서도 이해되지 못했던 그의 입장에 있을 것이다. 사후를 놓친 원술의 뉘우침은 일찍이 붓을 꺾지 못했던 최재서 자신의 뉘우침과 겹친다. 악몽과 같이 수렁에 빠져들고 나오지 못한 그의 뉘우침이다. 때를 만나지 못하고 아닌 때 핀 꽃, 단 한 번밖에 없을 사후를 놓친 뉘우침, 이것이 바로 최재서 자신의 것이 아니었을까?[162]

적의 편에 서는 결단을 내리면서 자신의 지성을 파탄적 형태로 전개해 갔던 최재서의 내면적 심경 속에 이런 세계가 자리하고 있었던 것으로 진단되고 있다. 이것은 최소한 최재서가 자신이 처해 있었던 비극적 상황과 자신의 미래의 운명을 어느 정도는 파악하고 있었다는 이야기가 된다. 이때의 최재서의 모습은 아이러니의 제물이 아니다. 자신의 행위를 어느 정도 객관적으로 파악하고 있는 이, 그리고 앞으로 자신이 치르게 될 업보 역시도 어느 정도 파악하고 있었던 에이론이었다는 사실이 이곳에서 제기되는 것이다.

이 지점에 이르면 우리가 알고 있는 최재서상은 그 모습이 엄청나게 달라지는 것이 아닐까. 친일 문학의 거두였던 최재서는 일시적으로 지성의 파탄을 보여주기는 했지만, 결국 자신의 행위를 객관적으로 볼 수 있는 능력, 즉 참다운 의미에서의 지성의 균형을 회복했던 모습을 마지막에 보여주는 것이다. 이것은, 그 긍정적 측면을 높이 사는 관점에서 말한다면, 해방 후에 대두되었던 한국 지성사의 과제, 즉 식민지 시대 지식인들의 자기 반성이라는 영역에서 의미있게 기록될 수 있는 것이 아닐까.

이상을 통해서 살펴 본 최재서 논의 내용은, 사에구사 교수가 이 논문의 서론에서 밝혔던 자신의 방법론의 특징을 잘 보여준 예인 것이 아닐까 생각한다. 친일 문학은 당시 문인들의 주체적 선택 행위의 결과라는 점, 그 주체적인 선택 행위의 전말을 자세히 탐구하는 작업을 통해서만 친일 문인들의 정신 구조에 대한 파악이 가능하다는 것, 그리고 이 작업이야말로 한국 문학사의 상처, 혹은 한국인이 회피하고 있는 정신적 상처를 직시하고 그것을 극복

---

162) 앞 논문, 78~79쪽.

할 수 있는 토대가 될 수 있다는 그의 연구 관점이 이 곳에 잘 드러나 있는 것으로 판단되는 것이다. 한국 문학 연구사에 최초로 제시되는 내용까지 포함되어 있는 이 연구 성과가 한국 문학 연구에 크게 기여하고 있는 것으로 판단되는 것은 물론이다.

그러나 이 작업은 또 한편으로는 일본을 위한 작업이기도 하다는 점을 인식해야 할 필요가 있다. 일본 연구자들이 한국의 친일문학을 연구하는 근원적 이유가 이곳에 있다는 점은 앞에서도 밝힌 바 있지만, 사에구사 교수의 경우 역시도 예외가 아니라고 생각한다. 사에구사 교수의 경우는 물론 친일문학이 한국인에 의한 주체적 행위라는 점을 강조하는, 연구 관점상의 개성을 갖고 있다. 그러나 그가 이 면을 강조한 것은 당시 일본의 국가악을 무화하기 위한 것이 아니라는 것, 오히려 그가 지향한 곳은 그 반대 지점이라는 것을 인식할 필요가 있다. 친일 지식인들의 '주체적 행위'의 실상을 상세하게 해명해낼수록 더욱더 선명하게 드러나는 것은, 극한적 상황 속에서 지성의 파탄을 겪어내야 했던 한국 지식인들의 비극적 삶의 모습들이며, 바로 그 지점에서 일본의 과거 국가악이 얼마나 식민지 지식인의 내면을 극단적인 선택의 상황으로 내몰았는가 하는 사실이 더욱더 구체적으로 드러나기 때문이다. 이 작업의 이면에 어른거리고 있는 이미지가 있다면, 그것이 이 시기 일본의 국책에 주체적으로 협력했던 일본 지식인들의 지적 파탄상, 그리고 현재에도 일본 사회를 물 밑에서 지배하고 있는 우익적 에너지의 잠재력일 것임은 물론이다. 그것은 한국 지식인들과 마찬가지로 일본 지식인들 역시도 청산하지 못한 일본 근대사의 원죄적 상처다. 사에구사 교수의 연구를 포함한 일본 연구자들의 연구가 한국 문학사의 상처를 직시하는 작업이 되는 것임과 동시에 일본인이 회피하고 싶은 일본 근대사의 상처를 파헤치는 작업이 되기도 하는 것은 바로 이런 데에 이유가 있는 것이다.

3) 서구 학계의 한국문학 해석

서양에서 한국문학 연구는 미국의 경우나 유럽의 경우 모두 한국학이라는 지역학의 한 분야로 이루어졌다. 서양에서 한국문학에 대한 연구를 지역학의 한 분야로 수행한 데에는 나름대로 이유가 있다. 우선 이들 나라에서는 한국문학을 독자적인 학문 분야로 따로 설정해 연구를 할만한 인적·물적 자원이 없었다. 소수의 인원과 물적 자원을 토대로 연구를 시작하기에는 지역학적 접근이 적절했던 것이다.

지역학을 통해 한국문학을 연구하는 것이 단점만 있는 것은 아니다. 한국철학과 한국역사를 함께 살피며 한국문학에 다가가는 지역학적 접근 방법은 전반적인 한국 문화에 대한 이해 속에서 한국문학을 연구할 수 있게 하는 효과적인 방법이기도 하다. 더구나 한국에 대한 이해 자체가 그리 깊지 않았던 연구의 초장기에 이러한 방법은 한국문학에 대한 바른 접근을 위한 권장할만한 방법이기도 했다.

최근 한 국제학술회에서는 미국내 한국학 연구의 역사를 다음과 같이 세 시기로 나누어 정리한 연구 보고서가 발표되었다.

제1기 : 개척기라 할 수 있는 1882년부터 1945까지. 이 시기에 관심을 갖고 연구한 대다수의 사람들은 선교사들이었다. 모든 인간이 보편적으로 지닌 "다른 것에 대한 호기심"에 더하여, 어떻게 하면 조선사람들을 기독교로 끌어들일까, 다시 말해서 효과적 선교를 위해 조선, 조선의 말과 글, 풍습, 사상, 종교, 제도를 연구했다. 당시 선교사들의 연구는 서양 우월의 문화적 편견이 있기는 해도 황무지를 개척했다는 데서 연구사적 중요성을 인정해야 한다.

제2기 : 1945년부터 1960년대 중반까지의 시기로 과도기라고 이름할 수 있다. 동서 냉전의 시작부터 월남전 전후에 그 질서가 한풀 꺾이기 시작할 때까지 미국에서의 한국 연구는 정부 관리들 - 국무성, 정보국, 군사정보처 안팎의 사람들에 의해 주도되었다. 이들은 동서 냉전 질서의 중심부 사람답게 그 질서를 지탱하고 미국의 이해를 위해 한국을 연구했다. 이들의 경향은 관료적이고, 냉전적이며, 이념적이다.

제3기 : 1960년대 중반부터 오늘날까지의 시기인데, 성숙기라 할 수 있다. 미국이 월남전을 겪게 되면서 반전운동이나 흑인 민권운동 등 학계를 비롯 미국사회 구석구석에서 냉전적, 백인우월의 인종차별적 질서에 대한 저항과 비판이 드세게 일어났다. 이 물결을 타고 수정주의자들이 잉태되었다. 아울러 이 시기는 탈 냉전, 백인우월의 인종주의를 벗어나려는 학자와 지식인들이 학계와 언론계, 그리고 정부기관과 민간 연구단체에 들어가고, 기존 세력이 이 거센 물결에 대응 응전하는 시기이다. 이 시기에 이전의 관료적 냉전적 연구자를 압도하는 우수한 한국학 연구자들이 등장하였다. 이를테면 평화봉사단으로 한국에 온 젊은 지식인 그룹이 한국전문가로 등장한 것이 그 예가 된다. 넓게는 미국의 기존 질서, 좁게는 미국의 외교 정책을 비판한 이들이 한국에 와서 영어를 가르치며 한국의 언어와 풍습을 익히고 한국을 연구하기로 결심하고 미국에 돌아가 버클리, 와싱톤, 콜롬비아, 하버드 등의 대학에서 자리잡고 미국에서의 한국학 연구를 주도하고 있다.163)

아울러 이 보고서에서는 미국에서의 한국학 연구의 특징적 경향과 방법을 "첫째, 한국을 넓게 이웃내지 인류 보편사와 견주고 보완하는 경향과 방법. 둘째, 학제적 접근법. 셋째, 거시적 접근법. 넷째, 초국가적 학문태도."164)로 접근하고 있다고 소개한다.

이러한 연구의 특징적 경향과 방법 역시 지역학으로서의 한국학 연구라는 특징을 보여준다고 할 수 있다.

최근 미국에서 발간된 한국연구 인명록에는 미국내 한국문학 연구자로 다음의 일곱 사람이 올라 있다.

정종해, 정진배, Stephan Jay Epstein, Bruce Edward Fulton, Barbara Grossman, J. Martin Holman, Peter H. Lee, David Richard McCann, M.J. Rhee, Rob John Wilson.165) 아울러 이 책에 올라 있는 미국내 한국학 연구 관련 주요 기관의 목록은 다음과 같다.

아메리칸대학 : 아시아 연구소

---

163) 박정신, 「미국에서의 한국학 동향」, 『외국에서의 한국학 연구동향— 1998년도 국제 학술회의자료집』, 성신여자대학교 인문과학연구소, 1998년 6월 11일. 4～5쪽 참조.
164) 박정신, 앞의글, 8～9쪽 참조.
165) 『A Guide to Korean Studies in the United States』(Korean Society, Los Angeles), 1993. Ⅲ-19 쪽 참조.

캘리포니아 주립대학 : 한미 한국학 연구소
콜롬비아대학 : 한국연구센터
코넬대학 : 아시아학과
듀크대학 : 아시아태평양학연구소
조지와싱턴대학 : 동아시아언어문화학과
하버드대학 : 동아시아언어문화학과, 옌칭도서관, 한국학연구소
인디아나대학 : 동아시아연구센터
국회도서관 : 한국섹션
펜실베니아주립대학 : 동아시아연구센터
산호세대학 : 아시아연구센터
스탠포드대학 : 아시어언어학과
뉴욕주립대학 : 한국학프로그램
버클리대학 : 한국학센터
U.C.L.A : 동아시아언어문화학과
샌디에고캘로포니아주립대학 : 한국태평양프로그램대학원과정
시카고대학 : 동아시아언어문화학과, 동아시아연구센터, 동아시아도서관
하와이대학 : 동아시아언어문화학과, 한국학연구센터, 동서센타, 해밀턴
도서관 아시아컬렉션
캔자스대학 : 동아시아연구센터
미조리대학 : 동아시아학종합연구센터
남가주대학 : 동아시아언어문화학과, 동아시아연구센터, 한국재단도서관
텍사스(오스틴)대학 : 아시아연구소
와싱턴대학 : 국제학잭슨스쿨－한국학분야
와싱턴(매디슨)대학 : 동아시아언어문학과
리튼버그대학 : 동아시아학
예일대학 : 동아시아언어문학과166)

　　1992년 하와이 대학에서 조직된 국제한국문학회(International Korean Literature Association)의 탄생은 미국에서의 한국문학 연구 활성화를 위한 한

---

166) 『A Guide to Korean Studies in the United States』, Ⅳ-1-2쪽 참조.

전환점이 되었다. 이 국제한국문학회에는 미국 내에서의 한국문학 연구자와 번역자 및 한국 내 연구자들까지 참여하고 있다.

한국학과 한국문학에 대한 연구는 한국어에 대한 습득과 연구를 토대로 이루어진다. 이 점에서 본다면 현재 미국 내에서 일고 있는 한국어 강좌 수의 증가 및 그와 비례한 수강생의 증가는 고무적인 현상이 아닐 수 없다. 미국 버클리대학의 경우 한국어 강좌는 수강생의 수가 지난 80년대 10년 동안 거의 5배 가까이 증가했다. 하와이 대학에서는 한국어와 한국문학 강좌 수강생이 1982년에서 92년 사이에 3.5배 가량 증가한 것으로 알려져 있다. 1971년에는 한국어를 포함한 한국학 프로그램을 운영하는 대학이 11개 학교에 불과했으나, 지난 20년간 약 3배로 늘어났다.167) 하버드, 남가주, U.C.L.A., U.C. 버클리, 하와이, 콜롬비아, 브라운, 코넬, 인디아나, 시카고, 워싱톤, 펜실베니아 대학 등이 여기에 속하는 대표적 대학들이다.

현재 미국에서 한국문학을 독립된 전공으로 인정하고 있는 대학은 하버드, U.C.L.A., 하와이 대학 등이다. 이 가운데 하버드 대학의 예를 들어 미국 대학에서의 한국학과 한국문학 강좌 개설에 대해 살펴보기로 한다.

하버드 대학에서 한국학과 한국문학 전공은 동아시아 언어문화과 (Department of East Asian Languages and Civilizations)의 교과 과정 가운데 하나로 개설된다. 동아시아 언어문화과 교과 과정은 동아시아학 개관, 중국 언어 코스, 중국 역사 코스, 중국 문학 코스, 일본 언어 코스, 일본 역사 코스, 일본 문학 코스, 한국 언어 코스, 한국 역사 코스, 한국 문학 코스, 만주 언어 코스, 몽고 언어 코스, 티베트와 히말라야 연구, 베트남 언어 코스, 베트남 역사 코스 등으로 이루어진다. 외형상으로 볼 때 한국학 과정은 중국학과 일본학 처럼 언어 코스, 역사 코스, 문학 코스를 모두 개설함으로써 이들과 어깨를 나란히 하고 있는 것처럼 보인다. 하지만 실제 강좌 수를 비교해 보면 한국학 과정은 나머지 두 나라학에 비해 열세에 놓여 있음을 알 수 있다. 1994년에서 95년의 경우를 보면 중국학이 언어 20강좌, 역사 18강좌, 문학 9강좌

---

167) 마샬 필, 「미국에서의 한국문학 교육과 한국문학 교과서」, 『문학사상』, 1996년 1월, 58~59쪽 참조.

가 개설되었고, 일본학이 언어 17강좌, 역사 5강좌, 문학 12강좌가 개설되었
다. 이에 비해 한국학은 언어 7강좌, 역사 3강좌, 문학 3강좌가 개설되었다.
이러한 자료를 바탕으로 할 때 특히 문학 강좌의 경우 중국 문학 강좌 수의
3분의 1, 일본 문학 강좌 수의 4분의 1이 개설된 셈이다. 참고로 이 시기 개설
된 한국문학 강좌의 제목과 그 강좌에서 다루어진 내용을 보면 다음과 같다.

> 강좌 1 :
> 한국문학 ” 한국문학사의 주제들(Themes in modern Korean Literary History)
> 근대 세계로 편입되는 과정에서 일어나는 한국문학의 모티브들과 주요
> 주제들에 대해 탐구한다. 현대문학의 구성, 현대의 개념, 구전성과 문자
> 성, 자아와 타인 그리고 사회의 구성, 감각의 교육, 사회와 감각적 삶, 식
> 민지적 근대의 모순, 이데올로기와 문학, 이상과 전쟁의 경험, 산업사회
> 탄생의 고통, 문학의 정치학, 포스트모던의 막간.
> 강좌 2 :
> 한국문학 ” 현대 한국에서의 정치와 문학(Politics and Literature in
> Contemporary Korea)
> 1960년대 이래 근대화의 진행 과정 속에서 일어나는 문제들에 대한 문
> 학적 반응에 대한 토론, 민주화 운동 과정 속에서 작가들의 역할에 대한
> 점검, 비평문과 작품 강독.
> 강좌 3 : 강독과 연구

  유럽에서의 한국학은 대학에서 가르치는 외국어로서의 한국어 교육에서
시작되었다. 이런 수준의 한국학은 대체로 중국학·일본학이 중심이 되는 동
양학의 한 하위 영역이었으나 차츰 한국학과로 독립하는 단계를 거치면서 성
숙해 갔다. 공적인 한국학 연구 조직인 연구소와 학회로는 프랑스의 한국학
연구소, 러시아의 동방학연구소와 유럽한국학회(AKSE), 핀우그르학회, 국제
한국학 및 비교학회(A.I.E.C.C)가 주축을 이루고 있다.
  먼저 학국학에 관심을 기울이고 있는 동부 유럽권에 속하는 나라로는 러시
아·폴란드·체코를 들 수 있다. 러시아에서는 비교적 이른 시기인 1874년에

이미 M.P.Putsillo의『러한사전』이 나왔고, 이어서 1900년에는 N. La Bicurin의
『한국지』, N.V.Kiuner의『한국잡록』이 나와 학문적 접근의 토대가 마련되었
다. 한편 1899년에는 블라디보스토크에 동방학연구소가 설립되어
G.V.Podstabind 교수가 한국학 과장을 20여년 맡으면서 연구를 주도했고,
1930년에는 과학원 레닌그라드 동방학연구소에 일·한학과가 생겼다. 해방
이후에는 과학원의 동방학연구소에 한·몽학과가 생겨 연구가 크게 진척되
었으며, 분단 이후에 들어서는 모스크바종합대학 교수 M.Pak의『삼국유사』
번역, V.I. Shipaev의『한일관계사』, R.S.Dzhanylgasina의『중세사』, Mazyp의
『한국어문법개요』등이 연구되었다. 1980년대에는 이전의 원론적인 한국학
연구에서 한 발 전진하여 트로체비츠의『구운몽』번역과 연구, 콘체비치의
이광수·이기영 연구 등이 진행되었다.

카자흐스탄에서는 알마타에서 1937년부터 한국어 교육이 시작되었다. 이
후 1988년까지 언어교육 차원에서의 연구가 진행되다가 국립사범대학에 한
국어학과가 설치되면서 본격적인 한국학 연구가 이루어지기 시작했고, 그 후
과학원 동방학연구소에 한국학 연구 분과도 개설되어 질적으로 심화된 연구
가 이루어질 수 있는 토대가 마련되었다.

폴란드에서는 1953년 처음으로 바르샤바대학 동양학연구소 한국학과에서
한국어교육이 이루어졌다. 이를 토대로 1983년부터는 동방학연구소 극동어
문 강좌에 한국어문과 석사과정이 개설될 정도로 연구의 깊이가 심화되었다.

체코의 한국학은 Alois Pultr에 의해 개척되었고, 1952년부터는 Harold W.
Sun Woo가『한국어문법』을 출간하고『체·한사전』이 편찬되면서 기틀이 마
련되었다. 1961년에 이르러 Charles대학에 극동학과가 설립되어 Alois Pultr 교
수가 한국학 과장을 맡으면서 한국학 연구는 질적인 심화를 이룰 수 있게 되
었다. 이러한 토대 위에서 그의 제자 V.Pucek는 최서해 연구, 신소설 연구를
함과 동시에『한국어문법』·『한국학 개요』와 같은 서적을 출판했다. 또 체코
과학원의 Z.Kl slova는 김소월의 시를 번역하고 연구했으며 J.Genzor는 한국
신화 연구에 관심을 가졌다.[168]

한편 서부 유럽권 및 남부권 나라들의 한국학은 프랑스·영국·독일·이

탈리아·벨기에 등이 주축을 이루어왔다. 프랑스에서의 한국학 연구 활동은 1880년 이후 12년간 외교관으로 한국에 근무했던 M. Courant에 의해 시작된다. 그는 1925년 리옹 3대학에서 한국학 강의를 시작했다. 아울러 그는 한국에 근무하면서 수집했던 규장각 도서를 비롯한 국내외 자료를 토대로 3,600여 종의 도서를 소개한『조선서지』를 출간했다. C. Haguenauer는 원래 일본학 전공자였으나 한국학에도 관심을 가지게 되어 1956년 이옥 교수를 프랑스로 초청하여 소르본느 대학에서 한국어와 한국사를 강의하게 했다. 이로 인해 프랑스 한국학이 본 궤도에 오르게 되었다.

그의 제자 A.Fabre도 1969년부터 국립 동양언어문화대학 한국·일본학과 과장으로 있으면서 한국어에 대해 연구했다. 1959년에는 한국연구소가 창설되어 개방적 연구기관으로 연구와 출판을 통한 한국학 연구의 저변을 넓히는 데 크게 기여했다. 또 D. Bouchez 교수는『구운몽』연구와 같은 개별적 주제 연구에서 큰 성과를 내기에 이른다. 1987년부터는 Universite du Havre에 한국학 과정이 개설되었고, 1989년에는 국가 연구기관인 사회과학대학원에 한국문제연구소가 설립되어 한국학 연구의 새로운 분위기를 조성하고 있다. 파리 7대학의 동양학부 한국학과에는 학부와 대학원 과정이 있으며, 리옹 3대학에는 극동언어문화학과, 보르도 3대학에는 동양학과에 한국어학 과정이 설치되어 있다.

영국에서는 런던대학이 1953년 한국어 강의를 시작하면서 W.E.Skillend 교수가 한국어 및 문학 강의를 맡았다. 이 때에는 동양·아프리카연구학부에 한국어 과정이 속해 있었다. 그러나 1987년에는 한국학센터가 생겨 역사·경제·예술사로 연구 영역의 확충이 이루어졌고, 현재까지도 M.Deuchler의 주도로 연구가 진행되고 있다. 1979년에는 쉐필드대학에서 일본어과 부전공으로 한국어문 및 한국사가 개설되었고, 그 후 한국학과가 설치되면서 James H. Grayson을 중심으로 문학연구와 함께 외국어로서의 한국어를 교육하고 있다. 이곳에는 한국학연구소도 독립적으로 운영되고 있다. 1982년에는 영국 내의

---

168) 김석득, 「유럽의 한국학 연구」,『국어국문학의 세계화』(국어국문학회, 1993) 참조.

한국학 연구조직인 영국한국학회가 설립되어 새로운 역할을 하게 되었다.

독일에서 현재 한국학을 전공할 수 있는 학과가 설치된 대학은 보쿰대학, 튀빙엔 대학, 함부르크 대학, 베를린 훔볼트 대학 등 4곳이다. 본 대학의 한국학과는 다른 대학과 달리 번역연구소의 성격을 띠고 있어 번역전문인들을 양성하며 이 과정에서 학생들은 한국어를 부전공으로 선택할 수 있다. 그 외에 뮌헨, 베를린 자유대학, 쾰른, 하이델베르크, 프랑프르트, 마인쯔 등 한국어 과정이 설치된 대학이 몇 더 있다.

서독에서 한국학과가 가장 먼저 설치된 것은 보쿰대학이다. 1964년 보쿰대학에 동양학부가 설치되면서 일본학 연구자이면서 한국학을 함께 공부한 레빈(Bruno Lewin) 교수의 지휘 하에 한국인 강사가 정식 채용되었고 곧 연구전임강사 자리가 마련되면서 정식학과가 출범하였다. 그 후 레빈 교수 아래서 배출된 학자가 1979년 튀빙겐 대학에 교수로 임명되면서 이 대학에 두 번째로 한국 학과가 설립된다. 1992년에는 함부르크 대학에 새로운 한국학과가 설립되었다. 그러나 함부르크 대학에 한국학과가 설립된 이후에는 다른 대학에서 한국학과 연관된 새로운 학과의 창설이 없는 형편이다.

한국학과의 교과 과정은 대학에 따라 각각 중점이 다르다. 보쿰대학과 함부르크 대학은 문헌학, 한국문화사, 중세와 고대 한국어에 역점을 두고 있으며 튀빙엔 대학은 한국역사, 무속, 종교, 한문 등에 중점을 두고 있다. 훔볼트 대학은 과거 동독 시절에는 거의 전적으로 언어 습득을 위한 한국어 교육에 중점을 두었으나 1993년 학제 개편을 하면서 서독과 같은 방법으로 운용되고 있다. 서베를린의 자유대학은 정식 학과는 아니지만 언어습득 과정 이외에 한국문학과 언어학을 개설하고 있다. 현재는 훔볼트 대학과 자유대학의 한국학 과정을 합쳐서 자유대학에 한국학과를 설치하고 훔볼트 대학을 폐지하려는 작업 중에 있다.169)

원래 독일에서 한국학은, 통일되기 이전 동독지역에서 먼저 시작되었다. 동

---

169) 김기선, 「독일어권 지역에 있어서의 한국학 연구」, 『외국에서의 한국학 연구동향 ?998년도 국제학술회의자료집』, 성신여자대학교 인문과학연구소, 1998년 6월 11일. 5∼7쪽 참조.

독 지역의 훔볼트 대학에서는 1954년경부터 한국학에 대한 연구가 공식적으로 시작되었다. 이는 1950년대 초반 체코에서 시작된 한국학 연구에 영향을 받은 것이기도 했다. 1950년대 당시 동독은 북한과 교류하면서 한국학의 일부로 한국어 강좌를 개설하고 교환 학생을 파견하여 한국어를 습득하도록 하였다. 훔볼트 대학에서의 한국학 전공은 아시아 학부의 여러 전공 가운데 하나로 개설된 것이었다. 이것이 그 뒤 한국학연구소의 설립과 함께 활성화되었던 것이다. 그러나 훔볼트 대학 한국학연구소에 소속되었던 교원들이 정년 퇴임하자 대학은 새로운 교원을 충원하지 않았다. 1998년 현재 훔볼트 대학 한국학연구소에는 단 한 명의 교원만 있는 것으로 알려져 있으며, 그의 퇴임과 함께 연구소도 사라질 것으로 전해진다.[170)]

이탈리아에서는 1884년 이 나라 최초의 한국학자라 할 수 있는 Giuseppe Gaetano Calleri가 『한국에 대한 추억들』을 발표한 이후, Carlo Rossetti의 『한국과 한국인』이 나와서 한국의 역사·풍속·종교·생활 등을 소개했다. 그 이후 1970년부터 80년까지 나폴리대학에서 Valerio Anselmo는 한국어를 가르치면서 한국어의 음절 문제에 대한 논문을 발표하고 이희승의 문법서를 번역 제공했다. 이로써 이탈리아에서의 본격적인 한국학 연구가 시작되었다. 나폴리 동양학대학 교수로 재직한 Paolo Santangelo는 「한국과 중국 관계에 대한 연구」 등 한국사와 한국사상사에 대한 연구를 내놓으면서 한국학의 토대를 마련하였다. 그 후 Maurizio Riotto는 서울에서 고고미술사학을 전공한 후 귀국하여 1990년부터 나폴리대학 동양학대학교에서 한국어와 한국문학을 가르치고 있다.[171)]

벨기에는 1986년부터 Leuven 가톨릭 대학에서 중국학과 일본학과의 선택과목으로 한국어 강좌를 마련하고 있다.[172)]

다음으로 북부 유럽권 나라들의 한국학 연구가 있다. 이 경우에는 핀란

---

170) Helga Picht, 「유럽에서의 한국학」, 1998년 11월 4일. 연세대학교 매지학술연구소 초청 강연회 강연 내용 참조.
171) 마우리치 리오토, 「이탈리아에서의 한국학 연구」, 『외국에서의 한국학 현황과 전망』(경기대학교 동아시아 국제학술심포지움, 1996), 82쪽 참조.
172) 김석득, 앞의 글 참조.

드·스웨덴·네데란드·덴마크가 중심을 이룬다. 핀란드의 헬싱키대학에서는 1933년 일본에 유학했던 알타이 언어학자 G.J.Ramstedt 교수가 한국어 강의를 개설했다. 그는 알타이 언어를 비교언어학적 입장에서 연구했다. 그의 제자 P.Aalto는 알타이와 한국어를 비교 연구했고, A.J.Joki가 교수로서 연구할 수 있는 기틀을 마련했다. 1950년대에는 스톡홀름대학에도 한국학이 개설되었고, R.Lehonkoski와 J.Lietonen 등이 활동하고 있다. 1987년에는 동아시아학과의 개설로 한국어교육이 독립 강화되었다. 이와 더불어 헬싱키에는 핀우그르학회가 결성되어 있고, 여기서는 기관지 JULKAISUT를 내고 있다.

스웨덴에는 1957년부터 웁살라대학에 한국어 강좌가 개설되었다. 조승복 교수가 이 대학의 동양언어연구소장으로 있으면서 한국어 교육과 연구를 담당하고 있다.

네델란드는 라이덴대학에서 1947년부터 한국어 강의를 개설했다.여기서는 일본학과 한국학을 병행하던 F.Vos 교수가『삼국유사』번역에 참여함으로써 한국학 연구가 본격화되었다.

최근에는 벨기에 Leuven 대학에서 동방학부 중국학·일본학과의 선택 과목으로 한국어 강좌를 개설했고 Walraven 교수가 한국학을 담당하고 있다.

덴마크는 코펜하겐대학의 동아시아 연구소에서 1968년부터 한국어 강의를 개설했다. 1988년에는 동남아연구센터가 설립되어 여기서 한국학 관련 연구가 진행되고 있다.173)

앞에서 살펴본 바와 같이 유럽에서의 한국학 연구는 서유럽보다 동유럽에서 먼저 시작되었다. 19세기 말에 러시아를 시작으로 기초가 다져지기 시작한 한국학 연구는 20세기 초·중반까지 연구의 초기 형태인 한국어 교육을 중심으로 학회가 진행되다가 이후 연구의 기초적인 모습으로 나마 동서유럽의 여러 국가로 확산되었다.

한국어 교육을 중심으로 초보적인 한국 연구의 기틀을 다져가던 유럽의 한국학 연구는 1980년대에 접어들어 유럽 여러나라에 본격적으로 알려지지 시

---

173) 김석득, 앞의 글. 및 박일제·홍사명,『해외 한국학의 현황과 발전방향』(한국학술진흥재단, 1990). 참조.

작했다. 이 시기부터 다양한 영역으로의 양적 확대와 함께 각 주제별로 질적
인 심화가 이루어지기 시작한 것이다.[174]

유럽의 여러나라에 흩어져 있는 한국학 연구자들을 위한 국제적모임으로
는 유럽한국학회(AKSE)와 국제한국학 및 비교학회(A.I.E.C.C)가 있다. 이들은
파리에 본부를 두고 있다. 유럽한국학회는 1977년에 제1회 대회를 시작했고,
국제한국학 및 비교학회는 제1회 대회를 1992년 알마타에서 열었다.

유럽한국학을 주도하는 유럽한국학회는 한국학의 세계화를 표방하고 1976
년 프랑스 낭트에서 30여 명의 회원으로 창립 총회를 가졌다. 이듬해인 1977
년 런던에서 제1차 회의를 개최한 유럽한국학회는 프랑스·네덜란드·스위
스·한국·덴마크·영국·스웨덴·폴란드 등에서 개최되었다. 이 학회는 애
초 파리 7대학 이옥 교수와 런던대학 스킬랜드 교수가 중심이 되어 지역단위
의 연구조직을 통해 국가단위 연구의 약점을 보완하려 출발한 것이었다.
1991년까지는 매년 개최되다가 그 이후부터는 격년제로 개최되고 있다. 이
대회는 그동안 유럽 한국학 연구의 거점으로서 한국학 교류를 위한 중요한
창구의 역할을 담당하고 있다.[175] 그런데 이 학회에서 발표되는 문학 관련 논
문들을 보면 그 범위가 현대에서 고전, 그리고 아주 일반적인 논제에서부터
매우 지엽적이고 특수한 논제로까지 다양하게 걸쳐 있음을 알 수 있다. 이 경
우 어떤 논문들은 발표자 자신 외에 다른 참가자들에게 큰 관심거리가 될 수
없으며, 또 그 연구의 성과가 한국문학 발전에 별반 도움을 주지 못하는 것일
수도 있다. 따라서 이러한 문제점을 해결하고, 한국학을 여러 나라에서 다양
하게 공부하고 있는 사람들의 모임이라는 점을 단점이 아닌 장점으로 전환시
켜 가려는 노력이 절실히 요청된다.

현재 한국학 관련 강좌와 수강생의 증가에도 불구하고 서구에서의 한국문
학 연구는 많은 문제점을 안고 있다. 서구의 한국문학 연구자들은 우선 그들
이 대학에서 마음놓고 가르칠만한 교재가 없다는 점을 지적한다. 한국문학을

---

174) 김석득, 앞의 글 참조.
175) 이에 대한 더 자세한 언급은 설성경, 「유럽한국학회(AKSE)를 통해본 국학연구 현황
      」, 『동방학지』 제94집(국학연구원, 1996), 205～224쪽 참조.

체계적으로 교육할 수 있는 교재가 없다는 것이다. 교재는 한국 문학의 전체적인 윤곽과 규모, 성격과 특징을 보여줄 수 있는 것이어야 하는데, 한국문학사 혹은 한국문학 개관이 여기에 적합하다.176) 문학사 혹은 문학개관뿐만 아니라, 믿을 수 있는 자료들을 집대성한 문학선집 역시 현재는 거의 존재하지 않는다. 이러한 문제를 해결하기 위해 『한국문학사화집(Anthology of Korean Literature)』을 출간했던 연구자 피터 리는, 한국문학 연구에서 생기는 문제점을 다음과 같이 지적한다.

첫째, 한국의 고전문학 연구에서 특별히 문제가 되는 것은 전통적인 문학의 규범과 새로운 서구문학 이론을 어떻게 절충시키는가 하는 문제이다. 나는 서구 문학의 이론을 한국문학에 그대로 적용하지 않았다. 오히려 전통적인 문학의 관습에 대한 현대적인 해석을 바탕으로 서구적인 규범의 적용 가능성을 생각했다.

둘째, 한국문학을 전공하는 사람들을 가장 당황하게 만드는 것은 무엇이 고전에 속하는 것인가를 결정하는 것이다. 이 문제는 대학원 학생을 위한 한국문학 필독 도서 목록을 제시하고자 할 경우 필연적으로 직면하는 문제이다.

셋째, 한국 근대문학을 논할 때 생기는 문제가 있다. 일본문학 연구가 사카이는 다음과 같은 말을 한 바 있다. "동양에 있어서 근대성이란 서구에 대한 정치적·군사적·경제적 지배에의 종속을 의미한다. 근대적인 동양은 서양에 의해 파괴되고 멸망하면서 탄생되었다. 비서구 세계에 있어서의 근대성의 정체는 서구에 대한 반발에 다름 아니다." 이것은 그대로 한국문학에도 적용된다. 일본은 식민지 지배를 통해 한국의 모든 것을 파괴했다. 한국의 작가들은 바로 이러한 일본의 통치 세력에 대응하여 민족의식을 표현하고자 하였고, 한국의 특수한 식민지 체험을 보편적인 감성으로 전환시켜보고자 하였다.

넷째, 현대 한국문학 연구에서는 서구적인 리얼리즘의 기법과 정신이 한국의 고유한 서사적인 전통과 어떻게 조우하고 있는가를 밝히는 일이 필요하다. 모방성과 허구성이란 이원론적인 우주관에 기초하는 것이지만 동양에는

---

176) 마샬필, 앞의 글. 59쪽 참조.

그런 관점이 없다. 그러나 한국의 근대소설은 쉽게 서구적인 리얼리즘을 수용했다. 이러한 사실을 깊이 있게 이해하려면 우리는 한국문학의 역사적·문화적 특성을 좀더 면밀하게 검토해야 한다.[177]

이러한 지적에 이어 그는 미국에서의 한국학 연구 활성화를 위해 현대문학 연구자뿐만 아니라 고전문학 연구자 역시 양성해야 할 것임을 강조한다. 이러한 문제점 지적과 대안에 대한 제시는 그가 국내에서 최근에 간행한 저서 『한국문학사탐구(Explorations in Korean Literary History)』에도 반복적으로 나와 있다. 이 저서에서 그는 미국내 한국문학 연구의 문제점을 첫째, 고전문학과 현대문학의 강의 자격을 갖춘 학자의 부족. 둘째, 신뢰성 있는 교재나 참고 도서의 번역본 부족. 셋째, 한국문학 수출을 위한 한국 기관들의 공적이면서도 아카데믹한 집중적·협동적인 노력의 부족 등으로 들고 있다.[178]

해외에서의 한국문학 연구는 이러한 사항들 외에도 해외 연구자들의 시각이나 연구 방식 자체에서 오는 문제점도 없지 않다.

다음 언급은 미국에서의 대표적 한국문학 연구자 가운데 한 사람의 한국문학에 대한 이해의 시각을 보여준다는 점에서 주목할 필요가 있다.

> 한국문학에는 문학 자체를 위한 문학적 전통, 다시 말해 예술로서의 문학에 대한 인식의 전통이 거의 없다. 대부분의 한국문학은 각각의 시대에 따라 사회적·역사적 변화와 그 영향 속에서 성격이 규정되어 있다. 그래서 교훈적인 특성을 지닌 것이 많다. 물론 한국의 전통 사회에서부터 문학에 대한 동기 자체가 예술과는 거리가 멀다는 점을 지적해야 할 것이다.
>
> 신라 시대의 향가는 부처의 기적을 찬양하는 것이 많고, 고려 시대의 속요는 현실의 삶을 퇴영적으로 노래했으며, 시조와 가사는 유교의 교리와 윤리적 가치를 주제로 삼은 것이 많다. 서사문학의 경우에도 소설은 권선징악을 주제로 삼았다. 20세기 초반의 신소설에서는 계몽의식을 강

---

177) 피터 리, 「세계문학 속에서의 한국문학」, 『문학사상』, 1996년 1월, 63~65쪽 참조.
178) Peter H. Lee, 『Explorations in Korean Literary History』(Institute for Modern Korean Studies, 1998), 1쪽 참조.

조했고, 그 뒤에는 사회주의 운동의 선전매체가 되기도 했다. 1960년대 한국 소설은 가장 의식있는 사회 비판의 대변자가 되기도 했다.[179]

이러한 내용을 살펴보면 위의 연구자는 한국문학의 특성을 예술성보다는 사회성의 측면에서 이해하고 있음을 알 수 있다. 역사성과 사회성은 한국문학의 중요한 속성 가운데 하나이다. 하지만 그렇다고 해서 한국문학에 예술성의 전통이 없는 것은 결코 아니다. 그럼에도 불구하고 이 연구자는 "한국문학에는 문학 자체를 위한 문학적 전통, 다시 말해 예술로서의 문학에 대한 인식의 전통이 거의 없다"는 단정적 발언을 하고 있다. 이러한 지적을 참고로 할 때, 외국에서의 한국문학 연구는 연구자의 성향에 따라 한국문학의 전반적 특성보다는 일면적 특성만이 지나치게 강조될 가능성이 있음을 보여준다.[180] 위에 예로 든 연구자는 한국문학에 대한 폭넓은 학식과 이해를 가진 연구자 가운데 한 사람이다. 이러한 사실을 감안한다면 한국 문학 연구 초심자의 경우에는 이렇게 한국 문학의 특수한 한 측면을 전체를 대표하는 특질로 설정하고 연구할 가능성이 더 높아지는 것이다. 물론 이러한 보편성과 특수성의 관계 조절에 대한 문제는 비단 해외에서의 한국 문학 연구 분야에서만 생길 수 있는 문제가 아니다. 이는 어느 나라에서나 있을 수 있는, 일반적 학문 연구에서 해결해야 할 어렵고도 중요한 과제 가운데 하나이기도 하다.

---

179) 마샬필, 앞의 글, 59~60쪽.
180) 이는 한국문학에서 사회성과 역사성의 강조가 중요한가 혹은 순수성과 예술성의 강조가 중요한가 하는 국내의 논의와는 별개의 문제이다. 순수성과 사회성이라는 주제를 중심으로 한 국내의 논의는 한국문학이 어느 나라 문학에도 뒤지지 않는 충분한 예술성을 확보하고 있다는 전제를 바탕으로 이루어지고 있는 논의이기 때문이다.

V. 한국문학의 해외 소개 현황과 그 성격

1. 중국에 대한 소개 현황과 특성

1) 분단 이전의 소개 현황

한국과 중국 두 나라의 문학의 관계는 유구한 역사를 갖고 있다. 지리적 인근관계에서도 그렇지만 두 나라 사이의 역사적, 문화적 관계는 국경이란 게 있으면서도 없는 것, 없으면서도 있는 것이었을 정도로 역사적, 문화적인 경지에서 밀접한 관계를 가져 왔었다. 특히 한자문화권에 속해 있던 우리나라는 근대화 초기까지 중국과 일종의 문화적인 운명공동체를 이뤄 왔으며 고려, 조선조의 경우 역사적 문화적 경지에서 국경의 '무정계성'[1]을 갖고 있었다고 해도 과언이 아니다. 따라서 한국문학 특히 고전문학의 경우 자기의 민족적 토대 위에서 발생, 발전해오면서도 중국문학의 영향을 받았음은 부인할 수 없는 사실이다. 그런데 한중문학의 교류가 수직적이고 일방적인 전수와 수용에 가까웠어도, 그 영향을 반드시 일방적인 것이라고 만은 할 수 없다.

---

[1] 김열규, 「한중문화 교류의 어제, 오늘, 그리고 내일」, 한국문화예술진흥원, 『문화예술』, 1992. 11, 8쪽.

다시 말해 한국의 고전문학은 중국 고전문학의 영향을 받았지만, 또 부분적으로 중국에 전파되고 영향을 주기도 했다. 예컨대 한국의 고전문학은 「공후인」을 비롯하여 상고 시기부터 19세기에 이르는 역대의 많은 작가, 시인과 그들의 많은 작품이 중국에 널리 소개되고 전파되었다. 그 가운데서도 최치원, 이규보, 이제현, 김시습, 박인로, 허균, 홍대용, 박지원, 정다산 등 주요 작가, 시인들의 작품들은 중국에 소개되고 널리 전파되어 왔고, 중국 문단에 일정한 영향을 주기도 했다.2)

한국의 고전문학 작품이 중국에 가장 일찍 전파된 시기를 역사적 문헌 기록에 의하면 적어도 중국 서한(西漢) 시기 부터였다고 추단할 수 있다. 가령 고조선의 서정가요 「공후인」이 『漢樂府』(기원전 120년)에 수록된 이후, 여러 책에 수록되었고 1975년 상해사서출판사에서 출판한 『辭海』(문학분책)에 기록되어 오늘까지 전해지고 있다. 그리하여 중국의 역대 많은 시인들이 공후인이라는 사명으로 시를 쓰기도 하였는데, 특히 당의 대시인 이백도 「공후요」란 사패로 시를 썼다.

그리고 고대 한국의 신화, 전설도 일찍 동한 시기에 중국에 이입되니 『동명왕 주몽설화』 또는 『방이설화』 등이 그 대표적 예다. 삼국시대에는 을지문덕의 「수나라 장군 우중문에게」 및 진덕여왕의 「태평송」 등의 시가 중국에 전파되었다. 이후 통일신라 시기 최치원의 문학, 고려 시기의 정지상, 정몽주, 이곡, 이색, 이숭인 등의 시인과 이규보, 이인로, 이제현 등 많은 문인들의 문집 목록들이 중국 문헌에 수록되고, 특히 이제현 같은 이는 원나라에 체류하고 있는 동안 유명한 문인들과 친교하면서 많은 시를 남기기도 했다. 조선 시기에 들어 와서도 중국과의 왕래가 더욱 빈번해지면서 서경덕, 서거정, 권근, 정도전, 신숙주, 이달, 임제, 허균, 김상헌, 김굉필, 김종직, 허란설헌 등의 시가 『사고전서』에 수록되어 있으며3) 그 외에 이덕무, 박제가, 유득공, 이서구

---

2) 이하의 내용들은 서일권 · 정판룡, 「중국에서의 조선문학의 전파와 연구」 (연변사회과학원 문학예술연구소, 『문학과예술 50』, 1988. 11~12)에 크게 빚지고 있음을 밝혀둔다.

3) 『사고전서』에는 조선의 시인 125명의 시 173여수, 설화 3편, 소전 1편이 수록돼있다. 자세한 내용은 서일권의 「『사고전서』와 조선문학」 (『문학과예술 74』, 1991. 11~12)

등 실학파의 사가(四家)시인들과 허균, 홍대용, 박지원, 정다산 등의 문인들이 소개되었다. 특히 박지원의 작품들은 일제 치하에서 중국으로 망명한 김택영이 부분적으로 모아 『연암집』(3권)을 출판하여 그의 작품을 보존했을 뿐만 아니라 중국에 소개하는 데 중요한 역할을 한다.

그러나 19세기 후반부터 서양과 일본의 세력이 한국에 침투되면서 한국문학은 중국과의 단선적인 관계에서 벗어나 구미 여러 나라 및 일본 등과의 다각적인 관계를 가지게 된다. 그리고 일본 제국주의의 침략으로 인해 20세기 초부터 제2차세계대전이 끝날 때까지 중국과 한국 두 나라 문화교류가 단절된다. 그럼에도 불구하고 이 시기에 이육사 같은 시인들은 중국 좌익의 대표적 작가였던 노신과 연계되고, 또한 1935년 일본 잡지에 「초진」이란 제목으로 번역되어 게재된 이북명의 「질소비료공장」이 당시 중국 내 외국문학작품의 번역 소개를 담당하던 『역문』이란 잡지의 1936년 3월호에 호풍의 번역으로 소개되기도 하였다.4)

2) 분단 이후의 소개 현황

제2차 세계대전 종전 이후 1949년 대륙에서 중화인민공화국이 창건 되면서 다시 중국과 북한의 문화관계가 활발해지기 시작하고, 그 어느 시기보다도 한국문학이 중국에 널리 소개되고 연구도 널리 진행된다. 그러나 분단 이후 남한 문학의 경우는 남한과 중국이 서로 다른 진영에 속해 있게 되고 더욱이 두 나라 사이에 있었던 전쟁 및 이데올로기, 체제의 대립으로 인하여 그 문화적 교류가 완전히 단절된다. 특히 한국전쟁시 문예계의 '항미원조 운동'으로 인해 많은 중국의 작가들이 직접 전투에 참여하거나 문예공작단 선전대에 참가하여 중국과 북한 양국간의 유대의식을 강하게 표출하게 된다. 즉 중국은 1945년 이전에는 일본의 침략 위협에 놓여 있는 중국의 현실 속에서 조

참고.

4) 김재용, 「일제하 노동계급의 소설적 형상화」, 『민족문학운동의 역사와 이론』, 한길사, 1990, 135쪽.

선과 조선 민족에 대해 동병상련의 감정을 품고 민족적 유대의식을 강하게
지니고 있었고, 한국전쟁 당시에는 이 전쟁을 제국주의 침략세력과 대항하는
민족해방전쟁으로 간주하여 중국 작가들은 전쟁에 참여, 보고문학 등의 형태
를 빌려 한국전쟁을 형상화 하는 등, 중국과 북한간의 유대의식을 유감없이
발휘한다. 그리고 전쟁이 종결된 후, 중국은 재건에 몰두하는 북한에 대해 적
극적 지지를 보이며 강한 연대의식을 이어 나간다.

따라서 중국에서는 근현대 한국문학의 경우, 식민지 시대의 한국 문학과
분단 이후의 북한의 문학만이 일방적으로 소개된다. 가령 1950년대에는 시의
경우, 북한 사회주의 시문학의 대표적 시인인 조기천의 장편서사시『백두산』
등이 소개되어, 항일투쟁의 송가로서 높이 평가되며, 그 외에 민병천의 시「
조선의 노래」 등이 소개된다. 소설의 경우는 한설야의『대동강』,『역사』, 이
기영의 식민지 시대 작품인 단편「원보」 및 해방 이후의 북한의 토지개혁을
다룬 작품인 장편『땅』 등이 소개된다. 그리고『최서해 소설집』과 천세봉의
중편『싸우는 마을사람들』, 장편『석개울의 새봄』 등의 작품들이 소개되고
『조선단편소설집』을 통해 황건, 김만선, 강형구 등의 작품이 소개되고 극작
가로서 송영이 소개되는 등 소설과 시 등 30여종이 출판된다. 그 외에 빙위
등이 한문으로 번역한『춘향전』(북경작가출판사, 1956)이 출간되고, 이후 북
경과 상해 등 도시의 극단들에서『춘향전』을 경극, 월극과 평극으로 개편하
여 공연하여 중국에 널리 알려지게 된다.

1960년대에 북한문학은 1950년대에 비해 더욱 중국에 많이 번역 소개되는
데 가령 변희근, 석윤기, 이갑기, 권정웅 및 황건의『개마고원』 등의 작품이
소개된다. 그리고 식민지 시대 프로문학의 대표 작품과 해방 후의 우수한 소
설 21편이 수록된『조선현대단편소설집』이 간행되기도 한다.

1960년대 중기부터 1970년대 중기까지는 중국의 문화대혁명 시기로 북한
과 중국의 문화교류가 잠시 단절된다. 그러나 70년대 후반기부터 북한의 문
학물들이 다시 중국에 소개되어『조선단편소설집』,『조선시집』,『조선씨나리
오집』(인민문학출판사, 1977),『조선동화집』 및 이기영의 대표작『고향』과
『꽃파는 처녀』,『피바다』 등이 출간된다. 덧붙여 항일무장투쟁 시기 혁명근

거지에서 창작된 혁명시가, 연극에 대한 연구와 수집이 널리 진행된다. 그리고 1978년 '4인방'을 청산하고 극좌 노선이 비판된 이후인 80년대에 들어와서는 한국의 문학이 더욱 활발하게 번역, 소개되는 데 가령 식민지 시대 작가의 경우, 나도향, 이익상의 소설 그리고 김소월, 이상화 등의 시가 소개되고 송영 등의 희곡 작품을 중심으로 한 『조선현대희곡집』이 번역 출간된다. 그리고 강경애의 『인간문제』, 조명희의 시문집, 이기영의 단편소설집과 천세봉의 소설집들이 출간되었다. 따라서 90년대 이전까지 연변인민출판사에서 50여종의 한국문학작품을 번역, 출판하였고 북경민족출판사에서는 22권으로 된 『조선고전문학작품선집』을 출판하기도 하였다.

그리고 고전문학의 경우, 『춘향전』, 『심청전』, 『홍부전』, 『사씨남정기』, 『구운몽』, 『콩쥐팥쥐』, 『임진록』, 『장화홍련전』, 『채봉감별곡』 등 조선시대의 소설 작품들이 상대적으로 많이 소개, 연구되고 『구운몽』, 『사씨남정기』는 중국어로 된 교주본들도 출간된다. 또 고전 작가의 경우는 민족시인으로서 이규보가 주요하게 소개된다. 그리고 박지원의 경우, 중국에서는 1951년에 그의 탄생 200주년을 기념하는 학술행사가 열리기도 했다. 1962년에는 정다산 탄생 200주년을 기념하는 학술행사가 있었으며, 1961년에는 북경과 심양의 문화계에서 박인로 탄생 400주년을 기념하는 성대한 집회를 갖기도 할 정도로 이들은 중국에서도 중요한 작가들로 소개되고 평가되었다. 그러나 이상에서 살펴본 바와 같이 80년대 이전까지 중국에서의 한국문학의 소개는 중국이 북한과만 교류했기에 고전문학은 예외로 친다 하더라도 근대문학의 경우 식민지 시대 카프계열의 작가 및 북한의 사회주의 문학만이 일방적으로 소개되었다.

3) 남한문학의 소개 현황과 특성

1978년 중국의 개혁, 개방 정책 및 1992년 한중수교의 체결 이후 중국이 남한의 문학에 대한 관심을 서서히 보여 주기 시작한다. 여기서 잠시 1978년 개혁, 개방 이후 중국문학계의 동향을 간략하게나마 살펴볼 필요가 있을 듯싶다. 즉 이 시기 이후 중국문학계의 동향 변화는 그들의 외국문학 수용 자세 및 태도 변화와 밀접한 관련이 있기 때문이다. 주지하다시피 1949년 이후 중 국은 문화학술방면에서 사회주의 이데올로기의 영향이 강하게 작용했고, 어 떤 면에서는 수천년의 전통보다 더 강하게 위력을 발휘해 왔었다. 그러나 1976년 사인방이 체포되고, 1978년 공식적으로 개혁 개방 정책이 선포된 이 후 현재 중국은 사회주의 정권 수립 이래, 미증유의 개방과 개혁을 맞고 있 다.5)

예컨대 신인들의 '비이성주의'적 소설이 중국의 베스트셀러로 부상하면서 열풍을 일으키고 있는데, 그 속에는 관능, 쾌락 등 자본주의 사회에서도 가장 퇴폐적 요소들이 난무하고 있다. 그런데 이러한 기류는 아직도 변수 속에 있 다. 그것은 중국이 아직도 사회주의 기치를 내리지 않았을 뿐 아니라, 문학예 술의 기본 정책이 당을 주축으로 견고한 체제를 유지하고 있기 때문이다. 말 하자면 틀은 사회주의요, 내용은 자유민주주의다. 이를 중국 특유의 사회주 의라고도 말할 수 있는데, 이 중국 특유의 사회주의는 종전의 금역을 개방하 면서도 당국에 저촉되는 것은 아직도 허용치 않는다. 그런 원칙에서 중국의 문학예술의 기틀은 분명히 당에서 조종하고 있다. 즉 그들은 문화혁명 시기 의 문예독재를 매도하지만, 지금도 결코 관제의 고삐를 완전하게 풀지 않고 있다. 따라서 중국은 개혁개방정책을 실시하고 있다 해도 공식적으로는 사회 주의 원칙을 여전히 견지하고 있는 셈이다.

그러나 이러한 통제와 관계없이 문학의 자유화, 예술화, 현대화는 강도있게 추진되었다. 그 중 관심을 끄는 것이 1978년부터 문화혁명 기간 동안 참통하 게 받았던 그 박해의 상처를 고발하는 소위 '傷痕文學'(문화대혁명 시기에 자 행되었던 인간에 대한 폭력과 정치적 박해, 인간관계의 파괴와 정신세계의 파탄, 특히 부모와 자식간의 대립과 고발, 그리고 이로 인한 인간성 상실을 주된 주제로 삼고 있음)을 비롯하여 현대주의적 기교(고도의 상징과 이미지 즘, 일체의 기존 형식에 대한 부정)를 빌은 저항시 운동인 소위 '朦朧詩'(인간

---

5) 이하 허세욱의 「한중문화교류에 던지는 제언」과 김하림의 「한중수교와 오늘의 중국 문학」(『문화예술』, 1992. 11) 참고.

의 내면세계 탐구와 철저한 자아탐색 및 해부), 1983년부터 중국의 과거에 있었던 정치적 독재와 부패를 반성했던 反思文學(문혁에 국한하지 않고 중국의 극좌노선과 정치정세가 인민들에게 끼친 폐해의 심층적 원인을 탐구, 폭로), 1984년부터 중국적인 소재를 찾아 중국민족의 전통과 뿌리를 찾겠다는 尋根(심근)文學, 그리고 1985년부터 영육(靈肉)의 갈등을 적나라하게 그린 性文學, 1987년부터 중국의 미래를 위해 황해 연안의 개발과 진출을 구가하는 海洋文學 그리고 최근 지역별로 黃土高原, 西南文學, 東北平原 등 鄕土文學이 생산되고 있다. 그리하여 무엇보다도 그동안 40년이 넘도록 강요되었던 사회주의 혁명의 도구인 혁명적 현실주의의 퇴조가 일어나고 있다. 따라서 젊은 시인이나 작가는 난해시를 생산하고, 모더니즘에 기울고, 감각이나 의식의 흐름을 좇고 있다. 요컨대 당주도의 일원문학(一元文學)이 와해되고 다원문학(多元文學)으로 발전되는 추세이며, 이념의 추구가 의미를 잃으면서 개인과 생명이 보다 중시되는 인간문학이 열을 올리고 있다. 그리고 80년대 중반부터 중국에는 실존주의의 아류가 나오고, 독일의 카프카의 소설이 날개를 단 듯 인기를 올리고, 동시에 그 모방작들이 나오고 있다. 즉 중국의 문학예술이 당의 강령이라는 그물 안에서도 활발한 창작의 변모를 보이고 있는, 중국 특유의 개방성과 한계성을 드러내고 있다.

중국 문학계의 이러한 새로운 동향은 연변에도 일정한 영향력을 미치고 있다. 가령 연변 등의 조선족들은 해외문학을 소개하는 과정에서 기본적으로는 구쏘련 작가 및 사회주의권의 제3세계 작가들 혹은 사회주의적 이념을 지향하고 있는 작가들을 그 중심으로 하고 있지만, 그레엄·그린, 카프카, 사무엘·베케트 등을 소개하고 있어 철두철미 사회주의적 원칙을 고수하고 있지는 않다. 특히 베케트의 경우 그를 '황당파' 희곡작가로 소개하며 그의 극작품이 현대 서방 생활의 한 측면 즉 자본주의 현실을 반영하며 그에 대한 심각한 비판과 강렬한 분노의 표현을 드러내고 있다고 평가한다.6) 그리고 개방 이후 중국에서 실존주의의 관심을 반영하듯 싸르트르의 문학도 소개되

---

6) 「'황당파'희곡과 샤무엘베케트의 극」, 『문학과예술 47』, 1888. 5~6, 95쪽.

고 있다. 그러나 연변에서 이러한 부류의 작가들을 소개하고 있음에도 불구하고, 이를 해석하는 태도에서 만큼은 종전의 원칙이 고수되고 있다. 가령 카프카를 소개하면서 그는 자본주의 사회에서 배척당하고 훼멸 당하는 중소 자산계급 약자의 형상을 그리면서 그것을 통해 인류의 약점을 흥미진진하게 분석하고 있지만, 그러나 그가 독자들에게 보여준 인류의 약점은 진정으로 '인류의 보편적인 약점'을 대표할 수 없으며, 그것은 오직 일정한 사회와 역사 조건 하에서의 부분적 인간들의 변태적 심리에 불과한 것임을 분명히 지적한다.[7] 따라서 연변 역시, 중국의 사회주의 시장경제 안에서 이데올로기의 경직된 논리는 피하고 있지만, 결코 자신들의 문화가 자본주의적 시장 원칙에 지배받지 않으려는 의도들을 드러내고 있다. 따라서 이러한 변화는 당장 연변에서, 한국의 고전문학을 소개, 연구하는 양상은 이전과 크게 다를 바가 없으나, 근대문학을 소개하는데 일정한 변화를 일으키고 (가령 남한의 관점에서 기술된 문학사의 수용 등) 특히 분단 이후의 남한문학을 다양하게 소개하기 시작한다.

우선 북한 문학사에서는 적극적인 평가가 이뤄지지 않았지만, 중국 조선족 문학의 정체성을 밝혀줄 수 있는 작가 혹은 망명지 중국을 근거로 했던 작가들이 적극적으로 소개된다. 예컨대 비록 부르주아적 민족주의의 한계에 갇혀 있지만 남다른 항일투쟁의 경력과 그것의 문학적 형상화가 돋보이는 윤동주, 이육사 등의 시인이 적극 소개되고 연구된다. 특히 연변 용정중학교 초기 졸업생이었던 윤동주 문학에 대한 연변의 관심은 대단하여 1995년에는 자체적으로 윤동주 50기 기념학술토론회를 가질 정도다. 그리고 이육사의 경우 일제의 중국 대륙 침략시 좌련의 대표적 작가였던 노신과 관련되어 적극 소개되고 있다.

그리고 일제 시대, 중국에서 발간된 조선인들의『간도일보』,『민성보』,『만선일보』,『카톨릭청년』,『북향』등의 신문, 잡지 및 동인지 등을 적극 소개하여 이들에 대한 연구가 활발하게 이뤄진다. 따라서 이러한 발표 매체들을 근

---

7)「단편소설『기아예술가』를 읽고,『문학과예술 40』, 1987. 3〜4, 39쪽.

거로 하여 활동했던 안수길, 박계주, 함형수 등의 1930년대 작가 및 시인들을 새롭게 발굴, 소개하고 있다. 그리고 간도 지역을 근거로 하지 않고 있으나, 역시 중국에서 많은 활동을 한 주요섭 등의 작가들이 소개되었다. 특히 그가 단지 중국을 근거로 활동했다는 작가적 이력으로 그의 중국 생활의 이력과는 관계 없는 「사랑방 손님과 어머니」와 같은 극히 이데올로기적 주제와도 거리가 먼 작품들을 소개하고 있다.

둘째, 식민지 시대의 문인 중 북한문학사의 기술방식에 의존했기에 기존에는 전혀 언급이 되지 않던 작가들이 소개되고 있다. 가령 1920년대의 김동인의 「배따라기」와 같은 예술적 소설이 조심스럽게 소개되기도 하고[8], 1930년대에는 앞서 지적한 대로 계용묵의 「백치아다다」, 최태응의 「바보 용칠이」, 곽하신의 「실락원」 등의 작품들이 소개되고 있다. 그리고 식민지 시대의 시 문학을 평가하면서 그것을 긍정적으로 평가하는 것은 아니지만, 우리 문학에 대한 서구문예사조의 일정한 영향을 인정하고 이에 대한 세밀한 고찰을 하면서, 김억, 주요한 및 김광균, 정지용, 김기림, 이상 등의 모더니즘적 경향의 시인들도 언급, 소개하고 있다.

셋째, 연변에서 분단 이후의 남한 문학은, 중국의 개혁·개방 이후인 1980년대 초기부터 여러 가지 경로를 통해 유입된 남한의 도서와 잡지들, 가령 『현대문학』, 『한국문학』, 『월간문학』, 『창작과비평』을 통해 소개되고 있다. 그리하여 이러한 잡지들을 매개로 80년대 중기부터는 연변의 출판물들과 잡지에서 남한의 문학을 직접 소개하고 발굴하는 것이 가능하게 되었다.[9] 그

---

8) 『문학과예술 80』, 1993. 11~12.

9) 여기서 잠시 조선족의 한국 근현대문학 연구자 최삼룡의 말을 빌려 보면, 80년대 이전 중국에서의 한국문학 소개 상황이 어떠했는지를 짐작해볼 수 있다. 그의 말에 의할 것 같으면, 그는 대학에서 공부하면서 (1963년 연변대학 조선언어문학전업 졸업) 주요한, 김억, 한용운, 이육사, 윤동주, 이상 등의 시인과 현진건, 염상섭, 채만식, 김유정, 이효석, 심훈, 안수길 등의 소설가의 존재를 몰랐다고 하며, 더욱이 해방 이후 남한의 문학에 대해서는 전혀 아는 바가 없었다고 한다. 그러나 1980년 개혁과 개방의 덕분으로 남한 문학과 만나게 되는데, 특히 1980년 태극출판사에서 한국신문학전집 50권이 들어온 것이 그 계기가 되었다고 한다. 그런데 50권 중 40권은 들어 보지 못했던 작가 및 작품이었음을 고백하고 있다(최삼룡, 「중국조선족문학과 한국문학의 만

소개의 절대적 숫자가 빈약하기는 하지만, 그 중에서도 일단 1950년대의 문학작품들부터 소개되기 시작했다.

예컨대 오영수의 「갯마을」 등이 제일 먼저 소개된 작품인데, 이 작품을 해석하면서, 주인공 해순을 순결하고 근로한 성격의 소유자이면서 어려운 운명 앞에서도 낙천적 기질을 드러내고 있다고 긍정적으로 평가한다. 특히 해순이와 그 주위 사람들과의 관계를 통하여 어민들의 인정 세계를 깊이 파고 들어가며 어민들의 소박한 말들을 잘 이해해서 소설의 언어를 잘 구사하고 있으며 지방색채가 짙은 점을 그 주요한 특색으로 해석한다.10) 이러한 해석을 통해 살펴볼 수 있듯이 연변의 남한 문학 작품에 대한 해석은 간결명료하다 못해 소박하며, 문학 작품을 통해 일반 대중에 대한 강한 도덕적, 윤리적 효용을 기대하고 있음을 추측해볼 수 있다.

그외에 1950년대에 활동한 작가로 김이석, 하근찬, 최태응 등이 소개되고 있다. 그 중 김이석의 단편 「실비명」(1952)을 민족적인 인정세계를 끈기있게 파고 들어, 어려운 환경에서도 조선사람들이 어떻게 조선 사람들의 인정을 잃지 않았는가 하는 문제를 추구했다11)고 평가하여, 오영수를 해석하면서 가졌던 소박한 관점을 그대로 유지하고 있다. 이러한 해석은 하근찬의 「수난이대」, 「흰종이 수염」 등의 평가에도 거의 비슷하게 나타난다. 연변 학계에서 남한의 1950년대 작품에 일단 주목하는 것이, 시기 순에 따른 편의에 의한 것이기도 하지만, 산업화 이전의 1950년대 남한의 시대적 분위기, 인정기미들이 연변의 그것과 맞아 떨어져서가 아닌가 하는 추측을 하게 된다. 따라서 연변에서는 1950년대 소설에서도 실존주의 등 현대주의적 경향을 드러내는 장용학, 손창섭 소설 등은 피하고 있고 한국적 인정 및 대체로 토속적 세계를 지향하고 있는 작품들에 주목하고 있다.

한편 현재 남한에서 활동하고 있는 작가들의 경우, 경향에 관계 없이 시인, 소설가들을 고르게 소개하고 있기는 하지만, 대체로 민족·민중 문학을 지향

남」, 『문학과예술 80』, 1993. 11~12, 5쪽).

10) 최삼룡, 「오영수와 그의 단편소설 『갯마을』」, 『문학과예술 30』, 1985. 4, 18쪽.

11) 최삼룡, 「김리석과 그의 단편소설 『실비명』」, 『문학과예술 34』, 1986. 3~4, 16쪽.

했던 김지하, 고은, 송기원, 이동순, 윤정모, 박태순 등의 작품들이 소개되고 있다. 그리하여 80년대 중기에 요녕인민출판사에서는 김지하의 『오적』을 출판하고, 『장백산』 잡지에 의하여 황석영의 『장길산』 간본 등이 출판되었다. 단 여기에서 밝혀 두어야 할 점은 간혹 이러한 작가들의 경우, 이미 북한 등에 소개된 그들의 작품들을 재수록하는 경우가 자주 있다.12) 사실 김지하의 시들 역시 모두 평양에서 나온 신문, 잡지들에서 뽑아 번역, 소개하고 있다. 즉 그의 시는 남한의 문학을 소개한다는 견지에서 보다는 세계 혁명문학의 일부로 소개되었으며 김지하도 "반동정부에 맞서 싸우는 투사"였기 때문에 그 소개가 가능했던 것이다.13)

반면 실존주의 및 서구의 현대주의적 경향을 추구하는 현금 중국 문예계의 현실을 반영하듯, 남한 작가 고원정의 「껍데기?」 같이 현대사회에서 인간의 소외를 다룬 현대적 특징이 짙은 작품들을 소개하기도 한다. 1986년 연변대학에서 대학교재 참고자료로 출판한 『남조선 단편소설선집』(채미화 편)에는 손창섭의 「신의 희작」, 천승세의 「폭염」, 황석영의 「삼포가는 길」 등 11인의 작품 17편이 수록되어 있다. 그리고 서영빈이 단행본으로 편집하여 대학 교재로 쓰여지는 『한국현대문학』(1994)에는 수필 8편, 시 12수, 단편소설 8편으로 구성되어 있는데, 수필에는 설의식, 이희승, 전숙희, 이어령, 이하윤, 피천득, 모윤숙, 이경희의 작품들이 들어 있고 시에는 김소월, 이상화, 이상, 한용운, 노천명, 윤동주 소설에는 김동인, 황순원, 이효석, 하근찬, 송병수, 김승옥, 이문열의 작품들이 들어 있다.14)

참고로 현재 활동하고 있는 남한 작가의 작품들로 『문학과예술』에 소개된 것을 정리해보면 다음과 같다.

　　이규정, 「아무데나봐 형님」(단편), 35호, 1986. 3.

------

12) 가령 윤정모의 「아들」은 평양에서 발간된 『통일문학』에서 발췌하고 있다.
13) 서영빈, 「중국에서의 한국문학」, 『해방 50주년 세계 속의 한국학』, 인하대학교 한국학연구소, 1995, 432쪽.
14) 같은 글, 435쪽.

김지하, 「불귀」, 「새」, 「저녁이야기」(시), 52호, 1989. 3~4.

전상국, 「왜」(단편), 52호, 1989. 3~4.

고원정, 「껍데기?」(단편), 53호, 1989. 5~6.

고 은, 「조국의 별」, 「걸레」(시), 53호, 1989. 5~6.

윤정모, 「아들」(단편), 57호, 1990. 1~2.

문덕수, 「꽃과 언어」(시), 64호, 1991. 3~4.

조병화, 「하루만의 위안」, 「나의 내력」(시), 64호, 1991. 3~4.

채호기, 「불임의 봄」(시), 67호, 1991. 9~10.

서정윤, 「홀로서기」(시), 67호, 1991. 9~10.

송기원, 「수선화」(시), 68호, 1991. 11~12.

이동순, 「나비꿈」(시), 68호, 1991. 11~12.

홍윤숙, 「저 혼자 눈뜨던」(시), 71호, 1992. 5~6.

감태준, 「사모곡」, 「아름다운 나라」(시), 72호, 1992. 7~8.

김광림, 「황혼」, 「사랑4」(시), 73호, 1992. 9~10.

최일남, 「내 친구 난 놈」(단편), 75호, 1993. 1~2.

이문열, 「시인과 도둑」(단편), 77호, 1993. 5~6.

박해석, 「쥐가 난다」(시), 98호, 1996. 11~12.

권선애, 「산」(시), 98호, 1996. 11~12.

황지우, 「뼈 아픈 후회」(시), 98호, 1996. 11~12.

박선석, 「노래 하나를 품으면」(시), 98호, 1996. 11~12.[15]

이렇게 연변에서는 현 시기 남한 작가들을 소개하는 기준에서 다양성을 표출하고 있기도 하지만, 역시 현금의 남한 문학에서 가장 주요한 관심을 기울이는 것이 분단의 문제를 다룬 소설들이다. 이는 분단극복을 통한 남북통일이 역시 조선족들의 최대의 염원임을 반영한다.[16] 따라서 이러한 분단극복의 문제를 다룬 남한 문학의 최대 성과라고 할 수 있는 조정래의 『태백산맥』이

---

15) 이외에도 양귀자의 『나는 소망한다 나에게 금지된 것을』, 최인호의 『천국의 계단』 등이 소개되었다.

16) 이러한 분단문학에 대한 관심은 이와 관련된 남한 연구자의 논문을 자주 소개한다는 점에서도 찾아 볼 수 있다. 예컨대 『문학과예술 63』에 재게재된 김병익의 「분단문학의 새로운 시각 — 최근의 빨찌산 소설을 중심으로」의 논문들이그러하다.

집중적으로 연구되고 있다.[17) 연변에서는 이 작품을 마르크스-레닌주의의 관점을 유지하면서도 자본주의 국가인 남한의 진보적 문학을 조명해볼 수 있는 중요한 작품으로 간주하고 있다. 따라서 『태백산맥』을 해석하면서 이 작품이 갖고 있는 민중성에 주목하면서도, '김범우'와 같은 인물을 중시하여 그를 통해 분단극복의 실마리를 찾고자 한다는 점을 그 주요한 특징으로 하고 있다. 가령 『태백산맥』에서 김범우 등의 인물이 그 한계는 있지만, 그를 통해 이데올로기를 넘어선 혈육 우선과 민족우선의 가능성을 발견할 수 있으며[18), 김범우의 사상은 민족적 사회주의로서 오늘의 현실에서 바로 이러한 입장이 분단을 극복할 수 있는 길[19)이라고 해석한다. 이러한 『택백산맥』에 대한 연구들을 집적하여 『태백산맥론』이 1990년의 시점에서 탈고되었다. 그 외에 『토지』에 대한 공동연구가 준비되고 있고, 한국문학을 연구하는 총서라든지 혹은 한국문학선집 출판 등이 구상되고 있다. 그리고 연변에서는 부분적으로나마 남한문학에 대한 연구가 시작되어 연변대학 조선어문학부에서 남한문학에 대한 강의를 시작하였고 리해산·채미화 공저의 『남조선문학개관』이 출판되기도 했다.[20)

그런데 남한의 현대문학 소개 및 연구가 연변 만큼 중국 한족들에게는 적극적이지 못하다. 사실 남북분단 이후 대다수 중국 지식인들의 사고 속에 남한은 없다고 말해도 과언이 아니다. 대신 개방 이후 중국이 남한에 대해 먼저 관심을 쏟기 시작한 분야는 남한의 경제 분야이다. 그러나 점차적으로 개방

---

17) 『문학과예술』에 게재된 『태백산맥』 관련 연구논문은 아래와 같다.
　　전성호, 「『태백산맥』 렴씨일가의 양상」, 67호.
　　김성호, 「력사흐름새와 『태백산맥』의 엮음새」, 67호.
　　현동언, 「민족분단의 력사에 대한 심층적사고―『태백산맥』의 예술적공간」, 68호.
　　조일남, 「『태백산맥』에서의 지식인」, 68호.
　　리광일, 「력사의 갈림길에서 어려운 선택―『태백산맥』에서 김범우의 사상에 대한 진맥」, 68호.
　　리상범, 「『태백산맥』의 빨찌산 형상특징에 대한 고찰」, 70호.
　　최삼룡, 「민중―『태백산맥』의 산과 맥」, 72호.
18) 전성호, 앞의 글, 54쪽.
19) 리광일, 앞의 글, 34쪽.
20) 최삼룡, 「중국조선족문학과 한국문학의 만남」, 6쪽.

이후 인간과 사상의 해방을 추구해온 중국 문예계에서도 남한의 작가와 문예 작품에 대해 조금이나마 관심을 기울이기 시작한다. 이러한 변화의 계기는 주로 중국 조선족 출신의 작가나 전문 연구가들에 의해 단편적인 소개와 번역21)이 이뤄지고, 더불어 남한에서도 중국문학 연구 상황을 소개하면서 양국의 문학예술에 대한 이해가 높아진 데 기인한다.

그런데 수용자 측인 중국에서도 문제가 있기는 하지만, 우리 쪽에서 중국으로 한국문학을 소개하고자 하는 적극적인 움직임을 보이지 않고 있다. 우리나라 문학작품의 번역, 출판은 국가별로 분류해보면 미국이 단연 선두이며, 일본, 프랑스, 영국, 독일 순이다. 중국은 1980년대 말부터 한국 출판물에 손을 대기 시작한 형편인데 우리나라 문학 작품의 번역 출판을 주도하는 한국문화예술진흥원 및 그외에 해외에서 번역 출판된 도서 목록을 보면, 95년 시점을 기준으로 살펴 볼 때, 중국의 경우 상해 역문(譯文) 출판사에서 출판한『남조선당대 단편소설집』,『한국단편소설전집』(문예출판사), 김성종의 추리소설『미로의 저쪽』(흑룡강성 인민출판사, 연변인민출판사),『제5의 사나이』, 그리고 위욱승의 번역으로 중국화평출판사에서 출간된 이은상의『노산시조선집』정도다.22) 그리고 십여편의 단편과 1편의 중편소설로 구성된『남조선당대 단편소설집』의 경우는, 공개 출간된 것은 아니고 내부 발행으로 되어 있다.

이는 최근 일본에서의 우리문학에 대한 관심이 점차 늘어나고 있는 추세와 비교할 때 상대적으로 낮은 수준이다. 일본에서는 얼마전까지만 해도『20세기의 세계문학』(신조사)에 소량으로 실리던 우리 문학작품의 소개가 일본의 유명한 출판사 백서방에 의해 빛을 보게 되었다. 예컨대『한국의 현대문학』에는 44인, 대표적으로 황순원, 이청준, 이제하 등의 중단편이 실려 있으며 한국의 대표적 시인 67인의 시 등 우리나라 현대문학의 대표 작품을 망라하고

---

21) 조선족의 남한문학 연구에 대한 자세한 내용은 4-1) '연변을 비롯한 중국학계의 한국문학해석'을 참조할 것.
22) 조은희,「해외에서 번역 출판된 우리의 문학도서」,『문화예술』, 1993. 4, 29쪽. 서영빈, 앞의 글 참고.

있다. 뿐만 아니라 최근 국내 문단에서 활발하게 활동하고 있는 젊은 시인들과 소설가들의 작품들까지 수록 범위를 넓힌 이 전집은 일본에서 초간 5천부를 발간했다. 또한 1992년 일본의 신조사가 발간한 장정일의 중편소설 「아담이 눈뜰 때」는 아사히 신문 사설에 오르는 등의 화제를 불러 일으켰다.[23]

중국과 일본이 우리의 같은 이웃 나라이면서도 이러한 차이를 보이는 것은 물론 여러 가지 사정에 기인한다. 우선 정치적 이유로 북한과 밀접한 관계를 가졌던 중국의 경우 북한을 통해 이미 해방 이전의 문학 및 전통문학은 상당수 소개된 바 있다. 그리고 국내 학자들에 앞서 중국의 조선족들에 의하여 한국문학 소개가 많이 이뤄진 형편이다. 그러나 이제 남한은 중국과 정식으로 국교가 수립된 상태이기에 일본에 못지 않게 우리문학을 적극 소개해야 할 필요가 있다. 특히 한국의 선진적인 출판 기술과 원고, 자금들을 가져다 조선족의 출판사에 투자하고 이와 연대하여 번역, 출판한다면 중국으로의 적극적인 소개가 이뤄질 수 있을 것이다. 중국 조선족들이 번역과 언어상의 통역에서 가지고 있는 역량과 자원의 풍부함이 이러한 가능성을 뒷받침한다. 더욱이 현재 앞에서 살펴본 대로 중국 문예계의 다원화 경향은 남한 현대 문학의 경향을 적극 유입할 필요를 느끼고 있다. 즉 중국이 오랜 혁명적 현실주의에 식상한 나머지 중국 특유의 사회주의 체제 하에 문밖의 현대주의를 갈망하고 있기에, 남한이 적극 그 수요에 부응할 수 있다. 사실 중국의 현대문학은 이미 남한 내에서 범람 현상을 보이기 시작했다. 다만 우리 것이 건너가지 못하고 있을 뿐이다.[24]

따라서 현재 연길을 중심으로 심양과 목단강 등 동북 삼성에 집중되어 있는 조선족 출판사들[25] 및 중국 조선족 400여 명의 작가들을 매개로 하여 중국에 한국문학을 소개하는 교두보를 하루 빨리 설치해야 한다. 그리하여 서

---

23) 조은희, 앞의 글, 32쪽.

24) 허세욱, 「한중문화교류에 던지는 제언」, 『문화예술』, 1992. 11, 17쪽.

25) 이 지역의 대표적인 출판사로는 연변인민출판사, 연변교육출판사(현재 동북조선민족교육 출판사), 민족출판사(북경 소재), 외국문출판사, 흑룡조선민족출판사, 료녕민족출판사, 연변대학출판사 등이 있다(류연산, 「위기에 직면한 조선문 출판」, 『문학과예술 88』, 1995. 3~4, 53쪽).

로가 반세기 동안 단절 시켜오는 동안 축적된 우수한 질의 문화가 교류되어
야 한다. 최근자에 백낙청의 평론을 중국어로 옮긴『지구화 시대의 문학과 인
간』(김정호, 정인갑 역)이 북경 중국문학 출판사에서 출간된 것 등은 고무적
인 일이라 하겠다. 덧부쳐 최근 들어 중국 비판적 지성의 견인차 역할을 담당
하는 잡지『두수(讀書)』에 한국 관련 글이 실리기 시작하고, 소수이긴 하지만
중국의 일부 진보적 지식인들이 한국의 민족문학운동에 대해 관심을 보이고
있다.26)

　끝으로 중국에서 한국문학을 소개하고 연구하는 기구로는 4-1)에서 언급한
연변의 기구 외에 다음과 같은 것들이 있다. 교육기관 중에서는, 중앙민족학
원 조선어문학 전공에서 조선문학을 필수과목으로 설정하여 강의하고 있다.
그리고 중국의 많은 중점대학의 중국언어문학학부들에서 한국문학을 외국문
학의 주요한 내용으로 강의하고 있다. 그리고 한국문학을 본격적으로 연구하
는 조선족 외에 중국의 한국문학연구 기구로는 북경대학 조선문화연구소, 중
국사회과학원 외국문학연구소의 조선문학실, 중국조선문학학회(전국 조선문
학연구회; 학회이사장은 조선족 정판룡이며 조선문학을 연구하는 많은 한족
학자들을 망라한 전국성적인 학술단체로 1983년에 성립되었으며 회원수는
1989년 현재 70명이다)가 있다. 그리고 이들의 한국문학 개별적 작가와 작품
에 대한 연구논문을 발표하는 학술간행물로는 중국사회과학원에서 발간하는
『세계문학』,『외국문학평론』, 그리고 북경외국어대학 외국문학연구소에서
발간하는『외국문학』, 화중사범대학에서 발간하는『외국문학연구』, 상해역
문출판사에서 발간하는『역림』,『외국문예』, 동북의『사회과학전선』그리고
전국 각 대학 학보 및 조선말로 출판되는 10여종의 신문, 잡지들이 있다. 중
국 내에서 간행된 한국문학과 관련된 주요한 연구 저작물로 아래와 같은 것
들이 있다.27)

---

26) 이욱연,「한중 사이의 '지상의 길'」,『창작과비평』, 1999. 봄, 309쪽.
27) 이하 중국 내 한국문학 연구 관련 저작물 및 논문 목록은 서일권・정판룡,「중국에
　　서의 조선문학의 전파와 연구(2)」,『문학과예술 51』, 1989. 1～2, 참고.

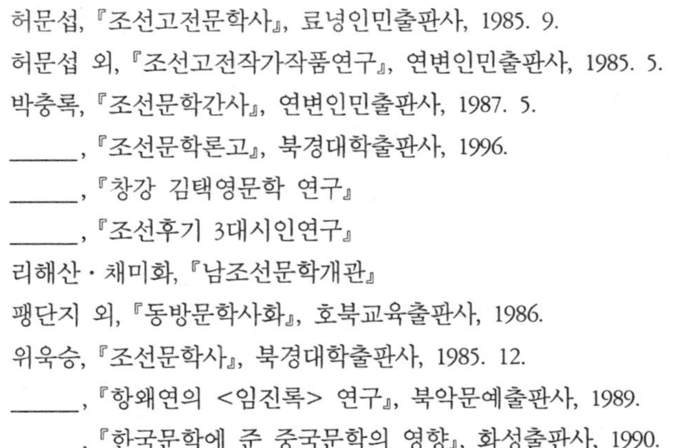

허문섭, 『조선고전문학사』, 료녕인민출판사, 1985. 9.
허문섭 외, 『조선고전작가작품연구』, 연변인민출판사, 1985. 5.
박충록, 『조선문학간사』, 연변인민출판사, 1987. 5.
______, 『조선문학론고』, 북경대학출판사, 1996.
______, 『창강 김택영문학 연구』
______, 『조선후기 3대시인연구』
리해산·채미화, 『남조선문학개관』
팽단지 외, 『동방문학사화』, 호북교육출판사, 1986.
위욱승, 『조선문학사』, 북경대학출판사, 1985. 12.
______, 『항왜연의 <임진록> 연구』, 북악문예출판사, 1989.
______, 『한국문학에 준 중국문학의 영향』, 화성출판사, 1990.

그리고 한국문학사를 세계문학사 안에서 계통적으로 소개한 저작물로는 다음과 같은 것이 있다.

정판룡, 『외국문학사 4권』, 길림인민출판사, 1980. 1.
『외국문학 55강』, 귀주인민출판사, 1980. 4.
『외국문학·동방부분』, 광서인민출판사, 1982. 4.
주유지, 『외국문학·아세아부분』, 중국인민대학출판사, 1983. 2.
도덕진, 『동방문학간사』, 북경출판사, 1985. 5.
진수성, 『외국문학발전간사』, 사천민족출판사, 1986. 8.
계흠림, 『간명동방문학사』, 북경대학출판사, 1987. 12.

이 외에도 중국 내에서 한국문학을 소개하고 연구한 주요 논문들로는 다음과 같은 것들이 있다.

빙 위, 「<고향>에 대한 평가와 소개」, 『세계문학』, 1959, 2호.
양 삭, 「조선의 위대한 작가, 사상가와 학자 정다산」, 『세계문학』, 1962. 10.
사수청, 「박지원과 조중문화교류」, 『문학보』, 1963. 4. 8.
견 빙, 「조선의 탁월한 사상가와 문학가 정다산」, 『인민일보』, 1963. 8. 21.

주유광, 「조선봉건말기의 선진사상가이며 작가인 박지원」, 『외국문학연구집간 2』, 중국사회과학출판사.

______, 「조선고려시대의 시인 산문가 리규보」, 『외국문학연구집간 5』, 중국사회과학출판사.

______, 「조선 고려 말기의 걸출한 시인 리제현」, 『외국문학연구집간 8』, 중국사회과학출판사.

위욱승, 「조선고려시기의 위대한 시인 리규보」, 『동방연구』, 1979. 1호.

관 룡, 「장편서사시 ─ <백두산>을 읽고」, 『세계문학명작연구론문집 1』, 광서인민출판사, 1979. 6.

주이곤, 「조선고전명작 <춘향전>」, 『세계문학명작연구론문집 2』, 광서인민출판사, 1979. 12.

김장정, 「리기영의 초기창작에서의 지식인의 형상」, 『외국문학연구』, 1980. 4호.

주이곤, 「중고시기 조선의 걸출한 사상가, 문학가 박지원」, 『양주사범학원학보』, 1980. 4호.

김기종, 「<관동별곡>의 언어구사」, 연변문학예술연구소, 『문학예술연구』, 1980. 5.

정판룡, 「민족고전소설 <춘향전>에 대하여」, 연변문학예술연구소, 『문학예술연구』, 1980. 5.

허문섭, 「조선고전시가에 대한 력사적 고찰」, 연변문학예술연구소, 『문학예술연구』, 1980. 9~12.

김용식, 「황진이와 그의 시문학」, 연변문학예술연구소, 『문학예술연구』, 1981. 2.

김동훈, 「최치원과 그의 문학」, 연변문학예술연구소, 『문학예술연구』, 1981. 3.

서일권, 「고전소설 <심청전>에 대하여」, 연변문학예술연구소, 『문학예술연구』, 1981. 3.

박충록, 「김소월의 시문학에 대하여」, 연변문학예술연구소, 『문학예술연구』, 1981. 4.

임범송, 「박지원의 유물론적 미학사상에 대한 시론」, 『연변대학학보』, 1981, 4호.

허문섭, 「가사문학의 특징과 그 발전 경위」, 연변문학예술연구소, 『문학예술연구』, 1981. 4.

김동훈, 「최치원과 그의 문학」, 연변문학예술연구소, 『문학예술연구』, 1981. 5.

허문섭, 「13세기 조선의 걸출한 민족신인 리규보 및 그 창작」, 『연변대학학보』, 1981. 1호.

사 정, 「조선당대작가 리기영」, 『문학보』, 1981. 11. 12.

하진화, 「조선 신라시기의 시인 최치원 및 그의 작품」, 『연변대학학보』, 1982. 1호.

______, 「천세봉의 단편소설을 간단히 론함」, 『동방연구론문집』, 북경대학출판사, 1982.

서일권, 「조선고전명작 <흥부전>의 사회력사성 문제에 대하여」, 『연변대학학보』, 1982. 2호.

김장정, 「최서해의 창작특색과 예술풍격」, 『하문대학학보』, 1982. 2호.

박충록, 「작가 김택영」, 연변문학예술연구소, 『문학예술연구』, 1982. 4.

주유광, 「최서해의 <탈출기>를 읽고」, 『외국문학연구』, 1982. 4호.

허문섭, 「<춘향전>의 민족특색에 대한 탐구」, 『외국문학연구집간』, 중국사회과학출판사, 1982.

리 암, 「리규보의 미학사상」, 연변문학예술연구소, 『문학예술연구』, 1983. 1.

서일권, 「조선고전명작 <심청전>의 <효성>과 <령험>」, 『외국문학연구』, 1983.

한창희, 「김시습과 <금오신화>」, 연변문학예술연구소, 『문학예술연구』, 1983. 3.

하진화, 「조선 3대 고전소설의 하나인 <심청전>을 평함」, 『외국문학』, 1983. 4호.

______, 「천세봉의 중편소설 <싸우는 마을사람들>을 론함」, 『동방연구론문집』, 북경대학출판사, 1983.

______, 「천세봉의 장편소설 <석개울의 새봄>」, 『동방연구론문집』, 북경대학출판사, 1984.

리 암, 「리규보의 <동명왕편>과 민간문학」, 연변문학예술연구소, 『문학예술연구』, 1984. 1.

려약진, 「리기영의 <쥐불>을 평함」, 『형양사범대학전문과학보』, 1984.
2호.

정판룡, 「최서해 및 그의 <탈출기>」, 『연변대학학보』, 1984. 3호.

조 분, 「<춘향전>의 예술적 성취」, 『외국문학흠상』, 1984. 3.

주유광, 「조선 리조시인, 소설가 김시습」, 『국외문학 3』, 북경대학 출판
사.

______, 「허균과 그의 소설 <홍길동전>」, 『외국문학연구』, 1984. 3호.

하명안, 「중조문화전파의 선구자 신라시인 최치원」, 『사회과학전선』,
1984, 4호.

김동훈, 「저명한 시인 최치원」, 『중앙민족학원학보』, 1985. 1호.

리해산, 「민족적 저항시인 김소월」, 연변문학예술연구소, 『문학과 예술』,
1985. 1 · 2.

호수삼, 「조선의 리제현과 그의 시」, 『하북대학학보』, 1985. 2호.

현동언, 「조명희소설의 랑만주의특징」, 『연변대학학보』, 1985. 4호.

채미화, 「박지원소설의 근대사상요소와 예술형식탐구」, 『연변대학학
보』, 1986. 4호.

주유광, 「조선의 걸출한 극작가 송영」, 『외국희곡』, 1987. 3호.

하진화, 「송영과 그의 작품」, 『동방문학강화』, 녕하인민출판사, 1987. 11.

최삼룡, 「현진건의 창작자세와 문학세계」, 연변문학예술연구소, 『문학과
예술』, 1988. 7 · 8.

김장정, 「<춘향전>의 기본사상에 대한 초보적 탐구」, 『국제조선문학논
집』, 사회과학출판사, 1989.

위욱승, 「조선고전소설 <구운몽>의 사상적내용에 관하여」, 『국제조선
문학논집』, 사회과학출판사, 1989.

주유광, 「김만중과 그의 소설 <사씨남정기>」, 『국제조선문학논집』, 사
회과학출판사, 1989.

박충록, 「만해 한룡운의 시적세계」, 연변문학예술연구소, 『문학과 예술』,
1989. 1 · 2.

김경훈, 「20~30년대 현대시의 대표적 두 양상」, 연변문학예술연구소,
『문학과 예술』, 1989. 11 · 12.

채미화, 「남조선 당대시문학과 서구문학」, 연변문학예술연구소, 『문학과 예술』, 1990. 3·4.

김병민, 「조선중세기 북학파문학의 심미표현에 대하여」, 연변문학예술연구소, 『문학과 예술』, 1991. 1·2.

______, 「단재신채호의 문학유고에 대한 자료적 고찰」, 연변문학예술연구소, 『문학과 예술』, 1991. 7·8.

김영덕, 「류린석과 그의 시에 대하여」, 연변문학예술연구소, 『문학과 예술』, 1991. 11·12.

박충록, 「신채호의 문학평론에 대하여」, 연변문학예술연구소, 『문학과 예술』, 1992. 3·4.

______, 「불교문화가 조선시가문학에 미친 영향」, 연변문학예술연구소, 『문학과 예술』, 1992. 9·10.

김월성, 「<아리랑> 문학과 유가문화」, 연변문학예술연구소, 『문학과 예술』, 1993. 7·8.

박충록, 「이륙사의 시세계」, 연변문학예술연구소, 『문학과 예술』, 1995. 9·10.

김호웅, 「주요섭의 인생과 그의 광복전 문학창작」, 연변문학예술연구소, 『문학과 예술』, 1996. 9·10.

2. 일본에 대한 소개 현황과 특성
　　　—근·현대 문학의 소개를 중심으로

1) 식민지 시대의 소개 현황과 특성

명치시대로부터 한일합방 전후기를 중심으로 한 시기까지 한국 문학의 일본 소개 양상을 분석한 바 있는 카지이 노보루(梶井陟)는[28] 이 시기의 작업이 다음과 같은 특징을 갖고 있다고 밝히고 있다. 첫째 그 소개자가 순수한 일본인들이라는 점, 소개 대상이 조선조의 시조 작품 일부나 민요·판소리계 소

---

28) 이하 문단 내용은 梶井陟, 「近代veiL日本人y朝鮮文學觀(明治·大正期)」(『朝鮮學報』 127집, 1986. 7) 참조.

설을 중심으로 한 소설의 소개에 편중되어 있다는 점, 그리고 구체적인 작품의 소개 및 예증 보다는 한국문학의 전체적인 성격의 진단에 집중되는 점 등의 특징을 갖고 있다고 한다. 동시에 이 시기의 소개 작업은 여러 면에서 문제점을 보여주고 있는데, 일부 예외를 제외하고는 한국어 관련 전문 지식이 없는 이들이 소개 및 평가 작업에 임하고 있다는 점, 한국 문학의 서지에 대한 기본적 지식이 확보되어 있지 않다는 점, 한국 문학 속에 존재하는 중국적 요소를 과대 기술하면서 한국 문학의 주체성을 부정하고 있다는 점, 구체적인 작품 분석 과정이 결여되어 있거나 분석 내용이 편견에 치우친 점이 많다는 것 등을 지적하고 있다.

이러한 현상의 이면에는 에도(江戶)시대 이후 형성된 한국에 대한 일본인의 보호자 의식 혹은 문화적 우월감이 그대로 반영되어 있는 것으로 보인다.29) 이것이 관·민 합동으로 아시아 침략에 나섰던 근대 일본의 정치적 동향을 반영하고 있는 것으로 보임은 물론이다.30) 일본에 대한 한국 문학의 소개 역사에서 볼 수 있는 이 초창기적 문제점은 이후의 소개사에서도 기본적 명제로서 작용하고 있는 것이 아닌가 판단된다.

한국의 근대문학사에 그 이름이 기록된 작가로서 일본에 작품이 발표된 초창기 작가군을 형성하고 있는 이들이 이인직과 이광수, 주요한이다. 「寡婦の夢」을 『都新聞』(1902. 1. 28, 29)에 발표한 이인직, 처녀작 「愛か」를 명치학원 교지인 『白金學報』(1909)에 발표한 이광수, 그리고 1910년대 중후반 『白金學報』를 비롯하여 『文藝雜誌』, 『現代詩歌』, 『伴奏』 등에 시 작품을 다수 발표한 주요한이 그에 해당한다. 이중 이인직의 경우에는 작품 자체가 고전소설적인 면모를 벗지 못했다는 점에서 본고의 논의 대상이 되기 어렵다. 그 외에 이 세 작가의 작품은 모두 현지에서 일본어로 직접 창작하여 발표하였다는 공통점을 갖고 있다. 특히 주요한의 경우는 그가 당시 일본의 중앙 시단에 정식으

---

29) 鶴見俊輔, 「朝鮮人の登場する小說」, 桑原武夫 편, 『文學理論の硏究』, 岩波書店, 1967, 189쪽.
30) 오오무라 마스오, 「일본에서의 남북한 현대문학의 연구 및 번역 상황」, 『韓國文學』 1992년 3·4월호, 279쪽.

로 데뷔하여 활동했다는 점, 즉 일본 시인으로서 존재하면서 당시 시단에서 일정한 평가를 받고 있었다는 점 때문에 더 큰 문제점을 야기하고 있다. 작가가 한국인이라 하여 이 작품들을 '일본에 소개된 한국 작품'으로 간주할 수 있는가와 관련된 문제의식이 그것이다. 후에 논의하겠지만, 1930~40년대 한국 문학의 일본 소개 역사에서 빼놓기 어려운 장혁주나 김사량과 같은 작가와도 관련하여, 이들 3인의 작품은 그 작품의 귀속 문제와 관련된 근본적인 문제점을 보여주고 있는 것이다.

1910년대의 소개 현상이 위와 같이 미미했던 반면에, 1920년대 초중반, 정확히 말하자면 1923년 경부터는 국내에서 일본어로 창작 혹은 번역된 작품의 수가 대폭 증가하는 현상이 발견된다. 1923년부터 1930년대 초반까지 약 100여 점을 넘는 수의 일본어 시, 소설, 평론 등이 국내 혹은 일본에서 발표되는 것이 그것이다. 김희명(金熙明)이나 정연규(鄭然圭), 김용제(金龍濟), 백철(白鐵), 임화(林和), 정지용(鄭芝溶) 등이 그 대표격에 해당하는데, 이들은 모두 일본에서 유학생활을 하고 있던 중에 작품을 일본어로 발표했다는 공통점을 갖고 있다. 이들 중 정지용과 같은 경우는 그 작품들이 후일 한국 문학에 편입되는 과정을 거치기는 하지만, 역시 일본에서 일본어로 먼저 발표를 했다는 점 때문에, 순수한 의미에서 한국 문학이 일본에 소개된 경우라고 하기는 어렵지 않겠는가 생각된다. 정지용을 포함한 이들 유학생들이 당시 발표한 작품의 국적 문제를 구태여 규정하려 한다면, 일단 '재일 한국인 문학' 정도로 명명해 둘 가능성을 고려해 볼 수 있다고 생각된다.

이 시기의 현상에서 두번째로 문제 삼을 수 있는 현상은 한국인이 국내에서 일본어로 작품을 발표한 예가 상당수 존재한다는 점이다. 일본에서 귀국한 이수창(李壽昌)의 일본어 작품 활동과 아예 처녀작을 일본어로 창작을 시작한 이상(李箱)과 같은 예가 그 대표적 예라 하겠다. 이들의 경우에도 역시 작품의 귀속 문제와 관련된 문제를 야기하고 있다고 하겠다.

이상과 같은 예를 제외하고, 두 가지의 범주를 중심으로 당시 소개된 한국 문학 작품의 예를 밑에 제시해 본다. 국내에서 먼저 한국어로 먼저 창작되었던 작품이 일본어로 번역된 예와, 일본에 소개된 한국 문학 관련 평론이 그것

이다.[31)

金西鎭「朝鮮y詩」, 朱耀翰「余が心靜に待r」, 李光洙「江南春」, 金 億「友情」, 이상『週刊朝日』, 1923. 9. 30
玄鎭健, 「火事(불)」, 蔡順秉 譯, 『文章俱樂部』, 1925. 9
內野建兒, 「過去の朝鮮文學界と其將來」, 京城日報 夕刊, 1926. 3
金東仁, 「감자」, 『朝鮮時論』, 1926. 7(삭제됨)
崔曙海, 「飢餓と殺戮」, 『朝鮮時論』, 1926. 9
玄鎭健, 「ピアノ」, 『朝鮮時論』, 1926. 9
玄鎭健, 「故鄕」, 『朝鮮時論』, 1927. 8
李北滿, 「朝鮮の藝術運動」, 『プロレタリア藝術』, 1927. 9
임 화, 「タンワの出發」, 李北滿 譯, 『プロレタリア藝術』, 1927. 11
金熙明, 「朝鮮藝術運動の現段階」, 『前衛』1928. 1
李北滿, 「朝鮮にす`ける無産階級運動の過去と現在」, 『プロレタリア藝術』 1928. 4
______, 「朝鮮無産階級運動の過去と現在」, 『戰旗』1928. 5
金東仁, 「馬鈴薯(감자)」, 李壽昌 譯, 『文章俱樂部』, 1928. 10
李光洙, 「血書」, 이수창 譯, 『朝鮮公論』, 1928. 4
李光洙, 「無情」, 이수창 譯, 『朝鮮思想通信』, 1928. 8.~1929. 5
金英根, 「苦力」, 李北滿 譯, 『戰旗』1928. 11
李北滿, 「朝鮮のプロレタリアア運動とプロレタリア文化」, 『國際文化』 1929. 4~6
金基鎭, 「朝鮮文藝變遷過程」, 『朝鮮思想通信』, 1929. 4. 24~25. b20
李壽昌, 「無情」の讀後に(3회), 『朝鮮思想通信』, 1929. 5. 22~24
______, 「黎明の歌と文壇人」 1-5, 朱耀翰, 廉相涉, 玄鎭健, 尹白南, 李光洙 소개, 大阪朝日新聞, 1930. 3. 19~22
白 鐵, 「プロレタリア詩の現實問題について], 『地上樂園』, 1930. 5
안 막, 「朝鮮におけゐプロレタリア藝術運動の現狀」, 『나프』, 1931. 3

______

31) 밑에 제시한 목록을 포함한 해방 전의 목록 일체는 大村益夫・布袋敏博 공편, 『朝鮮文學關係日本語文獻目錄(1882. 4~1945. 8)』(綠蔭書房, 1997. 1)에서 발췌・인용한 것임을 밝혀 둔다.

李光洙, 「朝鮮の文學」, 『改造』 1932. 6

위 목록에서 보면, 1923년이 순수한 의미의 한국 문학이 일본에 소개된 최초의 해였던 것을 알 수 있다. 이 해부터 시작하여 주요한, 김 억, 이광수의 시 3편과 현진건의 「불」, 「고향」을 비롯하여 김동인의 「감자」, 최서해의 「기아와 살류」, 이광수의 「무정」 등이 차례로 번역 소개된다.

전체적으로 보자면 시에 비해 소설의 경우가 양이나 그 성격 면에서 보다 의미있는 차원을 보여주고 있는 게 아닌가 판단된다. 우선 시 방면에서 보자면, 1923년이라는 시기적 한계와도 관련하여, 그 작품들이 당시까지의 한국 시를 대표하는 성격을 띠고 있다고 보기는 어려운 측면을 갖고 있다고 하겠다. 역시 한국 근대시의 본격적인 소개 문제는 훗날, 특히 김소운이라는 걸출한 능력을 지닌 역자의 활약을 기다려야 하는 상황이었음을 알 수 있다.

소설의 경우는 1910년대 후반부터 1920년대 중반에 걸쳐 진행되고 있었던 한국 소설사의 전개 양상과 식민지 한국의 정치·경제적 상황을 부분적으로나마 반영하고 있는 작품이 소개되었다고 할 수 있는 것이 아닌가 판단된다. 봉건체제와 식민지형 근대화라는 양극적 역사 단계 속에 놓여 있었던 한국 사회의 모순과 갈등상을 보여주는 작품들이 일부 선택되었던 것으로 판단할 수 있다고 본다. 특히 일제 강점이 식민지 한국에 몰고 온 비극적 정황들을, 몰락한 떠돌이 노동자 계급의 인생사를 통해 제시한 현진건의 「고향」이 번역된 것은 그 의미가 높은 것으로 보인다. 그러나 역시 이 시기의 작품 소개는 그 전체 수가 절대로 빈약하다. 이것은 역시 이 시기의 소개가 국소적이고 소극적인 양상을 띠고 있었던 것임을 알려준다고 하겠다.

이외에 위의 목록에서 주목되는 점은 평론이 많은 점, 그 평론 대부분이 프로문학 운동과 관련되어 있다는 점이다. 1927년과 1928년에 걸쳐 나타나는 이북만의 활약과 그 이후 진행된 안 막, 김기진 등의 작업이 그것이다. 개별 프로문학 작품의 번역이 눈에 띄지 않는 점이 문제점이라고 생각되긴 하나, 이 작업들은 역시 당대 한국 문단의 주류를 형성하고 있었던 문학 운동의 경향을 소개한 것이라는 의미에서, 일정한 가치를 부여할 수 있다고 하겠다. 그리고 이렇게 한국의 프로문학 운동이 집중적으로 소개될 수 있었던 것은 당시 일본 문학계 측에서 진행되고 있었던 프로문학 운동과도 궤를 같이하는 것으로서 프로레타리아 계급의 국제 연대성이라는 입장 역시도 당연히 개입되어 있는 것이라 하겠다.

세번째 위의 목록에서 확인해 두어야 할 점은 소개자들의 국적 문제다. 원래 한 문학의 해외 번역 및 소개는 양국간의 이해 관계, 즉 서로를 알고자 하는 욕구와 필요성에 의해서 진행되는 것이 당연하다고 할 수 있다. 그런 의미에서 본다면, 한국 문학이 이상적인 상태로 일본에 소개되기 위해서는, 그 소개자의 국적이 서로 균형을 이룰 필요까지는 없다 하더라도, 적어도 한국 문학에 관심을 갖고 있는 일본인이 그것을 자국에 소개하는 현상이 일정한 양은 확보되어야 할 필요성이 있다. 만약 그렇지 못하다면, 즉 한국 문학을 일본인이 자국에 소개하는 것이 아니라, 한국인들이 중심이 되어 소개하는 현상이 지속적으로 역사 속에서 드러난다면, 그것은 당시 양국을 둘러싼 문화적 상황 속에 비정상적인 요소가 개입되어 있음을 입증하는 것이라 보아야 할 소지가 생긴다.

그런 관점에서 위의 목록을 보면, 당시 일본에 대한 한국 문학의 소개는 예외없이 비정상적인 상황 아래에서 진행된 것임을 알 수 있다. 한국 문학을 일본에 소개하는 작업을 진행한 일본인이 거의 없으며, 이 작업은 오로지 한국인에 의해서 열심히 진행되고 있었다는 사실이 확인되는 것이다. 이것이 의미하는 바는 자명할 것이다. 한국인이 일본에 자신의 모습을 알리려고 열심히 노력하고 있다는 이 현상은, 뒤집어 말한다면, 한국 문학에 대해 일본이 관심이 없었다는 것, 즉 일본 문학계는 한국 문학을 알아야 할 욕구와 필요성을 갖고 있지 않았다는 것을 입증하는 것이라 할 수 있는 면이 있다. 역사적으로 본다면 이것은 그렇게 새삼스러운 현상이라고는 할 수 없다. 명치 이래 일본인이 한국에 대해 지녀온 전통적 태도—무관심 혹은 멸시—의 연장선에서 나타나는 자연스러운 현상이라고 풀이할 수 있는 것이다. 물론 이것이 '식민지 모국'과 식민지 간의 '지배—종속'이라는 문화적 역학 관계가 그대로 양국의 문학계 속에도 반영된 결과라는 것은 자명할 것이다. 또 이곳에서 비극

적으로 생각되는 것은, '예속'이라는 정치적 역학 관계를 한국 문인들이 일상
적 차원의 일로, 즉 그 외적 정치적 차원을 자신의 속에서 이미 내면화하고
있었던 것이 아닌가 하고 느껴지는 점이다. 말하자면 식민지 강점을 당했으
면서도 그 식민 모국의 문화에 대해 집단 컴플렉스를 갖고 있는 당대 문인들
의 정신 구조가 이곳에 반영되어 있는 것이 아닌가 하는 점이 그것이다.

　1930년대의 소개 양상은 우선 양적인 면에서 대폭적인 팽창 양상을 보여준
다. 이 시기가 이러한 특성을 보여주는 데에는 물론 장혁주, 김사량 등 일본
에서 문단의 주목을 받으며 활동한 작가들의 소설 및 수필 작품이 일본 지면
에 다수 발표되었다는 점, 그리고 이광수, 김용제, 최재서, 김종한, 이석훈 등
소위 친일문학 계열의 일본어 작품이 다수 포함되어 있다는 점 등의 이유가
있다. 그러나 위와 같은 요인들을 제외해도 이 시기 한국 문학의 일본 소개의
전체 양은 1920년대의 그것에 비해 볼 때 비교할 수 없을 정도로 많다. 그
중 이 시기 소개 양상의 특징을 비교적 잘 드러내주고 있는 것으로 판단되는
목록들을 뽑아서 제시하면 다음과 같다.

　1935～1938　李朝民,「朝鮮文壇の現狀」,『文學評論』, 1935. 6
　　　　　　　　張赫宙,「朝鮮文壇の現狀報告」,『文學案內』, 1935. 10
　　　　　　　　張赫宙,「朝鮮文壇の將來」,『文學案內』11, 1935. 11
　　　　　　　　張赫宙,「朝鮮文壇の作家と作品」,『文學案內』, 1936. 6
　　　　　　　　李箕永,「故鄕」, 高秀明 역,『文學案內』, 1937. 1～4
　　　　　　　　李北鳴,「裸の部落」, 兪鎭午「金講師とT敎授」韓雪野,「白い開
　　　　　　　　墾地」
　　　　　　　　姜敬愛「長山곶」, 李孝石,「蕎麥の花の頃」, 張赫宙 평론「現代
　　　　　　　　の朝鮮作家の素描」
　　　　　　　　　이상『文學案內』朝鮮現代作家特輯, 1937. 2
　　　　　　　　座談會,「朝鮮文化の將來と現在(1-6)」(村山知義, 林房雄, 秋田
　　　　　　　　雨雀, 張赫宙, 辛島驍, 鄭芝溶, 兪鎭午, 林和, 李泰俊, 金文輯
　　　　　　　　외) 京城日報 夕刊, 1938. 11. 29
　1939　　　　　座談會,「朝鮮文學の將來」(鄭芝溶, 林和, 兪鎭午, 張赫宙, 金文

輯, 李泰俊외),『文學界』, 1939. 1

張赫宙,「朝鮮の知識人に訴ふ」,『文藝』, 1939. 2

鄭芝溶「ふゐさと」,「紅疫」, 毛允淑「薔薇」,『東洋之光』, 1939. 3

李泰俊,「福德房」(이소협 역),『東洋之光』, 1939. 4

盧天命「幌馬車」,「鹿」, 유치환「旗」,「生命の書」(金素雲 역),『東洋之光』, 1939. 4

金鍾漢,「歸路」,「旅情」, 藝術科, 1939. 5

金鍾漢,「古井戶のあゐ風景」, 藝術科, 1939. 6

朱耀翰「雨」, 趙明熙「驚異」, 金炯元「穢れた血」(金素雲 역),『東洋之光』, 1939. 5

李孝石「蕎麥の花の頃」(李孝石 역), 李泰俊「鴉」(朴元俊 역), 李光洙「無明」(金史良역)

朱耀翰「鳳仙花」(金鍾漢 역), 金起林「蝶と海」(金素雲 역), 毛允淑「薔薇」(金素雲역)

金素月,「うたごえ」(金素雲역), 白 石「焚火」(金鍾漢 역), 鄭芝溶「白鹿潭」(金鍾漢역)

　이상『モダン日本朝鮮版, 朝鮮特輯號』, 1939. 11

兪鎭午, 소설「秋」(吳泳鎭 역), モダン日本朝鮮版, 1939. 12

<table>
<tr><td>1940</td><td>洪思容,「われは王にてあゐ」, 李相和「わが寢室」金東煥,「最終夜」, 白石「弧谷y種族」</td></tr>
</table>

　이상 金素雲,『愛誦朝鮮詩篇』, 文藝, 1940. 2

金南天「少年行」, 李箕永「苗木」, 李孝石「豚」, 兪鎭午「滄浪亭記」

蔡萬植「童話」, 朴泰遠「崔老人傳抄錄」, 安懷南「軍鷄」, 金東里「野ばち」

崔明翊「逆說」, 金東仁「赤い山」, 李光洙「見知Jw女人」

李泰俊「農軍」

　이상 申 健 역편,『朝鮮小說代表作集』, 敎材社, 1940. 2

李泰俊「鴉」, 兪鎭午「金講師とT敎授」, 李孝石「蕎麥の花の頃」, 姜敬愛「長山곶」, 兪鎭午「秋」, 李光洙「無明」

이상 張赫宙 편, 『朝鮮文學選集』 제1권, 赤塚書房, 1940. 3
白 鐵·林和, 「朝鮮文學通信」, 『文藝』, 1940. 3부터 연재
林房雄, 「東洋の作家たち」, 『文藝春秋』, 1940. 4
金素雲, 『乳色の雲』, 河出書房, 1940. 4
張赫宙, 「朝鮮文壇の代表作家」, 『新潮』, 1940. 5
李光洙, 「無明」, 「夢」, 「楔庄記」, 「亂啼烏」, 「血書」, 「嘉實」
　　이상 李光洙, 『嘉實』(金史良, 金逸善, 金山泉 역), モダン日本
社, 1940. 4
淺見淵, 평론 「朝鮮作家論」, 공론, 1940. 5
中野重治, 평론 「「歷史」, 「密獵者」, 「光の中にについて」, 『新
潮』, 1940, 5
村山知義, 평론 「朝鮮文學について」, 『文學界』, 1940. 5
李光洙, 『有情』(金逸善 역), について日本社, 1940. 6
朴鍾和, 「白魚のよらた白に手が」, 金尙容 「螢」, 金東煥 「罪」
(민요)
金 億, 「關西」(민요), 林學洙 「哈爾賓驛にて」(金鍾漢 역)
朴泰遠, 「路は暗きを」(金鍾漢 역), 金東里, 「村の通リ道」(金山
泉 역) 崔明翊, 「心紋」(金山泉 역)
　　이상 『モダン日本朝鮮版』 朝鮮特輯, 1940. 8
崔貞熙 「地脈」, 朴泰遠 「距離」, 金南天 「妹の事件」, 金東仁 「
足指が似て居る」, 韓雪野 「摸索」(이몽웅 역)
　　이상 張赫宙 편, 『朝鮮文學選集』, 赤塚書房 2권, 1940. 9. 20
島崎藤村, 「半島の詩歌」, 三千里, 1940. 10
佐藤春夫, 「朝鮮の詩人の群」, 三千里, 1940. 10
李光洙, 『愛』(金逸善 역), モダン日本社, 1940. 10
廉相涉 「自殺未遂」, 李石薰 「풍」, 金史良 「無窮一家」, 崔明翊
「心紋」(金山泉 역)
　　이상 張赫宙 편, 『朝鮮文學選集』 3권, 赤塚書房 2권, 1940.
12

1941　金素雲, 『朝鮮民謠集』, 新潮社 刊, 1941. 7
한 식, 「朝鮮文學の東洋的課題」, 新文化, 1941. 8

李泰俊, 「福德房」, 정인택 역, モダン日本社, 1941. 8
金素雲, 「石の鐘」, 童話集, 東西書院, 1941. 6
金素雲, 「靑リ葉っぱ」, 三學書房, 1941. 11
1943 金素雲, 동화집『누렁소와 검은 소』, 天佑書房, 1943. 6
金素雲 편, 『朝鮮詩集』興風館 刊, 前期 8 中期, 1943. 10

이 시기의 소개 양상을 볼 때 표면적으로 우선 확인되는 점은 1920년대의 그것에 비해 한국 문학의 일본 소개가 양적 측면에서 비약적인 증가세를 보여주고 있다는 점이다. 그 현상은 특히 1939년부터 1940년에 걸쳐서 절정을 이루다가 이후 약세를 보이는 방식으로 나타난다. 장르상으로 보면 시 방면이 다소 빈약해 보이는 데가 있으나, 그것은 이 시기에 독보적으로 활약한 김소운의 역시집 출간과 더불어 그 기틀이 어느 정도 다져진 것으로 볼 수 있다. 소설 분야에서는, 그 작가의 선정과 관련해서 본다면 어느 정도 대표성이 갖춰져 있다고 해도 좋을 정도의 작가들이 소개되고 있는 것을 알 수 있다. 그러나 이러한 양적인 비약이 그대로 작품의 질적인 차원의 향상과 동궤를 그리고 있다고 보기는 어려운 듯하다. 국내에서도 당시 일본에 특집으로 소개된 한국 문학이 이른바 '수출용 문학'의 소개에 그치고 있다는 비판이 나온 것과 관련하여32), 한국의 민족모순이나 계급모순 문제를 본격적으로 다루고 있는 작품은『고향』등 극소수에 그치고 있는 것이 생각된다.

두번째 특징으로서 지적하고 싶은 것은, 이 시기의 번역찹소개가 한국인들의 일방적인 작업에 의존하고 있는 것이 아니라는 점이다. 위에 일부 제시된 역자명이 알려주는 바와 같이, 이 시기 한국 문학을 번역·소개한 이들이 한국인 일색이라는 것은 분명하다. 그러나 이 소개 내용이 일본에 소개되는 방식, 혹은 매체에 수록되는 방식을 1920년대와 비교해 보면 분명히 다른 데가 있다. 그것은 일본 문단의 중진들인 中野重治, 島崎藤村, 佐藤春夫, 林房雄, 村山知義 등이 한국 문학에 관한 평론, 서평 등을 발표하는 것은 물론, 위에 제

---

32) 무명씨, 「求理知喝」, 『人文評論』(1940. 7). 任展慧, 「朝鮮側からみた日本文壇の「朝鮮ブーム」(『海峽』, 1984. 3) 19쪽에서 재인용.

시된 바처럼 당시 일본 문예지들이 각종 좌담회나 '조선문학 특집호' 형식으로 한국 문학을 다루고 있다는 데에서 뚜렷하게 확인된다. 동시에 이 현상은 그 시기상으로 볼 때 역시 1939년과 1940년에 집중되고 있음도 역시 확인된다. 이것은 한국문학이 산발적으로 소개되던 1920년대 현상과는 달리, 당시 일본 문단이 한국 문학에 대해 의식적이고도 집중적인 관심을 갖고 있었다는 것을 알려주는 증거에 해당한다고 할 것이다. 이것은, 표면적으로 본다면, 합방기를 전후한 시기부터 지속되어 왔던 한국 문학에 대한 일본의 무관심 내지는 비하의식이 수정되는 계기를 의미하는 것이 아닌가 하는 판단을 낳을 수도 있는 면모라고 하겠다. 그러나 이 현상의 이면에는 특수한 사회역사적 맥락이 있다. 그 점을 보다 분명하게 파악해 보기 위해서 위 목록 중 일부를 당시의 주변 정황과 함께 다시 발췌·인용한다.

1938	座談會,「朝鮮文化の將來と現在(1-6)」(村山知義, 林房雄, 秋田雨雀, 張赫宙, 辛島驍, 鄭芝溶, 兪鎭午, 林和, 李泰俊, 金文輯 외) 京城日報 夕刊, 1938. 11. 29
1939	1월 : 座談會,「朝鮮文學の將來」(鄭芝溶, 林 和, 兪鎭午, 張赫宙, 金文輯, 李泰俊외),『文學界』, 1939. 1
	2월 : 張赫宙,「朝鮮の知識人に訴ふ」(『文藝』)
	9월 : 조선인 노무 동원(강제 연행) 시작
	10월 : 한국에서 '내선일체'를 표방한 '조선문인협회' 결성. 이광수 회장으로 취임.
	모던日本社,「朝鮮藝術賞」을 제정하고『モダン日本朝鮮版』을 간행하기로 함.
1940	2월 : 李光洙의「無明」, 제1회 朝鮮藝術賞 수상
	3월 : 白 鐵·林和,「朝鮮文學通信」,『文藝』연재 시작.
	4월 : 林房雄,「東洋の作家たち」(文藝春秋, 4)에서 '동아작가 연맹론'을 제창
	5월 : 淺見淵, 평론「朝鮮作家論」(公論)에서 일본의 식민지 문학 '포섭'론 제시
	8월 :『朝鮮日報』·『東亞日報』폐간.

1939년 1월 문학계에 게재된 좌담회 기록 「朝鮮文學の將來」는, 일본측 참석자인 林房雄, 秋田雨雀 등이 동석한 한국 작가들을 향해 일본어로 창작을 하라는 요지의 발언을 한 최초의 자리에 해당한다. 이어 1940년 2월 발표된 張赫宙의 평론 「朝鮮の知識人に訴ふ」는 '외부의 종용'에 의해 씌어진 흔적이 역력한 글인데, 그는 한국의 '민족적인 결함'은 내선일체로서 해결이 가능하며, '일본어는 금후 동양의 국제어가 되어가고 있는' 추세이니 한국 작가들에게 일본어 창작을 고려할 것을 권하고 있다. 공교롭게도 비슷한 시기에 일본 문인들과 한국 문인 양쪽에 의해서 행해진 이 일본어 사용 권유는 당시 일본 통치당국의 강력한 외압에 의한 것이었을 가능성이 높다.[33] 이것은 이 시기 한국 문학의 일본 소개가 비약적인 양적·질적 팽창을 보게 된 근본적인 이유를 설명해 주는 중요한 단서가 되는 것이라고 할 수 있다.

이 시기의 문제가 당시의 시국 상황과 관련되어 있다는 점은 1940년 4월 발표된 林房雄의 「東洋の作家たち」와 5월 발표된 淺見淵의 평론 「朝鮮作家論」에서 더욱 집약적이고 직접적인 방식으로 표현되고 있다.

> 지금이야말로 동양의 작가들은 정치를 초월하여, 군사를 초월하여 집결하지 않으면 안 된다. 북경에 모여도 신경에 모여도 좋다. 남경에 경성에 동경에 광동에 모여도 좋을 것이다.
>
> 문인들이 집결하는 것이 당분간 어렵다면 서로 작품을 읽는다. 매년도의 각국 작가의 대표작을 서로 읽고 소개한다. 대표작 선정을 위해서 연합위원회는 꼭 필요할 것이다. 이 연합 위원회의 손으로 매년 '동아소설연감'을 일본 중국 조선 3국에서 발행한다. 대표적 작가의 명작이라고 자신할 수 있는 작품은 처음부터 3개 국어로 동시 발표하는 방식으로 하는 것도 가능하다. 연감이 불만이라면 계간 내지 월간 형식의 '동아문학'도 발간이 가능할 것이다.[34]
>
> 중일전쟁과 제2차 세계대전의 발발과 함께 민족의 문제가 다시금 일반의 관심을 불러 일으키고 있다. 그것이 계기가 되어 중국의 현대문학

---

33) 임전혜, 윗글, 12쪽. 이하 시국 관련 내용 기술도 이 글 내용을 참조한 것임.
34) 임전혜, 윗글, 13쪽.

과 만주 작가의 작품이 소개되었다. 그 민족을 포섭하기 위하여 그들 민족을 이해하려고 하는 일반의 기분을 반영한 것일 것이다. 이 기운에 편승하여 조선문단의 현대 조선작가의 작품도 소개되기 시작했다.[35]

왜 일본은 자국어로 번역된 한국 문학 작품들을 단시간 내에 보기를 원했는가, 그 이유가 분명하게 제시되어 있는 예라 할 것이다. 그것은 1930년대 말엽 중일전쟁을 개시한 후 교착 상태에 빠져 있었던 일본이 이른바 대동아공영권이라는 정치적 명분을 내세워 조선과 중국을, 일본을 식민 모국으로 하는 확고한 정치경제 체제 속으로 통합시키려는 정책이 문화 방면으로 노출된 것에 다름 아니었던 것이다. 그리하여 일본은 그 시급한 통합 전략의 대상이 되는 조선과 중국의 문화를 보다 더 본격적으로 파악·정리해 두어야 할 필요성에 봉착을 했던 것이며, 그 결과가 대규모 특집을 통하여 중국과 한국 문학을 자국에 소개하는 상황으로 현실화되기 시작했던 것이다. 淺見淵의 '이해'라는 용어는 바로 이것을 의미하는 것이었다. 또한 그가 사용한 '포섭'이라는 용어 역시도, 한국 작가에 대한 일본어 사용 강요의 예에서 볼 수 있는 바처럼, 한국 문학을 일본 문학 속으로 편입해 들이려는 정책, 즉 내선일체의 문학 방면 작업임에 다름이 아니었던 것이다. 林房雄의 소위 '동아작가연맹론' 역시도 이러한 문맥에서 보면 그 정체가 분명하게 드러난다. 그것은 일본 군부의 정치적 전략인 '대동아공영권'의 문학판이었음이 분명하게 이해되는 것이다.

위의 목록 속에 일일이 인용할 수는 없었지만, 1939년과 1940년, 그리고 그 이후의 시기에 한국인의 손으로 씌어진 일본어 작품이 양산되고 있었다는 것, 그 내용이 '내선일체'와 '황국봉공', 그리고 '결전태세의 확립'을 향해 줄달음쳐 가는 것이었다는 것은 잘 알려져 있는 바대로다. 이 시기에 오면 한국 문학의 일본 소개 혹은 한일 문학의 교류라는 것은 오로지 전쟁 수행을 밑받침하는 도구 차원으로 전락해 버리고 만다. 그런 의미에서 식민지 시대의 한국 문학의 일본 소개 현상은 그대로 한국과 일본이 당시 처해 있었던 사회

---

35) 임전혜, 윗글 17쪽에서 재인용.

문화적 역학 관계에 따라 좌지우지되어 온 경향을 보여준다.

2) 해방 이후 소개 현황과 특성

(1) 해방 이후 1960년대 중반까지의 소개 현황과 특성

해방과 한국 전쟁기를 거쳐 한일 협정 체결에 이르는 시기에 진행된 한국 문학 소개 작업은 남·북한의 문인이나 연구자와는 무관한 상태에서 진행된 특징이 있다. 주로 재일 한국인 연구자와 문인들에 의해 소개 작업이 진행되고 있었던 점이 그것이다. 해방 후부터 1960년대 중반에 이르는 시기에 일본에 소개된 한국 문학 관련 서지를 간단하게 소개하면 다음과 같다.36)

1947	金達壽, 「朝鮮文壇の現狀」, 『民主朝鮮』, 1947. 2
1948	金達壽, 「北朝鮮の文學」, 新日本文學, 1948. 5
	金達壽, 「朝鮮文學における民族意識の流れ」, 『文學』 11
1949	이은직, 「激動する朝鮮文學」, 『世界の動き』 5
1951	李箕永, 「蘇える大地」(원제 「땅」: 김달수, 박원준 역) 6
1952	金達壽, 「朝鮮文學の史的おぼえがき」, 『文學』, 1952. 8
	조기천, 「白頭山」 허남기 역, 4
1953	金素雲 편, 「ネギをうえた人 — 朝鮮民話選」 12
	「韓國 現代小說 特輯」, 『新潮』 11
1954	金達壽 편, 『金史良 作品集』 6
1955	허남기 역, 『朝鮮詩選』 8
	韓雪野, 『大洞江』, 이은직 역, 8
1957	김 민, 「前後の朝鮮文學」, 『朝鮮文學研究』 3

---

36) 해방 이후 일본에 소개된 한국 문학 관련 서지 작업은 1999년 현재 출판된 형태로 나온 것이 없다. 전체적인 개괄 내용을 기술한 오오무라 마스오, 「일본에서의 남북한 현대문학의 연구 및 번역 상황(상·하)」(『韓國文學』 1992년 3·4호, 5·6호)이 유일한 것이 아닌가 한다. 이하 제시되는 내용 및 목록 내용은 오오무라 교수의 윗글과, 필자가 오오무라 교수에게서 제공받은 목록에 의거하여 기술한 것임을 밝혀 둔다.

朴春一, 「日本における朝鮮文學の歴史的意義とその諸問題」,
『日本文學誌要』, 1957. 12

1959 　김 민, 「解放後の朝鮮文學」, 『新日本文學』 6
1960 　『三人の靑年』 안우식 역, 1960. 1
韓雪野, 『歷史』(상·하) 村山知行 역, 1960. 5~6월
허남기 편역, 『現代朝鮮詩選』, 朝鮮靑年社, 1960. 9
韓雪野, 『黃昏(상·하)』(이은직 역), 朝鮮靑年社, 11~12
1961 　김명화, 「不屈のうた」(박영일, 안우식 역), 朝鮮靑年社, 1961.
1
李箕永, 「頭滿江」 1~7권(이은직 역), 朝鮮靑年社, 1961. 6~
1962. 8
1963 　김병훈 외, 『鴨綠江』 이은직 역, 1963. 8
1964 　윤학준, 「現代朝鮮文學の現在と課題」, 『문학』, 1964. 8
최 현, 「白頭の山なみを越えて」, 朝鮮靑年社, 1964. 5
석윤기, 「戰士たち」, 朝鮮靑年社, 1964. 7
1965 　이윤복, 『エンボギ日記』, 쓰카모토 이사오(총본훈) 역, 1965.
6
황 건, 「ケマ高原(上·下)」(안우식 역), 1965. 8~10
李箕永, 「流浪の追憶"ある女性の運命」(이승옥 역), 朝鮮靑年
社, 1965. 11
1966 　김용호 외, 『アリランの歌ごえ ─ 現代南朝鮮 詩選』 오임준
역, 1966. 3
趙明熙, 「낙동강」, 大村益夫 역, 『朝鮮硏究』, 1966. 10
崔曙海, 「脫出記」, 『朝鮮硏究』, 1966. 11
임동권, 『日本에 호소한다─韓國의 思想과 行動(日本に訴え
る韓國の思想と行動』, 大村益夫 역
1967 　李丞玉 편, 『歲月─現代南朝鮮文學』, 1967. 6
윤세중, 『赤い信號彈』, 大村益夫 역, 1967.

우선 위의 목록에 나와 있는 평론의 필자들이나 역자들의 이름에 주목할
필요가 있다. 김달수, 이은직, 허남기, 박춘일 등이 그들인데, 이들은 모두 재

일 한국인 작가 혹은 연구자에 해당한다. 이중 특히 김달수는『民主朝鮮』,『鷄林』,『現實と文學』 등의 잡지를 주재하면서 해방 전후의 한국 문학의 현황을 소개하는 작업에 매진한 경력을 갖고 있다. 또한 이들은 주로 조총련 계열의 정치적 입장에 서서 활동을 했던 특징 역시도 갖고 있다. 그런 의미에서 이들에 의해 주도된 한국 문학 소개가 남북한 중 어느 곳을 주관심 대상으로 삼고 있었는가, 그 결론은 쉽게 내려질 수 있는 것이라 하겠다. 이들이 소개한 한국 문학은 거의가 북한 문학의 소개에 집중되어 있는 것이다. 이기영, 한설야, 조기천, 김사랑 등의 번역 소개 작업은 그 특징을 잘 드러내는 예에 해당한다.

이 작가들의 작품 소개는 당시 재일 한국인들이 이것을 필요로 했던 내적 이유를 잘 말해주고 있다. 이기영, 한설야는 일제 말기 공간에서 정치적 신념을 지켰으며 전후 북한에서 진행되고 있었던 복구 사업 및 사회주의 문화 정립 작업과 관련하여 대활약을 하고 있었던 작가라는 특성을 갖고 있다. 김사랑의 경우는 이 면에서 더욱 특별한 지위를 갖고 있기도 하다. 일본에서 활약한 작가로서 또한 일제 말기 연안(延安)으로 탈출하여 항일운동 투쟁 노선에 직접 참여했던 작가로서, 그리고 한국 전쟁에서 전사한 작가로서 당시 재일 한국인들의 정신 영역에서 하나의 '신화적 존재'로서37) 기능하고 있었던 작가가 바로 그였던 것이다. 오오무라 마스오 교수가 앞의 글에서 이 시기 문학 소개의 주요 기능 중의 하나가 재일 한국인 2, 3세대의 민족 교육을 위한 것이었다고 기술한 것은38) 이런 점과 깊이 관련되어 있는 것으로 보인다.

당시 소개 내용이 북한 문학 일색으로 진행되었던 현상은 당시 일본 지성계의 동향과도 관련이 있다. 일본 공산당이 일본 지성인들에게 1960년대 중반까지 상당한 영향을 미치고 있었던 점, 그리고 전후 북한의 문학이 수령예찬문학 위주로 재편성되기 전까지 일정한 내적 활력소를 지니고 있었던 점, 그리고 일본 지성계 속에 존재하고 있었던 남한에 대한 비판적 태도 등이 그것이다. 이러한 일본 지식인들의 북한 지지 성향이 바뀌기 시작하는 것은 북한의 문학이 경색의 길에 접어들기 시작하는 동시에 남한 정부와의 한일협정

---

37) 김윤식,「일본문학의 한국 체험」,『한일문학의 관련 양상』(일지사, 1974), 84쪽.
38) 오오무라 마스오, 윗글(상), 287쪽.

체결이 맺어지는 1960년대 중반에 이르러서이다.

물론 이 시기에도 남한 문학의 소개 작업이 전무했던 것은 아니다. 1953년 『新潮』 11월호의 「韓國 現代小說 特輯」, 그리고 본격 문학이라고 하기는 어렵지만, 『윤복이의 일기』의 번역 소개 작업이 그것이다. 이 『윤복이의 일기』의 경우는 전후 일본인이 한국 문학의 소개 작업에 손을 댄 최초의 예에 해당한다는 의미가 있기도 하다. 이 경우 이외에는 주로 정부 차원에서 진행된 남한 문학의 소개 작업이 있었던 것으로 알려져 있다. 1961년 창간된 『統一朝鮮新聞』, 한국 정부의 공보지적 성격을 지닌 『ニコーコリア』(1963년 창간)이 연속적으로 남한의 소설 작품을 번역 소개했던 것이 그것인데, 이 작업들은 독자의 확보나 영향력 면에서 커다란 의미를 얻지 못했던 것으로[39] 진단되고 있다.

결론적으로 볼 때, 이 시기의 한국 문학 소개는 한국 문학의 일본 소개라는 면보다는, 재일 한국인들이 재일 한국인들과 일부 일본 지식인들을 대상으로 한 소개 작업으로서의 성격을 띠고 있었다는 점을 부정하기 어렵다. 이러한 현상이 약화되면서, 순수한 일본인들이 한국 문학, 특히 남한 문학에 대해 관심을 갖고 소개와 번역·연구에 임하기 시작한 것은 1960년대 중반 이후부터의 일이었다.

(2) 1960년대 중반부터 1980년대까지의 소개 현황 및 특성

1970~1972 　희망출판사 편, 『韓國名作短篇選集』 한국서적센터, 1970. 12
　　　　　　고병삼 외, 『炎のなかで』, 朝鮮靑年社, 1970. 12
　　　　　　金日成, 『革命的文學藝術論』, 未來社, 1971. 9
　　　　　　金芝河, 『五賊.荒土·蜚語』, 강순 역, 靑木書店, 1972. 7
　　　　　　金史良, 『駑馬萬里』, 安宇植 역, 朝日新聞社, 1972. 8
1973~1975 　金東里 외 편, 『現代韓國文學選集(1-5)』, 金素雲 역, 冬樹社, 1973. 4~1976. 11
　　　　　　安宇植 역, 『金史良全集(1-4)』 河出書房, 1973. 1~1974. 9

---

39) 오오무라 마스오, 윗글(상), 187쪽.

류도희 외『飛躍の日日』, 朝鮮靑年社, 1974. 3

金芝河,『金芝河, 民衆の聲』, 사이마루出版社, 1974. 7

金芝河,『金芝河詩集』, 강순 역, 靑木書店, 1974. 9

申庚林,『農舞』, 강순 역, 靑木書店, 1974. 9

4·15문학창작단,『歷史の夜あけ道』, 朴春一 역, 朝鮮靑年社, 1974. 10

金宇鍾,『韓國現代小說史』(長璋吉 역) 龍溪書舍, 1975. 3

金台俊,『朝鮮小說史』, 安宇植 역, 平凡社, 1975. 4

金允植,『傷痕と克服』, 大村益夫 역, 1975. 4

大村益夫 역,『火の犬』(한국어대역총서 1), 高麗書林, 1975. 4

4·15문학창작단,『不滅の歷史－1932年』변재수 역, 朝鮮畵報社, 1975. 5.

長璋吉,『金東仁短篇集』(대역), 高麗書林, 1975. 11

金芝河,『わが魂を解き放せ』이데구주 역, 大月書店, 1975. 12

金芝河,『不歸』, 이회성 역, 中央公論社, 1975. 12

1976~1979 집단 창작,『血の海』, 변재수 역, 朝鮮畵報社, 1976. 8

무로 겐지,『金芝河 ” 私たちにとっての意味』, 三一書房, 1976. 9

林鍾國,『親日文學論』, 大村益夫 역, 高麗書林, 1976. 12

長璋吉,『韓國小說を讀む』, 草思社, 1977.

崔仁浩,『ソウルの華麗な憂鬱(바보들의 행진)』重村智計 외 역, 國書刊行會, 1977. 1.

송민호,『朝鮮の抵抗文學』, 金學鉉 역, 拓植書房, 1977. 12

아사오 다다오,『金芝河の世界』, 靑山社, 1977. 3

이데 구주,『韓國の知識人と金芝河』, 靑木書店, 1977. 4

아사오 다다오,『金芝河』, 靑山社, 1977. 10

李御寧,『恨の文化論』, 學生社, 1978. 3

大村益夫,『ある抗日運動家の軌跡』, 龍溪書舍, 1978. 3.

辛錫祥,『帝國の幽靈, 黃狗の悲鳴』, 李丞玉 역, 同成社, 1978. 4

崔仁勳,『廣場』, 田中明 역, 泰流社, 1978. 5

李淸俊,『書カがれざる自敍傳』, 長璋吉 역, 泰流社, 1978. 6

양성우,『冬の共和國』, 강순 역, 晧星社, 1978. 7

김수영,『巨大な根』, 강순 역, 梨花書房, 1978. 7

金芝河,『苦行』, 中央公論社, 1978. 9

유진오 외,『韓國發禁詩集』, 허집 편역, 二月社, 1978. 10

尹正奎 외,『恐怖の季節』, 李丞玉 역, 同成社, 1978. 11

이한직,『李漢稷詩集』, 田中明 역, 昭森社, 1979. 7

신동엽,『脱穀は立ち去れ』, 강순 역, 梨花書房, 1979. 7

집단창작,『ある自慰團圓の運命』, 변재수 역, 朝鮮青年社, 1978. 9

尹興吉,『長雨』, 강순 역, 東京新聞社, 1979. 4

위에 제시한 목록은 1960년대 중반부터 1970년대에 이르는 기간 동안에 발표촵간행된 논문과 평론, 단행본 중 단행본 목록만 따로 뽑아 소개해 본 것이다. 북한의 출판물이 일부 포함되어 있기는 하지만, 그밖에 대부분의 내용을 차지하고 있는 것이 남한 작가들의 작품에 관한 소개 작업인 것을 확인할 수 있다. 이러한 점은 이 시기에 남한 문학을 소개한 이들의 정치적 성향이 변화를 보이고 있는 점과도 직결되어 있다. 전 시기의 소개자 대부분이 조총련계의 작가나 소개자들이었던 데에 비해, 이 시기에는 안우식과 김학현, 강순, 이승옥 등 비조총련계의 재일 한국인 문인.평론가가 두드러진 활약상을 보이고 있는 것이다.

이외에 소개자들의 측면에서 주목되는 점은 일본인 소개자들이 대폭 등장하고 있는 점이다. 위와 같은 현상은 특히 大村益夫나 長璋吉, 田中明 등의 연구자들의 존재와 관련해서 집중적인 논의가 가능하다고 생각된다. 이들은 모두 전후 민주주의 고양기에 청년기를 거친 이들로서 1960년대 중반부터 한국 문학에 대해 본격적인 연구와 소개 작업을 해 온 전문 연구자 그룹에 해당한다. 1980년대를 포함하여 이후에 지속적으로 진행된 한국 문학 연구의 추진력을 이루면서 후진 연구자들의 양성 면에서도 커다란 기여를 해 온 이들이기도 하다. 또 사상적 측면에서 볼 때 이들은 일본 근대사의 치부에 대한 자각적 인식을 강하게 갖고 있는 이들이기도 하다.[40] 아래에서도 소개하겠지만

이 시기 이후의 한국 문학 소개가 질적인 측면에서 크게 향상된 면모를 띠게
된 것은 이들에게 힘입은 바 크다고 판단된다.

위 목록에 제시된 한국 작가들의 이름으로 눈을 돌려 보면 우선 눈길을
끄는 것이 김지하에 관한 소개물이 연속적으로 출판되고 있는 점이다. 오오
무라 교수는 '김지하의 시대'라는 말로 이 시기 일본의 지성사적 특징을 명명
하면서, 그것이 저널리즘적 성격을 지나치게 갖고 있다는 점, 번역이 매우
거칠게 진행되었다는 점, 김지하를 한국 문인으로서가 아니라 정치인 일색
으로 보는 문제점들이 내포되어 있다는 내용의 비판을 한 바 있다.41) 당시
일본 지성계가 김지하에게 집착한 현상은, 근대 일본국가 내부의 문제와 관
련하여 일본 지성인들이 갖고 있었던 정치적 · 윤리적 욕구들이 인접국의 정
치적 상황을 소재로 하여 대리보상적인 형태로 표출된 것으로 보아도 무방
할 것이다.

김지하에 대한 관심의 표현 방식에 다소 지나친 점이 있다 해도 이 시기의
한국 문학 소개 작업이 여러 의미에서 이전의 작업보다 긍정적인 것이라 평
가할 수 있는 면모를 강하게 지니고 있는 것은 틀림없어 보인다. 우선 선정된
작가와 작품이 70년대 한국 문학을 대표할 수 있는 것으로 구성되어 있다는
점을 지적할 수 있겠다. 최인훈, 이청준, 윤홍길, 최인호, 김수영, 신경림, 양성
우, 김지하, 신동엽 등이 그들인데, 이들은 70년대 한국 문학사를 대표할 수
있음은 물론 당시의 정치사적 측면에서도 진보적 역할을 수행한 작가들이었
기도 하다. 그런 의미에서 이 현상은 이런 작가들을 골라서 소개했던 일본측
소개자들의 관점이 과거 식민지 시대의 그것과는 비교할 수 없을 정도로 달
라졌음을 확인할 수 있게 하는 대목이라고 하겠다.

또 하나 이 방면에서 눈에 띄는 점은 동시대 한국 연구자들의 업적이 소개
되고 있는 현상이다. 이 방면 연구사에서 고전적 저작물로 인정받고 있는 김
윤식과 임종국 등의 친일문학 관련 연구 업적들이 번역된 것이 그것이다. 이
현상은 이 시기의 한국 문학 소개자들이 지니고 있는 문제의식의 핵심을 잘

---

40) 본고의 「일본 학계의 한국문학 해석」 내용 참조.
41) 오오무라 마스오, 윗글(상), 290쪽.

보여주는 예에 해당하는 것이 아니겠는가 생각된다. 앞장 「일본 학계의 한국 문학 해석」에서도 이미 소개한 바 있지만, 이 현상은 이 시기에 출현한 일본의 소개자 및 연구자들이 근대 일본사에 포함되어 있는 국가악(國家惡)의 문제와 관련하여 갖고 있는 비판적 역사의식과 연결되어 있는 것으로 보인다. 이 시기의 연구자들은 물론 이 이후에 등장한 일본 연구자들의 연구 주제 속에서 친일문학 연구가 차지하는 비중이 높은 것은 아무래도 이러한 한국 문학 연구 성과와 일본 연구자 나름대로의 역사의식이 서로 부합되는 요소가 있었다는 것을 알려주는 예가 되는 것이 아니겠는가 생각된다.

　이상의 여러 면들을 고려해 볼 때 이 시기의 소개 작업은 한국 문학의 일본 소개사에서 하나의 획기적인 전환점을 보여주고 있는 것으로 생각된다. 1980년대의 소개 작업은 1970년대가 보여준 이상과 같은 긍정적인 측면이 보다 다양화·대중화되는 방향으로 진행된 것이 아닌가 생각된다. 역시 이 시기에 발표된 단행본 중에서 대표적인 것을 골라 제시하기로 한다.

趙世熙, 『趙世熙作品集』, 무궁화회 역, 무궁화회, 1980. 3

尹興吉, 『黃昏の家』 安宇植 역, 東京新聞社, 1980. 3

심 훈, 『常綠樹』, 梶村秀樹 외 역, 龍溪書舍, 1981. 10

徐廷柱, 『조선민들레의 노래』, 白川豊 역, 冬樹社, 1982.

尹興吉, 『母』, 安宇植 역, 新潮社, 1982. 8

金東里, 『乙火』 임영수 역, 成甲書房, 1982. 8

白樂晴, 『韓國民衆文學論』, 安宇植 역, 三一書房, 1982. 10

朴景利, 『土地(1-8)』, 安宇植 역, 福武書店, 1983. 3~1986.

李光洙, 『有情』, 池明觀 역, 高麗書林, 1983. 10

安宇植, 『評傳金史良』, 草風館, 1983. 11

金贊汀, 『抵抗詩人尹東柱の死』, 朝日新聞社, 1984. 3

大村益夫·長璋吉·三枝壽勝, 『朝鮮短篇小說選』(상하), 岩波書店, 1984. 4~6

신경림·이시영 편, 『いきこそ詩人よ, 韓國17人新作詩集』, 신영상 역, 靑木書店, 1984. 6

윤일주 편,『空と風と星と詩』, 이부키 고 역, 影書房, 1984. 11
川村湊,『ソウル憂鬱』, 草風館, 1985.
나카가미 겐지,『韓國現代短篇小說』安宇植 역, 新潮社, 1985. 5
李丞玉 편역,『現代韓國小說選(3)』, 同成社, 1985. 6
황석영,『客地 외』高崎宗司 역, 岩波書店, 1986. 10
徐廷柱,『新羅風流』, 白川豊 외 역, 角川書店, 1986. 11
川村湊,『酔いどれ船の靑春』, 河出書房新社, 1986. 12
大村益夫, 長璋吉, 三枝壽勝,『韓國短篇小說選』(공역) 岩波書店, 1988.
복거일,『京城 昭和 62年』, 川島伸子 역, 成甲書房, 1987. 9
尹興吉,『鎌』, 安宇植 역, 角川書店, 1988. 9
황석영,『武器の影』高崎宗司 외 역, 岩波書店 1989. 3
한승원,『塔』, 安宇植 외 역, 角川書店, 1989. 6
고 은,『祖國の星 ― 高銀詩集』金學鉉 역, 新幹社, 1989. 8
長璋吉,『朝鮮・言語・人間』, 河出書房新社, 1989. 10
金芝河,『飯, 活人』, 御茶の水書房, 1989. 10
大村益夫 역,『シカゴ福万－中國朝鮮族短篇小說選』, 高麗書林, 1989.
李陸史,『靑ぶどう』, 이부키 고 역, 筑摩書房, 1990. 2

1980년대는 한국에 대한 일본인의 관심이 대중적 차원에서 활성화되었던 시기라고 알려져 있다. 한국을 소개하는 서적들이 범람하고 있었다든가 관련 서적의 독서붐이 유행하고 있었던 것, 한국어 학습 열풍이 불었던 것 등이 그 예에 해당하는 것들이라 하겠다. 이 현상이, 이 시기에 이르러 일본이 한국을 '식민지적 이미지'를 지닌 인국(隣國)으로서가 아니라, 하나의 외국으로서 보는 경향이 늘고 있다는 것을 의미한다고 한다면 경솔한 판단이 되는 것일까.

한편으로 이런 현상의 이면에는 한국 문학 관련 서적의 출판량이 1970년대에 비해 반감되는 현상 역시도 발견된다. 이것은 북한 문학이 재일 한국인 2・3세에게서 환영을 받지 못하게 되면서 조총련 관련 조직이 출판 작업을 포기한 데에 그 직접적인 이유가 있다고 한다.42) 역시 이 현상은 이 시기 일

---

42) 오오무라 마스오, 윗글(하) 226쪽.

본 사회에 북한에 대한 부정적 인식이 대중적 형태로 유행하기 시작한 점, 그리고 올림픽 개최 등과 관련하여 일본 대중들이 남한 사회에 대해 급격한 흥미를 표명하게 된 점 등의 문제와도 관련되어 있을 것이다.

이 시기에 소개된 작가들의 이름을 살펴 보면 가장 먼저 눈에 들어오는 것이 윤동주와 이육사의 존재다. 이 시인들이 식민지 시대 한국 문학사, 그리고 근대 일본사에서 차지하는 정신사적 위치를 고려해 본다면, 이들은 일찌감치 단행본 형태로 번역되었어야 할 시인들에 해당한다고 하겠다. 그러나 1980년대라는 시점에서라도 이들이 일본인 자신에 의해 번역·소개되었다는 것은 적지 않은 역사적 의미를 갖고 있는 것으로 판단된다. 그 이외의 작가들을 보면, 1970~80년대 한국 문학사에서 중요한 위치를 차지하고 있는 박경리, 조세희, 황석영, 윤흥길, 복거일, 고 은이 번역·소개되고 있는 현상을 확인해 볼 수 있다. 작가들의 개인적 성향들이 다소 차이를 보이고 있는 것은 사실이지만, 전체적으로 볼 때 이들을 당대의 한국 문학을 대표하는 작가로 선택한 역자들의 안목이 상당 수준에 올라 있던 것이었음을 인정할 수 있다.

그 외에 대상 작가 면에서 주목해 보아야 할 것으로 생각되는 것이, 전문적인 한국 문학 연구자 그룹으로서 제1세대 그룹에 해당하는 3인의 연구자 大村益夫, 長璋吉, 三枝壽勝이 간행한 『韓國短篇小說選』(1988)과 大村益夫가 편역한 『lfY福万굶偶圻훈萌右 밦녀侊椊?1989)이다. 전자는 김동리, 황순원, 손창섭, 이호철, 하근찬, 김승옥, 이청준, 박태순, 남정현, 이병주, 최인호, 황석영, 문순태, 김원일, 박완서, 조세희, 현기영, 전상국, 이문구 등의 작품이 수록되어 있는 선집인데, 대상 작가·작품의 선정이나 번역의 전문성 확보 등의 면에서 기념비적인 업적에 해당하는 것이라 평가할 수 있겠다. 후자인 『lfY福万－中國朝鮮族短篇小說選』(1989)은 번역 대상 작가의 확대라는 면에서, 그리고 한국 문학사가 버려두고 있었던 영역인 재외 한국인 문학의 소개라는 면에서, 일본은 물론 한국의 연구자들에게 던지는 의미가 큰 것이 아니겠는가 생각된다.

3) 한국 문학 소개사의 전체적 흐름

이상을 통하여 한국문학이 일본에 소개되어 온 역사를 식민지시대로부터 1980년대에 이르는 시기까지 간략하게 살펴 보았다. 우선 식민지 시대의 그것은 식민지 경영 및 식민지 문학의 포섭이라는 정치적 필요성에 따라 관심이 급격하게 고조되는 현상과 일반적 무관심이라는 현상이 교차되는 과정이 아니었는가 생각된다. 근대 일본이 내내 지녀온 왜곡된 아시아관이 이 이면에 기본적으로 자리하고 있는 것은 물론이다. 이 문제점과도 관련하여 양과 질 면에서도 이 시기의 그것은 국소적인 차원에 머물고 있었던 것이 아닌가 생각된다. 이에 반해, 해방 후의 그것은 재일 한국인끼리의 일방적인 자기 충족적 소개 작업으로부터 점차 일본인 연구자·소개자에 의한 전문적인 소개 단계로 발전되는 과정을 보여준 것으로 판단된다. 그 소개 대상의 양과 질 역시도 점차 본격적인 차원으로 발전되어 온 경향을 보여준 것이 아닌가 생각된다.

외국 문학에 대한 관심도의 증감 여부는 원래 그 문학을 소개하는 국가가 내부에 안고 있는 필요성의 증감 여부에 따라 결정되는 것이라고 보는 것이 자연스럽다. 그런 의미에서 본다면, 식민지 시대에 일본이 갖고 있었던 필요성과 그 이후의 역사 단계에서 일본이 갖고 있었던 필요성 사이에는 얼마간의 질적 차이가 존재하는 것이 아닐까. 그렇게 믿어 보고 싶다. 전후 20여년이 지난 뒤부터 등장한 일본측 소개자들이 보여준 성실성과 진지한 연구 태도 때문이다. 앞으로 전개될 한·일간의 역사적 관계에 따라 이 필요성이 다시 왜곡될 가능성은 얼마든지 있을 것이지만, 현재 단계에서는 해방 후 현재까지 일본이 갖고 있었던 내적 필요성 쪽이 그 전에 비해 상대적으로 긍정적인 성향을 많이 띠고 있었던 것이 아닐까 하는 진단을 내려 본다. 이 판단 속에 부정적인 의미의 필요성이 점차 약화되는 방향으로 한·일 관계가 진행되어 가야 하겠다는 소망이 포함되어 있는 것은 물론이다.

3. 서구에 대한 소개 현황과 그 특성

한국문학의 서구 소개는 한국어의 서구 소개와 거의 비슷한 시기에 이루어졌다. 한국의 언어와 문학이 서구에 처음 소개되기 시작한 것은 1800년대 후반의 일이다. 1800년대 초반부터 한국어 목록집이나 간략한 사전이 만들어진 것으로 알려져 있지만, 이러한 자료들의 구체적인 실체는 현재 확인하기 어렵다.

실제 활용이 가능했던 한국어 사전으로는 1890년에 발간된『한영 사전(Korean - English Dictionary)』이 있다. 239쪽으로 이루어진 이 사전은 당시 한국에 선교사로 와 있던 언더우드(H.G. Underwood)가 편찬한 것으로 한영·영한 사전 겸용이었다. 사전의 발행지는 일본 요코하마이다. 이 사전은 1891년 제임스 스콧트(James Scott)가 편찬해 서울에서 간행한『영한 사전(English - Korean Dictionary)』과 함께 오랫동안 활용 되었다.

이후『여행자를 위한 한국어 어휘집(Korean Phrase book for the Use of Travellers)』이 출간되고(1891), 1160쪽에 이르는 선교사 게일(J.S. Gale)의『한영사전(Korean - English Dictionary)』이 간행되면서(1897) 한국어의 서구 소개는 본 궤도에 오르게 된다.

한국문학이 서구에 소개되기 시작한 것도 이 무렵부터의 일이다. 그렇게 보면, 이제 한국문학이 서구에 소개되지 시작한 지 대략 한 세기가 지난 셈이다. 현재까지 알려진 바로는 서구에 가장 먼저 소개된 한국 문학 관련 서지는『한국민담집(Korean Tales)』이다. 이 책은 1889년 선교사 알렌(H.N. Allen)이 편집하여 번역 간행하였다. 민담 역시 넓은 의미의 문학 작품에 속하므로, 이 책을 최초의 한국 문학 작품 번역집으로 꼽을 수 있다. 처음에 193쪽 분량으로 간행되었던 이『한국민담집』은, 1904년 다른 작품들을 보충해『한국, 사실과 환상(Korea, Fact and Fancy)』이라는 제목으로 바뀌어 간행된다.

이후「한국의 대중문학(Corean Popular Literature)」,「한국의 속담(Korean

Proverbs, Epithets and common sayings)」, 「한국의 물고기 전설(Korean Fish Legend)」 등의 자료들이 해외 및 국내에서 발간되던 영문 잡지를 통해 소개된다.

1895년에는 프랑스 파리에 머물던 홍종우가 『심청전』을 불어로 번역 소개한다. 이는 그가 1892년 프랑스 사람 로니(J.H. Rosny)와 함께 간행한 『춘향전』 번역과 더불어 프랑스에 대한 한국문학 소개의 초창기 업적으로 꼽을 수 있다. 단, 프랑스에서 간행된 홍종우의 『춘향전』이나 『심청전』은 순수 번역이라기보다는 번안물이라는 점에서 아쉬움을 남긴다. 당시 『춘향전』은 『향기로운 봄』으로, 『심청전』은 『고목에 핀 꽃』으로 각각 번안되었다.

1890년대에서 1920년대에 이르기까지 한국문학에 대한 서구 소개는 단행본이 아닌 잡지를 통한 소개가 주류를 이룬다. 그러던 중 1922년 선교사 게일(J.S. Gale)이 『구운몽(The Cloud Dream of Nine)』을 번역·간행한다. 런던에서 간행된 이 책에는 스카트(E.K. Robertson Scott)의 해설과, 16장의 삽화가 곁들여져 있다. 게일의 『구운몽』 출간이야말로 한국문학 작품의 번역과 서구 소개의 본격적 시작을 알리는 일로 평가할 수 있다.

이후 1920년대에서 70년대 말에 이르기까지 한국문학 작품은 영어, 프랑스어, 독일어, 러시아어, 체코어, 슬로바키아어, 헝가리어, 폴란드어 등 여러나라의 말로 번역이 된다.

이 가운데 1960년대까지는 한국고시조선집, 한국고소설선집 및 한국현대시선집, 한국 현대단편 선집 등 여러 작가의 작품들을 함께 수록한 종합 작품선집이 주종을 이루게 된다.

그러다가 1970년대에 들어오면 개인 작가의 선집이 등장한다. 예를 들면 1978년 미국에서 간행된 『김지하선집』이나 1979년의 김동리 소설집 『을화』가 거기에 해당한다. 여러 작가의 작품을 한 권의 책에 묶어 출간하는 방식은 작가에 대한 관심보다는 작품에 대한 관심의 산물이다. 그러나, 한 작가의 작품만을 선별해 한 권의 책으로 간행한다는 것은 작품에 대한 관심과 함께 작가에 대한 관심을 표명하는 것이다. 그런 점에서 본다면 1970년대 이후 한국문학의 서구 소개는 작품에 대한 소개뿐만 아니라 작가에 대한 소개도 함께 이루어지고 있음을 알 수 있다.

1980년대는 한국문학의 서구소개가 양적으로나 질적으로 획기적인 전환을 가져온 시기이다. 이 시기 이후부터 박종화의『세종대왕』, 황순원의『나무들 비탈에 서다』, 김동리의『사반의 십자가』, 최인훈의『광장』등 장편소설 번역이 이루어졌고, 박경리의『토지』등 대하소설에 대한 번역도 시도되었다. 양적으로 보더라도, 한국문학 작품에 대한 번역이 시작된 1890년대 후반에서 1970년대 말까지 이르는 80여년에 걸친 번역 작품의 총 수보다, 1980년대 이후 현재에 이르는 약 20년에 걸친 번역 작품의 수가 월등히 많다. 이런 사실들로 미루어볼 때 1980년대가 한국문학 서구소개의 중흥기였음은 쉽게 짐작할 수 있다.

이 시기 한국문학에 대한 서구 소개가 본격적으로 이루어지게 된 가장 큰 요인은 무엇보다 문예진흥원의 번역 지원이 활성화되었기 때문이다.「한국문학 번역작품집 역대 출판 실적」에 따르면, 문예진흥원은 1980년에서 1994년에 이르는 15년간 총 92권의 작품집 간행을 지원했다. 장르별로는 소설 57권, 시집 27권, 희곡 3권 그리고 기타 종합 5권을 간행 지원했다. 언어권 및 국가별 지원 통계를 보면 영어권 32(영국 14, 미국 12, 캐나다 1, 홍콩 3, 호주 2), 불어권 31(프랑스 30, 룩셈부르크 1), 독어권 11(독일 10, 오스트리아 1), 스페인어권 4(스페인 2, 멕시코 1, 페루 1), 포르투갈어권 3(브라질 3), 일어권 1(일본 1), 말레이어권 1(말레이지아 1), 폴란드어권 3(폴란드 3), 이태리어권 3(이태리 3), 스웨덴어권 1(스웨덴 1), 중국어권 1(중국 1), 러시아어권 1(러시아 1) 등이다.[43]

문예진흥원의 번역 지원 출판물을 포함해 1889년에서 1996년까지 번역 출간된 총 438종의 해외 출판물을 정리 분석한 기존 연구자료에 따르면, 영역본 123권(28.1%), 일역본 83권(18.9%), 불역본 70권(16.0%), 노역본 45권(10.3%), 독역본 41권(9.4%)의 순서로 되어 있다. 이 자료들을 다시 장르별로 세분하면 현대문학의 경우 소설 200권, 시 83권, 평론 7권, 희곡 4권, 종합 6권이다. 고

---

43) 문예진흥원,「한국문학 번역작품집 역대 출판 실적」 1980-1994. 자료 목록 참조.

대문학은 122권이며 그밖의 자료가 16권을 차지한다. 개인 작품집의 경우에는 먼저 소설에서 이문열 17권(프랑스어 6, 이탈리아어 4, 영어 2, 스페인어 2, 일어 1, 중국어 1, 네델란드어 1), 황순원 7권(영어 5, 프랑스어 2), 윤흥길 6권(일어 4, 영어 1, 프랑스어 1), 박완서 5권(독어 2, 영어 1, 프랑스어 1)의 순서로 되어 있다. 김동리, 한말숙, 김원일, 황석영의 경우도 4권씩이 번역되었다. 시는 서정주 11권(영어 6, 스페인어 2, 프랑스어 · 독어 · 일어 각 1), 김지하 6권(영어 3, 독어 2, 일어 1), 구상 4권(영어 2, 프랑스어 1, 독어 1)의 순서로 되어 있다. 한용운, 조병화, 고은 등도 3권씩이 번역되었다. 고전문학 작품의 경우는 「춘향전」이 10개국에서 15종, 「구운몽」이 5개국에서 5종이 출판된 것으로 조사되었다.44)

이 연구 결과 가운데 번역물 간행 국가의 순위나 번역 대상 작가의 순위 등은 1997년도 이후 최근까지의 간행물을 첨가하더라도 크게 변함이 없다.

한국문학 작품의 해외 소개 연도별 목록을 바탕으로 할 때, 한국문학 자료에 대한 서구 소개는 다음과 같은 특징을 지니고 있다. 첫째, 비 본격 문학 자료에 대한 소개에서 시작해 본격 문학 자료에 대한 소개로 옮겨 갔다. 민담집의 간행에서 작품집의 간행으로 이동한 것이 그 예가 된다. 둘째, 고전 문학 작품에 대한 소개에서 현대 문학 작품에 대한 소개로 그 시대적 관심사가 옮겨갔다. 셋째, 여러 작가의 작품을 한 권의 책으로 묶어 소개하는 종합 선집 번역에서 출발해 한 작가의 작품을 한 권의 책으로 엮어 소개하는 작가별 선집 번역으로 방향을 넓혀갔다. 넷째, 단편 번역에서 출발해 장편 번역으로까지 점차 대상 작품의 영역을 넓혀갔다.

한국문학이 서구에 소개되는 방식도 다양하다. 첫째, 한국에서 발행되는 영자 신문이나 잡지를 통해 한국문학 작품이 번역 소개되고, 그 신문이나 잡지가 해외로 나가 읽히는 경우를 들 수 있다. 이는 1890년대부터 행해진 방식으로『코리언 리포지터리(Korean Repository)』 등을 통해 민담이 번역되어 서구에 소개된 것이 그 초기 성과이다.45) 해방 이후에는 『코리어 타임스(Korea

____

44) 박상언, 「우리문학의 해외번역 현황과 실태」, 『문예중앙』, 1996. 여름호, 36~67쪽 참조.

Times)』등 영자 신문을 통한 작품 번역과 소개가 이루어졌는데, 이인직의「
혈의루」등이 거기에 번역 소개되었다.46) 1960년대부터는 국제 펜클럽 한국
본부가 간행하는『코리언 펜(Korean PEN)』과 유네스코 한국본부가 간행하는
『코리아 저널(Korea Journal)』이 이러한 역할을 맡아했다. 그 가운데서도 유네
스코 한국본부의『코리아저널』은 고전 작품과 현대 작품, 시와 소설 그리고
수필 등 여러 시기와 다양한 양식에 걸친 작품을 번역 소개함으로써 이 분야
에 매우 중요한 성과를 남겼다. 한국 내에서 발행되는 신문이나 잡지를 통한
번역이라는 이러한 방식의 소개는 시의성 있는 작품 소개가 가능하다는 장점
이 있다. 그러나, 이 경우 신문이나 잡지라는 매체가 지닌 성격상 길이가 긴
작품을 수록하기가 어렵다는 한계를 지닌다. 따라서 소설의 경우 길이가 짧
은 단편소설들만 주로 번역 소개의 대상이 된다. 국내에서 우리말로 발행되
는 신문이나 잡지의 경우는 분재 또는 연재를 통해 장편소설을 수록하고 있
다. 그러나 국내에서 외국어로 발행되는 신문이나 잡지의 경우 장편소설 연
재는 시도한 사례가 없다. 이는 무엇보다 그에 대한 대중적 독자의 확보가 어
렵다는 점이 원인으로 생각된다.

　다음으로 해외에서 발행되는 현지어 신문이나 잡지 등에 한국문학 작품이
번역되어 실리는 경우를 들 수 있다. 신문의 경우는 이런 일이 드문 편이지만,
잡지 특히 문학 잡지의 경우는 이런 일이 그리 드문 것만도 아니다. 예를 들
면 미국에서 발행되는 잡지『트랜스레이션(Transration)』제13호가 한국문학
특집을 꾸미면서 한국의 문학 작품들을 여러편 소개한 경우가 여기에 해당한
다. 폴란드의 경우도『세계문학』이라는 잡지가 한국문학 특집호를 꾸며 간행
한 바 있다. 이런 경우는 국내 간행 영자 신문·잡지를 통한 작품 번역에 비
해, 한국문학의 해외 확산 효과가 더 크다고 할 수 있다. 잡지 자체가 현지인
을 상대로 한 것이기 때문이다. 그러나 이는 그러한 특집이 지속적으로 이루

---

45) Horace H. Underwood,「A Korean Bibliography」,『Occidental Literature on Korea』, Royal
　　Asiatic Society, 1930. p.40.
46) 주요섭,「해외에 소개된 한국문학」,『해방문학 20년』(정음사, 1971), 117~120쪽 참
　　조.

어지지 어렵기 때문에 한국문학에 대한 소개가 일회적 행사로 끝나기 쉽다는 것이 가장 큰 단점으로 지적된다. 아울러 단편 위주의 소개가 불가피하다는 한계 역시 지니고 있다.

다음으로 국내외에서 출간되는 단행본을 통해 한국문학이 번역 소개되는 경우를 들 수 있다. 이 경우 해외 출판사를 통한 단행본 간행이 주류를 이루지만, 국내 출판사에서 간행하고 그것을 해외에 소개하는 경우도 없지 않다. 단행본을 통한 해외문학 소개는 현재 한국 문학 해외 소개의 대종을 이루고 있으며, 시간이 갈수록 앞의 두 방식에 비해 그 효과와 중요성이 증대하고 있다. 단행본을 통한 한국문학 작품의 번역 소개는 한국문학에 대한 관심을 일회성이 아닌 지속성 있는 관심으로 유지시키고, 그를 바탕으로 한국문학에 대한 본격적 연구 역시 가능하게 한다는 점에서 매우 긍정적인 측면을 지니고 있다. 문예진흥원 등의 공공 기관 뿐만 아니라, 대산재단 등 민간기구 역시 현재는 이러한 단행본 출판 방식의 해외문학 소개에 큰 관심을 갖고 지원 중에 있다. 이러한 방식의 해외 문학 소개는 기획성 있는 체계적 작품 소개가 가능하고, 길이에 크게 구애받지 않는 다양한 양식의 작품 소개가 가능하다는 점에서도 바람직한 방식으로 생각된다. 이 글에 뒤이어 소개한 <표1 : 서구에 번역 소개된 작품 목록>47)은 이 방식에 의한 번역물의 목록을 정리 제시한 것이다.

이러한 한국문학의 서구 소개 과정에 문제가 없는 것은 아니다. 그 가운데서도 특히 번역상의 문제점들은 여러 논자들이 거듭 지적해 오고 있다. 그동안 지적된 번역상의 문제점 가운데 주목할만한 것들을 간추려 정리하면 대략 다음과 같다. 첫째, 오역의 문제를 들 수 있다. 오역이 발생하는 데에는 여러

---

47) 이 표는 다음의 자료들을 토대로 하고, 해당 국가 현지 출판물 및 도서목록 등을 통해 확인한 자료들을 첨가하여 작성한 것이다.
Horace H. Underwood, 「A Korean Bibliography」, 『Occidental Literature on Korea』, Royal Asiatic Society, 1930.
한국문인협회(편), 『해방문학 20년』(정음사, 1971).
「한국문학 번역작품집 역대 출판 실적」, 문예진흥원.
박상언, 「우리문학의 해외번역 현황과 실태」, 『문예중앙』, 1996. 여름호.
「대산문화재단 사업보고서」, 대산문화재단, 1998.

가지 원인이 있다. 그 원인 가운데 하나는 원 작품이 지닌 의미를 잘못 파악하고 번역하는 것이다. 특별히 모호성을 지닌 시의 번역에서 이러한 일은 자주 발생한다.[48] 물론 시에서뿐만 아니라 소설의 경우도 오역의 문제는 심각하다.[49]

둘째, 언어의 특성상의 차이에서 오는 문제를 들 수 있다. 이는 한 언어로 쓴 작품을 다른 언어로 번역하는 일이 과연 가능한 일인가 하는 근본적인 의문을 불러일으키는 문제이기도 한다.

셋째, 특정 작가와 특정 작품에 치우친 번역의 문제를 들 수 있다.

넷째, 번역가의 비전문성의 문제를 들 수 있다. 현재로서는 한국 문학을 서구에 올바르게 소개할만한 소양을 갖춘 전문 번역가의 수가 매우 부족한 편이다. 따라서 한국 문학에 대한 이해없이 단순히 한국어와 현지어를 함께 구

---

48) 그 구체적인 사례에 대해서는 이성일, 「우리 시 영역의 단면들」, 『문예중앙』, 1996년 여름호, 69~87쪽. 참조.

49) 김정란, 「『토지』 번역을 통해 살펴본 한국문학 번역의 문제점」, 『학술심포지움 ― 박경리의 토지연구 발제문』(한국문학연구회, 1994), 99~115쪽. 참조. 이 논문에서는 『토지』 번역의 문제점을 구성, 인명 · 지명 표기, 해설 등과 함께 실제 번역의 예를 들어가며 문제점을 지적하고 있다.
한편 『토지』 제1부를 번역했던 프랑스의 파브르는 그 자신이 작품을 번역하면서 맞닥뜨려야했던 난관에 대해 다음과 같이 말한 바 있다.
(1) 경상도 방언의 처리 문제. 방언의 특성이 거의 삭제될 수밖에 없었다.
(2) 한국사회의 신분계층 문제 · 신분에 따라 사용되는 언어의 감각을 살리기 어려웠다. 각주를 단 것은 이 때문이다.
(3) 제1부의 경우 등장인물이 총 126명이다. 그들을 지칭하는 방식(호칭)이 너무 많고, 또 이름이나 직업이 없이 다만 혈연관계로만 표시되어 있다. 심지어 중요 인물의 하나인 최치수 부인조차 '별당아씨'로만 호칭되고 있다. 호칭도표를 삽입한 것은 그 때문이다.
(4) 공간구조 해독의 난점. 가령 '별당'이란 무엇인가. 단순한 한옥구조의 설명만으로는 부족하다. 공간구조가 신분관계에 연결되어 있기 때문이다.
(5) 역사 · 문화적 배경의 난점. 당파싸움, 외세침입, 샤머니즘, 불교 등등이 그것이다. 가령 서학에 관련되는 천주교 · 기독교 · 개화파 · 보수파 등등에 대해 자주 각주를 달 수밖에 없었다.
(6) 문체와 그 형식미의 난점. 대화체는 그럭저럭 처리될 수 있었으나 제일 어려웠던 것은 자연이나 인물의 묘사나 정치 · 사회적 배경 설명이 지나치게 긴 점이다. 이는 비단 『토지』에만 해당되는 것이 아니라 한국작품의 전반적 경향이기도 하다.
김윤식, 『바깥에서 본 한국문학의 현장』, (집문당, 1998), 359쪽 참조.

V. 한국문학의 해외 소개 현황과 그 성격　425

사할 줄만 알면 번역을 시도하는 것이 상례이다. 일단은 이러한 현상이 불가피하다. 그렇게라도 한국 문학이 소개되어야 하기 때문이다. 하지만 이는 장기적으로 생각할 때, 한국문학에 대한 올바른 평가와 서구 독자의 지속적 확보라는 점에서 바람직한 결과를 가져오기 어렵다.

다섯째, 전문 번역가의 경우는 지나치게 많은 작품을 번역함으로써 각 작품들이 지닌 개성을 바르게 전달할 수 있을까하는 우려를 낳고 있다. 이는 앞에서 살핀 전문 번역가의 희소성에서 기인하는 문제이기도 하다.[50]

여섯째, 단편 위주의 번역 현상을 들 수 있다. 짧은 작품이 번역하기도 쉽고 출판도 수월하다는 점에서 이런 현상은 오래 전부터 이어져 왔다. 아울러 앞에서도 살폈듯이, 한동안은 잡지를 통한 번역 소개가 주류를 이루었기 때문에 이는 피할 수 없는 현상이기도 했다.

그밖에도 서구 현지에서 출간될 경우, 그것이 비인기 도서이기 때문에 서점 매장에 진열 판매되는 경우가 별로 없으며 따라서 주문 구입해야하는 불편함이 있다. 아울러 책의 가격이 상대적으로 지나치게 비싼편이라는 사실도 간과하기 어렵다.[51] 이는 발행 부수가 적기 때문에 제작 원가를 회수하기 위하여 고가 정책 을 쓸 수밖에 없었을 것으로 이해된다. 하지만, 이러한 고가 정책 역시 결국은 독자를 멀어지게 하는 결과를 낳을 것이라는 점에서 바람직하지 않다.[52]

---

50) 이와 연관된 구체적 사례는 조한경, 「유럽에서의 한국문학」, 『문예중앙』, 1996년 여름호, 88∼101쪽 참조.

51) 어떤 책의 경우는 현지 문학 작품집에 비해 세 배 이상 비싸게 정가를 책정하고 있다.

52) 한국 문학의 해외 소개 활성화를 위해서는 정부 혹은 민간 단체의 출판비 지원 등을 통해 정가를 낮추는 시도 등을 할 필요가 있다. 여기서 지적된 문제점들에 대한 대안은 새로운 글에서 구체적으로 다루게 될 것이다.

VI. 한국문학과 세계문학

1. 한국문학의 뿌리

문학은 언어를 통해 인간의 의식과 삶을 창조적으로 표현하는 예술이다. 그러하기에 한국문학은 한국인이 살아온 삶을 토대로 세계문학의 보편성과 더불어 한국문학의 독자성을 지니게 된다. 물론 세계문학이란 개념 자체가 이미 한국문학을 포함한 각 민족문학의 보편성과 개별성을 총체적으로 지칭하는 것이기는 하지만, 한국문학은 한국적 풍토 속에서 가꾸어온 한국인의 고유한 삶을 형상화한 민족적 독자성을 구비하고 있는 것이다. 그러므로 한국문학의 본질과 특성을 보다 객관적으로 이해하기 위해서는 한국문학의 원류와 원형성에 근접하는 방법이 될 수 있는 민족문학의 뿌리를 탐색하는 길이다.

한국문학의 원형과 뿌리를 탐색하는 길은 우선 한국인의 삶을 다양한 제반 문화현상 속에서 밝히는 쪽으로 진행해 나갈 수 있다. 이러한 접근 또한 다양한 방법이 있겠지만 그들 방법은 배타성 못지 않게 상호 보완적인 관계[1]를 지니고 있기도 하다. 그러므로 한국문학의 뿌리 찾기의 적절한 방법은 작품

---

1) 나병철, 『문학의 이해』, 문예출판사, 1994, 29~30쪽.

과 현실의 총체적 관계상을 표현해내는 방식을 통해 접근하는 길이 있다. 특히 한국문학이 지닌 작가와 세계, 작가와 작품, 작품과 독자, 작가와 독자 등의 총체상을 구체적인 작품을 통해서 문화적 배경을 고려하면서 찾아낼 수가 있을 것이다.

또, 한국문학의 뿌리 찾기는 대상으로서의 한국문학에 대한 통시적인 접근 방식이 있다. 한국문학의 현재적 모습이나 정체성을 구비하기까지의 역사적 전개 과정을 염두에 두면서 상대문학과 더욱 깊은 관련을 지녔을 전통문학의 원형적 모습을 탐색해가는 것이다. 따라서 한국문학의 본질을 이해하기 위한 뿌리 찾기는 한국문화 속에서 형성된 민족문학으로서의 원형성을 찾아내는 길이 상고시대의 문학적 자료를 구비하고 있지 못한 현실 하에서 택할 수 있는 적절한 방식이라 할 수 있다.

이런 방향성에 따라 한국문학의 뿌리 찾기는 한국의 전통문학이 지닌 문예적 본질을 통시대적인 축에서 고전적 작품으로 평가를 받고 있는 작품의 미학적 특질을 찾아내고, 이들 작품 속에 내재한 특질을 세계문학과의 관계 속에서 이해할 수 있다. 한국문학이라고 지칭을 할 때에도 구비문학, 그리고 국문문학과 한문문학 사이에는 상당한 거리를 가지고 있는 것이 사실이다. 이런 문학적 표현의 상이한 토대를 염두에 두고, 이들의 관계상과 각각의 상황 속에서의 역사적 변이상2)을 충분히 고려하여야 할 것이다.

그러므로 한국문학의 뿌리와 실상에 접근하기 위해서는 역사적인 안목에 따른 가치 평가가 적절히 이루어져야 한다. 게다가 작품이 창작된 시기, 작가와 그 배경은 물론 민족문학으로서의 정체성을 갖춘 고전적인 작품의 선정과 그 미적인 가치가 충분히 밝혀져야 한다. 그들 특정 작품이 형상해 내고 있는 당대적 의미와 현재적 가치를 총체적으로 분석해냄으로써 그 작품이 지닌 독특한 작품성을 민족적 특성과 원형성으로 이끌어 낼 수 있어야 한다. 그래서 개별 작품이 지닌 독특한 미학적 특질이 개별성을 넘어서는 민족문학의 보편성이나 원형성으로 평가될 수 있는 작품이어야 한다.

---

2) 김흥규, 「한국 문학이란 무엇을 말하는가」, 『고전문학의 이해』, 1990, 14∼15쪽.

또, 개별 작품에 내재한 작품성과 장르 내적인 역사와 일반문학사 차원의
역사 기술의 관점을 포괄하는 총체적인 인식을 위해서는 상대의 작품 자료가
없기 때문에 전승문학 중에서 종교적 제의와 관련된 신화를 비롯하여 민담이
나 민요와 같은 단순한 형태의 기층문학이 그 우선적 대상이 된다. 그런 문학
들은 한국문학의 뿌리가 되어 중세문학이나 근세문학의 원류로서 자리하였
을 것이 분명하다. 그들 문학은 중국문학과의 친연성이 높은 상층문학보다는
기층민의 무교적(巫敎的) 성향이 짙은 문학세계 속에서 보다 분명히 드러날
것이다. 물론, 삼국시대나 통일신라시대의 작품에 비하여 고려시대 이후의
상층문학은 한국문학 특유의 사상적 기반을 달리하고 있을 수도 있다. 그러
하지만 한국문학의 원형적 모습을 더욱 더 확실히 구비하고 있을 시기의 실
제적 작품을 접할 수 없는 현실적 한계 속에서는 상고시대의 신화적 모습을
유추할 수 있는 작품들을 선택할 수밖에 없다.

이런 사실을 전제로 한다면, 무교의 세계인식을 담고 있는 작품이 불교적
이나 유가적 색채가 가미된 작품보다는 한국문학의 원형성을 더욱 충실히 보
여주는 작품이라 할 수 있다. 그 정도는 비록 시대와 지역에 따라 다르기도
하겠지만, 몇몇 창세신화에 그 흔적을 남기고 있는 자연관이나 세계관, 특히
생사관 등이 초기 한국인의 사유구조와 특성을 전해준다고 할 수 있다. 그러
므로 이들 신화에 담긴 무교적 분위기는 한국인의 삶과 죽음에 대한 종교적
문화적 이해의 기저를 어느 정도 보여주고 있음이 분명하다. 신화적 속성을
계승하고 있는 후기의 작품인 무교적 속성을 지닌 별신굿 계통의 탈춤과, 무
교제의에 뿌리를 둔 판소리 등에서 이런 원형적 심성이나 분위기의 흔적을
어느 정도 감지할 수 있다.

또, 현재까지 전승되는 하회탈춤은 신성연희로서의 기능을 일정 수준 유지
하고 있기 때문에, 여기에는 여느 탈춤의 풍자의 기능과는 구분되는 풍요(豊
饒) 기원의 원초적 종교제의의 생산성과 관련된 상징성이 남아 있다. 이런 탈
춤과 보다 후대적 양식인 판소리는 기층문화로서의 민속성이 강하기 때문에
하회탈춤과, 판소리 중에서도 춘향가와 심청가 같은 작품은 골계적 속성보다
는 무교제의의 주요 정감인 한의 분위기가 더욱 부각되고 있다.

일부의 탈춤이나 판소리에서 추출될 수 있는 무교의 제의에 근거한 원형적
속성은 비록 시간적 거리가 있기는 하더라도 현전 설화나 민요보다는 한국문
학의 원형성을 그 심층에 담아내고 있다고 할 만하다. 그러므로, 민족문학의
뿌리를 탐색하는 데에 있어서는 탈춤이나 판소리의 기저에 자리하고 있는 민
족적 원형성을 찾아내어, 이를 세계문학의 보편적 속성, 각각의 민족적 개성
과 더불어 인식함이 필요하다. 이와 더불어 이러한 한국문학의 원형성에 대
한 인식 자체도 남북한의 문학 해석 방식에 따라 그 차이가 드러날 수 있으므
로, 이들 거리를 근접시키는 방식이 통일문학사에서는 더욱 고려되어야 할
문제라고 판단된다.

현전하는 탈춤이나 판소리는 전승권역이 대체로 상반되기 때문에 이들 간
의 지역적 특성도 고려되어야 한다. 주로 전승되는 지역에 따라 탈춤 전승 권
역과 판소리 향수 중심 권역이 각기 형성되어 있기 때문에 무교 제의라는 동
질적 뿌리를 지닌 두 양식도 각기의 독자적 양식으로 성립되고 성숙하면서
지역권의 상대적 개성을 드러내게 된 것이다.

2. 자국어 문학과 민족의식의 성장

한국 고전문학의 상당 부분은 한자를 이용해서 우리 문학을 창작한 상층문
학이 차지하고 있다. 이와는 달리, 기층민의 문학 작품은 민요와 설화를 비롯
한 구비문학으로 자국어문학을 전승해왔다. 또 신라 때에는 민요보다 세련된
형식의 향가를 창작하여 차자문학의 세계를 개척하여 자국어문학의 중요성
을 상대적으로 부각시켰다. 향가가 구비전승적인 속성을 지닌 민요와는 달리
한자의 음과 훈을 빌려 우리말을 표기하는 향찰식 표기를 통해 우리말을 그
대로 표기하는 길을 열어 한문으로 표현한 한시와는 다른 길을 걸었다는 것
은 민족 의식의 성장을 반영한 것으로 평가할 수 있다.

그러나 기록문학으로서의 자국어문학은 훈민정음이 창제된 이후에 보다
활발한 모습으로 드러나게 된다. 민요의 율격을 토대로 이루어진 시가문학은

노래부르며 흥을 돋우는 형식으로 갖추어져 있기 때문에, 소리라는 음악적 측면을 중요시하는 문학과 음악의 접목으로 이루어져 있다. 이는 민족어시의 중요성을 드러낸 '도산십이곡(陶山十二曲)'의 발문에서 유자로서의 바른 자세는 읊는 시(詩)보다는 노래부르고 춤추는 가(歌)로 나타내야 감화가 증대함[3]을 사대부의 입장에서 강조한 예에 속한다.

조선조 후기에 접어들어서는 소설을 비롯하여 장편가사, 사설시조, 판소리 양식을 통하여 국문을 통한 민족문학이 실질적인 독자를 확대시켜 민족문학의 실질적인 향수력을 증대시켰다. 시조의 경우는 규칙성이 강하고 단형을 유지하던 평시조가 정형성을 일부 파괴하면서 장형화하여 사설시조로 변모하였고, 가사는 사대부 문학권역에서 벗어나면서 장편화되어 평민들의 의식이나 여성들의 의식을 강조하며 현실인식을 드러내었다.[4]

소설 영역에서도 한문소설에 비하여 국문으로 창작된 민족어문학이 더욱 우세를 보이게 되었다. 그 중에는 구운몽처럼 작가의 국민 문학에 대한 의식에 따라 한문본과 국문본이란 이원표기로 창작된 작품이 나타나기도 하였지만, 대부분은 국문소설만으로 유통된 경우가 많았다. 특히, 소설은 국문만으로 독서 행위를 할 수 있는 여성독자나 서민들이 주요 독자층을 이루고 있었기 때문에 국문소설이 주도함으로써 당시의 세계문학인 중국소설과는 상대적인 개성을 드러낼 수 있었다.

그러나 대부분의 국문소설은 그 내용에 있어서는 당대의 현실에서 일어나는 일을 직접적으로 다루었다기보다는 중국의 무대를 빌려 사건을 전개하는 경향이 지배적으로 나타났다. 이런 성향은 구운몽같이 중국문학 자체와 철학적인 질에서 민족문학으로서의 경쟁력을 높이고, 한편으로는 당대 정치현실을 비판하기 위하여 중국을 배경으로 삼은 데에도 원인이 있다. 그러나 앞선 작품의 분위기에 편승하여 비판성이 없는 윤리적 취향의 주제를 담으면서도 중국을 공간적 배경으로 삼는 작품이 유행하게 되어 표기에서 실현된 민족문학, 자국어문학으로서의 의의를 축소시키는 현상을 나타내기도 하였다.

---

3) 조동일, 『공동어문학과 민족어문학』, 지식산업사, 1999, 102~104쪽.
4) 조동일, 『공동어문학과 민족어문학』, 지식산업사, 1999, 107~108쪽.

그 반면에, 표기 문자에 있어서는 한문을 선택하였지만 현실의 제반 모순을 풍자적 문체로 한국문장 특유의 기법으로 표현한 박지원의 한문소설은 민족문학이 또 다른 방식으로 성장한 사례를 보여준다. 그러나 박지원의 한문소설은 독자가 제한된 소수의 남성 식자층이므로 독자를 폭넓게 접할 수 없었다는 점에서 실질적인 향수자들과의 관계에서 문학적 기능의 한계를 지닐 수밖에 없다.

3. 근대문학의 지향과 서양문학의 충격

1890년대 이후를 한국 근대문학의 출발기라고 볼 때, 이 시기 문학사의 중요한 특징 가운데 하나는 서양 문학의 유입과 소개이다.

한국 근대문학 출발기에 유입된 서양문학의 역할을 어떻게 볼 것인가 하는 것은 간단한 문제가 아니다. 한국 근대문학의 출발을 서양문학의 이식의 결과로 보려는 이식문학론과, 한국 근대문학의 출발을 조선후기 문학의 연속으로 파악하려는 내재적 발전론의 충돌 역시 이 문제와 직결된다.

우리나라 최초의 문학사 연구가라고 할 수 있는 안자산은 『조선문학사』에서, 1894년 갑오경장을 근대문학의 새로운 기점으로 설정하고, 갑오경장을 중심으로 신구(新舊) 문예가 대립한다고 설명했다. 안자산은 갑오경장 무렵을 이른바 신문학 즉 근대문학의 출발점으로 본 것이다. 이때, 안자산이 지적한 근대소설의 특질은 다음과 같다. 첫째, 소설을 희롱의 도구로 생각하지 않고 작가가 소설을 통해 인생문제를 다룬다는 것. 둘째 작가가 공상 속에 머무르지 않고 현실과 교섭한다는 것. 셋째 소설이 객관적 사상 묘사에만 머무르지 않고 주관적으로 자기의 신앙을 고백하여 국민사상을 이끌어 간다는 것. 안자산의 이러한 지적은 소설이 현실의 문제를 다루면서 작가의 주관을 통해 국민을 계몽할 수 있다는 현실적·계몽적 문학관을 드러낸 것이다. 이와 더불어 안자산이 특별히 중요하게 생각한 것이 서양문명의 소개와 유입이다. 서양문명의 소개와 유입은 1895년 유길준의 『서유견문(西遊見聞)』을 통해 이루어졌다. 유길준의 『서유견문』이 문학사적으로 중요한 것은 아니지만, 그 속에 들어있는 서양문명에 대한 소개가 한국문화사에서 적지 않은 의미를 지닌다는 것이 안자산의 판단이었다.5)

한국의 근대문학을 서구문학의 유입과 연관지어 본격적으로 설명한 이론가는 임화이다. 임화는 서구문학이 형성되는 시기가 한국 신문학기이고, 그것이 가능해진 것이 육당과 춘원 이후라고 보았다.

> 신문학이란 개념은 그러므로 일체의 구문학과 대립하는 새시대의 문학을 형용하는 말일 뿐더러 형식과 내용상에 질적으로 다르고 새로운 문학을 의미하는 하나의 개념이 될 수 있다. 따라서 신문학사는 조선에 있어서의 서구적 문학의 이식으로부터 시작되는 것이다. 이 점이 다른 곳에서는 근대문학 혹은 현대문학이라고 불리워지는 것이 조선서는 통틀어 신문학으로 호칭되는 소이다. …… 중략 …… 그러나 거듭 말하거니와 신문학사는 근대 서구적인 의미의 문학의 역사다. …… 중략 …… 그러므로 신문학사라는 것은 조선 근대문학사라 일컬어도 무관한 것이요, 또한 장래 쓰여질 일반 조선문학전사 가운데 근대문학을 취급하는 일항으로 삽입되어도 무관한 것이나, 특히 재래 우리가 관용해 오던 신문학이란 용어를 빌어 근대문학사란 명칭에 대신함은 약간의 이유가 있다.
> 신문학이란 관용설의 어의는 전항에서 이미 언급하였거니와 그 서구적인 형태와 양식과 내용을 가진 문학은 재래의 동양에는 대체로 없었다고 보아 족하기에 위선 조선에 있어 서구적인 형태의 문학사를 문제삼자는 데 중점이 있다.6)

임화는 한국을 비롯한 동양의 근대문학사는 서구문학의 수입과 이식의 역사라는 사실을 강조한 후 '근대문학이란 단순히 근대에 쓰여진 문학을 가리킴이 아니라 근대적 정신과 근대적 형식을 갖춘 질적으로 새로운 문학'이라고 정의한다. 근대문학은 그것이 쓰여진 시기가 중요한 것이 아니라, 그것이

---

5) 안자산, 『조선문학사』, 한일서점, 1922 참조.
6) 임화, 「개설 신문학사」, 『조선일보』, 1939년 9월 7일～9월 8일.

담고 있는 정신과 그것을 표현하는 형식이 중요하다는 것이다. 이는 다시 구체적으로 '시민정신을 내용으로 하고 자유로운 산문을 형식으로 한 문학, 그리고 현재 서구문학에서 보는 바와 같은 유형적으로 분류된 장르 가운데 정착된 문학만이 근대의 문학이다'라는 말로 설명된다.

그러나 1950년대 후반 김일근은 한국의 근대를 갑오경장에서 출발시키는 것은 구라파 중심주의에 지나지 않는 것이라고 비판한다. 이런 기준의 설정은 이른바 서구문화의 이식을 곧 근대로 생각하는 잘못된 판단의 결과라는 것이다. 그리하여 김일근은 한국문학사의 근대는 영·정조시대 이후라고 주장한다.7) 그는 문학사적 시대구분과 정치사적 시대구분은 달라져야 한다는 점을 강조한 후, 한국근대문학사의 시기 구분은 한국적 근대성을 중심으로 이루어져야 한다고 주장한다. 그 결과 영·정조시대 문학을 한국근대문학의 기점으로 잡게 되었던 것이다. 그는 "영·정조대에 들어와서 연암의 소설, 춘향전, 사설시조 등의 혁신성이 한국적 근대성의 발생을 웅변하고 있는 것이다."8)라고 이야기한다.

김일근이 주장한 서구중심주의에 대한 배격은, 정병욱 등의 논의를 거쳐 1970년대 김윤식과 김현의 『한국문학사』에 이르러 구체적 문학사의 성과로 정리된다. 김윤식과 김현은 『한국문학사』에서, 서구화를 근대화로 보려는 미망에서 벗어나, 자체 내의 구조적 모순과 갈등을 이해하고 그것을 극복하려는 정신을 근대의식이라고 본다. 그 결과, 영·정조 근대문학설을 제안한다.9)

현 시점에서 볼 때, 서구문학의 이식에 초점을 맞춘 갑오경장설이나, 내재적 발전론에 바탕을 둔 영·정조설은 모두 문제가 있다. 전자의 경우는 서구문학의 유입을 한국 근대문학에 대한 '영향'의 관점에서 파악하지 않고 '이식'의 관점으로 파악했다는 것이 문제이다. 후자의 경우는 영·정조 근대문학설을 뒷받침할 만한 구체적 자료를 제시하지 못했다는 것이 문제이다. 이런 점들을 고려할 때, 한국 근대문학의 출발은 내재적 발전론에 바탕을 둔 1890년

---

7) 김일근, 「민족문학사적 시대구분 시론」, 『자유문학』, 1957년 7월 참조.
8) 위의글, 155쪽.
9) 김윤식·김현, 『한국문학사』, 민음사, 1973 참조.

대 설이 타당하다. 1890년대 무렵부터 한국 근대문학은 싹이 텄으며, 그러한 근대문학의 싹은 조선후기 문학적 성과와 연장선상에 있는 것이다.[10]

그런데, 한국 근대문학이 조선후기 문학적 성과에 바탕을 두고 싹튼 것은 사실이지만, 그 성장 과정에서 서구 문학의 영향을 받았다는 사실 역시 부인할 수는 없다. 따라서 한국 근대문학을 연구하면서 그것을 서구문학의 '이식'으로 보는 것은 경계해야 하지만, 서구문학을 포함한 여타 외국문학과의 영향 관계를 확인하는 것은 꼭 필요한 일이라 할 수 있다.

앞에서 안자산이 지적했던 것처럼, 유길준의 『서유견문』은 근대문학 출발기 한국 지식계에 커다란 충격을 가져왔다. 이른바 개화기를 여는데 중요한 역할을 한 것이다. 개화기는 오랜 세월 동안의 외국 문물과의 단절을 마감하고 새로운 전환기로 들어가는 시대였다. 어떤 점에서는 개화기의 새로운 사상만큼, 단시간 내에 그리고 강력하게 그 시대의 문학 양식의 발생과 성장에 직접적으로 영향을 미친 경우도 드물다. 그만큼 개화기 문학 양식의 발생과 성장에 개화사상이 미친 영향은 지대하다.

『서유견문』에서 유길준은 개화의 정의와 단계에 대해 비교적 상세히 거론한다. 이 『서유견문』은 서양의 문물을 우리나라에 본격 소개한 최초의 책이며, 필자 유길준이 개화를 주장한 당시대의 대표적 지식인의 한 사람이었다는 점에서도 주목할 필요가 있다. 유길준은 『서유견문』 가운데 「개화(開化)의 등급(等級)」에서 '개화란 인간 세상의 천만 가지 사물이 지극히 선하고도 아름다운 경지에 이르는 것을 말한다'고 정의한다.[11] 개화기 당시에 몇몇 논자들이 개화의 개념에 대해 간단히 언급하기는 했지만, 그 개념에 대해 엄밀한 개념 규정을 시도한 것은 유길준이 최초이다. 유길준의 『서유견문』에 나타난 개화(開化)의 의미는 '차원이 높은 단계의 문명화에 도달'하는 것이 된다. 차원이 높은 단계의 문명화는 선진외국문화를 받아들여 외래의 것과는 다른 새로운 문화를 창조함을 의미한다.[12] 유길준은 구체적으로 개화를 크나큰 시대

---

10) 이 문제에 대해서는 김영민, 「한국문학사의 근대와 근대성」, 『20세기 한국문학의 반성과 쟁점』, 소명출판, 1999. 11?4쪽 참조.
11) 유길준, 『서유견문』, 허경진 역, 한양출판, 1995, 325∼333쪽 참조.

의 미덕으로 강조하고 그 필요성을 적극적으로 주장한다. 하지만 그는 외세 의존적 개화를 비판하고, 아울러 지나친 개화 역시 경계함으로써 주체가 강조되는 개화관을 내보였다. 유길준의 이러한 개화관은 이후,『독립신문』등 민족지의 논설에서 표현되는 개화관에 거의 그대로 반영된다.

이 시기의 개화사상은 우리의 전통적 규범체계를 근대화하고 산업과 경제의 근대화를 실현하려는 계몽주의인 동시에 실천적 이념이었다. 개화사상은 그것을 주장한 인물과 유파에 따라 내용에 조금씩 차이가 있고 실천 방법 역시 다양하지만, 큰 흐름은 민족주의와 근대화로 요약될 수 있다.13)

개화기의 다양한 문학 양식들은 이러한 근대화와 민족주의의 양 측면을 긍정적으로 반영하기도 했고 때로는 부정적으로 반영하기도 하였다. '서사적 논설'이나 '논설적 서사' 그리고 '역사·전기소설'들은 민족주의의 측면을 적극적으로 반영한 문학 양식의 예가 된다. '신소설'은 민족주의와 근대화의 측면을 동시에 반영하는데, 상대적으로 민족주의보다는 근대화의 측면을 반영하는 경우가 많았다.

유길준의『서유견문』이후 서양의 문화와 문학은 매우 빠른 속도로 우리에게 소개되었다. 개화기 서양문학의 이입은 우선 문학용어들의 사용에서부터 시작되었다. 이 시기 잡지와 서적들에서는 '휴마니슴(휴머니즘)', '로만티시즘(로맨티시즘)', '허무주의', '자연주의' 등 서구의 문예사조를 지칭하는 용어들이 발견된다. 서정시, 서사시, 극시 등의 용어 역시 이 시기에 사용하기 시작했는데, 이는 이미 서구적 의미의 문학 양식 개념이 유입되었다는 것을 의미한다.14)

이 시기에는「만국략사(萬國略史)」,「태서신사(泰西新史)」,「아국략사(俄國略史)」,「서사건국지(瑞士建國誌)」등 수 십 편의 역사물과 전기물에 대한 번역이 이루어졌다. 이러한 역사물과 전기물의 번역은 '역사·전기소설'의 발생

---

12) 이광린,「개화사상연구」,『한국개화사연구』, 일조각, 1969. 21쪽 참조.

13) 유재천,「개화사상의 사회학적 의미」,『신문학과 시대의식』, 새문사, 1981, 105쪽. 참조.

14) 김병철,『한국근대서양문학이입사연구』, 을유문화사, 1980, 96~97쪽 참조.

에 영향을 미쳤다. 이들 작품의 번역자는 곧 한말 민족지의 '서사적 논설'의
필자이기도 했고, '서사적 논설'의 한 변형인 '인물기사'의 작가이기도 했으며,
그후 '역사·전기소설' 작가로 활동하기도 했다. 이러한 사실들로 미루어 볼
때 '서사적 논설'과 '인물기사', 그리고 역사·전기물의 번역이 곧 개화기 '역
사·전기소설'의 창작으로 이어졌다는 점은 명백하다.

　박은식은 가장 많은 역사·전기류 문학을 창작하고 번역한 인물이다. 따라
서 그가 쓴 「서사건국지」의 서문은 문학 창작에 임하는 당시 지식인의 자세
가 무엇이었나를 보여주는 중요한 자료가 된다. 서문의 내용을 풀어 정리하
면 다음과 같다.

　<소설이라는 것은 사람을 감동시키기가 쉽고 사람에게 깊이 파고들 수가
있어서 풍속 계급을 교화하는 데 큰 영향을 미친다. 그런 까닭에 서양 철학자
는, 그 나라에 어떤 종류의 소설이 성행하는가를 알면 그 나라의 인심 풍속과
정치 사상을 볼 수 있다고 했다. 그런 까닭에 영국·프랑스·독일·미국 등
에서는 좋은 소설을 통해 일반백성을 교육하고 그들에게 경종을 울린다. 일
본도 유신시절에 일반 학자들이 소설에 힘을 쏟아 국민성을 배양하고 백성의
지혜를 열고 이끌었다. 우리나라에는 전해 오는 좋은 소설의 표본이 없고, 백
성들 사이에 성행하는 작품들은 모두 황당무계하고 음탕하여 본받을 바가 없
으며 인심을 흐뜨리고 풍속을 무너뜨려 세상을 교육하는 일에 해가 된다. 그
런데 학사대부(學士大夫)는 이런 일에는 관심이 없고 성리(性理)토론의 논쟁
따위만을 일삼으며 실생활에 대해서는 배척을 한다.

　오늘날 국력이 약해지고 국권이 몰락하여 마침내 남의 노예가 된 원인은
우리국민의 애국사상이 얕은 까닭이다. 이렇게 백성의 애국사상이 얕은 것은
모두 학사대부의 죄이다. 내가 소설 저작의 뜻이 있으나 틈이 없고 또 기능이
미치지 못해 개탄하던 중, 중국학자의 정치소설인 「서사건국지」를 얻어 크게
기뻐하였다. 나는 모든 바쁜 일과 병을 무릅쓰고, 국한문을 섞어 이를 번역하
여 세상에 퍼뜨려 우리 동포가 생활하는 중에 읽도록 제공한다. 우리 국민은
구래소설(舊來小說)은 모두 묶어 다락 속에 넣어두고, 대신 이들 전기가 세상
에 성행하면 지혜롭게 나가는 데에 확실히 보탬이 있을 것이다.>

여기서 박은식은 자신의 문학관을 밝힐 뿐만 아니라, 자신이 왜 역사·전기류 문학을 창작하고 번역하게 되었는가 하는 집필동기를 밝힌다. 이 서문에서 드러나는 박은식의 문학관은 철저한 효용론적 문학관이다. 문학이 사회의 풍속을 교화한다는 것이다. 그는 이러한 문학의 사회적 효용성이 미국과 일본의 경우를 통해서 구체적으로 실증된 바 있다고 주장한다. 그러나 우리나라에는 학사대부들이 소설을 소홀히 해, 좋은 소설을 창작하지 않았고, 따라서 황당무계하고 음탕한 작품들만이 성황을 이루는 것으로 보았다. 결국 이러한 현실을 개탄하면서 박은식은 「서사건국지」를 번역한 것이다. 그는 이 작품이 구소설을 모두 물리치고 백성들 사이에 유행하게 되기를 바란다고 했다. 이 소설의 유행이 곧 애국정신의 고취와 국권의 회복으로 이어질 것을 믿었기 때문이다.

이런 점에서 본다면 개화기 외국 문학 작품의 번역은 그것의 외래적인 문화의 유입임에도 불구하고 철저히 민족적인 동기에서 이루어진 것임을 알 수 있다. 이 시기 역사물과 전기물 등의 번역은 민족적 전통을 지키기 위해 자신들의 세계를 개방한 진취적 사고의 산물이었던 것이다.

근대문학 출발기 서양 문물의 유입은 적지 않은 충격으로 우리에게 다가왔다. 그러나 당시의 문인들은 그 충격을 충분히 소화해 낼 만한 역량을 지니고 있었다. 꾸준히 유입되는 서양문학 등 외래문학을 우리문학의 성장을 위한 발판으로 활용할 수 있을 만큼, 그들은 주체적 역량을 지닌 채 문학 활동에 임했던 것이다.

4. 한국문학의 민족적 형식과 특성

한국문학은 한국인의 의식이나 작가들의 문학의식에 바탕을 둔 독특한 문학세계를 통해 구현해내는 미의식을 지니고 있다. 이런 민족문학으로서의 주체적 특징은 한국문학의 원형을 형성하던 초기의 문학에서 이미 문학적 전통으로 후대문학에 이어져 왔다. 향가에서 시작된 표기문자의 주체성 발휘는 차자(借字)라는 문자 표현만이 아닌 시적인 형태의 측면에서도 한시와 구별되는 정형시가로서의 독자성을 실현하였다. 이와 더불어 그 형식에 담아내는 내용에 있어서도 서정적인 노래, 유가적 치세안민의 노래, 불교적 내세 희구를 강조한 기원의 노래 등에서 한국문학의 거시적 작품세계를 드러내주기 시작하였다.

향가가 지닌 주체적인 특성으로는 전통적 무교와 내방자(來訪者)와의 역사적 사건이 민속적 제의와 접목되면서 생겨난 처용가 같은 한국문학 특유의 상황 읽기에 근거한 것도 있다. 그러나 남겨진 작품의 대부분은 중국문학의 영향에서 형성된 것들이 많기 때문에 중국문학의 영향력을 벗어나면서 생겨난 이화적(異化的) 요소가 돋보이는 명작들을 별반 남겨놓지 못하였다. 그러나 그런 조건 속에서도 조선왕조 초기에 악보집에 정착된 가시리, 청산별곡 등의 고려속요는 한시로 표현되던 상층문예의 미의식과는 구별되는 한국적 서정성을 통해 이별의 한을 세련된 가락 속에서 실어 표현해 내었음이 확인된다.

조선왕조시대에는 고려시대에 출발한 시조와 가사, 이 시기에 형성된 소설 등의 장르를 통해 주체적인 문예미를 보이게 된다. 이들의 전반적 성격은 사랑과 물질과 의리의 갈등보다는 유교윤리의 질서 속에서 선악의 단순대립이나 충효를 주축으로 한 윤리적 가치 우위의 속성이 작품성을 제한하고 있다. 이런 여건 때문에 남녀의 사랑은 동경의 대상을 선녀로 전이시키게 되었고, 군주에 대한 충성은 미인을 그리는 마음으로 비유되기도 하였다. 그래서 유자들의 작품은 천명의 실현이거나 은둔이라는 상반된 지향을 토대로, 대부분 현실적 좌절에 대한 자조적(自嘲的) 한이 있으면서도 사대부로서의 자존적(自存的) 의식은 포기하지 않는 양면성을 지니게 되었다.

이러한 사대부의 문학과 현실의 좌절과 비극적 상황을 여과 없이 솔직히 표현하는 구비문학의 중간에 위치하는 탈춤이나 판소리 문학은 한국문학의 주체적 특질을 가장 선명히 제시하고 있다. 하층인 광대들이 소리에 실어 표현하면서 사대부들에게 봉사하는 문학으로서의 성격을 함께 하기 때문에 주제의 한계를 지니고 있지만 충과 효, 열, 우애 등의 전통적 윤리를 표방하는 속에 인간성의 해방 등 근대적 의식으로서의 새로운 주제를 내포시키고 있다.

이로써 보면 한국문학의 본질은 한국한문학과 한글문학으로, 또는 기록문학과 구비문학으로, 또는 외래적 문학과 민족적 문학의 대립과 조화 속에서 생성되고 성숙되는 모습 속에서 한국문학의 주체적인 특성을 드러낸다. 판소리는 한국적 특징을 대변하는 국민문학으로서 대부분의 장르와 사상을 포용하면서 한국적 음악 위에 조화시키는 창(唱)의 문학으로 출발하여 조선후기의 소설문학과 그 거리를 좁혀가게 되었다. 그러므로 판소리 사설의 양면성과 이의 형상에 동원된 풍자, 골계, 비장미의 구체적 구현 방법에 나타나는 미적 정서는 한국문학의 전 시대를 포괄하는 특징이 된다. 그러나 다시 20세기에 들어오면서 다양한 서구 문예사조의 한국적 수용은 전통적 한국문학에 급격한 변모를 보이며 새로운 전통의 특질 형성을 보이게 되었다.

한국문학이 지닌 문학 내적인 현상으로서의 문예미적 특징은 논자들에 의해 다양하게 표현되고 있다. 한국문학의 미적 특질로 가장 부각되었던 멋에 대하여, 이희승은 주책 없는 듯, 미치광이 같으면서도 소박, 순진, 첨예, 곡선, 다양성을 지닌 흥청거림으로 보았다. 조지훈은 멋은 정신미의 표현으로 세련과 소박, 지양과 융합의 양면성을 지닌 초월이며, 격식에 맞으면서도 격식을 뛰어넘는 변격(變格)이면서 합격(合格)에서 느껴진다고 하였다. 정병욱은 멋을 통해 외래사상을 주체적으로 변형시키는 미의식으로 조화를 기저로 하면서 원상(原狀)이 약간 변형되듯이, 정상에서 약간 벗어나되 전체적인 조화를 해하지 않음이 극치에 이르러 느껴진다고 보았다.

또 김동욱은 한국문학의 미적 특질을 정신적 승리의 가냘픈 저항에서 찾았다. 신라문학이 피안적이듯이, 고려문학은 청자에, 조선왕조문학은 백자에 비유되는 미의식을 지닌다고 하였다. 또 각 시대에는 이들 상층문학을 속화시킨 대중적 기반의 속문학이 있어서 민요의 경우는 생과 대결하려는 집요성이 없으나 모든 것을 아주 포기하는 것이 아니라 현실을 체념하는 동시에 언젠가는 반발을 해보려는 반항의 자세를 보이며, 그 속에는 한(恨)의 애수가 어린다고 보았다. 이와는 달리, 조윤제는 은근과 끈기, 체념과 가냘픔, 두어라와 노세 등을 한국문학의 특질로 내세웠다. 그가 제시한 자연의 미나 선(線)의 미는, 자연의 경우 그 하나 하나에 독립하는 미가 아니라 그들이 녹아서 조화된 대자연에 미가 지닌 영원성으로 통하는 자연미가 지닌 은근하고 끈기 있음과, 선(線)의 미가 보여주는 굳세고 웅대하지는 않지만 쉽게 끊어지지 않고 가늘고 길고 연약함에서 느껴지는 애처로움과 가냘픔으로 보았다.

이러한 한국문학에서 찾아내고자 하는 미적인 특질은 한국문학은 외래문학 수용상의 줄기찬 변형과, 자연조화의 은근한 멋과 그 여운, 체념하면서도 비애에만 머물지 않는 가냘픈 저항, 점잖으면서도 이를 벗어날 수 있는 풍류, 풍류를 즐기면서도 한을 배제하지 않는 대립개념의 조화 내지 초격미(超格美)가 그 바탕을 이루고 있다.15)

이와는 달리, 한국문학의 역사적 전개로 본 주체적인 특성은 중세문학까지 우리 상층문학을 지배하던 친중국문학적 성향과 임·병 양란을 거치면서 민중들의 자아의식의 성장에 따른 기층 대중문학이나 지역문학으로 새롭게 성장하기 시작한 탈중국문학적 성향의 작품으로 변모되는 데에서 찾아진다. 상대의 문학은 한문으로 기록된 상층문학만이 남아있고 민중들의 구비전승 문학은 자료가 없기에 그 상황을 파악할 수 없다. 그러나 우리 문학의 역사는 쉬임없이 민족적 양식과 그 양식에 민족의 주체적인 문학세계를 형상시키려는 노력을 지속하여왔다.

상층문학일수록 양식이나 내용에 있어서 친중국적 경향으로 기울어진다면 기층문학일수록 중국문학적 경향으로 나아갔다. 이런 대체적 성향 속에서도 때때로 상층문학 속에서도 중국문학적 속성을 벗어나면서 한국문학의 독자적 개성을 보여주는 능력 있는 작가의 작품들이 나와서 민족문학사의 초석들이 되었다. 한시양식에서도 이러한 경향은 나타나고 때로는 양식 자체의 개발, 예컨대 향가나 시조, 가사양식을 통해서 민족적 양식을 통해 민족문학의 속성을 구현하고자 하는 의지를 드러내기도 했다.

그런 사례의 하나인 향가는 이미 있어온 시문학 양식인 민요를 보다 상층

---

15) 설성경, 한국문학의 특질, 비교문학총서 1권, 1979, 270~274쪽.

적 시문학으로 끌어올리면서 민족 시가화한 한 예에 속한다. 중국에서 배워 온 한시를 상층시가 문학의 중심으로 삼아왔다. 중국에서 창작된 한시를 그 대로 가져다가 외국문학으로 수용하면서 한편으로는 한시 양식에 우리 시인 들의 시세계를 직접 담아보며, 한국 한시를 우리 상층 시문학의 중심으로 삼 게 되었다. 이런 와중에서도 민족적 양식에 관심을 가졌던 이들은 한시에 대 비되는 향가를 개발하고, 이를 한문으로 번역하지 않고 우리말로 기록할 수 있는 표기의 방식까지 함께 개발하게 되었다. 물론 다른 용도에 의한 차자 형 식인 향찰식 표기법이 먼저 개발되고 이를 향가의 표기법으로 활용하였는지, 아니면 향가의 우리말 순서에 따른 표기라는 문학적 표현 욕구가 이에 자극 이 되어 향찰식 표기법이 개발되었는지는 확실하지 않다. 그 순서야 어떠하 든 간에 향찰식 표기에 의한 향가라는 우리 시가의 내용을 문자로 표기할 수 있기까지에는 우리 시가의 역사로 볼 때, 민족적 주체성을 추구한 최초의 성 과라 할 수 있다. 향가의 양식을 개발하고 이를 통해 보다 나은 민족시가를 창작하려는 의지는 향가의 형식 자체도 4구의 형식에서, 이를 반복한 8구의 형식으로 장편화시키고, 여기에 다시 차사를 붙인 3단의 구성에 의한 10구체 를 개발하였다는 것은 민족시가의 내적 발달의 외형적 모습이라 할 수 있다.

시조의 경우는 초기의 향가가 4구체였다가 삼단에 의한 10구체로 발전한 것과는 달리, 시작 단계에서부터 3행의 형식으로 구축되었다. 흔히 초장 중장 종장이란 3장으로 표현되는 이 시조는 단형이면서도 3행의 첫 구절에 향가의 차사에 해당되는 부분을 즐겨 사용한다는 점에서는 향가와 형식적인 연속성 을 가진다.

또 한국문학의 특질을 형식적 차원에서 접근한다면 한시나 사부에 대한 향 가, 경기체가, 시조, 가사 등을 들 수 있다. 극적 형식으로 본다면 판소리와 같은 양식이 이웃 나라의 소리극과는 구분되는 독자적 형식으로 발전해 왔 다. 이 중에서도 특히 우리 문학사에서 특기할만한 양식은 향가와 시조, 가사, 판소리를 들 수 있다.

향가와 시조, 가사가 가지고 있는 민족적 형식이라 내세울 만한 특징은 단 형의 초기 형식에서 보다 복합적이고 장형적인 후기 형식으로 발전하면서도 종결형식에서 보여주는 독특한 개성이다. 향가의 경우 소위 4구 형식에서 이의 반복인 8구로 다시 사뇌가 형식의 10구체 형식을 이루면서도, 그 종결 처리에 있어서는 한시와 확연히 구분되는 사뇌가 형식의 영탄부를 구비하게 된다. 최행귀는 이를 차사사뇌격(嗟辭詞腦格)이라 표현했듯이 독특한 차사 형식이 보여주는 정감의 처리가 향가의 특징이 된다.

향가의 이런 형식을 표현한 소위 삼구육명(三句六名)은 향가의 종결처리 기법으로서 다채로운 정감의 표현이 형식적 변별로 드러나고 있음을 보여준다.

최행귀는 균여의 사뇌가를 번역할 때, 향가의 형식을 당시(唐詩)와 대조적 형식으로 비교하면서, 균여 향가의 특징을 "당시가 당나라 말로 얽어졌듯이 향가는 우리말로 얽어졌고, 오언, 칠언의 시형이 바로 눈에 띄어 당시의 형식으로 드러나듯 향가는 '삼구육명'이라는 차사(嗟辭)를 씀으로 인해 시형이 당시(唐詩)와는 구별된다"[16]고 보았다. 취행귀의 '삼구육명(三句六名)'이란 표현은 당시의 시 형식을 오언칠자로 설명했기에 이와 대구 관계를 맺는 문장 표현상의 기법이다. 이는 당시와 향가가 각기 자국어로 표현된다는 것과 같다. 균여 사뇌가에서 '삼구(三句)'란 구체적으로 후구(後句), 낙구(落句), 격구(隔句)의 세 구를 말한 것이며, '육명(六名)'은 아야(阿耶), 후언(後言), 타심(打心), 성상인(城上人), 탄왈(歎曰), 병음(病吟)으로, 구과 명을 달리한 것 역시 언(言)과 자(字)를 달리 표기한 것과 같은 표현기법의 한 예다.[17]

삼국유사 향가 작품에는 다음과 같은 차사가 사용되고 있다.

기파가[18]의 '아으 잣ㅅ 가지 노파 서리 몯누올 花判이여'는 '아야'로, 득안가의 '아으 나애 기티샬던 노ᄒ대 쓸慈悲여 큰고'는 '아야'로, 백성가의 '아으 君다이 臣다이 民다이ᄒ눌던 나라악 太平ᄒ니잇다'는 '후구'로, 왕생가의 '아으 이몸 기뎌 두고 四十八大願 일고샬까'는 '아야'로, 누이가의 '아으 미타찰애 맛보올내 도닷가 기드리고다'는 '아야'로, 혜성가의 '아으 둘 아래 懼떠갯더라 이 어우 므슴ㅅ 彗ㅅ 기 이실꼬'는 '후구'로, 도적가의 '아으 오지 이오맛ᄒ 선은

---

16) 然而詩哭唐辭, 磨琢於五言七字, 歌排鄕語, 切磋於三句六名.
17) 최철, 『향가의 문학적 해석』, 연세대학교 출판부, 1990, 111~112쪽.
18) 양주동, 『고가연구』, 박문서관(博文書館), 1942.

안디 새집 도외니다'는 '아야'로 나타난다.

또, 균여전에 실린 균여대사의 보현십원가 11수에는 다음과 같은 차사가 사용되고 있다.

예경제불가의 '아으 身語意業無疲厭 이에 브즐 스뭇더라'는 '탄왈'로, 칭찬여래가의 '아으 비록 一毛ㅅ 德두 몯둘 다아 술브늬'는 '격구'로, 광수공양가의 '아으 法供ㅅ 하나 이 어의바 最勝供이여'는 '아야'로, 참회업장가의 '아으衆生界盡我懺盡 來際 기리 造物捨져'는 '낙구'로, 수희공덕가의 '아으 이라 너겨 녀든 嫉妒ㅅ ㅁ솜 닐도올가'는 '후구'로, 청전법륜가의 '아으 菩提ㅅ 여름 오올 븐 覺月 불ㄱ ㄱ살바리여'는 '후언'으로, 청불주세가의 '아으 우리 마음을 맑게 하면 佛影 아니 應하시리'는 '낙구'로, 상수불학가의 '아으 佛道 아온 ㅁ음하녀 길 안둘 빗겨너져'는 '성상인'으로, 항순중생가의 '아으 衆生 便安ㅎ둔 부처 또 기뻐하시리'는 '타심'으로, 보개회향가의 '아으 禮ㅎ술손 부텨도 내 몸 이 마늠 이시리'는 병음(病吟)으로, 총결무진가의 '아으 普賢ㅅ ㅁ 옴 알븐 이룻나마 他事捨져'는 '아야'로 嗟辭가 나타난다.

이러한 신라에서 고려 초로 이어진 향가 작품들에 나타난 차사의 용례를 대상으로 하여 그 성격을 살펴보면, '차사사뇌격'의 '삼구육명'에 해당되는 영탄적 시어들은 향가의 형태적 특징을 가장 단적으로 보여주는 부분들이다. 이들 영탄은 우리 전통시의 특성인 시어를 통한 의미소만이 아니라 정서적 함축을 드러내는 다양한 영탄의 기법이 가창의 입장에서 분화되고 심화되었다는 뜻이기도 하다. 즉 현재 향찰식 해독에서는 '아으'로 표현되지만 그 실제적 노래로서의 성음은 '삼구'나 '육명' 형식의 다양한 변주 내지 변창이 실제로 이루어졌음을 보여준다. 이런 한문이나 향찰식 해독의 문면에서는 구체화되지 않지만, 전승적 시가로서의 구체적 구현 창이나 가창에서는 가장 중요시되는 의미소 이상의 정감소(情感素)로 작용하면서 시적 분위기를 극도로 고조시키고 반전시키는 기능을 하는 한국시 특유의 전통이요 형식적 미감이다. 이런 미감 중심의 시가의 표현은 고려가요에 가서는 후렴으로 그 문학적 전통이 이어진다.

민족적 형식으로서의 감탄사는 고려속요에서도 쉽게 발견된다. 가시리나

만전춘의 마지막 의미단락 첫 부분에서 발견할 수 있는 '아소 님하'는 이런 사례의 대표로 지적할 수 있다.

시조의 형식에 있어서도 종결처리가 삼장 중에 마지막 장인 종장의 첫 구에서 의미의 응집과 정감의 응집을 드러내주는 영탄형(詠嘆的) 표현이 자리하고 있다. 물론 개별시조 작품에서는 보다 다양한 양식으로 드러나지만 여러 시조가 지닌 공통소에 해당될 수 있는 시조의 형식적 특질이라 할 수 있다. 특히 종장 첫 구는 3글자로 고정화되어 있어 다음에 오는 5글자와 내적 대립을 이룬다. 이는 평균 자수 4글자에 대한 압축과 응집의 의미를 가지며 정서와 의미의 고도화를 드러내는 형식적 기법이라 할만하다.

가사에 있어서는 초기가사와 후기가사의 다채로운 변이에도 불구하고 최종 행의 앞구가 시조 형태와의 친연성을 보이는 '3자(三字), 5자(五字), 4자(四字), 3자(三字)'의 형식을 성공적인 작품일수록 적절히 차용하고 있다.

이처럼 향가에서 시조로 그리고 가사로 이어지는 종결부의 독특한 변형미는 우리 시가사의 형식적 특징으로 내놓을 만한 정서적 고양과 그 전환을 실현시키는 형식적 기법이라 할 수 있다. 이런 점이 한시나 사부에 대비되는 우리 문학의 형식적 개성이라 평가할 수 있고, 이런 민족적 개성을 어떤 작가가 어떤 작품에서 효율적으로 드러내는가를 주목할 필요가 있다.

산문이나 희곡에 기승전결 또는 클라이막스가 있듯이 향가의 서사나 서정의 표현에 있어서도 의미나 정감의 극적 꼭지점이 존재하게 된다. 이 점은 한시에 익숙해 있던 친중국적인 시가와는 달리 민족적 정감을 드러내고자 하는 주체적 시가 형식이기도 하다. 오언이나 칠언, 평측에 따른 시적 형식의 표현미와는 달리 향가나 우리의 전통시가에서는 서사적, 극적 형식이 보여주는 클라이막스의 개념을 작품 나름의 교묘한 영탄의 음악적 표현으로 가창해 내려고 노력해 왔다. 이런 부분들은 문학적 의미로는 변별될 수 없는 시가가 가진 음악적 기능이요, 문학과 음악이 복합적으로 작용하는 시가예술의 종합적 기능이다. 이 기능이 지금은 단지 문학적 문맥으로만 이해되고 음악적 기능으로서의 가의 기능이 파악되지 못하기 때문에 상대적으로 연구의 영역 밖으로 몰렸다.

한편 판소리에서는 전통적 문화 기반 속에서 지식인들의 본격적 개입으로 판소리라는 독특한 소리극 형식의 창출을 찾아볼 수 있다. 문학적 측면에서 보더라도 기본이 되는 양식은 극적인 속성을 지니고 있고 이러한 속성 위에 서정적 양식, 서사적 양식이 적절히 교합되어 있다. 그 결과 극적 형식이나 서정적, 서사적 양식의 일방적 측면에서 볼 때는 작품의 구성력이 떨어지지만 개별 양식 이상의 종합적 연계성의 형식미 쪽에서 본다면 독자적 새 형식의 개별성이 도달하지 못하는 양식적 미의식을 확보하게 된다. 이러한 양식적 특성 때문에 판소리의 사설은 판소리 사설 자체로서의 독자적 형식 체계를 갖추면서 판소리의 미의식을 형상해 내게 된다.

또 판소리의 사설이 지니는 특성은 기본적 구성의 틀은 유지하면서도 개별 텍스트에서 나름대로의 개성있는 표현들을 변이, 대체시켜 작품을 구성할 수 있다는 점이다. 이런 대체기능이 양식적 특징으로 갖추어져 있기 때문에 고정된 형식, 고정된 표현의 시간이나 상황에 따라 변이되는 양식을 가진 작품의 변이와는 텍스트간의 변이가 보여주는 의미가 다르다. 즉 하나의 원본적 개념이 있고 그 변이 파생으로서 이본이 존재하는 것과 달리 변이본 하나하나가 독자적 세계의 텍스트적 속성을 갖춘 것으로 평가될 수 있기 때문에 개별작품은 하나의 원텍스트이면서 동시에 한 레파토리의 다양한 텍스트군 속의 일부로 인식될 수 있다. 이는 개별 텍스트가 작가를 가진 텍스트이면서 동시에 작품군 속의 하위적 변이 텍스트로서의 특징을 가진다는 점에서 형식적 특징이 있다.

또 판소리는 양식적 성립이 굿의 원천을 두고 있기 때문에 오랜 세월 동안 기층문화 속에서 다듬어진 굿의 양식적 개성이나 정감을 상당 부분 물려받고 있다. 그래서 의미를 통한 주제적 측면 못지 않게 한의 정서와 흥의 정서로 표현되는 정감이 주요 기능을 하고 있다. 이런 이유 때문에 판소리의 사설은 때로는 극적으로 때로는 시적으로 때로는 서사적으로 문학 양식의 틀을 바꾸기도 하고, 한 작품을 여러 시간 동안 공연함으로써 향수자의 감정을 작품 속으로 이입시키는데 유리하게 한다. 비록 장편화된 사설이라 하더라도 창자의 소리를 통해 극적인 대화를 또는 노래를 통해 드러냄으로써 감정의 고조를 이끌어내게 구성되어 있다.

5. 한국 전통문학의 본질과 아름다움

1) 관동별곡의 정서적 고양미

관동별곡은 강원도 관찰사의 현지 부임 이야기다. 그러나 얼핏 보기에는 공직자가 현지로 부임을 하는 것이기보다는 강원도의 아름다운 산천을 유람하는 풍류객의 분위기가 짙다. 이를 두고 공직자로서의 직분을 망각하고 개인적인 풍류만을 즐기는 부정적 관리로 평가하는 것은 우리 문학의 본질을 놓치는 이해의 방식이라 할 수 있다.

관동별곡이 지닌 문학 작품으로서의 의미는 현실적인 행동의 기행을 다룬 관동지방의 기행문과는 다르다. 서정적 자아로 등장한 작가가 가고 싶고, 보고 싶고, 행하고 싶은 관리로서의 마음의 여행이 기행의 기저를 형성하고 있다. 겉으로는 사실적인 기행의 역정을 시간과 공간을 따라가며 읊고 있는 듯하지만, 그 실제에 있어서는 상상의 세계를, 기대와 소망 속의 신화적 이야기를 작품의 중심 분위기로 삼고 있는 것이다.

그렇다면 작가가 서정적 자아를 내세워 드러내고자 했던 내면세계는 과연 무엇인가?

우선 작품의 서두를 '강호에 병이 깊어 죽림에 누웠더니'라 했다. 강호의 생활을 지향하다가 그러한 여건이 되어 죽림에 누워지낼 수 있었던 지금까지 있어온 과거적 상황을 원경으로 제시한다. 이때 '강호'와 짝을 이룬 '죽림'이란 시어에 주목할 필요가 있다. 자연 그 속에서도 '죽림', 즉 '대나무 숲'은 유가적 문화 전통에서 드러내는 상징성이 깊은 수목들이다. 절개와 지조로 대표되는 유자들의 정치적 삶의 이상을 보여준다.

松根을 베여 누어 픗즘을 얼픗 드니 꿈애 스룸이 날두려 닐온 말이 그
대를 내 모루랴 上界예 眞仙이라 黃庭經 一字롤 엇디 그룻 닐거 두고 人

間의 내려와서 우리롤 딸오는다 져근덧 가디 마오 술 흔잔 머거 보오 北
斗星 기우려 滄海水 부어 내여 저 먹고 날 머겨눌 서너 잔 거후로니 和風
이 習習ᄒ야 兩腋을 추혀드니 九萬里 長空애 져기면 눌리로다 이 술 가져
다가 四海예 고로 ᄂ화 億萬蒼生을 다 醉케 ᄒ근 後의 그제야 고텨 맛나
또 흔 잔 ᄒᆞᆺ고야 말 디쟈 鶴을 트고 九空의 올나가니 空中 玉簫 소래어
제런가 그제런가 나도 ᄌᆞᆷ을 깨여 바다롤 구버보니 기픠룰 모르거니 가
인들 엇디 알리 明月이 千山萬落의 아니 비쵠 데 업다.[19]

여기서 보면, 서정적 자아는 중간 과정을 거쳐 강원도의 높은 산으로 오르
고 그 산 속에서 '송근(松根)'을 베고 눕는다. 그 잠 속에서 그는 천상 선관(仙
官)들을 만나 잊어버렸던 원래의 자기 모습을 확인한다. 고요한 높은 산 위에
서, 그것도 꿈속에 이런 상황을 맞는다는 것은 강원도 관찰사가 된 자신의 정
체성을 드러내는 것이며, 어진 정치를 하겠다는 깊은 자신과의 다짐이다.

이런 세상을 향해 펼치는 공적인 자기 다짐의 자세야말로 진정으로 목민관
이 해야 할 맹세인 것이다.

관동별곡이 펼치는 예술의 세계는 이러한 시적 은유를 통하여 현지에 부임
하는 공직자의 정신세계를 고도의 정신세계를 통해 고양시킴에서 찾아진다.
특히, 송근을 베고 꾸는 꿈속에서 그는 창해수를 마시며 모든 백성들을 다 취
하게 만든 후에 함께 있는 선관들을 다시 만나자고 한다. 그는 꿈속에서도 자
신의 꿈 밖의 처지를 인식하고 있다. 관찰사로서의 직분인 백성을 다스리는
일을 선관의 위치나 질적인 수준에서 성공적으로 완수한 다음에 비로소 원래
의 자신인, 천상존재로 환원하겠다는 다짐이요 결의이다.

목민관으로서 자신을 바라보고 있는 백성을 위하겠다는 그 결의와 다짐은,
백성들을 창해수로 모두 취하게 하겠다는 한 마디 속에 포함되어 있다. 동해
수로 끌어올린 창해수, 고산(高山) 위에서 펼치는 한 팔이 닿는 동해수, 그 맑
고 청정한 창해수로 만든 물을 한 사람도 빠뜨림 없이 다 취하게 만들겠다는
그 정신이야말로 가장 이상적인 공인으로서의 관리상을 보여준다.

---

19) 송강가사, 이선본.

이런 기개, 선적인 분위기, 풍류적인 지향성 등이 관동별곡을 통해 형상화된 송강의 문학세계이다. 이런 정서를 드러내는, 고도로 세련된 고양(高揚)의 미의식이 지닌 아름다움이 동해를 낀 고산 강원도 관동지방의 지리적 아름다움과 합일되면서 정신적인 아름다움을 포함하는 예술적 아름다움으로 나타난다.

2) 탈춤이 가진 미학

민중 예술은 인간이 만들어낸 문화적 요소로서의 모든 인위적인 것을 본능적이고 자연적인 본래적인 것으로 전환시키는 근본적인 특성을 지니고 있다. 문화적 코드를 자연적 코드로 전환시키는 것에는 두 가지 방향이 있을 수 있다. 하나는 문화적 가식을 진솔한 자연감정으로 전환시키되 윤리적 범주 안에서 전환을 수행하는 것이고, 또 하나는 역시 같은 방식으로 전환시키되 신화적 범주 안에서 전환을 수행하는 것이다. 상층계급의 일반적인 문예와 달리, 하층계급의 예술은 그 계층성에 충실하면 충실할수록 주로 신화적 범주 안에서의 코드 전환을 수행한다. 탈춤은 하층계급의 예술이기에 그 대사 역시 하층계급의 문예로서의 전형적 계층성을 띤다. 이 점은 같은 하층계급의 예술인 판소리가 이미 발생과 향수에서 상층계급과의 운명적인 제휴를 통해 국민문학으로 성장한 것과는 분명한 차이를 보인다.

한편, 넓은 범주로서 민속극에 해당하는 탈춤이 신화적 범주 안에서 문화적 코드를 자연적 코드로 전환시키면서 드러내는 한국예술을 표현하는 특성은 한국민족의 생활감정과 불가분의 관련을 맺고 있다. 한국민족의 생활감정이 배어있는 예술적 표현양식으로서의 특징은 대립을 중화시키는 원리로 설명될 수 있다. 자연성과 노골성이라는 하층민들의 특유한 전유방식을 담지하고 있는 탈춤은 대립을 중화시키는 표현방식을 채택하여 삶과 대상을 한국적 미감으로 표현한다. 물론 탈춤이 가진 자연성과 노골성은 공격성의 양상으로 곧잘 드러난다. 사실상 공격성은 탈춤의 중요한 속성이기 때문이다. 그러나 공격성을 구현하는 방식은 공격의 원리가 아닌 중화의 원리이다. 이런 의미

에서, 중화는 일종의 '지연된 공격성' 혹은 '실리적 우회성'을 의미하기도 한
다. 이러한 탈춤의 원리를 비판의 중화, 욕망의 중화, 감정의 중화로 나누어
설명할 수 있다.

첫째, 비판의 중화를 들 수 있다. 상층민에 대한 하층민으로서의 계층적 적
대감은 격렬성의 정도에 따라 문화적 방식으로부터 정치적 방식에 이르기까
지 그 편차를 달리할 수 있다. 그러나 탈춤의 주요 연행시기에는 하층민의 정
치적 참여가 비합법적인 방식의 선택을 의미할 수밖에 없었던 시기이기에,
상대적으로 위험성이 낮은 문화적 방식, 거기에 다시 중화의 원리를 통한 표
현한도의 조절이 채택되었다.

그러나 이러한 표면상 양보는 일회적 격렬성으로 불꽃처럼 사라지는 즉흥
성의 지양을 통한 비판의 공개화, 장기화, 대중화라는 문화전략이 숨어 있다.
이러한 비판은 재담의 형식을 통하거나, 평균 이하의 양반인물들을 등장시킴
으로써, 전면적이고 본격적인 대결을 회피하는 방식으로 중화시키고 있다.

탈춤에서 발견되는 비판은 이런 의미에서 직접적 공격성보다는 간접적 풍
자성에 더욱 닮아 있다. 양반에 대한 비판에 주목하여 보면, 대개 다음의 두
가지 비판으로 요약된다.

먼저, 양반의 지위와 신분에 대한 비판을 살펴보면 다음과 같다.

> 말 뚝 이 : (중앙쯤 나와서) 쉬이. (음악과 춤 멈춘다.) 양반 나온신다아!
> 양반이라고 하니까 노론 소론 호조 병조 옥당을 다 지내고 삼
> 정승 육판서를 다 지낸 퇴로재상으로 계신 양반인 줄 아지 마
> 시요. 개잘량이라는 양자에 개다리 소반이라는 반자 쓰는 양반
> 이 나오신단 말이요.
>
> 양 반 들 : 야아, 이 놈 뭐야아!
>
> 말 뚝 이 : 아, 이 양반들 어찌 듣는지 모르갔소. 노론, 소론, 호조, 병조,
> 옥당을 다 지내고 삼정승, 육판서를 다 지내고 퇴로재상으로
> 계신 이생원네 삼형제분이 나온다고 그리하였소.
>
> 양 반 들 : (합창)<이생원이라네>(굿거리장단으로 모두 춤을 춘다. 도령
> 은 때때로 형들의 면상을 치며 논다. 끝까지 그런 행동을 한

다.[20)

> 말뚝이 : 쉬― 날이 덥더부리하니 양반의 자식들이 혼더(빈터)에 강아
> 지 새끼 모인 듯이 연당못에 줄남성(생)이 모인 듯이 모두 모두
> 모여서서, 말뚝인지 개뚝인지 과거장중에 들어서서 제 의부애
> 비 부르듯이 말뚝아 말뚝아 부르니 아니꼬와 못 듣겠네.
>
> 양 반 들 : 예 이놈, 예 이놈, 예 이놈.
>
> 말뚝 이 : 소인은 상놈이라. 이 놈 저놈 할지라도 소인의 근본을 들어보
> 소. 우리 칠대 팔대 구대조께옵서는 남병사 북병사를 지내옵고
> 사대 오대 육대조께옵서는 평양감사 마다하고 알성급제 도장
> 원에 승지참판을 지냈으니 그 근본이 어떠하오.
>
> 양 반 : 이놈 말뚝아 너 근본 제쳐놓고 내집 근본 들어봐라. 기생이 여
> 덟이요, 비자가 열둘이요 능노군(能奴軍)이 스물이요, 마호군
> (馬護軍)이 서른이라. 그 근본이 어떠하뇨.
>
> 젓광대들 : (서로서로) 네 근본이다. 네 근본이다.[21)

다음, 양반의 학식과 문예에 대한 비판을 살펴보면 다음과 같다.

> 서 방 : 아, 그 운자 벽자로군. (한참 끙끙거리다가) 형님, 한마디 들어
> 보십시오. (영시조로) 「짚세기 앞총은 헌겊총하니 나막신 뒤축
> 에 거멀못이라.」
>
> 말뚝 이 : 샌님, 저도 한 수 지을 터이니 운자를 하나 불러 주시오.
>
> 생 원 : 재구삼년에 능풍월이라더니, 네가 양반의 집에서 몇 해를 있더
> 니 기특한 말을 다 하는구나. 우리는 두 자씩 불러 지었건마는
> 너는 단자로 불러 줄 터이니 한 자씩이나 달고 지어 보아라.
> 운자는 강이다.
>
> 말뚝 이 : (곧 영시조로) 썩정 바자 구녕엔 개대강이요 헌바지 구녕엔 좆
> 대강이라.
>
> 생 원 : 아, 그놈 문장이로구나. 운자를 내자마자 지어내는구나. 자알
> 지었다. 그러면 이번엔 파자나 하여보자. 주동이는 하얗고 몸

---

20) 제6과장 양반춤, 봉산탈춤대사, 『한국가면극』, 서울대학교 출판부, 316쪽.
21) 제2과장 오광대, 고성 오광대 대사, 『한국가면극』, 서울대학교 출판부, 378쪽.

뚱이는 알락달락한 자가 무슨 자냐?
서   방 : (한참 생각하다가) 네에, 거 운고옥편에도 없는 자인데 그것 참
            어렵습니다. 그 피마자라고 하는 자가 아닙니까?
생   원 : 아, 거 동생 참 용할세.[22]

　그러나 양반들에 대한 이러한 비판은 표면상 공격성이 거의 없다. 즉, 양반들은 실제로 지위와 신분에 있어서[23] 불변적 독점을 유지하고 있었고, 학식과 문예는 아직까지 양반으로서의 정체성을 의미하고 있었기 때문이다. 그러나 그 이면에서는 음풍농월이나 하면서 세월을 보내는 양반들의 고상한 고담준론이 하층민들의 눈에는 더 이상 동경의 대상이 아니고 그저 알아들을 수 없는 기호, 심지어는 그네들의 눈에는 매우 우스꽝스럽기까지 한 공허한 것으로 비춰지고 있음을 탈춤 재담에서 하층민 특유의 익살과 골계로 형상화하고 있다. 이러한 실제적, 실리적 사고방식은 조선후기 시대정신과도 조응(照應)되는 것임은 두말할 나위 없다.
　둘째, 욕망의 중화(中和)를 들 수 있다. 문화적 코드를 탈각한 자연적 코드로서의 욕망 표출은 하층문화 특유의 자연성으로 인해 표현에 있어서의 노골성을 수반하고 있다. 그런데 이러한 욕망 표출은 특정한 시대의 문화적 코드에 의해 조작되어, 생성·강화된 욕망이 아니라 인간의 무의식 속에 잠재한 원천적 금기(禁忌)로서의 속성이 강하다. 근친상간이나 아버지와의 대결 양상은 신화적 양상의 본질을 아직도 유지한 채 탈춤의 저변에 완강히 계승되고 있음을 지적할 수 있다.

도   끼 : 아이 그렇지 않소. 그러나 저러나 매부 어디 갔오.
누   이 : 너어 매부 나간지는 석삼년 아홉해에 내가 시방 혼자 죽을 지
            경이다.
도   끼 : 아이구 이거 참 때는 내가 좋은 기회로구랴. 그래 대관절 매부

---

22) 제6과장 양반춤, 봉산탈춤대사, 『한국가면극』, 서울대학교 출판부, 319쪽.
23) 일부 몰락양반도 있으나 그들은 오히려 이미 비판의 주요 타켓으로부터 빗겨나 있
　　다고 할 수 있다.

나간지 석삼년 아홉해면 그동안 옹색한 일 많이 지냈겠구랴.

누 이 : 이 동네 개평 여러번 뗐다.

도 끼 : 아이구 그 개평이면 날 좀 주지. 시방 대볼랴오.

누 이 : 에라 이 잡자식, 형제간에 그렇게 허는 법이 어디 있냐. 얘 내
가 쫓아갔다가 만일 이 늙은 년을 남의 집 설렁탕집 같은 데나
국밥집에다 팔아 먹구 더 고생시켜놓면 어떻거느냐.

도 끼 : 아니요 그렇지 않소. 아이구 뭐 시방 젊은 계집이라구 …

누 이 : 니가 돈에는 눈깔이 헷뵘이니깐두루 열냥을 받아두 구만, 백냥
을 받아두 그만 이지만 내 몸은 맡기는 거 아니냐.

도 끼 : 아니 그렇지 않소. 갑시다.

누 이 : 너 거짓뿌렁이면 뭐냐.

도 끼 : 거짓뿌렁이면 내가 누님허구 나하구 살겠오.

누 이 : 헹! 이자식 댕길셈은 제밀 붙게 있네. 그래라 어디 가자.24)

누 이 : 보니깐 두루 전신이 죄다 죽었오. 죄 죽었는데.

신하라비 : 죽었겠지.

도 끼 : 이왕에 나 누님 맹길려구 아버지두 옹색 풀던 구녁은 시방 입
때 살았어.

신하라비 : 뭐 거기 살았어. 어디 만져보자 어디 만져봐.

도 끼 : 살았어. 왜 그걸 만지려고 야단이요. 내가 먼저 만져봐야지.

신하라비 : 거 네가 만져보겠느냐.

도 끼 : 거 만져보니깐 살았오.

신하라비 : 예라 이 자식아.

도 끼 : 지금이래도 마지막 옹색 필테면 피우 나 있어두 괜찮우.

신하라비 : 이 자식아 네 누이한테 가깝게 하지 마라. (누이에게) 넌 이리
오너라. 내 앞으로 다가 오너라. 저 놈헌테 가지 말아라.25)

한편, 야합(野合) · 관음(觀淫)의 욕망 또한 드물지 않게 등장하여, 성(性)에

---

24) 제8과장 신하라비와 미얄할미, 양주별산대놀이, 『한국가면극』, 서울대학교 출판부,
273쪽.
25) 제8과장 신하라비와 미얄할미, 양주별산대놀이, 『한국가면극』, 서울대학교 출판부,
273 ~ 274쪽.

대한 담론을 노골적으로 일상화시키고 있다.

> 영　　감 : 여보게 할맘, 우리가 오랫만에 천우신조로 이렇게 만났으니 얼
> 　　　　　싸안고 춤이나 추어봄세. (노랫조로) 반갑고나 얼려보세. (서로
> 　　　　　얼른다. 미얄은 영감에게 매달려 노골적으로 음란한 행동을 한
> 　　　　　다. 영감이 땅에 넘어지면 미얄은 영감의 머리위로 기어나간
> 　　　　　다.26)
> 취 발 이 : (소무의 치마를 떠들고 머리를 들여 민다.) 쉬이 야아 이놈의
> 　　　　　곳이 뜨겁기도 뜨겁구나. 어디 관함이나 한번 세어 보자. 한관,
> 　　　　　두관, 세관, 네관, 다섯관 …… 야아 이것 봐라 봐. 야아, 나왔다.
> 　　　　　(털을 뽑는다.) 아 이놈의 털 길기도 길구나 한발 가웃이로구
> 　　　　　나. (취발이는 자기의 머리털 몇개를 뽑아 가지고 또한 인형을
> 　　　　　사타구니에 꽂아주고 나온다.27)
> 신 장 수 : (원숭이를 때리며) 네가 먼저 가설랑 숙국을 질르고 왔어? 그
> 　　　　　래 나는 대관절 어떻게 하라는 말이냐. 난 옹색하니깐두루 너
> 　　　　　라도 엎어놓고 벽이라도 할 수밖에 없다. 허니 어서 엎데라.
> 　　　　　(원숭이를 엎어놓고 그 장난을 하다가 채찍으로 볼기짝을 홱
> 　　　　　갈긴다.28)

그러나 여기서도 윤리적 범주를 넘어선 신화적 범주에서 수행된 대상세계
에 대한 하층민들의 전유는 그 특유의 자연성과 노골성을 띠고 있음에도 불
구하고, 밀실로서의 욕망을 광장으로 끌어내고 있다. 이는 결국 골계화를 통
한 객관론적 거리 확보를 이룩하는데, 이것은 궁극적으로 욕망의 무제한적
억압이나 방출이 아닌, 중화로서의 조절 기능을 수행한다. 이것이 바로 탈춤
대사에 나타난, 욕망을 중화시키는 예술원리이다. 이는 귀신의 정체를 폭로

---

26) 제7과장 미얄춤, 봉산탈춤대사, 『한국가면극』, 서울대학교 출판부, 320쪽.
27) 제4과장 노장춤, <제3경> 취발이춤, 봉산탈춤대사, 『한국가면극』, 서울대학교 출판
　　부, 313쪽.
28) 제6과장 노장, <제2경> 신장수놀이, 양주별산대놀이, 『한국가면극』, 서울대학교 출
　　판부, 262쪽.

함으로써 귀신을 제압하는, 거부 대상에 대한 기층간의 무속적 대처 방법과
도 조응되어 주목을 요한다.

　셋째, 감정의 중화(中和)를 들 수 있다. 문학예술 속에서 감정을 다루는 일
은 생각보다 어려운 작업이다. 특히 분노나 슬픔 등은 부정적 속성을 지닌 만
큼, 표현의 효과 면에서 신중히 조절되어야 한다. 여기서는 탈춤에 나타난 분
노와 슬픔의 표현방식을 통해 한국문예의 특징적 단면인 중화의 원리를 발견
할 수 있다.

취 발 이 : 아 그건 싫여. 저런 안갑을 헐 놈 보게. 저놈 어떻걸까. 저 놈을
　　　　　금강산으로 놀리나. (불림으로) <소상번죽 열두매디 후르쳐
　　　　　잡고서 …> (춤을 춘다.)
노　　　장 : (타령조에 맞추어 취발이와 맞춤을 춘다.) 취발이 허리잡이 춤
　　　　　을 추는데 노장은 부채 꼭지로 취발이를 후리친다.
취 발 이 : 아 애 딴은 중놈이 억세기는 억세다. 그러니깐두루 계집 둘씩
　　　　　데리고 놀지. 그렇잖음 제가 계집 하나도 어려운데 참 억세다.
　　　　　이 눔 내 너한테 한번 맞기는 맞았다마는 참새가 죽어도 쩍 한
　　　　　다구 한번 해보자.
노　　　장 : (장삼을 벗어 뒤에다 찬다.)
취 발 이 : 아이구 저 놈 보게 날 잡아 먹을려나. 나를 때리고 쫓더니 벗
　　　　　어. 에라 이눔 너두 벗으니 나도 벗어 보겠다. (창옷을 벗어 땅
　　　　　에다 놓고서) 이 눔 마산이 무너지나 평택이 깨지나 어디 해보
　　　　　자. 참새가 죽어두 쩍 한다구 내 이놈 너한테 한번 맞구 쫓겨갈
　　　　　리가 있느냐. (관중을 향하여) 여보 여러분 구경허신 손님네 여
　　　　　기서 몸 조심허는 이는 피허 우. 여기서 까딱허믄 살인나오.
　　　　　(불림으로) <녹수는 청산 깊은 골에 청황룡이 꿈트러지 구서
　　　　　…> (춤을 춘다.)
노　　　장 : (취발이와 맞서 같이 깨끼리 춤을 춘다.)
취 발 이 : (노장 옆으로 가서 등을 탁 치니)
노　　　장 : (소무 가랭이 밑에서 고개를 쑥 내민다.)
취 발 이 : (깜짝 돌아 돌아 간다.) 이건 무슨 짓이요. 산중 짐승이 점잖은

짐승이 이 부정한 인 간엘 뭣하러 나왔단 말이요. 돌아가시지
요. 쉬이쉬이 쉬이.[29]

  분노의 대결을 춤과 말로 풀어내는 감정의 중화(中和)를 보여준다. 탈춤에
서는 격렬한 분노의 표현과 해소를 춤으로 풀어내고 있다. 탈춤에서 발견되
는 이런 방식의 분노 표현 방식은 탈춤이 가진 중화(中和)의 미학을 잘 보여
주고 있다.

신하라비 : 그 애 달아나 버리면 어떻건단 말이냐. 애 애 그러나 저러나
        그건 그렇게 됐거니와 그건 그만두구 너 어머니가 식은 방귀
        뀄다.
도   끼 : 아 어머니가 식은 방귀를 뀄어?
신하라비 : 냄새가 났어.
도   끼 : 아 그럼 아주 올라감세 했게.
신하라비 : 숟가락을 놨다면 그만이지 뭐.
도   끼 : 그저 내 일상 나가두 염려는 했오. 그저 어머니가 시집온 지
        그 몇 십 년만에 그 아버지 잔소리에 참 불쌍했오. 돌아가시긴
        팔자좋게 잘 돌아가셨오마는 거리 노중에 객사 했다니 좀 불
        쌍하오. 아버지 잇빨이 조렇게 깍쟁이같이 옥니가 달렸으니 집
        안식구 어찌 안 잡아 먹을 수가 있오. 인젠 어떠커우.
신하라비 : 그말 저말 할 거 뭐 있느냐 이왕 일을 당해 놓은 거니. 너의
        뉘가 잿골서 살다가 먼짓골로 갔다. 하니 가서 네 뉘를 데리고
        오너라. 그래서 장사지내자.
도   끼 : 허허허 이런 제밀 붙을 팔자 봐라. 머릴 풀구 있는 상제더러
        제 누이헌테 부음 갖다 전하라구 그래. 이 동네 사람도 이렇게
        없나. 거 헐 수 있오. 내 갔다 오리다.[30]

<hr>

29) 제6과장 노장, <제2경> 신장수놀이, 양주별산대놀이, 『한국가면극』, 서울대학교 출
    판부, 263쪽.
30) 제8과장 신하라비와 미얄할미, 양주별산대놀이, 『한국가면극』, 서울대학교 출판부,
    272쪽.

탈춤은 일종의 문화적 반역을 통한 자연성의 확인으로서, 그 본래적 기반의 신성성 위에 다시 문화적 코드를 실행시키려는 자기정화의 예술적 기능을 수행하고 있는 예술이다. 탈춤은 특정한 계층에 대한 비판과 풍자로 환치될 수 있는 제한된 성격의 예술이 아님을 알 수 있다. 이 논의는 기존 연구사의 기반을 바탕으로 하되 그 동안 주목하지 못했던 부분에 특히 주목한 것이다.

3) 판소리의 인간적 해학미

서사적 양식의 문학 작품의 생명력은 근본적으로 대립과 갈등, 그리고 그것의 해소에 있다. 선과 악이라는 원초적 대립형태를 갈등의 구조로 많이 쓰고 있는 판소리 문학에서는 대립과 갈등의 해소가 다른 나라문학의 그것과는 다른 모습을 보여준다. 선인과 악인이라는 원초적 대립구도는 갈등과 대립에 있어서 주인공의 핍박과 고생이 매우 심하다. 그만큼 대립인물의 탄압이 매우 심해서 주인공과 대립인물의 갈등의 골은 매우 깊어진다. 이런 주인공의 핍박과 대립인물의 탄압은 결말에 있어 대립인물의 처절한 패배와 복수를 기대하게 한다. 그러나 판소리 문학의 갈등 해소는 대립인물에 대한 완전하고 철저한 몰락과 복수를 하는 잔인성을 보이지 않는다. 비록 주인공이 대립인물에 의해 부당하게 고생을 하고 목숨까지도 위협받는 상황을 겪었더라도 주인공은 잔인한 복수를 하지 않는다. 즉 주인공이 고난에서 벗어났을 때, 자신의 능력으로 복수를 충분히 할 수 있을지라도 열 배 백 배의 복수는 커녕 자신이 당한 만큼의 복수도 하지 않는다. 주인공이 고난과 핍박을 당하며 쌓이고 쌓인 한의 해소를 상대방에 대한 앙갚음이 아니라 자신이 그 상황을 벗어나서 다시 행복한 자리로 되돌아 온 것으로 끝내고 있다. 복수를 위한 복수는 나타나지 않고 행복을 되찾는 것으로써 한을 해소하여 복수의 욕망을 희석시키는 것이다.

예를 들어, 춘향전에서 춘향에게 갖은 매를 때리고 목숨까지 빼앗으려고 했던 변학도에게 춘향이 당한 것과 같이 똑같이 복수하는 것을 찾아볼 수 없다. 또 흥부전에서도 인륜을 저버리고 동생을 박대한 못된 놀부의 몰락을 즐거워하지 않을 뿐만 아니라 오히려 성공한 흥부는 놀부를 구제해 준다. 심청전에서는 왕후가 된 심청이 심봉사를 속이고 고생에 빠뜨리며 도망간 뺑덕어미를 찾아 복수하지 않으며 심청의 죽음의 원인이 되었던 심봉사에 대하여 어떠한 부정적 시각도 드러내지 않는다.

이러한 해한적(解恨的) 태도는 죄는 미워하되 인간은 미워하지 말라는 말과도 통한다. 한을 푸는 것은 당한 만큼 되돌려 주는 것이 아니라 다시 행복의 자리로 되돌아와 모든 것을 용서해 주는 데에 있는 것이다. 승자가 패자의 잘못을 용서하고 화해하며 끌어안는 것에서 이루어지는 것이다. 이런 방식의 한의 해소와 용서는 우리 민족 고유의 심성이다. 이런 우리 민족 고유의 해한의 감성이 문학에 가장 잘 투영된 것이 판소리 문학이라고 할 수 있다. 판소리 문학은 우리 민족 특유의 해학과 골계를 보여주어 흥의 정감을 보여주면서 동시에 한의 정감 또한 보여준다. 그런데 한의 정감 역시 흥의 정감처럼 마지막에 가서는 흐뭇하고 넉넉한 결말로 끝이 난다. 대립적으로 보이는 흥과 한이 공존하고, 그 둘이 결말에 가서는 넉넉한 마음으로, 흐뭇한 웃음으로 끝나는 판소리의 특성은 용서와 화해라는 판소리 특유의 해한미(解恨美)로 인한 것이다.

심청전의 해한의 방식은 춘향전과 또 다른 형식으로 그 미적 형상력을 드러내고 있다. 심청전 또한 전반부와 후반부가 대칭구조를 가지고 있다. 전반부의 종결은 심청이 인당수에 빠져 죽어가는 모습으로 종결짓는다. 그리고 후반부는 심청의 황후로서의 상승대목이 있은 후에 황후가 부친인 심봉사를 찾으려 애쓰는 효행의 모습이 시련의 또 다른 변주형태로 나타난다. 이로 보면 심청전의 심청의 한은 가난한 부친 밑에서 살아가다 자신의 몸을 팔아서까지 효행을 실현할 수밖에 없는 비극적 상황이 전반부의 종결에서 그 절정을 이룬다고 할만하다. 이러한 한의 해소방식은 심청전에서는 심청이 황후가 됨으로써 일차적으로 해소되고 이차적으로는 심봉사의 한(恨)인 안맹(眼盲)의 문제, 딸을 인당수에 보낸 부친 심봉사의 한(恨)으로 그 초점이 분산되지만 해한(解恨)의 결과로 나타나는 행복의 극치감은 어느 작품보다 위에 놓인다.

"혼자 앉아 울음을 운다 삼천 궁녀가 시위를 했으니 크게 우지는 못하고서 속으로 울음을 울 제 불쌍하신 우리 부친 생존하신가 별세하신가 부처님이 영험하여 그간 눈을 뜨시여서 소경축에 빠지셨나 오시다가 노중에서 무슨 낭패를 보셨는가 내가 살아 귀인된 줄을 모르시니 이런 서름이 어듸가 있는가 이렇듯 울음을 우는듸 이윽고 모든 소경이 들어와 잔치를 벌였는데 한곳을 바라보니 말석에 앉인 양반이 머리는 반백이요 귀밑에 검은 때가 검실검실 있는 것이 부친이 흡사하구나 심황후가 부친을 백년 된들 몰라 볼리 없지마는 심봉사는 뺑덕어미를 만나 어찌 고생을 했던지 뼈와 가죽만 남아있고 눈만 감으면 산 송장이라 그러나 아무리 봐도 천륜이 있어 심황후가 보시다가 시녀를 불러 저기 말석에 앉인 소경을 불러들여 거주성명을 알아 보와라 심봉사는 황성 올라오면 큰 수가 있을 줄 알고 왔는데 뱃속이 비여 배가 골아 죽을 지경이라 제 손수 화가 나는데 시녀가 봉사님 내전으로 들어갑시다 아니 내기 무슨 죄가 있다고 내전으로 가드란 말이요 황후님이 부르시오니 어서 가옵시다 심봉사 기가 맥혀 허 이놈 죽을 때 용케 잘 찾아왔다 나는 딸 팔아 먹은 죄가 있는데 이 잔치를 배설키는 나를 잡아 죽일라고 했구나 예라 한번 죽지 두번 죽냐 하고 들어가서 계하에 꿇어 업쳤겠다 황후가 내려 보니 아무리 봐도 모르겠다 여봐라 그 봉사 살기는 어듸 살며 처자가 있나 물어봐라 심봉사는 처자말만 하면 배속에서 오장육부가 부글부글 끌어올라 두 눈이 캄캄하고 정신없이 아뢰는데 예 소맹이 아뢰리다 예 소맹이 아뢰리다 소맹이 사옵기는 황주 도화동이 고토옵고 이름은 학규오라 을축년 동지달에 산후병으로 아내 잃고 강보에 싸인 어린 것을 눈 먼 놈이 품에 안고 이집 저집 젖을 빌어 동냥젖 얻어 먹여 십오세가 되였는데 효성이 출천이요 이름은 심청이라 그것이 밥을 빌어 연명호구를 하여갈 제 방정맞인 중이 와서 공양미 삼백석을 불전에다 시주하면 어둔 눈을 뜬다고 하니 지극한 내 딸 효성 애비 눈을 띄우려고 남경장사 선인들께 삼백석에 몸이 팔려 임당수 제수로서 물에 빠져 죽었내다 아이고 내 딸 심청아 네가 죽은 혼이라도 황성 잔치에 왔거들랑 어전에서 내리신 음식을 같이 먹고 물러가자 업더지며 자빠지며 백수풍신 두 눈에서 피눈물이 흘러내리며 옷깃을 사모친다."31)

---

31) 박동진 창본 심청가, 심청전 전집 1권, 박이정, 1997, 255~256쪽.

심청전의 해한 방식은 고난 뒤에 오는 행복의 질량감으로 구체화된다. 가난과 비천한 신분에서 오는 심청의 한은 인당수의 투신과 환생으로, 그것도 환생한 몸이 황후가 되는 것으로 일차적 해소가 된다. 여기에 이어 자신은 황후가 되었지만 자신이 목표로 삼았던 부친의 개안이 이루어질 때까지 심청의 한은 완전해소가 이루어질 수 없었다. 그 이차적인 해한의 방식이 맹인 잔치를 통해 안맹한 부친을 만나고 부친의 개안(開眼)을 통해 남았던 한을 완전 해소하는 길이다. 이러한 상황을 심청전에서는 극적 구성 위에서 하나의 장면으로 집약시키기 위해 죽었다고 믿었던 딸과, 딸을 죽였다고 자인하고 있는 부친의 재회이다. 심청은 황후가 된 입장에서 여전히 비참한 신세로 남아 있는 심봉사를 개안시켜 준다. 이와 병행하여 심봉사는 자신의 깊은 마음 속에 도사리고 있는 자신의 해한을 위해 딸을 희생시킨 준살인적 행위에 대한 자기 고통을 심황후를 만남으로써 씻어낸다. 게다가 또 다른 자신의 한이요 고통인 안맹의 문제를 해결하는 순간이 바로 그 만남의 순간이다.

이러한 제 측면에서 본다면 심청전의 생일 잔치 대목, 그 중에서도 부녀 상봉 대목은 심청과 심봉사가 지닌 가장 심층적인 한(恨)을 완전히 해소시켜주고 어느 누구도 새로운 대립과 갈등으로 내세우거나 복수로 인한 새로운 복수의 끈을 남겨주지 아니한다. 이러한 점이 심청전이 보여주는 인간적 해한(解恨)의 한 양상이고 그 주체가 바로 심청이라고 하는 인물로 부각되어 있다. 물론 심청전의 후반부에 등장하여 의지할 곳 없는 심봉사를 도우는 척하고 심봉사의 재물을 송두리째 앗아가는 탐욕적 인물 뺑덕어미에 대한 보복이 작품에서 부분적으로 드러나기도 한다. 대부분의 작품은 뺑덕어미의 뒷 얘기가 나타나지 않지만 서사성의 연계를 강조하는 작가들은 후반의 종결 부분에서 뺑덕어미에 대한 논의를 하게 된다.

공양미 삼백석으로 맹인인 심봉사의 눈을 뜨게 할 수 있다고 믿고 목숨을 팔았지만 심봉사는 여전히 개안을 하지 못했다. 그리고 혼자 남은 심봉사를 더욱 곤경에 빠뜨린 건 뺑덕어미이다. 황후가 되어 심봉사를 만난 심청은 여전히 봉사인 아버지를 보고 화주승이 아버지와 자신을 속였다고 생각하여 화주승을 찾아 내어 혼을 내 줄 수 있다. 자신의 목숨을 담보로 공양미 삼백석

을 마련하여 바쳤는데도 그 효과가 없었다는 점에서 생각해 본다면 더욱 그
러하다. 공양미 삼백석에도 불구하고 개안하지 못했다는 사실은 심봉사에게
더 큰 시련 속으로 들어가게 되는 계기가 된다. 심봉사는 유일하게 자신을 돌
봐 주던 딸이 자신에게서 사라지고 그에 따라 뺑덕어미에게 속아 더 큰 시련
을 겪게 되는 것이다.

　다시 황후가 되어 여전히 장님으로 있는 아버지 심봉사를 만난 심청의 입
장으로 돌아가 생각해 보자. 개안했을 것이라고 생각했던 부친은 여전히 장
님이다. 그리고 부친을 속이고 온갖 고난과 고통 속에 빠뜨린 건 뺑덕어미이
다. 화주승과 뺑덕어미가 자신의 목숨보다 소중하게 여겼던 아버지를 도와주
기는 커녕 더욱 비참하게 만든 것이다. 어렵지만 부친과 행복하게 살아가던
심청과 그 부친 심봉사에게 찾아오는 고통과 시련은 화주승으로부터 시작하
여 뺑덕어미에게서 그 절정을 이룬다. 부친이 갖고 있는 최고의 한인 눈을 뜨
게 해주기 위해 심청은 목숨까지 바치지만 좋아지리라 생각했던 부친의 상황
은 오히려 더 악화가 되는 것이다. 부친인 심봉사가 겪은 지난날의 고생은 심
청에게는 새로운 한이 될 수도 있다. 그래서 충분한 힘을 갖게 된 황후의 입
장에서 자신과 아버지를 고생에 빠뜨린 사람들에게 복수나 보복을 할 수도
있다. 그러나 심청전에서는 황후가 된 심청이 심봉사를 속이고 고생에 빠뜨
리며 도망간 뺑덕어미를 찾아 복수하지 않으며 심청의 죽음의 직접적 원인을
제공하는 계기를 제공한 화주승에 대해서도 별 다른 행동을 취하지 않는다.
꿈에도 그리고, 죽어서도 못 잊던 아버지를 맹인 잔치에서 만나는 순간에 지
난날의 모든 설움과 한은 모두 사라지고 부친과의 상봉의 기쁨만이 남는다.
그리고 아버지의 한(恨)인 맹안이 개안되면서 아버지의 한이 풀어지는 것은
물론 동시에 심청의 한도 모두 풀어지는 것이다.

Ⅶ. 재외동포의 모국어 문학 예술의 현황과 창작 방향

1. 재중국 동포의 문학예술의 현황과 창작 방향

중국은 재외동포들이 거주하고 있는 여러 다른 국가와 달리, 지리적인 인근 관계에서도 그렇지만, 우리와는 밀접하고 유구한 역사적·문화적 관계를 유지해 왔다. 특히 중국 연변 지역의 조선인 거주자 수는 19세기말부터 증가하여, 1910년 경술국치를 전후로는 조선인들의 정치적 망명이 잇달으면서 그 숫자가 격증한다. 이어 1931년 일제에 의한 만주 침략과 대륙 침략을 위한 조선인에 대한 가혹한 수탈은 재만 조선인의 수를 급격히 증가시켜, 해방 전후에는 그 수가 거의 200만명에 육박할 정도였다.[1]

그리하여 현금에 이르러서는 1982년 기준으로 재중국 동포의 인구는 176만명이며, 이 중 길림성에 110만, 흑룡강성에 43만, 요녕에 20만, 나머지는 중국의 방방곡곡에 분포되어 있다.[2] 중국의 동포 숫자는 세계 각지에 있는 500만의 해외동포 중 반수를 차지하고 있을 뿐만 아니라, 이들에 의해 이루어진 중국의 동포문학은 해외동포 문학권 가운데서도 그 역사가 가장 길고 규모가

---

1) 현룡순 외 편, 『조선족 백년사화1』, 거름, 1989 참고.
2) 조성일, 「중국조선족 당대문학 개관」, 연변사회과학원 문학예술연구소, 『문학과예술』, 1988. 5-6, 4쪽.

크다. 특히 중국의 동포문학은 우리의 언어로 씌여졌고 민족적 성격을 강하게 유지하고 있어 범민족문학적 차원에서 그 어떤 동포문학에 비해 겨레문학으로서의 당당한 자격을 부여받고 있다.

한편 중국 조선족은 한족을 비롯한 57개의 민족으로 이루어진 중국 내에서 인구상으로도 상당한 비중을 차지하고 있으며, 조선어는 한어, 장족어, 위글족어, 몽골어와 더불어 중국에서 5대 언어문자 가운데 하나로 인정되고 있다.[3] 따라서 이러한 조선어로 씌여진 중국 동포문학은 중국 내에서도 가장 독특한 문화적 색채를 드러내고 있다. 물론 20세기 초 망명문학으로부터 시작된 조선족 문학이 중국 내에서 그 독자성을 인정받기까지 많은 시련이 있어 왔지만, 현재 중국작가협회 연변분회의 회원은 400명에 이르고 그 가운데 40여명이 중국작가협회의 정식 회원으로 활동하고 있어[4], 중국 동포문학은 중국 문학의 한 구성 부분으로도 중요하게 기능하고 있다. 요컨대 중국 동포문학은 겨레문학이면서도 반드시 남한 또는 북한에 귀속되어 있는 문학은 아니고, 그렇다고 중국 문학의 일부만도 아닌 자율적인 자체 법칙을 가진 독특한 문학으로 대륙 성격과 민족 특색이 통일적으로 구현된 문학이다.[5]

연구자들은 이러한 재중국 동포의 문학을 중국 조선족문학, 또는 간도문학, 만주문학, 이민문학, 망명문학, 대륙문학, 동포문학 등의 다양한 용어로 부르고 있다.[6] 그 각각의 용어가 갖는 나름대로의 의미가 있기는 하지만, 이 글에서는 이를 조선족 문학으로 통일하여 사용코자 한다. 그런데 조선족 문학사 연구자들은 조선족 문학의 시대 구분을 대체로 다음과 같이 한다. 즉 19세기 말~1910년대의 시기를 근대문학, 1920년대~중화인민공화국 창건의 시기를 현대문학, 중공창건~현재를 당대문학으로 크게 구분한다. 그리고 세부적으로는 현대문학 시기를 다시 1920년~1931년을 맑스주의 전파기, 1931년(9·

---

3) 김종국, 「중국 조선족 특색의 문화에 대하여」, 『문학과예술』, 1977, 1, 5쪽.
4) 김문원, 「중국조선족문학과 재일조선인문학의 비교연구」, 『문학과예술』, 1994, 1-2, 14쪽.
5) 「중국조선족 문학의 현황과 전망」, 『문학과예술』, 1994, 7-8, 7쪽.
6) 윤윤진, 「중국조선인 문학연구에 나서는 몇가지 문제」, 『문학과예술』, 1994, 11-12, 39~40쪽. 참고.

18사변)~1945년을 항일무장투쟁기, 1945년~중공창건의 세 시기로 구분한
다. 그리고 당대문학의 시기는 중공창건~문화혁명 전야를 1기로, 문화대혁
명 시기를 2기로, 그리고 3기를 4인방의 몰락에서 현재에 이르는 시기로 구분
한다.

이 글은 이러한 조선족 문학의 시기 구분을 존중하면서도, 한편으로는 우
리의 현대문학사 시대 구분 틀을 참조하여, 중국 조선족 문학의 전개 과정을
개괄해 보고자 한다. 물론 해방 이전까지 중국에서 이루어진 조선족 문학은
본국 문학의 연장선상에 놓여 있고, 따라서 상당수 부분이 본국의 문학사와
중첩되고 있어 이에 대한 자세한 기술은 생략코자 한다. 단 본국 문학의 영향
가운데에서도 그 독자적 고유성을 드러내는 부분에 초점을 맞춰 기술하고자
하며, 이러한 과거 조선족 문학의 개괄을 통하여, 그것이 현금의 조선족 문학
예술을 어떻게 매개하고 있는지를 살펴 보고 이를 통해 조선족 문학의 현황
및 창작방향의 특성을 기술하고자 한다.

1) 해방 이전의 조선족 문학

19세기 말 이후 우리 민족의 중국 이주가 본격적으로 시작되지만, 1900년
대와 그 이전에 중국에 이주한 조선인들은 자신들의 민족문화를 제대로 유
지, 발전시킬 능력을 갖고 있지 못했다. 그러나 1910년대 반일 민족문화계
몽운동이 전개되면서, 조선 국내의 많은 문인들이 중국에 들어와 반일운동
과 창작 활동을 같이 전개함으로써 조선족 문학이 본격적으로 전개되기 시
작한다.

이는 이미 모국에서 19세기 말과 20세기 초 봉건적 질곡과 자본주의적 외
세에 대항한 근대적 민족국가 건설에의 염원과, 이에 따른 근대적 민족의식
의 고양 그리고 그의 일환으로 자국 문학에 대한 주체적이며 근대적 인식이
개진되기 시작하는 데 영향을 받고 있는 셈이다. 그러나 1919년 이전까지 조
선족 문학은 개화기 또는 애국계몽기 당시 조선 문학의 이식이 아니면, 조선
에서의 문학활동의 연장선상에 놓여 있다고 볼 수 있다. 예컨대 이 시기에 창

작된 많은 창가들은 반봉건적이며 문명개화를 주창하는 것으로 국내에서 창작된 창가와 대동소이한 성격을 갖고 있다. 단지 이들 창가들이 경술국치 이후 모국에서는 점차 소멸되어 가는데 반해, 조선족들은 단순히 문명개화의 내용만이 아니라 일제의 침략을 비판하고 자주독립을 쟁취코자 하는 내용들을 직설적으로 드러내, 망명지 문학이 갖고 있는 전투적 성격을 드러낸다. 그리하여 항일의병투쟁 또는 독립군의 항쟁에 관련된 창가, 민요들이 다수 창작되면서, 이들은 망명지의 반외세 저항 문학으로서 조선족 문학의 기초를 마련한다.

한편 봉건 조선 말기 중국으로 망명하여 그 곳을 무대로 활동한 김택영의 문학은 창가·민요 등의 구비문학적 성격의 작품들과 더불어 이 시기의 조선족 문학을 대표한다. 특히 김택영은 1905년 중국으로 이주한 이후 1912년 중국적에 가입하고 중국 문인들과 널리 교제하면서 애국문화운동을 활발하게 전개하며 다수의 한시와 산문을 창작하여 조선족 문학사에서 뿐만 아니라 중국문학사에서도 중요한 애국 시인이자 산문작가로 평가 받는다. 김택영은 우국적, 또는 저항적이고 정론적인 내용의 한시, 산문 등을 창작하는데, 그의 한문학은 조선 후기 한문학이 새로운 시대의 과제와 맞부딪쳐 나아가면서 드러낸 응전의 한 양상을 보여준다. 뿐만 아니라 신해혁명 등 반제, 반봉건 운동들을 자신의 작품 세계 안에 편입시킴으로써 당시 중국의 진보적 역사 경향을 반영하고 있어, 조선족 문학이 한국문학의 일부이면서도 중국 문학의 주요한 구성 부분이 될 수 있음을 보여 준다.

김택영과 더불어 신정(신규식)은 1911년 중국으로 건너와 신해혁명 시기에 활약한 작가다. 특히 그의 신해혁명을 배경으로 한 시작품들은 식민지 조선과 반(半)식민지화 되어가고 있는 중국과의 연대의식을 드러내고 있어, 앞으로 전개될 이른바 항일투쟁에서의 조·중(朝·中)연대의 초석을 마련한다. 예컨대「남사에 드림」(1915년)이라는 한시에서 서정적 주인공은 1915년 1월에 중국 군벌정부가 일본 제국주의에 굴복하여 매국적 '21개조'를 체결한 것을 규탄하면서 중화민족의 애국지사들에게 조선 경술국치의 교훈을 거울로 삼아 일제의 속임수를 간파하고 원세개의 매국행위를 제지시킬 것을 호소하고 있다.7) 그밖에 이 시기의 문학으로 신채호 등의 문학을 언급할 수 있지만, 이는 한국문학사의 기술과 많이 중첩되어 생략코자 한다.

창가·시조 및 민요 등의 구비문학8) 그리고 김택영, 신정, 신채호 등 명망가 중심의 망명문인을 중심으로 이루어지던 조선족 문학은 1920년대에 들어서면서 새로운 전환기를 맞는다. 즉 1919년 러시아에서의 사회주의 혁명의 성공으로 인한 마르크스주의의 전파, 국내에서의 3. 1운동 및 중국의 5. 4 운동의 영향, 그리고 식민지 조선의 가혹한 수탈 아래 중국 내로의 조선족 인구의 급격한 증가는 조선족 문학의 대중적 확산의 발판을 마련한다.

우선 10월 혁명 및 마르크스주의의 영향으로 이전 시기의 계몽가요들은 계급적 모순과 이의 타파를 노래하는 혁명가요로 전환을 하기 시작한다. 그리하여 「5월 행진곡」, 「노동자 해방가」, 「부녀해방가」 등의 가요들이 광범위하게 불려진다. 그리고 이미 이전부터 창작 활동을 하고 있었던 망명문인 신채호 역시, 이전의 부르주아 계몽주의의 틀을 벗어나 민중주의에 기초한 「용과 용의 대격전」 등과 같은 작품을 창작한다.

특히 이 시기 모국 내 카프가 결성되면서 등장한 프로문학이 조선족에게도 영향을 미치고, 이러한 경향의 작가인 최서해, 박팔양 등이 간도 지역에 와서 생활을 하고, 또 이를 무대로 한 작품을 창작함으로써 조선족 문학의 발전에 일정한 기여를 하게 된다. 단 이들 외에 이 시기, 일본 영사관의 기관지『간도일보』및 이에 맞서 발간된 진보적 신문『민성보』등 동북 및 중국 지역 각지에서 발행한 신문, 잡지 등이 20종이나 되고 이를 무대로 다수의 작품들이 발표되고 있지만, 자료의 소실 등으로 인해 이 시기 대중적으로 확산되기 시작했던 조선족 문학의 전모를 온전하게 파악할 수는 없다.

1930년대 들어서서 해방 직전에 이르기까지 조선족 문학은 크게 세 부류로 나눠진다. 첫째는, 1931년 중일전쟁 이후 중국이 전면적인 항일전쟁에 들어가면서 항일 유격 근거지에서 주로 등장한 항일혁명문학이다. 특히 항일유격

---

7) 조성일·권철 외,『중국조선족문학통사』, 이회, 1997, 99쪽. 참고.
8) 조선족의 구비문학에 대한 자세한 연구는 소재영·김동훈 외,『연변지역 조선족 문학연구』, 숭실대학교 출판부, 1992. 참고.

대에 의한 항일혁명가요는 그 시적 함축성과 예술성은 부족할지라도, 일제에 저항하는 조중 민족간의 단합과 투쟁에서의 통일성을 강조함으로써, 조선족 문학이 중국에 거주하고 있는 여타 소수 민족의 문학과는 다른 독자적 특성을 갖게 된다. 그리고 이러한 혁명가요의 전통은 이후 유행되는 연변 가요의 창작적 기초를 마련한다.

그리고 항일유격구 내의 대중적인 정치 선전의 주요한 문화적 수단이었던 연극 역시 항일혁명문학의 주요한 장르 중의 하나다. 예컨대 연변 학자들이 발굴해낸『혈해지창』은 바로 1930년대 후반기 연변의 항일근거지에서 창작, 상연된 조선족 연극 가운데 구전된 형태로 남아 있는 작품이다. 이는 당시 유격구 군민들을 항일에 궐기시키는 대중적인 정치선전과 문화 사업의 유력한 무기로 활용되었다. 특히 길림성은 김일성을 위시로 하는 항일 빨치산이 중국인들과 함께 공동으로 일제에 대항하여 싸웠던 전적지이기에, 최근 들어 연변대학이나 연변 문학예술연구소 등의 학술연구 기구와 많은 학자들이, 이들 항일혁명시가, 항일설화, 연극 문학들을 수집하는 것을 주요한 과제로 삼아, 이를 조선족 문학의 전통 안에 정립 시키고자 하는 연구들이 진행되고 있다.9)

둘째는, 당시 조선에서 중국으로 옮겨 와 재만 이민들의 문학 활동을 주도한 강경애, 박화성, 안수길, 박영준, 김조규, 박팔양, 현경준, 황건, 함형수 등의 문학이다. 이들은 1933년 용정에서『북향회』등의 문학동인 단체를 결성하여 1935년 동인지『북향』을 발간하기도 한다. 그리고『간도일보』,『만선일보』등을 통해 문학작품을 발표하면서,『싹트는 대지』(1941년),『만주시인집』(1942년),『재만조선시인집』(1942년) 등의 작품집을 상재한다.10) 이들 중 소설문학의 경우는 대체로 민족의식을 강렬히 드러내고 식민지 현실 및 간도의 현실적 모순을 비판, 고발하는 등 비판적 사실주의를 지향한다. 물론 안수길

---

9) 설성경 외, 「통일 한국문학의 진로와 세계화 방안 연구 (Ⅱ)」,『동방학지』103, 연세대학교 국학연구원, 1999, 3, 555쪽.
10) 이에 대한 국내의 기존 연구들로는 대표적으로 오양호,『한국문학과 간도』(문예출판사, 1988), 채훈의『재만한국문학연구』(깊은샘, 1990) 등이 있다.

같은 이는 이주민의 고난의 역정을 사실주의적으로 반영하고 있기는 하지만, 현실적 모순과의 투쟁을 회피하며 모호한 민족주의를 드러내고 심지어는 일부 작품에서는 노골적으로 친일적 성향을 드러내는[11] 한계도 안고 있다.

한편 시작품들은 항일혁명시가와 같은 전투적 성격을 드러내고 있지는 않지만, 나라를 잃고 유리하는 민족의 실향 비극을 노래하는 이른바 망향문학의 특징을 보여 준다. 특히 이들 시는 40년대 전반기 조선 본토의 시단이 거의 침묵에 잠겨 시적 공백의 위기에 직면한 시점에, 그 공백을 메우고 있다는 점에서 문학적 가치와 문학사적 의의를 가진다.[12] 그리하여 국내 학계 일각에서는 1940∼1945년 기간의 한국문학사는 간도 중심의 이른바 '대륙문학'으로 씌여져야 한다는 주장이 제기되고 있을 정도다.[13]

셋째는, 이미 1930년대 이전 중국으로 이주하여 정착 생활을 하면서 중국에서 성장하여 작품 활동을 전개한 김창걸, 리욱 등의 문학이다. 그 중 김창걸은, 1936년부터 1943년까지 처녀작 「무빈골의 전설」을 비롯한 20여편의 단편소설을 발표한다. 그의 단편소설은 이주민으로서의 작가의 생생한 체험을 바탕으로 사실주의적 창작 방법에 의해 20세기 초엽부터 당대에 이르기까지 계급적 차별과 민족적 차별에 시달리는 조선족 민중들의 비참한 생활상을 핍진하게 묘사한다. 더욱이 그의 작품은 이러한 사실에 대한 핍진성을 넘어 당대의 어두운 현실을 극복코자 하는 조선족 민중들의 투쟁 및 염원을 그리고 있다. 예컨대 그의 대표작 중의 하나인 「두번째 고향」(1938년)은 간도로 이주해오게 된 조선 빈농들의 현실뿐만 아니라, 주인공이 1919년의 3·13 만세 사건을 계기로 독립군(홍범도 부대)에 가담하게 되는 이야기, 「소표」(1937년)에는 역시 주인공이 재만 한인으로서 항일유격활동에 참가하는 이야기를 다루고 있다.

리욱은 조선족이 낳은 실제의 첫 시인이라고 말할 수 있는데, 그는 1920년

---

11) 리광일, 「안수길의 『북향보』에서의 『북향정신』을 론함」, 『문학과예술』75, 1993, 1-2, 53쪽.
12) 리해산, 「우환―비극의식의 산성」, 『문학과예술』, 1995, 4, 70쪽.
13) 임연, 「호황기에 들어서는 대륙문학」, 『비평문학』7, 1993, 40쪽.

대부터 이미 시 창작을 시작하여, 30년대 들어서『만선일보』에 적잖은 시를 발표하고, 모국의『조광』에도 작품을 발표한다. 이후 그는 중국공화국 창건 이후에도 시작 활동을 지속함으로써 조선족 시문학의 입지를 마련한다. 그의 시세계는 조선족의 시 작품들 대개가 그러하듯이 조선족의 실향의식 또는 망향의식을 그려 민족적 색채를 짙게 드러냄과 더불어, 조선족이 중국 땅에 정착하는 과정을 그리며, 그들의 반봉건과 반제의 염원을 강렬하게 드러낸다.

2) 해방 이후~1970년대 중반의 조선족 문학

1945년 조국의 해방과 더불어 중국 내에서의 항일전쟁의 승리로 인하여, 조선족 민중 역시 식민통치에서 벗어나 해방을 맞게 된다. 더불어 1949년 사회주의 국가 중화인민공화국이 창건된 이후 조선족 역시 새로운 사회주의 체제 안으로 편입되면서 조선족 문학은 궁극적으로 사회주의 문학을 지향해 나가게 된다. 특히 해방 이후부터 1992년 한중 수교가 체결되기 이전까지 중국과 남한의 문화적 교류가 단절되어, 조선족 문학은 사회주의 국가였던 북한의 문학으로부터 일정한 영향을 받고 상대적으로 밀접한 관련을 갖는다.

한편 조선족 문학은 공화국 창건 이후부터는 해방 이전의 이민문학적 성격에서 벗어나, 중국에 고착된 문학14)으로서의 새로운 문학을 건설해나가게 된다. 그리하여 조선족 문학은 한국문학의 일부이기도 하지만, 중국 문학의 한 구성 부분으로서의 위치를 확보하는 특유의 이중성을 갖게 된다. 더욱이 1951년에는 조선 문예지『연변문예』(이후『아리랑』,『연변문학』으로 개칭)가 발간되며, 1956년에는 중국의 소수민족 지구에서는 제일 처음으로 중국작가협회 연변분회가 성립되어, 조선족 문학은 중국문학의 일부이면서, 한편으론 민족적 특성을 갖춘 독자성을 확보해나갈 수 있는 근거를 마련하게 된다.

공화국 창건 이후 중국은 전면적이고 대규모적인 사회주의 건설에 매진하게 되고 이러한 건설에 인민대중이 복무할 것을 요구함으로써, 문학도 이러한 새로운 사회에 대한 전망을 갖고 승리의 확신에 차서 전진하는 혁명적 낙

---

14) 조성일, 「중국조선족 당대문학 개관」,『문학과예술』, 1988, 5-6, 5쪽.

관주의를 취하게 된다. 그리하여 조선족 문학도 중국 공산당의 지도에 호응하여 1957년 시기까지 혁명적 사실주의 사조가 그 주류를 이루게 된다.

예컨대 시문학에서는 이 시기를 "송가시대"[15]라고 부를 정도로, 이상주의적 색채를 띠고 사회주의 건설에서 발현되는 인민대중의 노력적 투쟁, 즉 사회주의적 집단화의 길로 나아가는 고향의 건설에서 신념과 기상 또는 정신적 자세를 노래한다. 아울러 과거 항일투사들의 혁명적 영웅주의 및 현재 사회주의 조국으로의 중국, 당에 대한 충성 등이 시문학의 주요한 내용을 이룬다. 소설문학 역시 주로 단편소설을 중심으로 사회주의 시대의 새로운 인간형을 부각하는 작품들이 대량 창작된다.

이 시기의 문학은 혁명적 사실주의 조류 안에 놓여 있어, 대부분의 문학이 사회주의 사회가 계속 전진하는 사회이며 모든 것이 비상히 빠른 속도로 발전할 수 있는 조건이 갖추어져 있다는 정치·사회적 낙관주의에 젖어 있다. 당연히 이들 문학은 사회적 모순의 낙관적 해결에 치중한 나머지, 민주적인 사회주의 국가 건설을 위한 객관적이고 총체적인 현실의 인식 및 반성적 탐구를 애초에 차단시키고 있다. 따라서 이 시기에 형성된 사실주의는 기계적인 격식에 의해 규범화된 사실주의로서 1976년 개혁개방 이후에도 조선족 문학에 지속적인 영향력을 미치게 된다.[16] 그리고 문학비평에서도 그 목표가 대중을 정치적으로 동원하여 애국주의 군중문예 활동을 조직하는데 있었던 만큼 선동성을 띤 사설적인 것이 많았다.[17]

조선족 문학은 혁명적 사실주의의 강력한 자장 안에 놓여 있었음에도 불구하고, 1957년 이전까지는 나름대로 조선족 문학의 민족적 특성을 실현시키고자 했다. 예컨대 해방 이전부터 이미 시작 활동을 해왔던 리욱 등은 서정서사시의 장르를 개척하여, 조선족 과거의 역사로 눈을 돌려 조선족의 역사와 혁명 전통의 소재를 통해, 조선족 민중의 수난사와 투쟁사를 형상화한다. 그리

---

15) 위의 글, 6쪽.
16) 현동언, 「50년대 전반기 중국조선족소설의 심미적 형태 및 그 영향」, 『문학과예술』, 1994, 1-2, 참고.
17) 전성호, 「중국 조선족 당대문학평론 개관」, 『문학과예술』, 1995, 3, 14쪽.

고 이 시기 소설문학의 또 다른 한 흐름으로, 과거 조선족의 항일무장투쟁의 역사를 형상화하고자 하는 작품들이 등장한다. 그리하여 김학철의 『해란강아 말하라』(1954년)를 필두로 하여, 항일투쟁 회상기, 실화문학 등의 산문들이 활발하게 창작된다.

김학철의 경우, 『해란강아 말하라』를 발표하기에 앞서 이미 해방 직후 남한의 해방 공간에서 창작활동을 하기도 했었다. 그러나 이후 그는 북한을 거쳐 1951년 중국으로 이주해와 조선족 소설문학의 초석을 마련한다. 김학철은 초기에는 조선족 소설이 대부분 그 소재를 농촌 생활에서 구하고 있는 것과 달리, 노동자들의 생활에 초점을 맞춰 그들의 형상을 창조한다.[18] 특히 그의 문학의 주요한 특징은 당시 조선족 소설들 대개가 사회주의 건설의 긍정적 측면에만 초점을 맞추는데 반해, 긍정적 측면 뿐만 아니라, 그 부정적인 측면에도 대담한 비판을 드러낸다. 그리고 사회주의 예술의 일률적인 공식에 맞춰져 형상화된 인물이 아닌, 일정한 상황 속에서도 다양하게 반응하는 인물의 미묘한 심리들도 예리하게 형상화하고, 이를 해학적인 필치로 그려냄으로써 다른 작품들과 달리 형상화에서 생동감있는 특징을 드러낸다. 그러나 공식적인 사회주의 문학의 틀에서 벗어난, 즉 도식성으로부터 탈피코자 한 그의 문학 성향은 이후 오랜 동안 극좌파들로부터 탄압을 받는 빌미를 제공한다.

예컨대 1957년 "반우파 투쟁"을 계기로 문학이 완전히 사회·정치적 관계의 부산물 또는 도구로 전락하게 되면서, 조선족 문학의 민족적 특성은 중대한 도전을 받게 된다. 특히 반우파 투쟁과 더불어 이루어진 지방 민족주의를 반대하는 운동은, 민족문화 전통을 계승하며 민족 역사 제재를 취급한다든지, 민족정신과 민족감정을 표현하는 등 형식의 민족화 등을 꾀하고자 하는 노력들은 대대적인 비판을 받게 된다.[19]

그리하여 1957년부터 이후 문화대혁명을 거쳐 가면서 조선족 문학의 중견 작가들은 창작의 권리를 박탈당하고, 대신 정치로 예술을 대신하는 구호식의

---

18) 이하 김학철 작품에 대한 논의는, 박충록의 『김학철문학연구』(이회, 1996.) 참고.
19) 조성일·권철 외, 위의 책, 264쪽 참고.

작품들을 쓰는 작가들만이 창작 활동을 지속할 수 있게 된다. 가령 반우파 투쟁 이후 중국에서 이루어진 대약진 운동의 시기(1958~1960년)에 등장한 "신민가" 등의 양식은 사회주의 제도와 공산당을 가송하는 내용을 갖고 있는데, 이러한 시가들은 군중 창작운동, 집체창작이라는 관료주의적 방식에 따라 정치 개념과 구호로 엮어진 표어식 형태로 수량을 앞세워 대량 쏟아져 나오게 된다.

이러한 극좌적 흐름 속에서도 과거 항전회억록을 정리하는 바람을 타고 리근전의 장편 『범바위』(1962년), 황봉룡·박영일의 장막극 『장백의 아들』(1959년) 등이 예외적으로 조선족 문학의 성과를 보여 준다. 특히 『범바위』는 50년대의 『해란강아 말하라』에 이어 공화국 창건 이후 조선족 문단이 산출한 두번째 장편소설이다. 그러나 이 작품은 김학철의 작품과는 달리 시기상으로 중국 제3차 국내혁명전쟁 시기를 배경으로 하여, 조선족들이 중국 공산당의 지도 아래 한족들과 연대하여 국민당, 지주, 반민족적 인물들과 투쟁하여 승리하는 역사를 그린다. 특히 제3차 국내혁명전쟁 시기의 복잡다단한 사회계급적 관계, 혁명세력과 반혁명 세력간의 투쟁을 폭넓게 체현하면서, 중화인민공화국이 수립되어 나갈 수밖에 없는 역사적 필연성을 반영하고 있다.[20]

그러나 문화대혁명 시기에 이르러 즉 1966년 이후부터 1976년 사이, 조선족 문학은 절대 다수의 문인들이 투옥되거나, 이에 준하는 탄압을 받는 등, 유례없는 수난을 당하게 된다. 더불어 조선족 문학단체들이 해산되고 문학지가 폐간되면서 조선족 문학의 근거를 상실하게 된다. 그리고 중공 창건 이후 이루어진 조선족의 문학적 성과 특히 민족문학으로서의 성과가 전면 부정된다. 그리하여 민족적 특성을 드러낸 이전의 조선족 문학은 "자산계급적이고 봉건적이며 수정주의적인 것"[21]이라고 전면 부정당한다. 가령 조선족의 언어, 문화 활동을 민족문화 혈통론, 민족 분열주의 언어라는 이름 아래 매도당하면서, 조선족 문학은 절대적 침체 상태에 빠지게 된다.

---

20) 위의 책, 313쪽.
21) 전성호, 위의 글, 1995, 3, 18쪽.

3) 개혁개방 이후의 조선족 문학

1976년 4인방의 퇴각은 문화대혁명을 종결시킨다. 그리고 1978년에는 문화대혁명과 그 이전의 좌경적 오류를 비판하며, 개혁·개방 정책을 내세워 사회주의 현대화 건설을 선포한다. 이후 중국은 사회주의 정권 수립 이래 미증유의 개방과 개혁의 물결에 휩쓸리게 된다. 그리하여 문학의 경우, 그 기본적 틀은 분명히 당에서 조종하고 있고 관제의 고삐를 완전하게 풀지 않고는 있지만, 일단 문화혁명 시기의 문예독재를 매도하고 문학의 자유화, 예술화, 현대화를 강도있게 추진하게 된다.

이에 따라 조선족 문학도 새로운 전환기를 맞는다. 즉 문학이 정치적 종속으로부터 탈피하게 됨과 동시에, 그 동안 위축되었던 민족문학으로서의 독자적 고유성을 다시 확보할 입지를 마련하게 된다. 더불어 조선족의 경우, 중국 작가협회 연변분회가 회복, 확충되고 1979년 2월에 연변문화예술연구소가 창립되며, 이 시기 이후 연변 중심으로 이루어지던 조선족 문학이 흑룡강성, 료녕성, 북경 등 여러 개의 문학권을 무대로 확대함으로써 일대 비약기를 맞게 된다.[22]

그리하여 조선족 문학은 일단 이전의 사실주의적 방법과 정신을 복원하며, 대체로 기존의 전통적인 사실주의의 창작 원칙을 고수하지만, 중국 문학계의 새로운 조류에 호응하여, 현대 서구의 문예적 수법을 수용하면서 창작 방법이나 형식의 다양성을 추구하게 된다. 그리고 정치적 인간이 아닌 인간 그 자체에 대한 다양한 이해를 꾀하여 인간의 가치, 미묘한 심리 등을 탐색하는 등 내용 및 주제 면에서도 큰 변화를 드러낸다. 따라서 조선족 문학은 단일한 사회공리주의적 가치관의 속박에서 벗어나 심미적 가치를 비롯한 다원화의 가치관을 추구하게 된다.[23]

우선 문화혁명 직후 조선족 시문학은, 중국 한족 문학의 흐름에 발맞춰 타

---

22) 김문학, 「중국조선족당대문학비평」, 『문학과예술』, 1990, 1-2, 6쪽.
23) 조성일, 위의 글, 10쪽.

도된 4인방의 죄행을 고발하고 그들에 대한 승리를 노래하는 서정시들이 주를 이룬다. 그리고 문화대혁명이라는 역사적 비극에서 비롯된 정신적 상처에 대한 고발과 역사에 대한 반성을 다룬 '참회록적'24)인 작품들이 많이 등장한다. 소설문학 역시 시문학과 마찬가지로 4인방 퇴각 직후, 문화대혁명의 기간 가운데서 생긴 비극, 상처를 주로 그린다. 특히 문화대혁명이 인간들을 어떻게 부정적으로 변질시켰는가를 고발하는 작품들이 다수 등장한다. 가령 문혁 시기에 자행되었던 인간에 대한 폭력과 정치적 박해, 인간 관계의 파괴와 정신세계의 파탄, 그로 인한 인간성 상실 등을 다루고 있다. 그리고 80년대 들어서는 이와 관련된 반성문학 또는 반사(反思)문학이 등장한다. 상처문학이 과거의 상처를 그리되, 그 근본적 원인에 대한 고찰이 결여되어 있는 데 반해, 반성문학은 과거 1950년대의 반우파 운동 시기까지 거슬러 올라가 일련의 정치적 사건에 피해 받은 인간의 모습을 그리면서, 이를 매개로 좌경적 사조의 오류를 비판하며 문화대혁명에 대한 역사적 반성을 제기한다.

더불어 80년대 초반에는 조선족 문학 역시 한족문학과 마찬가지로 이른바 개혁문학의 일환으로 개혁과 개방의 물결 속에서 시대의 조류에 앞장선 개혁파들의 창업의 간난신고와 업적을 그린 가송식의 시 작품들이 등장한다. 특히 조선족 문학은 80년대 개혁의 물결에서 새로운 생활 — 즉 시장경제 — 로의 전환기에 처하여 고무되어 있는 조선족 농민의 모습들을 그린다. 가령 김철의 서정시는 개혁과 현대화의 과정에서 자기의 새로운 미래를 꿈꾸어 나가는 조선족 농민들의 낭만에 넘치는 생생한 모습을 그려낸다.25) 그리고 김성휘의 서정시들은 새로운 현대화의 시기에 처한 농민들의 개혁의 현실을 찬양하면서 한편으론 '고향의식'을 매개로 조선족 농민들의 향토적 정서를 환기시켜, 조선족 문학으로서의 고유성을 드러내기도 한다.

단편소설 분야에서도 역시 개혁과 개방 속에서 일어난 변화와 새로운 사상, 인물, 인간관계, 기풍을 반영한 작품들이 많이 창작된다. 그리고 일부 소설은 실화문학적 형태를 가미하여 개혁과 개발의 시기에 새롭게 부상하는 기

---

24) 조성일·권철 외, 위의 책, 416쪽.
25) 위의 책, 500쪽.

업가들을 형상화함으로써 또 다른 개혁문학의 성격을 보여 준다. 그러나 이
들 문학은 기본적으로 당의 권위를 손상시키지 않으면서 문혁 비판을 기초로
하여 개방파가 추진하던 사회주의 현대화 이데올로기를 훌륭하게 대변하는
기능을 했다는 점과 더불어 형식면에서 모범적 인물을 축으로 한 영웅서사,
낙관적 전망, 뚜렷한 이분법적 작품 전개 등 이전 문학의 창작규범에서 크게
벗어나지는 않고 있다.26)

　　그러나 개혁, 개방 이후 시장경제로의 전환에서 나타나게 되는 필연적인
부패한 현상에 대하여 고발하는 풍자문학도 적잖이 나타나니, 이는 중국 공
산당이 공식적으로는 사회주의 원칙을 견지하고 있음에도 불구하고 중국 사
회가 현실적으로는 자본주의로의 변화 도정에 놓여 있음을 보여 준다. 즉 틀
은 사회주의이지만, 내용은 자유주의 시장경제의 형태를 띤 중국 사회의 복
잡한 현실을 반영하고 있는 셈이다.

　　또한 새로운 시기에 처한 조선족의 민족적 특성 및 그 결함들을 새롭게 비
판, 성찰하는 문학들이 등장한다. 그리하여 중국 안에 위치한 조선족의 민족
적 실체에 대한 지속적인 반성 및 재인식 또 민족의 현실 상황에 대한 비판적
인 사고 등을 통해 중국 내에 위치한 조선족으로서의 정체성을 묻는 작품들
도 등장한다. 이와 관련되어 림원춘의 『몽당치마』(1985년)같은 작품의 경우
는 조선족의 친척관계와 그들의 혼례, 회갑잔치 등의 사건 설정을 통해 새로
운 시기에 변화하는 인간관계와 인정세태의 모습을 다루고 있다.27) '동불사
댁'이라는 한 조선족 여인의 형상을 통하여 조선족 여인의 전통적인 미덕을
그리고 이와 아울러 중국 조선족 풍속과 인정기미를 세밀하게 그려 민족적
정서를 환기시킨다.

　　한편 이 시기 조선족 시문학에서는 장편서사시와 서정서사시의 창작도 활
발하게 이루어진다. 김철의 『새별전』(1980년), 김성휘의 『장백산아 이야기 하
라』(1979년) 등은 역시 종전 문학의 계급적 관점을 기조로 하고 있지만, 과거

---

26) 이욱연, 「문학으로 가는 먼 길―신중국 50년의 문학」, 『황해문화』, 1999, 가을, 61
　　쪽.
27) 이하 「몽당치마」의 자세한 설명은 조성일・권철, 위의 책, 446쪽 참고.

와 달리 서사적 틀에 서정적인 색채를 가미하고 전통적인 가사와 민요의 운율을 이용하여, 과거 조선족 민중들이 항일투사로 성장해나가는 과정를 그린다. 예컨대『새별전』은 조선족의 전통적인 설화를 바탕으로 하여 주인공 새별이와 장수의 사랑 이야기를 통하여 봉건 사회의 계급적 차별과 이에 대항하는 농민계급의 반항 정신을 담고 있다.『장백산아 이야기 하라』는 1930년대 항일무장 투쟁 시기, 장백산 항일 근거지를 무대로 일제에 대항하는 조선족의 투쟁을 다루고 있다. 이 작품 역시 조선어의 특장과 향토적인 시어들을 구사하여 민족문학으로서의 조선족 문학의 고유성을 드러낸다.

장편소설에서도 종전의 사실주의적 창작 전통을 바탕으로, 이근전의『고난의 연대』(1982년), 김학철의『격정시대』(1986년) 등이 발표돼, 조선족 100년의 역사를 형상적으로 다루면서 민족의식의 각성을 환기시킨다.『격정시대』는 전기문학 또는 성장문학의 외형을 갖추고, 1920년대부터 1940년대 초엽을 시대 배경으로 한 소년이 민족의식에 눈뜨고 민족 해방투쟁의 최전선인 중국에 와서 일제와 싸우는 전사가 되고 나중에는 공산주의자로 성장하는 역정을 생동감있게 보여준다.『고난의 연대』는 청조 말기로부터 1945년까지 반봉건, 반제 투쟁에 나섰던 조선족 민중의 투쟁을 서사적 화폭으로 그려낸다. 특히 이 작품은 이민문학적 성격을 띤 안수길의『북간도』와는 달리, 민족의 수난사라는 측면 보다는 민족의 투쟁사에 역점을 두고, 또 민족적 각도라기 보다는 계급적 분석의 각도에서 인물을 부각시키고 있다.

그러나『고난의 연대』에 나오는 반제, 반봉건 투쟁의 전위에 선 조선족 인민의 형상이 그 시대를 토대로 하기 보다는 현재적 관점에서 작위적으로 조종되고 있는 감이 없지 않아, 역사소설로서의 객관적 역사의식의 확보에 실패하는 일면도 있다. 그러나 근자에 최홍일의『눈물젖은 두만강』(1993년) 같은 작품은 이근전의 계급적 관점을 유지하면서도, 당대 현실에 대한 사실적 묘사들을 토대로 초기 이민사를 좀더 사실에 가깝게 그려내는 성과도 보여주고 있다.

이와 같이 개혁·개방 이후 조선족 문학은 이전과 달리 다양한 주제 및 내용을 표출한다. 물론 조선족 문학은 서구의 모더니즘적 사조를 전격 수용한 한족 일부의 문학, 가령 80년대 중반의 '선봉문학' 등과 같이 작품에서 자아의 개성을 극단적으로 강조한다든지, 또는 시문학 내에서 다의성, 상징성, 몽롱미 등을 추구하는 등의 극단적인 형식의 실험은 적극적으로 드러내지는 않는다. 그러나 80년대 후반으로 갈수록 조선족 소설문학의 경우, 종래의 사실주의 소설의 전형화 수법이 배제된 채, 인간 삶의 부정적 현실에 대한 자연주의적 묘사를 드러내, 보통 사람들의 비참한 고난상을 그리는 작품들이 다수 출현하게 된다.

즉 80년대 후반 들어서서는 개방 직후 등장한 상처문학, 반성문학들이 점차 그 생기를 잃어가면서, 또 그것이 어차피 종래의 전통적 소설 창작 방법에 의존했다는 점에서, "신사실주의"라는 새로운 창작방식을 모색한다. 신사실주의는 사실에 대한 자연주의적인 충분한 개방과 함께 현대주의적인 다양한 기교를 주장한다.28) 구체적인 한 예를 들자면, 정치적 주제가 돌출하는 것을 피하고, 시대와 사회 속에 놓인 인간들의 생존 현실을 그대로 전시화 하는 것으로, 소설에 등장하는 인물들은 일정한 사회의 주요 모순이나 이념을 대표한다기 보다는, 비영웅적인 평민의 의식을 대변하면서, 그 인물의 개체적 측면의 형상화를 중시 여긴다.29)

이러한 새로운 소설 형식의 출현은 80년대로 넘어가면서 문단에로 신진 문인들의 본격 진출이 이루어지며 조선족 문단의 세대교체가 이루어진 데도 기인한다. 그리하여 조선족 소설은 과거 혁명적 낭만주의에서 보여 주던 낙관주의와는 달리 상품경제의 충격과 그로 인해 빚어지는 부패한 일상적 삶, 그리고 그 안에 놓인 인물들의 비관적 색채와 암울한 정서가 그 주조를 이룬다. 중국의 평론가들은 이러한 조류를 '잿빛 리얼리즘'이라고도 부르는데30), 이는 이른바 자본주의 사회의 진행 과정과 함께 발생된 비판적 사실주의의 경향과 그 색조를 같이 한다. 그런데 이들 문학이 그 동안 회피해왔던 중국 사회 내

---

28) 조일남, 「<신사실주의>의 <사실>과 우리소설의 경우」, 『문학과예술』, 1993, 1-2, 28쪽.

29) 리광일, 「리해선 소설에서의 신사실주의 경향」, 『문학과예술』, 1993, 11-12, 23~24쪽 참고.

30) 이욱연, 위의 글, 67쪽.

의 부조리 등의 문제를 폭로하고 있기는 하지만, 그러나 그 문제를 다분히 선인, 악인이라는 이분법적 설정 하에 개인의 도덕적 차원에서 접근함으로써 비판적 사실주의가 갖는 부정적 전망에 이르지는 못하고 있다.

또 한편으로는 적극적인 것은 아니지만, 서구의 '의식의 흐름' 수법, 상징파, 사무엘 베케트 또는 카프카의 이른바 '황당소설'의 수법 등이 도입되기도 한다. 그리하여 소설의 시화(詩化) 현상들도 나타나, 이야기 중심의 소설이 아닌 인간의 내면적 자아가 중심이 되는 소설 혹은 자유분방한 연상, 환상이 등장하는 등 상징성이 강한 소설들이 창작되기도 한다. 이러한 경향은 종래의 소설이 극좌적 개념화, 도식화의 틀 안에 갇혀 있던 것에 비하면 놀라울 정도의 변화로 볼 수 있다. 그리고 이전에는 찾아볼 수 없는 황당하고 기형적인 것, 변태적, 야수적, 잔혹한 것 등 추한 것의 형상이 소설문학에서 상당한 자리를 차지하면서, 작가들은 이러한 것들을 통해 일종의 반항과 경멸의 쾌감을 드러낸다.[31]

그리고 조선족 소설 중 일각에서는 위의 신사실주의와는 방향을 약간 달리하여, 새로운 주제 또는 소재의 돌파구로 인간의 세속 생활과 치정 관계에 대한 묘사를 기본으로 하는 통속문학에서도 그 출로를 찾고 있다.[32] 이는 개방 이후 중국 사회를 지배하는 상품화의 논리에 문학 역시 편입되고 있는 현상을 보여 주고 있는 셈이다. 이와 더불어 실화소설 등 전기소설 등의 통속문학이 활발하게 이뤄지는 것 역시 개혁개방 이후 상품경제의 논리을 따르는 조선족 문학계의 변화되는 현실을 반영하는 것으로 얘기할 수 있다. 물론 일각에서는 이러한 현대소설 창작방법의 무절제한 도입을 비판하며, 종래의 전통소설에서 다뤄지던·지도적, 영웅적 인물에 대한 관심을 촉구하는 흐름도 있기는 하다.[33]

---

31) 오상순, 「새로운 역사시기 중국 조선족 문단의 소설창작 실태」, 한국문학연구회, 『현대문학의 연구』4, 1993, 304~305쪽.

32) 김봉웅, 「모대기고 있는 소설문단」, 『문학과예술』, 1987, 7-8, 27쪽.

33) 「중국 조선족 문단에 나타난 현대소설의 실태와 전망」, 『문학과예술』, 1991, 7-8, 36쪽.

4) 조선족 문학의 현황과 향후 전망

20세기 초반 망명문학 또는 이민문학으로 출발했던 조선족 문학은 중화인
민공화국 창건 이후 거듭되는 정치적 변화 과정에서 많은 우여곡절을 겪었지
만, 중국문학의 한 구성 부분이면서 동시에 민족문학으로서의 독자적 성격을
드러내며 발전해 왔다. 그럼에도 불구하고 1949년 공화국 창건 이후 조선족
문학은, 1978년 중국 사회주의 정권이 개혁 개방 정책을 선포하기 이전까지,
기본적으로 중국 공산당의 문예정책에 따라 사회주의 사실주의를 그 중요한
창작 방식으로 하며, 일정한 정치적, 이념적 족쇄에 묶여 있었음은 부인할 수
없다.

그런데 조선족 문학은 개혁개방 이후, 특히 90년대 중국 사회가 본격적인
시장경제로 전환하기 시작한 이후 새로운 상황들에 직면하게 된다. 예컨대
그 변화된 상황의 긍정적 측면으로는 이전 조선족 문학이 정치적 도식주의에
묶여 침체 상태에 빠져 있었던 데 반해, 개방 이후 서구의 다양한 문예사조가
수용되고 자유로운 창작의 여건이 마련되어 이념적 구속으로부터 벗어나 외
견상 창작상의 새로운 부흥기를 맞이하고 있다는 점이다.

그리고 조선족 사회는 현재 농경문화권에서 도시문화권으로 전환하는 과
도시기[34]에 처하면서, 조선족 공동체의 지정학적 기반이었던 농촌의 붕괴 또
는 해체 현상이 일어나고 있다. 이에 따라 조선족 문학 역시 농경사회의 봉건
적 또는 농본적인 성격에서 탈피하여, 개방의 물결을 타고 서구의 진보적 문
화 또는 도시문화들을 수용하여 그 성격들이 크게 바뀌어 가고 있다. 물론 조
선족 문학계에서는 서구의 도시문학을 부르주아적 퇴폐주의로 간주하여 부
정적으로 보는 시각도 있다. 그러나 일각에서는 현금 향후 조선족의 삶의 현
실의 출로를 도시가 아닌 농경사회에서 모색코자 하는 작품들을 구태의연한
것으로 비판하면서[35], 조선족 문학의 이른바 도시문학, 인생문학, 정예문학

---

34) 전성호, 「중국조선족 당대문학 개관」, 14쪽.
35) 김월성, 「시장경제와 우리 민족의 의식구조」, 『문학과예술』, 1993, 11-12. 참고.

으로의 변화를 추구하고 있다.

반면 중국이 사회주의 현대화를 내걸고 상품경제 또는 시장경제를 본격 도입하고36), 더불어 1990년대 이후 정보화·세계화의 조류를 적극 수용하여 전지구적 자본주의와 연계되면서, 자본 시대의 도래와 소비사회의 급격한 확산 때문에 지식인·작가들은 극심한 사회 변화의 충격 속에 놓여 있다. 예컨대 조선족들은 경제적 이해를 좇아 동부 연해지구로의 진출이 급속하게 증가되고 있으며37), 농민들은 경농(輕農)사상의 영향으로 농촌을 버리고 도시로 들어와 취업을 하여 연길시 인구가 1980년 16만 명에서 94년 34만명으로 배 이상 증가하는 등, 농촌 인구의 도시로의 유동이 급격하게 심화되고 있다.38) 이러한 변화는 조선족 사회에 배금주의, 금전만능 사상을 조장하고, 그렇게 함으로써 대중들을 부패한 자본주의 문화에 빠져 들게 하고 있다.

특히 이전 중국 사회주의의 약속이었던 사회평등과 분배균등의 실현, 인간해방과 민주적 사회정치 환경의 조성이라는 이념적 성격이 점차로 약화되어 가고, 대신 빈부격차와 분배를 왜곡하는 성장 지상주의가 현 중국사회를 지배하면서, 지금까지 문학이 견지하고 있던 특수한 지위, 즉 정치를 대신하는 문학, 문화 중의 문화로서의 문학의 지위가 위협을 받고 있다. 그리하여 작가들의 경우 아예 붓을 꺾거나, 아니면 상품화의 논리에 빠져들어, 이른바 본격 문학의 쇠퇴 및 위기가 초래되고 있는 부정적 측면도 있다.

즉 현재 조선족 사회는 상품경제 혹은 자유시장경제의 소용돌이 안에 놓여 있고, 조선족 문학 역시 상품화의 논리에 휘말리면서 문학의 위기들이 자주 언급되고 있는 형편이다. 가령 90년대 들어 수필, 특히 실화문학 등이 뚜렷이 부상하고 있는데, 그것이 문학의 범주를 넓혀 주었다는 긍정적 측면도 있지만, 바로 문학 역시 시장경제의 활성화에 따라 상품의 논리 안에 움직이고 있음을 보여 주고 있다. 실제로 이전의 실화문학이 사회, 정치적 의미에서 선진

---

36) 이에 대한 자세한 실정은 림금숙, 「개혁개방 이래 조선족의 개인경제와 사영기업의 발전」, 『당대중국조선족연구』, 집문당, 1995. 참고.
37) 이러한 상황을 조선족 사회에서는 "바다에 뛰어 들고 있다"라는 표현으로 왕왕 비유하고 있다.
38) 박창욱, 「중국 조선족 어디로 가고 있는가」, 『역사비평』, 1996, 여름, 104쪽.

인물, 모범인물, 우수인물을 다루는 것과 달리, 최근은 기업가 등의 사적을 정리하는 실화[39]가 그 주종을 이루고 있는 추세인데, 이는 자본주의 시장경제로의 전환에 처한 중국의 현실을 여실히 반영하고 있는 셈이다.

그런데 문학의 상품화 경향은 이미 선발 자본주의 국가에서 나타났던 현상으로, 조선족 문학은 시기상의 차이만 있을 뿐, 개발독재 시기 남한문학이 이미 겪어 왔던 문제들을 현 시점에서 맞고 있는 셈이다. 그러나 문학은 자본주의가 인간을 어떻게 상품화하고 물질화시키고 소외시키는가를 드러내, 끈질기게 자본주의 체제의 부정성을 폭로하고 비판해왔음을 주목해야 한다. 특히 조선족 문학은 종래 자신이 갖고 있던 순결한 진보적 문학 전통을 자본주의 사회 속에서 이윤의 논리에 저항하는 마지막 거점으로 활용할 수 있을 것이다. 따라서 현금의 조선족 문학은 뒤늦게 밀어닥친 자본의 논리와 투쟁하면서도 문화 시장에 진출하여 문학이 자기의 가치를 어떻게 창조해낼 수 있는가의 지난한 모색이 요구된다고 할 수 있다. 예컨대 문예정책적인 측면에서 볼 때는 문학이 시장경제에 어떻게 적응될 수 있는가의 문제를 모색할 수 있어야 함과 동시에 시장경제로 대변되는 자본주의 체제의 부정성을 어떻게 도덕적으로 혹은 비판적으로 대처할 수 있는가를 모색해야 하는 것이다.

한편 조선족 문학은 다양한 서구의 문학을 수용하여 창작상의 여러 변화를 꾀하고 있지만, 일부에서는 서구와 일본의 현대주의를 막연하게 추종하는 일면도 있다. 또는 서구 사조를 받아들인 한족 작품에 기생하거나 한낱 그것을 모방하는 시도에서 그치고 있는 현상도 나타난다. 따라서 새로운 사조의 껍질만 얻어내고 있을 뿐, 오히려 이전 조선족 문학의 장점이기도 했던 민족 정신 및 민족적 정서 혹은 조선족 민중의 끈질긴 생명력 등의 고유한 특성을 상실해나가는 일면도 없지 않아 있다.

심지어 문학 상품화의 논리에 따라 이루어지는 통속문학의 경우조차 조선족 자신의 창작이 아닌, 외국 통속문학의 번역물이 주종을 이루고 있기도 하다. 이는 개방 이후 외국의 문학들이 유입되지만, 그러한 것들이 학술적 차원

---

39) 「시장경제와 우리문단」, 『문학과예술』, 1997, 3, 5쪽.

에서의 검토가 이루어질 수 있는 토대가 제대로 갖춰 있지 않은 데 기인한다. 가령 최근 창작상의 다양한 변화를 시도하는 작품이 발표될 지라도, 이를 평가하는 관점은 기존의 도식적 사실주의에 입각한 반영론의 원칙으로부터 크게 벗어나지 못하고 있는 형편이다. 따라서 조선족 문학 연구자, 비평가들은 종래의 마르크수주의적 문예관을 견지할지라도, 국제화의 흐름 속에서 중심부의 다양한 비평이론을 비판적으로 수용하면서, 주변부의 자산으로 삼는 자세가 필요하다.

그런데 조선족 문학이 중국 한족 문학에 비하여 외국문학을 본격적으로 수용하지 못하고 있고 또 그로 인하여 창작상의 새롭고 다양한 결실을 이루어내지도 못하며, 오히려 종래의 전통적인 방식을 그 창작의 대세로 하고 있다는 점을 꼭 부정적인 것만으로 볼 수는 없다. 물론 이러한 모습들이 조선족 문학이 급변하는 현실에 대한 그 대처가 기민하지 못함을 반영하기도 하며, 과거의 정치 도구 혹은 계급투쟁의 무기로서의 문학이라는 좌경적 속박에서 완전히 해방되지 못했음을 보여주는 것이기는 하다.

그러나 오히려 이러한 점은 조선족문학이 시장경제 즉 인간을 상품화하고 물질화시키고 소외시키는 엄연한 현실 속에서 인간의 삶의 현실에 관한 깊은 통찰을 드러낼 수 있는 여지를 간직하고 있음을 시사해준다. 따라서 조선족 문학은 자신의 고유한 정체성을 쉽사리 포기하지 않으면서 외국문학에 대한 비판적 수용을 꾀할 여지가 있다. 예컨대 서구문화가 갖고 있는 부정적 측면, 관념성이라든지 퇴폐성 및 상업성을 비판적으로 따져, 서구로부터 진정 필요하지 않은 문화가 일방적으로 유입되어 서구 문화에 편입 또는 종속될 수 있는 가능성을 차단할 수 있다.

따라서 조선족 문학은 오히려 종래의 유구한 민족문학적 전통을 다시 복원해야 한다. 특히 중국 근대 역사를 매개로 벌였던 치열한 반봉건·반외세의 진보적 문학 전통을 민족문학적 전통과 어떻게 결합시켜 지속적으로 전개시켜 나갈 수 있는가를 모색해야 한다. 이는 아직도 분단의 질곡으로부터 헤어나오지 못하고 민족 문제의 해결을 이루지 못하고 있는 모국 문학의 자양분으로 활용될 수 있을 것이다. 더 나아가 이러한 모색이야말로, 조선족 문학이 세계문화 속에 발전적으로 참여할 수 있는 길이기도 하다.

2. 재일 동포의 문학예술의 현황과 창작 방향

1) 머리말

넓은 의미에서 본다면, 재일 한국인 문학의 역사는 개화기 초기부터 시작되어 오늘에 이르고 있다고 할 수 있다.[40] 그러나 이 '재일 한국인 문학'이라는 용어 속에서, 일본에 단기 체류하는 상태에서 문학활동을 전개했던 개화기 및 식민지시대의 유학생 문인들을 제외하고, 두번째로 일본어 창작 행위를 제외한다면, 아무래도 본격적인 의미의 재일 한국인 문학은 해방 후부터 오늘에 이르기까지 세대를 거듭하면서 일본에서 장기 거주를 하고 있는 재일 한국인들에 의해 창작·소비된 한국어문학을 그 중심대상에 넣을 수밖에 없다.

그런데 재일 한국인들에 의해 창작된 한국어 문학[41]은 그 사용 언어나 창작과 소비의 주체, 창작 이념과 목표 등에서 매우 뚜렷한 특성을 갖고 있다. 우선 사용언어 및 창작·소비의 주체라는 면에서 보면, 재일 한국인 작가 중에서 한국어로 창작을 하는 작가들은 거의 대부분이 총련(재일본 조선인 총연합회), 더 구체적으로 말하자면 총련 산하 재일본 조선문학 예술가동맹에 소속되어 있는 작가들이라는 특징을 갖고 있다. 이를 소비하는 독자층 역시도 넓다고 하기는 어렵다. 대부분의 작품집들이 문예출판사 등 평양 소재의 출판사에서 출판되고 있으며 총련계 소속 한국인들을 대상으로 판매·배포

---

40) 개화기 유학생 이수정의 성서번역, 유길준의 「서유견문」 집필, 1910년대의 『학지광』 등 유학생 문학활동, 이인직과 이광수의 일어 소설 등이 초창기 활동에 해당된다. 이들을 포함한 식민지시대 재일 한국인들의 문학 활동에 관한 본격적인 통사적 논의는 임전혜, 『日本における 朝鮮人の文學の歷史』(法政大學出版部, 1994) 참조.

41) 재일 한국인이 한국어로 쓴 문학 현상은 앞으로 '재일한국어 문학'으로 통칭하기로 한다.

되고 있는 것이 현실이기 때문이다.

이것은 우선 재일 한국어 문학이 서 있는 기반 자체가, 자본주의 체제 내에 일반적으로 존재하는 문학 현상과는 매우 다른 특성을 갖고 있다는 점을 의미한다. 단언을 내리는 것은 삼가고 싶지만, 대체로 총련계 작가들의 문학활동은 북한 체제와 밀접한 관련성을 갖고 있는 총련 및 그 산하조직인 재일본 조선문학 예술동맹과 조직적인 관련 하에 이루어지고 있는 특성이 강한 것이 아닌가 판단케 하는 면모를 보여준다. 실제 검토과정에서도 드러나겠지만, 재일 한국어 문학 작품 상당수는 북한에서 생산되고 소비되는 문학작품들과 유사한 측면을 여러 가지 면에서 보여준다.

이런 현상은 재일 한국인들의 일반적인 언어 사용 문제와도 직결되어 있는 것으로 보인다. 일반적으로 재일 한국인 중에서 한국어를 본격적으로 공부·습득하고 이를 생활 공간에서 활용하는 언어 관습을 유지하고 있거나 혹은 의식적으로 노력하고 있는 한국인들은, 대개 총련에 소속되어 있거나 이 문화와 근접한 관계를 유지하고 있는 한국인들이 많은 것으로 알려져 있다. 민단 소속의 한국인들이나 작가들이 이런 면에서 현격한 차이점을 보여주는 것은 물론이다. 이것은 재일 한국인 2·3세들에 대한 민족교육과 관련하여 총련계와 민단계가 현격한 차이를 보여온 재일 한국인 역사의 특수성 문제와도 밀접한 관련이 있으며42), 또 한편으로는 재일 한국인의 자기 정체성 획득 문제와도 직접적으로 관련되어 있는 문제이기도 하다.

또 한편으로 이러한 문제들은 그대로 재일 한국어 문학이 지향하는 이념이나 정치적성격을 규정하는 특징으로도 작용하고 있다. 이들의 문학은 총련이

---

42) 해방 후 재일 한국인들에 대한 민족교육 문제, 특히 한국어 교육 문제에 적극적으로 임한 것은 총련 조직이었다. 총련에서는 해방 직후부터 국어강습소를 일본 전역에 세워 한국어를 교육하기 시작하여 68년 조선대학 인가를 받는 등, 일본에서의 한국인 민족교육 문제에 매우 적극적인 정책을 취해나갔다. 물론 민족교육의 최초의 동기가 귀국에 대비한 언어교육에 있었으며, 또한 북한의 대규모 지원이 있었다고는 하나, 총련이 일본 정부와 지속적인 투쟁을 벌이면서 민족교육 방면에서 커다란 성과를 일궈온 점은 재일 한국인 교육사에서 기록될 만한 점이라 하겠다. 재일 한국인 교육의 역사에 대한 전문서로는 오자와 유사쿠(이충호 역),『재일조선인 교육의 역사』(혜안, 1999) 참조.

지향하는 정치·사회·문화적 목표를 표방하는 성향이 강하다.

따라서 재일 한국어 문학의 특징을 파악하기 위해서는 그 개별 작가와 작품을 분석해가는 것도 중요하겠으나 재일 한국인들의 문학활동이 총련 조직의 활동과 관련성이 깊다는 점을 고려해 볼 때, 총련의 정치문화적 목표를 알아보는 것도 유효한 방법의 하나가 될 수 있다고 본다. 이런 점에 의거해서 여기에서는 우선 총련의 성격과 활동 지침 등을 알아본 후 개별 작품들을 주제별로 검토해 보기로 한다.

2) 재일 한국어 문학 창작의 기본 지침

총련계 중심으로 이루어지고 있는 재일 한국어 문학활동의 성격을 파악하기 위해서 필요한 작업은 물론 이 문학활동을 뒷받침하고 있는, 총련 산하 조직인 '재일조선문학예술가동맹'의 창작 지침이나 활동 원리 등을 분석하는 일일 것이다. 그러나 재일 조선문학 예술가동맹의 활동과 관련된 자료의 정리는 현재 상태로서는 아직 크게 기대하기 어렵다. 이런 문제가 있기 때문에 이 방면에 관한 상세한 검토는 현재 상태로는 어려운 상황이다. 그 대신에 제시 가능한 자료가 동맹의 상위조직인 총련의 활동 지침과 관련된 자료다. 재일 한국어 문학이 지향하는 이념적 목표를 파악하는 데 있어서, 특히 조직적 성격이 상당히 강한 것으로 보이는 재일 한국어 문학의 성향을 파악하는 데 있어서 도움이 되는 면이 있다고 판단되기 때문이다. 이러한 총련의 활동 지침은 개별 작품들 속에서 거의 완전한 형태로 형상화되고 있기도 하다.

우선 총련이 제시한 '총련의 성격'에 대해 보기로 한다.

① 총련은 공화국의 해외공민단체
　조선민주주의인민공화국을 지지하고 공화국정부의 지도사상인 주체
　사상을 지도리념으로 하는 공화국의 해외공민단체입니다.
② 각계각층을 망라한 대중단체 …… 중략 ……
③ 조국통일과 권리옹호를 위하여 활동하는 단체
　조국의 자주적 평화통일의 실현을 기본 사명으로 「중략」 하나의 국

가, 하나의 민족, 두 개 제도, 두 개 정부에 의한 련방제 통일을 주장
합니다.
일본정부의 온갖 민족적 차별정책을 반대하고 재일동포들의 생활과
권리를 지키는 것을 자기의 의무로 간주하여 민족교육의 권리를 비
롯한 제반 민주주의적 민족권리를 옹호하는 운동도 활발히 벌이고
있습니다. 재일외국인의 <지방참정권>획득에는 반대합니다.
자주, 평화, 친선의 리념에 따라 일본사람들을 비롯한 세계 각국 인
민들과의 우호와 친선을 강화하기 위하여 힘쓰고 있습니다.43)

　제1항은 총련계 소속 한국인들의 민족적 정체성과 관련된 규정 내용으로
보인다. 위에 보는 바와 같이, 총련을 조선민주주의인민공화국의 해외공민
단체라고 규정하고 있다. 이를 개별적 차원에서 바꿔 말하자면 총련계 한국
인들은 북한, 즉 조선민주주의인민공화국 국민으로서 해외에서 거주하는 이
들이라는 말에 해당한다. 이런 식의 규정은 민단계 한국인이 대한민국의 해
외공민이라는 민단측의 규정 내용과 다른 데가 없는 것이나, 재일 한국인의
일상 차원의 생활 실감 차원을 고려해 본다고 할 때, 이러한 규정은 상당한
순기능을 발휘하고 있는 것으로 보인다. 재일 한국인들이 안고 있는 가장 큰
문제인 동시에 개별 문학 작품의 주제 중에서 가장 큰 비중을 차지하고 있는
것으로 보이는 민족차별 문제, 거기에서 오는 그 심리적 억압과 고통의 해소
와 관련하여 이러한 규정에 의거한 자기의식이 상당한 치료적 기능을 담당할
수 있다는 의미에서 그러하다.44)
　3항은 총련이 한반도의 통일을 기반으로 한 고려연방제 수립을 정치적 목

---

43) 재일본조선인총연합 인터넷 홍보자료. 2000. 3. 10 현재.
44) 본론부분에서 검토할 것이나, 재일 한국인 문학작품에 등장하는 인물들이 안고 있
　는 큰 문제들은 일본 사회의 정치 경제적 문화적 차별과 관련하여 개인들이 안고
　있는 생계상의 공포나 심리적 상처와 열등감의 처리 문제다. 그런데, 이 인물들의
　갈등들이 대부분 '조국'의 존재에 대한 확신이나 그곳에서 오는 현실적인 도움을
　통해 해소되는 방식으로 작품의 구성이 짜여 있는 것이 발견된다. '조국의식'이라고
　할 만한 이 요소는 사실상 재일 한국인 문학의 성격 규정과 관련하여 핵심적 요소
　라고 할 만한 것이라고 생각된다.

표로 삼고 있다는 점, 재일 사회 일각에서 일고 있는 참정권 획득 운동에 반
대한다는 점 등을 제시하는 외에, 상대적으로 '재일'적인 입장에서 스스로의
존재 의의를 규정하는 내용이 포함되어 있어 주목된다. 재일 한국인 역사에
총련이 뚜렷한 족적을 남긴 분야인 '민족 교육'에 관한 규정, 재일 한국인들의
권리 획득과 관련된 항목 등이 포함되어 있는 것이 그것이다. 이 점 역시도
개별 작품들 속에서 다수 확인해 볼 수 있는 것들인데, 전체적으로 보아 이런
점들은 전체적으로 북한문학과의 친근성을 보여주는 재일 한국인 문학이 그
나름의 독자성을 형성할 수 있는 근거를 보여준다는 의미에서 주목을 요한다
고 볼 수 있다.

   다음 항목들은 총련의 활동원칙과 관련된 규정 내용들이다. 재일 한국인문
학의 전체적 성격과 관련하여 앞의 항목에 비해 훨씬 구체적인 내용을 담고
있어 주목된다.

총련의 활동원칙
① 주체의 원칙
   주체사상을 유일한 지도적 지침으로 삼고 모든 활동을 조국과 민족
   의 리익을 지키는 견지에서 전개하고 있습니다. 운동의 주인은 재일
   동포들이며 운동을 추동하는 힘도 바로 동포대중에게 있습니다. 또
   한 일본이란 환경 속에서도 민족성을 굳건히 고수하며 우리 말과 글
   을 가지고 활동하고 있습니다.
② 군중로선
   군중로선을 관철하는 것을 원칙으로 삼고 「중략」 동포들의 리익을
   언제나 첫자리에 놓고 그것을 철저히 옹호하며 동포들에게 헌신적으
   로 복무하는 립장을 견지하고 있습니다. 일군들은 늘 동포들 속에 깊
   이 들어가 그들의 생활과 밀착하여 사업할 것을 기본 자세로 삼고 있
   습니다.
③ 내정불간섭
   「전략」 일본의 법과 정치·사회제도를 존중하며 일본의 내정에는 간
   섭하지 않는 것을 원칙으로 삼고 있습니다. 그러나 총련의 자주적인
   활동과 재일동포들의 생활에 직접 관련되는 문제에 대해서는 제때에

위의 규정 모두가 재일 문학 작품의 중요 주제로 형상화되고 있다고 할 수 있겠지만, 그중에서도 주목되는 것이 제 2항의 '군중로선의 관철'이라는 항목이다. 재일 한국인 문학과 남한 문학이 갖고 있는 차이점을 가장 단적으로 보여주는 항목인 것으로 보이기 때문이다. 후술하겠지만, 재일 한국어 문학은 자본주의 체제의 문학 속에서 볼 수 있는 모더니즘적 요소나 전위적 요소를 전혀 갖고 있지 않다. 시와 소설 모두를 막론하고 사용되는 언어는 일상 생활 차원과 유리되어 있지 않은 평범한 생활어로 구성되어 있다. 결말 구조 면에서 보면 모든 작품이 예외없이 상승적 특성을 갖고 있다. 인물들은 갈등을 훌륭하게 극복해 내는 영웅적 요소, 즉 사회주의 체제의 소설에서 흔히 볼 수 있는 고상한 인물로서의 특징을 강하게 지니고 있다. 가령 주인공들이 총련계 인물들이라면 갈등이나 시련에 빠져 있다가 위와 같은 총련의 본연의 이념을 충실하게 수행하는 인물로 그려지는 경우가 대부분이다. 또는 중요 인물 중에 비총련계 인물이 설정되어 있는 경우에는 그들이 총련의 방침에 어긋나는 삶의 길을 걷고 있다가 시련에 빠지게 되며 이를 총련 조직이나 인물이 구원해주는 경우가 많다.

이상과 같은 점으로 미뤄 볼 때 재일 한국어문학은 그것이 표방하는 이념적 측면에서만 본다면, '당성, 노동계급성, 인민성'46)을 중심 명제로 삼고 있는 북한의 문예정책과 근사성을 갖고 있는 것으로 판단된다. 어떤 의미에서 볼 때 재일 한국어 문학은 북한의 문예정책이 갖고 있는 핵심적 명제를 자본주의 일본 사회 속에서 거주하고 있는 재일 한국인 사회 속에 응용하는 방식의 체제를 갖추고 있는 것이 아닌가 판단되는 면이 있다.

이상을 통해서 재일 한국어 문학을 통어하고 있는 기본원리나 창작 방법 등을 지탱하고 있는 기본 이념의 대강이 간략하게나마 소개가 된 것이 아닌가 생각된다.47) 다음 장에서는 재일 한국어 문학 작품들을 소설을 중심으로

---

45) 재일본조선인총련합, 인터넷 홍보자료. 2000. 3. 10 현재.
46) 사회과학원 문학연구소,『주체사상에 기초한 문예이론』, 도서출판 인동, 1989, 93쪽.

하여 그 전체적인 특징을 검토해 가기로 한다.

3) 주요 모티브 중심으로 본 재일 한국어 문학

해방 후부터 현재까지 발표된 재일 한국어 작품들에 대한 연구는 아직 진행된 바가 없는 것으로 알고 있다. 이 말은 이 분야의 연구에 필요한 기초 자료의 수집과 정리 작업 자체가 아직 제대로 수행된 적이 없다는 것을 의미하는 것이기도 하다. 본 연구 역시도 이러한 한계에서 전혀 자유롭지 않다. 이런 한계 때문에 해방 후부터 90년대에 이르는 재일 한국어문학의 통사적 흐름을 정리하는 작업은 현재로서는 불가능에 가깝다고 판단된다.[48]이런 상황

47) 참고로 95년 개정된 총련의 강령 및 규약을 소개하면 다음과 같다.
① 우리는 전체 재일동포들을 우리 민족의 참다운 조국인 조선민주주의인민공화국의 두리에 총집결시키고 애국애족의 기치밑에 주체위업의 계승완성을 위하여 헌신한다.
② 우리는 재일동포들의 공화국 공민권을 지키고 인권, 생활권, 기업권을 비롯한 모든 민주주의적 민족권리와 국제법에 공인된 합법적 권리를 완전히 행사하도록 하며 온갖 민족적 차별과 박해 행위들을 반대한다.
③ 우리는 민주주의적 민족교육을 강화발전시키며 재일동포 자녀들을 지덕체를 겸비한 유능한 민족인재로, 참다운 애국자로 키운다.
④ 우리는 재일동포들속에서 민족의 넋인 우리 말과 글을 지키고 민족문화를 발전시켜 5천년 단일민족의 성원으로서의 민족성을 살려나가며 재일동포 사회에서 화목과 단합, 상부상조의 미풍을 높여나간다.
⑤ 우리는 사회주의조국을 열렬히 사랑하고 견결히 옹호하며 조국과의 합영, 합작과 교류 사업을 경제, 문화, 과학기술의 여러 분야에서 강화하여 내 나라, 내 조국의 부강발전에 이바지한다.
⑥ 우리는 전민족대단결의 기치아래 70만 재일동포들의 민족적단합을 이룩하고 북과 남, 해외 동포들과의 민족적 뉴대를 강화발전시키며 온갖 반통일세력의 책동을 단호히 배격하고 련방제 방식으로 조국의 자주적 평화통일을 성취하는 데 모든 힘을 다한다.
⑦ 우리는 일본인민들과의 친선과 련대를 넓혀나가며 조일 두 나라의 국교를 정상화하고 진정한 선린관계를 발전시키기 위하여 노력한다.
⑧ 우리는 자주, 평화, 친선의 리념 밑에 세계 진보적 인민들과의 국제적 련대와 뉴대를 강화하며 세계의 평화와 자주화를 위하여 기여한다.
48) 제한된 자료를 근거로 하여 본 것에 불과하긴 하지만, 대상 작품들 속에 어느 정도의 시기별 차별성이 반영되어 있는 것은 확인할 수 있었다. 특히 재일 한국어 문학은 당대의 일본 및 남북한의 정치적 사안과 관련된 문제, 그리고 총련의 정책이 작

에서 재일 한국어 문학의 전체적인 윤곽을 제시할 수 있는 방법으로서 본고에서 제시하고 싶은 대안은 작품들이 공유하고 있는 핵심적인 주제를 중심으로 검토해가는 작업이다. 재일 한국어 작품들은 공식주의적이라고까지는 말하기 어렵지만 총련이 제시하는 이념을 그 기반으로 갖고 있는 경우가 많다. 그리고 시대의 추이에 따라 작품들이 차이점을 보여주는 것은 사실이지만, 그것이 재일 한국인을 둘러싼 사회문화적 환경의 차이를 반영하는 정도를 넘어서서, 질적인 차이 혹은 본질적인 차이라고 할 만한 점을 보여주는 것 같지 않다는 것이 필자의 현재 소견이다. 이 말은 재일 한국어 문학은 그것이 담고 있는 시대나 소재는 다양하나, 그 속에 담겨 있는 주제나 중요 모티브는 정태적 경향을 갖고 있는 것으로 보인다는 것을 의미한다.

따라서 재일 한국어 작품들은 물론 개별 작가나 작품 속에 독자적인 가치가 당연히 있을 것으로 생각할 수 있으나, 재일 한국어 문학의 전체상을 제시하는 목적을 갖고 있는 본고에서는 그 작품들 속에 공유되어 있는 핵심적인 모티브를 중심으로 다루는 것도 유효한 기술 방법이 될 수 있다고 생각한다.

대략적으로 볼 때 재일 한국어 문학은 재일 한국인의 자기 정체성 확인이라는 핵심적인 모티브를 중심 영역으로 가진 상태에서 개별 문제들을 제시하는 방식으로 전개되는 구조를 갖고 있는 것이 아닌가 판단된다. 그 개별적인 문제로 제시되는 것들 중에서 으뜸가는 것이라고 생각되는 것이 민족교육 문제이며, 그 외에 총련을 중심으로 한 재일 한국인의 권익 보호 문제, 통일 운동을 전제로 한 남한 현실의 변혁 문제, 재일 한국인과 일본인과의 친선교류 문제, 재일 한국인의 실태 반영 문제 등등이 있다. 이런 점을 고려하여 본고에서는 재일 한국인의 정체성 확인이라는 점을 대전제로 하여, 위의 개별적인 문제들을 검토해 가는 방법으로 논의를 진행해 가기로 한다.

(1) 민족교육 문제

품 속에 선명하게 반영되는 특징이 있기 때문에 그 시기별 차별성은 당대의 정치적 흐름과 밀접한 관계를 갖고 있는 것으로 판단된다. 그러나 이 문제를 포함하여 재일 한국어 문학의 통사적 흐름을 정리하는 작업은, 기초 자료의 정리 문제를 포함하여 앞으로 상당한 노력과 시간을 투입해야 하지 않겠는가 판단된다.

잠정적인 결론이지만, 50년대부터 시작해서 90년대에 이르기까지 재일 한국어 작품들 중에서 가장 많은 비중을 차지하고 있는 주제가 바로 민족 교육 문제가 아닌가 판단된다. 김민의 「포옹」, 림경상 「스승의 길」(이상 『찬사』, 김일성원수 탄생50주년기념작품집, 1962), 박관범 「꽃피는 길」(1965)·「신혼려행」(1966)·「바다의 설레임」(1977)·「누나와 함께」(1979)·「어머니 교원」(1982), (이상 『꽃피는 길』, 문예출판사, 1991), 리량호 「한가정에서」, 리인철 「손풍금」, 김두천 「숙제」, (이상 『조국은 언제나 마음 속에』, 문예출판사, 1979) 소영호 「고향 손님」, 「축구공」(1981) (『고향손님』 문예출판사, 1985), 서상각 「념원」(1985)(『동트는 거리』, 문학예술종합출판사, 1994), 김지성 「봄」, 심정수 「진달래」, 김정지 「붉은 계주봉」(이상 『사랑은 만리에』, 평양예술종합출판사, 1996) 등등의 작품이 이에 해당한다.

재외국 거주 한국인이 한국인으로서 성장하는 데 필요한 교육의 장을 현지에서 마련한다는 것은 당연하다고 할 수 있겠지만, 재일 한국어 문학에서 민족 교육 문제가 중심 주제로 등장하고 있는 데에는 필연적인 이유가 있다. 물론 재일 한국인을 위한 민족 교육 사업이 시작되는 데 가장 현실적인 요인으로 작용했던 것은 귀국 문제 때문이었다. 자신의 자제들을 한국인으로서 교육시킬 수 없었던 재일 한국인들이 해방 후 조국에 돌아가서 생활을 하기 위한 방책으로서 한국어 교육을 시작한 것이 그 시발이었다. 그러나 귀국 문제를 둘러싼 미점령군 및 일본 정부와의 갈등들, 한국 전쟁과 이후 한반도의 정치·경제적 현실, 그리고 일본 경제의 번영 등으로 인해 귀국을 선택하는 한국인의 수가 줄어들기 시작하면서, 즉 장기적인 거주 생활을 시작한 재일 한국인 집단이 존재하기 시작하면서 문제는 달라진다. 이 즈음부터의 민족 교육 문제는 귀국을 대비한 민족 교육이 아니라, '일본에서 살아가기 위한 민족 교육'으로서의 새로운 차원에 접어들게 되는 것이다.

일본에서 살아가기 위해 왜 민족교육이 필요한 것인가. 이 문제는 재일 한국인들이 겪고 있는 특수한 외적·내적 문제와 깊은 관련이 있다. 재일 한국인의 민족 교육을 조직적으로 탄압·방해해 온 일본 정부의 일관된 정책49), 그외에 재일 한국인들의 정치·경제적·문화적 권익 획득을 억압해 온 일본

내의 특수한 민족 차별 정책과 이에 동조적인 경향이 많은 일본의 대중적 경향 등이 그 외적 문제라 할 수가 있겠다. 그리고 이에 못지 않게 더 중요한 이유는 재일 한국인의 심리적 구조 속에도 있다. 이러한 거대한 차별·억압 구조 속에서 한국인이라는 민족적 정체성에 대한 확신을 갖지 못한 채 생활해 가야 하는 심리적 고통의 문제가 그것이다.

이렇기 때문에 재일 한국인의 민족 교육 문제는, 일본 내에 존재하는 민족 차별이라는 유무형의 적을 향한 투쟁으로서의 성격, 그리고 재일 한국인이 스스로 한국인이라는 사실을 받아들이고 이를 대외에 공표하면서 심리적인 균형감을 갖고 살아갈 수 있는 길을 모색하는 방책으로서 매우 중요한 비중을 차지하게 되는 것이다.

위에 제시된 작품들의 내용을 일일이 소개하는 것은 어려운 일이나, 리인철의 「손풍금」을 중심으로 그 내용을 일부 소개하면 다음과 같다. 이 작품은 모친의 별세 이후 고통스런 생활을 보내다가 총련의 도움을 받고 수령이 보내준 장학금으로 교육을 받은 량이순이 민족학교 교원으로 일하면서 겪는 체험담을 그린 작품이다. 일본인에게 사기를 당하고 절망한 아버지의 술과 폭행으로 별거에 들어간 부모 아래 방치 상태로 자라나던 남매 영일이와 영희를 량이순이 사랑으로 끌어안아 결국 아이들을 총련의 일꾼으로 바르게 키워간다는 줄거리를 갖고 있다. 다음은 일본인 아동들에게 따돌림을 받으면서 비뚤어진 성격으로 자라나고 있을 뿐만 아니라, 일본 학교 내에 설립된 민족학급에도 참여하지 않으려하는 영일이와, 그를 당당한 한국인으로 키우려 하는 담당 교사 량이순이 갈등을 벌이는 장면이다.

---

49) 전후 1947년경부터 일본 정부는 한국인들이 자발적으로 설립 운영하고 있었던 약 600개 정도의 조선학교를 폐쇄하는 등 민족교육에 대한 대대적인 탄압정책을 폈다. 이 시기부터 시작된 재일 한국인, 특히 총련을 중심으로 결집된 한국인과 일본 정부와의 갈등은 현금에까지 지속되고 있다. 이 과정에서 민족 교육 권리의 획득 및 학력 인정 문제 등과 관련하여 총련이 벌여 온 투쟁 과정은 일정한 역사적 평가 대상이 될 수 있는 것으로 보인다. 재일 한국인의 민족 교육 문제를 둘러싼 문제들과 그 통사적 흐름에 대한 기술 내용들은 리처드. H. 미첼(金容權 역), 『在日朝鮮人の歷史』(東京, 彩流社, 1982), 金贊汀, 『在日コリアン百年史』(東京, 三五館, 1997), 오자와 유사쿠(이충호 역), 『재일조선인 교육의 역사』(혜안, 1999) 참조.

영일은 이순이를 보지도 않고 빠져나가려고 계속 몸을 비트는 것이었다. 그리고는 흑흑 흐느끼면서 말하였다.

"선생님이 자꾸 민족학급에 오라하는 바람에 내가 조선사람인 것을 그 애들이 알았어요. 선생님 때문에 이런 업신여김을 받아야 해요. 이런 업신여김을!"

이순은 아연해졌다. 하마트면 그의 손을 놓칠 뻔하였다.

영일은 엉엉 울기 시작하였다.

"왜 울어요. 영일동무, 조선의 사나이는 그렇게 울고만 있지 않아요."

영일은 눈물을 훔치는 것이었다.

이순은 손수건을 꺼내여 그의 얼굴을 닦아 주었다.

"영일이, 조선민족은 예로부터 총명하고 인심이 좋은 것으로 유명해요. 일본과 같이 남의 나라를 침략해 본 일은 한 번도 없어요. 여기 교또에 있는 유명한 절들은 거의 다 우리 조선사람들이 만들어놓은 거에요. 조선사람은 훌륭한 말을 가지고 있고 지하자원도 일본보다 훨씬 풍부해요. 우리는 비록 이국땅에 살지만 세계에 자랑하는 훌륭한 조국을 가지고 있고 온 세상사람들이 우러러 존경하는 위대한 수령 김일성 원수님을 모시고 있어요. 이렇게 긍지높고 자랑많은 조선 사람으로 태어난 것을 왜 숨기고 있으려고 해요."

"그런데 왜 모두 '조센징.' '조센징'하며 깔보아요."

"그건 잘 모르고 하는 소리야요. 그렇다, 나는 조선사람이다. 그런데 뭐냐"하고 당당하게 말해 보세요.

영일은 아직 흘흘 느끼고 있었다.

"자, 여기 앉아요. 선생님하고 이야기를 나눠보자요."

이순이가 손을 놓은 순간 영일은 뒤로 물러섰다가 "싫어요!"하면서 달아나 버리는 것이었다.

량이순은 그만 옆에 있는 긴의자에 앉고 말았다. 온몸에서 힘이 쑥 빠지는 것 같았다.

영일이가 울면서 집에 돌아가도 과연 누가 그를 돌봐주겠는가. 어머니는 안계시고 아버지도 집을 늘 나가 있는 것 같고 …… 량이순의 머리속은 이 오누이를 도와줘야겠다는 생각으로 가득차는 것이었다.[50]

---

50) 리인철, 「손풍금」, (『조국은 언제나 마음 속에』, 문예출판사, 1979) 289~290쪽.

위에 등장하는 영일이라는 아이의 상황은, 어떤 의미에서 재일 한국 문학 속에 등장하는 무수한 결손 가정 아이의 전형으로서의 모습을 보여주는 것이 아닐까 생각된다. 이 아이의 배경에 자리하고 있는 것은 일본 사회 속에서의 적응에 실패하고 난 후 가정을 분해 지경으로 이끌고 가게 된 부모들, 그리고 그 부모들 밑에서 적절한 보호와 인정을 받지 못한 채 방치된 상태 혹은 피학 대적 상태로 성장해야 하며, 또한 외부 환경에 노출되는 경우에는 '조센징'으로 멸시를 받아야 하는 수많은 아동들의 모습이다. 아이들이 자신의 부모나 가정의 문제를 통해 세계를 인식한다는 사실을 고려해 볼 때, 이 아이들이 건강하게 자신의 생을 꾸려나갈 수 없음은 당연하다. 또 자신들이 한국인이기 때문에 멸시를 받는다는 사실 속에서 이 아이들이 자신의 민족적 정체성에 대해 부정적 인식을 갖게 되는 것도 당연한 일일 것이다.

교사가 자신을 민족학급으로 이끌려 했기 때문에 자신이 한국인이라는 사실이 폭로되었으며 그 때문에 자신이 따돌림을 받게 되었다는 영일의 절규는 그런 의미에서 타당성을 갖고 있는 것이라고 하겠다. 문제는 이렇게 깊은 상처를 받은, 또한 그 상처를 일상생활 속에서 지속적으로 재생산하면서 살아갈 수밖에 없는 아이를 어떻게 정상적인 성인의 삶으로 이끌 수 있는 것인가, 또한 자신이 한국인이라는 사실을 당당하게 받아들일 수 있을 것인가 하는 점이다.

이 문제 앞에서 위 작품의 작가가 제시하고 있는 해결책은 교사 자신의 헌신적인 노력이다. 즉 교사가 아이들의 가정에 직접 찾아가 아이들을 직접 돌보아 주고 보듬어주는 방식, 이를 통하여 아이들의 상처받은 인간성을 서서히 회복시켜 가는 방식이다. 교사의 이러한 사랑의 행위는 아이들이 가정에서 얻을 수 없었던 화해로운 인간 관계를 부모 대신 제공하는 기능을 함과 동시에, 이 아이들이 갖고 있는 자기 부정적인 민족의식 역시도 서서히 수정해가는 방식으로 기능을 한다. 이러한 과정들을 비교적 구체적으로 제시하고 있는 데 위 작품의 강점이 있는 것이 아닌가 생각된다.

그리고 이 교사의 노력을 지탱해주고 있는 궁극적 이념, 그리고 아이들의 문제가 해결되고 난 후에 그들의 미래의 목표로 제시되는 세계들은, 위의 량이순 교사가 말한 바와 같은 '자랑스러운 조국'의 존재에 대한 의식, 나아가서는 그 조국을 이끄는 지도자 '위대한 수령'의 은혜에 대한 의식, 그리고 조국 통일을 위한 일꾼으로 성숙해 가겠다는 자각 등과 같은 요소다. 요약적인 서술방법으로 제시되고 있어서 설득력이 떨어지는 경향을 보이기도 하는 이러한 주제들은, 앞서 논의한 바, 총련의 활동 목표와 그대로 일치하는 것이기도 한 동시에, 사실상 재일 한국어 작품의 결말부에서 매우 흔하게 볼 수 있는 문학적 관습이라고 보아도 좋을 것이다.

(2) 재일 한국인을 위한 후생 사업 문제

앞서 제시한 바 있지만, 총련의 중요한 사업 중의 하나는 '재일 동포들의 생활과 권리를 지키는 것'이다. 이 말은 복지 후생이라는 측면에서 일본 정부의 정책에서 도외시되고 있는 재일 한국인들의 삶을 총련이 준정부적인 입장에 서서 지원하는 사업이라고도 할 수 있겠다. 이런 모티브들은 민족 교육 문제를 다루고 있는 작품 중에도 다수 포함되어 있는데, 이 문제만을 중심적인 주제로 다루고 있는 작품을 든다면 박종상의 「동포」, 소영호의 「가장 귀중한 것」(『조국은 언제나 마음 속에』, 문예출판사, 1979), 박관범 「동향친구」(『꽃 피는 길』 문예출판사, 1991) 등을 들 수 있을 것이다. 이 중에서 박종상의 「동포」와 소영호의 「가장 귀중한 것」을 소개하기로 한다.

박종상의 「동포」는 '한국인 찾기'에 나선 총련 조직 분회원 석구의 체험담을 그린 작품이다. 석구는 다다미집을 경영하는 '앉은뱅이' 노인 일가가 한국인이라는 소문을 듣고 그를 총련 조직 안에 끌어안기 위해 지속적인 노력을 기울인다. 그러나 노인의 둘째 아들은 자신이 한국인이라는 사실을 밝히는 것을 거부할 뿐만 아니라, 석구에게도 적대적인 태도를 취한다. 그 이유는 노인이 불구가 될 수밖에 없었던 비극적인 개인사를 지니고 있을 뿐만 아니라 아들을 일본학교에 보내 심리적 상처를 맛보게 했던 데에 있었다. 집을 나가버린 큰 아들과 달리 가업을 이어받고는 있었으나 내심의 불만을 계속 갖고 있었던 둘째 아들은, 불법건축물로 점유를 계속해 온 집을 아버지의 허락없이 일본인에게 넘겨주려 한다. 이것을 알게 된 석구와 분회가 노인에게 이 소식을 알린 후 이 집을 총련 상공회가 구입하여 빌딩을 올리고 영업을 계속하게 해준다는 줄거리다. 식민지시대와 전후 일본사 속에서 비운을 겪어야 했던 노인의 개인사와 자식과의 관계를 둘러싼 어두운 가정사, 재일 2세의 마음 속에 존재하고 있는 심리적 상처가 상당한 수준으로 형상화되어 있는 작품이라고 판단된다.

다음 소영호의 「가장 귀중한 것」은 사업적 이해 관계 때문에 자신이 한국인임을 숨겨온 조봉우와 그를 총련의 일원으로 포섭하려는 주인공과의 갈등 과정을 그린 작품이다.

일본인과의 중요한 사업 계약을 앞둔 조봉우는 자신이 한국인이라는 사실이 밝혀질까봐 총련 분회원의 방문을 계속 거절하는 한편으로 그와의 조우를 두려워한다. 그러던 중 자신이 한국인임을 알게 된 일본인이 계약을 무효화해서 사업이 수포로 돌아갈 위험에 처하게 되나 총련 상공회의 도움으로 계약을 무사히 이행할 수 있게 된다. 이 체험을 겪은 조봉우는 문패를 한글 이름으로 바꿔 단다.

두 작품의 개요를 간단히 보았는데, 이 부류에 속하는 작품들은 성년으로서의 삶을 살고 있는 재일 한국인들의 심리 구조 속에 자리잡고 있는 피해의식, 그리고 그 피해의식이 자신의 민족적 정체성을 부정하는 방식의 삶으로 이어지고 있는 현실을 비교적 잘 보여주는 특징을 갖고 있다. 그리고 이 문제를 재정적으로 해결하는 방식으로서 재일 한국인의 내적 문제를 해결하는 총련의 행동 방침을 확인해 볼 수 있다.

(3) 남북한 현실의 반영 문제

재일 한국어 문학이 남북한 현실을 작품 속에서 직접 취급하는 경우에는, 재일 한국어 문학이 갖고 있는 정치적 성향이 매우 뚜렷하게 드러난다. 이런 작품들로 조남두 「붕괴의 날」(『찬사』 김일성원수 탄생50주년기념 작품집, 1962), 량우직의 「태양의 품」, 리은직 「노도의 거리」, 서상각 「동트는 거리」, 남상혁 「증언」(『조국은 언제나 마음 속에』, 문예출판사, 1979) 소영호 「조국의 배우에서」, 「고향 손님」(『고향 손님』, 문예출판사, 1985) 서정인 「바람」

(『사랑은 만리에』, 평양예술종합출판사, 1996) 등이 있다.

위의 작품 중에서 북한 현실을 다룬 작품들이 량우직의 「태양의 품」이나 소영호의 「조국의 배우에서」인데, 이중 「태양의 품」은 딸을 북한으로 귀국시킨 주인공이 조국 방문단의 일원이 되어 북한을 방문하고는 자신의 사적 고민을 '위대한 수령'의 은혜로 해결하고 귀국한다는 이야기이며 「조국의 배우에서」는 먼저 귀국하여 의사 직업을 얻어 잘 살고 있는 아들을 아버지가 조국방문단의 일원으로 참가하여 만나고 귀국한다는 이야기이다.

두 작품 모두 조국방문단의 일원으로 북한을 방문하게 된 감격과 북한 현실의 이상적 모습을 그리는 데 주력하고 있다.

재일 한국어 문학 속에 비친 북한상이 위와 같이 먼저 귀국시킨 혈육을 만나는 문제와 관련하여 매우 긍정적인 상으로 그려지고 있는 반면에 남한 현실은 매우 부정적인 시각에서 그려진다. 가령 조남두의 「붕괴의 날」은 자수성가한 민단계 한국인으로서 이승만 정권과 돈독한 관계를 유지하면서 살아가던 사업가가 4·19에 뒤이은 이승만 정권의 붕괴 소식이 전해진 후 부자간에 정치적 견해를 둘러싸고 갈등을 벌인다는 이야기이며, 리은직의 「노도의 거리」는 남한의 잡지사 기자인 철수가 외사촌벌이자 빨치산의 아들이기도 한 성태의 지원으로 혁명가로 성장해 간다는 이야기이다. 가령 이 작품 속에서 성태가 철수에게 보낸 편지 내용의 일부를 예로 제시하면 다음과 같다.

> "우리 운동의 본질이 침략적인 외세를 물리치고 매족적인 집권세력을 타도하고 이 땅을 민주화하자는 데 있습니다만 …… 그것은 또한 조국을 통일하여 완전한 민족해방을 쟁취하기 위한 투쟁이기도 합니다. …… 그 용기와 신심을 안겨주는 토대는 이북에 이룩된 위대한 사회주의 건설입니다. / 형님도 아시다시피 지금 옥중에 갇혀 있는 수많은 애국자들도 한결같이 우리 조국 조선민주주의인민공화국의 륭성발전을 이룩하게 하신 혁명의 위대한 수령 김일성주석의 현명한 령도를 받고 있다는 영예감을 간직하고 굴함없이 억세게 싸우고 있습니다."
>
> 출수는 공화국 북반부에 대하여 공부하고 싶다고 하자 상태는 다음 만날 때에 꼭 문헌을 가져다 주겠다고 약속했다. (47쪽)

> 선전문을 들여다 보고 있는 새에 그는 형언할 수 없는 감동이 전류처
> 럼 온몸의 셜관으로 흘러퍼지는 것을 느꼈다. / 그리고 상태가 빌려준 책
> 들에 적혀져 있었던 위대한 수령 김일성 원수님의 교시 구절구절을 되
> 새겨 보았다. 그리고 상태가 그에게 말해준 여러 가지 뜻깊은 말들을 더
> 듬어 보았다./그렇다! 위대한 수령님께서 가르쳐 주신 대로 이 땅에서 미
> 제와 박정희 파쇼통치 제도를 뒤집어 엎고 북반부와 같은 사회제도를
> 세우기 위해 남녘의 모든 인민이 한결같이 들고 일어나 힘차게 싸워나
> 가야 한다. (59쪽)

노동자조합 결성 투쟁, 반미 투쟁, 파쇼정권 타도 투쟁, 사회주의 통일 노선
의 강조나 수령의 위대성에 대한 찬양 등등, 총련의 정치적 목표가 매우 뚜렷
하게 제시되고 있음을 알 수 있다.

이외에 남상혁의 「증언」은 한국에 유학와서 농업문제 해결을 위한 논문을
쓰고 있었던 재일교포 유학생 철남이 논문 내용 때문에 체포되어 고문을 당
하고, 재판정에서 거짓 증언을 강요받으나 이를 번복하고 옥살이를 치른다는
내용으로 되어 있다. 이 작품은 70년대 남한 사회에서 자주 볼 수 있었던 이
른바 '재일교포 간첩 몰기' 모티브를 주제로 한 작품인 것으로 보인다. 그외에
서정인의 「바람」은 일본에서 고학생활을 하는 남한 출신 유학생이 남한의 친
구에게 보내는 편지형식으로 구성된 작품이다. 이 작품 속에서 주인공은 우
연히 조선대학에 아르바이트를 하러 갔다가 거기에서 열린 궐기대회 광경에
감동하고는 노태우정권 치하의 민주화운동 탄압, 임수경 투옥, 통일 운동 문
제 등에 대해 새롭게 각성을 하고 통일운동의 기수로 다시 태어날 것을 기약
한다.

재일 한국어 문학 속에 반영되어 있는 남북한의 현실상의 차이는 그대로
재일 한국어 문학이 그 기반으로 갖고 있는 정치적 성향을 그대로 반영한 결
과인 것으로 보인다. 특히 재일 한국어 작품이 남한 현실에 대해 매우 단호한
태도를 취할 수 있었던 현상의 이면에는, 아무래도 60~70년대를 전후하여
총련이 민단계를 포함한 재일 한국인 사이에서 누리고 있었던 절대적인 위
치51), 당시 일본 지식인계를 휩쓸고 있었던, 남한 사회의 정치현실에 대한 비

판적 경향과도 무관하지 않을 것이다.

(4) 재일 한국인과 일본인의 친선 도모 문제

대체로 재일 한국어 작품 속에 등장하는 일본상은 부정적인 것으로 그려지는 경우가 많다. 총련과 일본 정부가 지속적으로 벌여온 대립 과정들, 그리고 일상 생활의 차원에 광범위하게 존재하는 일본 사회의 차별적 구조를 고려해 볼 때, 이런 현상은 근거가 없는 것은 아니었다고 생각이 된다. 그러나 재일 한국어 작품 중에는, 그 빈도는 드문 편이나, 재일 한국인과 일본인과의 친선을 도모하는 작품도 존재하고 있다. 그런 부류에 속하는 작품들이 서상각, 「첫열매」(1976)(『동트는 거리』, 문학예술종합출판사, 1994), 박관범 「바다의 설레임」(1977)(『꽃피는 길』, 문예출판사, 1991), 서상각 「새출발」(『사랑은 만리에』, 평양예술 종합출판사, 1996) 등이다.

서상각의 「첫열매」는 분회 활동 속에 내포되어 있는 소극적·타성적 태도를 불식하고 적극적으로 활동에 나서려는 의지를 갖고 있는 주인공이, 분회 소재지인 모시(市)의 일본인 유력인사들을 설득하여 친선모임을 성대하게 개최하는 데 성공한다는 이야기이다. 박관범의 「바다의 설레임」은 일본학교에 초대를 받아간 조선학교 학생이 살해를 당하고 이를 계기로 삼아 일본 고교와 조선고교가 매년 친선 체육대회를 개최하게 되었다는 이야기이며, 이중 가장 최근작에 속하는 서상각의 「새출발」은 딸의 혼사를 치르게 된 주인공이 자신이 조선인임이 드러날까봐 하와이에서 결혼을 치르려 하였으나 사위쪽의 강력한 요청으로 일본에서 결혼식을 올리게 되면서 겪는 심리적 불안을 다룬 소품이다. 결말부분을 인용한다.

> 손님들이 오기 시작하였다. 확실히 신랑측의 손님이라는 것이 알리는
> 손님들이 자꾸 밀려왔다.

---

51) 1960년대 총련은 한반도의 평화적 통일의 추진자로서, 조국 귀환을 실현시킨 주세력으로서 재일 사회에 지지자를 증대시킨 바가 있다. 김찬정은 이를 두고 '조선총련은 재일 사회의 별이었다'라고 기록한 바 있다. 김찬정, 앞의 책, 233쪽.

신랑의 아버지는 찾아온 손님들을 마중하고 안내하느라고 바삐 돌아
쳤다.

신부의 아버지는 입구쪽을 초조한 얼굴로 바라보았다. 그러나 자기가
초대한 사람들은 좀처럼 보이지 않았다. 그는 연신 손목시계를 보았으나
5분, 10분, 시간만 헛되이 흘러갔다. 그는 자기가 완전히 버림을 받았다
는 생각이 들어 조선사람 선언을 한 것을 후회하면서 한쪽 구석진 자리
에 앉아 깊은 생각에 잠기었다. 그는 많은 사람들 속에 있으면서 끝없이
고독하고 외로왔다.

그때였다. "긴상 오메데또오 고자이마스(김상, 축하합니다)"하는 소리
가 들려왔다. 신부의 아버지는 자기 귀를 의심하였다. 자기가 초대한 동
업자들이 "긴상, 긴상"하면서 인사를 하는 것이었다. 그들의 태도는 평
소와 하나도 다름이 없었다.

그의 동업자들은 그가 조선사람이라는 것을 이미 다 알고 있었던 것
이다.

결혼식은 많은 동포들, 많은 일본 사람들의 축복 속에서 거침없이 진
행되었다. (212~213쪽)

앞에서도 본 바 있지만 재일 한국어 소설 속에서 한국인이 민족적 정체성
을 회복하게 되는 것은 일본인의 차별적 처우에 대한 반발 내지 피해의식과
이를 계기로 한 동족간의 단결이라는 방식으로 제기되는 경우가 대부분이었
다. 그러나 이 작품에서는 작중 주인공에게 호의적인 태도를 보여주는 일본
인들이 오히려 그것을 풀어주는 방식으로 해결이 되고 있다. 매우 드문 예가
아닐까 생각되는데, 이 작품이 최근작이라는 점을 고려해 볼 때, 그리고 최근
재일 사회 속에 재일 한국인의 정체성을 일본 사회에 대한 기여 속에서 찾으
려 하는 경향이 늘고 있는 경향을 고려해 볼 때, 대결 구도 중심으로 재일의
문제점을 찾으려 하던 기왕의 경향이 보다 유연한 방향으로 변화되고 있는
것이 아닌가 하는 판단도 가능케 하는 예가 아니겠는가 생각해 본다.

(5) 재일 한국인 사회의 실태 반영 문제

이상과 같은 모티브들 외에 재일 한국어 작품에서 매우 흔하게, 또한 가장

생동감있는 표현과 함께 확인해 볼 수 있는 모티브가 재일 한국인의 역사 내지 생활 실태에 관한 것이다. 그중 인상적인 작품들로서 김민 「포옹」, 리은직 「임무」((『찬사』 1962), 소영호 「지꾸호 아리랑고개」(『고향 손님』, 문예출판사, 1985)와 같은 작품을 제시할 수 있다. 가령 김민의 「포옹」에 기술되어 있는 다음과 같은 내용을 보자.

> 그러나 이와 같은 거리의 홍성거림과는 아무런 상관도 없는 듯이 바다로 흘러드는 고꾸료강(국령강) 기슭에 즐비하게 늘어선 옛함바터 바락크 부락에서는 삼백 여 명의 동포들이 이악스럽게 살고 있다. / 해방과 더불어 공장에서 쫓기여 나온 사람들은 소주도 만들고 엿도 고와서 끼니를 이어 가다가 그것마저 금지 당하게 되자 누룩 찌꺼기를 버리기 아쉬워서 새끼 돼지 몇 마리를 얻어다 키우던 것이 이제는 대부분의 본업으로 되고 말았다.
>
> 속없는 사람들은 이 부락을 '돼지우리 부락'이라고 불렀다. 양돈, 넝마장사, 토목로동 등 그 직업은 각양하였으나 이 부락 사람들은 벌써 전날의 조선인이 아니다. 마을에서는 홍취있는 노랫소리가 그칠 날이 없었으며, 이미 수많은 동포들이 활개를 치고 귀국 렬차를 탔다.
>
> 동포들이 뜨자마자 회사 당국은 딴 사람들이 들어갈 수 없게 바락크를 헐어버렸다. / 그러나 부락 어구에 자리잡은 우리 야간 학교만은 비록 단칸 방일지언정 지탱해 나왔으며 아이들의 티없는 목소리로 항상 떠나갈 듯하였다. (128~129쪽)

작품의 발단 부분에 등장하는 배경 묘사 부분인데, 전후 재일 한국인 사회의 실상들을 간단하면서 활기있게 묘사해 내고 있음을 알 수 있다. 다음은 역시 같은 작품에 포함되어 있는 장면으로서, 아이의 교육 문제 때문에 다투는 한국인 남편과 일본인 아내 사이의 부부싸움을 묘사한 장면이다.

> 처음에 영숙이가 최대환의 집을 찾아갔을 때는 듣던 소문과 같이 부부 싸움이 한창이었다.
> "다라나든지 죽든지 네 요량대로 해라"

"암 못할 줄 아니? 발바닥인 네가 요만한 집이래도 쓰고 살게 된 것이 뉘덕인 줄 아니. 조선인은 다 그러냐"

이런 말이 떨어지기 전에 주먹질이 오가고 울음이 터졌다. 부지중에 영숙은 문을 열고 들어섰다.

"또 학교 보내란 소리요? 공연히 남의 일에 상관하지 마소."

최대환은 주독으로 얽은 콧등을 문지르며 자기 처를 쏘아 보았다.

"조선 사람이라고 조선 말을 꼭 배워야 하나? 일본 사람은 일본 말만 알아도 세계에서 일등 간다더라."

최대환의 처는 살기 띤 눈으로 영숙의 아래 우를 훑어보면서 깨여진 소리를 내였다.

"그래도 그애는 조선 애가 아닙니까. 장차 크면 누굴 나무래겠어요,"

영숙은 침착하려고 하였다.

"옳지 옳아. 조선 애지. 제 에미년이 죽은 후 키워준 것은 어느 년이구, 자 여기 있다. 조선 애가 여기 있다. 이 밥만 쳐먹는 식충아, 썩 뒈져라."

최대환의 처는 실성한 사람처럼 달려들어 가더니 방 구석에서 걸레처럼 옥자의 등덜미를 끌고와 욱박았다. 고래 싸움에 등터진다고, 스산한 집안의 돌개 바람에 질린 옥자는 오돌오돌 떨면서 까시시한 머리채 밑으로 눈을 지렛 뜨고 영숙을 쳐다 보았다. (137쪽)

재일 한국인의 역사를 구체적으로 알고 싶은 독자에게는 기억될 만한 기술 내용이 아닐까. 앞의 예문은 짧고도 요약적인 묘사 양식으로 기술되어 있으며, 뒤의 예문은 박진감 있는 대화 양식으로 기술되어 있다. 그 어느 것이나 구체적인 생동감이 넘치고 있다. 이런 경향은 리은직의 「임무」의 경우도 마찬가지다. 이 작품은 총련 조직에 참여하지 않은 가정들을 돌면서 가맹을 권유하는 분회 소속 소년의 체험을 그린 것인데, 이 작품 역시도 빠징코, 중화 요리집, 양품 잡화상, 고리대금업자 등으로 살아가고 있는 재일 한국인 가정들의 일상적 삶에 대한 묘사 면에서 매우 구체적이고 실감있는 면모를 보여주고 있다.

이런 경향은 재일 한국어 소설들 중에 관념이 우선한다든가 설교적인 특징을 보이는 작품들이 많은 점과 뚜렷하게 대비되는 점이라고 생각이 된다. 아무래도 이런 경향은 재일 한국인 작가들의 실제 생활 체험과 밀접한 관계를 갖고 있다고 보아야 할 것이다. 이런 현상이 어떤 의미에서 앞으로의 재일 한국어 소설이 타개해 나가야 할 점을 암시하고 있는 것이라고 볼 수는 없는 것일까.

그외에 주목되는 작품의 하나로 박관범의 「봄날의 꿈」(1985) (『꽃피는 길』 문예출판사, 1991)이 있다. 이 작품은 자본주의적 사고방식의 소유자로서 단독으로라도 남한에 계신 노모를 만나러 가겠다는 룡수와 총련 일꾼으로서의 사명감 때문에 이를 만류하는 영수의 갈등을 그린 작품이다. 결국 룡수는 귀국을 하지 못한 채 노모의 사망 소식을 전해 받게 되고 빈소를 차리는데, 영수를 제외한 그의 친구들 모두가 문상을 오지 않아 텅빈 빈소를 지킨다는 내용으로 귀결되고 있다. 특히 이 작품은 친구의 단독 귀국을 말리던 주인공 영수가 낮잠 중에 남한에 계신 자신의 노모로부터 전화를 받는 꿈을 꾸는 모티브를 채용하고 있기도 한데, 여러 모로 보아 재일 한국어 작품 중에서는 형상성이 상당히 뛰어난 작품으로 평가할 수 있다고 생각되는 작품이다. 그 이유는 이런 류의 작품들이, 아무래도 이념과 정책을 뛰어넘은 곳에서 생생한 모순을 간직한 채로 존재하고 있는 재일 한국인의 일상적 삶에 초점을 맞추고 있는 데에 그 원인이 있는 것이 아닌가 생각된다.

4) 재일 한국어 문학의 향후 전망

이상으로 재일 한국어 문학의 이념과 그 중요 모티브들을 살펴 보았다. 총련의 활동 방침을 기반으로하여 전개되어 온 재일 한국어 문학은 재일 한국인의 자기 정체성 확인이라는 모티브를 중심으로하여 다양한 주제로 분화되는 특성을 갖고 있는 것으로 판단된다. 이것은 재일 한국인들이 고난으로 가득찬 삶의 환경을 극복하는 방편으로 북한을 자신의 정치적·사상적 구심으로 선택하고 권익 보호를 위해 노력해 온 역사적 과정을 보여주고 있는 것으로 생각된다. 그런 의미에서 재일 한국인 문학이 갖고 있는 역사적 의미는 결코 적다고 할 수 없다.

그러나 재일 한국어 문학은 그 태생적 문제 자체와 주변 환경의 변화 등과 관련하여 내외적으로 해결해야 할 몇 가지 과제를 안고 있다고 생각된다. 첫째 과제는 재일 한국어 문학의 성립기반에 포함되어 있는 냉전체제적 성격을 어떻게 승화·발전시켜 나가야 할 것인가 하는 점이다. 이러한 냉전체제적 사고로 대응하기에는 한반도 상황은 물론 세계사적 상황이 너무도 변화한 것이 아닌가 생각된다. 두 번째 과제는 재일 한국어 작품이 추구하는 주제의 깊이 문제다. 재일 한국인으로서의 자기 존재의 확인이 '조국과 위대한 수령'의 존재 중심으로 해결된다는 사고 방식 속에 그 나름의 역사적 효용성이 있었다는 점을 부정하고 싶지는 않으나, 그것이 자신의 존재의 문제를 외적 권위에 기대는 방식으로 해소하려 한다는 점에서 문제점을 내포하고 있는 것이 아닐까 생각된다. 재일 한국어 문학이 보다 심도있는 세계로 나아가기 위해서는 작가 자신이 자신의 내적 문제는 물론, 주변 문제를 보다 실감적인 차원에서 지속적으로 탐구해 들어가는 방식으로 전개되어야 할 필요가 있지 않을까 생각된다. 이런 방식의 창작이 지속될 때 재일 한국어 문학 속에서 산견되는 도식적 요소들이 줄어들게 될 것임은 자명하다.

세 번째 과제는 재일 한국인의 삶을 둘러싼 내외부적 상황의 급격한 변화 문제다. 북한으로의 귀국자 수가 전무해진 상황, 북한의 정치경제적 상황이 보여주는 '사회주의적 이상'과 현실과의 차이 문제, 재일 한국인들의 의식 변화 문제, 특히 재일 한국인들이 자기 정체성을 일본 사회와의 공생적 삶 속에서의 찾으려는 근래의 움직임 등이 그것이다.

재일 한국어 문학은 보다 유연한 자세로 이 문제와의 대화를 시도해 나가야 할 필요가 있지 않겠는가 판단된다.

VIII. 미래 한국문학의 진로

1. 21세기 국제사회에서의 한국문화의 위상

20세기 초반 우리의 국제적 위상을 생각한다면, 21세기에 다가온 현재 우리나라의 국제적 위상 변화는 괄목한 만한 것이다.

20세기 초반 우리의 국제적 위상은 보잘 것 없는 것이었다. 당시 우리나라는 세계 열강의 침탈의 대상으로 바람 앞의 등불 같은 운명을 맞고 있었다. 19세기의 보수적 정치세력은 천주교 탄압을 앞세운 쇄국주의를 강행함으로써 자율적 문호 개방의 기회를 잃고, 일본의 강요에 의해 문호를 개방하게 된다. 일본의 강요를 이기지 못하고 대비없이 문호를 개방한 민씨 정권은 이후 청국에 의탁하여 정권을 유지하려 했고, 문호개방을 전후하여 형성된 개화파 세력은 청국과의 종속 관계를 끊고 국가적 독립을 이루기 위해 일본의 후원을 기대하면서 정변을 일으켰으나 실패한다. 이후 한반도의 정권은 계속 친청 보수세력이 장악한다. 한반도에 대한 정치적 영향력 확대를 놓고 벌어진 일본과 청국의 암투는 곧바로 청일전쟁으로 이어진다. 청일전쟁 이후 유지되어 오던 한반도에서의 러시아와 일본 사이의 세력균형은 영국과 미국이 일본을 원조하게 되면서 종결된다. 러시아와 일본은 결국 러일전쟁을 벌이게 되고, 일본이 승리한 결과 대한제국의 일본에 의한 식민지화가 촉진된다. 결국 19세기 후반에서 20세기 초반에 걸쳐 한반도는 청나라와 러시아 등의 대륙 세력과 일본·미국·영국 등 해양 세력이 상충하는 마당이었다.[1] 이런 조건 아래서 한반도의 독립을 지키기 위한 여러 가지 방안들이 모색되었지만, 결국 그런 시도들은 모두 실패하고 우리나라는 일본의 식민지로 약 반 세기를 살아가게 된다.

20세기 중반 한국은 해방을 맞게 되지만, 해방의 기쁨이 채 가시기도 전에 다시 민족 상잔의 비극인 한국전쟁을 거쳐 분단 시대로 접어들게 된다. 우리 근대사가 식민지 시대를 벗어나면서 바로 분단시대로 빠져들게 된 간접적 원인은 일본의 식민통치에 있고 직접적인 원인은 미국·소련의 분할점령에 있었다. 한반도 지역은 중세까지는 대체로 대륙측과 긴밀한 관계를 가졌었고 그곳의 정치적 영향을 크게 받았으나 근대로 들어오면서 일본 등 해양 세력의 영향을 강하게 받게 된다. 태평양 전쟁이 끝난 이후, 대륙세력의 공산주의 국가 소련과 해양세력의 자본주의 국가 미국이 한반도를 분할 점령함으로써 민족분단의 위험을 높이게 된다. 민족분단은 곧 그러한 분단 상황을 구실로 내세운 독재정치 체제를 가능하게 했다. 독재정치 체제의 고착화는 문화·사회·경제 등 각 분야에 해독을 미쳐 20세기 후반기의 민족사에 반역사적 요인으로 뿌리박히게 되었다.[2]

이러한 한반도의 비극적 상황이 20세기 내내 한국문화의 세계화에 부정적 요인으로 작용하게 되었던 것이 사실이다. 그러나, 해방 이후 반세기가 지나면서 뿌리내리게 된 한국 사회의 민주화와 경제성장의 결실은 이제 우리문화의 세계화를 위한 소중한 토양으로서의 역할을 담당하게 되었다. 특히 20세기 후반에는 세계 여러나라들이 제3세계의 중요성에 대해 눈을 돌리게 되었고, 그런 세계사조의 흐름 속에서 한국 역시 중요한 관심의 대상으로 떠올랐다. 제3세계 국가에 대한 관심은, 그들이 이룩한 민주화와 경제성장에 대한 관심에만 한정되는 것이 아니다.[3] 근래 제3세계 국가에 대한 관심은 그들이

---

1) 강만길, 『한국근대사』, 창작과비평사, 1984, 181~182쪽 참조.
2) 강만길, 앞 책 163~165쪽 참조.

지닌 고유한 문화에 대한 관심까지를 포괄하게 된다. 이런 세계사조의 흐름 역시 20세기 후반 한국문화의 세계화를 위한 우리의 노력에 고무적 요인으로 작용했음은 물론이다. 제3세계의 문화에 대한 관심은 이른바 다문화시대의 도래와 함께 급속도로 증가하기 시작했다.

> 2차대전을 반성하고 동서냉전이 불러오는 이념의 대립과 핵전쟁의 위협으로부터 벗어나려고 새롭게 일어난 60년대 문화예술운동은 사회운동과 함께 기존의 경직된 절대주의의 맹신을 경고하려는 것이었다. 오염된 언어를 반성하는 데서 단 하나의 재현을 의심하고 이념의 절대성을 의심한다. 지금까지 서구사회를 지배한 중심주의의 신비를 벗긴다. 억압되어온 타자, 있었지만 역사의 주변으로 물러난 타자는 무엇인가. 인식 주체 속에 우리가 이성의 힘으로 제어하지 못하는 무의식 혹은 타자가 있음을 보여준 라캉에서부터 이성과 감성, 낮과 밤, 남성과 여성, 문화와 원시, 제1세계와 제3세계 등 지금까지 우월의 관계로 규정지어져 앞의 것이 뒤의 것을 억압하거나 동질화하려던 중심주의의 신비를 벗긴 데리다 등 20세기 후반부는 억압된 것이 귀환하는 시대였다. 다원화라기보다 타자의 시대라고 할까. 동양문화는 다만 서구문화와 다를 뿐 열등한 게 아니고 여성은 남성과 다를 뿐 열등한 것이 아니며 제3세계는 제1세계와 다를 뿐 열등한 게 아니며 흑인은 백인과 다를 뿐 열등한 게 아니고 대중문화는 고급문화와 다를 뿐 열등한 게 아니다. 동일시에서 차이를 인정하는 다문화시대 혹은 공존의 시대가 된 것이다.[4]

이러한 언급에서도 알 수 있듯이 다문화시대의 도래는 각 나라의 문화에 우

---

3) 제3세계란, 선진 자본주의 국가를 제1세계, 그리고 구 소련을 비롯한 동구 사회주의 국가를 제2세계라 부르는 가운데, 개발도상국을 구별해 부르는 용어로 사용된다. 특히 오늘날 제3세계라 불리우는 나라들은 대체로 아시아, 아프리카 및 라틴아메리카의 여러 나라들이다. 이들은 과거의 경험이나 현재의 발전 상황 및 방향 등에는 차이가 있지만, 지난날 대체로 식민지 체험을 했고 독립 후에는 자주적 근대국민국가를 건설하고 그 안에서 민주화와 산업화를 통한 경제발전을 추진해야 한다는 2중 문제를 안고 있는 나라들이다. (차기벽 외, 『제3세계의 민주화와 한국의 위상』, 도서출판 인간사랑, 1989. 7쪽 참조.)

4) 권택영, 『다문화시대의 글쓰기』, 문예출판사, 1997. 22～23쪽.

열을 가려 서열을 매기기보다는, 그들 문화가 지닌 개성을 존중하도록 한다. 다문화시대 속에서의 제3세계 문화에 대한 관심은 제3세계 문화 전반에 대한 이론적 접근뿐만 아니라, 부문별 연구에도 일정한 성과를 가져오고 있다.

2. 한국문학의 세계화를 위한 전제

1) 이식문학론의 극복과 한국문학의 독자적 개성 확인

다문화시대에는 각 나라 문화간의 우열보다 그들이 지닌 개성이 중요하다. 이렇게 달라지는 세계속에서 한국문학의 세계화를 이룩하기 위해서는 우선 우리 문학이 지닌 독자성이 무엇인가를 밝혀야 한다.

한국문학이 지닌 독자성을 밝히는 일은, 그동안 한국문학을 서구문학의 이식 혹은 일본문학의 아류로 보려는 생각에 대한 탈피에서부터 출발해야 한다. 한국문학을 서구문학의 이식으로 이해하는 시각은 일제하의 문학사 연구가 임화로부터 시작되었는 점에서 매우 오랜 역사를 지니고 있다. 하지만, 일제 식민지로부터 해방된 지 반 세기가 지닌 오늘날에도 이러한 이식문학론은 극복되지 않고 있다. 그것이 극복되기는커녕 경우에 따라서는, 이른바 실증적 사실을 핑계삼아 더욱 심화되기도 한다는 데에 문제의 심각성이 있다. 이식문학론에 근거한 한국문학 연구는, 과거 100년간의 한국 문학의 역사를 단절의 역사로 이해한다. 그것은 곧 이들 이식문학론자들이 새로운 세기의 문학 역시 단절의 문학사로 해석할 것이라는 예측을 가능하게 한다는 점에서 경계의 대상이 되지 않을 수 없다. 문학사는 문학적 자료들의 나열 자체로 존재하는 것이 아니라, 가치 평가 과정을 거친 문학사 정리를 통해서 존재하고 계승된다. 문학적 자료에 대한 해석과 평가는 그것이 쓰여지고 발표되면서부터 그 자신 역시 문학사 연구의 대상으로 편입된다. 연구와 판단 자체가 곧 사료화(史料化)되는 것이다.

따라서 한 민족의 문학사에 대해 '단절의 연속'이라는 결론을 내리게 될 때,

거기에는 문학사적 집적물 자체의 속성 단절이라는 사실들 못지 않게, 문학
사의 흐름을 단절로 이해하려는 정리자의 입장이 반영된다. 지나간 시대의
계승과 발전의 측면보다는 그 반대의 측면으로 자료를 해석하려는 연구자의
태도가 연구의 결론에 적지 않은 영향을 미치게 되는 것이다.

우리민족의 근현대 문학사 연구에서는 아직도, 한국의 근현대소설이 과연
전통적 고대소설의 연속인가 아닌가 하는 문제에 대해 명쾌한 답을 지니고
있지 못하다. 다시말해 이것은 지금까지의 우리 문학사가 그것에 대해 확신
있는 연속적 진술을 하지 못하고 있다는 사실을 의미한다. 일정한 문학양식
의 태동과 발전, 그리고 그 문학을 표현하는 언어의 발달 등은 결코 전 시대
의 문학적 성과와 연관없이 일어날 수는 없는 일이다. 그럼에도 불구하고 우
리의 문학사 정리에서는 한국 근대문학의 태동과 발전이 전래적인 문학적 전
통과 단절되면서 이루어졌다고 가정하며 서술하는 일이 당연한 것처럼 받아
들여진다. 한국 근현대문학의 발생과 발전을 논하는 자리에서 서양문학과 일
본문학의 이식에 관한 논의가 마치 구체적 근거를 가진 정설인 것처럼 자리
잡고 있는 것이다.

그런 점에서 특히 근대전환기의 대표적 소설 양식인 '신소설'에 관한 그동
안의 논의는 우리 민족문학사의 단절성을 부당하게 부각시킨 대표적인 연구
로 비판받아야 한다. 임화의 이른바 이식문학관(移植文學觀)이, 근대문학의
발생을 설명하는 과정에서부터 구체성을 띠고 나타난 것이다. 신소설의 발생
및 성장 과정을 설명하는 임화의 태도는 지나치게 자기문화 비하적이라는 문
제점을 지닌다. 우선 그는 이 소설 양식의 출현을 철저하게 일본 문화의 이식
(移植)이라는 측면에서 설명한다. 그는 자신의 신문학사를 연재해 가는 과정
에서 신소설 양식이 일본 소설의 이식의 결과라는 견해를 드러낸다. 그는 '신
소설은 어떻게 생겼는가 하면 어떤 의미에서는 재래의 여항소설을 개조한 것
이나 결정적으로 외국문학의 수입과 모방의 산물이다.'라는 말로 신소설의 일
본 이식론을 주장한다. 신소설이 일부 재래의 여항소설을 개조한 것이기는
하나 결정적으로는 외국문학 즉 일본문학의 수입과 모방의 산물이라는 것이
임화의 단정적 결론인 것이다.

　신소설에 대한 임화 류의 단정적 연구는 오늘날 신소설 연구의 방향과 시각을 편협하게 만들고, 궁극적으로는 한국의 전래적 문학전통과 근현대문학의 전통이 마치 단절의 과정을 겪은 양 인식하도록 호도했다. 우리 문학사에서 신소설의 융성기를 이른바 문학사적 '과도기'로 설정하고 고대소설과 현대소설의 특질을 추출 비교하는 일은, 고대소설과 현대소설은 단절의 관계인가 혹은 연속의 관계인가 하는 질문으로 이어진다. 이때, 고대소설과 현대소설은 외형상 상당한 상이점을 지니고 있으므로 논자에 따라서는 그것을 곧 문학사적 단절이라는 결론으로 정리해 낸다. 고대소설의 전통을 잇지 못한 신소설의 일본문학 이입과 모방, 그리고 현대소설의 서구문학 유입이라는 편리한 도식을 제시하게 되었던 것이다.

　신소설이 융성하던 시기는 우리 소설사의 '과도기'가 아니라 '발전기'라는 측면에서 접근해야 한다. 발전은 과거에 대한 계승과 함께 반성을 통한 단절과 새로운 창조라는 상반된 측면을 지닌다. 그런점에서 신소설의 문학사적 의미를 고대소설과의 '결별'이라는 입장에서 정리한 임화의 판단은 옳지 않다. 고대소설의 전개사는 신화. 전설. 민담 등에서 유래한 소재가 어떠한 작품적 구성과정을 거쳐 소설 양식으로 정착되는가를 보여준다. 이른바 상상력에 바탕을 둔 허구적 이야기 문학의 발전과정이 무엇인가를 보여주는 것이다. 조선조의 소설 양식은 개화기 소설 양식의 토대가 되는 우리 문화의 중요한 유산이며 직접적인 밑거름이다. 조선조 소설들의 작품화 과정에 대한 집단적 선험적 체험이 없이는 결코 신소설은 등장할 수 없었다.

　우리의 소설사는 집단의 이데올로기와 낭만성 위주의 고대소설에서, 개성과 현실성을 중시하는 근현대소설로 그 방향이 진행되었다. 개화기 소설은 바로 이 근현대소설의 출발기에 놓이는 소설이다. 일정한 문학 양식과 그것이 담아내는 내용 혹은 이데올로기는 그러한 양식을 산출한 사회문화적 배경과 매우 밀접한 관련성을 지니기 때문이다. 서양에서 19세기에 근대적 장편소설이 출발된 것은 그들 나름의 양식 형성 여건이 맞았기 때문이다. 마찬가지로, 우리 문학사에서 근대소설의 출발인 신소설 양식이 20세기 초에 자리잡게 된 것 역시 우리 나름대로의 양식 성장 여건이 맞았기 때문이다.

이렇듯 한국 근현대문학사 연구에서 이식문학론을 극복하고, 한국 근대문학의 발생 초기에서부터 보이기 시작한 우리 문학의 독자적 특질을 찾는 일이야말로, 21세기 한국문학의 세계화를 위한 새로운 한국문학 연구의 초석을 놓는 소중한 작업이 될 것이다.

2) 전통에 대한 바른 이해와 민족문학론의 정립

한 나라의 문화와 문학을 세계에 알리기 위해서는 그가 가진 독자성 못지않게, 그 독자성의 바탕을 이루는 전통에 대해 연구하는 일이 중요하다. 우리 문학사에서 전통에 대한 연구는 민족문학에 관한 관심과 항상 함께 있어왔다.

우리문학사의 전개과정 속에서 '민족문학'이라는 말만큼 중요하게 또한 빈번하게 등장하는 용어도 많지 않다. 하지만 또한 그 말만큼 사용자들의 필요에 따라 왜곡되고 아전인수격으로 윤색되면서 사용된 용어도 없을 것이다.

민족문학이라는 용어는, 그 민족이 처해있는 모습을 왜곡시킴 없이 드러내며 아울러 그 민족이 나아갈 방향에 대한 제시를 문학적 활동을 통해 이루려는 의도까지도 담아낼 수 있는 것이다. 이러한 측면에서 본다면 그 동안 우리의 '민족문학'이라는 용어는 한동안 전혀 다른 생각을 지닌이들에 의해 잘못 쓰여졌다.

1920년대 이후에는 이광수 등의 친일적 이론가들이 자신의 행적을 가리기 위한 수단으로 '민족문학'을 부르짖었다. 이른바 개량적 민족주의자 혹은 문화적 민족주의자들로 정리되는 그들은, 좌파 우파 그리고 중간파로 대별되는 당시의 문단구도 속에서 보수 우익의 국민문학파라고 불리워졌다. 그들은 당시 자신들과는 반대의 입장에 서있는 프로문학파에 대항하기 위해 고전의 부흥, 구체적으로는 시조의 부흥을 주장했다. 프로문학파가 주장하는 문학의 세계적 연대성내지 보편성 획득의 문제에 대한 대응으로, 한국문학만의 독자성 내지 특수성을 강조하는 것이 유효한 전략이라고 생각했고 그 구체적인 실행론으로 시조부활론 등 고전부활론을 들고 나오게 된 것이다.

그러나, 이들 국민문학파가 주장한 고전부활론은 '조선'이라는 장소상의 독
자성과 특수성의 문제에 대해서는 공감을 불러일으킬 수 있었지만 '당 시대',
이른바 식민지 조선의 현실이라는 특수성을 담아내는 데는 실패했다. 결국
그들은 복고주의적이라는 비판에 직면해야만 했다. 이들에게는 복고주의적
일뿐만 아니라 국수주의적이라는 비난도 쏟아졌다. 그들의 주장이, 조선의
고전문학이 지니는 우수성과 아름다움 및 그 의의를 논리적으로 설명해내기
보다는 막연한 '조선스러움' 혹은 '신비함'이라는 용어로 얼버무리는 수준에
머물렀기 때문이다.

민족문학과 전통의 문제가 본격적으로 그리고 깊이있게 논의되기 시작한
것은 1950년대 중반에 들어서부터이다. 이 시기는 우리문학사에서 전통에 대
한 논의가 가장 치열하게 다루어진 시기라고 할 수 있다. 따라서 이 시기 문
학이론가들의 전통논의를 정리해볼 필요가 있다. 이 시기 민족문학에 대한
관심과 전통의 문제를 깊이있게 거론한 이론가로는 우선 백철을 들 수 있다.
그는 「현대문학과 전통의 문제」에서, 오늘날 우리의 현대문학을 우리 것답게
개조하기 위해서는 전통에 관심을 가져야 하며, 그 구체적 방안으로 고전 검
토운동을 일으킬 필요가 있다고 주장한다. 백철은 전통의 계승이 고전문학
작품에 대한 연구와 검토를 통해 이루어질 수 있다고 본 것이다. 그는 고전문
학에 대한 검토를 통해서 현대문학이 필요로 하는 생명적 요소를 섭취할 수
있다고 믿는다. 여기서 그가 말하는 고전문학이란 구체적으로는 한글로 된
문학, 영 · 정조시대 즈음의 문학, 그리고 서민 중심의 문학을 일컫는다.5)

하지만 이러한 백철의 전통 계승론은 곧바로 이봉래 등에 의해 비판받았
다. 1956년 8월에 발표된 이봉래의 「전통의 정체」는 모더니즘 비평의 계열에
선 전통부정론의 대표적인 글이다. 이봉래는 이 글에서 오늘날 우리 문단의
침체와 빈곤의 원인이 비평문학의 혼란에 있다고 주장한다. 우리의 비평문학
이 일정한 가치판단의 기준을 세우지 못한 채 오늘에 이르렀다는 것이다.6)
이봉래는 요즈음 우리들의 주변에는 낡은 전통을 타파하자는 젊은 세대와,

---

5) 백철, 「현대문학과 전통의 문제」, 『조선일보』, 1956년 1월 6~7일 참조.
6) 이봉래, 「전통의 정체」, 『문학예술』, 1956년 8월 참조.

이와는 대조적으로 전통의 육성을 주장하는 보수적 경향을 가진 두 유파가 존재한다고 주장한다. 그런데, 전통을 타파하자는 젊은 세대나 혹은 전통의 육성을 주장하는 보수파나 할 것 없이 모두가 전통 자체에 대한 올바른 개념을 지니지 못했다는 것이 그의 견해이다. 전통을 타파하자는 젊은 세대는 '고정화된 형식적인 습관과 보수적 의식에 가득 찬 과거의 문화적 소산'을 전통이라 생각한다. 반면, 전통의 육성을 주장하는 보수파는 '오랜 역사의 집적에 의하여 이룩된 민족 고유의 문화적 유산으로 지속적 특질과 함께 절대의 가치를 지닌 것'으로 생각한다는 것이다. 이봉래는 역사가 있고 과거가 있다고 해서 거기에 반드시 전통이 있다고 생각하는 것은 잘못이라고 말한다. 그는 우리가 우리의 고전문학 작품들에서 문학적 유산이나 문학정신이나 문학적 영향을 조금도 물려받지 않았다고 주장한다. 우리들이 전통이라고 생각해 왔던 그것은 한 유파가 제각기 임의로 설정한 유사전통(類似傳統)에 지나지 않는다. 우리의 신문학(新文學) 역시 주체적으로 발생한 것이 아니다. 이봉래에 의하면, 우리의 신문학은 구라파적 요소와 러시아적 요소, 그리고 일본적 요소가 얽혀 발생했다. 그는, "지금 소설을 쓰고 있는 작가치고 춘향전이나 심청전이나 그리고 이인직의 작품에서 문학적인 영향을 받은 사람이란 거의 없을 것이다. 우리문학에 전통이 없다는 단정은 이것으로써도 충분히 증명될 수 있다."[7]고 주장한다. 이렇게 전통을 부정하는 이봉래의 논의는, 한국 근대 문학의 발생을 서구와 일본을 통해 설명하려는 이식문학론(移植文學論)과도 뿌리가 닿아 있다. 그런데 이봉래는 이러한 전통 부정에 대한 주장에도 불구하고 전통의 중요성 자체를 부인하지는 않는다. 한국 문학에 전통은 없지만, 앞으로 전통의 확립은 중요하다는 것이다. 결국 그는 엘리어트의 말을 빌어 '우리 문학의 전통도 앞으로 출현할 천재의 힘에 의해 실현될 수 있을지 모른다'는 말로 이 논의의 결론을 삼는다.

  반면, 최일수는 「현대문학과 민족의식」에서 진정한 민족문학의 성취를 위해서는 '올바른 전통의 계승과 현대성의 비판적 섭취'라는 2대 명제가 함께

---

7) 위의 글.

구현되어야 한다고 주장했다. 진정한 민족문학의 구현을 위해서는 현실에 대한 관심도 중요하지만, 전통에 대한 이해와 계승 역시 중요하다는 것이다. 여기서 그는 전통을 '민족의 고유한 생활감정과 모랄, 그리고 자주의식'이라고 정리한다. 그는 「우리문학의 현대적 방향」에서 전통 계승에 대한 생각을 더욱 분명하게 드러낸다. 이 글에는 '전통의 올바른 계승을 위하여'라는 부제가 달려있다. 여기서 최일수는 서구의 현대문학에 대한 수용이 우리 민족문학을 풍요롭게 할 것이지만, 그것을 주체적으로 수용하기 위해서는 우선 전통에 대한 올바른 계승 작업이 필요하다고 주장한다.8) 서구의 현대문학에 대한 비판적 섭취와, 전통의 올바른 계승을 통한 주체성 확립은 어떠한 과정을 거쳐 일어나는가? 이를 위해서는 우선 우리 문학 앞에 놓인 역사적 과제와 오늘날 서구문학이 지향하는 현대적 방향 사이에는 적지 않은 질적 차이가 있다는 점을 인식해야만 한다. 그렇게 함으로서 외래문학의 섭취에 대한 비판적 기준이 세워질 수 있다. 또한 이러한 질적 차이에 대한 인식을 토대로 우리문학의 고유한 성격과 그 본질을 파악함으로써 전통 계승의 현실적 방법도 세울 수 있다는 것이다. 결론적으로 최일수는, 우리문학의 올바른 전통에 대한 발견은 우리민족의 고유성 위에서 자라난 문학 정신을 발전시킨 「춘향전」 등 평민문학의 역사적 특질을 옳게 분석하고, 그 본질을 파악함으로써 가능하다고 본다. 그렇다면 여기서 말하는 「춘향전」 등의 평민문학 속에 담긴 전통이란 무엇인가? 그것은 인간평등의 정신과 민족고유성의 발현으로 설명된다.

정병욱은 「고전과 현대문학의 제문제」에서 오늘날 문단의 제문제를 '주조(主潮)의 상실' 및 '주제의 빈곤'이라고 지적한다. 한 민족의 문단이 주조를 상실하고 주제에 빈곤을 느낀다면 그 민족은 전환기에 처해 있음이 분명하다. 기성문화가 해체되고 새로운 문화요소가 잉태되어 가는 것이 전환기적 특징이며, 전환기 현대문학의 성장을 위해 필요한 것은 고전문학에 대한 탐구와 회귀이다. 지난날 이룩한 고전문학의 고귀한 전통 속에 스며있는 새로운 문화를 위한 에센스를 찾아 섭취하는 것이 현대 지성의 과제라는 것이다. 그리

---

8) 최일수, 「우리문학의 현대적 방향」, 『자유문학』, 1956년 12월 참조.

하여 정병욱은 "오늘과 같은 역사적 전환기에 봉착한 현대의 지성은 모름지기 고전으로 돌아가야 하며, 나아가서는 고전을 이해하는 데서 그칠 것이 아니라 그것을 비판하고 종합함으로써 새로운 문화를 창조하는 데 이바지하여야 할 것으로 믿는다."9)고 주장한다.

전광용은 「유산 계승과 창작의 방향」이라는 글을 써서 근대문학의 민족적 전통을 부정한다. 전광용은 한국의 현대문학처럼 자기 유산의 부정에서 시작한 문학도 드물 것이라고 단언한다. "갑오경장 이후 한국의 소위 현대문학은 서구의 그것과 같은 점진적인 투쟁 지양의 과정이 없었더니만큼 졸지에 서로 받아들인 서구사조에 발판을 둔 새로운 문학은 자체의 유산에 뿌리를 박기보다는, 서구문학을 그대로 옮겨 놓은, 그것도 비판이나 절차가 없는, 말하자면 미숙한 모방의 영역에 속하는 이식(移植)이었기 때문에 자기의 기존문학에 대한 유산이나 전통이라는 의식은 거의 등한시되었으며 심지어는 의식적으로 거세(去勢)하는 정도에까지 이르렀다."10)는 것이다. 계속해서 그는 엘리어트의 말을 인용하면서, 전통이란 가만히 앉아서 상속받거나 전수받는 것이 아니라, 쟁취해야 하는 것이라고 단언한다. 우리가 전통을 원한다면, 노력을 통해 그것을 획득해야 한다는 것이다. 하지만 전광용은 한국 근대문학을 서구문학의 이식으로 보면서도, 고전문학 작품에 담긴 전통적 가치를 완전히 무시하지는 않는다. 특히 그는 작품 형식의 문제에서는 전통의 단절과 이식을 주장하지만, 문학작품들의 내용과 정서의 문제에서는 전통 계승의 가능성을 조심스럽게 제안한다. 가사나 시조 형식이 현대시와 어떻게 연결될 수 있을지, 고대소설 형식과 현대소설이 어떻게 연결될 수 있을 지에 대해서는 회의적이지만 내용들이 지니는 가치는 새롭게 고려할 수 있다는 것이다. "우리는 신문학 이후의 작품이 아무리 서구를 조상으로 한듯한 이식문학에 불과하다 할지라도 그 내용에 취급된 한국적인 현실과 작품의 저류로 흐르는 한국적 정서와 그 분위기 속에서 움직이는 한국적 인간상의 창조 속에서 경장(更張) 이전의 작품과 대조할 수 있는 가능성을 발견할 수 있는 동시에, 신문학

---

9) 정병욱, 「고전과 현대문학의 제문제」, 『자유문학』, 1956년 12월.
10) 전광용, 「유산 계승과 창작의 방향」, 『자유문학』, 1956년 12월.

에 선행된 제작품(諸作品)의 전통적인 가치를 정치(定置)할 수 있는 가능성도 찾아낼 수 있는 것이다."11)라는 주장이 그것을 보여준다. 그리하여 전광용은 16세기 조선시대의 문인 송강 정철의 「장진주사」와, 현대시인 정지용의 「백록담」의 일절을 들어 비교의 가능성을 시험한다. 그런점에서 본다면 전광용의 이러한 주장은 완전한 전통단절론이라고 보기도 또 전통계승론이라고 보기도 어려운 절충적 입장을 취하고 있다.

백철은 다시 「고전부활과 현대문학」을 써서 그가 앞서 발표한 「현대문학과 전통의 문제」의 논지를 잇는다. 아울러 이 글에는 정병욱과 전광용의 논의에 나타난, 고전 작품에 대한 이해를 통한 현대문학 발전에 대한 논의를 적극 수용하려는 의지 역시 들어 있다. 여기서 먼저 백철은 전광용이 「유산 계승과 창작의 방향」에서 제시한 「장진주사」와 「백록담」에 대한 논의가 고전 전통의 부활을 위한 효과적 방안임을 확인한다.12) 백철이 볼 때, 고전부활론이 등장하게 된 것은 고전 자체에 대한 관심 때문이 아니다. 그것은 우리 현대문학의 발전을 위해 민족적 특질을 강조한 결과이다. 그런 점에서 백철은 고전의 중요성과 전통에 대한 강조가 곧 '현실적 동기' 때문이라고 주장한다. 현대문학의 발전과 전진을 위한 고전적 토대의 활용이 필요하다는 것이다. 여기서 주목해야 할 사실은, 백철이 고전부활론을 주장하면서도 이태극 등이 주장하던 시조부활 운동은 반대했다는 사실이다. 그가 시조부활 운동을 반대하는 이유는, 시조형식을 그대로 가져다 쓰는 일이 현대문학의 발전에 별반 도움이 안된다고 보았기 때문이다. 이로 미루어 볼 때, 백철이 관심 갖던 고전 부활에 관한 논의는 과거 문학 형식에 대한 무조건적 반복과 계승보다는 거기에 스며있는 문학 정신에 대한 현대적 변용과 더 깊은 연관을 지니고 있었다.

전통 계승에 관한 최일수의 논의는 「문학의 세계성과 민족성」으로 이어진다. 이 글에서 최일수는 풍속과 전통의 차이에 대해 주목한다. 풍속이란 어디까지나 자연발생적 현상이다. 반면 전통은 역사적 배경과 오랜 지속성을 지니고 있으며, 우리의 정신적 원천이 될 뿐만 아니라 민족의 영원한 발전의 계

---

11) 전광용, 위의 글.
12) 백철, 「고전부활과 현대문학」, 『현대문학』, 1957년 1월 참조.

기를 내포하고 있다. 따라서, 우리는 민족의 상징을 이러한 창조적 전통에서 찾아볼 수 있는 것이지 풍속처럼 지속성이 모호하고 그 사회적 행위성이 피상적이며 내적 필연성이 결여된 인습에서 찾을 수는 없다는 것이다. "문학의 민족적 형식이나 성격은 어디까지나 민족 주체성에 관한 문제로서 그 주체적 창조정신이 그 민족에게 역사적으로 계승되어지는 고유한 전통을 토대로 하면서 이루어지는 것이지 결코 풍속이나 인습 등의 이러한 아무런 창조적 의의를 갖지 못하는 현상적인 것에 있는 것은 아니다."[13]라는 말이 이를 보여준다. 최일수의 이 글에서 주의해 보아야 할 점은, 그가 '전통'은 중시하면서도 이른바 '전통주의'에 대해서는 경계하고 있다는 점이다. 이는 '전통'과 '전통주의'에 대한 전혀 다른 개념 이해에 근거를 둔 것이다. 그는 전통주의를 곧 보수주의라 생각한다. 오늘날 우리 문학의 전통주의는 신문학의 노대가(老大家)들이 주장하고 있는 바, 그 주장의 핵심이 '맛'과 '멋'이라는 것이다. 이러한 전통주의의 사상적 근거는 주자사상(朱子思想)에 관조정신(觀照精神)을 융합한 보수주의라는 것이 최일수의 생각이다.

비슷한 시기에 김양수는 「민족문학 확립의 과제」라는 글을 써서, 민족과 전통의 관계에 대해 논의한다. 그는 '전통은 한 민족의 역사를 이루어 놓고, 한 민족의 역사는 전통을 재구성한다'고 함으로써 역사와 전통의 상보적 관계에 대해 설명한다. 김양수는 이렇게 역사와 전통을 불가분의 관계로 이해하면서도, 전통의 집적이 역사라거나 혹은 그 반대로 역사의 집적이 전통이라거나 하는 식으로 단순하게 설명하지는 않는다. 그와 달리 김양수는 역사의 발전 속에서 전통은 파괴되고, 그것은 다시 새로운 전통 성립을 위한 토대가 된다고 주장한다.[14] 인간의 생활이념이 변화하면 욕망도 변화하고, 욕망의 전진과 발전에 따라 민족의 역사도 발전하며, 그 결과 민족의 전통도 재창조된다는 것이 김양수의 계속되는 논지이다. 그는 '습성(習性)'과 '전통'의 차이에 대해 주목하는데, 습성이란 곧 죽어있는 전통의 다른 이름이다. 감상적 과거에 대한 향수나 지나간 전통에 대한 막연한 고집은 민족정신의 정체(停

---

13) 최일수, 「문학의 세계성과 민족성」, 『현대문학』, 1957년 12월 ~ 1958년 4월.
14) 김양수, 「민족문학 확립의 과제」, 『현대문학』, 1957년 12월 참조.

滯)를 초래한다. 진정한 의미의 전통 계승은 죽어있는 전통에 대한 감상이나 타협이 아니라, 죽어있는 과거의 전통에 오늘의 호흡을 불어넣는 것이다. 과거의 전통에 오늘의 호흡을 불어넣는 것은, 엘리어트가 말한 '과거를 과거로서만 머물게 하는 과거성(過去性)만으로서가 아니라 과거의 현재성을 지각(知覺)케하는 역사감'에 대한 인식의 중요성을 강조한 것이다. 김양수가 이 글에서 주장한 것은 전통의 파괴와 재구성이다. 하지만, 그가 여기서 전통의 파괴 혹은 부정을 주장했다고 해서 이 역시 곧바로 전통단절론이라고 정리할 수는 없다. 그가 여기서 전통의 부정을 이야기한 것은 전통을 한 민족의 과거나 습성으로 이해하려는 태도에 대한 비판적 견해를 드러낸 것이지, 전통 자체의 중요성을 간과한 것이 아니기 때문이다. 민족정신이 결여된 민족문학이란 존재하지 않는다. 따라서 민족정신의 실체가 민족 전통의 에센스라는 전제를 줄곧 강조하고 있는 김양수의 논의는, 오히려 민족문학 확립에 있어서 전통의 중요성을 강조하고 있는 논의라고 받아들여야 한다.

이 시기에 김양수나 최일수의 논의는 모두 민족문학 확립 과정에서의 전통의 중요성을 강조하고 있다는 점에서 공통성을 지닌다. 두 사람 모두 전통이 지닌 창조성을 중시한다는 점에서도 공통적이다. 최일수가 풍속과 전통의 차이에 주목하면서 전자를 비판하고 후자를 수용한 것과, 김양수가 습성과 전통의 차이에 주목하면서 전자를 비판하고 후자를 수용한 것도 유사하다. 단지, 최일수의 논의가 평민문학의 성과(成果) 계승 등을 통한 전통 계승에 관심이 높은 편이라면, 김양수의 논의는 항상 새롭게 태어나는 전통의 창조에 대해 관심이 높은 편이라는 점에서 차이가 있다.

김양수의 논의는 전통 단절론자 혹은 부정론자로 분류되는 모더니스트 이봉래의 「전통의 정체」와도 맥락을 같이하는 점이 있다. 전통의 문제를 과거보다는 미래와 연관지어 설명하고 있는 점이나, 그러한 설명의 근거를 T. S. 엘리어트에게서 끌어오고 있는 점이 그러하다. 그런 점에서, 한 두 사람의 특별한 경우를 제외한다면, 이 시기의 논자들을 전통부정론자와 계승론자로 크게 나누어 구별하려는 시도는 지나치게 도식적이라는 판단이 든다.

논의를 종합할 때, 1950년대 당시 한국문학의 전통 문제에 관여하던 논자들의 견해는 근본적으로는 그렇게 차이가 큰 것이 아니었다. 그들은 한국문학에 전통에 있는가 없는가 하는 문제에 대해서는 서로 조금씩 다른 생각을 지니고 있었다. 또한 전통이라는 용어의 개념에 대해서도 나름대로 다른 생각을 지니고 있었다. 그러나 그들은 대부분 한 나라의 문학을 풍요롭게 하는 데 전통이 중요하다는 사실, 그리고 그 전통이 계승되는 것이건 혹은 창조되는 것이건 문학사 발전 과정에서 전통이 중요하다는 사실에 대해서는 모두가 공감하고 있었다.

그들이 관심갖는 전통에 대한 논의의 핵심은 단순한 과거 문학 형식의 복원이나 부활에 있는 것이 아니었다. 그보다는 과거의 문학 유산 속에 스민 문학 정신을 바탕으로 삼아 현시대 한국문학의 발전을 도모하려는데 근본적인 취지가 있었다. 이른바 과거를 계승하며 혹은 반성하며 미래를 준비하려는데 논의의 목적이 있었던 것이다.

이후 한동안 큰 관심을 끌지 못하던 민족문학과 전통에 관한 논의는 1970년대 초반에 다시 한국 사회와 문단의 관심사로 떠오른다. 그런데 이 시기 전통 논의의 배경에는 현실에 대한 정치적 관심을 둔화시키기 비문학적 의도가 들어 있었다. 1974년 4월 개최된 한국문인협회의 '문예중흥과 민족문학' 심포지움은, 전통을 복고로 이해하는 이른바 복고적 민족문학론의 한 분수령을 이룬다.

당시 민족문학을 주장하던 이들은 인간성 옹호의 휴머니즘 문학이 민족문학이며 그것은 곧 순수문학이고, 문학이 현실에 대한 관심에서 멀어질수록 영원한 생명력을 획득할 수 있을 것이라는 주장을 펼친다. 1920년대의 민족문학론이 식민체제의 유지를 위한 문화이론적 방편의 하나였던 것처럼, 1970년대 초반의 민족문학론 역시 당시의 억압적 지배체제 유지를 위한 문화이론적 방편의 하나였다. 1972년 단행된 이른바 10월 유신은 한국적 민주주의론을 내세우면서 정치 사회 문화적 측면에서 모두 한국의 특수성론을 주장했고, 그 문화적 특수성론의 전개 과정에서 복고적 민족문학론이 대두되었던 것이다. 이

무렵 보수 평단의 고전문학 실천비평의 유행이나, 일시에 시행된 각급 학교에서의 고전읽기 경시대회 등도 모두 같은 맥락에서 이해될 수 있다.

1970년대 초반 한국문인협회 중심의 민족문학론에 대해서도, 반세기 전 1920년대의 경우처럼 복고주의와 국수주의라는 비판이 가해졌다. 특히 『창작과 비평』 등의 계간지를 매체로한 이른바 진보진영의 비판이 거세게 제기되었고, 이들은 '민족구성원 대다수의 진정으로 인간다운 삶에 기여하는 문학'이 민족문학이라는 대안을 제시했다. 이렇게 1970년대 중반 이후 새롭게 제기된 진보진영의 민족문학론에서는 제3세계 문학에 관한 논의와, 구체적인 창작 방법론으로서 리얼리즘론의 제기가 잇따랐다.

결국 이 시기 민족문학론의 요지는 우리나라의 민족문학을 제3세계적 문학의 일환이라는 시각에서 접근해가며, 그것을 자주화의 노력 속에서 민족통일을 이루려는 의지의 집약으로 표현하고, 그 표현 방법과 태도를 리얼리즘으로 선택한다는 것으로 모아졌다. 이러한 민족문학론은 민중문학론 등으로 다양화하면서 식민적 문학관의 극복 등의 부수적 주장을 담아내기도 했다. 이진영의 실천비평은 철저히 당시대 작가들의 작품을 분석 대상으로 삼음으로써, 지나간 시대의 작품에서 민족문학의 실체를 확인해 보려는 보수진영의 그것과 철저히 대조를 이루었다.

전통론과 민족문학론이 바르게 만난 것은 70년대 중반 이후부터라 할 수 있다. 1970년대 초반 한국문협 등 일부 단체를 중심으로 한 논의에서는 전통을 복고로 잘못 이해함으로써 오히려 민족문학의 본질을 호도하려 했다. 이제 새롭게 전개되는 민족문학론에서는 전통에 대한 존중과 관심이, 복고지향으로 잘못 호도되는 일이 없어야 한다. 아울러 전통과 고전에 대한 존중을 정치적 목적에 따라 그릇되게 활용하는 일도 없어야 한다. 전통은 과거로의 회귀를 위한 기준점이나 매개체가 아니다. 우리문학에서 전통이 중요한 것은 그것이 오늘날의 우리 문학의 바탕을 이루고 있기 때문이다. 아울러, 그 전통 속에 녹아들어간 선인들의 지혜가 우리나라 민족문학의 미래를 위한 도약의 발판으로 활용될 수 있기 때문이기도 한 것이다.

3) 민족문학의 세계화에 대한 이론 정립

한국문학의 세계화란 곧 한국 민족문학의 세계화란 명제와도 일치한다. 그런점에서 민족문학과 세계문학 사이의 연관성에 대한 관심은 곧 한국문학의 세계화에 대한 관심과도 통할 수 있다.

민족문학을 논하면서 그것을 세계문학에 대한 관심과 함께 거론하기 시작한 것 역시 우리 문학사에서는 1950년대 이후의 일이다. 해방 직후부터 우리 문학의 해외 진출 혹은 소개의 필요성에 대한 논의가 없었던 것은 아니지만, 그것이 본격적인 논제로 다루어진 것은 1950년대 중반부터였다.

1956년 조용만은 「한국문학의 세계성」이라는 글을 발표한다. 이 글은 한국 문학이 과연 외국사람들에게 이해될 수 있는 세계성내지 국제성을 담고 있는가 하는 문제를 다룬 것이다. 이 글에서 조용만은 먼저 고전소설의 경우를 들어 한국 문학 작품의 세계화에 대한 부정적 견해를 드러낸다. "그 감각의 기본에 있어서 우리와 그네는 판이한 것을 먼저 알아야 한다. 그러므로 이렇게 감각의 기조를 달리한 우리말을 서구어로 정확히 번역한다는 것도 우선 의심스러운 일이고 또 번역해논댔자 서구사람들이 그것을 그대로 이해할는지도 의문일 것이다. 이것이 우리문학의 이해를 가로막는 가장 큰 장벽이다"15)라는 것이 조용만의 주장이다. 조용만은 우선 언어적 감각의 차이를 들어 우리 문학이 세계문학으로 도약하기 어렵다는 사실을 지적한다. 그는 또 한국 고전소설의 문체가 산문적이 아니라 운문적이며, 묘사 중심 문장이 아니라 표현 중심 문장이라는 점 역시 한국 고전소설의 세계화를 가로막는 요소라고 본다. 이른바 형식의 차원에서 한국문학의 세계화가 어렵다는 것이다. 더 나아가 그는 한국 고전소설이 다루는 내용 역시 그러하다고 판단한다.

> 우리나라 문학의 내용은 모든 다른나라의 문학과 같이 「휴머니티-」
> (인간성)의 옹호와 그 개발신장을 내용으로 하고 있다. 이같이 인간적 통

---

15) 조용만, 「한국문학의 세계성」, 『현대문학』, 1956년 10월.

유성(通有性)을 그 내용으로 하고 있는 이상, 원칙적으로 우리의 문학은
세계 어느나라 사람에게도 이해되어야 할 것이다. 다만 문제되는 것은
인간적 통유성이라는 대원칙에서 출발은 하였지만, 문학은 인간과 사회
에 관한 복잡한 현실의 구상적(具象的)인, 구체적인 표현이므로, 인간성
의 옹호라는 대전제에는 아무런 변동이 없을지라도, 그 인간성의 옹호라
는 것이 나라에 따라서, 사회에 따라서, 또는 시대에 따라서 천차만별일
것이므로, 이같은 천차만별로 갈려진 형태를 구상적으로 창조하고 표현
하지 않으면 안된다. 이렇게 생각할 때에 그러면 우리나라에 있어서 인
간성의 옹호와 그 개발 신장은 어떠한 형태를 가지고 나타났는가.
　　생각건대 우리나라 문학의 내용은 우리의 이상주의(理想主義)와 인간
적 본능과의 갈등으로 인하여 생기는 반항, 그리고 풍자, 그리고 도피의
세 가지 형태를 취하고 있다고 믿는다. 우리의 이상주의란 구체적으로
말하면 봉건적인 가족주의, 충군애국의 국가주의다.[16]

조용만은, 우리나라 사람들이 가족주의와 국가주의라는 이상주의의 질곡
속에서 비통하게 살아왔다고 말한다. 「춘향전」이나 「심청전」, 「홍길동전」 등
한국의 대표적 작품들은 이러한 그릇된 이상주의의 질곡 속에서 탄생된 작품
들이다. 따라서 이들 작품은 한국사람들에게는 이해될 수 있지만, 널리 세계
어느 나라 사람에게나 통용될 수 있는 인간적 통유성은 지니고 있지 못하다
는 것이다. 이는 한국고전 문학이 특수성은 지니고 있지만 보편성을 지니지
못했으며, 따라서 세계성을 지니지 못한다는 말로 정리될 수 있다.
　논의의 결말에서 조용만은 그래도 한국문학의 세계화의 가능성을 일부나
마 열어둔다. 그것은 고전소설의 번역을 통해서가 아니라 현대소설의 번역을
통해서 가능하다는 것이다. 이때도 '문학적 감각을 특장으로 한 문학'이 아니
라 '스토리가 흥미있는 문학'을 중심으로 해야 한다는 것이 그의 결론이다.
　그러나, 한국문학의 세계화에 대한 조용만의 이러한 지적은 그리 타당한
것이라 보기 어렵다. 언어적 감각의 문제나 문체 차이에 의한 번역의 어려움
은 단순히 한국문학만이 지닌 문제점이 아니기 때문이다. 그것은 한 나라의

---

16) 조용만, 위의 글.

문학을 다른 나라 언어로 번역할 때면 언제나 생길 수밖에 없는 일반적 문제이다. 한국고전문학이 우리만의 특수성에 바탕을 두고 있기 때문에 세계적 보편성을 결여하고 있다고 판단하는 일 역시 우리 문학에 대한 바른 이해 태도라고 보기 어렵다.

1957년 김양수는 「민족문학 확립의 과제」라는 글에서 민족문학과 세계문학의 관계에 대해 이야기 한다. 여기서 그는 한 민족의 정신이 형성되고 발전하기 위해서는 전세계의 영향이 필요하고, 전세계의 향상과 발전을 위해서는 각 민족마다 새로운 의욕과 의지가 대두되어야 한다고 주장한다. 각 민족의 의욕과 의지가 세계적인 보편성을 띨 때, 그것은 민족적인 것이 되는 동시에 세계적인 것이 된다는 것이다. 논의의 결론에서 그는 "민족문학이 수행해야 할 과제는 이렇듯 세계와 인류라는 광장에서 문학의 광장인 비평의 광장을 넓히고 확립시켜 가는 데 있으며 이 과업을 수행하는 길만이 20세기 현대에 있어서의 민족문학 확립의 과제가 되는 것"17)이라고 주장한다.

같은 시기 최일수는 「문학의 민족성과 세계성」이라는 글을 써서 이 문제에 접근한다. 최일수는 이 글에서 우선, 그 동안 문학의 세계성과 민족성에 관한 논의가 독일의 괴테가 쓴 만년의 저서 『국민문학과 세계문학』에 토대를 두고 전개된 것임을 확인한다. 이어서 그는, 괴테를 비롯한 몇몇 이론가들의 논의는 첫째, 세계문학론을 서구문학의 상황과 그 위치에서만 이야기하였으며 둘째, 민족문학이 곧 세계문학이 될 수 있는 근원을 초민족적 보편적 인간성론에만 중점을 두고 있다는 점을 문제로 지적한다. 서구의 상황과 우리의 상황은 같지 않다. 아울러 민족집단의 전통 속에서 형성된 민족 개개인의 삶의 내면적 특성을 인간성이라는 이름으로 무조건 용해시켜버릴 수도 없다. 그리하여 동양의 여러 문학이 세계성을 풍부히 하기 위하여 취해야 할 길은 서구문학의 길을 고스란히 따르는 것이 아니라, 오늘 우리가 처한 현실을 참조하면서 새로운 길을 창조해야 한다는 것이 최일수의 생각이다. 민족문학과 세계문학의 관계에 대한 그의 이러한 생각은, 무조건적인 서구 추수적 세계문학

---

17) 김양수, 「민족문학 확립의 과제」, 『현대문학』, 1957년 12월.

론이 아니라는 점, 그리고 우리 민족이 처한 현실을 바탕에 두고 민족문학과 세계문학의 관계를 논해야 한다는 점을 지적했다는 점에서 주목할 필요가 있다. 최일수는 이 글에서 동서양을 막론하고 근대문학의 중요한 특질 가운데 하나를 인간성 즉 '휴머니즘'으로 이해한다. 휴머니즘론자들은 어지러운 사회 현상 속에서 인간의 본성만이 가장 아름다운 것이며 그것이 곧 모든 창조의 근원적 계기가 된다고 본다. 이 인간성론은 원래 근대적 민주주의가 낳은 시대정신의 표현이기도 하다. 최일수가 여기서 강조하는 휴머니즘론은, 김동리가 말하는 휴머니즘론에 비해 역사성과 사회성을 강조한다는 점에서 차이를 지닌다. 동서양의 우수한 작품에 나타나는 인간성 묘사는 민족이나 사회적 현실의 초월과 아무런 연관이 없다. 그보다는 인간성 묘사가 민주주의와 시민사회라는 특정한 시대를 배경으로 한다는 것이 최일수의 생각이다.

따라서 문학은 사회의 역사적인 성격의 동일성 위에서 비로소 세계적인 공통성이 가능한 것이며 그 공통성도 역사적으로 발전하면서 하나의 사상적 체계를 이룬 세계정신으로써 나타나게 된다.

실에 있어서 문학이란 사회없이 발생할 수 없으며 또는 어느 역사가들도 누구나 할 것 없이 사회가 문학의 원천이었다는 사실을 시인하고 있다. 뿐만 아니라 세계성은 곧 이 사회의 역사적 발전에 상응하면서 이루어진 것이라고 보고 있다.

이와 같이 문학은 그것이 세계적인 규모로 발전하면 할수록 사회와 역사와 뗄라야 뗄 수 없는 불가분의 관계를 보다 긴요하게 가지게 될 뿐만 아니라 반면에 엄밀한 입장에서 그것은 문학 곧 사회적 및 역사적인 한 현상이기도 한 것이다.

만일에 여기서 하나의 민족문학이 사회적 성격만 띠웠지 역사적인 전망을 그 내용으로써 지니지 못한다고 하면 그것은 마치 '아이누'의 문학처럼 원시적인 단계에서 오래인 동안 머무를 수밖에 없을 것이며 반면에 역사적인 전망이 풍부하면 할수록 '아이슬란드'의 문학처럼 고도한 단계로 발전하게 되는 것이 문학사에 있어서 너무나도 필연적인 현실이다.18)

최일수가 여기서 강조하는 것은 사회성과 역사성을 띤 민족문학의 필요성

이다. 사회성과 역사성을 함께 띤 문학만이 세계문학으로 자리잡을 수 있다
는 것이다. 계속해서 그는 문학의 세계성에 대해 이야기한다. 세계성이란 객
관적인 것이면서 동시에 역사적인 것이다. 그것은 단위 민족문학들의 총화로
이루어진다. 그것은 현대 서구문학처럼 찬란하고 선진적인 문학에만 집중되
는 것이 아니라, 그 찬란한 선진적인 문학으로부터 절대적인 영향을 받고 자
라나는 후진문학에서도 발견된다. 예를들어 우리문학처럼 식민지 본국으로
부터 영향을 강요받았던 문학의 경우라도, 그 내용에 사회와 역사적 현실을
담고 있다면 그것은 벌써 작으나마 세계문학의 일환이 되기 시작한다는 것이
다. 최일수의 이러한 견해는, 한국문학이 비록 후진적 문학일지라도 그것이
우리나라의 사회성과 역사성을 올바로 드러내기만 한다면 세계문학의 일환
이 될 수 있다는 적극성을 보여준다.

　이 시기, 조연현 역시 「민족문학과 세계문학」이라는 글을 써서 이 문제에
대해 관심을 보였다. 이 글은 민족문학과 세계문학의 관계를 개성과 보편성
이라는 문제에 초점을 두고 접근한 것이다. 이 글에서는 한 나라의 문학이 한
민족의 민족적 특성을 강조할 경우 민족문학이 되며, 인류적 보편성을 강조
할 때는 세계문학이 된다고 전제한다. 그런데 민족문학이나 세계문학은 모두
가 개성을 중시한다. 어떤 경우에는 가장 특이한 개성이 그 민족의 민족적 특
성을 가장 잘 나타내주기도 한다.

　　이것은 개성이 민족의 특성을 좌우하는 것이 아니라 민족의 특성이
　개성을 통해서 가장 완전한 표현을 얻을 수 있다는 비밀에 불과하다.
　　이와 마찬가지로 인류적인 보편성도 가장 민족적인 특성을 통해서만
　가장 완전한 표현이 얻어질 수 있다는 것도 능히 짐작할 수 있는 일이다.
　…… 중략 …… 민족문학에 첨가할 수 있는 것은 가장 개성적인 문학이
　다. 이것은 무성격적인 것이 성격적인 것을 구성하는 한 요소가 될 수
　없기 때문이다.
　　이와 마찬가지로 세계문학에 첨가될 수 있는 것은 무성격한 여러 민

---

18) 최일수, 「문학의 민족성과 세계성」, 『현대문학』, 1957년 12월～1958년 4월.

족의 여러 문학이 아니라 특성을 가진 여러 민족의 민족문학이다. 그러
므로 가장 개성적인 작품이 모여 하나의 민족문학이 형성되듯 가장 특
성있는 민족문학이 모여 세계문학을 형성한다.[19)]

그렇다면, 각 민족의 서로 다른 특성을 기반으로 한 민족문학은 인류의 보
편성을 기반으로 한 세계문학의 형성을 어떻게 가능하게 하는가? 이에 대해
조연현은, 개성은 보편성의 구체적 내용이며 보편성은 개성의 추상명사에 지
나지 않는 것이라고 말한다. 따라서 동일한 문학일지라도 민족적 특성이라는
측면에서 바라보면 민족문학이 되고, 인류적인 보편성이라는 측면에서 바라
보면 세계문학이 된다는 것이다. 조연현의 이러한 주장은 결국 민족의 개성
을 드러내는 문학이 민족문학이고, 개성 있는 민족문학들이 모여서 인류적
보편성을 띤 세계문학을 이룬다는 말로 이해할 수 있다. 그렇게 보면 민족문
학과 세계문학에 대한 조연현의 주장의 핵심은 '개성에 대한 강조'로 요약된
다. 조연현의 주장은 앞의 김용만의 글에서 볼 수 있었던, 민족적 특수성에
대한 강조를 곧 세계적 보편성의 상실 혹은 결여로 이해하던 것과 크게 차이
가 난다. 민족문학적 특수성과 세계문학적 보편성의 관계에 대해서는 조연현
의 주장이 조용만의 그것보다 더 큰 설득력을 지닌다.

앞에서도 살폈듯이, 1960년대를 거쳐 1970년대 초반 잠시 민족현실과 동떨
어진 상태로 사용되던 민족문학이라는 용어가, 70년대 중반 제자리를 잡으면
서 민족문학과 세계문학에 대한 관계 역시 바른 자리를 찾게 된다. 이렇게 민
족문학과 세계문학의 올바른 관계정립 과정에서는 백낙청의 글 「민족문학의
개념 정립을 위해」와 「민족문학의 현단계」를 주목할 필요가 있다. 백낙청은
「민족문학의 현단계」에서 다음과 같이 주장한다.

논의가 일단 우리문학사의 근대에 이르면 민족적 위기의식에 바탕둔
민족문학이 곧 우리민족이 생산하는 문학다운 문학과 실질적으로 합치
한다는 주장에 별다른 유보를 달 필요가 없게 된다. 그만큼 조선왕조 말

---

19) 조연현, 「민족문학과 세계문학」, 『자유신문』, 1958년 1월 1일~3일.

기에 닥친 위기는 국권을 송두리째 빼앗아갈 정도의 전례없는 위기였고
'종묘・사직'의 위기만이 아니라 민족 전체의 운명을 뒤바꾸는 위기였
던 것이다. 그러므로 이러한 위기가 절박해진 19세기 말엽부터 어떤 작
품의 문학적 우수성은 그 작품에 직접 간접으로 작용하고 있는 민족적
위기의식, 보다 구체적으로 반제국주의 및 반봉건주의 의식의 깊이와 불
가분의 관계에 놓인다. …… 중략 …… 따라서 민족적 위기의식을 강조하
는 민족문학 개념은 우리민족의 문학적 유산 가운데서 특수한 일부만을
떼어내어 추켜 올리고 나머지는 부당하게 내동댕이 치는 억지가 아니라,
적어도 19세기 후반부터 오늘날까지 지속되고 있는 민족적 위기의 상황
에서는 우리의 문학유산 전체를 가장 온당하게 평가하고 소화하는 지침
이라 할 수 있다. 동시에 그것은 민족현실의 특수성을 내세워 한국문학
을 세계문학의 대열에서 이탈시키기는커녕, 오히려 현단계 세계문학의
가장 선진적인 흐름인 제3세계 민족문학의 일익을 맡게끔 해주는 것이
기도 하다.[20]

50년대 이후 현재에 이르는 이러한 논의들에 힘입어, 한국 민족문학이 제3
세계 문학으로서 일익을 담당하며 세계문학사의 전면에 나서게 된 것은 다행
스러운 일이다. 이렇게 50년대부터 시작되어 1970년대 중반 이후 본격적인
비약의 과정을 거친 민족문학과 세계문학에 관한 논의는, 90년대에 이르기까
지 커다란 굴곡없이 일정한 기조를 유지하며 오늘날에 이르고 있다.

돌이켜보면, 한국 근대문학이 시작된 이후 지난 한 세기 동안, 한국 문학에
대한 논의는 지나치리만큼 정치적・사회적 영향을 받으며 진행되어 왔다. 그
것은 그만큼 지나간 우리들의 삶에 문학사 내지 문화사가 정치사의 영향권
속에 가까이 있었다는 사실을 말해준다. 특히, 민족문학이 처한 자리와 나아
갈 길에 대한 논의가 그러했다. 민족문학에 관한 논의가 한국적 민주주의론
을 옹호하는 유신정권의 시녀처럼 생각되던 때가 있었던 반면에, 그 민족문
학에 관한 논의가 마치 반정부 인사들의 시국 성토문처럼 인식되던 때도 있

---

20) 백낙청, 「민족문학의 현단계」, 『민족문학과 세계문학 2』, 창작과비평사, 1975년. 1
    2〜13쪽.

었다. 전자가 1970년대 중반 이전의 상황을 말한다면, 후자는 1970년대 후반부터 80년대말을 관통하는 민족문학과 민중문학의 논의가 그런 해석을 불러일으키던 상황을 말한다.

군사정부가 무너지고 문민정부가 들어선 90년대 초반 이후, 많은 신문과 잡지들이 마치 민족문학 논의가 이제는 그 시효를 다한 양 덮어버리기 시작한 현상 역시 진정한 민족문학론에 대한 오해에서 비롯된 것이다. 70년대 중반이후 이른바 진보적 민족문학 진영에서는 새롭게 정의내린 민족문학의 성취를 위해 먼저 해결해야만 할 일이 있었다. 그것은 우선 자유로운 문학활동이 보장되는 사회적 여건을 조성하는 일이었다. 오늘날 새로운 문학 활동을 위한 자유로운 환경 구현 과정에서 이들이 담당한 역할의 중요성에 대해서는 아무도 그 가치를 부인하기 어렵다. 하지만 중요한 것은, 이러한 문학 외적 활동들은 분명 진정한 민족문학 자체의 성취를 위한 전제적 과정일 뿐이며 궁극적 목표가 아니라는 사실이다. 진보적 민족문학 진영에 맡겨진 더욱 어려운 과제 역시, 문학외적 활동을 통한 성취가 아니라 그것을 어떻게 문학적 성과로 반영할 것인가 하는 문제가 된다. 따라서 진정한 민족문학에 관한 논의는 오늘날에 이르러 종언을 맞이하게 되는 것이 아니라 새로운 출발의 길로 들어서는 것이다.

이제 우리는 과거에 대한 향수만으로도, 또한 현실에 대한 비판만으로도 진정한 민족문학의 전개가 이루어질 수 없다는 사실을 안다. 세계 정세와 우리 현실과의 관계 속에서, 아울러 세계문학과 한국문학의 관계 속에서 진정한 민족문학의 나아갈 길이 무엇인가를 바르게 논의할 때가 찾아 온 것이다. 그런 의미에서 우리는 한국 근현대문학사 100년을 반성하고 앞으로 다시 100년을 내다보는 이 시점에서 민족문학에 관한 논의가 막을 내렸다고는 생각하지 않는다. 그것은 이제 진정한 시작의 시점에 선 것이다. 민족문학의 정립은 한국문학의 세계화 성취를 위한 전제 조건 가운데 하나이다. 그런 점에서 이제 우리는 진정한 한국문학의 세계화를 위한 새로운 출발점에 서 있는 것이다. 한국문학이 지닌 독자성, 그러면서도 세계문학으로서의 보편성을 획득할 수 있는 이른바 보편적 독자성이 무엇인가를 발굴 소개하려는 새로운 세대의 의지와 노력은 새로운 한국문학의 세계화 논의를 위한 초석이 될 수 있을 것이다.

3. 한국문학의 주체적 발전을 위한 방안

1) 국제 평화의 시금석으로서의 분단 한국의 문제

새로운 세기를 맞이하는 현재의 세계사 운동의 과정은, 20세기를 주도했던 그것에 비교해 볼 때 매우 새로운 양상들을 보여주고 있다. 20세기 세계사를 주도해 온 자본주의의 역동성은 한편으로는 아직도 산업자본주의의 구조 속에 편입되지 못한 수많은 제 3세계 국가들의 문제를 남기고 있는 한편으로 고도 집약적 기술과 정보의 가공 유통이라는 분야에서 거대한 교환가치를 생산해내면서 21세기를 맞이하고 있는 것이다.

이렇게 폭넓은 영역에 걸쳐 운동해 가고 있는 자본주의적 현실과 더불어 현재의 세계사적 공간은 20세기를 주도했던 주요 갈등과 분쟁의 양상들이 상당한 질적 변화를 보여주고 있는 것으로 판단된다. 20세기의 대부분이 체제 대결이라는 양상을 띤 채로 세계가 분열·갈등 양상을 보여줘 왔다고 한다면, 20세기말과 21세기초는 구소련과 동유럽, 아프리카 등지가 보여주는 바와 같이 민족·종교 분쟁들이 중요한 갈등의 국면으로 존재하고 있기 때문이다. 이 중의 중요한 갈등 양상 하나가 바로 한국의 분단 상황이다.

세계사적 보편성이라는 측면에서 본다면, 한국의 분단 상황은 20세기 전반을 지배한 식민지 지배체제가 남긴 역사적 상흔으로서 또한 20세기 중·후반을 지배한 세계적인 체제 대결 구도의 선봉적인 희생물로서의 상징적 의미를 전형적으로 그 안에 내포하고 있다. 동시에 한국의 분단 구도는, 세계적인 규모의 체제 대결 구도가 적어도 표면적으로는 붕괴한 듯한 20세기 최후반의 역사적 과정 속에서도 엄존하고 있을 뿐만 아니라, 낭만적·단기적 해소의 전망을 쉽게 보여주지 않는다는 점에서, 일률적으로 설명하기 어려운 역사적 특수성을 안고 있는 대상이기도 하다. 그런 의미에서 보면, 한국의 분단 상황은, 현재 세계사의 중요 갈등 국면을 이끌어 가고 있는 민족분규 문제 등과 더불어, 여전히 세계사적 차원의 문제를 제시하고 있다고 볼 수가 있다.

물론 한국인이 겪고 있는 역사적 고통들은 민족사적 차원에서 생생한 역사적 실감으로서 존재하고 있음에 틀림이 없다. 그리고 현재의 분단 상황이 발전적으로 해소될 수 있다면, 그것은 반세기 넘게 남북 현대사의 질곡으로 작용해 온 근본적인 모순 중의 하나가 해결된다는 것을 의미함과 동시에 그것이 내포하고 있는 세계사적 차원에서의 문제 하나가 해결된다는 것을 의미하는 것이기도 하다. 이런 의미에서 볼 때 오늘의 한국 지성인과 문화인·작가들이 담당하고 있는 동시대적 임무는 매우 커다란 역사적 의미를 그 안에 담고 있다고 할 수 밖에 없다.

2) 한국문화의 보편성과 특수성

어떤 문화든지 간에 그것이 주체적인 발전을 지속해 나아가면서도 세계 문화의 발전에 기여할 수 있기 위해서는 다음과 같은 기본적 조건을 갖춰야 할 것으로 판단된다. 우선 그 단위 문화가 갖고 있는 개성이 뚜렷할 것, 그리고 그 개성이 인류 문화가 그 안에 내포해야 할 다양한 운동 과정의 하나로서의 양상을 충분히 보여주어야 할 것, 그리고 그 독자적 개성이 자신의 개별적인 과제들을 해결해 나아가는 과정에서 인류 문화 전체의 질적 향상에 기여해야 할 것이 그것이다.

이러한 문제의식과 관련하여 본고는 1차년도 연구보고 속에서 다음과 같은 점을 한국 문화의 전통적 특징 중의 하나로 제시한 바 있다. 즉 '천인(天人) 융합을 지향하는 공동체적 축제판'을 지향하는 요소가 고대 한국 문화의 핵심적 전통 속에 존재하고 있으며 이것이 한국 문화의 저류를 형성하고 있다는 점, 이 흐름이 사상적 측면에서는 유·불·선도를 하나로 융합시킨 '풍류도'라는 사상 체계, 성과 속, 일체의 불교적 논쟁을 일심(一心)으로 원융시킨 원효의 '화쟁론'으로서 하나의 거대한 사상·신앙적 고봉을 형성하게 된다는 점, 중세문학의 최고봉에 속하는 「구운몽」은 이 사상적 전통을 훌륭하게 형상화해낸 문학적 성과물에 속한다는 점등이 그것이다.[21]

물론 '천인 융합'의 사상이 오로지 한국인의 것일 리만은 없다. 자연과 인간 그리고 신적 범주는 모든 고대인들의 사상과 행동 양식 속에 포함되어 있는 중요한 인식적 준거들이며, 그런 의미에서는 고대 한국의 신앙적 요소 역시도 인류적 차원의 문화 영역 내에 포함되어 있는 것이기 때문이다. 그런 의미에서 고대 한국의 신앙 문화는 인류 문화와 발걸음을 같이하는 보편성을 갖고 있다.

그러나 한국의 고대 문화는 이러한 보편성과 아울러 독자적 요소 역시도 갖고 있다. 현대 한국인의 정신구조 속에도 생생하게 간직되어 있을 뿐만 아니라 기독교 등의 서구 종교의 신(神) 개념 형성에까지도 강력한 영향력을 행사하고 있는 '하늘'(天) 신앙적 요소는 그것의 매우 뚜렷한 현상이다. 그리고 「위지동이전」 등이 전하는 고대 한국인의 활기에 찬 공동체적 축제의식과 '신명' 혹은 '신바람'으로 요약되는 행동 양식 역시도 그러하다. 이런 요소가 현대 한국 문화의 저류, 특히 한국 대중 문화의 중요한 맥을 형성하고 있는 무속 문화, 구비 문화 속에 강력하게 자리하고 있다는 점등은 부정하기 어려운 것이다.

그 외에 한국의 전통 사상이 갖고 있는 중요한 특징, 즉 외래적인 사상 체계나 기존의 사상 체계의 분열상을 하나의 근본주의적인 원점으로 원융시키는 점, 성(聖)과 속(俗), 주체와 대상, 정신과 물질 등의 이원적·분리적 차원을 고도의 직관적 통찰과 전인격적 개안(開眼)을 통하여 하나의 통합체로서 논리화시키는 점 역시도 한국 사상이 갖고 있는 고도의 개성을 드러내 주는 요소로서 손색이 없는 것으로 판단된다. 그리고 이러한 특징은, 이원적 대립 구도와 분석주의적 사고방식을 주축으로 하여 자본주의 문명을 개진해 왔으나 여러 모로 위기에 봉착해 있는 징후가 뚜렷한 세계 문화계를 선도해 나갈 수 있는 가능성을 열어 보여주기에도 손색이 없는 것으로 판단된다.

---

21) 설성경 외, 「통일 한국 문학의 진로와 세계화 방안 연구」, 『동방학지』 98집, 1997,
   12. 529∼569쪽 참조.

현재 서구 문화계에서 대활약을 벌이고 있는 한국인 예술가들에 대한 서구인들의 찬사 속에는 한국인에게 그렇게 낯설지 않은 언어들이 있다. 가령 서구 음악계에서 대활약을 벌이고 있는 정명훈씨 등 일가의 연주나 발레리나 강수진의 춤 속에 '다이나믹'한 무엇이나 '무(巫)적인 요소'들이 있다는 지적들이 그것이다. 그 외에 미국 철학계의 분석주의적 전통을 직관적 상상력으로 통합해낸 업적으로 널리 알려져 있는 재미 철학자 김재권, 짤막한 직관적 언어로 서구 지성들을 한국 불교로 흡인해들인 선사 숭산의 경우 역시도 유명하다. 물론 이런 예들은 별도의 본격적인 사상적 검토를 요하는 것임에는 틀림이 없겠지만, 정씨 일가의 음악이나 강수진의 그것이 '신명'이나 '신바람' 등의 언어와 멀지 않은 세계라는 것, 그것이 한국인들의 일상적인 삶의 감각과 그렇게 멀지 않은 세계라는 것은 하나의 실감 차원에서 부정하기 어렵다고 생각된다. 김재권이나 숭산이 보여주는 사상적 특성 속에서도 우리는 원융적인 전통을 갖고 있는 한국 사상의 전통적 맥락이 그 이면에서 역동적으로 움직이고 있다는 점을 진단해 볼 수 있다.

이런 예들은 한국인의 삶 속에 한국인만이 갖고 있는 고유한 정신적·행동 스타일이 있으며 그것이 또한 세계 문화의 외경을 자아낼 수 있는 에너지와 깊이를 갖고 있다는 것을 확인시켜주는 예로서 모자람이 없다고 생각된다. 이것은 바로 한국 전통 문화의 특수성이 세계적인 보편성과 직결되어 있음을 일상적 차원에서 확인시켜 주는 예임과 동시에, 세계 문화를 선도해 나갈 수 있는 가능성까지도 열어 보여주는 증거이기도 하다.

물론 한국의 현대 문화 속에서 이 문제를 본격적으로 규명하려는 노력들은 그렇게 적극적으로 진행되어 온 듯하지 않다. 여러 가지 이유가 있을 듯하나 식민지 체제 속에서 근대화를 일궈올 수밖에 없었던 역사적 특징이나 분단 체제의 지속 문제, 사회 문화 전반에 퍼져 있는 전근대적 요소들과 첨단 자본주의적 요소들간의 갈등 양상 등등, 동시대적 문제에 문화계의 관심이 집중되어 온 점, 그리고 문화계의 주된 발상 자체가 서구적 보편성에 경도되어 온 점과 상당한 관련성이 있지 않을까 판단된다. 그러나 문화가 갖고 있는 속성상, 한국의 전통 문화의 맥락이 현대 문화의 제 국면 속에서 자신의 모습을 드러내고 있지 않을 리는 없다. 한국의 전통 문화는 현대 한국사가 내포하고 있는 동시대적 문제와 끊임없이 부딪히면서 자신의 독자적 개성을 더욱 심화시키면서 세계사적 문제와 끊임없는 대화를 교환하고 있는 것으로 판단된다. 이 점들에 대한 보다 본격적이고도 심도있는 검토 및 체계적인 이론화 작업이 필요하다고 판단되는 것은 물론이다.

3) 한국 전통문학의 계승과 발전

한국 문학은 20세기로 들어오면서 근대로의 전환이라는 새로운 문학의 시기를 맞게 되었다. 이런 문학사적 전환기에 한국 문학은 전통에 뿌리를 둔 조선조 문학과 조선조에는 접촉이 없었던 일본문학과 구미문학이란 새로운 문학과의 접촉에 따른 새로운 문학이 신구문학으로서 경쟁적 관계에 놓이게 되었다. 이 과정에서 조선조에 이룩한 전통문학은 표면상으로는 신문학의 강력한 세력에 밀려 낡은 문학으로 매도되면서 쇠퇴의 길로 접어드는 듯했다. 그러나 이와 다른 시각으로 본다면, 신문학기에 접어들어서도 지난 시대의 문학이 그 생명력을 상실 당하는 부분만이 아니라, 민족문학의 전통성이라는 측면에서 신문학에 생산적으로 옮아가는 부분이 있을 수밖에 없었다.

20세기 벽두에 불어닥친 일본과 구미문학의 강력한 바람도 이겨내면서 문학 전통을 지켜온 부분들은 문학 양식에 따라 그 개성을 달리하고 있다. 그러나 그런 개성들도 본질적인 측면에서는 하나의 보편적인 민족문학의 정신으로 파악될 수 있으므로, 그러한 사례를 전통문학을 대표하는 작품이요, 판소리 양식에서 출발한 춘향전의 경우를 들어 살펴보자.

춘향전은 판소리라는 소리극 양식에서 생성되었기 때문에 적층성과 유동성이 하나의 원리로 작용하고 있다. 현전하는 텍스트 중에서 가장 초기의 것으로 판정된 한시로 된 만화본 춘향전이 1754년의 작품이므로, 250년의 자료로서의 작품사(作品史)를 엮어낼 수 있다. 이런 춘향전의 역사적 전개를 본다면, 춘향전은 19세기말에서 그 생명력을 상실한 것이 아니라, 신문학기에도 여전히 전통문학을 대변하면서 한국문학의 역사성을 키워나갔다.

　이해조의 '옥중화'로 대표되는 신문학기의 소설 춘향전은 그 이전의 19세기의 춘향전에 대한 새로운 시대의 춘향전으로 변개되었다. 표제 자체가 이미 춘향전이나, 남원고사가 아니라 '옥중의 꽃'이란 의미를 지닌 옥중화로 시대적 변이를 단적으로 드러내고 있다. 이 옥중화라는 표제는 일제강점기로 접어든 이후, 그 빛을 더욱 발휘하면서 식민지 시대의 춘향전을 대표하게 된다. 즉, 기생 춘향이 옥중에 갇혀 시련을 겪지만 끝내 암행어사가 되어 찾아온 낭군의 힘으로 옥에서 벗어나 자유의 몸이 된다는 춘향전의 내용은 빼앗긴 조국의 아픔을 벗어나 광복이란 새로운 세계를 맞게 되기를 기원하는 의미로 당대 독자들에게 수용될 수 있었다.

　물론, 지난 시대의 문학이 대부분 당대 문학으로서의 기능을 상실하던 신문학기에도 춘향전을 비롯한 몇몇 작품들은 당시에 창작된 신소설과 더불어 생산적인 경쟁을 펼칠 수 있었던 것은 작품이 지닌 시대적인 의미를 담고 있었기 때문이다. 이와 더불어 작품의 의미만이 아니라 표현의 미감 또한 경쟁력을 확보하고 있었기 때문이다.

　춘향전은 생성 당시에 광대들에 의해 다듬어진 기층민의 생명감 있는 구어체와 상층 지식인들의 문어체의 조화와 극적인 흥미를 자아내는 탁월한 구성력을 전통문학의 특질로 지니고 있었다. 이런 작품의 구조가 갖춘 원작의 구도 위에 이를 토대로 적층적 개작을 끊임없이 가하는 집단적 작가의 산물이기 때문에 춘향전에는 개인의식과 집단의식이 용해되어 있었다. 동시에 과거의 작품성과 현재적 작품성을 구비하고 있었다. 이로 인하여 춘향전은 판소리계 이외의 일반 작품과는 그 미적 형상력이 개성을 달리 하고 있었다. 이처럼 판소리에서 출발한 춘향전이라는 양식사적 특징에 근거하여 춘향전의 아름다움을 탐색해 본다면 원작에 이미 있었던 미적 형상과 이를 재창작하면서 드러난 후대의 개별작가가 쌓아 가는 미적 형상이 달리 제시될 수 있다.

　춘향전은 기본 서사 구조가 극적 구성으로 이루어져 있고 이런 극적 구성 위에 서정성과 서사성이 공존하고 있다. 극적 구성은 전·후반이 전체적으로 대칭구조를 가지면서 전반부의 종결은 비극적 상황으로 끝나고 후반부의 종결은 희극적 상황으로 끝난다. 전반부의 비극적 종결은 후반부에 들어가면서

더울 심화된 비극성을 드러내다가 후반부의 종결부분에 가서야 극적인 대반
전을 이루며 행복한 결말이라는 희극적 구조로 종결된다. 이러한 보편적인
구성으로 볼 때 춘향전의 한은 춘향을 통해 구체화된다. 그 예를 작품의 내용
을 통해 살펴보면 춘향은 이도령을 만나 행복한 세계로 전환되는 듯 하지만
이도령의 상경으로 인해 전보다 더욱 불행한 상황으로 떨어진다. 이도령과
이별한 춘향은 일상적 기생의 길처럼 약속을 어기고 떠나간 이도령을 외면하
고 새로이 등장한 권력가 변부사에게 수청을 드는 길도 열려 있지만 수절을
내세우다 옥중신세가 된다. 이러한 옥중 시련은 이도령과 이별에서 얻는 일
차적 시련에 대한 이차적 시련이면서 개인적 사랑의 시련에 대한 사회적 상
황 속에서 야기되는 갈등이요, 시련이다. 이 갈등은 기생과 관장의 대결이면
서 젊은 세대와 늙은 세대의 갈등이기도 하다. 이차적 시련은 이별이라는 일
차적 시련보다 더욱 심화된 고통이라는 것을 춘향에게 가해지는 옥중의 고초
와 '십장가'라는 삽입가요를 통해 드러난다. 이 십장가는 단순한 형장이 아니
라 춘향에게 가해지는 육체적 고통이면서 동시에 심화되는 한에 대한 춘향
특유의 자기성숙을 장형의 노래로 대응하는 일차적 해한의 방식으로 나타난
다. 얼핏 보기에는 논리적 모순성을 드러내는 변부사의 형법을 빌린 가혹행
위와 연약한 춘향의 육신에서 강인한 정신으로 전환되는 십장가의 표현은 춘
향전의 독특한 아름다움에 해당된다.

　춘향전의 해한을 통한 아름다움은 여기에서 끝나지 아니하고 다시 삼차적
시련에서 절정에 이르게 된다. 옥중 시련을 거치면서 다가오는 죽음 앞에 마
지막 희망으로 출세한 임을 기다리던 춘향에게 임은 걸인 모습으로 다가온
다. 이러한 상황에 대한 반응은 춘향모와 춘향의 극단적 대립으로 나타난다.
춘향모 월매는 몰락한 것으로 판단될 수밖에 없는 거지 모습의 이도령에게
갖은 구박을 가하지만 춘향은 이와는 전혀 대조적인 태도를 보인다. 양반 자
제 이도령이라는 인식, 출세하여 나를 행복하게 해주리라는 세속적 욕망이
좌절되었지만 춘향은 일상적 욕망과는 다른 순화된 자기세계를 보여준다. 옥
중 체험을 거치면서 성장한 춘향은 수절의식, 정의감은 높은 정도에 이르렀
고 그런 위치에서 바라보는 거지 낭군에 대한 인간적 연민이나 사랑은 일상

적 차원의 사랑이야기를 능가하는 순수지고의 인간성을 보여준다. 자신의 불행과 죽음이 임이라는 상대에 의해서 야기되었기에 그 한의 풀이가 그 대상으로 옮아가지 아니하고 무한한 자기승화를 통해 휴머니티가 극적으로 드러난다. 가장 진실하고 순수한 인간이 보여줄 수 있는 휴머니티의 극점에서 춘향은 임과 어머니 월매를 대하게 된다. 그 부분이 춘향의 유언 대목으로 표현되는 다음과 같은 내용이다.

"여보 셔방임 내 몸 하나 죽는 거슨 셔룬 마음 업소마는 셔방임 이 지경이 웬일이요 온야 춘향아 셜어마라 인명이 재천인듸 셜만들 죽을손야 춘향이 져의 모친 불너 한양셩 셔방임을 칠연대한 가문 날의 갈민대 우기두린들 날과 갓치 자진턴가 신근 남기 꺽거지고 공든 탑이 문어졋네 가련하다 이 내 신세 하릴업시 되야구나 어만임 나 죽은 후의라도 원이나 업게하여 주옵소셔 나 입던 비단 장옷 봉장 안의 드러쓰니 그 옷 내여 파라다가 한산 셰져 박구워셔 물색 곱게 도포 짓고 백방사주 진 초매를 되는데로 파라다가 관망신발 사 듸리고 결병 쳔은 비녀 밀화 장도 옥지환이 함 속의 드러쓰니 그것도 파라다가 한삼고의 불초찬케 하여주오 금명간 죽을 년이 셰간 두어 무엇할가 용장봉장 빼다지를 되는 데로 팔러다가 별찬 진지 대졉하오 나 죽은 후의라도 나 업다 말으시고 날 본다시 셤기소셔 셔방임 내 말삼 드르시요 내일 본관 사또 생신리라 취중의 주망나면 날을 올여 칠 거시니 형문 마진 달리 장독이 낫시니 수족인들 놀일손가 만수우환 헌트러진 머리 이렁져렁 거더언고 이리 빗틀 져리 빗틀 드러가서 장피하여 죽거들난 삯군인체 달여드러 둘너업고 우리 두리 쳐음 만나 노던 부용당의 젹막하고 요격한듸 뉘여 노코 셔방임 손조 염십ᄒ되 내의 혼백 위로하여 입은 옷 벽기지 말고 양지 끗에 무더따가 셔방임 귀히 되야 쳥운의 올의거던 일시도 둘ᄂ 말고 육진장포 개렴ᄒ야 조촐한 생애 우의 덩글럿케 실은 후의 북망산쳔 차져갈 졔 압남산 뒤남산 다 바리고 한양으로 올여다가 션산 발치의 무더주고 비문의 새기기를 수졀원사춘향지묘 야달 자만 새겨주오 망부석이 아니될가 셔산의 지는 해는 내일 다시 오련만는 불상한 춘향이는 한번 가면 언의 때 다시 올가 신원이나 하여주오 애고 내 신셰야 불상한 내의 모친 날를 일코 가

　　산을 탕진하면 하릴업시 거린되야 이집 져집 걸식다가 언덕 밑에 조속
　　조속 조울면셔 자진하야 죽거드면 지리산 갈가마구 두 날개을 쩍쩍 벌
　　이고 두덩실 나라드러 까옥까옥 두 눈을 파 먹근들 언는 자식 잇셔 후여
　　흐고 날여주리."22)

　물론, 텍스트에 따라서 구체적 표현은 달라지지만 춘향이 보여주는 가장 춘향다운 마음가짐이 종교적 차원에 이른 춘향의 인간애를 보여준다. 어머니에게는 거지로 몰락한 낭군을 부탁하고 낭군에게는 늙은 어머니를 부탁한다. 또 향단에게 이 둘을 부탁하며 늙은 영혼이라도 자신이 보살펴 주리라는 애틋한 말을 남긴다. 다가오는 죽음을 공포로서 받아들이지 아니하고 자신보다는 남겨두고 떠나가는 인물들에 대한 못 다한 자신의 애정을 애절히 표현한다.

　춘향전이 지닌 휴머니티는 세 차례나 걸쳐서 드러나는 시련에서 꽃피는 춘향정신의 완결에서 드러나고 자신이 겪는 불행과 한을 자신이 감싸 안으면서 자기 희생적으로 나아가는 길이다. 이런 춘향 정신이야말로 고도의 수련을 겪은 성인들이 나아갈 수 있는 경지에 접근한 인간적 태도이고 그런 태도와 표면적 문맥에서는 열녀의 수절이야기로 드러난다. 그러나 드러난 열녀의 수절이야기는 유가의 관념화되고 구호화된 수절이요, 열녀이야기가 아니라 갈등의 원초를 무화시키는, 그러면서 가장 고결한 휴머니티를 드러내 주는 해한의 발전적 모형을 보여준다. 춘향의 이러한 해한의 미는 일상적 관념의 복수나 보복의 개념을 뛰어넘는 것이다. 그래서 암행어사로서의 모습을 드러내는 이도령 역시 칼로 피로 변부사에게 보복하는 것이 아니라 암행어사 시로 관장의 부패를 준엄하게 꾸짖고 역졸들의 폭풍우같은 출도의 분위기 속에서도 이도령은 변부사를 끝내 죽음으로 몰아 가지는 않는다. 서사적 분위기로 보아서는 온건적이라고 판단될 수 있는 봉고파직이 그에게 가해지는 최대의 징벌이다. 이는 보복이 결여된 갈등의 해소로서 작품의 긴장감을 훼손한다는 근대적 안목의 비판의 대상이 될 수 있을지 모르지만 이런 해결방법이야말로

---

22) 완판 84장본 「열녀춘향수절가」.

한민족 특유의 정신세계에서 분출되는 민족의 고전이 지닌 휴머니티의 한 극치를, 한국문학다운 아름다움을 보여주는 한 단면이며, 현대로 계승되는 고전문학의 전통이다.

또, 춘향전에 보여주는 민족문학의 전통성은 한민족만이 향수자가 될 수 없고, 세계인이 외국문학 또는 세계문학으로 향유하게 됨으로 이들을 보다 효율적으로 드러내야 한다. 그러기 위해서 세계인이 향유하기에 쉬운 방법으로 문학비평이나 연구가 뒷받침되어야 한다. 특히, 형식이나 표현에 있어서 민족적 계승이 강화된 부분에 있어서는 원텍스트의 의미망이 어떻게 구축되어 있고, 원텍스트와 시공간적 상황 속에서 어떻게 변이, 굴절되는지도 함께 제공하는 방식도 개발되어야 한다. 예컨대, '처용가'와 그 산문서술의 경우, 시와 산문의 상관관계 속에서 시가 지닌 의미가 보다 구체적으로 드러나기도 한다. 이런 관계 속에서 시의 의미와 기능은 고려조, 조선조를 거치면서 새롭게 변이 되고 있으므로 시대적 의미와 시대를 관류하는 또 다른 일관성의 원리를 함께 이해하는 수용태도가 요구된다. 이 경우, 어느 특정 시대의 특징적인 작품의미를 제시하는 것보다 통시대적인 전개 속에서 이 작품의 시대별 의미와 시대 간의 의미를 이원적으로 외국의 독자에게 이해시키는 길이 보다 적극적인 민족문학의 해석법이다.

한민족 문학이 지닌 독자적 양식과 그 전개의 개별성이 함께 논의되고, 구체적인 작품의 사례를 통해서 객관적으로 제시될 때 민족문학에 대한 발전적 해석이 이루어질 수 있는 것이다. 그러므로 전통문학의 발전적 방안은 민족문학이 지닌 독자적 계승이 먼저 밝혀지고, 그 토대 위에서 양식과 작품에 따른 개별적 방안이 강구될 수 있다.

4. 한국문학의 세계화를 위한 구체적 방안

우리 문학을 세계 속의 한국문학으로 인식시키기 위한 논의나 노력이 최근 더욱 활발해지고 있다.23) 이런 논의의 한 방향은 우리 문학텍스트 자체를 번역 출판하여 보급하는 쪽에서 진행되었고, 또 다른 하나의 방향은 우리 문학 작품에 내재한 문예성을 밝히고, 우리 작품의 역사적 전개와 미적 질을 찾아 외국에 소개하는 쪽에서 진행되어 왔다. 현대문학이나 고전문학 테스트 자체에 대한 해외 소개는 이제 어느 정도 자리를 잡았다고 할 수 있다.24) 여기에 반하여 구비전승 문학이나 전통적인 고전작품의 미적 본질에 대한 소개는 아직 초기 단계에 머물고 있다. 그러므로 후자를 중심으로 한국문학의 세계화를 위한 구체적인 방안을 살펴보고자 한다.

1) 구비전승 문학의 추가 발굴과 세계화

우리 문학의 유산은 대부분 기록문학에 속한다. 이들 기록문학에 비하여 구비문학은 20세기에 들어와서 문자로 정착되거나 녹음, 녹화 등으로 채록된 것이기 때문에 그 정착시기가 일천하다. 그 뿐만 아니라, 초기 단계의 기록문학화 시기는 일제 강점기였고, 또 기록화의 수준이 낮은 상태였으므로 그 질의 측면에서도 만족할 만한 것이 되지 못한다.

20세기 후반에 들어와서 본격적인 작품의 채록을 시작하여 구비전승문학의 양이 늘어난 것은 사실이지만, 짧은 시간에 오랜 문화적 전승 속에 다양하게 분포되어 온 문학적 유산을 발굴한다는 것이 쉬운 일은 아니었다. 그 대표적인 성과로는 문화재관리국에서 출간한『전국민속종합조사보고서』와 한국정신문화연구원의『구비문학대계』를 들 수 있다. 이들 자료 수집을 근간으로 제주도의 민속문학에 대한 조사보고, 각 대학 단위의 조사보고 등이 우리 구비문학의 자료를 넓히는 데 크게 기여하였다.

또, 주제별로는 이두현, 임동권, 김태곤 등의 민속문학 연구자들의 개인적인 노력이 큰 힘이 되었다. 이들이 탈춤, 민요, 무가 영역에서 보여준 공로는 민속문학의 지나온 모습을 바라보는 실질적인 자료가 되었고, 연구자들에게

---

23)『한국현대문학 50년』(민음사, 1995)은 세계문학과 한국문학을 주제로 한 심포지움을 정리한 책이다.

24) 안소현, 「독일에서의 한국문학 수용」,『번역문학』2집, 1999, 123쪽.

는 연구 대상을 구체화시키는 밑거름이 되었다.

이제 발굴된 구비전승 문화나 민속문학을 세계화시키는 작업이 요구되고 있다. 기록문학이 지닌 작품성과는 달리 기층문화의 실상을 보여주는 구비전승문학의 경우 외국인들에게 제공될 때는 보다 체계적인 분류와 해석이 선행되어야 한다. 기록문학의 의미 부여나 번역과는 달리, 구비전승문학은 다양한 층위의 기초 자료들의 수집과 이들을 토대로 다듬어진 2차 자료들의 문학적인 의미 부여를 통해 보다 한국문학답게, 그리고 기록문학과의 연계성 속에서 제공될 수 있을 것이다.

이런 전제를 실현해 줄 수 있는 구체적인 방안을 제시해보면 다음과 같다.

민요의 경우와 설화의 경우, 이들의 분류 기준이 제시된다.

첫째, 양식적인 개성이 드러나게 한다. 둘째, 지역적인 개성이 드러나게 한다. 셋째, 시대적인 개성이 드러나게 한다. 넷째, 미디어의 변화를 고려해야 한다.

자료로서의 가치를 가지는 구비전승 문학이 되기 위해서는 일정한 지역에서의 시간적 진행에 따른 보다 구체적인 변이태가 포착될 수 있어야 한다. 예를 들면, 바람신과 관련된 민속신앙과 구비전승물의 상관관계가 제시될 수 있다.

흔히 영등신은 음력으로 2월 초하루에 천상에서 내려오는 여성신이라 전한다. 여성신이요, 농사의 신인 영등할머니는 이 날 하강을 할 때 딸이나 며느리를 대동하고 내려온다. 딸을 데리고 올 때는 바람이 불고, 며느리를 데리고 올 때는 비가 내린다고 한다. 그 까닭은 영동할머니는 질투심이 많아 딸을 데리고 올 때는 사람들에게 딸을 곱게 보이려고 치맛자락이 펄럭이도록 바람을 불게 하지만, 며느리를 데리고 올 때는 이와는 반대로 치맛자락이 비에 젖어 볼품이 없게 하려고 비가 내리게 한다는 것이다. 이런 설화에 대한 농민들의 해석은 영동할머니의 의도와는 달리, 이 날 비가 내리면 풍년이 든다고 하여 비가 오기를 염원하는 것이다. 그 대신 이 날 바람이 불면 그 해는 흉년이 들게 될 것으로 예측한다.

이 영등신화는 전국적인 분포를 보이는 편이지만, 지역에 따라서는 지역

나름의 변이를 보이고 있다. 그 변이의 정도를 가장 강력히 보이는 경우가 제주도이다. 제주도에서는 영동신이 영등신으로 명칭이 교체되고, 특히 신격이 본도의 여성신과 달리 남성신이다. 이와 더불어 해안을 배경으로 하여 재액질병의 신으로 정착하여 영등굿으로 전승되고 있다. 그래서 굿 사설의 내용 중에는 형님영등신이 외지에서 아우영등신을 찾아와서 불러가면 몸 속에 있던 동생영등신이 떠나게 되어 질병이 치유된다는 것으로 서술되고 있다.

또, 같은 바람신이라도 손돌풍신과 같은 경우는 제한된 지역적 분포를 보이면서도 권역 속에서는 상당히 역동적인 변이를 보인다.

강화권역의 본 바닥인 강화도 온수리의 손돌목에서는 음력 10월 20일에 억울하게 죽은 손돌이란 충신의 이야기가 전해지고 있다. 이 원형의 신화적 속성을 지닌 전설은 경기도 안성지역으로 벗어나면 스승의 가르침을 제대로 받지 않은 게으른 사람으로 성격의 변이를 보이다가, 황간을 중심으로한 경북지역으로 가서는 못된 놈 죽인 손돌이 죽은 날이 10월 20일이라 하여 이 날은 차가운 겨울바람이 분다고 전해온다.

이처럼 전국 분포의 신화나 설화의 채록에 있어서는 전국적인 변이가 어떤 지역에서 어떤 지역으로 옮아가면서 나타나며, 그 정도의 차이가 어느 정도인가를 채록한 자료만으로도 평가할 수 있는 체계적인 수집이 요구된다. 이와는 달리, 일정 지역권을 가지고 전승되는 구비전승물들은 지역권내에서의 세밀한 변이가 어떻게 일어나며, 그 원인은 어디에 있는가를 분석해 낼 수 있는 적절한 자료를 채록하는 것이 긴요한 일이 된다.

또, 제보자들의 보다 구체적인 삶의 행적과 사회적, 지역적인 분위기도 자료의 기초 정보와 함께 제공되어야 한다.

이러한 체계 위에 가공된 자료를 원문과 함께 외국어로 번역하여 제공할 수 있어야 한다. 더구나 다양한 미디어로 전할 수 있는 자료들은 이왕이면 문화적 관습이 익숙하지 않는 외국인이 보다 쉽게 관찰할 수 있도록 시디나 동화상을 함께 제공하는 방식을 강구해야 한다.

또 연구자를 위한 자료가 아닌 일반 교양인을 위한 것이라면 다큐멘터리 자료와 같이 주제별 특징을 살린 특집 자료 형식으로 제공하는 것이 우리 문학이나 문화를 보다 적극적으로 제공하는 길이 될 것이다.

예컨대 민요 자료로서 아리랑을 제공한다고 할 때, 지역적 특성과 더불어 각 지역문화의 분위기를 창자의 소리와 함께 제공하는 것이다. 정선아리랑, 밀양아리랑, 진주아리랑, 서울아리랑의 지역적인 특성, 시대적인 변모를 각 지역 창자들의 생활 속에서 제공해주는 것이 생동감 있는 민요의 소개이며, 우리 문화의 토대 위에 제공하는 민요의 소개일 것이다. 그러면서 채보된 악보나 각 사설들이 지닌 깊은 의미를 곁들임으로써 이들 민요가 시대적인 의미를 달리하면서 민족의 얼굴격인 대표 민요가 되어 남북한이 공유하는 통일을 향한 민족노래가 되고 있음을 보여주는 것도 적절한 방식이다.

또 신화의 경우는 문헌기록으로 남아있는 신화와 그 신화와 관련된 제의 및 신앙형태와의 상관성을 이해할 수 있는 전승적 자료들을 채록하는 것이 좋은 방식이다. 예를 들면, 한국신화의 세 유형을 대표할 수 있는 하강신화, 난생신화, 용출신화라는 큰 범주를 설정하고, 이 세 유형을 기준으로 개별적 전승양상을 통시적으로 파악하고, 그 위에서 공시적인 현존태를 제시하는 것이다. 단군신화의 경우는 삼국유사를 시작으로 하는 후대의 문헌기록에서 단군신화의 전승적 변모나 시대적, 개인적 의식이 투영된 변이형들을 확인할 수 있다. 이런 문헌적 변이자료와 연계를 시킬 수 있는 구비전승의 신화자료를 전국을 대상으로 하여 채록한다. 그런데 단군신화의 경우는 신화 자체만의 전승보다는 문헌기록과 신앙형태로의 제의적 모습이 상호 작용을 하는 경우가 많다. 그러므로 현대적 의미에서 재생산되고 있는 현재적 단군 관련 신화들도 중요한 자료의 대상이 될 수 있으므로 채록해 두어야 한다. 즉, 단군에 관해 종교적, 사회적 활동을 하고 있는 단체들에 대한 자료적 접근이 요청된다. 단군신화에 대한 시대적 변천은 조선왕조실록으로 끝나는 것이 아니라 지금도 진행되고 있는 것이기 때문이다. 특히, 최초의 단군신화 기록으로부터 조선조 후기를 거쳐 20세기에 와서도 왕성한 종교적 제의의 주변적 신화로서 재생산되고 있는 단군에 대한 신앙과 여기에 대한 타종교인들의 비판적 태도까지가 광의의 신화적 전승태로서 자료적 가치가 있다. 이는 문화인류학적 관점이나 사회적 관점에서 볼 때 한국적 특수현상으로서의 국면을 여실히

보여주는 중요한 자료이다. 우리 주변에서 지금까지 흔히 발견할 수 있는 것
이기에 그 중요성에 대한 인식이 약할 수 있으나, 세계문화사의 입장에서 보
자면 이러한 자료는 현대적 의미의 신화가 가지는 위상과 역할을 사회문화사
적으로 고찰할 수 있는 훌륭한 자료임에 분명하다.

2) 고전 미학이 가진 미적 본질의 체계화 및 소개

(1) 미적 본질의 체계화

우리 민족이 가꾸어온 고전 미학의 본질의 하나로 '홍의 미학'을 들 수 있
다. 탈춤의 경우는 '홍'이 풍자와 연결되어 나타난다면, 판소리의 경우는 '홍
한(興恨)'이 유기적인 관계 속에서 드러나는 또 다른 모습을 띠고 있다.

탈춤의 경우는 가면이 주는 미감과 음악을 곁들인 춤사위를 통해 그 미적
본질에 해당되는 신명이나 홍의 정감이 분출된다.

탈춤의 홍이 춤에 근거한 육체적 행위가 동반된 동적인 신명이라면, 판소
리는 소리에 본질을 둔 미적인 정감에서 신명이 솟구친다는 면에서 정적인
신명에 해당된다. 또한 판소리의 신명은 홍과 한의 교차되면서 정감을 극대
화한다는 점에서 탈춤과 다르다.

춘향전의 경우를 보면, 극적인 서사물의 구성은 전·후반으로 크게 나누
어진다. 전반은 만남과 사랑 대목, 그리고 이별 대목을 주축으로 삼고 있다.
여기에 반하여 후반은 시련과 출세, 그리고 재회 대목을 주축으로 삼고 있다.
이런 외적 구성의 전개와 더불어 춘향전은 판소리의 양식적 속성을 지니고
있기 때문에 소리극으로서의 정감에 따른 정서적 리듬이 중요하게 작용한
다. 이야기로서의 서사적 전개 못지 않게 소리극 사설로서의 극적인 전개와
서사의 중간 중간에 자리한 삽입가로서의 서정시적 기능이 작품의 정감을
살리는 요체가 된다. 그러므로 주제적 차원의 의미가 주는 작품전체를 통괄
하는 내용보다는 극적인 장면들에서 구연되고 형상되는 정서적 미감이 주는
감동의 원리가 춘향전의 심층적 미학의 원리로 자리하고 있다. 이 경우도 춘
향전이 통시대적으로 끊임없이 재창작되면서 시대나 지역, 또는 개별작가에

따른 보다 정치한 미감들이 늘 새롭게 첨삭됨으로써 춘향전이라는 개체적
작품이 보여주는 미학은 새로움을 더해가게 되는 것이다. 춘향전이 가진 민
족적 양식으로서의 미감은 이런 춘향전의 본질적 성격과 맞물려 있으므로
춘향전의 학문적 접근은 이런 미적 특질을 보다 체계화시킬 수 있는 쪽으로
나아가야 한다.

춘향전의 미적 체계는 춘향전이 지닌 내면적 미의식의 구현으로 드러나야
하기 때문에 사랑 또는 신분 극복이라는 사회적 측면의 문제보다는, 판소리
의 보편적 미학이면서도 춘향전 나름의 하위적 미의식을 보여주는 흥·한의
미를 드러내는 독자적 체계의 논리화에 집중해야 한다. 발견되는 미적 속성
의 재확인도 중요하지만 개별 이본 작품의 미학적 가치를 제대로 평가하기
위해서는 미적 속성이 어떻게 구현되고 있는가 하는 배합의 문제가 중요하게
다루어지지 않으면 안 된다. 이런 측면에서 춘향전의 미적 체계는 흥·한의
미학이라는 보편성 속에서 개별작품이 가지고 있는 이본별, 양식별 개성을
확인하는 것을 통해 발견될 수 있다.

(2) 미적 본질의 해외 소개 방법

민족문화연구는 민족문학의 내부적 자산을 확대시키고 심화시켜 세계문
학에 기여하여야 한다. 특히, 동북아시아의 민족문학과 시원적 기저의 공유
를 전제로 하면서 외국문학의 접촉과 수용으로 자신의 세계를 풍부하게 함
으로써 19세기까지의 중세보편주의와 20세기 이후의 서구문학 지향성을 극
복[25]하는 민족문학의 미적 본질과 역사적 전개를 세계에 소개하는 방식이
개발되어야 한다. 우리 문학이 제3세계 문학이자 민족문학으로서 소중함을
증명하고 세계문학적 의의까지 지니기 위해서는 우리 문학의 민족문학적 과
제에 충실함이 곧 세계문학적 이상의 보편성에로 나아가는 길임을 확인할
수 있어야 한다. 참으로 민족적인 문학이 곧 세계문학이라는 점[26]은 우리문
학의 미적 본질이 세계에 적절히 소개되고 그들로부터 공감을 얻었을 때 확

25) 김흥규,『한국문학의 이해』, 민음사, 1986, 210쪽.
26) 같은 책, 214쪽.

인할 수 있다.

우리 문학의 연구나 문학사의 전개는 작품이 지닌 미적 본질의 체계화라는 해석의 측면 못지 않게, 해석되고 체계화된 우리 문학의 미적 본질을 세계문학으로 향수하고자 하는 외국의 독자나 외국의 우리 문학 연구자들이 연구의 근거로 적절히 활용할 수 있도록 해주는 방식도 개발되어야 한다. 또, 그 전달이나 표현의 방식이 시대적 감각이나 매체에 적절하여야 한다. 이 두 가지 조건을 충족시킬 수 있는 하나의 길은 전통적 방식으로서의 논증적 차원의 전문 저술이나 문학사 차원의 연구물을 통하는 것이다. 이와는 다른 또 하나의 방법은 정보화 시대에 어울리는 새로운 미디어를 통한 다큐성 제시의 방식이다. 한국문학의 미적 본질을 가장 잘 담고 있는 작품을 선택하여, 그 작품과 시대적 배경을, 그리고 작가의 삶과 작품의 독특한 특질을 시청각적인 것과 병행하여 제공함으로써, 세계인들이 외국문학으로서 한국문학의 미적 특질을 더욱 흥미있게 접하도록 하는 것이다.

이러한 세계인을 향한 소개는 향가와 한시, 가사와 같은 음악성이나 서정성이 강한 작품과 극적인 속성이나 서사적인 속성이 강한 작품 등 각각의 작품의 특성에 따라 표현의 방식도 각기 다를 것이다. 이런 장르적 속성이나 시대적, 작품별 개성이 다르다는 것을 전제로 하면서 구체적으로 춘향전의 경우를 예로 들어보자.

춘향전의 경우를 보면, 이 작품은 판소리에서 출발하면서 호남 특히 남원이란 지역적 연고를 강하게 지니고 있다. 게다가 춘향전은 300년 이상 끊임없이 재창작되어왔기 때문에 원작의 의미 못지 않게 역사적 전개가 중시되고 있다. 춘향전의 이런 특성을 드러내기 위해서는 판소리 계열이 아닌 작품처럼 주제나 외적 형태미보다는 춘향전을 춘향전답게 하는 작품의 미적 본질이나 속성을 세계에 소개하는 길이 모색되어야 한다.

외국인들이 춘향전의 미적 본질을 쉽게 접할 수 있고, 춘향전의 역사적 전개를 개괄적으로나마 파악할 수 있도록 개발한 한 사례가 '춘향전의 세계화를 위한 멀티미디어 컨텐트 개발'이다.

이 연구개발은 민족 최대 고전인 춘향전이 판소리에서 시작하여 소설, 한

시, 잡가, 창극, 연극, 영화, 만화 등 다양한 매체를 통해서 성장해 왔음을 드러내고, 춘향전의 다양한 예술 작품으로서의 특성을 내국인은 물론 외국인들에게까지 홍미롭게 제공하자는 데 목표를 둔 것이다. 이 기술 개발은 2002년 월드컵을 계기로 우리 문학을 세계에 알리기 위한 적극적인 대응 방안으로서 춘향전을 첨단매체를 통해 재창조하여 21세기 문화시대에 걸맞는 고급 문학 컨텐츠웨어 개발의 새로운 길을 모색한 결과물이다. 컨텐트의 구성은 춘향전이 민속적으로 유통되고 있던 소리극인 판소리에서 시작되었고, 작품의 주제는 사랑의 이야기와 유교윤리의 정절 문제가 결합되어 있음을 강조하며, 판소리 춘향가가 한국인들의 문화생활에 크게 기여했고 이러한 문화 풍토 속에서 지속적인 자기 발견을 통해 춘향전의 독특한 예술성이란 미적 본질을 구축하게 되었음을 드러내어 준다. 이런 의도 때문에, 춘향전 멀티미디어 제작을 위해 여러 양식의 춘향전 중에서 춘향전 양식을 대표할 수 있는 판소리 춘향가를 선택하였다.

그래서 이 춘향전 멀티미디어 컨텐트는 판소리 춘향가를 전하는 방식으로 화면의 아랫부분에 창작와 고수의 동영상이 뜨게 하고, 조선후기의 풍속화를 배경화면으로 제시함으로써 판소리 자체만이 아니라 당시의 민속 문화적 배경을 세계의 독자나 연구자들이 실감있게 느끼도록 하였다.27) 또, 배경화면을 클릭하면 춘향가의 텍스트가 제공되고, 다시 이 텍스트의 난해한 어구는 주석을 달아 하이퍼 텍스트로 처리하였다. 또, 디자인의 의도 및 방법으로는 동아시아문화와 차별화를 추구하고, 다감각적으로 판소리를 접할 수 있도록 하였고, 사용자 중심의 정보 설계를 하였다.

이 춘향전 멀티미디어 컨텐트의 시디롬의 구성요소는 다음과 같다. 판소리 보기는 동영상과 텍스트로 구성하고, 판소리 이해는 텍스트의 주석으로 구성하며, 관련자료로 민화, 풍속화와 소설 텍스트의 대표적 이본을 자료항에 제공하여 판소리로서의 춘향전과 소설로서의 춘향전을 비교하여 감상할 수 있

---

27) 영상자료를 통해 춘향전의 시대배경인 조선후기의 민속과, 광한후의 풍광, 인물들의 복색, 판소리 연창의 상황 등을 제공하는 것은 외국인들이 당대의 시대감각, 사회 분위기까지 다각적으로 느끼게 해주는 장점이 있다.

게 하였다. 또, 개발 규격 및 성능에서는 초고속 정보 통신망을 기반으로 한 사이버 춘향전을 제공하고, 하이퍼 미디어 기술에 의한 내용을 구성하였고, 에니메이션 및 가상 현실 기술을 이용한 동영상을 제공하여 그래픽 유저 인터스페이스와 메뉴 방식의 사용환경을 제공하였다. 특히, 기술내용의 측면에서는 춘향전을 웹상에서 다국어 멀티미디어로 구현하여 국내외에 전통문화를 보급하였다.28) 이렇게 춘향전의 미적 본질을, 해설을 통해 직접 제시하고 현대적 감각에 맞는 문학상품으로 가공하여 제공함으로써, 영어, 독어, 불어, 일본어, 중국어의 5개국어 권역에서는 자국어로 판소리 춘향전과 춘향전의 역사적 전개 및, 미적 본질에 대한 이해를 쉽게 할 수 있게 하였다.

3) 민족 특수 현상의 작품화 의의의 평가와 소개

한국문학을 세계에 소개하는 작업에는 여러 가지 사항이 고려되어야 한다. 그 가운데서도 소개되는 작품이 한민족의 생활과 역사를 얼마만큼 잘 표현하고 있는가 하는 문제는 우선적으로 고려해야할 사항에 해당한다. 한민족이 지닌 고유한 역사체험과 거기에서 우러난 감정과 사상, 세계관을 잘 보여 주는 작품만이 모든 인류가 삶의 정신적 자양으로 삼을 보편적 가치를 지닐 것이기 때문이다. 이 점에서 한민족이 오랜 역사 속에서 일구어낸 사상 감정의 정수를 담지 하고 있는 작품을 선별하는 작업이 필요하고 그 가운데서도 한민족의 특수한 역사와 생활경험을 반영하여 형성된, 유구한 전통 속에 들어 있는 작품을 일차적 소개 대상으로 삼아야 할 것이다.

우리의 문화전통 속에는 다양한 요소가 있지만 그 가운데서도 가장 근간이 되는 흐름은 단군신화에서 발원한 무속과 깊은 관련을 지닌다. 신화의 공간 속에서도 홍익인간(弘益人間)이란 구원한 인류의 이념을 제시한 이 흐름은 연면한 민족역사의 전개과정 속에서 씨알이 굵어지고 다른 종교나 사상을 흡수

---

28) 시스템 기본 구조는 서버는 SSNT Server에서 관리 운영되며 실제 사용자는 자신의 PC의 클라이언트 소프트웨어만 관리하게 된다. 자료의 갱신, 입력, 가공은 수시로 이루어진다.

하면서 다양한 방면으로 가지를 치며 발전해왔다. 이 전통은 기본적으로 유한자가 무한자와의 관계에서 느끼고 생각한 여러 가지 인간의 사상 감정에 근원을 두고 있기 때문에 넓은 범위를 포괄하며 깊은 뿌리를 지니기도 한다. 그렇기 때문에 신라의『수이전』에 실린 지귀(志鬼)설화, 혜경궁 홍씨의『한중록』, 허난설헌의 시 등을 비롯한 수많은 한국문학작품이 겉모습과는 달리 알게 모르게 이 전통에 맥이 닿아 있다. 그것은 기본적으로 유한한 생명을 가진 인간이 자신의 유한성에서 비롯되거나 삶의 여러 가지 우여곡절 속에서 지니게 된 한의 문제에 대한 천착이라는 공통성을 갖고 있는 것이다. 한은 통상 욕망의 좌절이나 이루어질 수 없는 소망에서 생기는 정신적 심리적 현상이라고 할 수 있는 것으로서 자신의 욕망을 좌절시킨 대상에 대해 원망이나 원한을 품기보다는 자신에게 원인의 많은 부분을 돌리는 복합적인 심리적 메카니즘을 지닌 한민족의 특수한 현실대응태도이다. 이 한이 종래 한민족의 무속과 깊은 연관을 지녀왔다는 점은 익히 잘 알려져 있다. 중세시대에 지배적 이념으로 등장한 불교와 유교의 그늘 속에서도 대다수 민중의 삶에서 지주가 되어 왔던 이 무속의 전통은 문학예술에서도 가장 풍성한 결실을 거두고 있다. 진오기굿이란 굿의 형태로 전승되기도 하고 풍물놀이의 근간이 되거나 마당극이라고 불리는 탈춤의 형식으로 발전되기도 하면서 우리 민족의 생활 속에 깊이 뿌리 내려 왔다. 문학형식으로는 서사무가 바리데기, 판소리 등이 그 대표적인 형식으로, 이 형식들 속에서는 우리 민족이 역사 속에서 체득한 삶의 지혜와 감정, 그 세계관이 가장 잘 표현되고 있다. 부모로부터 버림받은 바리공주가 자신의 슬픔을 극복하고 아버지를 구원하는 이야기나 갖은 역경 속에서도 지상의 삶에 대해 긍정적인 태도를 잃지 않는 인물들의 이야기들을 전개하는 판소리 예술은 우리 민족이 역사의 난관을 뚫고 살아오면서 자생적으로 만들어낸 철학이자 사상이며 종교이다. 이 사상감정의 흐름이 문학예술에서 판소리의 흥한(興恨)의 미학이란 독특한 형식으로 결정(結晶)된 것은 유한한 인생의 슬픔을 알면서도 그 속에서 삶을 즐길 수 있었던 우리 민족의 기질이나 세계관과 긴밀하게 결부된다.

이 흥한의 미학은 과거의 문학예술에서 절정에 이르는 작품성과를 산출했을 뿐만 아니라 한국근대문학예술에서도 중심적인 줄거리를 형성하고 있다. 일제 강점기에 민족의 정한(情恨)을 가장 잘 표현한 것으로 알려진 김소월의 『산유화』나, 이 시작품을 당대 최고의 작품으로 손꼽은 김동리의 『황토기』, 『역마』 같은 작품들이 모두 이 전통에 속할 뿐 아니라 그 이후에 활동하고 있는 이청준, 한승원, 김지하 같은 시인 작가들의 작품도 동일한 경향에 속한다. 임권택 감독의 영화 '서편제'의 원작자인 이청준의 『석화촌』을 비롯한 대다수의 작품은 한이란 주제를 천착한 것으로 널리 알려져 있으며 한승원의 『바다의 뿔』이나 『한』이란 작품, 분단문학의 최고봉으로 꼽히는 『태백산맥』의 작가 조정래의 『한』, 『그 그늘의 자리』 등도 모두 이 전통에 속한다. 그러나 단군신화를 시원으로 하여 형성되기 시작한 이 전통은 박경리의 『토지』에 이르러 절정에 도달한다. 이 대하소설의 외형은 개화기부터 일제 강점기를 거쳐 해방에 이르는 한민족의 근대사를 소설화한 역사소설이다. 역사학도가 동아시아의 역사를 알기 위해서는 반드시 읽어야할 소설이라고 말해지기도 하는 이 작품은 분명히 근대 여명기 60년간의 역사를 다루고 있다. 하지만 이 작품의 의의는 단순히 실제의 역사를 사실적으로 제시한 데에 머물지 않는다. 역사학도가 반드시 참조해야한다고 하는 역사에 대한 높은 식견과 역사적 진실성은 작품의 부수적 효과에 지나지 않는 것이다. 이 작품이 한국문학사에서 차지하는 의의는 일일이 거론할 수 없을 정도로 다양하고 큰 것이지만 그 대강만을 요약하면 다음과 같다.

첫째, 『토지』는 한민족의 세계관을 높은 수준에서 결정화하고 있다. 유수한 문학작품들은 대부분 그 개인이 속해 있는 집단으로서 한민족의 세계관이라고 할 수 있는 것을 함축하고 있는 경우가 많다. 그러나 『토지』가 보여주는 세계관은 그것들을 포괄하면서 좀더 높은 경지로 이끌고 있다. 세계관이라 할 때 그것은 우주론을 포함할 수 있는데, 이 작품은 그와 같은 우주론을 함축하고 있을 뿐만 아니라 가장 과학적이면서도 우리의 사상 전통에 근거를 둔 세계상을 표현하고 있다. 더욱이 작중인물이나 작가의 말을 통해서 설명되는 식으로 제시되지 않고 작품 구조 자체가 그 세계상을 구현하고 있다는 점에서 이 작품을 가장 확실한 방법을 획득하고 있다. 형상이나 주제의 측면에서 다같이 매우 높은 성취를 보여주고 있는 것이다.

둘째, 이 소설은 앞으로 인류가 가져야 할 삶의 방법에 대해서 방향을 제시하고 있다. 근대의 도구적 이성이 오늘날 전세계적 문명의 황폐화를 초래했다는 데 대해서는 많은 사람이 비판하고 있다. 그러나 그 비판들은 일종의 구두선으로서 대안을 제시하지 못한다. 즉, 근대적 삶이 지닌 편의성이나 합리성을 근본으로부터 부정하거나 비판하지는 못하고 있다. 이에 비해서『토지』는 근대의 이성이 욕망의 충족에서 인생문제의 해결을 찾는 데 대해서 근본적으로 비판하고 있다. 철학자 김진석은 이 작품을 '소내(疎內)하는 한(恨)의 문학'이라는 개념으로 설명한 바[29] 있는데, 이 개념은 사람이 자신의 속을 비워서 잠자리 날개 같은 투명함에 이르는 삶의 태도를 일컫는 말이다. 즉, 욕망의 충족을 추구하다보면 자연의 착취는 물론 문명의 황폐화가 불가피한 것임을 인식하고 근본적으로 우주 생명을 자신과 동등한 자격을 지닌 존재로보고 그 자연의 이법에 따르는 삶을『토지』가 제시하고 있다는 설명이다. 이것은 흔히 생명사상이라고 하는 것이지만 그것이 인본주의에 입각하지 않는다는 점에서 다른 생태학적 상상력과 근본적으로 차이를 지니는 것이다. 또한 현대문명의 가장 근본적인 문제에 대한 비판이자 대안을 함축한 관점이란점에서 세계문학으로서의 가치를 지니는 것이다.

셋째,『토지』는 한국적 미의 극치를 보여주고 있다. 철학자 김진석은 '잠자리 날개 같은 투명함'이나 '물그림자'라는 용어를 써서 이 작품의 미적 특성을논하고 있다. 이 미적 특성은 작가 자신에 의해 '긴장된 균형'이란 개념으로요약되기도 하는데, 중국의 거대한 건축물의 장엄함이나 색깔이 요란하고 오밀조밀한 일본 건축물의 세공미에 비해서 한국 전통 건축물의 용마루나 추녀가 지니는 단순하면서도 날아갈 듯 살짝 치켜진 곡선이 야기하는 긴장의 미학이 이에 해당한다. 즉, 균형은 균형이되 단순한 평균이나 평등이 아니라 그속에 긴장된 관계를 함축함으로써 작은 사물 속에 엄청난 확장력을 갖추고있는 미적 형식이다. 그것은 푸르고 푸른 여름 밤하늘의 청신한 모습이나 잠

---

29) 김진석,「소내하는 한의 문학」,『한·생명·대자대비』, 솔, 1995.

자리 날개 같은 투명함, 물그림자의 옅음, 추녀의 가벼움 등과 같은 것을 속성으로 한다.

『토지』가 지닌 이러한 특성들은 모두 단군신화 이후 역사 속에서 연면히 이어진 우리 문화전통의 미적 특성을 창조적으로 계승한 것이다. 서구의 근대가 이룩한 각종의 성과를 흡수하면서도 그것을 우리의 전통 속에 용해시켜 새롭게 창조하고 있는 양상이다. 그것은 서구적 근대를 가장 근본에서 비판하면서 인류에게 새로운 가치관의 모색을 요구하는 형태이다. 이런 점에서 한국문학이 세계의 인류에게 기여할 보편적 가치, 예술적 형상성은 이 작품 속에 충분히 확보된 셈이다. 그러나 이러한 성과들을 세계에 소개할 때 단순히 뛰어난 한두 작품만을 번역 소개하는 것은 대증적 요법에 지나지 않는다. 그리고 그러한 소개는 임권택 감독의 '서편제'나 '춘향전' 영화로 이미 일정한 정도 이루어졌다고 할 수 있다. 그렇기 때문에 우리 문학 전통의 체계적 소개는『토지』같은 작품과 더불어 그 근원이라 할 수 있는 저 상고시대의 단군신화를 수록하고 있는『삼국유사』를 참조할 수 있게 하는 형태가 되어야 할 것이다. 이와 더불어 중요한 작품이나 현상을 외국인들이 이해하는 데 참조할 수 있게 적절한 비평들을 작품과 함께 소개하는 방편도 고려되어야 할 것이다.

4) 한국문학의 번역 소개 작업의 활성화와 정책 방향

한국문학 작품의 번역 소개 작업 활성화는 단순히 한국 문학 작품을 해외에 소개해 읽히려는 데에만 목적이 있는 것은 아니다. 이는 한국문학과 문화에 대한 해외에서의 연구 활성화를 위해서도 꼭 필요한 일이다. 자료가 없는 문학이나 문화 연구란 불가능한 것이기 때문이다.

그 동안 여러 가지 연구를 통해 이루어진 한국문학 세계화를 위한 번역 활성화 작업의 방안들을 소개하면 다음과 같다. 한국문화정책개발원에서는「일본문학의 세계화과정 기초연구」에서 다음과 같은 대안을 내놓고 있다. 첫째, 다수의 작품을 여러 나라 언어로 번역하여 문학의 세계화를 꾀한다. 둘째, 번역은 질이 결정적이다. 따라서 훌륭한 번역가를 길러 오역 없는 완벽한 번역을 추구한다. 셋째, 번역의 주체는 정부가 아닌 민간단체이어야 한다. 자유로운 발상을 통한 재미있는 책의 발간이 필요하기 때문이다.[30]

권영민은 한국현대문학 50년 심포지움에서 한국문학의 해외 소개, 그 실상과 문제점이라는 주제 발표를 통해 다음과 같은 대안을 제시한다. 첫째, 한국어 교육에 대한 지원 확대. 둘째, 한국문학의 체계적인 번역 사업 추진. 셋째, 한국문학 번역과 연구에 대한 지원 확대. 넷째, 한국 문학 연구 기반의 확충. 특히 한국문학의 체계적인 번역 사업 추진에 대해서는 다음과 같은 구체적 주장이 주목할 만하다.

> 한국문학의 번역 사업은 한국의 필요에 의해서가 아니라, 외국 출판 시장의 요구에 따라 장기적인 사업으로 추진해야 한다. 그리고 모든 번역 작업은 원칙적으로 한국어문학에 능통한 외국인 번역자가 그 외국어에 능통한 한국인과 공동 작업으로 추진할 경우에만 한국 정부의 지원을 받을 수 있도록 제도화할 필요가 있다. 한국 내의 대학, 유관 단체, 출판사 등과 미국의 대학출판부, 출판사의 합작 번역 사업도 추진이 가능하다.[31]

번역 사업을 장기적 안목에서 수행해야 한다는 것과 번역의 질 제고를 위해 외국인 번역자와 한국인 번역자가 공동으로 그 작업을 수행해야 한다는 것이 이 주장의 핵심이다.

이밖에 김윤식은 한 번역자의 구체적 주장을 인용하면서, 번역자를 고무시킬 수 있는 세미나를 자주 여는 것[32]이 한국문학 번역의 활성화와 그를 바탕으로 한 한국문학의 세계화를 촉진시킬 수 있는 길이라고 제안한 바 있다. 이

---

30) 김용범 외, 『일본문학의 세계화 과정 기초연구』, 한국문화정책개발원, 1996, 182~183쪽 참조. 이 연구에서는 이밖에도 공신력 있는 출판사를 선정하는 일과, 출판된 책의 홍보 역시 중요한 것으로 파악하고 있다.
31) 권영민, 「한국문학의 해외 소개, 그 실상과 문제점」, 『한국현대문학 50년』, 민음사, 1995, 481~482쪽.
32) 김윤식, 『바깥에서 본 한국문학의 현장』, 집문당, 1998, 358쪽 참조.

러한 제안 역시 현실적으로 효과를 거둘 수 있는 제안이라고 판단된다.

한국문학 번역 소개 작업의 활성화 방안은 기본적으로는 본 연구에서 서술한 '한국문학의 해외 소개 현황과 그 성격'에서 제시된 문제점들을 해결하는 방향에서 출발한다.

한국문학 번역 소개 작업의 활성화 방안의 첫번째 과제는 전문번역가를 양성하는 일이다. 이는 한국문학 해외 소개의 문제점으로 지적된 '오역의 문제', '번역가의 비전문성의 문제', '한 번역가가 지나치게 많은 작품을 번역함으로써 생기는 개성의 상실 문제' 등을 해결하는 첩경이 될 것이다. 물론, 이 문제의 핵심은 어떻게 전문번역가를 양성하는가 하는 점에 있다. 이를 위해서는 우선 전문번역가를 위한 공적 교육 기관을 설립하고 지원할 필요가 있다. 현재도 이를 위한 기관이 없는 것은 아니지만, 체계를 갖춘 교육 기관은 그 수가 매우 적어 입학하기조차 어려운 것이 현실이다. 반면, 체계를 갖추지 못한 사설 교육기관의 난립은 오히려 번역 교육 과정을 이수하는 것이 현실적으로 아무런 도움이 되지 않는다는 부정적 생각을 심어줌으로써 전문번역가 양성에 역기능마저 하고 있다.

해외에서 자라나 한국문학에 관심을 갖기 시작한 한국계 외국인 학생들에 대한 체계적 지원 역시 이 문제 해결을 위한 좋은 방안이 될 수 있다. 지금도 한국계 외국인 학생들 가운데 일부는 한국문학 번역 작업에 참여하고 있다. 그러나, 현재 한국문학 번역 작업에 참여하고 있는 인원은 전체 인적 자원의 극히 일부에 지나지 않는다. 그들 가운데 대부분은 자신이 이러한 작업에 관심을 가질 경우에라도 어떤 경로를 통해 그 관심을 현실화 시켜야 할 것인가에 관해 구체적으로 알지 못한다. 이들에 대한 공적 기관에서의 집단적 지원 및 관리가 체계적으로 이루어진다면, 이는 머지 않아 전문번역가 집단 양성이라는 가시적 성과로 나타날 수 있을 것이다. 이는 분명 투자에 비해 많은 결실을 맺을 수 있는 의미있는 교육문화사업이 될 것이다.

둘째, 특정 번역가가 특정 기간 내에 너무 많은 작품을 번역할 수 없도록 제한하는 제도적 장치를 마련해야 한다. 전문 번역가 수가 절대적으로 부족한 현실에서 나타날 수밖에 없는 현상이라고 이를 묵인 방치하는 것은 장기적으로 볼 때, 결코 옳은 일이 아니다. 일부에서는 이렇게 동일 번역가의 번역활동을 제한할 경우 우선 중요 작품의 번역 작업 자체가 어려울 것이라는 우려를 표명한다. 이러한 현실 속에서 일부 번역가들은 여러 기관의 번역 과제를 맡아 수행하면서 그것을 단순히 경제적 이익을 얻기 위한 수단으로 활용한다. 현재 특정 번역가들의 번역 수준이 뛰어나다고 해서 항상 그들에게 일감을 맡기는 것은 결코 바람직하지 않다. 특정 번역가에게 번역 의뢰가 집중되는 현상은 결국 번역의 부실화와 몰개성화를 낳을 수밖에 없다. 더 나아가 이는 새로운 번역가 집단의 출현을 막아 한국문학 번역 수준의 정체화를 가져오게 될 것이다. 물론, 특정 번역가가 자신의 개인적 선택에 따라 개인적으로 번역 업무를 수행하는 것에 대해 그 작업 분량의 과다를 따질 수는 없다. 그러나, 적어도 정부기관 혹은 공공 단체 등의 번역과제 공모나 지원 사업 등에서는 오히려 이들에 대한 배려가 아닌 배제가 필요하다. 번역의 경험이 많은 이들을 무조건 우대해 지원할 것이 아니라, 그 반대의 경우가 나을 수도 있다는 생각으로 번역 지원 사업을 수행할 필요가 있는 것이다.

셋째, 번역 정보 제공 시스템을 마련해야 한다. 이는 한국문학 해외 번역의 양적 활성화뿐만 아니라 체계적 번역 사업의 수행을 위해서도 꼭 필요한 일이다. 번역 정보 제공 시스템이란, 한국문학 작품의 번역을 원하는 사람이 번역에 필요한 모든 관련 정보를 얻을 수 있도록 도와 주는 일의 제도화를 말한다. 이 시스템에서는 일차적으로 한국문학 작품의 해외 번역 현황을 공고하고, 어떤 작품의 번역이 어떤 나라에서 어떤 반응을 얻고 있는가에 관한 정보 자료를 제공해야 한다. 그리고 어떤 작품이 국내에서 중요한 작품으로 다루어지고 있으며, 한국문학의 세계화를 위해서는 어떤 작품이 번역되는 것이 바람직하다는 견해도 제시할 수 있어야 한다. 추천 번역 작품 리스트를 확보하고 제공하는 것이다. 추천 번역 작품 리스트의 확보 및 제공은 이른바 문단 정치가 존재하는 현재의 상황에서는 예상치 않은 부작용을 불러올 수도 있다. 자신의 작품이 리스트에 오르지 않은 것에 대한 항의가 생겨날 수 있기 때문이다. 따라서 이러한 부작용을 없애기 위해서는 번역 대상 작품 리스트 선정을 위한 위원 명단과 선정의 과정이 모두 공개되어야 함은 물론이다. 아울러, 정부 기관이나 공공 단체 등에서 지원하는 번역사업의 대상작품 선정은 이 리스트에 올라있는 작품에 우선권을 주어야 한다. 그렇게 해야 체계적인 한국문학 작품의 해외 소개가 가능하기 때문이다. 이러한 방식으로 그동안 번역자 개인의 취향에 따른 작품 선정과, 그에 대한 예산 지원이 경우에 따라 별 성과를 거두지 못하고 사장되어버린 것들에 대한 대안을 마련할 수 있을 것이다. 우리나라 사람이 한국문학의 해외 소개를 위해 선택한 텍스트가 외국인에게는 별반 호감이 가지 않는 경우가 없지 않았다는 문제[33]도 역시 이러한 시스템 구축을 통해 해소될 수 있을 것이다. 이러한 시스템의 구축과 활용을 위해서는 효과적 위원회 구성을 통한 철저한 준비가 필요하며, 그 구성원 혹은 자문위원에는 세계 각지의 외국인 역시 포함되어야 할 것이다. 이 시스템에서는 한국문학 작품을 번역할 경우 번역자에게 주어지는 혜택과 관련된 모든 정보 역시 제공해야 한다. 예를 들면 문예진흥원이나 대산재단의 번역지원 사업 규모와 일정 등이 모두 이 시스템 속에 들어 있어야 한다.

넷째, 번역에 따르는 제반 부대 사항들을 해결할 수 있도록 도와주는 제도 혹은 기구가 설립되어야 한다. 현재는 내국인이건 외국인이건 자신이 특정한 작품을 번역하기로 공공기관이나 재단과 계약한 경우, 그 작품 번역에 따르는 번역 외적 업무를 번역가 자신이 수행한다. 예를 들면, 원작자를 만나 번역 승인을 받거나, 번역작업 이후의 출판 문제 등을 대부분 번역자 본인이 해결해야 하는 것이다. 이러한 일들이 번역가 자신에게는 번역 작업 못지않은 어려움이 되기도 하며 이 때문에 결국 신진 번역가는 번역작업 자체를 포기하기도 한다. 이 문제에 대해 특히 신진 번역가들이 어려움을 겪는 것은 당연하다. 그들은 이른바 내세울 만한 번역의 업적이 없기 때문에 작품 원작자의 승인을 받기도, 또 출판사와 번역 계약을 맺기도 쉽지 않다. 따라서 번역 외적 업무를 전담해 도와주는 제도 혹은 기구의 설립은 번역의 활성화와 신진 번역가의 양성에 모두 긍정적 영향을 줄 수 있을 것이다.

---

33) Helga Picht, 「유럽에서의 한국학」, 1998년 11월 4일 연세대학교 매지학술연구소 초정강연회 발표 내용 참조.

5) 세계문학의 구체적 성과로서의 한국문학의 위상 확립 문제

(1) 한국문학과 세계문학과의 관계, 그 이상과 현실

원론적으로 본다면, 세계문학이라는 존재는 각 지역, 문화, 언어 단위의 문학들이 모여 구성해가는 총화적 존재라는 차원에서 볼 수 있는 면이 있다고 할 수 있을 것이다. 이런 의미에서 본다면, 어떤 지역에서나 자신의 문화적 독자성을 유지해 가면서 문학적 활동을 지속하고 있는 문학 단위가 있다면, 그것은 그 자체의 존재만으로도 세계문학의 일원으로서의 소임을 다하고 있다고 할 수 있을 것이다. 개별 단위의 문학이 자신의 문학적 특수성 — 민족적, 사회·경제적, 문화적 특수성 등 — 을 유지하면서 이를 심화·발전시켜 나가는 노력을 계속하는 작업은 이런 점에서 충분한 의미가 있다고 할 수 있다. 왜냐하면 자신의 특수성을 유지·심화시켜나가는 작업이야말로 세계적 보편성에 이르는 첩경이 되는 것이며 동시에 이것이 세계 문학의 폭과 질을 확보·유지시켜 나가는 데 필요한 중요한 방편이 되는 것이기 때문이다.

이런 의미에서 본다면, 세계 문학을 구성하고 있는 각 지역 단위의 문학은 자신을 유지·발전시키는 자체적 노력 외에 다른 지역 문학과의 관계를 긴밀히 해야 할 필요성이 있다고 하겠다. 물론 그 작업 속에는 다른 지역 문학 현상에 대한 부단한 관찰과 연구, 번역 및 소개 작업, 적극적인 상호 교류 작업 등이 포함되어야 할 것이다. 그리고 그 결과로서 세계의 어떤 지역에서나 다양한 외국 문학들이 낯설지 않은 모습으로 일상 현실 속에 존재할 수가 있어야 할 것이다. 이것이 각 지역 단위의 문학과 세계문학이 맺고 있어야 할 당위적이고도 이상적인 관계라고 할 수가 있을 것이다.

그러나 현실 세계 속에서 위와 같은 이상이 실현되고 있는 것을 보기 어려운 것도 사실이라고 하겠다. 세계 문학이라는 현실 세계 속에서, '보편적 문학'이라는 명분과 함께 자신의 존재를 매우 뚜렷하게 드러내고 있는 지배적인 문학과 그렇지 못한 '특수한 문학'이 병존하고 있는 현상, 심지어는 자신의 존재를 거의 드러내지 못한 채 사장되어있다시피한 문학 현상을 발견하는 것도 그렇게 어려운 일이 아니기 때문이다. 이렇게 세계 문학 속에 '지배와 소외'라는 역학적 구조가 존재할 수밖에 없는 데에는 그 나름의 필연적인 이유가 있다고 판단된다. 현재의 세계문학 내부에 각 지역문학의 보편성 획득 여부의 진단과 관련된 '권력' 구조가 엄존하고 있는 것은 그것의 대표적 예라고 하겠다. 그 권력 구조의 상층부를 구성하고 있는 것은 현재 세계의 정치·경제·문화적 역학 관계 속에서 지배권을 행사하고 있는 서구문학 혹은 서구문학과 밀접한 관계를 맺고 있는 일부 기타 권역 — 일본, 인도 혹은 일부 제3세계권 국가 — 의 문학이다. 따라서 어느 문학이 세계적 보편성을 갖고 있느냐의 여부는, 이 서구 중심 문학권의 시각이 어디를 향하고 있느냐에 따라 결정되고 있는 것이 현실이라고 해도 거의 틀린 진단은 아닐 것이다.

이런 문제는 서구문학권만의 문제는 아니다. 기존의 권력 구조 속에서 소외되어 있는 문학권[34] 자체의 시각에도 문제가 있다. 소외문학권을 구성하고 있는 적지 않은 문학 관계자들－특히 자국 문학의 세계화 작업에 관심이 있는 이들－의 시각 역시도 서구문학권의 시각을 해바라기식으로 추수하는 경향이 있는 점이 그것이다. 자국 문학의 세계화 작업 속에 아프리카나 동남아권 문학에 대한 번역·소개 작업이 거의 외면되고 있다시피한 한국 문학계의 현실 역시도 가까운 예가 될 수 있을 것이다. 그런 의미에서 본다면, 현재 세계문학 속에 존재하고 있는 '지배와 소외'라는 현상은 그 지배권측에서는 물론, 소외문학권측의 내면에까지지도 심각한 문제를 일으키고 있음을 알 수 있다.

(2) 세계문학으로서의 한국문학의 위상 확립 문제

이렇게 볼 때 한국문학의 세계화 작업은, 한국 문학과 세계문학이 맺고 있는 위와 같은 이상과 현실 문제를 모두 고려해야 할 필요가 있다는 것을 알수가 있다. 특히 한국 문학의 세계화 작업 속에 내포되어 있는 자체적인 문제에 대한 고려 없이 진정한 의미에서의 세계화 작업이 어려울 것이라는 점도

---

34) '소외문학권'이라 지칭하기로 한다.

위의 논의에서 분명해졌으리라 생각이 된다. 위와 같은 점을 고려하면서, 세계 문학 속에서 한국 문학이 어떻게 자신의 위상을 확립해 가야할 것인가, 그 방책과 기본적인 과제 몇 가지를 제시해 보면 다음과 같다.

첫째, 참다운 의미에서 세계문학이 지향해야 할 당위적인 목표와도 부합되는 것으로서, 한국 문학의 세계화 문제에 관심을 가진 한국 문학 관계자는 한국 문학의 전통성과 특수성에 대한 관심과 연구적 자세를 지속적으로 보지해 가야한다. 이것은 가장 한국적인 것이 세계적인 것이 될 수 있다는 기본적이면서도 원론적인 명제에 대한 확신 아래, 한국문학의 개성적 세계를 재확인해 가면서 심화·발전시켜가는 작업을 의미한다.

물론 이 작업에서 몇 가지 주의해야 할 점이 있다. 토속적인 것이 한국적이며 그것이 세계적인 것이라고 하는 일부 관계자들의 착각은 그 대표적인 것이라 하겠다. 토속적인 세계가 한국적인 것에 속하는 것임에는 틀림이 없다. 그러나 그 세계가 한국적인 것의 모두는 아니다. 토속적인 세계는 한국적인 것의 본질에 접근하는 하나의 방편이나 한국적인 것의 표면적 외양일 수는 있어도 본질 자체와 동일시할 수 있는 것은 아니기 때문이다. 또 토속적인 것을 과도하게 강조하는 태도 자체가 서구적 세계에 대한 또 하나의 열등컴플렉스적인 심리를 반영하고 있는 것이기도 하다는 점도 주목해 볼 필요가 있다.

또 하나 주의해야 할 점은 한국적인 것을 강조하는 태도 속에 포함되어 있는 낭만주의적·비역사적 태도다. 가장 한국적인 것이 고대적 세계나 박제화된 전통 속에 고형화(固形化)되어 있을 리가 없다. 한국의 고대적 전통이 당대의 한국인과 당대 현실과의 치열한 교섭에서 생산된 것처럼, 한국적 전통과 독자성이라는 것은 현실과의 변증법적 긴장 관계 속에서 끊임없이 자신을 새롭게 형성해가면서 거대한 통일성을 일궈가고 있는 역동적 존재이기 때문이다. 따라서 한국적 전통과 특수성을 중시하는 오늘의 작가가 있다면, 그에게 가장 필요한 것은 약동하고 있는 오늘의 한국적 현실의 본질을 현재적 시점에서 직시·연구하는 자세와 행동적 자세다. 한국 문학의 전통은 총력을 다해 오늘의 현실과 대결을 벌이고 있으며 미래의 가능태 역시도 오늘의 한국

현실 속에서 우리의 주체적 노력을 통해서만 싹을 티울 수 있는 것이기 때문이다. 따라서 사회·역사적으로 또한 윤리적으로 올바른 관점에 서서 오늘의 사회·경제 및 문화적 운동 과정에 실질적으로 참여하고 또한 이 모습들을 형상화해야 할 의무가 오늘의 작가에게는 있는 것이다. 이것이 바로 오늘의 한국 문학이 한국적인 특수성을 통해 세계적인 것에 이를 수 있는 첩경임에 틀림이 없을 것이다.

둘째, 한국 문학의 세계화 작업을 현실적인 측면에서 성공적으로 수행해 나가려면, 비이상적이긴 하나 현재 서구권 문학이 세계 문학을 주도해 가고 있는 현실을 직시하고 좀더 철저한 전략적 차원의 방책을 세워나갈 필요가 있다. 제도적 측면의 문제들과 민간 부문에서의 보다 다양한 번역 소개 작업의 필요성을 역설한 앞절의 논의들은[35] 사실은 이와 같은 전략적 차원에서의 세계화 작업과 맞물려 있다.

이 작업과 관련하여 몇 가지 추가·강조하고 싶은 점을 제시한다면 다음과 같다. 앞의 논의와도 맞물려 있는 문제이긴 하나, 한국 문학을 해외에 소개함에 있어서 토속성이 강한 작가나 한국 문단의 권력 구조 속에서 지배적인 위치를 차지하고 있는 작가와 작품들에 관심이 집중되는 경향이 있는 점은 가장 큰 문제의 하나가 아닐까 한다. 이 문제를 정책적으로 해결해 나가기 위해서는 작품 선정 차원에서부터 철저한 공정성을 기할 것, 그리고 가급적 다양성에 기초한 선정 원칙을 유지할 것, 외국 수용자측의 문화적 욕구에 대한 면밀한 사전 조사 작업을 진행할 것, 특히 정책 입안자의 경우는 민간 차원의 자연스러운 노력을 유도하거나 혹은 기존에 존재하고 있는 민간 차원의 번역 및 소개 작업의 동향에 주의하는 노력을 기울일 것 등이 요구된다고 하겠다.

다음으로는 한국의 문화 제도 속에 존재하고 있는 고질적인 문제를 지적하고 싶다. 역시 번역 부문에 대한 사회적 인식의 부족과 그 지원과 관련된 문화적 토대의 문제가 그것이다. 번역 작업의 문화적 가치에 대한 인식이 부족한 사회적 분위기 속에서, 단기적이고 정책적인 노력만으로 한국 문학의 해

---

35) 앞절 「한국 문학의 번역 소개 작업의 활성화와 정책 방향」 참조.

외 소개 작업이 지속적인 성과를 거둘 수 있을 리는 만무하다. 좀더 근본적인 의미에서 전문 번역가들이 문화계 속에서 자리를 찾을 수 있는 문화적 토대의 구축이 무엇보다도 시급한 문제라고 하겠다.

또 하나 지적하고 싶은 것은 세계화 작업의 성과를 단기간 내에 보고 싶어 하는 관계자들의 조급한 자세다. 원래 한국문학의 해외 소개 작업이 가장 이상적으로 이뤄질 수 있으려면, 한국인의 손에 의해서가 아니라 한국 문학에 자발적 관심을 가진 외국 연구자나 번역자의 손에 의해 그 작업이 진행되어야 할 필요가 있다. 또 외국인 연구자나 소개자의 확보를 위해서는, 한국 문화에 관심이 있는 외국 연구자나 유학생들을 국내에 대거 유치하고 재정적 지원을 장기간에 걸쳐 지속해야 할 필요성이 있다. 한국문학이 해외 소개와 관련하여 직면하고 있는 숱한 난제들은 바로 이 문제에 대한 정책적 지원이 미흡한 현실 상황과 밀접한 관련성을 가진다.

이웃나라의 경우를 예로 들면, 일본의 현대문학이 세계에 소개되면서 읽히기 시작한 것은 이미 1920년대부터 시작된 일이다. 1968년 가와바타 야스나리의 노벨상 수상은, 그 앞에 존재했던 적지 않은 수의 '세계적인 일본 작가들'의 존재를 고려하지 않고는 생각할 수도 없는 일인 것이다. 그리고 1960년대부터 일본은 해외의 일본학 발전 프로그램과 일본학 전공 유학생들의 유치·지원하는 사업에 막대한 비용을 투자해 온 역사를 갖고 있다.[36] 일본 유명작가들의 팬들이 운영하는 홈페이지가 서구에서 열성적으로 운영되고 있는 현실은, 이러한 장기간에 걸친 일본의 정책적 지원 사업과 밀접한 관련성이 있는 것이다. 이러한 문제에도 불구하고, '세계화'에 관심을 갖기 시작한 지 겨우 10년에도 못미치는 일천한 노력의 역사 속에서, 관 주도 하의 경직된 정책과 빈약한 재정 자원을 갖고 조급한 성과를 기대하는 태도, 그리고 기왕에 소개된 한국 작품들에 대한 서구 문학계의 극히 제한적인 문화인류학적 관심 내지 토속적 관심에 한국인 관계자들이 감격해 하면서 자기 만족에 빠지는 현상들은[37] 경계해야 할 태도가 아닐까 한다.

---

36) 권영민, 「한국 문학의 세계화, 그 가능성의 모색」, 『문학사상』, 1996. 1, 76쪽.
37) 박유하, 「세계 속의 일본문학과 한국문학의 장래」, 『문학사상』, 1999. 6, 45쪽.

　세번째로 제시하고 싶은 것이 한국 문학의 세계화 작업 속에 설정되어 있
는 기본 목표가 갖고 있는 문제다. 앞으로 개선의 여지가 있을 것으로 보이나,
현재로서는 한국 문학의 세계화 작업 프로그램은 실제로는 한국 문학이 세계
문학계의 지배권을 행사하고 있는 서구문학계의 시각 속에서 어떻게 인정을
받을 수 있을 것인가를 주목표로 삼고 있는 것 같다. 그리고 동남아나 아프리
카, 남미 등에 대한 번역 및 소개 작업은 상대적으로 미약하거나 주된 관심
영역에서 제외되고 있다.

　이것은 한국 문학의 세계화 작업이 원론적인 차원에서 바르지 않은 방향을
지향하고 있다는 것을 의미하는 것이 아닐까. 현재적 관점에서 본다면, 한국
문학의 세계화 작업 프로그램은 대부분 서구문학권의 시각 속에 한국 문학이
편입될 수 있는 길을 모색하는 프로그램으로서의 성격을 강하게 지니고 있는
것으로 판단된다. 이런 자세 속에는 역시 한국 문학의 특수성과 독자성에 대
한 한국측 관계자들의 확신감이 결여된 자세나 서구 컴플렉스적인 요소가 반
영되어 있는 것이 아닐까 생각된다. 앞으로의 세계화 작업 프로그램이 내실
을 다져가기 위해서는 바로 이 목표 설정과 관련된 재검토 작업 역시도 필요
할 것이다.

IX. 한국문학 세계화의 과제

　새로운 세기를 눈 앞에 두고 있는 이 시기는 유구한 전통적인 한국문학의 흐름과 함께 공교롭게도 한국 근대문학사 1세기를 마무리 짓는 지점이기도 하다. 그런데 근대 이전까지 민족문화의 전통을 이뤄 왔던 한국문학은 근대가 시작되면서 일본 제국주의자의 침략을 받아 식민지 근대라는 새로운 형태의 근대를 경험했고, 더욱이 아직도 분단체제에 살며 이 세기가 끝나도록 민족 문제의 해결을 이루지 못하고 있는 우리로서는 완성된 근대민족문학의 건설이라는 과제가 절실히 요망되고 있는 실정이다.

　그러나 한편으로는 20세기의 끝 자락인 1990년 전후로 일어난 동구와 소비에트 연방의 와해는 20세기 체제 경쟁의 한 축을 담당해온 국가사회주의를 붕괴시키면서 이른바 자본주의의 전 지구화라는 세계사적 대전환을 가져 왔다. 즉 냉전구도가 무너진 자리에 공간을 넘어 자본과 제도로 무장한 새로운 성격의 무한한 경제전쟁이 진행되기 시작하였다. 그리하여 세계적으로 확장된 국제 금융자본의 엄청난 팽창, 그리고 정보통신 분야의 획기적인 기술 발전으로 가능해진 유동성의 증대 등[1]이 국민경제 단위의 분절성

---

1) 박명림, 「20세기 한국의 역사적 성취와 한계」, 『창작과비평』, 1998 여름, 35쪽.

을 현저하게 위축시키면서, 종래의 국민국가적 경계를 허무는 국제화나 세계화주의(globalism) 등의 이데올로기가 새롭게 창출되고 있다.

이에 아직도 분단의 질곡으로부터 헤어 나오지 못하고 민족 문제의 해결을 이루지 못하고 있는 우리로서는, 탈민족 혹은 초민족을 지향하는 세계화주의의 이데올로기와 직면했을 때, 일면 곤혹스러운 감도 없지 않아 있다. 그러나 이러한 자본의 지구화는 실제로는 민족국가의 종말을 의미하기 보다는, 오히려 더 심화된 국민적 경쟁 국가로의 전환을 보여 주고 있다. 즉 경제의 지구화로 말미암아, 이제는 모든 국가의 최대 과제가 자본에게 최대한의 가치 증식 조건을 보장해주는 데로 맞춰지면서[2], 민족문제는 소멸되는 것이 아니라 다른 방식으로 심화되고 있음을 주목해야 한다.

따라서 우리는 세계화 논리의 허와 실을 직시하면서, 분단에서 통일로 가는 민족문학의 수립, 그리고 세계 문화 속에서 민족문학으로서의 한국문학을 수립하는 두 가지 과제를 균형있게 이끌어 나감으로써 민족동질성을 회복하고 세계문화 속에 한국문화가 발전적으로 참여하는 두 가지 목표를 함께 해결할 수 있는 합리적 방안을 적극적으로 모색해야 한다.

특히 실제적인 측면에서도 문화의 국제화·세계화라는 시대적 흐름 속에서 개방 시대의 산물인 문화패권주의에 의해 우리 문화의 경쟁력 약화 현상이 눈에 띄게 두드러지는 현상이 예측되고 있다. 그리하여 우리가 문화발신국은 고사하고 일방적인 문화수신국의 처지로 떨어짐으로써 빚어질 수 있는 문화수지의 역조 현상은 문화 경쟁력 부문만이 아니라 정치·경제 등 제반 영역에서도 부정적 요인으로 작용할 가능성이 크다. 이러한 상황에 대한 확고한 인식 위에서 우리 문화와 세계 문화의 관계에 대한 새로운 위상 설정과 더불어 한국문학의 세계화를 위한 기본 방향 수립이 요구된다.

---

2) 이해영, 「'국민의 정부'의 신자유주의를 비판한다」, 『역사비평』, 1999 가을, 41쪽.

1. 세계화의 기본 방향 수립

현재 우리 사회의 문화예술을 지배하는 가장 중요한 사회경제적 조건은 국제적으로는 자본의 무한 경쟁, 그리고 이러한 과정 속에 편입된 한국 자본주의의 전면화라고 말할 수 있다. 더욱이 정부 당국은 국제화 시대라는 이름에 발맞춰 국가경쟁력, 또는 국제화를 내세워 문학에서의 이른바 국가경쟁력을 운운하고 있다. 즉 문화는 그것이 상품으로서 지니는 높은 부가가치를 이유로 산업의 중심으로 부상되고 있으며, 특히 지식과 정보, 문화와 예술까지 국제적 경쟁 시장에 노출되는 국제화 시대라는 변화에 발맞추어 문화예술의 국제경쟁력이 요구되고 있다.

그러나 우리의 정부 또는 자본이 문화예술에 적극적인 관심을 갖게 되었다는 것은 역으로 우리가 문화제국주의의 피해자가 될 수도 있는 현실을 말해 주기도 한다. 즉 선진국가로부터 우리의 진정한 필요에 부응하지 않는 문화가 일방적으로 유입되어 선진국의 문화 속으로 편입 또는 종속되어 버릴 수 있다. 극단적인 상황을 예측하자면, 우리 문화는 초국적 자본에 의해 움직여지는 문화산업에 의해 획일화된 단 하나의 지구문화에 종속되어 버릴 가능성도 배제할 수 없다. 자본의 전지구화가 역으로 우리 뿐만 아니라 전지구 문화의 위기를 초래하게 된 셈이다.

따라서 이에 대처하기 위해서는 한국문화, 특히 한국문학의 세계화를 위한 기본 방향과 이에 따른 전략의 수립이 모색되어야 한다. 이것을 단순히 자민족 문화에 대한 애정 또는 집착 때문이라고 보는 것은 일면적이다. 더불어 이러한 모색들이 반드시 활발한 문화적 통상에서 창출될 수 있는 경제적 이윤을 추구하는 상업적 이해 관계에서 출발하는 것으로만 볼 수 없다.

이러한 노력이 필요한 좀더 근본적 이유는 세계 문화의 올바른 발전을 위해서는 다양한 사회 및 국가적 집단들의 문화적 다원주의가 유지되어야 하기 때문이다. 문화는 나라와 민족 사이의 가장 효과적인 대화 수단으로 인류가 서로 의존하는 방법이자 대화하는 수단이라고 볼 때, 문화의 다원성 내지 다양성은 상호이해와 관용이라는 민주주의적 가치를 신장하는 확실한 근거다.

그리고 문화적 다원주의, 곧 특정 지역의 구체적 삶에 기반한 살아 있는 문화가 형성되어야, 진정한 인류문화가 꽃피울 수 있고, 더욱이 거대한 독점자본의 이해 관계에 의해 주도되는 획일화된 지배문화와 대결할 수 있기 때문이다. 요컨대 세계화 시대에는 문화적 다양성과 개별 문화의 정체성에 대한 요구가 약화되는 것이 아니라 오히려 강화된다고 볼 수 있는데, 이는 국제화의 현실에서 자신의 집단적·민족적 정체성을 문화에서 찾고자 하는 경향도 커지기 때문이다.

따라서 한국문학의 세계화를 위한 기본 방향으로 우선 그 무엇보다도 문학 창작에서 우리 민족 문화의 정체성을 정립해 나갈 수 있어야 한다. 이는 약자로 살아온 우리 민족의 정체성에 대한 반작용으로 강력한 정체성으로의 관심을 두려는 의도와는 거리가 멀다. 예컨대 문화 정체성의 확립이 '국민문화'를 급조해 낸다든가 '전통'을 내세워 민족적 자만감을 심어줘 성급하게 국민적 통합을 이루어 내려는 권력 엘리트들의 '전통' 조작 차원의 것3)은 아니다.

이보다는 우리 문화예술인들이 문화적 주체로서 스스로 삶을 표현하고 만들어갈 수 있음을 의미한다. 인류 역사를 볼 때 문화의 힘은 민족 단위로 발생, 성장, 확장되어 왔다. 따라서 한국 문학의 다음 세기는 서구 추수주의는 물론, 국수주의도 아닌, 민족의 삶의 현실적 요구에서 비롯하는 힘을 발현할 때 그 전망의 가능성이 창출될 것이다. 그리고 과거 우리의 전통문학을 해석하고 외국에 소개하는 작업에서도 지적 식민지주의를 청산하여, 현실에서 유리된 보편 이론을 거부하고 그것이 우리의 주체적 사상 및 철학, 문화 등과 어떻게 결부되어 있는지를 살피는 이른바 연구 및 해석의 지역화 내지 국지화를 강화해야 한다. 이를 통해 한국문학은 이념적, 문화적 보편성을 획득할 수 있으며 더 나아가 세계문학적 가치를 평가받을 수 있다.

둘째, 문학 창작 또는 한국문학 연구가 정치적 편의주의 여부에 따라 결정

---

3) 조혜정, 「전통문화와 정체성에 관한 담론 분석」, 연세대학교 국학연구원, 『동방학지』 86, 1994. 12, 209쪽.

되지 말아야 한다. 이를 위해 선행되어야 할 것은 문학에 대한 정치적, 이념적 족쇄를 풀고 이념의 자유경쟁 체제를 도입하는 것이다. 경직된 이데올로기, 혹은 국가 이데올로기 하에서 세계 시장에 경쟁력을 갖춘 문학 작품을 내놓을 수가 없다. 과거 우리 문학이 국가적 이데올로기로부터 그 자율성을 얻어내지 못했을 경우, 냉전문화나 어줍잖은 상업문화, 국수주의적 문화로 귀착되는 예를 어렵지 않게 찾아 볼 수 있다. 따라서 우리 사회는 이른바 체제비판적 문학 심지어는 반체제적 문학에 대해서도 포용성을 가질 수 있는 적극적 자세를 갖춰야 한다.

문학의 본령이 현실의 모순적 측면을 가장 중요한 대결 과제로 삼는다는 점에서 보면, 이러한 과제를 적극 수행하는 체제비판적 문학들이 오히려 세계성을 가질 수 있는 가능성이 보다 높아 보인다. 예컨대 과거 정부 집권 세력에 정면으로 도전했던 김지하 문학의 경우, 해외 문인들의 집중적인 관심을 받았고 일본 지식인들에 의해 노벨상 수상 후보로 추천되기까지 했던 좋은 실례가 있다.4)

셋째, 한국문학의 세계화라는 주장의 이면에 도사리고 있는 상업적 경쟁력의 논리를 비판적인 입장에서 살펴볼 필요가 있다. 가령 정부에서는 문화정책의 세계화를 거론하며 종래의 무역전쟁에서 문화전쟁으로 변화되어 가는 시대 조류를 선도하기 위해서 미래 유망산업인 첨단문화산업의 육성이 시급하며 국제 경쟁력을 높이기 위해서는 부가가치가 높은 문화산업의 육성이 절실히 필요함을 강조하고 있다. 그러나 여기에는 물질생산의 증대만을 최우선 과제로 삼는 근대의 논리가 역시 기본적 전제로 깔려 있다. 즉 대량생산과 대량소비의 자본주의적 확대재생산, 물질 중심의 발전 논리가 그 주조를 이루고 있는 것이다.

우리는 물론 문화산업이 자본의 논리에 어쩔 수 없이 묶여 있는 현실을 인정할 수밖에 없음에도 불구하고 그러한 자본의 논리를 비판할 수 있는 철학을 문학에 내재화시켜 타국과 구별된 가치를 지향하는 진정한 한국문학의 질

---

4) 설성경, 「한국문학의 세계화 방안」, 『문화정책논총』6, 120쪽.

적 발전을 모색해야 할 것이다. 문학이라는 것이 끝내는 자본주의 사회 속에서 이윤의 논리에 저항하는 마지막 거점이 될 수밖에 없을 것인 바, 문화산업주의에 상대적으로 포섭되기 힘든 문학 장르의 특성에 초점을 맞춰, 한국문학이 오히려 문화산업이 일면적으로 갖고 있는 허구성과 기만성을 폭로할 수 있는 중요한 진지로서의 기능을 발휘할 수 있어야 한다.

사실 자본주의의 전지구화의 도래는 시장가치 외에는 다른 어떤 것도 가치나 규범으로 인정되지 않는 즉 시장가치가 유일의 가치가 되는 사회의 도래를 의미한다. 이러한 상황에서 시장가치에 대한 거역을 가르치며, 시장가치 이상의 가치 즉 물건의 가치가 아닌 인간의 가치를 추구할 수 있는 것은 바로 문학이나 예술이다. 즉 문학은 궁극적으로 새로운 세기의 사회편성의 원리를 자본주의 시장경제 체제로부터 생명과 생활의 중심 체계5)로 바꿀 수 있는 유일한 진지다.

한편 한국문학은 문화산업의 현실에 대한 수세적인 입장을 넘어서, 시대적 흐름을 읽으며 이에 대한 유연한 사고를 할 필요도 있다. 예컨대 문학은 대중을 문화적으로 지양하며, 그러한 문학이 상업성 있는 문화상품으로 가공되는 일들도 모색되어야 한다. 물론 문학의 경제적 가치는 문학 활동의 부산물로 보아야 하지, 경제적 목적을 위해 문학을 추구하는 것은 타락을 의미하는 것일 수도 있다. 그러나 현금 한국문학은 자신의 본령을 지키면서도 이 사회의 공리주의적 요구를 어떻게 수용해나갈 수 있는가의 방안도 적극적으로 모색해야 한다.

끝으로 앞의 과제들이 우리 문학 내부의 문제라면 이를 토대로 우리 문학 작품을 외국어로 번역하여 실제 세계화의 길로 나아갈 수 있는 방식과 관련된 기본 방향의 수립 문제다. 우리나라에서 문화정책으로 세계화가 처음 거론된 것은 1990년 "문화발전 10개년 계획"이라는 종합계획을 발표하면서 부터다. 그 중 한국문학의 세계화의 구체적 방안으로 중요한 사항 중의 하나가 두말 할 나위 없이 우리 문학의 번역 작업이다. 물론 국내 문학작품의 번역과

---

5) 이시재, 「새로운 문명과 한국의 사회운동」, 『창작과비평』, 1998 여름, 106쪽.

해외 출판을 지원하기 위한 당국의 정책적 노력은 최근 들어 상대적으로 활발하게 진행되고 있는 편이다. 그러나 문학은 일반 상품처럼 왕성한 수출 드라이브를 건다고 해서 그 경쟁력이 갑자기 높아지는 것이 아니다.

세계 시장에 진출할 수 있는 문학작품의 경쟁력의 세 조건은 원작의 수준, 번역의 수준, 유통의 수준이다. 그런데 우리 문학작품을 소개하기 위한 일련의 노력들이 그 노력의 크기에 비할 만한 성과를 거두지 못한 것은 이런 경쟁 조건들이 제대로 충족되지 않기 때문이다. 그 중 가장 기본적으로 원작의 차원에서 번역 대상으로 선정된 작품들 가운데 질적 경쟁력을 갖추지 못한 터무니없는 작품들이 끼여 있는가 하면 과거에는 이른바 반체제적이라거나 체제비판적이라는 낙인 찍힌 작가의 작품들이 질적 수준에 관계없이 선정 대상에서 거의 제외되어 있기도 했다. 정부 차원의 문화사업은 아무래도 해당 정권의 정치적 이해 관계와 밀접한 관련을 맺고 있기 마련이다. 따라서 정부는 최소한 적대적 관계는 갖고 있지 않은 문인 및 문화 조직들을 선택적으로 지원하는 경향이 있다. 그러나 이러한 경향은 한국문학의 진정한 세계화에 장애 요소가 될 수 있다.6)

더불어 보수적 성격의 한국 문단 풍토와 관 주도의 문화사업이 지닐 수밖에 없는 한계일런지도 모르지만7), 정부의 제반 문화 통제 정책이 우리 문학의 대외 경쟁력을 약화시키는 요인으로 작용한다. 따라서 번역과 관련된 문화정책도 역시 관 주도에서 벗어나야 한다. 그리하여 정부나 공공단체는 재정적이고 행정정인 문제를 지원하되, 민간차원의 전담 기구를 설립하여 번역 작품의 선정이나 전체적인 기획을 전문적인 민간 단체의 자율성에 맡겨야 한다. 국내의 어떤 작품을 외국에 번역, 소개해야 될까 하는 문제는 어떤 책을 저술하여야 할까 하는 문제와 같이 혹은 그 이상으로 중대하고 어려운 일이라는 점을 번역 작업에 앞서 신중히 고려해야 한다.

---

6) 물론 이러한 견해와는 상반되게 우리 현대문학이 외국의 독자들에게 각별한 관심을 끌기가 어려운 현실비판, 혹은 현실고발적 문학들이 주류를 이루어 한국문학을 해외에 소개하는데 적절한 작품을 선정하기 어려움을 제시하는 견해 (서지문, 「한국문학의 해외선양사업을 위한 건의」, 『문화예술』, 1993. 4, 14쪽.)도 있다.

7) 김정란, 「한국문학 해외소개의 현주소」, 『문화예술』, 1991. 10, 24쪽.

2. 문화정책 차원의 지원 방안

1) 자유주의 문예정책의 지향

우리 사회는 자본주의 체제를 토대로 하여 자유민주주의 사상을 지향하고 있다. 따라서 자유민주주의 사상에 입각하여 일단 외형적으로는 예술가 개인의 내적 자유로서의 예술혼과 외적 자유로서의 표현의 자유를 인정한다. 즉 북한이 문화를 정치·경제·사회발전을 달성하기 위한 수단 개념으로 파악하고 있는 것과 달리, 남한은 문화를 정치·경제·사회를 지탱하고 있는 가치 구조에 내재하는 기본개념으로 파악한다.[8]

그러나 문학이 정치·사회와 별개의 것일 수 있다는 생각은, 문학을 정치적·경제적 사회관계의 부산물이나 도구라는 생각만큼 환상적이다. 우리의 경우 물론 일원화되고 통일된 정부 주도의 문예정책이 확고하게 정립될 수는 없었지만, 과거 한국문학 역시, 북한과 체제 경쟁을 하며 남한 체제의 우월성을 고수해나가야 했던 당국의 문예정책으로부터 자유롭지는 못했다.

따라서 예전 문화정책의 초점이 체제에 대한 정당화 내지 국민 통합에 중점을 두고 이뤄지다 보니 창작활동을 억압, 저해하는 작용이 많았으며, 특히 반공주의적 이념 성향이 문예정책에 반영되어 문예작품의 창작, 발표에 대해서 엄격한 제재가 가해졌다. 이를 위해 검열기준, 심의기준, 지침서, 사전신고, 인가, 조정 등 다양한 행정 수단이 창작의 내면에서까지 손을 뻗쳐 창작자의 의욕을 저상시켜 왔다. 이러한 규제는 반체제 문학은 물론이요, 언론 출판 분야에서부터 대중문화, 심지어는 순수 예술작품에 이르기까지 광범위하게 행사되어 왔다.

그리고 60년대 이후 근자에 이르기까지 우리 문예정책은 반공주의는 물론, 민족주의적 경향을 강하게 띠며 민족 문화중흥이라는 입장에서 정부 주도 하

---

8) 오양열, 「남·북한 문예정책의 비교연구」, 성균관대학교 대학원, 1998, 13쪽.

에 결핍된 문화적 제도와 기간 시설을 건설해 나가는데 그 역점이 주어진다. 예컨대 전통의 창조를 주창했던 이전 군사정권의 민족주의 담론은 물질적 영역에서 서구에 대한 모방을 가속화할수록 열등심리의 일환으로 정신적 문화에 대한 보존의 욕구를 더욱 강화 시켰다. 그리하여 국민의 문화적 욕구나 수요와는 격리된 채, 민족의 주체성이나 전통성을 표현하기 위해 구상된 전시적 문화시설들이 급격한 증가를 가져 오게 되었다.9)

그러나 이러한 정부 주도의 문화 정책에 편승한 '관제문화'에 반발하여 체제 비판적 문화 수요에 토대를 둔 재야의 '민중문화'가 대두하며 한때 양자간의 첨예한 대립도 있어 왔다. 이러한 현상은 문화의 참된 사회 결속 기능을 약화시키는 결과를 가져오게 되었을 뿐만 아니라, 전반적 국가 발전 전략에 있어서의 문화정책의 적실성에 대한 부정적 인식을 강화하게 되었다.10)

그러나 우리 정부의 현 단계의 문화정책, 혹은 예술정책은 상대적으로 과거 정부가 취했던 방식, 즉 스스로 정책 목표를 설정하고 수단을 선택하여 집행을 추진해가는 구성주의 정책 형태로부터 벗어나, 문화수요의 표현과 충족이라는 자율적이고 자생적인 과정을 거쳐 발전해가는 자유주의적 형태의 문예정책11)을 전향적으로 보여 주고 있다. 즉 자유주의 정책은 문화현상을 자생적이고 자율적인 것으로 보는 기본 관점에 서서 명시적인 문화정책을 거부한다. 이러한 정책에 기반한 문화적 목표는 체제 자체의 자율적 작용에 의해 형성되며, 문화정책의 역할은 이러한 목표와 수요의 자율적 형성을 저해하는 제반 요인을 제거해 주는 최소한의 것12)으로 기능한다. 그리하여 현재 사회 전반의 민주화와 더불어 예술의 내용에 대한 직간접적인 검열과 이에 따른 제재가 빠른 속도로 약화 내지 소멸되어 가고 있는 추세다.

이러한 문예정책은 한국문학의 세계화를 위한 기본 전제 조건임은 두말할 나위 없다. 문화는 그 속성상 자율적이어야 하는 바, 관이 주도하는 권위적이

---

9) 자세한 예는 조혜정, 위의 글, 184쪽 참고.
10) 김여수, 「문화정책의 이념과 방향」, 『문화예술논총』1, 한국문화예술진흥원, 1988, 27쪽.
11) 한국문화예술진흥원, 『문화정책』, 1988, 14쪽.
12) 오양열, 위의 글, 22쪽.

고 관료적인 한계로부터 벗어나 있어야 한다. 실제로 다양한 창작활동은 유
파별 활동의 다양성을 낳게 한다. 그런데 이 다양성을 행정 편의주의에 따라
특정 단위로 통합하려 할 때 문제가 발생한다. 가령 정부 차원의 문화정책은
아무래도 당대의 정치적 이해 관계를 따를 수밖에 없는 것인 바, 최소한 적대
적 관계를 갖고 있지 않은 문인 및 문화 조직들을 선택적으로 지원할 가능성
이 크다. 그러나 특정 유파, 대표적으로 정권. 체제에 대한 비판 세력을 배타
적이거나 적대시하는 행태는 온전하 문학 발전을 저해한다. 북한이 남한에
비해 문화예술에 대한 지원의 범위와 규모가 훨씬 큼에도 불구하고 북한의
문예정책이 갖고 있는 동원기능의 간섭 정책이 북한 문학의 도식적인 파행성
을 낳게 하고 있다는 점을 상기해야 한다.

　이런 점에서 볼 때, 향후 문화정책은 지속적으로 민간 주도의 방향으로 개
혁되어야 하고 간섭이 아닌 지원에만 초점이 맞춰져야 한다. 물론 국가의 염
려대로 사회적 한계를 이탈한 문화 활동도 있을 수 있으나, 이러한 경우라도
이에 대한 판단은 일반대중과 문화영역 내의 자율적 기구를 통해서 이뤄져야
한다.13) 그리고 문화정책 분야를 주도하는 최고 책임자 역시 정치적 고려에
의하지 않은 순수예술계나 문화행정계 출신 인사가 들어서야 하고 그렇게 함
으로써 문화정책을 장기적으로 수행해나갈 수 있어야 함을 덧붙일 수 있다.

　한편 적극적 측면에서 정부는 제도적으로 재야 문화 단체들을 포함해 다원
적인 문화단체에 대한 재정적 지원을 강화해야 한다. 지난 시절 중앙 행정관
서로부터 재정적 지원을 받은 문화 단체는 관의 세력에 힘입어 자신을 중심
으로 예술문화계를 통합하려는 문제들을 늘상 드러내 왔다. 결과적으로 그러
한 단체는 당연히 정부와 긴밀한 관계를 유지하면서 이른바 관변적이고 어용
적인 자세를 드러내왔다. 이러한 배타적이며 독점적으로 집중화된 문화 권력
은 한 사회 내의 다양한 문학적 발전을 저해한다. 따라서 문학이 생래적으로
갖고 있는 체제비판적 성향을 인정하며, 오히려 이러한 대항문화들도 균형적
으로 육성하여 문학 창출의 다양성을 통한 건전하고 조화로운 문화 발전을

---

13) 김수갑, 「한국에 있어서 문화국가 개념의 정립과 실현과제」, 한국문화정책개발원,
　　『문화정책논총』6, 1994, 305쪽.

지속적으로 추진해나가야 한다.

이를 보장하기 위해서는 특정 문화단체에 대한 정부 문화예산의 독점적 지원을 지양하고, 제도적으로 예술 관련의 다양한 문화·시민 단체들을 문화행정의 대상으로 삼아 이에 대하여 적극적인 지원을 할 수 있도록 해야 한다. 실제로 김영삼 정부는 문예정책 계획의 수립 과정에 최초로 민예총 중심의 민중·민족예술 계열의 인사들을 참여 시켜, 민예총이 정부 및 공공단체의 정책 과정 및 지원 과정에 적극 참여하는 계기를 마련하기도 했다.

더욱이 이러한 대항문화의 육성 등은, 사회주의 체제 하의 북한과의 문화, 심리적 갈등을 극복하며 문화적인 동질성 회복을 위한 통일문화 형성에서 단계적이며 매개적인 역할을 마련해나갈 수 있는 것으로 기대된다. 그리고 이와 관련돼 민간 주도의 남북한 문화교류를 위한 법적 보장이 마련되어야 하는데 이를 위해서는 무엇보다 현재의 국가보안법이 폐지되고, 문화교류촉진법 같은 것으로 대체되어야 하며, 정부로 단일화되어 있는 문화교류 창구를 민간에게 개방하여 문화적 이니셔티브를 다원화해야 한다.14)

그리하여 북한과의 문화 교류는 정치 논리를 벗어난 문화우선주의에 입각한 교류 정책의 추진이 필요하고, 확고한 문화다원주의적 입장에서 교류 정책을 펴나감으로써 상대적으로 편협성이 강한 북한의 문화예술을 포용하여 문화의 폭을 넓힘으로써 21세기의 다양한 문화적 상황에 대처할 수 있는 능력을 키워 나간다는 자세를 가져야 한다.15) 특히 문학 등의 경우 이데올로기적 성격이 강하기 때문에, 그 교류에서 체제 경쟁적 내용으로 빚어질 수 있는 시비에 휘말릴 수 있지 않도록 유의해야 한다. 그리고 좀더 적극적 입장에서 북한의 문화예술을 꼭 남한 문화의 대항문화로 바라 보는 시각에서 벗어나, 오히려 그것을 남한 예술이 갖고 있는 부정적 측면, 즉 퇴폐성과 상업성을 성찰할 수 있는 나름대로 장점을 갖춘 문화로 이해하는 자세가 필요하다.

덧붙여 민족문화의 토대로서 지역문화의 활성화를 위한 지원이 요망된다. 지역의 구체적 삶의 활동에 기반을 두고 살아 있는 지역 문화는, 중앙집권화

---

14) 염무웅, 「국제화 시대의 민족문화」, 『역사비평』, 1994, 겨울, 64쪽.
15) 오양열, 위의 글, 215~216쪽 참고.

의 표준화가 요구하는 추상성에 맞서 싸울 수 있는 진지다. 따라서 지역문화
의 활성화는 나라와 민족의 경계는 물론 민족 내부에서 각 지방 또는 각 종족
의 계선마저 지우는 자본주의적 시간의 무서운 질주를 저지할 수 있는 싱싱
한 힘의 원천으로 전화될 수 있다.16) 이것은 물론 지방자치제의 완전한 실시,
지역경제의 활력있는 자립과 맞물려 있는 문제이기는 하지만, 현재와 같은
과도한 중앙 집중은 문화적 발전의 길을 차단할 뿐만 아니라, 지역간·계층
간 갈등을 낳게 하고 있는 현실을 엄중히 바라 보아야 한다. 지역문화의 활성
화는 각 지역의 균형있는 발전을 가능하게 하는 밑바탕이 되는 동시에 민족
동질성을 추구하는 지름길이 되는 것이다.17) 그리하여 지역문화에 대한 애정
은 민족문화에 대한 애정으로 발전할 수 있고, 민족문화에 대한 애정은 마침
내 전 인류적 가치에 대한 자각으로 드높아질 수 있다.

2) 문화산업에 대한 적극적 문예정책

김영삼 정권이 국가경쟁력의 구호를 내걸고, 세계화라는 정부 정책의 기조
를 사회 전반에 확산 시킨 이후, 현재 문화 혹은 문화산업에 대해 갖는 경제
적·산업적 측면의 중요성이 강조되는 등 문예정책상의 새로운 변화가 일어
나고 있다.18) 물론 한국문학은 새로운 문화산업의 현실에 직면하여, 이전보
다 일층 상품경제가 지배하는 시장 법칙, 더 나아가 국가와 결탁한 자본의 논
리를 좇을 가능성이 심화되어 가고 있다. 특히 현금에 이르러서는 정부가 국
제화의 논리를 따라 경쟁력 강화를 앞세워 자본의 무한경쟁으로 사회를 이끌
어 나가고 있는 형국이고 보니, 문학이 자본의 논리가 관철되는 모든 분야와
험난한 싸움을 치러 나가야 한다. 또한 새로운 초국적 자본과 기술로 유지되
는 전지구적 문화·경제 패권은 문화의 다양성을 근본적으로 변화 시키면서
개별문화를 위협하고 있는 실정이다.

---

16) 최원식, 「지방을 보는 눈」, 『생산적 대화를 위하여』, 창작과비평사, 1997, 60쪽.
17) 오양열, 위의 글, 186쪽.
18) 예컨대 김영삼 정부는 94년 5월에 문화체육부 산하에 문화산업국을 신설하여 문화
　산업에 대한 정책적 관심을 드러낸다.

그러나 새로운 문화산업의 현실에 대한 수동적인 입장을 넘어서, 올바른 방향성을 갖춘 정책의 강화를 통해, 이에 적극 대처해야 한다. 그리하여 문학이 문화의 '반문화적 횡포'에 맞서 반역적·창조적 역할을 수행하면서 동시에 문화상품으로 성공할[19] 수 있는 길을 모색해야 한다. 사실 문화산업의 발달은 긍정적 측면에서 보자면, 일반 대중의 문화생활의 대폭적인 증대를 의미하는 문화 확장을 촉진한다. 또한 문화산업은 인류 역사상 처음으로 전세계의 대중들에게 중요한 예술작품에 대한 지식을 거의 즉각적으로, 그리고 지속적으로 공급하게 했으며, 그 결과 세계의 문화적, 사회경제적, 이념적, 역사적 다양성에 접할 수도 있게 한다. 그래서 각 나라마다 독특한 창조적 예술작품의 전 세계 대중으로의 도달 범위가 대폭적으로 확장될 것이며 대중들의 효과적 참여에 지금보다 훨씬 더 큰 기여를 할 것으로 예측된다.[20]

따라서 현대의 기술공학이 낳은 문화산업의 성과들을 갖고 오히려 대중들을 어떻게 문화적으로 지양시켜 나가야 할 것인가를, 그리고 우리의 문화를 어떻게 국제화 시킬 수 있는가를 적극 모색해야 한다. 예컨대 대자본의 국제적 문화산업체에 종속될 수밖에 없다는 피해의식을 넘어서, 문화산업이 가져온 문화의 민주화라는 효과를, 국지적 한국문화의 세계화를 위한 창조적 가능성에 사용할 수 있어야 한다.[21]

가령 현금의 문화에선 초국적 문화산업에 의해 주도되는 단 하나의 지구문화가 형성되어 있는 것이 아니라 문화의 전지구화를 낳고 있는 다양한 과정들이 있음을 인식해야 한다.[22] 문화의 전지구화를 가져오는 힘은 무엇보다 의사소통과 정보의 전지구적 네트워크이다. 이 네트워크를 통해 이뤄지는 상호작용은 문화산업에 의해 이용될 수 있지만, 권력에 맞서는 사회운동이나 새로운 시민문화, 지역문화의 창조를 모색하는 주체들에 의해서 이용될 수도

---

19) 임형택, 「한국문화에 대한 역사적 인식 논리」, 『창작과비평』, 1998 가을, 249쪽.
20) 문화산업의 긍정적 측면으론, 한균태, 「문화산업의 개념과 전망」, 『문화예술』, 1990, 10. 참고.
21) 이하 설성경 외, 「통일 한국문학의 진로와 세계화방안 연구」, 『동방학지』98, 1997, 12. 중 654~666쪽 참고.
22) 이하 박형준, 「국제화와 전지구주의의 논리」, 『창작과비평』, 1994 겨울. 참고.

있다. 이를 위해서는 시민운동 내에서 문화운동 영역을 강화해야 할 필요가 있다.23) 오늘날 자본주의적 문화산업의 규모를 생각하자면, 재정압박에 시달리는 시민운동이 문화생산에 관여하는 것은 쉽지 않다. 그러나 오히려 그렇기 때문에 시민운동이 문화에 더 관심을 가져야 하고 나아가서는 문화소비자를 조직함으로써, 문화생산자에게 압력을 가해야 하는 것이다.

따라서 지구적 문화의 형성에 대해 곧바로 문화의 획일화를 연상하는 것은 일면적이다. 물론 문화산업의 상품 논리가 부추기는 탐닉적 욕망의 메카니즘에 대한 비판의 무기는 더 날카롭게 정비할 필요가 있겠지만, 그 비판에서 정보와 의사소통의 전지구화 바로 그 안에서 일어나고 있는 대안적 문화 형성의 다양한 흐름들과 과정을 간과해서는 곤란하다. 오히려 그 다양성을 충분히 인정하고 개화시킴으로써 그를 통해 인류의 정체성과 인류학적인 보편성을 드러내려고 하는 기획을 구축해나갈 수 있다. 이를 위해 무엇보다도 앞서 지적한 바, 문화생산의 독점성, 집중성을 민주화 할 수 있는 대중과 사회운동 단체 혹은 정부의 문화정책들을 통한 공적 개입24)을 통해 자본의 힘을 경계하고 순치할 문화적 기획을 강화해야 한다.

이에 대한 구체적 실례로, 상품들의 표준화와 국제화를 지향하는 문화산업의 성격을 지양하여, 당국의 문화정책은 자생적인 문화적 표현을 위한 영역을 확보하고 사회 및 국가적 집단들의 문화적 다원주의를 유지하도록 해야 한다.25) 즉 문화산업체를 창설하고 발전시킴에 있어 공공당국이나 민간기업이 선택할 수 있는 전략의 목표는 우리 민족의 문화적 자유와 참여의 능력을 보호하고, 생산의 민주화와 국내 산업의 발전을 고무하는 것이다. 그리하여 정책 입안자들은 문화산업이 일반 공중의 문화에의 접근을 확대해서 경제적으로 취약하지만 문화적으로는 중요한 가치들을 지원할 필요가 있다.

또한 외국과의 경쟁에서 국내 산업들을 보호하고 외국 산물들에 의한 시장 과잉 점유를 저지해야 할 필요가 있다.26) 예컨대 대자본은 목전의 이윤추구

---

23) 정현백, 「대안문화에 둔감한 시민운동」, 『창작과비평』, 1999 여름, 358쪽.
24) 강명구, 「국제화와 문화적 민주주의」, 『창작과비평』, 1994 여름, 86쪽.
25) 김문환, 「문화진흥 정책을 통한 예술진흥 정책을」, 『문화예술』, 1996, 11, 10쪽.

에 급급하여 외국의 값싼 문화상품을 마구잡이로 수입하여 자국 내 문화산업의 기반을 흔들어 놓을 수 있다. 따라서 문화산업에 진출하는 대자본을 견제하여 문화산업의 공급자들이 독과점 지위를 악용하여 독과점적 이윤을 획득하는 것을 막아야 한다. 그리하여 정부 당국 뿐만 아니라 초국적화된 자본 운동에 의해 주도되는 문화산업체에 대항하여 사회운동 조직 간에 국제적인 연대를 형성하고 초국적인 공적 규제체제를 만들어내어, 집요한 자본의 질곡에 강인하게 저항할 수 있는 시민적 각성이 요구된다.

3. 창작과 비평의 민족적 특성화와 보급 대책

1) 창작과 비평의 민족적 특성화 방안

현재 남한의 문화예술을 지배하는 가장 중요한 사회경제적 조건은 세계화 또는 지구화라는 자본의 무한경쟁 그리고 이러한 과정 속에 편입돼 자본가 집단의 이해를 우선적으로 앞세우고 있는 자본주의의 전면화라고 얘기할 수 있다. 이러한 자본주의의 전지구화라는 조건은 국내 문화시장이 '국지적' 논리에 지배되던 시대를 떠나 '지구적' 시장 논리에 지배되는 시대로 편입되게끔 하고 있다. 따라서 국제화니 세계화니 하는 탈민족 혹은 초민족을 지향하는 이데올로기의 팽배가 민족이라는 개념이나 가치 등의 의미를 희석화 시키고 있다.

그리하여 70년대 이후 한국문학을 주도해왔다고 볼 수 있는 민족문학의 존립 가능성 자체가 위협 받고 있으며, 민족문학을 대신하는 포스트모더니즘이니 다원주의니 하는 외피를 두른 다소 경박한 대중문화가 그 한 세력을 이루게 된다. 더욱이 국내의 포스트모더니즘 문학의 일부는 대중문학과 결탁하면서 '대중독자의 소비가 있으므로 이것은 좋은 책'이라는 논리로, 출판 상업주의와의 유착을 통해 자신의 재생산 구조를 보장 받고 있다.

---

26) 위의 글, 11쪽.

심지어 일군의 작가와 비평가들은 문학이 현재의 변화된 상황에서 살아남기 위해서는 하나의 상품으로 적극적인 생존 전략을 구사할 필요가 있음을 강조해야 한다는 대중문학론까지 적극적으로 제출하고 있는 형편이다. 이들은 이른바 독점자본주의의 논리에 따라 무엇이 더 가치있는 작품인가 하는 문제는 사상한 채, 무엇이 더 경쟁력 있는 작품인가 하는 문제에 집중하고 있는 셈이다. 그리하여 일부 문학인들 가운데는 시장 상인과 결탁하여 독자들의 저열한 기호에 영합하는 작품을 만들며, 또 그 중 일부는 경영, 판매자의 홍고, 광고 전략 등의 이벤트 마인드에 따라 스타덤에 오르기도 한다.

문학을 상업화하려는 동력은 자본주의 시대에서는 본원적인 것이지만, 이 시대에 와서 그것이 대규모화하고 전면화되고 있는 것은, 이전과 달리 영상문화의 급성장과 문자문화의 위상 약화라는 문화 지형의 대변화가 이뤄지고 있기 때문이다. 예컨대 90년대에는 문학과 영화, 비디오 등이 착종적으로 결합되는 특징을 드러낸다. 이는 그것이 대체로 대중의 감각에 잘 들어맞는다는 얄팍한 상업주의적 이유에서 비롯되며, 특히 이념의 퇴조로 인하여 대중들이 더 새롭고 더 감각적인 것을 욕망하는 존재들로 변화해 가고 있기 때문이다.[27]

그리고 한국의 포스트모더니즘과 대중문학은 신보수주의와 이념적 친화성을 가지며 따라서 체제 투항적 성격이 강하다. 가령 변혁의 가능성에 대한 전면적 불신, 이념 일반에 대한 근본적 혐오 및 이념의 극단적 희화화, 성의 사물화 및 적나라한 욕망들에 대한 노골적 찬양 등이 신보수주의 혹은 극우민족주의라는 적자생존의 논리를 확산 시키는 사회적 분위기를 창출해내고 있다.[28]

따라서 현재 우리 문학은 이러한 세계화, 자본화의 물결 속에서 새삼 민족문학의 관점이 요구되고 있다. 민족문학은 종족적인 민족주의 또는 배타적 감정, 국수적 민족주의를 추수하는 민족주의 문학과는 구별된다. 오히려 민족문학은, 민족주의를 "공공적인 것 혹은 시민적인 것으로 이동" 시켜, "민족

---

27) 방민호, 「대중문화의 복권과 민족문학의 갱신」, 『실천문학』, 1995, 가을, 173쪽.
28) 하정일, 「근대성과 민족문학」, 『실천문학』, 1994 여름, 248쪽.

적 형식을 살리면서 그 안에 진보적인 내용을 채우는 즉 건강한 민족주의를 추구"29)해야 함을 의미한다. 따라서 민족문학의 발전은 사회 전체의 민주화와 인간화가 진행되는 것과 상호작용하며 이뤄지며, 이는 궁극적으로 전체 세계 인류의 보편적 염원에 부응하는 것으로, 오히려 이러한 문학만이 세계 시장에서 역설적으로 상품으로서의 강한 경쟁력을 갖출 수 있다. 즉 민족문학은 단지 자국의 관점에 묶여 자신의 개별적인 것만을 주장함으로써 그 틀에 갇혀 있는 것이 아니라, 자국의 현실에 발을 딛고 있으면서 국제적 혹은 세계적 시각을 견지하는 것으로, 이것이야 말로 실천성을 갖고 있는 진정한 국제주의30)로 나아갈 수 있게 한다

그런데 우리 민족문학은, 그 근대성의 실현이 민족적 해방과 민주주의의 절박한 요구로 나타나는 현실과 결합되어 있는 특유의 동력 때문에, 현대적 상황에 대한 문학적 대응은 현실근접력과 구체성을 요구하는 리얼리즘의 형태를 띠어 왔었다.31) 그러나 민족문학은 리얼리즘은 물론, 여타 장르나 매체의 문제에 더욱 관심을 가지고 혁신을 수행해야 함은 물론 인간의 지각방식에 대한 새로운 이해를 추구해야 한다.32) 예컨대 문화산업의 시류에 따른 포스트모더니즘이나 대중문학에서 자주 활용되는 영상예술들이 가지고 있는 장점들을 차용하여, 대중들의 일상성을 꾸려 주는 새로운 감정 구조의 변화에 대하여 적절한 대응을 할 수도 있어야 한다.

시각적 영상 예술의 기법들이 얼핏 보면 감각의 진실을 좇는 듯하지만, 인간 개인의 삶과 운명을 세밀하게 그려 나름대로의 인간 삶의 진실을 포착할 수도 있는 형상화의 한 방식이기도 하다. 따라서 리얼리즘을 지향하는 민족문학일지언정, 포스트 모던 문화에 적극 대응하면서, 포스트 모더니즘의 세계관을 극복할 수 있는 가능성, 이를테면 모더니즘·포스트모더니즘의 양식적·서사적 특징들까지 활용하면서도 이 양자와 달리 현실의 총체성을 포기

---

29) 임지현, 『민족주의는 반역이다』, 소나무, 1999. 8, 57쪽.
30) 김재용, 「민족문학론과 주체의 문제」, 『실천문학』, 1999 봄, 298쪽.
31) 윤지관, 「민족문학에 떠도는 모더니즘의 유령」, 『창작과비평』, 1997 가을, 269쪽.
32) 최유찬, 「민족문학이란 무엇인가」, 『한국문학의 관계론적 이해』, 실천문학사, 1998, 323쪽.

하지 않는 '포스트모던'한 리얼리즘 예술이 실현될 가능성도 모색해야 한다.

그리고 민족문학은 새로운 지구적 현실에 걸맞는 생태계의 위기라든지 성차별의 현실 등 이제까지 변혁운동에서 경시되었던 문제들에 대한 인식의 개방이 필요하다. 즉 민족문학은 물론 민족문제를 강조하지만 그렇다고 해서 그것에 모든 것을 환원시키는 것이 아니고 민족의식을 계급의식이나 여성의식 등 이 사회가 갖고 있는 여러 문제의식들과 통일적으로 결합하여 연대의 가능성을 적극 탐구해야 한다. 가령 문학에서 페미니즘의 대두는 오래도록 무시되고 방치돼온 인간사의 핵심적 모순에 눈을 돌린 것이라고 평가할 수 있다. 물론 현재 한국문학은 이러한 페미니즘을 앞세워 여성작가들의 작품이나 페미니즘을 상품화하여 자본주의 시장의 논리 속으로 끌어 들이려는 부정적 징후도 만만치 않게 나타나고 있다.33) 그리하여 몇몇 출판사들의 상업주의적 동기가 경쟁적으로 페미니즘 소설의 양산을 불러왔다.

그러나 페미니즘조차 상품화하려는 자본의 논리에도 불구하고 민족문학 등의 본격문학은 여성문학이 획득한 대중성을 적극적으로 활용해야 한다는 주장들34)이 제출되고 있다. 가령 여성의 눈을 통해 사용되는 재현의 기법은 작품의 실감을 높이기도 하고, 또 사적으로 치부되기 쉬운 여성의 일상이나 체험을 통해 그 속에 복합적으로 은폐되어 있는 자본의 논리를 드러낼 수 있다. 오히려 사소한 듯이 보이는 여성의 일상에 대한 천착을 통해 우리 사회의 전모와 현실을 파악하는 리얼리즘의 한 진전을 기대할 수도 있다. 즉 우리 사회의 권력관계가 내밀하게 작동하는 지점과 그것의 허위성을 간파해내는 '여성'의 명철한 시선이 더 긴요할 수도 있다.35) 특히 우리의 현실이 서구에 비해 더 복잡하게 성, 계급, 민족모순이 복잡하게 얽혀 있으며 그 모순을 해결하려는 투쟁 역시 서구 어느 곳보다도 치열하게 전개된다는 점에서 페미니즘 문학은 우리 문학의 세계성을 확보할 수 있는 근거가 된다.

한편 여성 문제뿐만 아니라 생태계 문제 등 과거에는 별로 중요하지 않게

---

33) 김양선, 「근대 극복을 위한 여성문학의 논리」, 『창작과비평』, 1996, 겨울, 136쪽.
34) 이하 위의 글과 김영희, 「근대성과 여성체험」, 『창작과비평』, 1995, 가을. 참고.
35) 김은하, 「90년대 여성소설의 세 가지 유형」, 『창작과비평』, 1999, 겨울, 262쪽.

생각하였던 것들에 대한 문학적 관심이 증가되고 있다. 우리문학이 생태 또는 환경 등에 관심을 갖게 된 것은 80년대부터이며, 그것이 비평적 담론으로 주장되기 시작한 것은 90년대 들어와서의 일이다.36) 사실 환경문제는 기술적으로 처리할 수 있는 문제가 아니라, 도덕적 감수성과 정책의 문제이며, 새로운 생산방식과 생활양식의 문제이다. 그리하여 생태계의 전면적 위기에 대한 적극적인 대응책의 일부로서, 자연을 회복하고 생명의 전체성을 다시 회복하기 위한 문명 재편 작업의 일부로서 환경문학이 절실히 요구되고 있다. 근자우리 주변에 현대문명의 위기의식과 더불어 문학에서의 생명 혹은 생명사상의 강조가 모두 이와 관련되어 있다. 특히 동아시아의 전통 사상이 그 안에생태학적으로 건전한 깊은 직관들을 담고 있다는 사실37)은 한국 환경문학의세계문학으로서의 가능성을 뒷받침한다.

이러한 점에서 한국의 환경문학은 핵 및 공해의 문제를 그 하나의 주요한영역으로 설정하여 역시 그 세계성을 획득할 수 있다. 핵문제는 현재까지도한국이 휘말려 있는 세계사적 냉전의 한 잔재이다. 따라서 강대국의 비핵화는 우리 민족의 생존에 직결된 문제이기도 하며, 인류의 생존 위기와 직결되어 있는 인류사적 문제이기도 하다. 즉 핵문제는 우리 민족의 특수한 분단현실을 매개항으로 한반도라는 현실에 기초하면서 동시에 지구적 수준의 전망을 갖춘 문학적 상상력을 작동 시킬 수 있다. 공해 문제 역시 한국 자본주의의 고도성장의 필연적 귀결로 역시 인류의 생존 차원과 관련된 중요한 문제의식을 제공하고 있다. 공해 산업의 존재 면에서 한국이 세계 10위권대의 생산력을 소유하고 있다는 점 등에서 우리 문학이 환경문학에 갖게되는 관심의필연성이 도출된다 일본의 노벨문학상 수상자인 오오에 겐자부로의 주요 주제가 이런 문제였음을 각별히 주목할 수 있다.38)

한편 해외 동포문학을 한국문학으로 적극적으로 끌어 안는다는 측면에서

---

36) 자세한 내용은 이숭원, 「생태학적 상상력과 우리 시의 방향」, 『실천문학』, 1996, 겨울 참고.
37) 장회익, 「21세기 과학기술의 전망과 새 문명 건설의 과제」, 『창작과비평』, 1999, 봄, 34쪽.
38) 설성경, 위의 글, 126쪽.

20세기 초 망명문학으로부터 시작하여 현금 중국문학의 일부이면서 민족문학으로서의 정체성을 강하게 간직해오고 있는 조선족 문학으로부터도 한국문학의 민족적 특성화를 구상해볼 수 있다. 즉 조선족 문학은 자체의 민족적 형식과 더불어 생명력 있고 건강한 조선족 민중들의 정서적 체험을 형상화해낸 작품들을 다수 가지고 있다. 더불어 일제 시대 조선족이 중국과 연대하여 반봉건, 반외세 투쟁을 전개해나간 역사를 형상화한 작품들은, 식민지 시기 우리 민족이 처했던 특수한 상황을 통해, 20세기 동아시아 민중이 처한 보편적 상황을 이끌어내며, 아울러 항일전쟁과 프롤레타리아 혁명 사이의 모순을 신민주주의의 실천을 통해 실현해나간 모습을 그리고 있어 국내 문학에서 찾아볼 수 없는 독자적 고유성을 확보하고 있다. 그 외에 조선족 문학과 달리 러시아, 일본, 미국의 동포문학은 그 민족적 정체성을 발견하는 것이 상대적으로 어려운 문제이기는 하지만[39], 21세기에 민족의 양대 주체인 남과 북이 독립적이고 민주적인 통일민족국가를 이룩하는 데 성공하는 그 날, 해외에 흩어진 '범민족문학'도 그런 도약적 성황에 처하여 세계적 규모에서 이뤄질 민족 역량의 거대한 결집에 상응하는 변신을 수행할 수 있을 것이다.[40]

창작의 측면에서 뿐만 아니라 문학비평 및 해석의 방향도 우리 문학의 개성적 발전 및 미래에 대한 창조적 대안으로 채택되어야 하는 것인 바, 역시 그 기본적 입장은 민족문학의 관점에 서있어야 한다. 우리의 경우 근대가 시작되면서 일본 제국주의자의 침략을 받았기 때문에 일본과 같은 후발 자본주의 근대와도 다른 새로운 형태의 근대를 경험했고, 더욱이 아직도 분단체제에 살며 민족문제의 해결을 이루지 못하고 있는 우리로서는 완성된 근대민족국가 건설이라는 과제가 현재의 시점에서도 유효한 실정이므로 한국문학을 민족문제의 관점에서 고찰하는 시각을 가져야 한다.

따라서 한국문학의 해석과 비평은 민족문학의 관점에서 그것이 당대 인간의 삶과 열망을 조건 짓고 지배하는 역사적 세력들과 어떤 관계를 맺고 있으

---

39) 이에 대한 자세한 논의는 홍기삼, 「한국문학과 재외한국인문학」, 『작가연구』3, 새미, 1997. 참고.

40) 염무웅, 「민족문학의 위상과 범위」, 『한국근대문학연구』, 태학사, 1997. 참고.

며 그 관계의 성격이 무엇인가를 비판적으로 판단하는 데 그 초점을 맞춰야한다. 이러한 점에서 볼 때 우리 문학에 대한 온전한 비평과 해석도 진정한 민족문화를 건설해야 한다는 대원칙 아래 그리고 우리 시대의 역사적 과제 해결에 창조적으로 기여할 것인가를 절실하게 문제 삼아야 한다.

더불어 이 세기를 마감하고 21세기를 맞이할 한국사회의 독자적 진로를 점검해야 할 시점에서 한국문학이 인류문명사에 담당해야 할 독특한 기여를 모색하기 위해서는 단순히 민족의 주체적 관점을 기계적으로 추출하는 것이 아니고, 그러한 주체적 관점이 동시에 인간과 사회 또는 자연에 대해 새롭고 진지한 성찰에 도달하고 있는지, 그리하여 인류사적으로 그것들을 보는 관점이나 인식상에서 획기적 전환이나 의미있는 진전을 이룩하고 있는지, 그리고 이를 새로운 미적 경지에서 창조했는지에 주목해야 한다.

한편 북한 및 중국 조선족의 한국문학 비평과 해석에서도 우리가 참고할 만한 것은 그것이 인민대중의 문학행위를 중요하게 여기고 최대한 가치를 부여하기 위해서 노력한 점이라고 할 수 있다. 이 점은 우리의 문학 해석과 일정하게 대조되는 긍정정 양상이라 판단할 수 있고 그런 점에서 반면교사의 역할을 하고 있다. 이와 함께 북한의 문학사가 남한의 문학사 연구에 비해 가요나 극과, 희곡, 산문 등에 가치 부여를 하고 있는 양상은 시와 소설만을 중시하는 우리 문학사 연구에서 눈여겨 볼 부분이다. 이는 시, 소설에 치중하는 입장보다 한국 문학을 훨씬 더 유연한 이해할 수 있는 자세를 가능케하는 것41)으로 한국문학의 세계화를 위한 문학 연구 자세로 수용할 수 있어야 한다.

그 외에 현금 우리의 문학 비평은 새로운 문화환경에 대응하여 문학 텍스트의 개념을 확대하고 비평적 개입, 해석, 평가의 대상을 넓혀야 한다. 즉 오늘날 문학비평은 불가피하게 '문화비평'의 성질과 기능을 떠안게 된다. 지금까지 문학은 문자예술이기 때문에 문학이었고 이 형태의 문학은 지속되겠지만, 그러나 새로운 매체에 의한 문학 ― 영상문학과 영화문학은 이미 대두하

---

41) 설성경 외, 「통일 한국문학의 진로와 세계화 방안 연구(Ⅱ)」, 『동방학지』103, 1999,
   3, 537~538쪽. 참고.

고 있고 따라서 이 새로운 형식의 텍스트들은 당연히 문학비평의 대상으로 확장하는 작업이 모색 중이다. 그리고 최근 대두하고 있는 컴퓨터 문학 혹은 뉴미디어 문학 역시 기존 문학의 보편적 전통 안으로 끌어 들이면서도, 궁극적으로 뉴미디어가 인간을 지배하는 상황을 문명론적 차원에서 올바르게 자각하며, 이를 위해서는 뉴미디어 문학 형성, 전개 과정의 토대가 되는 사회, 정치, 경제 요인들에 대한 인간 주체의 지속적 성찰이 요구된다. 끝으로 문학 또는 문화 비평의 이론, 방법들이 과잉적 전문화의 경향으로 빠지는 것을 경계하며 대중에게 전유될 수 있는 소통성도 유지 시킬 수 있어야 한다.

2) 보급 대책

우리 문학의 세계화는, 궁극적으로 타민족 및 그 문화에 대한 개방성과 더불어 민족의 정체성을 지구시민적 정체성으로 확장하려는 노력, 그리하여 민족문화를 세계문화의 일부분으로 적절히 자리매기고 다른 문화와의 자유롭지만 성찰적인 소통과 교류를 통해 세계성을 지향해나갈 때 가능하다. 따라서 창작과 비평의 민족적 특성화가 이뤄진 이후의 중요한 관건은 한국문학을 세계화 시킬 수 있는 구체적인 보급의 방책이 마련되어야 한다. 그 구체적 방안 중의 하나가 우리 문학의 번역 사업의 올바른 방향이다.

앞서 지적한 바 국내 문학작품의 번역과 해외출판을 지원하기 위한 당국의 정책적 노력은 대단히 활발한 편이다.42) 우선 정부 차원에서 국제문화교류를 주관, 지원하는 기관으로는 문화관광부 소속 기관인 해외문화홍보원이 있고, 한국문학의 번역소개 사업을 담당하는 재단법인인 번역금고가 설치되어 있다. 정부산하 단체로는 문화관광부 산하 한국문화예술진흥원(국제교류부)이 한국문학의 번역 소개사업과 공연, 전시, 국제교류사업을 주관, 지원하고 있다.43) 특히 진흥원의 경우엔, 1993년부터 '대한민국 문학상'을 폐지하고 '한국

---

42) 이하 도정일, 「한국문학의 국제적위상」, 『시인은 숲으로 가지못한다』, 민음사, 1994. 참고.
43) 오양열, 위의 글, 107쪽.

문학번역상'을 신설, 대상 수상자에게 10만달러의 상금을 지급하기로 하는 등 보다 적극적인 자세를 취하고 있다.

민간부문에서는 1993년 출범한 대산(大山)재단이 문학상, 번역상, 번역 지원 등에 상당한 자원을 투입하여 의욕적인 사업에 나서고 있다. 여기다 시사 영어사 등 국내 출판사가 유네스코 지원으로 낸 번역작품들[44], 국외 출판사들이 낸 몇 건의 비지원 상업 출판물들까지 계산하면 국외로 소개된 우리 문학작품은 오히려 놀라울 정도로 많다. 이와 같이 문학의 대외 진출을 위한 공사 양면의 노력, 특히 국고 예산과 진흥기금 등 공공 지원에 의한 정책적 지원이 우리처럼 활발한 나라도 없을 것이다. 그럼에도 불구하고 한국문학의 대외 위상은 여전히 미미한 편이다.

따라서 우리의 문학작품이 세계시장에서 경쟁력을 갖추기 위해서는 무엇보다도 해외 시장에 소개될 해당 작품의 선정이 적절하게 이뤄져야 한다. 최근 그 선정 작업에서 정부의 간섭과 통제는 상당히 완화되어 있지만, 아직도 관의 지원을 받는 보수일변도의 문화 관련 단체들이 번역 대상 작품들의 성향을 특정한 방향으로 이끌고 있어, 우리 문학의 대외 경쟁력을 약화시키는 요인으로 작용한다. 실제 현금 중국의 경우 그 사회가 시장경제로 치달아 가고 있지만, 우리의 상식적인 예측과는 다르게 지식인들은 역설적으로 과거 한국의 진보적 민족문학운동에 관심을 갖기 시작하고 있다는 점[45] 등은 우리가 눈여겨 볼 흥미로운 사실이다.[46] 따라서 해외에 소개되는 한국문학의 올바른 선정을 위해서는 주먹구구식이 아닌, 국내 기관들의 공적인 자세와 아울러 아카데믹한 집중적·협동적인 노력[47]이 요망된다고 할 수 있다.

---

44) 그 외에도 국제 펜클럽 한국지부, 창작과비평사, 동서문학사 등의 출판부 등을 꼽을 수 있다. (조은희, 「해외에서 출판된 우리의 문학도서」, 『문화예술』, 1993, 4, 24쪽.)
45) 이욱연, 「한중 사이의 '지상의 길'」, 『창작과비평』, 1999 봄, 309쪽.
46) 따라서 경제개발에 있어 과거 한국과 유사한 개발 독재 모형을 선택하고 있는 중국에게 있어 발생가능한 사회적 문제와 폐단들에 미리 경종을 울려 줄 수 있는 조세희의 『난장이가 쏘아 올린 작은 공』 같은 작품들의 번역, 소개도 의미있는 일이 될 수 있다(박재우, 「한중 현대문학 교류의 역사와 과제」, 『황해문화』, 1999 가을, 126쪽).
47) 마샬필, 「미국에서의 한국문학 교육과 한국문학 교과서」, 『문학사상』, 1996, 1, 60쪽.

둘째, 우수한 번역 주체를 장기적 안목에서 배양해야 한다. 번역자는 언어 능력 외에 일반적으로 문학적 능력 또는 문학적 감식안이라 불리는 특별한 능력을 갖고 있어야 한다. 그런데, 우리의 경우 번역은 외국문학 전공자들의 여기로 경시되고 있는 실정이다. 사정이 이러하다 보니 훌륭한 번역 주체가 나오는 것이 불가능하다. 따라서 번역 전문가의 제도적 육성이 필요하다. 가령 서구에서처럼 고등학교 교육만 마치면 대충 모국어를 제외한 2개 국어 정도는 구사할 수 있게 해주듯이, 우리의 경우 외국어 전문고등학교 학생들 중에서 문학적 자질이 뛰어난 인력을 활용하여 장기적으로 전문 번역인을 양성하는 방안을 고려할 수 있다.[48]

더 나아가 대학의 문예창작과에 번역문학과를 병설하고, 대학이나 대학원의 외국문학과나 비교문학과에서 개인의 희망에 따라 졸업논문을 번역으로 대치 시키는 것도 그 하나의 방법으로 고려해볼 수 있다. 그리고 외국어문학을 전공하는 교수들의 연구 업적 가운데, 번역 작업이 매우 중요한 업적 중의 하나로 평가되는 풍토가 조성되어야 하며, 번역의 이론과 방법을 체계적으로 교육하는 강좌가 대학이나 특수 연구 기관에 설치되어야 한다.[49] 현재 동시 통역사 대학원도 문학적 훈련 커리큘럼만 강화한다면, 충분히 훌륭한 번역가들을 양성할 수 있는 기본 바탕은 되어 있다고 본다.[50]

한편 번역출판업자의 입장에서도, 우수한 번역 주체들의 지속적 활동을 보장하기 위해서는 조급한 기획과 투자로 번역문학의 성과를 기대하는 것은 지양해야 할 일이다. 번역문학의 질적 향상을 위해서 파격적인 액수의 번역 문학상을 신설하고, 뛰어난 번역 작품을 내놓는 역자와 출판사에게 지속적으로 재정적인 도움을 주는 일이 필요하다.

셋째, 한국문학 번역의 활성화를 위해서는 원론적인 얘기이지만, 우리 문화에 대한 외국인들의 관심의 비약적 확대로 인한 한국문학에 관심을 둔 인적

---

48) 김정란, 위의 글, 24쪽.
49) 이가림, 「한국문학의 세계화를 위하여」, 『문화예술』, 1993, 4, 20쪽.
50) 김정란, 「<토지> 번역을 통해 살펴본 한국 문학 번역의 문제점」, 한국문학연구회, 『학술심포지엄; 박경리의 <토지>연구 발제문』, 1994, 113쪽.

자원의 증대가 있어야 가능하다. 외국의 성공적인 번역 문학작품의 통계를 고려해 볼 때, 대표적인 번역의 대부분이 도착어를 모국어로 쓰는 외국 번역자들에 의해 이루어졌음을 보게 된다. 이러한 현상은 한 나라의 문학의 세계화가 어차피 번역 작품이라는 단계를 통해 가능하다고 할 때 이를 위해서는 다양한 언어권의 질 높은 외국 문학인의 전문적인 관심을 야기시키면서 하나의 한국 문화대를 장기적으로 형성했을 때 진정으로 가능해진다는 것이다.[51] 즉 한국문학의 올바른 번역은 한국문학에 대한 열정과 이해의 폭이 넓은 외국인이 자신의 모국어로 번역을 할 때 가능해진다.[52]

따라서 외국인의 광범위한 관심을 유도할 수 있게끔 우리 문학의 국제적 위상을 높이는 일이 무엇보다도 시급한 것이다. 그런데 실제로 우리 문학의 국제 위상이 높지 못한 본질적인 이유는 세계문화의 지도에서 우리 문화의 존재 자체가 결코 대단한 것이 아니라는 데 있다는 엄연한 현실이다. 그러므로 한국학 또는 국문학에 대한 국제적 관심을 확대하고 역량있는 해외 연구자들을 유인하며 이들의 직업 시장이 넓어지게 하는 일은 더욱더 필요하고 이에는 지금보다 더 적극적이고 장기적인 문화정책적 전략과 투자가 요구된다. 외국인이 한국어문학에 깊은 애정과 관심을 가지고 접근하도록 유도하는 정책적 전략 중의 하나로 구미 지역의 대학에 열려 있는 한국어문학과에 보다 실질적인 투자와 지원을 해야 한다는 것이다.

가령 한국학과의 경우 대개 중국학과, 일본학과의 강의의 일환으로 개설되어 있는 경우가 많은데, 이들 학과들이 독립적으로 성장할 수 있도록 지속적인 지원을 할 필요가 있는 것이다.[53] 뿐만 아니라 이들 대학에 등록한 외국 학생들이 한국 및 한국인들과의 직접적인 접촉을 통해서 학업의 계속 여부를

---

51) 최윤, 「문학작품 번역의 몇 가지 문제점」, 『문화예술』, 1993, 4, 12쪽.
52) 물론 좀더 이상적인 예로 서로 마음이 맞는 우수한 한국인 번역자와 우수한 외국인 번역자가 협동 작업을 한다면 상대적으로 우수한 번역이 나올 수 있을 가능성도 있다. 가령 한국인이 초역을 하고 외국인이 다듬는 과정을 통해 이뤄지는 번역이다.
53) 구미의 한국학 또는 한국문학과의 설치 현황과 그 운용 실태에 관한 상세한 내용은 설성경 외, 「통일 한국문학의 진로와 세계화 방안 연구(Ⅱ)」 중, "서구학계의 한국문학 해석" 참고.

결정짓는 경우가 많으므로 국내 단기 연수의 기회를 자주 부여하는 것도 좋은 방법이다. 그리고 한국 문화 및 어문학 보급 기관을 설치하여 해외 교수 경험이 있는 한국인으로 하여금 한국어를 가르침으로써, 장차 유능한 외국인 번역가를 양성하는 길을 개척해야 한다.54) 이러한 점에서 구체적으로 현지어와 한국어를 함께 구사할 수 있는 재외동포들의 한국문학과로의 유인 방안을 강구해볼 수 있다. 가령 중국의 경우, 조선족들이 번역과 언어상의 통역에서 가지고 있는 역량과 자원의 풍부함을 활용해 중국 시장 등에 한국 현대문학의 소개를 촉진시킬 수 있다. 현실적으로 조선족의 우수한 번역진은 이미 연변작가협회 번역분과에 상당 정도 확보되어 있다.

　넷째, 작품 번역뿐만 아니라 한국문학 전반에 관한 이해를 도울 수 있는 자료 선집 또는 이론서들의 번역 출판도 당장의 가시적 효과를 기대하지 말고 꾸준히 출판할 필요가 있다. 한국문학에 관한 전체적인 이해가 부족할 수밖에 없는 외국독자들에게 지침서의 역할을 할 수 있는 책들이 필요하기 때문이다. 더욱이 현재 구미의 한국학 관련 강좌와 수강생의 증가에도 불구하고 구미의 한국문학 연구자들은 우선 그들이 대학에서 마음 놓고 가르칠 만한 교재를 갖고 있지 못하다. 즉 한국문학을 체계적으로 교육할 수 있는 교재가 없다는 것이다. 그러한 교재는 한국 문학의 전체적인 윤곽과 규모, 성격과 특징을 보여줄 수 있는 것이어야 하는데, 한국문학사, 혹은 한국문학 개관 등은 물론 믿을 수 있는 자료들을 집대성한 문학선집 역시 현재는 거의 존재하지 않는다.55)

　더 나아가 한국문학을 외국어로 소개 번역한다고 하면, 현대문학을 그 주된 대상으로 생각하기 쉬운데, 고전의 번역도 중요시 되어야 한 다.56) 이는 한국문학의 정체성 문제와도 직결되기 때문이다. 그리고 이러한 고전문학의 번역을 위해서는 현대문학과 달리 한국문화에 익숙하지 못한 외국의 독자들이 쉽게 접근 가능한 '해설적 주석사업'을 본격적으로 병행해야 한다.

---

54) 이가림, 위의 글, 22쪽.
55) 설성경 외, 위의 글, 613쪽.
56) 설성경, 「한국문학의 세계화 방안」, 129쪽.

끝으로 번역 작품의 유통 측면에서도 좀더 실질적이고 적극적인 방안이 마련되어야 한다[57] 우리의 경우 공공 자원이 번역 뿐만 아니라 해외출판 자체를 지원하는 위탁 출판의 형식을 갖고 있기 때문에, 우리 문학을 외국의 일반 대중독자로부터 분리 시키는 꼴이 되어 버린다. 따라서 해외 출판사들의 자체적 판단과 활동에 의한 상업적 유통구조가 형성될 수 있는 여건을 제공해 주어야 한다. 적극적으로 한국문학을 선택하지 않은 출판사가 판매에 전력투구하지 않으리라는 것은 충분히 짐작할 수 있는 일이다. 그리고 서구 현지에서 그것이 출간될 경우, 아무래도 현지인들에게는 비인기 도서이기 때문에 지나친 고가로 판매되고 있는데, 바로 이러한 점들에 대한 정책적 지원이 필요하다. 요컨대 '번역출판'뿐만 아니라 '배포' 즉 유통의 차원에까지 신경을 쓰지 않으면 아무리 좋은 번역을 해보아야 소기의 성과를 올리기 어렵다는 점이다.

---

57) 김정란, 위의 글, 101쪽.

X. 결 론

　우리 나라는 매우 유구한 역사를 지니고 있다. 우리 민족이 살아온 역사를 나타내는 단기(檀紀)는 4천3백여 년의 시간을 기록하고 있다. 비록 그 중간에 공백처럼 되어 있는 부분이 있다는 점을 감안하더라도 한민족의 역사는 어느 민족에 비기더라도 결코 짧지 않은 것이다. 더욱이 그간에 이루어진 문화전통을 생각하면 우리가 한국의 역사와 문화에 대해 자부심을 가질 근거는 충분히 마련되어 있다. 전세계적으로 한민족만큼 긴 역사와 문화적 축적을 가진 민족은 그리 흔하지 않다. 인류 전체 가운데서도 손가락으로 꼽아볼 수 있는 정도의 민족만이 한민족과 같은 유구한 역사와 문화적 전통을 갖추고 있다. 그러나 근대로 접어들면서 우리는 식민지 체험을 해야만 했고 현재까지도 근대적 민족국가를 이룩하지 못한 채 남북분단의 비극을 겪고 있다. 이는 우리 민족이 근세에 들어서 전통적 삶과 문화 속에 안주하는 동안 세계의 변화에 올바르게 대처하지 못한 결과라고 할 수 있다.

　세계화의 시대가 될 것이라고 하는 21세기에 접어들면서 우리는 또다시 새로운 변화를 맞고 있다. 냉전체제의 붕괴로 인해 야기된 전세계의 자본주의로의 일원화 속에서 인류는 지구라는 한 지붕 밑의 가족이 되고 있고, 이 새로운 체제에 어떻게 대처하느냐에 따라 우리 민족이 나아갈 길과 운명이 결정될 형편에 놓여 있는 것이다. 하지만 이처럼 중요한 국면을 맞고 있는 현재의 상황에서 우리 민족에게 주어진 조건은 결코 좋은 것이 아니다. 우선 가장 큰 문제는 남북분단으로 인해 민족의 역량이 분열되어 있다는 점이다. 다른 나라에 비해 풍부하다고 할 수 없는 자원과 인구수를 가지고 있는 한민족에게 있어서 분단은 외부 세계로 뻗어 나갈 민족의 주체적 역량을 크게 감쇄시킬 뿐만 아니라 대결국면의 유지를 위해 자체 내부에서 힘을 소진하게 만들고 있는 것이다. 이와 같은 민족 내부의 소모적인 대결로 인해 우리는 새로운 세계 체제의 형성이 가시화되어 가고 있는 현재의 시점에서도 주체적·능동적으로 상황을 이끌지 못하고 주변 여건에 발묶여 있는 상태를 벗어나지 못하고 있다. 우리가 「통일 한국문학의 진로와 세계화 방안」이란 주제로 한국문학이 지향해야 할 바를 모색한 것은 바로 이러한 궁색한 처지를 극복하기 위해서 우리 문학은 무엇을 해야 하는지를 파악하고자 하는 데 본뜻이 있다 할 것이다. 즉 지금 우리가 처해 있는 현실의 상황은 무엇이고, 주체적 조건은 어떠하며, 분단과 같은 어려운 상황의 돌파를 위해서는 어떠한 조처가 필요한가에 대해서 종합적으로 검토하고 모색하는 작업이다.

세계화가 국제적 현상으로 두드러지기 시작한 것은 대체로 1960년대부터라고 할 수 있다. 냉전체제의 틈바구니 속에서도 자본의 운동으로 인해 국민국가 사이의 교류가 활발해짐으로써 전지구적으로 세계화의 기틀이 마련되어 왔다. 물론 국제화와 세계화는 구분되는 현상이다. 국제화는 국민국가 사이의 교류가 양적으로 증대되는 현상을 가리키며 세계화는 교류의 양적 증대를 넘어서 접촉이 이루어지는 국가나 사회집단들 사이에 유기적 관계가 형성됨으로써 그 전체가 독자적 차원을 획득한 사회 체제로 성립됨을 의미한다. 이 새로운 세계 체제를 낳는 기본 동력은 자본의 운동으로 인해 이루어진 시장 기능의 확대와 과학기술의 발전으로 초래된 여러 소통수단의 발달이다. 근대적 민족개념과 국민국가의 탄생이 사회적 분업에 기초한 상품생산으로 인해 지역간 교류가 활발해짐으로써 이루어졌듯이 다국적·초국적 기업의 등장은 국민국가의 국경을 무력하게 만들면서 새로운 사회체제의 등장을 현실화하고 있다. 다국적·초국적 기업을 비롯한 여러 경제 단위체들과 국가 및 지역기구들을 통한 물적 교류의 증대는 당연히 인적 교류의 확대로 이어지며, 지구촌의 모든 지역과 사람들이 정보통신 수단을 이용해서 그물망과 같은 긴밀한 관계를 형성하게 되는 것이다. 세계체제나 지구촌이라는 개념은 이전에 국민국가가 지니고 있던 생활의 공동성이나 유기적 사회관계를 뛰어넘는 밀도 높은 관계들이 전세계적으로 구축되고 있다는 사실을 바탕으로 해서 성립할 수 있다.

이 점에서 과학기술의 발전이 세계화에 어떤 역할을 하고 있는지 이해할 수 있다. 정보통신 수단의 발달로 원거리 지역을 비롯한 모든 사회집단들이 긴밀한 관계를 확보하지 않은 상태에서 지구촌이라는 개념은 일종의 환상에 해당하는 상상적 구성물이기 때문이다. 뿐만 아니라 오늘날의 디지털문화, 영화, 드라마, 게임, 비디오, 컴퓨터 등이 세계 시민의 형성에 결정적 역할을 하고 있음은 두말할 나위 없다. 현대의 젊은이들에게 있어서 이 매체들이 전하는 외국의 사건이나 유행은 먼 나라의 일이 아니다. 그들이 접촉하고 있는 각종 매체들은 바로 그들 자신의 생활환경이다. 그들은 그것들을 보고 듣고 맛보고 냄새맡고 만지면서 살고 있는 것이다. 그들이 입고 있는 U·S·A가 커다랗게 찍혀 있는 점퍼나 점심으로 먹고 있는 햄버거나 운동할 때 신는 나이키 신발은 박래품이 아니라 일상용품에 지나지 않는다. 빵은 밥이나 다름없는 음식이고, 개량 한복과 버버리 코트는 동일한 의복이며,「쥬라기 공원」은「별주부전」과 마찬가지의 이야기일 따름이다. 이러한 혼성문화 또는 혼합문화의 형태는 여기서 그치지 않는다. 인터넷이나 게임에 익숙한 세대들이 내놓는 소설에는 서양 중세의 배경과 이국적인 이름을 지닌 주인공들이 판을 치고 그들이 즐겨 듣는 노래의 CD는 대부분 바다냄새를 짙게 풍기는 것들이다. 이 현상들의 원인을 문화산업의 탓으로만 돌리는 것은 사태에 대한 일면적인 파악이 될 우려가 있다. 얼마 전 우리 나라에서도 영어를 공용어로 제정해야 한다는 주장이 있었지만, 그 이전에 우리의 부모들은 여섯살 짜리 아이에게 영어 과외공부를 시키지 못해 안달이 나 있는 것이 현재의 상황이다. 앞으로 몇 세기 뒤까지 지구상에 살아남아 있을 언어는 영어와 중국어 정도가 될 것이라는 예측이 공공연히 나오고 있는 실정인 것이다. 세계화는 이 민족

언어의 위기에서 볼 수 있는 바와 같이 밖에서 다가오는 외래적인 것이 아니라 우리의 생활감각과 내면의식 속에 이미 들어와 있는 생생한 현실이다.

민족 언어의 위기는 민족 문학의 위기를 말하는 한 방식일 수 있지만 그 차원을 넘어서 문화적 정체성 자체의 위기를 의미하기도 한다. 그것은 단순히 팍스 아메리카나만을 의미하는 것이 아니라 세계 전체가 혼합성의 생산테크놀로지에 의해 정체성의 상실을 겪고 있는 상태를 나타내준다. 어느 나라 어느 민족이나 고유 문화 전통의 해체와 혼성문화의 형성으로 인해 위기의식을 가지지 않을 수 없게 되어 있는 것이다. 이질적인 것들이 서로 섞이고 엉켜서 본래의 모습을 찾아볼 수 없게 되는 '퓨전(fusion)' 현상이 사회 각 부문, 세계 각 지역에서 공통적으로 나타나고 있다. 이와 같은 양상은 본질론을 부정하는 해체주의나 포스트모더니즘의 주장을 설득력 있게 만들어 준다. 모든 존재는 본래 어떤 고유성이나 정체성을 지닌 것이라기보다 끊임없이 타자와의 교섭 속에서 형성되고 변화되어 가는 것이라는 관점이 유력한 사태 이해 방법이 되는 것이다.

그러나 이런 종류의 사고가 일정하게 타당성을 지니는 것이라고 할지라도, 자기 자신의 존재를 견지하고 향상시키기 위해서 노력하고 투쟁하는 주체의 의지와 창조성이 지닌 의의가 훼손될 수는 없다. 현재 문제가 되고 있는 세계화란 사태의 온당한 이해를 도모하기 위해서도 주체성의 측면이 고려 대상에서 배제되는 것은 바람직하지 않은 것이다. 세계의 문화가 민족과 국가간의 상호교류를 통해 혼합되고 혼성됨으로써 동질적인 것으로 변모되어 가는 추세에 있다는 점을 인정할 때에도 각각의 주체가 자신의 창조성을 발휘하여 독자적인 차원을 획득하는 것은 그 나름의 의의가 있다. 그것은 동질화되어 가는 세계 속에서 각자 자기가 칩거할 동굴을 확보하는 것으로 만족하는 마니아 열풍처럼, '하나 속의 다양성'을 실현하는 도토리 키 재기 식의 '차이'를 주장하기 위해서가 아니라 인류 전체가 근본적으로 새로운 삶의 가능성을 확보한다는 차원에서 필요한 것이다. 그것은 자연 생태계의 생물종이 멸종의 위기에서 보호되어야 함과 동시에 독자의 삶을 살 수 있는 권리와 지분을 인정받아야 하는 것과 동일한 논리이다. 우리는 각각의 생물종에게서 독특한 삶의 방식을 엿볼 수 있을 뿐만 아니라 그것이 지구 생태계 전체를 위해서 어떻게 기여하고 있는가를 항상 뒤늦게야 깨닫곤 한다. 각각의 민족이나 사회 집단이 지니는 문화적 정체성의 다양성도 마찬가지의 역할을 한다. 각각의 문화가 어떤 중요성과 의미를 지니는 것인지 우리가 지금 모두 파악하고 있다고 생각하는 것은 일종의 지적 오만이다. 그 문화들은 고유의 역사를 배경으로 한 내적 논리를 지닌 것이어서 현재 인류가 그 중요성에 대해서 자각하지 못한 문제들에 대한 인식과 해결의 방책을 내포하고 있을 수도 있고 미래 세대가 부닥치게 될 새로운 문제들에 대한 적절한 대응책을 내장하고 있을 수도 있다. 서구의 근대문명을 이룩하는 데 기축이 된 도구적 합리성이 오늘날 여러 가지 폐단을 낳고 있는 현상도 이런 측면에서 시사하는 바가 많다. 그것은 이성에 의해 삶을 조직하는 것을 이상으로 삼아온 서구의 지향, 근대의 패러다임 전체에 문제성이 있음을 지적하고 그에 대한 근본적 반성을 요구하고 있다. 그리고 근대의 도구적 합리성이 지닌 한계를 넘어서는 방안의 모색은 각 민족이나 사회 집단이 축적하고 있는 문화적 다양성을 참조하지 않으면 상상력의 결핍을 느낄 수밖에 없게 되어 있다.

근래 들어서 동양적인 것에 대한 관심이 전세계적으로 증대하는 현상은 이와 깊은 관련이 있는 한 가지 사례이다. 근대의 패러다임이 간과한 어떤 요소를 동양적인 것이 간직하고 있기 때문에 거기서 근대의 극복 가능성을 탐색해보고자 하는 시도가 그와 같은 관심의 증대라는 현상으로 나타난 것이라고 할 수 있다. 이 점에서 세계화로 인해 대두되고 있는 각 민족 문화의 정체성의 위기는 우리가 느끼는 것 이상으로 심각한 국면일 수 있다. 특히 자발적·자율적으로 근대화를 이루지 못하고 식민지 체험과 남북분단 상태를 겪고 있는 한민족에게 그 문제는 더욱 절박하고 절실한 문제가 된다. 식민지 체험과 현재의 분단 상황은 우리 것보다도 지배자의 문화, 또는 선진문화라는 것의 우월성을 믿고 거기에 매달리고 싶은 심리를 부추길 가능성이 많기 때문이다. 문학 부문만을 가지고 이야기한다고 할 때에도, 일제 강점기에 물밀 듯 들어온 외래 사조나 한국전쟁 이후 한국문학계를 석권하다시피 한 미국의 신비평과 모더니즘은 그 좋은 사례라고 할 수 있다. 그것들은 기본적으로 자기

것에 대한 비하와 외래의 것에 대한 무조건적인 신뢰에 기반하고 있다고 할 수 있다. 그런 의미에서 한국 근대문학 성립기의 굴절은 말할 것도 없이 분단으로 인해 남북문학이란 이질적 문학형태가 성립된 현재의 조건은 한민족이 세계화를 향한 시대의 새로운 변화의 추세에 적절히 대응하는 데 큰 장애요소가 된다. 이와 같은 상황 때문에 한국문학의 정체성을 확인하고 그것이 해외에 소개된 양태를 점검한 이 연구는 통일시대를 대비하여 한국문학 세계화의 주·객관적 조건을 성찰하는 작업에 해당한다고 할 수 있다.

한국문학은 우리 조상들이 살아온 삶의 역사 속에 깊이 뿌리를 내리고 있다. 한국문학의 기본 성격은 그 삶의 역사 속에서 배태되었고 그 역사와 함께 형성 발전되었다. 창세신화 등에서 엿볼 수 있듯이, 우리 조상들이 일상의 삶과 역사적 사건들 속에서 행한 삶과 죽음에 대한 성찰이 한민족의 정신세계를 형성하였으며 문학은 그 표현 형식의 하나로서 성립되었다. 한국문학의 정체성은 한민족이 살아온 생활의 역사와 그 객관적 조건에 대한 주체적 대응에 의해 산출된 삶의 총체적 방식으로서 문화와 분리해서 생각할 수 없는 것이다. 한국문학의 형식을 우리 민족이 지녔던 삶의 방식으로서 문화 전체에 관련시켜야 할 이유가 여기에 있다.

역사적으로 고찰할 때 가장 먼 옛날, 원시 고대의 한민족은 샤머니즘을 근간으로 하여 세계와 자아의 관계를 이해하고 거기에 대응하면서 생활해온 것으로 파악된다. 자아와 세계의 관계를 대립보다는 융화의 관점에서 파악하는 이 샤머니즘은 후대의 역사의 변전에 따라 불교, 도교, 유교, 기독교 등이 전래하는 속에서 외래의 사상과 종교를 흡수·변용하는 우리 민족의 정신적 기체(基體)가 되어온 것이 사실이다. 물론 시대 상황에 따라 불교나 유교, 기독교 등이 사회에서 지배적인 위상을 차지할 때 샤머니즘은 물밑으로 잠복하기도 하고 탄압을 받기도 한다. 조선시대 무당의 사회적 신분이 가장 비천했던 것이나 근대 이후 계몽주의에 입각하여 무속을 멸시하고 인멸시키기 위해서 노력한 것 등은 그 대표적인 사례이다. 그러나 이 샤머니즘이 한국 고전문화의 꽃송이들이라고 할 수 있는 판소리와 탈춤의 성립에 결정적인 역할을 하였고, 근대문학의 대표적인 성과라 할 수 있는 김소월의 「산유화」, 김동리의

「무녀도」를 비롯한 여러 단편소설들, 박경리의 대하소설『토지』등의 사상적 배경이 되었다는 것은 그것이 연면한 흐름 속에서 한민족의 의식의 심층을 형성하고 있다는 사실을 입증해준다. 이와 같은 평가는 물론 삼국시대 후기부터 고려시대까지 지배적인 종교였던 불교나 조선시대의 통치이념이 되었던 유교, 근대 이후의 기독교가 한국문학 및 문화의 형성에서 차지하는 위상을 부인하는 것은 아니다. 「제망매가」,「조신설화」,『구운몽』,「호질」등 한국문학의 고전들 가운데는 유교나 불교의 영향을 직·간접적으로 드러내는 작품들이 많고, 그렇기 때문에 이러한 기성 종교 및 사상의 영향과 분리해서 한국문학사를 운위한다는 것은 어불성설이 될 가능성이 크다. 한국문학의 정체성은 바로 이러한 여러 요소들이 복합적으로 작용하는 가운데 형성된 것이라고 보아야 온당할 것이다. 이질적인 것의 흡수 동화를 통해서 자기 자신을 새롭게 창조해온 역사를 한국문학은 보유하고 있는 것이다. 이 양태는 문학의 주제·사상적인 측면에서만 나타나는 것이 아니다. 문학의 형식적인 측면에서도 동일한 현상을 찾아볼 수 있다. 동아시아 공통의 표기 수단이 되어왔던 한자가 주요한 매체로 사용되었던 중세의 한국문학은 그 양상을 잘 보여준다. 중국 한문학의 절대적인 영향 아래에서도 한국문학은 향가, 시조와 같은 독자의 장르와 양식을 발전시켰고 한글이 창제된 이후에는 점차 자국어에 대한 자의식을 확고하게 가지게 됨으로써 민족의 삶과 생활감정을 고유의 표기 수단으로 표현하는 문학을 의식적으로 추구했던 것이다. 한국 고전소설이나 시조, 가사문학, 판소리계 소설 등은 자국어 의식의 성장이 문학 형식으로 결정화한 대표적 사례이다. 한국 근대문학의 성립도 같은 관점에서 이야기할 수 있다.

한국 근대문학의 성립에 관한 담론에서 가장 논란이 많은 부분이 이른바 이식문학론이다. 새로이 접촉하게 된 서양과 일본의 문학을 통해서 전통문학과 단절을 이룬 것이 한국의 신문학이란 임화의 주장은 외양으로나 문학사의 실제에서나 많은 타당한 논거들을 갖추고 있다. 그 이식문학론 자체에 대해서 논란이 많다는 사실 자체가 이미 그 주장이 쉽게 부정될 수 없는 근거들을 확보하고 있다는 하나의 반증이 될 수도 있다. 물론 그간에 신소설과 조선시대의 영웅소설에 대한 화소(話素) 분석을 통해서 단절론을 부정하기도 하고 한말의 서사물에 대한 실증적 연구를 통해서 한국 근대소설의 성립과정을 해명하는 학적 성과가 이루어지기도 하였지만, 그것은 서구의 문학양식이 한국문학에 큰 영향을 주었다는 점을 부인할 충분한 증거도 아닐뿐더러 그럴 필요도 없다. 한국문학은 고래로부터 이질적인 것을 수용하여 새롭게 창조 변용하는 가운데 형성되어 왔기 때문이다. 근대 서양문학의 충격은 고대에 한문학의 전래가 한국문학에 준 충격과 유사한 것이라고 이해할 수 있다. 다만 한국 근대의 역사가 일천하고 그것이 현재와 가까운 시점에서 일어났기 때문에 그 충격이 커 보일 뿐이다. 한국문학이 그 충격에서 벗어나 새롭게 자신의 정체성을 확립한 기간은 결코 길지 않았다. 소설문학에서는 홍명희의『임꺽정』, 채만식의『태평천하』, 이문구의『관촌수필』, 박경리의『토지』등이 외국문학의 새로운 자극을 수용하면서도 전통에 굳건하게 뿌리를 내린 작품들로서 한국문학의 창조성을 입증한 대표적인 사례이며, 시문학에서는 김소월, 한용운, 서정주, 김수영, 김지하 등이 나름의 방식으로 새 국면을 타개해왔다.

그러나 근대 한국문학이 걸어온 길이 결코 순탄하지는 않았으며 현재 이룩한 성취가 만족스러운 것도 아니다. 그 이유는 한민족의 근대사가 갖은 우여곡절을 겪은 사실과 유관하다. 일제에 강점 당한 시기에 한민족의 주체적 역량이 제대로 발휘될 수 없었으리라는 점은 누구나 인정할 수 있는 사실이다. 그 질곡의 역사 속에서 한국근대문학은 근원적으로 삶의 자유로운 표현을 차단 당했기 때문에 문학의 내용·형식 모두 왜곡되지 않을 수 없었다. 중국에 망명해 있었기 때문에 국내에서 이루어지는 문학을 비교적 객관적으로 관찰할 수 있었던 신채호의 질타가 증언해주는 것처럼, 식민지의 문학은 민족적 삶의 다른 표현 가능성을 빼앗기고 연애문학으로 시종했다는 비난을 감수할 수밖에 없는 한계를 지니고 있었다. 검열이란 물질적 수단에 의해 폐기되고 압수된 작품이나 시인·작가 스스로 가지게 된 자체의 내부 검열에 의해 표현을 억제해야 했던 작품 등 일제 강점기 한국 근대문학의 굴절은 삶의 근본적인 조건이었다. 하지만 이러한 제약들 아래서 우여곡절을 겪으며 생산된 작품들이 이후 한국문학을 살찌우는 자양이 되었다는 것은 일종의 역설이다.

일제의 엄혹한 압제 속에서 생산된 작품들이 없었더라면 현재 한국문학이 이루고 있는 정도의 성취가 과연 가능했었겠느냐는 반문이 성립하는 것이다. 그렇지만 식민지문학이 지니는 이러한 긍정적 의의의 인정이 필요함에도 불구하고 한국문학이 가질 수 있었던 다른 가능성을 전혀 고려하지 않는 것도 현상 추수주의에 해당될 것이다. 이상적 상태에 대한 꿈을 가지는 것은 현실을 정확히 이해하는 방편이 된다는 점에서 근대 초입의 한국문학이 가질 수 있었던 또 다른 가능성은 앞으로도 끊임없이 환기될 필요가 있는 것이다. 이 양태는 해방 이후에 전개된 남북한 문학에서도 그대로 반복된다.

일제 강점기의 문학이 식민 당국의 강압 수단에 의해 왜곡되었듯이 해방 이후 남북한에서 이루어진 문학도 지배 권력과 이데올로기에 의해 왜곡되었다. 식민지시대와 해방 이후의 문학 가운데서 어느 쪽이 더 많이 왜곡되었는가 하는 물음을 상정한다고 할 때 그 대답은 쉽지 않다. 일제 강점기의 문학은 제대로 표현은 할 수 없었지만 시인 작가들이 현실에서 벌어지는 사태의 본질을 이해하지 못한 것은 아니었다고 할 수 있다. 식민 당국이 첨예하게 감시의 눈초리를 돌리는 민족문제가 아니라면 사물에 대해 상대적으로 자유롭게 사고하고 표현할 수 있는 상황이었다. 이에 비해서 분단 상황에서 이루어지는 문학은 민족의 근원적 상황인 남북문제를 제대로 다룰 수 없었을 뿐더러 체제의 이데올로기로부터도 자유로울 수 없었다. 즉 분단상황을 비롯한 현실의 여러 사물들에 대해서 문제의 한 측면만을 보도록 체제 이데올로기에 의해 강요받은 셈이다. 이로 인해 빚어진 남북한 문학의 이질성은 앞으로 통일이 된 후에도 계속 문제로 남을 가능성이 크다. 예를 들어 1950년의 한국전쟁을 이해하는 데 있어서 북한의 「불멸의 역사」를 참조해야 할 것인지 선우휘의 「불꽃」이나 조정래의 『태백산맥』을 참조해야 할 것인지 누구라도 쉽게 결정할 수 없다. 다시 말해서 동일한 사태나 현상을 놓고 남북한 사이에 상반된 해석과 평가가 이루어지고 있는 것이다. 지나치게 단순화할 수는 없는 일이지만 남북한 문학 다같이 체제의 이데올로기로부터 자유롭지 못했던 까닭에 해방 이후의 한국문학도 일제 강점기의 문학에 못지 않게 불구상태가 된 것이다. 여기서 남한 쪽의 입장에 서서 북한문학을 정치적 선전·선동을 위해 제작된 문학적 쓰레기라고 치부하는 것은 똑같은 반향만을 얻을 뿐이다. 북한 쪽에서는 남한문학을 영리만을 위해 퇴폐성과 오락성을 뒤집어쓴 문화산업의 쓰레기, 또는 미제 식민지문학이라고 비난할 것이기 때문이다.

현재 남북한 문학이 이질적인 것으로 된 이유는 크게 두 가지로 구분해 볼 수 있다. 하나는 남북한의 체제와 생활이 달라진 점이고 다른 하나는 이데올로기가 서로 다르다는 점이다. 생활 현실이 다르기 때문에 문학의 제재나 형태가 달라지고 이데올로기가 다르기 때문에 사물을 바라보는 시각이나 미적 이상이 다른 것이다. 이 양태는 현재의 문학을 생산하고 수용하는 데서 나타나기도 하지만 한국문학의 전통을 이해하는 데서 가장 극명하게 드러난다. 현재의 문학은 서로 다른 현실에서 서로 다른 형태로 생산·수용되기 때문에 차이점을 분별하기가 용이하지 않지만 고전문학은 대상이 제한되어 있는데다가 동일한 대상을 놓고 해석과 평가를 달리하기 때문에 차이점이 훨씬 더 분명하게 드러나는 것이다. 이 연구에서 남북한의 문학해석 양상을 집중 검토한 것은 그 해석과 평가에서 드러나는 남북의 상이한 관점을 파악하기 위한 작업이었다. 거기서 파악된 내용은 매우 시사적이다. 문학사의 시대 구분에서 북한이 1860년대를 근대의 기점으로 삼고 있고, 발해 신라의 남북조시대를 설정하며 삼국시대 문학에서 고구려를 중시한다는 점, 문학장르의 구분에서 남한 쪽이 시와 소설을 중심으로 문학사를 구성하는 데 비해서 북한은 시 대신 '시가'라는 개념을 사용하여 가요와 민요를 비롯한 민중문학 형태들을 중요하게 다루고 극문학을 중시한다는 점 등이 특징으로 파악된다. 또한 많은 시인·작가들에 대해서 남북한 사이에 평가가 다르지만 고려시대의 시인인 이규보나 근세의 실학파 시인·작가들에 대해서는 공통적으로 높이 평가한다. 대체로 사실성이 뛰어난 문학작품들을 남북에서 똑같이 가치를 인정하고 있는 셈이다. 이처럼 차이점과 공통점을 드러내는 남북한의 한국문학 해석은 세계화 시대에 대처하여 우리 문학의 정체성, 나아가서 주체성을 확보하는 데 있어서 단지 부정적인 요인으로만 작용하는 것은 아니다. 우선 차이점은, 남북 각각이 자신과 다른 상대방의 시각을 통해서 자기가 지니고 있는 일면적 관점을 교정할 수 있게 해준다는 측면에서, 반면교사의 역할을 할 수 있으며, 공통점은 해당 작품이 지닌 보편적 가치를 입증해주는 자료로 삼을 수 있다. 즉 차이점을 통해서는 문학을 바라보는 좀더 폭넓은 시야를 확보할 수 있으며 공통점을 통해서는 한국문학이란 특수한 존재가 지닌 보편적 가치를 확인함으로써 세계화에 좀더 능동적으로 대처할 수 있는 인식과 자원을 획득할 수 있게 되는 것이다.

여기서 분단문학을 통일문학으로 지양하는 일이 한국문학의 세계화와 긴밀하게 관련된다는 사실을 인지할 수 있다. 분단이 민족과 국토의 분단만이 아니라 그 정신의 분단까지도 포함하는 것이라면 통일시대를 대비한 문학의 정신은 나의 것과 다른 타자의 이질적 삶과 문화의 존재를 인정하는 데서 출발할 필요가 있다. 남북한 상호간에 서로의 이질성을 인정한 바탕 위에서 나만이 옳다는 입장을 철회하고 상대방의 정당성을 승인할 때 한민족은 통일로 한 발짝 다가설 수 있는 것이다. 그리고 이 정신을 연장시킬 때 세계화가 미국화나 다른 선진문화에 동화되는 것을 의미하는 것이 아니라 나의 고유한 존재와 그 주체성, 타자 존재와 그 주체성을 똑같이 존중하는 데서 출발한다는 것을 인식할 수 있다. 이와 같이 개방적 민족주의의 열린 태도와 관점이 확보될 때 선진문화만이 아니라 제3세계 문화까지도 고유한 것으로 존중하는 다원주의, 문화적 민주주의가 가능해지고 세계화의 긍정적 가치도 논위될 수 있다.

그러나 세계화의 전제는 이러한 개방성이나 다원주의 이전에 각 주체가 자신의 고유성을 확보하는 일이다. 자신의 정체성을 확립하지 않은 상태에서 한국문학의 세계화란 자신의 존재를 무화하거나 소멸시키는 일에 지나지 않는다. 이런 측면에서 남북한이 공동으로 인정하는 문학작품, 한국문학의 특수성을 지니면서도 인류 전체에 호소할 수 있는 보편적 가치를 지닌 작품을 선별하여 자신의 정체성이 무엇인지 확인하고 그것을 좀더 가치 있는 것으로 향상시키는 일은 세계화의 일차적 과제이다. 여기에는 특정한 작품의 선정뿐만 아니라 한자로 표기된 작품의 한글 번역 작업이 포함될 수도 있으며 이본(異本)이 많은 경우에는 정전(正典)을 선별하는 작업이 동시에 수행되어야 한다. 이 작업을 위해서 남북한의 문학가나 학자들이 공동작업을 펼칠 수 있다면 그 작업 자체가 통일로 나아가는 한 걸음일 것이다. 구체적 사안을 결정하기 위한 토의의 과정에서 상대방의 다른 시각을 이해하고 인정하며 의견의 차이를 좁혀서 하나의 공통된 견해를 발견해나가는 과정은 통일의 이념을 구현하는 방식의 하나일 것이기 때문이다.

민족적 특성을 구현한 원전의 확정 다음에 제기되는 문제는 번역 소개의 작업이다. '한국문학의 해외 소개 현황'에서 살펴본 바와 같이 한국문학의 외국어 번역은 지금까지 산발적으로 진행되어 왔다. 한국에 관심 있는 외국인이나 국내 외국어문학자들이 임의적으로 선정한 작품을 번역한 것이 외국에 소개된 한국문학의 전부다. 최근에 들어서 정부 산하 단체와 민간 단체의 한국문학작품의 번역에 대한 지원이 활발해지고는 있지만 그것이 체계적으로 장기적인 안목을 가지고 진행된다고 하기는 어렵다. 우선 지원 단체들 사이에 협조 관계가 형성되지 않아 효율적으로 번역사업을 지원하지 못하는 점도 문제일뿐더러 번역대상의 선정, 번역의 순서 등에 대한 문학계의 합의도 확보되어 있지 않다. 단계적·계획적으로 번역 사업을 진행할 단서조차 마련되어 있지 않은 셈이다. 이와 같은 상태는 번역자의 육성이라는 측면에서는 더욱 한심한 형편이고 개선의 대책조차 서있지 않다. 가장 이상적인 번역자는 외국인으로서 한국문학에 관심 있는 학자나 문인이 되겠는데 이들을 정책적으로 지원할 수 있는 체제가 갖추어져 있지 않고 한국인 번역전문가의 양성도 현실적으로 요원한 실정이다. 바꾸어 말해서 한국문학의 해외소개를 위한 유인(誘因)이 마련되어 있지 않다는 점이 가장 큰 문제인 것이다. 한국문학을 알고자 하는 외국인의 욕구와 한국문학 번역이 지니는 실효성의 획득이라는 두 측면에서 다같이 유인이 형성되어 있지 않은 것이다. 그러므로 체계적이고 단계적인 소개·번역을 위해서 번역자를 육성하고, 번역사업에 대한 지원을 늘리는 일과 함께 한국문학의 해외소개에 대한 유인을 형성하는 일이 필요하다. 이 유인의 형성은 기본적으로 한국에 대한 관심이 외국인들에게서 자연스럽게 증대되는 것이겠지만 좀더 적극적으로 사고한다고 할 때 한국문학작품을 멀티미디어의 컨텐츠로 활용하는 방안을 생각해 볼 수 있다. 이는 멀티미디어에서 성공한 작품의 독서 수요가 증대하고 문학적으로 성공한 작품이 멀티미디어에서도 성공한다는 점에 착안한 것이다. 예컨대 임권택 감독의 「서편제」나 「춘향뎐」과 같은 영화화, 윤이상의 「심청가」의 오페라화 등은 그 방안을 실천한 사례들이라고 할 수 있다. 물론 이와 같이 문학작품을 멀티미디어의 컨텐츠로 활용하는 데는 막대한 재원이 소요되는 것이지만 한국문학의 소개와 멀티미디어 산업 자체의 발전을 도모할 수 있다는 점에서 정책적 지원이 이중효과를 거둘 수 있는 사업이다.

21세기의 벽두에 우리가 성취해야할 과제는 크게 두 가지이다. 하나는 민족분단·국토분단을 극복하고 통일을 이루어내야 하는 일이며 다른 하나는 새로이 도래하는 세계화의 변화에 대처하여 민족문화를 창달하는 일이다. 세계화는 흔히 민족과 국가 관념을 희박하게 만드는 것으로 이야기되지만 실제로 그렇게 될 경우 인류는 하나의 재앙과 같은 사태를 맞게 될 것이다. 각 민족과 사회집단이 가꾸어낸 문화의 다양성을 소멸시키고 하나의 문화만이 존재하는 미래세계는 일종의 악몽일 것이기 때문이다. 이 점에서 우리 민족이 통일을 이루어내고 민족문화를 꽃피우는 것은 세계화에 진정으로 기여하는 일이 된다. 그리고 통일의 지향과 세계화의 문제는 우리가 앞에서 살펴본 바와 같이 서로 맞물려 있는 일이다. 이질적인 체제와 문화를 가지고 있는 남북이 하나로 되는 일과 수많은 민족과 국가가 하나의 지구촌을 형성하는 문제는 동일한 정신과 자세를 요구하기 때문이다.

그러나 이 두 과제가 순연하게, 자연스런 순서에 따라 필연적으로 일어날 일이라고 생각할 수는 없다. 세계화가 하나의 대세라고 할지라도 거기에 어떻게 주체적으로 작용하느냐에 따라 그 내용과 형식이 달라질 것이며, 서로 총부리를 겨누고 있는 남북이 화해 공존을 넘어서 하나의 통일체로 되는 과정에는 구비 구비 난관이 도사리고 있으리라는 사실을 충분히 예측 가능하기 때문이다. 그런 의미에서 두 과제를 수행하는 주체로서 우리의 정신과 자세를 가다듬는 일은 매우 중요하다. 문학인 한 사람 한 사람이 어떤 태도를 지니는가 하는 문제와 함께 집단적 대응으로서 한국 사회의 문예정책이 어떤 방향으로 수립되어야 하는가 하는 문제가 통일과 세계화의 과제를 성공적으로 수행하는 데 관건이 된다. 물론 우리는 자유민주주의를 신봉하는 체제에 살고 있으므로 정부나 권력의 간섭보다는 개인과 집단의 자유의사를 존중해야 한다는 원칙 아래 방임주의에 가까운 자유주의를 내세울 수도 있지만 많은 사람의 결집된 의사로서 정책 방향을 가질 수 있고, 그것을 통해 개인들의 자유로운 사고와 행동을 뒷받침할 수 있는 터전을 마련할 수는 있다. 그 정책은 기본적으로 통일 지향적이고 세계화에 대처하는 내용과 형식을 가져야 할 것이다. 그 정책의 대강(大綱)은 이 연구를 통해서 드러난 바와 같이 다음의 원칙에 입각해야 할 필요가 있다.

첫째, 통일 지향적인 문예정책은 나를 중심으로 하여 생각하는 방식에서 상대를 이해하고 인정하는 방식으로 사고를 전환할 것을 요구한다. 이는 자신이 속해 있는 사회의 고정관념이나 제도·규범을 사태 판단의 유일한 척도로 삼을 수 없다는 이야기이다. 통일이란 이질적인 것들이 모여서 하나로 되는 과정을 의미하므로 상대가 나와 같기를 희망하기보다는 나와 상대가 한 테두리에 묶일 수 있게끔 자신을 변화시키고 적응시키는 것을 의미한다. 이 사고의 전환을 문예정책으로 구체화하는 방안은 여러 측면에서 이야기할 수 있다. 기존 제도·규범의 철폐 보완이 필요할 것이며 행동의 주체도 종전과는 다른 시각에서 파악해야 할 것이다. 국가보안법이나 문화교류촉진법 등의 개폐를 비롯하여 문예단체의 지원을 위한 법령 등을 손질하는 일이 필요하다. 또한 대북 접촉의 주체를 상당 부분 민간으로 이전하여 다원화하는 일이 필요하며 이들에 대한 간섭보다는 지원의 방안을 모색해야 할 것이다. 또한 북한의 문학작품과 문학인들의 활동 및 해외의 한국문학 관련자에 대해서도 우리가 포용할 수 있도록 전향적으로 검토해야 할 것이다.

둘째, 한국문학의 세계화는 우리 문학의 국적 포기가 아니라 민족적 특수성의 발현을 통해 이루어진다. 다시 말해서 민족적 특수성의 발현을 통해 세계적 보편성을 획득하는 방법이 문학의 세계화에 올바로 부응하는 길이다. 민족적 특수성이란 문학이 그 민족의 삶을 진실되게 표현한 상태를 이르는 개념이다. 이 때 민족의 삶을 진실되게 표현한다는 것은 그 민족이 부닥치고 있는 문제를 통해서 드러난 현실의 모습, 그 부정성에 대한 정확한 파악과 깊은 성찰을 담고 있는 경우를 가리키며, 이러한 진실된 표현은 통상 기성 체제와 현실에 대한 강력한 비판과 부정을 내포하고 있기가 십상이다. 그것은 대중문학과 같은 체제 순응주의 미학을 거부하며 문화산업에 의해 촉진되는 문화획일화에 대해서도 대결하는 자세를 취한다. 이와 같이 민족의 특수 문제에 집착함으로써 모든 인류에게 가치 있는 깨달음이나 인식을 획득했을 때 문학의 세계성은 획득되는 것이다. 민족문화가 세계문화의 차원으로 고양되는 것은 바로 이러한 과정을 통해서이다. 따라서 세계화를 위한 문예정책은 민족적 특성을 구현한 문학 작품의 창작과 번역 소개를 지원하는 쪽으로 전환되어야 할 것이다. 이것은 종래 정치 논리에 입각하여 편파적으로 시행된 문학자 및 문학단체 지원 정책의 방향을 근본적으로 바꾸어야 한다는 사실을 의미한다. 한국사회를 건강하게 만드는 것은 체제의 어용문학이나 오락문학이 아니라 민족의 삶이 지닌 고통과 모순을 천착하고 그에 대해 진지하게 성찰하는 문학이기 때문이다. 우리가 제3세계 문학에서 가치 있는 것으로 인정하는 작품들도 바로 이런 경우에 해당하는 작품이라는 사실을 상기할 필요가 있다. 제3세계 문학이 큰 이해관계가 없는 제3자에 해당하는 우리들에게까지 감동을 주는 것은 그것이 자신들의 특수한 문제를 다룬 것이면서도 그 진정성으로 인하여 모든 인류에게 가치 있는 인식과 지혜와 깨달음을 담보하고 있기 때문이다. 이런 의미에서 한국의 진정한 민족 문학을 가려보는 안목을 가지고 그 작품들이 해외에 소개될 수 있도록 지원해야 하는 것이다. 정책적 지원의 방안은 여러 가지 측면에서 생각할 수 있지만 이 작품들을 멀티미디어를 이용해서 해외에 소개하는 데 재정적 기술적 지원을 하는 것도 간접적으로 한국문학의 세계화를 도모하는 방안이라고 할 수 있을 것이다. 또한 다른 나라의 민족적 특성이 잘 구현된 작품이 국내에 소개될 수 있도록 하는 정책 지원도 동일한 의미에서 한국문학을 세계화하는 중요한 방안 가운데 하나이다.

<표 1> 서구에 번역 소개될 작품목록

연도	나라	제목	언어	출판사	저자	역자	비고
1889	미 국	Korean Tales 한국민담집	영 어	Putnam' s, Son' s	김만나	Horace N. Allen	
1892	프랑스	Printemps Parfum 춘향전	프랑스어	Edouard, guillaume	홍종우(번안)	J. H. Rosny,	
1893	독 일	Korea-Märchen und Legenden 한국전래동화 · 고전소설선	독 어	Wilhelm Friedrich Verlag Leipzig		H. G. Arnous	
1895	프랑스	Le Bois sec refeuri 심청전	프랑스어	Ernst Leroux	홍종우(번안)		
1911	미 국	The Unmannerly Tiger and Other Korean Tales 한국민담집	영 어	Crowell		W. E. Griffis	
1915	미 국	Pokjumie:a story from the land of morning calm 한국민담집	영 어	M.E. Church		Ellasue Canter Wagner	
1922	영 국	The Cloud Dream of The Nine 구운몽	영 어	Daniel, O' Corner	김만중	James S. Gale	
1922	미 국	Kumokie:a bride of old Korea, a love story of the orient 한국민담집	영 어	Lamar & Barton		Ellasue Canter Wagner	
1925	프랑스	Contes Coréens	프랑스어	Delagrave		A. Garine	
1932	미 국	Tales Told in Korea	영 어	F. A. Stokes(편 · 역)		Berta Metzger	
1951	독 일	Der Oirol	독 어	Rupert Verlag Leipzig		Elisabeth Ackner	
1951	폴란드	Groy Diamentcwe 한국 민담집	폴란드어			Vlast Hilska	
1952	폴란드	Koreanskie Przypowiesci 한국민담집	폴란드어			M. Garin-Michalowski	
1952	영 국	Folk Tales From Korea 한국민담집	영 어	Routledge & Kegan Paul	정인섭(편 · 역)		
1953	러시아	땅 I · II부	러시아어		이기영		

1953	러시아	땅 Ⅰ · Ⅱ부	러시아어		한설야		
1954	러시아	한국고대소설집, 홍길동전 외	러시아어		허 균 외		
1955	러시아	인간문제	러시아어		강경애		장편소설
1934	프랑스	Miroir, source de malheur 한국민담 · 전설집	프랑스어	E. Figuiére	서영혜		
1947	미 국	Tales of a Korean grandmother 한국민담집	영 어	Doubleday		France Carpenter	
1947	체 코	Proud 대하	체코어	Drustevni(47) Mir(50)	김남천	Alois Pultr, 한홍수(공역)	
1950	독 일	Unsoung Paierza hltazs seiner Koreanischen Heimat	독 어	Kulturbuch Verlag Darmstadt			
1950	독 일	Unter dem Odongbaum	독 어	Im Erich Röth Verlag		Andre Eckardt	
1955	독 일	Die Ginsengwurzel	독 어	Im Erich Röth Verlag		Andre Eckardt	
1955	폴란드	Ziemia	폴란드어	Czytelnik	이기영	Mikoaaj Dab	
1956	러시아	한국의 고전시가	러시아어				1958년증보
1956	러시아	한국의 6행시(시조선)	러시아어				
1957	러시아	19세기 한국소설선	러시아어				
1957	미 국	The Story Bag-Acollection of Korean folktales 한국소설선	영 어	Turtle	김소운 편	Setsu Hhigashi	
1958	러시아	황혼	러시아어		한설야		장편소설
1958	러시아	조선연정시선(고시가)	러시아어				
1958	체 코	Chryzant my. Starokor jsk lyrik 국화	체코어	SNKLU, Praha		O. Vyhilidal 남기덕(공역)	시조집

1958	헝가리	Chunjan Szerelme 춘향전	헝가리어			방정갑	디보르(공역)	
1959	이탈리아	Studies in Old Korean Poetry 한국고시가집	영 어	Insituto Italiano per il Medio ed Estremo Oriente			Peter H. Lee(편)	
1959	독 일	Kranich am Meer 한국고전시가집	독 어	Carl Hanser Verlag München	월명대사 외	Peter H. LEE(편 · 역)	
1959	러시아	19세기 한국소설선	러시아어				
1960	러시아	탈출기	러시아어		최서해	최서해	단편선
1960	러시아	동양문학선 3권(최서해)	러시아어		최서해		
1960	러시아	한국중세소설선	러시아어		허균 · 김만중외	미상	
1960	러시아	百聯抄解	러시아어		김린후		
1960	폴란드	Z Krancow Azji 극동3국 고전작품선집 극동아시아 중 한국편	폴란드어		김춘택		
1960	영 국	Voice of The Dawn 한국시가집 (향가 · 고려가요 · 시조 · 현대시등)	영 어	Murray	최치원 외	Peter Hyun(편 · 역)	
1961	러시아	구운몽	러시아어		김만중		
1962	러시아	진달래꽃	러시아어		김소월		김소월시집
1962	러시아	쌍철기봉(사본 권지일)	러시아어				
1962	러시아	한국시선집	러시아어		박인로 외		
1962	러시아	동양문학선 5권(시 · 민담선)	러시아어		박지원 외		
1962	러시아	동양문학선 6권(이규보시선)	러시아어		이규보		
1962	체 코	Kravéstopy 혈흔	슬로바키		최서해 외	Vladimír Pucek	최서해 단편선집

1963	체 코	Ze zemějitrní svěžesti 신선한 아침의 나라에서	체코어	SNKLU		J. Bičŏst vá	민담집
1963	일 본	Korean Folktales	영 어	Tuttle	Pang Im 편	James S. Gale(역)	
1963	러시아	동양단편소설선-한국중세편	러시아어		유몽인 외		
1964	러시아	鼠獄誌	러시아어		임 제		
1964	체 코	Putovanípaní an Sa na jih 사씨남정기	체코어	SNKLU, Praha	김만중	Vladimír Pucek	
1964	미 국	Anthology of Korean poetry:from the earliest era to the present 한국시가집	영 어	John Day		Peter H. Lee(편 · 역)	
1964	미 국	Poems from Korea:a historical anthology 한국시가집	영 어	Univ. of Hawaii Press	무왕 외	Peter H. Lee(편 · 역)	
1964	독 일	Der Kristallring, Die Geschichte von der treuesten der treuen Frauen, der ewig unvergleichlichen TsunHjang	독 어	Gustav Kiepenheuer Verlag		Helga Picht(편) 정주묵(역)	
1965	미 국	Korean Literature/Topics and Themes	영 어	Univ.of Arizona Press		Peter H. Lee	
1965	미 국	The Ever White Mountain:Korean Lyrics in the classical Sijo Form 한국고시조집	영 어	Charles E., Tuttle Co.		Inez Kong Pai	
1965	프랑스	Anthologie de la po sie Coréenne 한국시선	프랑스어	Saint-Germaind es Prés	한용운	민희식 외	
1966	독 일	Die bunten Schuhe-und andere Koreanische Erz hlungen 한국단편선	독 어		이장범		
1966	러시아	청구소설집(숙향전 외)	러시아어		임 제		
1967	체 코	Věčnáslovă země zelen ých hor Starokorejská lyrika 청구영언	체코어	Odeon Praha		O. Vyhl dal	고시가집

1967	러시아	고향	러시아어		이기영		장편소설
1968	영 국	Kodae Sosol 고대소설	영 어	SOAS, Univ. of London		W. E. Skillend	
1968	러시아	춘향전 권지단, 경판본	러시아어				
1970	러시아	15~17세기 패설문학전집	러시아어				
1970	폴란드	Opowieść o Czhunhiang najwierniejszej z swierny ch 열녀춘향수절가	폴란드어	Ossolineum		Halina, OgarckCzoj	
1970	미 국	Contemporary Korean Poetry 한국현시선	영 어	Iowa Univ. Press	김소월 외	고원(편 · 역)	
1970	미 국	The Hermitage of Flowing Water and Nine Others	영 어	Gateway Press	한무숙 외	한국번역협회(편 · 역)	
1971	미 국	The Bamboo Grove 한국고시조선	영 어	Univ. of California Press	길재 외	Richard Rutt	
1971	러시아	최충전 사본	러시아어				
1971	러시아	중세한국서정시선	러시아어				
1972	프랑스	Sans Titre	프랑스어	Saint-Germain des Press	한용운 외	Peter Hyun	
1972	러시아	금오신화/한문본	러시아어		김시습		
1973	독 일	Lob des Steinquells Koreanische Lyrik	독일어	Gustav Kiepenheuer Verlag	최치원 외	Ernst Schwarz	
1973	체 코	Vyprávĕniz hory Kumo 금오신화	체코어	Odeon, Praha	김시습	J. Ba inka	
1973	미 국	Listening to Korea 한국문학의 이해	영 어	Praeger		Marshall, R. Pihl 외	

1974	영 국	Poems from Korea 한국현대시선	영 어	Allen	한용운 외	Peter H. Lee(편 · 역)	
1974	미 국	Flowers of Fire 불꽃	영 어	Univ. of Hawaii Press	선우휘 외	Peter H. Lee 외	한국단편선
1974	미 국	Cry of the People and Other Poems 김지하시선	영 어	Autumn Press	김지하		
1974	러시아	17~19세기 한국고대소	러시아어		허균 외		
1975	미 국	설선 Songs of Flying Dragons:a critical reading 용비어천가	영 어	Harvard Univ. Press		Peter H. Lee	
1975	독 일	Märchen aus Korea 한국민담선	독 어	Diederichs		Hans-Jvrgen Zaborowski	
1975	러시아	송강가사	러시아어		정철		
1975	러시아	한국고대산문선	러시아어				
1975	러시아	임장군전	러시아어		김만중		
1975	러시아	한국시선(고시가, 소월시)	러시아어				
1975	러시아	한국고전한시선	러시아어		최치원 외		
1976	체 코	Chryzantémy. Zezemeà zelených hor Starokorejsk" lyrika 고시가집	체코어	Českýspisovatel, Praha		O. Vyhlidal	
1976	독 일	Kim Tschi-Ha:Mit brennendem Durst Gedichte und Prosa 김지하작품선	독 어	R. Seewann Verlag	김지하	Bauer-Bonne, F.	
1978	미 국	The gold-crowned Jesus and other writings 김지하시선	영 어	Oribis Books	김지하	김종선, Shelly Killen(편 · 역)	
1978	홍 콩	Modern Far Eastern Stories 현대극동단편선	영 어	Heinemann Asia	김승옥 외	정종화(편 · 역)	
1978	러시아	18~19세기 러시아어 한국서정시선					

1978	프랑스	Contes populaires de Corée 한국민담집	프랑스어	Association pour l' Analyse du Folklore (P/A.F.)		Maurice Coyaud, 이진명(편 · 역)	1986년 재편집
1978	러시아	「외국문학」 지 중 김지하시선	러시아어		김지하		
1978	체 코	Tajomstvá belasého draka. Kórjské mýty a povésti 청룡의 비밀	슬로바키아어	Tatran, Bratislava		V. Pucek, J. Genzor(공역)	신화 전설집
1979	미 국	Ulhwa-the shaman 을화	영 어	Larchwood	김동리	안정효	김동리소설선
1979	프랑스	La fortune qui parle 말하는 거북	프랑스어	F d rop		Maurice Coyaud, 이진명(편 · 역)	한국민담집 1989년재편집
1979	독 일	Märchen aus aller Welt-Korea 한국민담선	독 어	Heyne Verlag M nchen		Albert Huwe	
1980	홍 콩	The Stars 별	영 어	Heinemann	황순원	Edward W. Asia Poitras	단편소설선집
1980	홍 콩	Modern Korean Short Stories 현대한국단편소설선집	영 어	Heinemann Asia	김동인 외	정종화(편 · 역)	
1980	호 주	Meetings and Farewells 봉별기	영 어	Univ. of Queensland Press	이상 외	정종화(편 · 역)	단편소설선집
1980	미 국	The Silence of Love 님의 침묵	영 어	Hawaii Univ. Press	한용운 외	Peter H. Lee (편 · 역)	현대시선집
1980	미 국	The Contemporary Korean Poets 한국현대시선	영 어	Larchwood	김소월 외	김재현 외	
1980	미 국	King Sejong 세종대왕	영 어	Larchwood	박종화	안정효	장편소설
1980	미 국	Han Joong Nok 한중록	영 어	Larchwood	혜경궁홍씨	Bruce K. Grant, 김진만(공역)	고대소설

1980	미 국	A Washed-out Dream 유실몽	영 어	Larchwood	손창섭 외	Kevin O' Rourke	한국단편선집
1980	미 국	Trees on the Cliff 나무들 비탈에 서다	영 어	Larchwood	황순원	장왕록	장편소설
1980	미 국	Wren's Eleggy & Other Works 렌의 애가	영 어	Larchwood	모윤숙	Peter Hyun, 고창수(공역)	모윤숙시선
1980	미 국	The Middle Hour 김지하 시선	영 어	Human Rights Publishing Group	김지하	David R. McCann	
1980	일 본	History of Korean Literature 한국문학의 역사	영 어	The Center for East Asian Cultural Studies	김동욱	Lean Hurvitz	
1980	미 국	The Cross of Shaphan 사반의 십자가	영 어	Pace Int' l Research	김동리	설순봉	장편소설
1980	프랑스	Aubergines magiques contes rotiques de Corée	프랑스어	P. A. F.		Maurice Coyaud, 이진명(편 · 역)	
1980	독 일	Morgengrauen ber Intschon 인간문제	독 어	Volk undWelt Verlag	강경애	Reinhard Granzer	장편소설
1980	네덜란드	De Redder der Armen 홍길동전 · 옹고집전 · 배비장전 · 변강쇠전	네덜란드어	J. M. Meulenhoff b. v.	허균 외	B. C. A Walrave	
1980	러시아	한국신화전설집	러시아어				
1981	미 국	Wedding day and other Korean plays 시집가는날	영 어	Pace Int' l Research	오영진 외	유네스코 한국위원회(편 · 역)	한국희곡선
1981	미 국	Winter Sky 동천	영 어	QRL New Poetry Series	서정주	David R. McCann	서정주시선
1981	미 국	Modern Korean Short Stories 현대한국단편선	영 어	Larchwood	조세희 외	현중식 · 한학준 (공역)	

1981	미 국	Anthology of Korean Literature:from Early Times to the 19th Century	영 어	Univ. of Hawaii Press	이규보 외	Peter H. Lee 외	
1981	프랑스	Libert sous clef 갇힌 자유	프랑스어	Le l opard d'or	정연희	Roger Leverrier	
1981	프랑스	Une femme la rercherche d'une illusion 환영을 찾는 여인	프랑스어	Eibel/Fanlac	이정호 외	Marc Orange	단편소설집
1981	독 일	Traditionelles Koreanisches Puppentheater. Das Spiel von der Puppenfrau 꼭두각시 놀음	독 어	DID, (Bochum)		Hans-Jürgen Zaborowski	
1982	프랑스	Histoire de dame pak, Histoire de Sukhyang 박씨전 · 숙향전	프랑스어	Asiath q ue		Marc Orange, 김수정(공역)	
1982	프랑스	Le Voeu du Peuple Coréen 한국시조선	프랑스어	Acheve d' imprimer	이은상 외	Roger Leverrier	
1982	프랑스	La Croix de Schaphan	프랑스어	Le l opard d' or	김동리 송영규		
1982	러시아	옥루몽	러시아				
1983	영 국	The Rainy Spell 장마	영 어	Onyx Press	윤흥길	서지문 외	한국 중 · 단 편 소설전집
1983	미 국	Debasement-and other Stories 성기조 소설선	영 어	Fremont Pubilcations	성기조	Bruce Ju-chan Fulton	
1983	미 국	Hymn of the Spirit 아름다운 영가	영 어	Fremont Pubilcations	한말숙	Suzane Crowder	장편소설
1983	미 국	The Cruel City and Other Korean Short Stories 한국단편소설선	영 어	Pace Int' l Research	이청준 외	유네스코 한국 위원회(편 · 역)	
1983	미 국	The Cry of the Harp and other Korean Short Stories 한국단편소설선	영 어	Pace Int' l Research	최정희 외	Genell Y. Poitras	
1983	미 국	Loess Valley and Other Korean Short Stories 한국단편소설선	영 어	Pace Int' l Research	김동리 외	유네스코 한국 위원회(편 · 역)	

1983	미 국	The Drizzle and Other Korean Short Stories	영 어	Pace Int' l Research	황순원 외	유네스코 한국 위원회(편 · 역)	
1983	미 국	Unenlighted and Other Korean Short Stories	영 어	Pace Int' l Research	이광수 외	유네스코 한국 위원회(편 · 역)	
1983	미 국	Hospital Room 205 and Ohter Korean Short Stories 한국단편소설선	영 어	Pace Int' l Research	강경애 외	유네스코 한국 위원회(편 · 역)	
1983	미 국	One way and·Other Korean Short Stories 한국단편소설선	영 어	Pace Int' l Research	선우휘 외	유네스코 한국 위원회(편 · 역)	
1983	미 국	Respite and Other Korean Short Stories 한국단편소설선	영 어	Pace Int' l Research	손창섭 외	유네스코 한국 위원회(편 · 역)	
1983	미 국	Two Travelers and Other Korean Short Stories 한국단편소설선	영 어	Pace Int' l Research	서기원 외	유네스코 한국 위원회(편 · 역)	
1983	미 국	Home-Coming and Other Korean Short Stories 한국단편소설선	영 어	Pace Int' l Research	김승옥 외	유네스코 한국 위원회(편 · 역)	
1983	미 국	The Road to Sampo and Other Korean Short Stories 한국단편소설선	영 어	Pace Int' l Research	황석영 외	유네스코 한국 위원회(편 · 역)	
1983	미 국	Early Spring, Mid-Summer and Other Korean Short Stories 한국단편소설선	영 어	Pace Int' l Research	김원일 외	유네스코 한국 위원회(편 · 역)	
1983	룩셈부르크	Souffle des Mers 성기조시선	프랑스어	Euroeditor	성기조	Roger Leverrier	
1983	독 일	Die gelbe Erde und andere Gedichte 황토	독 어	Suhrkamp	김지하	최두환 Siegfried	김지하시선
1983	스페인	Poesia Coreana Actual 현대한국시선집	스페인어	Edicions Rialp, S.A.	박두진 외	Schaarschmidt 민용태	
1983	체 코	Vodopád Devíti drak Kórejské mýty a povesti 구룡폭포	체코어	Albatros, Praha		V.Pucek, J.Genzor (공역)	신화전설집

1984	미 국	Translation Vol. 13 『트랜슬레이션』 지 제13호 한국문학특집	영 어	Columbia Univ. Translation Center	김승옥 외	Edward W. Poitras 외(편 · 역)	
1984	홍 콩	The Good people 오영수 단편소설선	영 어	Heinemann Asia	오영수	Marshall R. Pihl	
1984	미 국	The will of Nostradams 안동민 단편소설선	영 어	Fremont Publications	안동민	홍기창 · 한학준 (공역)	
1984	미 국	The Mind and Others 박제천 시선	영 어	Sentence	박제천	정종화 외	
1984	독 일	HAN 1984/5 『한』 지 1984년 5월호 한국문학 특집	독 어	Institut für Koreanische Kultur	최인호 외	Dirk F ndling 외(편집)	
1984	독 일	HAN 1984/7 『한』 지 1984년 7월호 한국문학 특집	독 어	Institut für Koreanische Kultur	최인호 외	구기성 외(편집)	
1984	독 일	Moderne Koreanische Erzählungen 현대한국단편소설선(12편)	독 어	Institut für Koreanische Kultur	김동인 외	구기성	
1984	독 일	Ein Leben-Ausgewählte Gedichte 조병화 시선	독 어	Korin-Verlag(Limburg)	조병화	Hans-J rgen Zaborowski	
1984	독 일	Mürchen und Legenden 한국전설집	독 어	Korin-Verlag(Limburg)		H.G.Arnous	
1984	브라질	Contos Coreanos 한국단편소설선집	포르투갈어	Rio Arte	하근찬 외	Lu s Palmery	
1984	러시아	동양문학선 12권(김소월)	러시아어		김소월		
1985	미 국	The Silence of love 님의 침묵	영 어	Prairie Poet Books	한용운	김재현	
1985	영 국	The Square 광장	영 어	Spindlewood	최인훈	Kevin O' Rourke	장편소설
1985	영 국	Love in Mid-winter Night 동지섣달 기나긴 밤을	영 어	Kegan Paul Int' l Ltd	황진이 외	정종화	고전 시조전집
1985	영 국	The Anthology of Modern Korean Poetry 현대한국시선집	영 어	East West Publications	전봉건 외	정종화 · 고창수, Edward W.Poitrs (편 · 역)	

1985	미 국	The Diary Life of Ku-poh the Novelist 최인훈 단편선	영 어	Fremont Publications	최인훈	홍기창	
1985	미 국	The Moving Castle 움직이는 성	영 어	Pace Int' l Research	황순원	Bruce & Juchan Fulton	장편소설
1985	프랑스	Les Coréens 한국인	프랑스어	La pens e	손장순	Roger Universelle Leverrier	장편소설
1985	프랑스	Le passage 통로	프랑스어	Le Riz	안수길	Roger Leverrier	장편소설
1985	프랑스	Europe 1985년 10 「유럽」 지 1985/10월호한 국현대시 28인선	프랑스어	d' Europe Comit	한용운 외	김화영, Patrick Maurus (편 · 역)	
1985	프랑스	Le Chateau qui sen meut 움직이는 성	영 어	Le l opard d' or	황순원	송영규	장편소설
1985	독 일	Tradition und Experiment, Beispiele zeitgen ssischer Koreanischer iteratur 한국문학선집	독 어	Verlag Ute Schiller	신경림 김지하 윤흥길 황석영 임진택	Hans-J rgen Zaborowsk (편 · 역)	
1985	독 일	Die Literaturzeitschrift 「Weiβe Woge」 한국문학사화집	독 어	Peter Lang	나도향 외	Albrecht Huwe (편 · 역)	
1985	독 일	Koreanische Volkserzählungen 한국민담집	독 어	Reuter+ Kl ckner Buchhandlung	오명호		
1985	러시아	한국중세소설집	러시아어		유몽인 외		
1986	영 국	Memoirs of a Korean Queen 한중록	영 어	Kegan Paul Int' l Ltd.	혜경궁홍 씨	최양희	

1986	영 국	Slow Chrysanthemums 더디 피는 국화	영 어	Anvil Press Poetry	서거정 외	김종길	한시선집
1986	미 국	The nim-ui ch'immuk(Your Silence) 님의 침묵	영 어	Univ. Micro-films Int' l	한용운	S. E. Soiberg	
1986	미 국	The 'Sijo' Poetry of Pak Nogye 노계시조집	영 어	Univ. Micro-films Int' l	박인로	E. D. Rockstein	
1986	미 국	Unforgettable Things 안 잊히는 일들	영 어	Pace Int' l Research	서정주	David R. McCann	미당시선
1986	미 국	Iyo Island 이어도	영 어	Pace Int' l Research	정한숙	전경자	장편소설
1986	미 국	Hail to the Emperor 황제를 위하여	영 어	Pace Int' l Research	이문열	설순봉	
1986	룩셈부르그	M tamorphose 변신	프랑스어	Euroeditor	신동준	민희식	시선집
1986	프랑스	Terre Brûlée 초토의 시	프랑스어	Th saurus	구상	Roger Leverrier	시선집
1986	독 일	Koreanische Literatur Band I 한국문학선집 제1권(고대소설: 「흥부전」 외 3편)	독 어	Bouvier	허균외	구기성	
1986	독 일	Koreanische Literatur Band II 한국문학선집 제2권(근대 중 · 단편)	독 어	Bouvier	계용묵 외	구기성 · 이장범 (편집)	
1986	독 일	Koreanische Literatur Band III 한국문학선집 제3권(현대 중 · 단편)	독 어	Bouvier	김승옥	Hans-J rgen 외	Zaborowski (편집)
1986	스페인	민용태 시집	스페인어	민용태	민용태		
1987	프랑스	Po mes du Vagabond 떠돌이의 시	프랑스어	Saint-Germain des Prês	서정주 김화영	Patrick Maurus(공역)	서정주시집
1987	룩셈부르크	NAUGES/ a la recherche de r ve 조병화시선	프랑스어	Euroeditor	조병화	Roger Leverrier	
1988	캐나다	Korean Folk Tales 한국민담집	영 어	Univ.of Toronto Press		유채신(편 · 역)	
1988	미 국	Traditional Korean Theatre 한국전통극선	영 어	Asian Humanities Press	박준섭 외	조오곤	

1988	프랑스	L'Oiseau de Molgyewol 몰개월의 새	프랑스어	LeM ridien Editeur	황석영 김화영 외	Patrick Maurus(공역)	단편소설 선집
1988	독 일	Granatapfelbl te 석류	독 어	Bouvier	서정주	Wha Seon Roske-Cho	서정주시선
1988	독 일	M rchen aus Korea 한국민담선	독 어	Diederichs		Hans-J rgen Zaborowski	
1988	스페인	Junto al crisantemo 국화옆에서	스페인어	Edit. Univ.Complutense	서정주	김현창	
1989	영 국	Wastelands of Fire 초토의 시	영 어	Forest Books	구상	Anthony Teague	시선집
1989	미 국	Words of Farewell 별사	영 어	The Seal Press	오정희 외	Bruce and JuChan Fulton	여성작가 소설선집
1989	영 국	The Shaman Sorceress 을화	영 어	Kegan Paul Int'l Ltd.	김동리	신현송 · 정유진 (공역)	장편소설
1989	영 국	The waves 파도	영 어	Kegan Paul	강신재	Tina L.Sallee	장편소설
1989	영 국	Korean Classical Literature 한국고전시화집	영 어	Kegan Paul Int'l Ltd.	박지원 외	정종화 외(편집)	
1989	미 국	The Wind and the Waves 바람과 파도	영 어	Asian Humanities Press	이육사, 윤동주, 유치환, 조지훈	이성일	4인 시선집
1989	호 주	The Green Prodigals 탕진	영 어	Flinders Univ. CRNLE	김동리 외	Tina Sallee외	한국현대 소설선
1989	영 국	The House of Twilight 윤흥길 단편선	영 어	readers int'l	윤흥길 외	Martin Holman	

1989	영 국	The Book of Masks 황순원 단편선	영 어	readers int' l	황순원 외	Martin Holman 외	
1989	미 국	Selected Poems of So Chonju 서정주 시선	영 어	Columbia Univ. Press	서정주	David R. McCann	
1989	미 국	A Korean Storyteller' s Miscellany 패관잡기	영 어	Princeton Univ. Press	어숙권	Peter H. Lee	
1989	프랑스	UneFillenomm e Deuxièmegaræon 둘남이	프랑스어	Le M ridien Editeur	한무숙 최윤 외	Patrick Maurus(공역)	단편소설 선집
1989	오스트리아	Die Stimme lebt im jedem Schweigen 침묵 속에서도 살아 있는 소리	독 어	Falter	고은 · 임종대, 박완서 외	Wenninger Franz(편 · 역)	현대문학 시화집
1990	미 국	Wind Burial 풍장	영 어	St. Andrews Press	황동규	황동규, Grace Gibson(공역)	
1990	미 국	Selected Poems of Pak Mog-wol 박목월 시선	영 어	Asian Human-ities Pub.Co.	박목월	김우창	
1990	미 국	Shadows a Sound 소리그림자	영 어	Mercury House	황순원	Martin Holman 외	황순원 단편선
1990	미 국	Modern Korean Literature 한국현대문학	영 어	Univ. of Hawaii Press	이광수 외	Peter H. Lee외	
1990	인 도	Beyond Language 신동춘 시선	영 어	Writers Workshop	신동춘	김재현외	
1990	프랑스	L' Oiseau aux ailes d' or 금시조	프랑스어	Actes Sud	이문열	최윤, Patrick, Maurus(공역)	중편소설
1990	프랑스	L' hiver, cetteann e-l 그해 겨울	프랑스어	Actes Sud	이문열	최윤, Patrick, Maurus(공역)	중편소설
1990	프랑스	Notre héros défiguré 우리들의 일그러진 영웅	프랑스어	Actes Sud	이문열	최윤, Patrick, Maurus(공역)	중편소설

1990	프랑스	L' lle d' IO 이어도	프랑스어	Actes Sud	이청준	최윤, Patrick Maurus(공역)	
1991	영 국	A Korean Century-River & Fields 강과 밭	영 어	Forest Books	구상	Anthony Teague	시선집
1991	영 국	Faint Shadows of Love 희미한 옛사랑의 그림자	영 어	Forest Books	김광규	Anthony Teague	시집
1991	미 국	Pine River and Lone Peak 송강과 고산	영 어	Univ. of Hawaii Press	정철·윤선도·박인로	Peter H. Lee 조선 3인	시조전집
1991	프랑스	L' Autre côtéd' un souvenir obscur 어두운 기억의 저편	프랑스어	Actes Sud	이균영	최윤, Patrick Maurus(공역)	중편소설
1991	프랑스	Chant sous une forteresse 塞下曲	프랑스어	Actes Sud	이문열	최윤, Patrick Maurus(공역)	중편소설
1991	프랑스	La Petite balle lancée par un nain 난쟁이가 쏘아올린 작은공	프랑스어	Actes Sud	조세희	최윤, Patrick Maurus(공역)	중편소설
1991	프랑스	Le Proph te 예언자	프랑스어	Actes Sud	이청준	최윤, Patrick Maurus(공역)	중편소설
1991	프랑스	Là'-bas, sans bruit tombe un pétale 저기 소리없이 한 점 꽃잎이 지고	프랑스어	Actes Sud	최윤	최윤, Patrick Maurus(공역)	중편소설
1991	프랑스	L'Ame du vent 바람의 넋	프랑스어	Philippe, Picquier	오정희	이병주	중편소설
1991	프랑스	Poésie Coréenne Contemporaine 한국현대시	프랑스어	Autres Temps	김억 외	민희식	
1991	독 일	Wind und Gras 바람과 풀	독 어	Christian Rohr	한용운 외	Marion Eggert	현대 시선집
1991	독 일	Geschichten aus Ahngol 안골이야기	독 어	Verlag Haag U.Herchen	이정길	이정길	장편소설
1991	멕시코	Antologia General de la poesia 한국현대시선	스페인어	Edit. Univ. de Guadalajara	서정주 외	정권태	

1991	러시아	한국고대산문선	러시아어				
1991	러시아	한국민담 · 설화집	러시아어				
1992	미 국	Han Yong-un and Yi Kwang-su : Two Pioneers of Modern Korean Literature	영 어	Wayne State Univ. Press		유병천(편 · 역)	
1992	미 국	Encounter 만남	영 어	California Univ. Press	한무숙	김옥영	장편소설
1992	프랑스	La Surproductivit 다산성	프랑스어	Actes Sud	김승옥	최윤, Patrick Maurus(공역)	중편소설
1992	프랑스	Une nuit bleue et profonde 깊고 푸른 밤	프랑스어	Actes Sud	최인호	Roger Leverrier	중편소설
1992	프랑스	Mandara 만다라	프랑스어	Philippe Picquier	김성동	Jean Golfin, 이경혜(공역)	장편소설
1992	프랑스	Le Chant du Pèlerin 순례자의 노래	프랑스어	Actes Sud	오정희	이병주	단편선집
1992	프랑스	Quand Je printempsc arrive la montagne et aux champs 봄이 오면 산에 들에	프랑스어	Le Milieu du Jour	최인훈	임혜경, Cathy Rapin(공역)	희곡집
1992	프랑스	Le poète 시인	프랑스어	Actes Sud	이문열	최윤, Patrick Maurus(공역)	장편소설
1992	프랑스	La place 광장	프랑스어	Actes Sud	최인훈	최윤, Patrick Maurus(공역)	장편소설
1992	프랑스	Contes de Corée한국 민담집	프랑스어	Gr nd		Karel Tabery	
1992	독 일	Der tanzende Philosoph 춤추는 철학도	독 어	Verlag Haag U. Herchen	이정길	이정길	장편소설
1992	멕시코	Cuentos Coreanos 한국 중 · 단편선	스페인어	Fondo de Cultura Economica	황순원 외	고혜선	
1992	이탈리아	Il Nosto eroe Decaduto 우리들의 일그러진 영웅	이탈리아어	Giunti Gruppo Editoriale	이문열	Maurizio Riotto	

1992	폴란드	Literatura na Świecie 월간 『세계문학』 한국문학 특집호	폴란드어	Foundation 'literatura swiatowa'	한무숙 외	Halina Ogarek-Czoi, Jonna Rurarz(공역)	
1992	체 코	Sen dev tiíz oblaku 구운몽	체코어	Reflex, Praha	김만중	M. L wensteinov	
1992	체 코	Hvězda blesku. Hrdinsk přiběhy ze staře Koreje 한국고전소설선	체코어	Orient Iniustav CSV A, Praha	허균 외	M. L wensteinov	
1993	미 국	The Snowy Road-and other stories 눈길	영 어	White Pine Press	김동리 외	Hyun-jae Yee, Sallee(편 · 역)	단편소설선집
1993	미 국	Peace Under Heaven 태평천하	영 어	M. E. Sharpe	채만식	전경자	장편소설
1993	미 국	Selected Poems of Kim Namjo 김남조시선	영 어	Cornell Univ. East Asia Program (C. E. A. P)	김남조	김남조 David R. McCann, yun-jae Yee, H Salice(공역)	
1993	영 국	『MIDANG』 The Early Lylics of So Chong Ju 미당	영 어	Forest Books	서정주	Anthony Teague	시선집
1993	미 국	The Sound of My Waves 고은시선	영 어	C. E. A. P	고은	Anthony Teague 김영무(공역)	
1993	아일랜드	Tilting the Jar, Spiling the Moon 한국시 · 시조선	영 어	Dedalus Press	이규보 외	Kevin O' Rourke M. R. Pihl(공역)	
1993	미 국	Land of Exile 유형의 땅	영 어	M. E. Sharpe	조정래 외	Bruce Fulton, M. R. Pihl(공역)	
1993	프랑스	L' Amour de Dunhuang 돈황의 사랑	프랑스어	Actes Sud	윤후명	최윤, Patrick Maurus(공역)	중편소설

1993	프랑스	Il surveille son père 아버지 감시	프랑스어	Actes Sud	최윤	최윤, Patrick Maurus(공역)	중편소설
1993	프랑스	Le piquet de ma mere 엄마의 말뚝	프랑스어	Actes Sud	박완서 Lebrun(공역)	강거매, H l ne	중편소설
1993	프랑스	Mythe 1900 신화 1900	프랑스어	Le Milieu Du Jour	윤대성	임혜경, Cathy Rapin(공역)	희곡집
1993	프랑스	Le père-chein	프랑스어	Le Milieu Du Jour	조선작	김화영, Patrick Maurus(공역)	
1993	프랑스	Ce paradis qui est le 당신들의 천국	프랑스어	Actes Sud	이청준	최윤, Patrick Maurus(공역)	장편소설
1993	프랑스	Le Voyage de monsieur Lee 바람과 강/미스터리의 여행	프랑스어	Philippe Picquier	김원일	Jean Golfin, 조혜영(공역)	장편소설 번역서명
1993	독 일	Die Elsternbr cke 한국여인고전소설선	독 어	Sammlung Dieterich		Reta Rentner 외	장편소설
1993	독 일	Wanyodo 와녀도	독 어	Verlag Haag U. Herchen	이정길	이정길	장편소설
1993	스웨덴	Dröm 꿈	스웨덴어	Norstedts Tryckeri AB	조병화	최병은	시선집
1993	브라질	Poesia Moderna da Coéia한국현대시선	포르투갈어	Arte Pau-Brasil	김소월 외	임윤정	
1993	이탈리아	L' uccello dalle ali d'oro 금시조	이탈리아어	Giunti Gruppo Editoriale	이문열	Maurizio Riotto	중편소설
1993	이탈리아	L' inverno di quell' anno 그해 겨울	이탈리아어	Giunti Gruppo Editoriale	이문열	Maurizio Riotto	중편소설
1993	이탈리아	L' altra faccia di un ricordo oscuro 어두운 기억의 지편	이탈리아어	Giunti Gruppo Editoriale	이균영	Maurizio Riotto	중편소설

1993	폴란드	Na Kraw dzi 아름다운 영가	폴란드어	Comer	한말숙	Halina Ogarek-Czoi	장편소설
1994	미 국	Distant Valleys 정지용 시선집	영 어	Asian Humanities Press	정지용	Daniel A. Kister	
1994	캐나다	Contemporary Korean Poems 한국현대시선집	영 어	Mosaic Press	김소월 외	김재현	
1994	미 국	Modern Korean Poetry 한국현대시선	영 어	Asian Humanities Press	한용운 외	김재현	
1994	미 국	Classical Korean Poetry 한국고시조선	영 어	Asian Humanities Press	최충 외	김재현	
1994	미 국	Korean Literature, Sijo 한국시조선	영 어	Estern Press	이현보 외	Don Yoon Lee	
1994	미 국	Song Shim Chong 심청가	영 어	Harvard Univ. Press		Marshall R. Pihl	
1994	미 국	The Shadow of Arms 무기의 그늘	영 어	C. E. A. P	황석영	전경자	
1994	프랑스	La Mère 애미	프랑스어	Philippe Picquier	윤흥길	임혜경, Cathy Rapin(공역)	장편소설
1994	프랑스	Un possible, impossible 불가불가	프랑스어	Le Milieu du Jour	이현화	임혜경, Cathy Rapin(공역)	희곡집
1994	프랑스	La Terre 토지	프랑스어	Editions Belfond	박경리	민희식, Andr Fabre	장편소설
1994	프랑스	I' histoire de Hong Kildong 홍길동전	프랑스어	Gallimard		Patrick Maurus	
1994	프랑스	Blessures d' avril 환각의 다리	프랑스어	Actes Sud	이어령	최윤, Patrick Maurus(공역)	중편소설
1994	독 일	Auf der Bank von Dreyfus 드레퓌스의 벤취에서	독 어	Karin Fischer Verlag GmbH	구상	서정희	시선집
1994	독 일	Das Familienregister 그대 아직도 꿈꾸고 있는가/족보	독 어	Verlag Volk und WeltGmbH	박완서	Helga Picht	장편소설 번역서명
1994	스페인	우리들의 일그러진 영웅	스페인어	Norma	이문열		중편소설

1994	스페인	시인	스페인어	Norma	이문열		중편소설
1994	페 루	La Carcel del Corazony otros Relatos	스페인어	Pontifica Univ. Catolica	김원일 외	고혜선, Francisco J. Fondo Editorial Carranza R. (공역)	단편선
1994	브라질	Sijo-poesiacanto Coreana clássica 한국시조선집	포르투갈어	ILUMINURAS	이방원 외	임윤정	
1994	이탈리아	Il POETA 시인	이탈리아어	Giunti Gruppo Editoriale	이문열	Maurizio Riotto	장편소설
1994	이탈리아	Fiabe e storie Coreane 한국민담집	이탈리아어	Giunti Gruppo Editoriale		Maurizio Riotto	
1994	러시아	한국단편소설선	러시아어		손창섭 외		
1994	폴란드	Barwy mieości 한국현대단편선	폴란드어	Dialog	황순원 외	H. Ogarek-Czoi, J. Rurarz(공역)	
1995	영 국	Modern KoreanLiterature 한국현대소설선	영 어	Kegal Paul Int’l Ltd.	김유정 외	정종화(편 · 역)	
1995	영 국	The Poet 시인	영 어	The Harvill Press	이문열	Anthony Teague, 정종화(공역)	장편소설
1995	아일랜드	Poems of a Wander 떠돌이의 시	영 어	Dedalus	서정주	Kevin O’ Rourke	서정주시선
1995	미 국	Back to Heaven 귀천	영 어	C. E. A. F	천상병	Anthony Teague, 김영무(공역)	천상병시선
1995	미 국	Singing Like a Crecket, Hooting Like an Owl 이규보 시선	영 어	C. E. A. F	이규보	Kevin O’ Rourke	
1995	프랑스	A la fa on des ann es soizante 60년대식	프랑스어	Actes Sud	김승옥	Roger Leverrier	중편소설

1995	프랑스	Avec cette neige grise et sale 회색눈사람	프랑스어	Actes Sud	최윤	최윤, Patrick Maurus(공역)	중편소설
1995	프랑스	Le Nain 난장이가 쏘아올린 작은 공	프랑스어	Actes Sud	조세희	최윤, Patrick Maurus(공역)	
1995	프랑스	Le Fils de L' homme 사람의 아들	프랑스어	Actes Sud	이문열	최윤, Patrick Maurus(공역)	장편소설
1995	프랑스	Le rève d'un homme abattu 쓰러진 자의 꿈	프랑스어	Gallimard	신경림	최윤, Patrick Maurus(공역)	시선집
1995	프랑스	Kaki séché et tigre, et autres contes de Corée 곶감과 호랑이	프랑스어	Gallimard	Maurice	Coyaud, 이진명 (편·역)	한국민담선
1995	프랑스	La Chienne de Moknomi 목넘이 마을의 개	프랑스어	Zulma	황순원	최미경, 고광단, J. N. Juttet(공)	단편선
1995	프랑스	Anthologie de dix nouvelles contemporainesCorennes. I 한국 젊은 작가 소설선 I권.	프랑스어	Picquier Philippe	최성각 이병주 외		
1995	프랑스	Anthologie de dix nouvelles contemporainesCorennes. II 한국 젊은 작가 소설선 II권.	프랑스어	Philippe Picquier	김남일 이병주 외		
1995	프랑스	O est donc ma patrie?	프랑스어	L' Harmattan	허근욱 민희식,	J. Byon Ziegelmeyer(공)	장편소설
1995	프랑스	내가 설 땅은 어디냐? La Maison dans la cour du bas	프랑스어	L' Harmattan	김원일	민희식, J. Byon Ziegelmeyer(공)	장편소설
1995	프랑스	마당 깊은 집 Le Chant Mélodieux Des Ames	프랑스어	L' Harmattan	한말숙	민희식, J. Byon Ziegelmeyer(공)	장편소설
1995	프랑스	아름다운 영가 A la façon des ann es	프랑스어	Actes Sud	김승옥	Roger Leverrier	중편소설

1995	독 일	soizante 60년대식 Meine Mutter war eine Korea-Nutte 에미 이름은 조센삐였다	독 어	Kiro Verlag	윤정모	Helga Picht	중편소설
1995	독 일	Die Träumende Brutmaschine 꿈꾸는 인큐베이터	독 어	Secolo	박완서	채운정, Rainer Werning(공역)	중편소설
1995	독 일	Drei Täge unterwegs 사흘간의 외출	독 어		이정길	이정길	장편소설
1995	스페인	So Jong-Ju Poemas 서정주 시선	스페인어	Edit. Univ. Complutense	서정주	김현창	
1995	페 루	La Cansona de los Patios 마당 깊은 집	스페인어	Pontifica Univ. Catolica del Peru Fondo Editorial	김원일	고혜선, Francisco J. Carranza R.(공역)	장편소설
1995	러시아	한국단편소설선	러시아어		이호철 외		
1996	미 국	The Naked Tree 나목	영 어	C. E. A. F	박완서	유영난	장편소설
1996	미 국	The Memoirs of Lady Hyegyong 한중록	영 어	University of California Press	혜경궁홍씨	김자현	
1996	영 국	The star and Other Korean Short Stories 한국단편소설선	영 어	Kegan Paul Int' l Ltd.		Agnita Tennant	
1996	영 국	The Land 토지	영 어	Kegan PaulInt' l Ltd.	박경리	Agnita Tennant	
1996	프랑스	Silence de Nim 님의 침묵	프랑스어	Autres Temps	한용운	김현주, Mesini Pirrer(공역)	시집
1996	프랑스	Prélude au pŏème pour une fleur 꽃을 위한 서시	프랑스어	ditions du Petit V hicule	김춘수	이미정, 민희식 (공역)	시집
1996	독 일	Die Sterne über dem Land der Väter 조국의 별	독 어	Suhrkamp	고은	채운정, Siegfried Schaarschmidt	시집

1996	독 일	Windbestattung 풍장	독 어	Peperkorn	황동규	김미혜, Sylvia Br sel(공역)	시집
1996	독 일	Warum das Mädchen Sim – Tscheong zweimal ins Wasser ging 심청이 는 왜 인당수에 몸을 두번 던졌는가	독 어	Peperkorn	오태석 이강백 김의경 박조열	김미혜, Sylvia Br sel(공역)	희곡집
1996	독 일	Windtaufe 바람洗禮	독 어	Horlemann	김남조 이강백	서정희 Sylvia Br sel	시집
1996	독 일	Die Horen誌 한국문학 특집호	독 어	Die Horen	황동규 오규원 등 27인	김미혜, Sylvia Br sel 등 20인 (공역)	독일문예지
1996	독 일	Die Rückseite des Lebens 생의 이면	독 어	Horlemann	이승우	서정희	장편소설
1996	독 일	UNTER DEN MENSCHEN IST EINEINSEL 사람들 사이에 섬이 있다	독 어	AM HOCKGRABEN	정현종	김주연, Jürgen Kreft	시집
1996	페 루	El pescador que no tala 고기잡이는 갈대를 꺾지 않는다	스페인어	Pontifica Univ. Catolica del Peru Fondo Editorial	김주영	고혜선, Francisco J. Carranza R.(공역)	장편소설
1996	페 루	Poesia Coreana de hoy 한국시선	스페인어	Pontifica Univ. Catolica del Peru Fondo Editorial	황지우 외	고혜선, Francisco J. Carranza R.(공역)	장편소설
1996	네덜란드	한국현대시선	네덜란드어	POINT v. z. w.	서정주 외	Germain Droogenbroodt	
1996	네덜란드	시인 De dichter	네덜란드어	J. M. Meulenhoff b. v.	이문열	Harry Sihan	장편소설

1996	체 코	한국현대시선	체코어	Mlad Fronta	한용운 외	Ivana Gruberov	
1996	이탈리아	Storia della Letteratura Coreana 한국문학통사	이탈리아어	Novecento	Mauriaio Riotto(저)		
1996	폴란드	Komungo 거문고	폴란드어	Dialog	한말숙	Halina Ogarek-Czoy	단편선
1997	미 국	Playing With Fire 불놀이	영 어	Conell Univ. East Asia Program (CEAP)	조정래	전경자	장편소설
1997	미 국	Wayfarer 순례자의 노래	영 어	Women In Translation	오정희 외	Bruce and Ju-Chan Fulton	한국현대 여성소설선
1997	미 국	Songs of the Kisaeng 기생시조선	영 어	BOA	황진이 외	Contogenis, 최월희	
1997	미 국	THE VALLEY NEARBY 가까운 골짜기	영 어	HEINE-MANN	강석경	최경도	장편소설
1997	미 국	Understanding Korean Literature 한국문학의 이해	영 어	M.E.Sharpe	김흥규	Robert Fouser	김흥규 평론집
1997	미 국	Sending the Ship Out to the Stars 박제천 시집	영 어	Cornell Univ. East Asia Program(CEAP)	박제천	박제천	시집
1997	미 국	The Rainy Spell and other Korean Stories 장마 개정증보판	영 어	M.E.Sharpe	윤흥길	서지문	한국중·단 편소설선
1997	미 국	The Descendants of Cain 카인의 후예	영 어	M.E.Sharpe	황순원	서지문, 줄리 피커링	
1997	캐나다	MODERN KOREAN VERSE 한국현대시조선	영 어	RONSDALE	최남선 외	김재현	
1997	프랑스	Los Angeles d'un rêveur 꿈꾸는 자의 나성	프랑스어	Philippe Picquier	윤흥길	Jean Golfin, 이진명 외(공역)	중편선
1997	프랑스	Aujourd' hui l'éternit 구상시선	프랑스어	La Diff rence	구상	여동찬, 윤석만 (공역)	

632

1997	프랑스	Le Front Contre La Fenêtre 이가림 시선집	프랑스어	L' Harmattan	이가림	조병준	
1997	프랑스	La Plaie et autres nouvelles 한말숙 단편선('상처' 외)	프랑스어	Maisonneuve et Larose	한말숙	이미정	
1997	프랑스	Ciel, Vent, Etoiles et Poèms 하늘과 바람과 별과 시	프랑스어	Autres Temps	윤동주	김현주, Pierre Meini	윤동주시선
1997	프랑스	Le marche et le champ de bataile 시장과 전장	프랑스어	ECRITURE	박경리	권순제, 올리비에이코르	
1997	프랑스	La Petite Ourse 별과 같이 살다	프랑스어	ZULMA	황순원	최미경, 장 노엘쥬테	
1997	스페인	EPITOME DE SIL-LA 서정주 시선	스페인어	Universidad Complutens Madrid	서정주	김현창 페레즈블랑코 (공역)	
1997	멕시코	El CIELO DE DIOS TAMBIÉN TIENE OSCURIDAD 신의 하늘에도 어둠은 있다	스페인어	Vuelta	오세영	정권태	오세영시집
1997	멕시코	El Espíritu del Viento 바람의 넋	스페인어	EL COLEGIO DE M XICO	오정희	고혜선, 프란시스코 카란짜	중단편선
1997	스웨덴	Det eviga livet 영원히	스웨덴어	Norstedts Tryckeri AB	구상	최병은	구상시선집
1997	폴란드	Lee Kang-baek : DRAMATY이강백 희곡집	폴란드어	POD WIATR	이강백	이와나 리나흐제스카	
1997	체 코	한국전래동화	체코어	AVENTINUM		Vladim r Pucek	
1998	미 국	Day-Shine 정현종 시선	영 어	Cornell Univ. East Asia Program(CEAP)	정현종	최월희, Peter Fusco	

1998	미 국	The Moonlit Pond 한국한시선	영 어	Copper Canyon	이성일		
1998	미 국	The Snow Falling on Chagall's Village 샤갈의 마을에 내리는 눈	영 어	Cornell Univ. East Asia Program(CEAP)	김춘수	김종길	김춘수시선
1998	미 국	A Ready-Made Life레디메이드 인생	영 어	Univ. of Hawaii Press	채만식등	김종운 Bruce Fulton	한국현대초기 소설전작가
1998	프랑스	La Mort Demil-mots 나는 나를 파괴할 권리가 있다	프랑스어	Philippe Picquier	김영하	최경란, Isabelle Boudon	
1998	프랑스	TH TRES COR ENS 한국희곡선집	프랑스어	L' Harmattan	이만희	임혜경,등 6인 Cathy Rapin	
1998	프랑스	Le Roman Coréen 한국소설	프랑스어	Maisonneuve & Larose	김우창	박전규	박탐평론선
1998	프랑스	Pour l' empereur 황제를 위하여	프랑스어	Actes Sud	이문열	최현무, Patrick Maurus	장편소설
1998	독 일	DIE FEUERFRAU 불의 여자	독 어	Residenz	이청준	이상경	이청준소설전
1998	독 일	Wind und Wasser 바람과 강	독 어	Pendragon	김원일	Heidi Kang 안소현	
1998	독 일	Die Seele des Windes 바람의 넋	독 어	Peperkorn	오정희	김미혜, Sylvia Br sel	오정희소설선
1998	페 루	Posada De Nubes Y Otros Poemas 구름이 머물다 가는 곳	스페인어	Pontificia Universidad Francisco Carranza, Catolica Del Peru	황동규	이승재, Oscar Marquina	황동규시선

필자소개

설성경

연세대 국문과 및 동대학원 졸업. 문학박사.
계명대·한양대 교수 역임. 현재 연세대 국문과 교수.
주요저서
『춘향전의 형성과 계통』,『춘향전의 통시적 연구』,『춘향 예술의 역사적 연구』,『구운몽 연구』,『서포 소설의 선과 관응』,『옥루몽의 작품세계(공저)』,『고전소설의 본질(공저)』,『북한의 고전문학(공저)』『춘향예술사자료총서』

최유찬

연세대 국문과 및 동대학원 졸업. 문학박사. 문학평론가.
전주대 교수 역임. 현재 연세대 국문과 교수.
주요 저서
『한국근대문학비평사 연구(공저)』,『리얼리즘 이론과 실제 비평』,『문학과 사회(공저)』,『문예사조의 이해』,『한국문학의 관계론적 이해』,『토지를 읽는다』

김영민

연세대학교 국문과 및 동대학원 졸업. 문학박사. 문학평론가.
하바드대 옌칭연구소 객원교수. 전북대 교수 역임. 현재 연세대 국문과 교수.
주요 저서
『한국근대소설사』,『한국문학비평논쟁사』,『교열본수주변영로   시전집』,『수주변영로 평전』,『한국근대문학비평사연구(공저)』,『문학이론연구(공저)』,『한국근대문학비평사』,『한국현대문학비평사』

양문규

연세대학교 국문과 및 동 대학원 졸업. 문학박사. 문학평론가.
현재 강릉대 국문과 교수.
주요 저서 : 『한국 근대소설사 연구』

심원섭

연세대 국문과 및 동대학원 졸업. 동경외국어대학 연구과정 수료.
문학박사. 현재 경기대 국문과 대우교수.
주요 저서
『원본 이육사 전집』,『한일문학의 관계론적 연구』,『사진판 윤동주 자필 시고전집(공편)』,『문학비평이란 무엇인가(공저)』,『일본 근대사상사(역서)』,『사에구사 교수의 한국문학 연구(역서)』,『김사량 평전(역서)』

세계속의 한국문학

인쇄일 초판 1쇄   2002년 01월 20일
　　　　　2쇄   2016년 02월 09일
발행일 초판 1쇄   2002년 01월 30일
　　　　　2쇄   2016년 02월 18일

지은이 설 성 경
발행인 정 진 이

발행처 **새미**

등록일 1994.03.10, 제17-271호

서울시 강동구 성내동 447-11 현영빌딩 2층
Tel : 442-4623~4 Fax : 442-4625
www. kookhak.co.kr
E- mail : kookhak2001@hanmail.net
ISBN 978-89-89352-89-1 (03810)
가 격 32,000원

* **새미**는 <u>국학자료원</u>의 자매회사입니다.
*저자와의 협의 하에 인지는 생략합니다.